Zum Buch:

Benimmcoach Margot Baxter weiß mit schwierigen Menschen umzugehen – bis sie ihrer neuen Klientin begegnet, der Filmdiva Bianca. Bald ist Margot versucht, den Job in dem wunderschönen umgebauten Kloster hinzuwerfen. Doch Biancas Sohn, ein zurückgezogener Wissenschaftler, überzeugt sie zu bleiben.

Sunshine ist das genaue Gegenteil von Margot: unstet und impulsiv. Diesen Sommer will sie bodenständig werden, studieren und das mit einem Job als Nanny finanzieren. Zu dumm, dass sie sich ausgerechnet in ihren neuen Boss verliebt.

Ihr Leben lang hatten die Baxter-Schwestern nur einander. Doch diesen Sommer entdecken sie beide in verwunschenen Gärten den Mann fürs Leben.

»Ein frischer Wind für Romantiker und eine schöne Erinnerung daran, dass Liebe nicht planbar, sondern immer eine angenehme Überraschung ist.«

Library Journal

Zur Autorin:

Die SPIEGEL-Bestsellerautorin Susan Mallery unterhält ein Millionenpublikum mit ihren herzerwärmenden Frauenromanen, die in 28 Sprachen übersetzt sind. Sie ist dafür bekannt, dass sie ihre Figuren in emotional herausfordernde, lebensnahe Situationen geraten lässt und ihre Leser mit überraschenden Wendungen zum Lachen bringt. Mit ihrem Ehemann, zwei Katzen und einem kleinen Pudel lebt sie in Washington.

Lieferbare Titel:

Glücksfreundinnen
Die Liebe der Sonnenschwestern
Wo sich die Sterne spiegeln
Die Tulpenschwestern
Inselpfade zum Glück
Meeresrauschen und Inselträume
Der Sommer der Inselschwestern

Susan Mallery

Das Jahr der Rosenschwestern

Roman

Aus dem amerikanischen Englisch von
Sophie Schweitzer

HarperCollins

Die Originalausgabe erschien 2019 unter dem Titel
The Summer of Sunshine & Margot bei HQN Books, Toronto.

1. Auflage 2021

Ungekürzte Ausgabe im HarperCollinsTaschenbuch

in der HarperCollins Germany GmbH, Hamburg
Published by arrangement with
HARLEQUIN ENTERPRISES II B.V./SARL
Umschlaggestaltung von bürosüd, München
Umschlagabbildung von www.buerosued.de unter Verwendung von
jakkapan, Maya Kruchankova, R Doran, TabitaZn, Natalia van D,
Peter is Shaw 1991, aniana/Shutterstock
Gesetzt aus der Stempel Garamond
von GGP Media GmbH, Pößneck
Druck und Bindung von CPI books GmbH, Leck
Printed in Germany
ISBN 978-3-7499-0227-9
www.harpercollins.de

Klimaneutral
Druckprodukt
ClimatePartner.com/15109-2009-1001

MIX
Papier
FSC FSC® C083411

1. Kapitel

Es gibt zwei Arten von sozialer Interaktion – die problemlose und die peinliche. Problemlos stellt sie sich dar, wenn man weiß, was man sagen und tun, sprich: wie man sich verhalten soll. Geistreicher Small Talk oder ein geschickt platziertes Kompliment fallen in diese Kategorie. Peinlich hingegen wird es, wenn man seinem Gastgeber ins Gesicht niest, seiner Katze auf den Schwanz tritt oder Rotwein auf seinem weißen Teppich verspritzt. Nun ja, eigentlich ganz egal, welche Farbe der Teppich hat.

Margot Baxter war stolz auf ihre Fähigkeit, jegliche Situation reibungslos ablaufen zu lassen. Das hieß, in ihrem beruflichen Umfeld – da war sie unschlagbar darin. Was das Private betraf, sah es jedoch anders aus. Wenn sie ganz ehrlich war, musste sie zugeben, dass ihr Privatleben an den meisten Tagen sogar voll von peinlichen Situationen war, weshalb sie Arbeit und Freizeit niemals miteinander vermischte und sich überhaupt nur äußerst selten irgendwelchen Vergnügungen hingab. Wozu Zeit in etwas investieren, das ohnehin nie gut ging?

Doch in ihrem Beruf war es etwas anderes. Hier geschahen wahre Wunder, und sie war diejenige, die hinter den Kulissen die Fäden zog. Aber nicht im negativen Sinne, fügte sie gedanklich hinzu. Ihre Aufgabe bestand vielmehr darin, ihre Kunden innerlich zu stärken – ihnen klarzumachen, dass Selbstvertrauen der Schlüssel zu allem war und man nur zuweilen ein wenig Hilfe dabei brauchte, es zu entwickeln.

Als sie an der Stelle abbog, die das Navigationssystem ihr anzeigte, musste sie beim Anblick des riesigen, sich über einen autobahnbreiten Zufahrtsweg erstreckenden Doppeltors blinzeln. Zwar hatte man ihr gesagt, dass das im neunzehnten Jahrhundert erbaute Privatanwesen ursprünglich mal ein Kloster gewesen war, doch dass es so unfassbar groß sein würde, hatte sie nicht erwartet. Ihre Fantasie hatte lediglich ausgereicht, sich eine geräumige Villa mit Gästehaus und vielleicht einem kleinen Obstgarten vorzustellen. Stattdessen sah sie sich nun einem dreistöckigen Gebäude im spanischen Stil gegenüber, inklusive einer Kapelle mit zwei Türmchen, mehreren Hektar Gartenfläche sowie einem Parkplatz, der Raum für mindestens ein Dutzend Autos bot.

»Was wohnen hier bloß für Leute?«, fragte sie laut, obwohl sie die Antwort darauf kannte. Vor dem ersten Gespräch mit potentiellen Kunden betrieb sie immer ein wenig Recherche. Manche würden sagen, dass sie dabei leicht zur Übertreibung neigte, doch mit der Kritik konnte sie leben. Margot war gerne gründlich – ebenso wie pünktlich und ordentlich. Und somit, einigen Leuten zufolge, anstrengend.

Margot betätigte den Klingelknopf an der Säule und wartete, bis überraschend deutlich eine Stimme ertönte: »Wie kann ich Ihnen helfen?«

»Hier ist Margot Baxter. Ich habe einen Termin mit Mr. Alec Mcnicol.«

»Ah ja, Ms. Baxter. Ich habe Sie bereits erwartet.«

Das Tor öffnete sich geräuschlos, und Margot fuhr auf das Gelände. Sie parkte ihren Wagen auf einem der markierten Stellplätze, dann nahm sie sich einen Moment Zeit, um noch einmal tief durchzuatmen und ihre Gedanken zu ordnen.

Das wird schon, sagte sie sich. Schließlich war sie gut in ihrem Job und half anderen gerne. Sie war ein ausgebildeter Profi und die Ruhe selbst. Na ja, so einigermaßen jedenfalls, dachte sie und griff nach der Brille, die sie neben ihrer Aktentasche auf dem Beifahrersitz abgelegt hatte.

Dann stieg sie aus dem Wagen und strich ihre Jacke glatt, die ihr einen Tick zu groß war. Ihr Outfit – grauer Hosenanzug, schlichte Pumps, dezentes Make-up – sollte professionell und kompetent wirken. Die Brille brauchte sie eigentlich gar nicht, sie trug jedoch sehr dazu bei, ihrer Erscheinung eine gewisse Würde zu verleihen. Sie sah jung aus für ihre einunddreißig Jahre, in Shorts und einem Band-T-Shirt könnte sie glatt als Neunzehnjährige durchgehen. Vor allem aber sähe sie darin vollkommen lächerlich aus und würde auf überhaupt niemanden einen professionellen Eindruck machen.

Sie folgte dem Steinpfad zur gewaltigen Eingangstür. Obwohl sie keine Ahnung von Kolonialarchitektur hatte, befiel sie der Drang, die Schnitzereien an den schweren Holztüren mit dem Zeigefinger nachzuzeichnen: Engel, die über Jesus wachten, während er sein Kreuz auf den Hügel schleppte. Ja, das überdimensionale Gebäude war eindeutig mal ein Kloster gewesen, und die Mönche von damals schienen es ernst gemeint zu haben mit der Gottesverehrung.

Ehe sie das wunderschöne Kunsthandwerk eingehender bewundern konnte, öffnete sich die Tür, und ein großer, breitschultriger Mann mit dunklem Haar nickte ihr zu.

»Ms. Baxter? Alec Mcnicol. Schön, Sie kennenzulernen.«

»Ebenfalls.«

Margot trat ein und schüttelte ihm die Hand. Sie erhaschte nur einen flüchtigen Eindruck von der zwei Stockwerke hohen Eingangshalle mit ihren kunstvollen, sakralen Fenstern, ehe Alec sie durch einen Seitengang in ein großes Büro führte, dessen Wände von Bücherregalen und gerahmten Karten längst vergessener Länder gesäumt waren.

Sie musste sich Mühe geben, das alles nicht anzustarren. Zwar war sie durchaus schon mit den Reichen und Schönen dieser Welt in Berührung gekommen, aber das hier war etwas ganz anderes. Die Bücher weckten das Bedürfnis bei ihr, ihren muffigen Duft tief einzuatmen, und beim Anblick der Karten juckte es sie in den Fingern, den Verlauf der Seidenstraße nachzuzeichnen.

Sie machte bereits einen Schritt auf die gerahmten Wunderwerke zu, um dem Drang nachzugeben, als ihr Gastgeber sich räusperte.

Margot drehte sich lächelnd zu ihm um. »Tut mir leid, aber Ihr Büro ist einfach faszinierend. Sind die Karten handgezeichnet?«

Er sah sie leicht verwundert an, wobei seine Augenbrauen in einem äußerst attraktiven Stirnrunzeln zueinanderfanden.

»Ja, das sind sie.«

Margot warf einen letzten Blick auf die Karten. Falls sie den Auftrag bekäme, würde sie unbedingt um Erlaubnis bitten müssen, die gerahmten Zeichnungen eingehender studieren zu dürfen. Widerstrebend wandte sie sich nun von ihnen ab und setzte sich ihm gegenüber vor seinen großen Schreibtisch.

Nachdem er seinen Platz dahinter eingenommen hatte, sagte er: »Wie ich Ihnen bereits am Telefon erklärte, sind Sie hier, um meiner Mutter zu helfen.«

»Ja, Mr. …«

»Nennen Sie mich doch bitte Alec.«

Sie nickte. »Und ich bin Margot. Ja, mir ist klar, dass Ihre Mutter meine potentielle Klientin ist.«

»Ausgezeichnet. Wir fanden es sinnvoller, dass ich das Vorgespräch führe, um festzustellen, ob Sie beide überhaupt zusammenpassen.«

»Natürlich, gerne.«

Margot entspannte sich ein wenig. Jemanden wie sie anheuern zu müssen, war für die Kunden meistens mit Stress verbunden. Schließlich wurden ihre Dienste erst gebraucht, wenn im Leben eines Menschen etwas gründlich schiefgelaufen war. Oder wenn der potentielle Klient oder die Klientin befürchtete, dass das passieren könnte. Manche waren auch schlicht mit sich und der Welt überfordert. Jedenfalls sahen sich wohl die wenigsten Leute in ihren glücklichsten Momenten um und sagten sich: *Hey, ich sollte mir unbedingt jemanden suchen, der mir ein paar Anstandsregeln beibringt und mir zeigt, wie ich mich in besserer Gesellschaft mal nicht nervös oder fehl am Platz fühle.* Es gab immer einen Auslöser, der dem Kunden deutlich machte, dass er oder sie ihre Dienste benötigte, und dem ging selten ein erbauliches Ereignis voraus.

Alec warf einen Blick auf die Papiere auf seinem Schreibtisch. Sie waren in ordentliche Stapel unterteilt, was Margot gefiel. Wie sollte man auch auf einem unübersichtlichen Schreibtisch irgendetwas finden? Ihr Chef – dessen Tisch stets mit Aktenordnern, Notizzetteln und halb gegessenen Sandwiches übersät war – schickte ihr regelmäßig Artikel darüber, dass chaotische Schreibtische angeblich ein Zeichen für Kreativität und Intelligenz seien. Sie ließ sich jedoch von ihrer Meinung nicht abbringen: Unordnung war einfach nur falsch.

»Sie wissen, wer meine Mutter ist?«, fragte Alec, klang dabei allerdings eher resigniert als neugierig.

Margot speicherte seinen Tonfall zur späteren Analyse gedanklich ab. Die Dynamik zwischen Mutter und Sohn konnte für ihre Arbeit durchaus von Bedeutung sein.

»Ja, das tue ich: Bianca Wray wurde 1960 geboren. Ihr Vater starb, als sie noch ein Kleinkind war, von da an wurde sie allein von ihrer Mutter aufgezogen, bis sie zwölf war.« Margot runzelte die Stirn. »Weshalb sie dann in eine Pflegefamilie kam, ist mir nicht ganz klar, jedenfalls landete sie schließlich dort.«

Sie lächelte Alec zu. »Sie wurde doch tatsächlich entdeckt, während sie mit ihren Freundinnen einen Milchshake trank – und befeuerte damit den Mythos, dass man in Los Angeles stets nur einen glücklichen Zufall davon entfernt ist, berühmt zu werden.«

»Oh ja, Sie haben meinen größten Traum in Worte gefasst«, sagte Alec trocken.

»Meinen auch«, erwiderte Margot und erlaubte sich ein weiteres, diesmal komplizenhaftes Lächeln. »Nach einer erfolgreichen Karriere als Model wandte sich Ihre Mutter der Schauspielerei zu. Dabei zog sie skurrile Rollen vor, statt sich auf die romantischen zu stürzen, obwohl die ihrer Karriere sicher mehr genützt hätten. Als sie vierundzwanzig war, bekam sie einen

Sohn – Sie. Ihre Mutter und Ihr Vater, ein Schweizer Bankier, haben nie geheiratet, doch Sie standen Ihren beiden Eltern immer nahe.«

Während sie sprach, nahm sie wahr, wie sich Alecs Schultern verkrampften, als wäre es ihm unangenehm, sie über die Eckdaten seines Privatlebens referieren zu hören. Er ist zwar nicht mein Klient, aber der Sohn meiner Klientin und deshalb nicht unwichtig in der ganzen Sache, dachte sie, sparte es sich jedoch, ihm das zu erklären. Ihre Methoden waren exzellent, und wenn er das nicht erkannte, war das hier nicht der richtige Job für sie.

»Bianca ist ein Freigeist und gilt trotz ihres bevorstehenden sechzigsten Geburtstags nach wie vor als Schönheit. Ab und zu spielt sie noch in einem Film mit. Soweit ich sehen kann, folgt sie keinem bestimmten Muster, was die Auswahl ihrer Rollen betrifft. Sie renoviert gerne alte Häuser und hat viel Geld damit gemacht, sie teuer wieder zu verkaufen. Sie spendet großzügig für wohltätige Zwecke und hatte in ihrem Leben viele Liebhaber, war jedoch nie verheiratet. Zurzeit ist sie mit einem Herrn namens Wesley Goswick-Chance zusammen. Mr. Goswick-Chance ist der jüngste Sohn eines englischen Grafen. Seine Eltern ließen sich scheiden, als er noch ein kleines Kind war. Aufgewachsen ist er in England sowie dem europäischen Kleinstaat Cardigania, als dessen Gesandter er heute in den USA lebt. Er hat seinen Sitz im Konsulat hier in Los Angeles.«

Sie hätte noch einiges mehr über Alecs Mutter erzählen können. Zum Beispiel von Biancas Oscar-Moderation, bei der sie im Fernsehen alle Hüllen fallen ließ. Oder vom Skandal um ihre Sexvideos in den 90ern – obwohl die nach heutigen Standards recht harmlos waren. Bianca war eine schillernde Persönlichkeit, eine Frau, die mit Königen, Filmstars und Künstlern schlief und – Gerüchten zufolge, die nie bestätigt wurden – einmal eine heiße Affäre mit der Frau des weltgrößten Yachtbauers gehabt haben sollte. Zwar hätte Margot es nie zugegeben, doch die Vorstellung, mit Bianca zu arbeiten, war für sie reizvoll und angsterregend zugleich.

»Das haben Sie aber gründlich recherchiert«, sagte er seufzend. »Danke, dass Sie all die obszönen Details ausgelassen haben, auf die Sie sicher auch gestoßen sind.«

Margot nickte. »Natürlich.«

Er sah sie an. Seine Augen waren sehr schön – dunkel und von dichten Wimpern umrahmt. Sie entdeckte Spuren seiner Mutter in seinem Gesicht: die Augen, die sie soeben bewundert hatte, die geschwungenen Lippen.

»Meine Mutter hat kürzlich einen Heiratsantrag angenommen«, sagte Alec steif. »Von Wesley. Er ist ein durchaus liebenswerter Mann, und er macht sie glücklich, daher habe ich nichts gegen die Verbindung einzuwenden.«

Margot hörte schweigend zu, ohne sich ihre Überraschung anmerken zu lassen. Es kam ziemlich unerwartet, dass Bianca sich – nach sechzig Lebensjahren und unzähligen Liebhabern – nun tatsächlich verlobt hatte.

Alec sprach unbeirrt weiter: »Wäre Wesley ein Großreeder oder ein Filmstar, gäbe es kein Problem. Doch er ist nun mal Diplomat und bewegt sich als solcher in Kreisen, in denen man den, ähm, exzentrischen Umgangston meiner Mutter nicht so ohne Weiteres akzeptieren würde.«

»Sie möchte also lernen, sich dieser Art von Gesellschaft anzupassen.«

»Ja. Und um das gleich klarzustellen – Sie zu engagieren war ihre eigene Idee, nicht meine. Ich dränge sie dabei zu gar nichts. Sie hat einfach Sorge, dass ihre impulsive Art zum Problem für Wesley werden könnte, und behauptet, ihn so sehr zu lieben, dass sie sich für ihn ändern möchte.«

»Und was halten Sie von dem Ganzen?«, fragte Margot.

Alec zögerte und wich ihrem Blick aus.

»Ich glaube, die meisten Menschen sind, wie sie sind. Von Bianca zu verlangen, ein seriöser, höflicher und unaufdringlicher Mensch zu werden, ist in etwa so, als würde man von der Sonne verlangen, weniger hell zu leuchten. Ein ambitioniertes Ziel, das zu erreichen allerdings sehr unwahrscheinlich ist.«

Sie hatte eigentlich erwartet, von ihm zu hören, es sei falsch von Wesley, seine Verlobte nicht so anzunehmen, wie sie war. Interessant, dass er eine andere Richtung eingeschlagen hatte. »Sie meinen also, dass sie sich gar nicht ändern kann.«

»Ich sage nur, dass es sehr unwahrscheinlich ist.« Er sah sie wieder an und beugte sich dabei etwas vor. »Meine Mutter ist witzig, charmant und beinahe übertrieben großzügig. Ich bin mir sicher, dass Sie ihre Gesellschaft genießen werden. Aber wenn Sie diesen Auftrag in dem Glauben annehmen, erfolgreich mit ihr zu sein, so fürchte ich, dass Sie eine große Enttäuschung erleben werden.«

Margot lächelte. »Sie warnen mich also vor?«

»Ich lege Ihnen nur nahe, ein mögliches Scheitern einzukalkulieren.«

»Was die Aufgabe für mich nur noch interessanter macht, Alec – und sei es nur, weil ich mich beweisen will.«

»Das war zwar nicht meine Absicht, aber diese Reaktion kann ich nachvollziehen.«

Während er sprach, entspannte er sich sichtlich. Margot stellte fest, dass der Sohn ihrer Klientin sie ebenso neugierig machte wie ihre Klientin selbst. Da er Biancas einziger naher Verwandter war, hatte sie auch über ihn einiges in Erfahrung gebracht. Sie wusste, dass er eine Art Gelehrter war, der sich mit Texten des Altertums beschäftigte. Als er das Kloster vor fast sechs Jahren erbte, ließ er es aufwendig umbauen und den größten Teil in ein Forschungszentrum für geheimnisvolle Schriften umwandeln. Er lebte zurückgezogen, hatte nie geheiratet, und Fotos existierten nur sehr wenige von ihm. Einige bezeichneten ihn als Riesenlangweiler, doch ihr war klar, dass das nicht stimmte. Alec war offenbar ein Mann, der seine Gefühle stark unter Kontrolle hielt – ein Wesenszug, den sie zu schätzen wusste. In ihren

Augen war Ordnung eine Art Meditation, die alle praktizieren sollten.

»Wollen wir?«, fragte er und stand auf.

Sie erhob sich ebenfalls und folgte ihm aus dem Büro hinaus durch einen langen Säulengang, der ins Freie führte und dessen mit Handschnitzereien verzierte Holzdecke mindestens viereinhalb Meter hoch war. Der Steinboden war glatt und ließ leichte Furchen erkennen, vermutlich ausgetreten von den Tausenden von Füßen, die wieder und wieder denselben Weg darauf zurückgelegt hatten. Sie hätte Alec gerne nach der Geschichte des Klosters gefragt und danach, wie es war, hier zu leben, hätte gerne gewusst, ob er manchmal, in den stillen Stunden nach Mitternacht, noch das Echo der vielen geflüsterten Gebete hörte. Margot hielt sich nicht für religiös, hegte aber eine gewisse Bewunderung für Menschen, die es waren. An etwas zu glauben musste wundervoll sein. Sie selbst war ein wenig zu pragmatisch, um sich vorstellen zu können, dass irgendeine göttliche Macht ihr in ihrem Leben beistehen könnte. Ihr Credo lautete vielmehr Eigenverantwortlichkeit.

Zu ihrer Rechten wurde nun der Blick auf eine riesige, gepflegte Gartenanlage frei, die sich über mehrere Hektar erstreckte – ein privates Paradies mitten in Pasadena. Ein paar der Blumen und Pflanzen, die sie sah, erkannte sie, doch viele waren ihr fremd.

»Der Garten ist wunderschön«, sagte sie. Sie hätte sich mehr Zeit gewünscht, um all die Wege zu erkunden, die sich um die Hecken und Bäume schlängelten.

»Danke. Er war ziemlich heruntergekommen, als ich das Kloster erbte, aber ich habe einen Landschaftsarchitekten angeheuert, um hier richtig aufzuräumen. Der hat gute Arbeit geleistet.«

Er blieb vor einem Steinpfad stehen und wandte sich ihr zu. »Meine Mutter hat vor Kurzem ihr Haus verkauft und ist bis zur Hochzeit bei mir eingezogen«, sagte er und bemühte sich sichtlich, neutral zu klingen. »Sollten Sie den Auftrag annehmen, wäre es ihr Wunsch, dass Sie für die Zeit Ihrer Zusammenarbeit ebenfalls hier wohnen.« Er warf ihr einen kurzen Blick zu. »Nur dass Sie Bescheid wissen – meine Mutter hat manchmal einen etwas ungewöhnlichen Rhythmus.«

»Das geht vielen meiner Klienten so«, versicherte sie und dachte dabei an den Geschäftsführer, der jeweils zwischen vier und sechs Uhr morgens an seiner chinesischen Etikette hatte arbeiten wollen.

»Meine Mutter ist nicht …«, setzte Alec an, presste dann jedoch die Lippen zusammen. »Sie ist …« Er schüttelte den Kopf. »Ach, Sie werden es schon selbst sehen.«

Er ging über den Rasen weiter in Richtung Garten. Margot folgte ihm über den Steinpfad, der ebenso ausgetreten war wie der überdachte Gang nach draußen. Sie liefen zwischen zwei blühenden Bäumen hindurch auf eine riesige gepflasterte Terrasse zu, die von Steinbänken gesäumt war. Dazwischen standen Hunderte von Töpfen verschiedenster Größe, die nur so überquollen von den Blüten exotischer Pflanzen.

Ihr Geruch war göttlich – süß, ohne dabei erstickend zu sein. Hätte sie eine Bezeichnung für den Duft finden müssen, sie hätte *lebendig* gesagt. Plötzlich verspürte Margot Sehnsucht danach, sich auf einer der Steinbänke niederzulassen und ihr Gesicht in die Sonne zu halten. Weiter hinten entdeckte sie einen Tisch mit Stühlen, der vor ihrem inneren Auge sogleich das reizvolle Bild eines entspannten Diners bei Sonnenuntergang entstehen ließ.

»Das ist der unglaublichste Garten, den ich je gesehen habe«, gab sie zu, unfähig, sich eines Kommentars zu enthalten. »Er ist unfassbar schön.«

»Wie gesagt, das ist nicht mein Verdienst.« Alec schenkte ihr ein kleines Lächeln. »Aber ja, es ist wirklich nett geworden.«

Nett? Ein kühles Glas Eistee bei heißem Wetter war nett. Dieser Garten war ein Wunder!

Margot rief sich in Erinnerung, dass sie wegen eines Vorstellungsgesprächs hier war, und schob ihre Gartenfantasien gleich beiseite. Als sie sich dem Tisch und den Stühlen näherten, entdeckte sie eine Frau, die in einer kleinen, versteckten Laube saß und in einer Zeitschrift las. Sie blickte auf und winkte ihnen zu.

Margot arbeitete nicht sehr häufig mit Prominenten zusammen. Ihr Fachgebiet war die Schulung von Geschäftsleuten. Plante zum Beispiel jemand eine kurze Geschäftsreise nach Argentinien, war sie genau die Richtige für einen Crashkurs darin, wie man sich dort angemessen begrüßte: Während man sich bei der ersten Begegnung mit einem Kunden die Hand schüttelte, wäre bei weiteren Treffen in den meisten Fällen ein Kuss auf die Wange angebracht, selbst wenn es sich um ein Treffen zwischen Männern handelte. Sie würde ihrem Kunden nahebringen, wie wichtig eine aufrechte Körperhaltung war und dass ein Abendessen selten vor neun Uhr begann.

Sie empfand es als beruhigend, vorgegebenen Regeln folgen zu können und in jeder Situation genau zu wissen, wie man sich zu verhalten hatte.

Für jeden Angestellten in ihrer Firma gab es ein persönliches Profil, auf das angehende Kunden zugreifen konnten. Die Entscheidung, wer für wen als Coach am besten geeignet war, wurde gemeinsam getroffen. Filmstars und Leute aus der Musikbranche entschieden sich selten für sie, und das war ihr ganz recht. Ein paarmal hatte sie mit Regisseuren zusammengearbeitet, die wissen wollten, wie sie zum Beispiel in China leichter an Filmförderungen herankamen, aber das war etwas anderes. Dies erklärte vermutlich, weshalb sie so gänzlich unvorbereitet darauf war, Bianca Wray persönlich gegenüberzustehen.

Ja, sie hatte Fotos von der Schauspielerin gesehen und sich am vergangenen Wochenende drei ihrer Filme angeschaut. Der Klang ihrer Stimme und ihre Art, sich zu bewegen, waren ihr daher vertraut. Doch all das war nur eine mangelhafte Vorbereitung darauf, ihr leibhaftig zu begegnen.

In Wirklichkeit war Bianca sehr viel zierlicher als auf der Leinwand. Ihre Haut strahlte, und ihre Bewegungen waren voller Anmut. Sie hatte tiefblaue Augen und gewelltes hellbraunes Haar, das ihr bis kurz über die Schultern ging.

Jede Partie für sich genommen, waren ihre Gesichtszüge zwar hübsch, aber unauffällig. Doch die Art, wie sie zusammengesetzt waren, hatte etwas … etwas Atemberaubendes. Margot vermutete, dass darin der Unterschied zwischen den wenigen Auserwählten und dem Rest der Menschheit bestand. Sie hatten etwas undefinierbar Besonderes, das nicht erzwungen hergestellt, sondern nur bemerkt und verehrt werden konnte.

Ihre Urgroßmutter hatte immer davon gesprochen, dass manche Leute zum Star geboren waren. Margot wusste nicht, woran genau, aber auch sie erkannte einen, wenn sie ihn vor sich hatte. Und Bianca war ein geborener Star. Als die sie anlächelte, fühlte sich Margot sogleich wie der wichtigste Mensch auf der ganzen Welt. Während sie einerseits instinktiv so auf sie reagierte, analysierte der rationalere Teil ihres Gehirns, wie Bianca sich lächelnd erhob und auf sie zukam. Sie hielt Ausschau nach Hinweisen auf das vorliegende Problem und nach weiteren Informationen, die ihr dabei helfen würden, ihren Job so gut wie möglich zu machen.

»Hast du über meinen Vorschlag nachgedacht, Alec?«, fragte Bianca, als sie näher kam.

Sie trug Jeans und darüber ein weites T-Shirt. Gar nichts Besonderes also – und doch stand ihr beides hervorragend. Ihre Füße waren nackt, ihre Zehennägel mit kleinen Amerikaflaggen bemalt.

»Ich bin mir sicher, dass sie Freude daran hätten.«

Alec stieß einen Seufzer aus. »Meine Mutter findet, ich sollte uns mal ein paar Nonnen zum Mittagessen einladen.«

Margot warf ihm einen Blick zu. »Kennen Sie denn welche?«

»Nein. Sie will, dass ich ein Kloster in der Nähe ausfindig mache und die Bewohnerinnen herbitte.«

»Und wozu?«

Sein Blick sprach Bände darüber, dass er dafür keine vernünftige Erklärung hatte und dass auch diese Laune mit etwas Glück vorübergehen würde.

Bianca blieb vor ihnen stehen. Sie mochte ungefähr einen Meter sechsundsechzig groß sein und somit mindestens sieben Zentimeter kleiner als Margot.

»Damit sie sich anschauen können, was Alec aus dem Kloster gemacht hat«, sagte sie fröhlich. »Es würde sie sicher sehr freuen, dass du trotz der Modernisierung den alten Geist des Gebäudes bewahrt hast.«

»Mein Schlafzimmer ist in der ehemaligen Kirche untergebracht«, erwiderte er trocken. »Ich bezweifle, dass die Nonnen das gutheißen würden.«

Bianca hakte sich bei ihm ein. »Ach Schatz, mach dir da mal keine Gedanken. Es ist ja nicht so, als hättest du Sex dort.« Sie zwinkerte Margot zu. »Für derlei Dinge geht Alec aus dem Haus. Er ist ein bisschen wie das berühmte Murmeltier. Einmal im Jahr lässt er sich kurz draußen blicken, dann zieht er sich wieder in seine eigene Welt zurück.«

Margot war sich nicht sicher, ob Bianca sie mit dieser Bemerkung schockieren oder auf die Probe stellen wollte – oder ob es vielmehr darum ging, Alec zu beschämen. In Anbetracht ihres warmen Tonfalls und des liebevollen Blicks bezweifelte sie Letzteres. Dennoch, es war ungewöhnlich, so etwas zu einer Fremden zu sagen – vor allem über den eigenen Sohn.

»Ich bin Margot. Schön, Sie kennenzulernen.« Margot streckte ihr die Hand entgegen.

Bianca schüttelte sie. »Es ist schön, von Ihnen kennengelernt zu werden.« Ihr Lächeln wurde breiter. »Ich bin ein ziemlich hoffnungsloser Fall, wie Alec Ihnen sicher schon verraten hat – impulsiv, leichtsinnig und eigentlich nicht der Typ für die Ehe mit einem Diplomaten. Aber hier stehe ich nun und will daran arbeiten, dass das Ganze funktioniert.« Sie wurde ernst. »Wesley ist alles, was ich mir immer gewünscht habe. Ich liebe ihn, und ich möchte auf keinen Fall dafür verantwortlich sein, dass er seinen Job verliert.«

Für einen winzigen Augenblick erlosch das Leuchten in ihren Augen, stattdessen zeigten sie Angst und Unsicherheit. Margot beobachtete den Gefühlsansturm und machte genau den Moment aus, in dem Bianca wieder in den Selbstschutzmodus schaltete.

»Sich in meinem Alter noch mal zu verlieben, stellen Sie sich das mal vor!«, sagte sie lachend. »Wie albern. Bis jetzt habe ich in meinem Leben nur einen Menschen richtig geliebt, und das ist Alec.« Sie sah lächelnd zu ihm auf. »Er ist sicher froh, diese Last nun mit jemandem teilen zu können.«

Margot wurde beinahe schwindelig von Biancas Gefühlsachterbahn. Erst die seltsame Bemerkung über Alecs Sexleben, dann der Anflug von Verletzlichkeit und schließlich die blitzschnelle Rückkehr auf eine nüchternere Ebene – all dies ummantelt von einer schützenden Schicht aus Humor. Es ging hier also um sehr viel mehr als den Wunsch, zu lernen, welche Gabel man bei welchem Gang benutzte.

Ein Vorteil dessen, sozial leicht unbeholfen zu sein – nicht, dass es derer viele gab –, war die Fähigkeit, die gleiche Eigenschaft bei anderen zu erkennen. Bianca mochte schöner als neunundneunzig Prozent der restlichen Bevölkerung sein, doch das bedeutete nicht, dass sie sich wohl in ihrer Haut fühlte. Sie hatte ganz offensichtlich Angst, die Menschen zu enttäuschen, die ihr wichtig waren. Womöglich kam es ihr sogar so vor, als täte sie das schon seit Jahren. Wie faszinierend, dachte Margot, die es plötzlich in den Fingern juckte, sich sogleich an den Computer zu setzen und eine Strategie zu entwickeln.

Alec drückte die Hand seiner Mutter. »Mir ist nur wichtig, dass du glücklich bist.«

Bianca schenkte ihm ein kurzes Lächeln, das strahlender war als die Sonne, die Alec zu Beginn ihres Gesprächs erwähnt hatte, und wandte sich dann an sie: »Wollen wir uns mal ein bisschen unterhalten und sehen, ob wir zusammenpassen?«

»Sehr gerne.«

Bianca führte sie zum Tisch in der Mitte der gepflasterten Terrasse, wohingegen Alec sich ins Haus zurückzog. Als sie einander gegenübersaßen, musterte Bianca sie einen Moment lang prüfend.

»Sie brauchen eigentlich gar keine Brille, oder?«

Die Frage überraschte Margot. »Stimmt. Woran haben Sie das erkannt?«

»Ich habe oft Brillen als Requisite getragen. Weshalb machen Sie das? Nein, sagen Sie's nicht, lassen Sie mich raten.« Sie betrachtete sie prüfend. »Ah, Sie möchten intelligent wirken. Weil Sie so hübsch sind! Sie müssen Ihre Arbeit ja sehr ernst nehmen. Im Gegensatz zu mir. Ich habe die Schauspielerei immer gemocht, aber meine Leidenschaft ist sie nie gewesen.« Ihr strahlendes Lächeln kehrte zurück. »Doch da man mir so unsinnig viel Geld dafür zahlt – wieso nicht?«

Sie zog eine Schulter leicht hoch und ließ sie wieder sinken. »Sagen Sie's mir. Bin ich reparabel? Haben Sie die Fähigkeit, aus mir einen normalen Menschen zu machen?«

Margot erkannte sogleich die Falle, die hinter der Frage steckte. Sie spürte, dass Bianca sie auf hundertfache Art prüfte, und war sich nicht sicher, was das zu bedeuten hatte. Da sie selbst um Hilfe gebeten hatte, war sie sicher motiviert, sich zu ändern. Doch die Art, wie sie die Frage formuliert hatte …

»Ich kann Ihnen beibringen, wie man sich bei förmlichen Anlässen verhält, sei es im gesellschaftlichen oder politischen Rahmen«, sagte sie. »Aber ich fürchte, Sie zu reparieren ist nicht meine Aufgabe. Ich möchte Ihnen dabei helfen, sich in Ihrer Haut wohlzufühlen, damit die Menschen Ihr wahres Ich kennenlernen können.«

»Ich weiß nicht, ob das so eine gute Idee ist«, erwiderte Bianca eilig. »Mit meinem wahren Ich könnten die gar nicht umgehen.«

»Dann eben das Ich, das Sie ihnen zeigen wollen.«

»Wo kommen Sie eigentlich her?«

Margot lächelte. »Angefangen habe ich im Hotelmanagement. Dort wurde ich im Umgang mit unseren internationalen Gästen geschult und fand das ganz toll. Schließlich hat mich mein aktueller Arbeitgeber abgeworben, und seitdem helfe ich Menschen dabei, in unserer immer globaler werdenden Welt zurechtzukommen.«

»Hm, ja, das ist faszinierend, aber wo kommen Sie wirklich her? Ich meine, wo sind Sie aufgewachsen? Wer hat Sie großgezogen?«

Eine andere Frage als: Was machen Ihre Eltern? Es kam ihr vor, als wüsste Bianca, dass es keine Eltern gab. »Meine Urgroßmutter mütterlicherseits«, sagte sie bedächtig. »Sie hat fast fünfzig Jahre lang eine sogenannte ›Schule für Benimm und Eleganz‹ geführt. Dort hat sie Mädchen für Schönheitswettbewerbe trainiert.«

»Haben Sie auch bei solchen Wettbewerben mitgemacht?«

»Nein, mir fehlen da gewisse Fertigkeiten.« Zum Beispiel die, vor einer größeren Menschenmenge sprechen zu können. Margot erinnerte sich noch gut daran, wie Francine sie zum ersten Mal aufgefordert hatte, auf die Probebühne zu steigen und sich an die gesamte Gruppe zu wenden. Sie hatte kaum ihren Platz eingenommen, da musste sie sich schon übergeben und fiel danach prompt in Ohnmacht. Das hatte jeglicher Hoffnung ihrer Urgroßmutter, sie einmal ein Krönchen tragen zu sehen, ein jähes Ende bereitet.

Margot hatte sich gezwungen, an diesem Defizit zu arbeiten, und war inzwischen in der Lage, einen durchaus annehmbaren Vortrag zu halten. Doch ein Naturtalent würde sie auf der Bühne niemals abgeben. Nicht, dass sie jemals Schönheitskönigin hatte werden wollen. Sie wollte einfach nur ihren Job machen und ihr Leben leben. Oh, und sich außerdem nicht mehr so blöd anstellen, was Männer betraf, denn das hatte sie schon oft genug.

»Alec hat Sie ausgesucht«, sagte Bianca. »Er hat sich alle Mitarbeiter Ihrer Agentur angesehen und Sie herausgepickt. Jetzt sehe ich auch, weshalb.«

Tat sie das wirklich? Margot hatte nicht gewusst, dass es Alec gewesen war, der diese Entscheidung getroffen hatte. Warum ausgerechnet sie? Sie war doch keine offensichtliche Wahl, oder?

»Also, schaffen Sie das?«, fragte Bianca erneut, ehe Margot ihre Aussage infrage stellen konnte. »Können Sie mir beibringen, mich so zu verhalten, dass ich Wesley keine Schande mache?«

»Ja.«

»Versprechen Sie es mir?«

Margot lehnte sich ein Stück vor. »Ich werde jede Technik anwenden, die ich in petto habe, und wenn die alle nicht fruchten, werde ich neue erfinden. Ich werde unermüdlich daran arbeiten, dass Sie sich in Wesleys Welt wohlfühlen können.«

»Das ist kein Versprechen.«

»Ich weiß. Ich gebe keine Versprechen, wenn ich mir des Ergebnisses nicht absolut sicher sein kann.«

Bianca wandte den Blick ab. »Ich verspreche Leuten ständig etwas, aber ich halte es nur sehr selten ein. In dem Moment will ich einfach nur, dass der- oder diejenige glücklich ist.«

»Und was passiert dann?«

Bianca zuckte erneut mit den Schultern. »Sie verzeihen mir jedes Mal. Sogar Alec.« Ihr Lächeln kehrte zurück. »Also gut, lassen Sie uns miteinander arbeiten. Alec meint, ich bräuchte ungefähr zwei Monate lang Unterricht. In der Zeit werden Sie hier einziehen müssen, im ersten Stock gibt es ein paar Gästezimmer. Ich bewohne das größte davon, aber es tut mir leid – ich werde für Sie nicht umziehen.«

»Das würde ich auch nie erwarten.« Margot sah ihre potentielle Kundin an. »Bianca, ich wohne nicht weit weg von hier. Ich könnte problemlos jeden Tag herkommen und …«

»Nein, Sie müssen hier wohnen, das wird so sein wie an einem Filmset. Und Alec macht es nichts aus. Der kriegt sowieso kaum die Nase aus seinen Büchern und bekommt nichts mit. Das Haus ist wunderschön, Sie werden es lieben. Und ich würde mich einfach besser fühlen, wenn Sie in der Nähe wären.«

Margot nickte langsam. Sie hatte schon früher bei Kunden übernachtet. Anders war es ihr lieber, aber wenn die Klienten darauf bestanden, erklärte sie sich einverstanden.

»Wie Sie wünschen. Ich schicke Ihnen den Vertrag zu, sobald ich wieder im Büro bin. Wenn Sie unterschrieben und den Vorschuss gezahlt haben, melde ich mich, und wir vereinbaren, wann wir anfangen.«

»Montag!« Bianca sprang auf und kam um den Tisch herum. Sie kniete sich vor Margot hin, ergriff ihre Hände und lächelte. »Wir fangen am Montag an. Oh, das wird ein Spaß. Wir werden beste Freundinnen sein und es richtig schön miteinander haben.«

Bianca stand auf, wirbelte herum und lief zum Haus. Ihr Gelächter folgte ihr wie ein Schleier.

Margot blickte ihr nach. Da ist irgendwas, dachte sie, irgendein Geheimnis, das Bianca antreibt. Sie wusste nicht, ob ihre Klientin zu etwas hin- oder vor etwas wegrannte, doch was immer es war, darin lag der Schlüssel zu ihrem Problem. Herauszufinden, worum es dabei ging, würde nicht leicht werden. Ihr Bauchgefühl sagte ihr jedoch, sie konnte Bianca in weniger als zwei Monaten beibringen, was sie wissen musste, und sehr viel eher wieder von hier verschwinden, wenn sie das Rätsel löste.

Sie betrachtete den wunderschönen Garten und das alte Dach des Klosters mit seinen roten Ziegeln. Womit auch immer sie es bei Bianca zu tun bekäme – zumindest würde sie hervorragend untergebracht sein. Und mit etwas Glück vielleicht sogar ein, zwei Geistermönchen über den Weg laufen.

2. Kapitel

Sunshine Baxter war durch mit der Liebe auf den ersten Blick. D.U.R.C.H. Unzählige Male hatte sie tief in die – hier bitte eine beliebige Farbe einfügen – Augen eines Mannes geblickt und ihm auf der Stelle ihr Herz geschenkt. Diese Beziehungen endeten samt und sonders in einer Katastrophe, und sie hasste sich selbst dafür, immer wieder so unfassbar dumm zu sein. Daher hatte sie beschlossen, mit dem Konzept des Sich-Verliebens abzuschließen. Schluss, aus, vorbei.

Mit einer winzigen Ausnahme …

»Ich habe mich entschieden«, sagte Connor, schob seine Brille hoch und sah sie aus dunkelbraunen Augen verträumt an.

Sunshine beugte sich zu ihm vor – im vollen Bewusstsein, sich törichterweise schon wieder in ein Exemplar der männlichen Spezies verguckt zu haben, das nicht zu ihr passte. »Raus damit.«

»Ich wünsche mir Ameisen.«

Sunshine lächelte. »Bist du dir sicher?«

»Ja. Ich habe drei Bücher über Ameisen gelesen, die sind total schlau und fleißig. Ich will die größte Ameisenfarm der Welt errichten.«

»Na schön, das machen wir. Aber wir sollten besser klein anfangen«, sagte sie. »Mit einer Ameisenfarm in normaler Größe, und erst mal sehen, wie wir damit klarkommen. Danach können wir dann immer noch anbauen.«

Sein Mund verzog sich zu einem entzückenden Lächeln. »Ich dachte, Mädchen mögen keine Ameisen.«

»Ich habe keine Lust darauf, dass sie in meinem Bett rumkrabbeln, aber eine Ameisenfarm finde ich total cool.«

Jetzt strahlte er regelrecht und kam auf sie zugerannt. Sollte meine Zuneigung zu meinem neuen Schützling gegen meine Dusollst-dein-Herz-nicht-verschenken-Regel verstoßen, dachte sie, als sie den Achtjährigen in die Arme schloss, wäre ich bereit, damit zu leben. Connor war einfach unwiderstehlich.

Er löste sich von ihr und trat einen Schritt zurück. Dabei wäre er beinahe vom Weg abgerutscht und in einen großen, aggressiv wirkenden Kaktus gefallen, der zweifellos einen beeindruckend langen lateinischen Namen trug. Sunshine beugte sich schnell vor, packte ihn sanft am Arm und rettete ihn so davor, aufgespießt zu werden. Connor nahm kaum Notiz von dem Vorgang.

»Du sagst jetzt bestimmt, dass wir erst meinen Dad fragen müssen, oder?«

»Ganz genau. Schließlich wirst du die Verantwortung für mehrere Hundert Lebewesen übernehmen. Das ist keine Kleinigkeit.«

»Du hast recht.« Er hielt inne und kicherte plötzlich. »Bin ich dann ihr König?«

»Klar. Vielleicht können wir ihnen beibringen, ›Seid gegrüßt, König Connor‹ zu sagen.«

Connor lachte. Der Wüstenteil des botanischen Gartens gefiel ihm am besten. Da sein Vater Landschaftsarchitekt war, verfügten sie beide über Dauerkarten und waren in den drei Wochen, die sie als Connors Kindermädchen arbeitete, bereits viermal hier gewesen. Bisher waren sie über den Wüstengarten nicht hinausgekommen, aber das war in Ordnung für sie. Irgendwann würden sich Connors Interessensgebiete schon erweitern.

Er kauerte sich vor einer rötlichen Pflanze hin, die scheinbar Bromelie hieß, und betrachtete sie.

»Montag hast du deinen ersten Schultag«, sagte er.

Darüber wollte Sunshine lieber nicht nachdenken. Ein Teil ihres Plans, ungute Beziehungen zu vermeiden und ihr Leben auf einen glücklicheren und positiveren Kurs zu bringen, bestand darin, aufs College zu gehen. Nicht zurück aufs College, denn das würde ja bedeuten, dass sie schon einmal dort gewesen war.

»Stimmt.«

Er warf ihr einen Blick von der Seite zu. »Hast du Angst?«

»Ja. Na ja, Angst ist vielleicht ein bisschen viel gesagt, doch ich bin etwas nervös.«

»Weil du glaubst, dass alle anderen Kinder schlauer sein werden als du?«

Sie grinste. »So hätte ich es nicht ausgedrückt, aber ja, zum Teil schon. Vor allem werden sie jünger sein als ich.«

Er stand auf. »So jung wie ich?«

»Ein bisschen älter, glaube ich, doch ganz sicher nicht so alt wie ich.«

Sie war einunddreißig und hatte nach all den Jahren auf dieser Welt noch rein gar nichts vorzuweisen. War das nicht unendlich traurig?

Connor ergriff ihre Hand. »Du brauchst keine Angst zu haben. Du bist doch auch schlau, und die Hausaufgaben können wir zusammen machen.«

Sie gab ihm einen Stupser auf die Nase. »Du bist in der dritten Klasse. Da hast du noch nicht so viele Hausaufgaben auf.«

»Dann sitze ich einfach neben dir und lese was über Ameisen.«

Und das, dachte sie seufzend, ist genau der Grund, weshalb du mein Herz erobert hast. Connor war ein guter Junge. Er war lustig, freundlich und warmherzig. Seine Mutter war vor ein paar Monaten an Krebs gestorben, und sein Vater hing offensichtlich sehr an ihm, hatte aber einen wichtigen, beeindruckenden Job, der viel Zeit in Anspruch nahm. Declan hatte schon eine ganze Reihe von Kindermädchen eingestellt, die Connor allesamt innerhalb der ersten Woche abgelehnt hatte. Sie beide verstanden sich jedoch aus irgendeinem Grund auf Anhieb gut.

»Komm«, sagte sie und legte einen Arm um ihn. »Lass uns nach Hause gehen. Ich mache Lasagnerollen zum Abendessen.«

»Was sind Lasagnerollen?«

»Alles, was an Lasagne so lecker ist, nur eingerollt in eine Nudel.«

Er schaute skeptisch. »Da tust du doch bestimmt auch Gemüse mit rein, oder?«

Sie grinste. »Ja, Zucchini. Ganz dünne, kleine Zucchini-Pommes-frites.«

»Wie klein?«

Sie dachte kurz nach. »So Ameisengröße.«

Connor seufzte. »Okay, aber mögen werde ich die bestimmt nicht.«

»Kein Problem, solange du sie nur isst.«

Anderthalb Stunden später stellte Sunshine den fertigen Salat in den Kühlschrank und warf einen Blick auf die Uhr. Declan hatte ihr eine Nachricht geschrieben, die besagte, dass er mit ihnen zu Abend essen wollte. Sie hatte den Tisch bereits für drei Personen gedeckt, doch wenn sie ehrlich war, war ihre Hoffnung nicht groß. Ihr Boss steckte mitten in einem wichtigen Projekt – es ging um die Gartengestaltung eines neuen Fünfsternehotels nördlich von Malibu. Und nicht nur, dass das Projekt sehr arbeitsintensiv war, es war zudem schier unmöglich, von einem Ort in Strandnähe nach Pasadena zu gelangen, ohne stundenlang im Stau zu stehen. Nicht zum ersten Mal schrieb er ihr, er werde pünktlich zum Abendessen zu Hause sein – nur um dann meistens eine Stunde später anzurufen und ihr mitzuteilen, dass er immer noch auf der Autobahn feststecke und sie ohne ihn anfangen sollten.

Sunshine hatte nichts dagegen, mit Connor alleine zu sein, doch sie wusste, dass der Junge seinen Vater vermisste.

Wenn er dann endlich zu Hause war, verbrachte Declan den Rest des Abends mit seinem Sohn und machte ihn auch bettfertig. Die beiden standen einander offensichtlich nahe, was toll war. Trotzdem fühlte sich die ganze Situation immer noch etwas fremd für sie an. Nach drei Wochen im Haus neuer Arbeitgeber hatte sie sich normalerweise eingelebt und eine feste Routine entwickelt. Sie und Connor verstanden sich wunderbar – aber Declan hatte sie bisher kaum zu Gesicht bekommen, geschweige denn sich mit ihm unterhalten. Sie würde ihn daher bald einmal um ein Gespräch bitten müssen. Am besten in den allernächsten Tagen.

Am ersten Wochenende ihrer Anstellung waren Declan und Connor nach Sacramento gereist, um Declans Eltern zu besuchen. Letztes Wochenende war Declan zu einer Konferenz in eine andere Stadt gefahren. Und sie hatte keine Ahnung, was an diesem Wochenende anstand.

»Habt ihr morgen was vor, du und dein Dad?«, fragte sie.

»Ich weiß nicht. Er hat mir nichts gesagt. Was sollen wir machen, wenn er zu tun hat?«

»Ich habe mir gedacht, wir könnten in den Wildtierpark gehen.«

Connor war fertig mit dem Besteckverteilen. »Muss ich dann eine Tarantel in die Hand nehmen?«

»Nicht, wenn du das nicht willst.«

»Spinnen sind keine Ameisen«, sagte er in defensivem Ton.

Sie hielt abwehrend die Hände hoch. »Das brauchst du mir nicht zu erzählen. Eine Ameisenfarm ist völlig in Ordnung für mich, aber wenn du eine Spinnenkolonie gründen willst, muss ich leider schreiend davonrennen.«

Er grinste. »Im Pyjama?«

»Höchstwahrscheinlich.«

Sein Gelächter wurde durch das Geräusch des sich öffnenden Garagentors unterbrochen.

»Dad ist zu Hause! Dad ist zu Hause!«

Sie sah Connor nach, wie er durch die Küche sauste und in den Hausflur verschwand, dann fiel ihr Blick erneut auf den Tisch. Wie es aussah, würden sie tatsächlich zu dritt essen – was für eine Freude.

Nicht dass sie nervös gewesen wäre, keineswegs. Es war nur eben so, dass sie Declan kaum kannte. Aber gut – heute Abend würden sie sich bei Lasagnerollen und ameisengroßen Zucchini ein wenig mehr kennenlernen.

»... und Sunshine hilft mir mit der Ameisenfarm. Morgen recherchieren wir ein bisschen im Internet, und das reicht dann auch, weil ich schon drei Bücher gelesen und noch zwei aus der Bibliothek ausgeliehen habe, die lese ich am Wochenende, und dann weiß ich eh alles.«

Dank der gerahmten Fotos, die sie in Connors Zimmer gesehen hatte, wusste Sunshine, dass er nach seiner Mutter kam. Er war klein für sein Alter, hatte eine zierliche Figur sowie dunkle Haare und dunkle Augen. Deshalb war es jedes Mal ein kleiner Schock für sie, wenn sie Declan sah.

Er war ein eindrucksvoller Mann. Keineswegs dick, aber hochgewachsen, mindestens einen Meter neunundachtzig, mit breiten Schultern und einer Menge Muskeln. Dazu hatte er sandfarbenes Haar und grüne Augen. Neben ihren eins vierundsechzig erschien er ihr extrem groß, und die Tatsache, dass er meistens Anzug und Krawatte trug, ließ ihn noch stattlicher erscheinen. Außerdem hatte er eine gewisse Präsenz – er gehörte zu den Menschen, die, wohin auch immer sie kamen, sofort alle Blicke auf sich zogen. Sie kannte ihn zwar nicht gut genug, um sich eine echte Meinung über ihn bilden zu können, doch er schien ein netter Typ zu sein. Er liebte seinen Sohn, und das war alles, was für sie zählte.

»Guten Abend, Mr. Dubois«, murmelte sie, als er seine Aktentasche abstellte, Connor hochhob und den Jungen mit dem Kopf nach unten baumeln ließ.

Während sein Sohn vor Vergnügen quietschte, suchte Declan ihren Blick. »Wir haben doch darüber gesprochen, Sunshine. Nenn mich bitte Declan.«

»Okay, ich wollte nur noch mal sichergehen.«

»Ich hab's gerne unverkrampft.«

Unverkrampft gefiel ihr. Und wo sie jetzt so darüber nachdachte, war es ein Glück, dass er das so sah – jedenfalls in Anbetracht der Tatsache, dass sie beim Reinkommen einfach ihre Schuhe abgeschüttelt hatte und nun barfuß und dazu in Jeans und einem übergroßen T-Shirt, das eine Bar in Tahiti bewarb, vor ihm stand.

Declan stellte Connor wieder auf die Füße und warf einen Blick auf den Tisch. »Das sieht schön aus. Was gibt es denn?«

»Ameisenessen!«, verkündete Connor fröhlich. »Zucchini-Ameisen-Pommes.«

»Wirklich?«

»Salat, Lasagnerollen, Knoblauchknoten und Zucchini-Pommes«, korrigierte sie ihn.

»Die Knoblauchknoten sind eigentlich Brötchen«, erklärte Connor seinem Vater. »Die habe ich alle selbst geknotet.«

»Wirklich?« Declan verwuschelte ihm das Haar. »Das ist ja toll. Gebt mir fünf Minuten, um mich umzuziehen, dann komme ich euch helfen.« Er nahm seinen Aktenkoffer und verschwand in Richtung Flur, seinen Sohn im Schlepptau. »Sunshine, trinkst du Wein?«

»Nur an Wochentagen, die mit *tag* enden.«

»Schön. Magst du uns einen Rotwein aus dem Weinschrank holen? Weißt du, wo der ist?«

»Ja.«

Bis auf Declans Schlafzimmer hatte sie an ihrem ersten Wochenende das gesamte Haus erkundet. Sie hatte jeden Ort ausfindig gemacht, an dem ein achtjähriger Junge sich verstecken konnte, und einen Eimer mit Putzmitteln in der Garage versteckt. Ja, Connor war alt genug, um zu wissen, dass man mit so etwas nicht spielte, aber weshalb das Schicksal herausfordern?

Das Haus war typisch für diese Gegend. Es war in den 1920er-Jahren in einem Stil errichtet worden, von dessen starkem spanischen Einfluss die u-förmige Struktur mit Innenhof zeugte. Neben der Küche lag der Hauswirtschaftsraum, dahinter wiederum das Familienwohnzimmer und ihr Schlafzimmer mit eigenem Bad. Hinter der Garage befand sich ein großer Fitnessraum, den sie unbedingt mal benutzen sollte.

Von der anderen Seite der Küche aus kam man in ein formelles Esszimmer und ein Wohnzimmer für Gäste, danach bog der Flur um die Ecke, und es folgten Declans Büro, daneben Connors Zimmer und dann das Elternschlafzimmer.

Die Räume waren beinahe übertrieben groß, die Originaldeckenbalken noch erhalten, und der Garten schien einer wundervollen Fantasie entsprungen. Sunshine hatte nicht viel Ahnung von Pflanzen, aber sie wusste genug, um abends ihr Fenster offen stehen zu lassen, damit sie den Duft des nachtblühenden Jasmins davor einatmen konnte.

Sie ging in Richtung Hauswirtschaftsraum und bog in die Vorratskammer ab, an deren hinterem Ende sich der große Weinschrank mit Glastüren befand. Er enthielt mindestens vierhundert Flaschen, nach Rebsorten geordnet. Sie zog eine Schublade nach der anderen heraus auf der Suche nach einem einigermaßen günstigen Cuvée. Das Abendessen war einfach, und der Wein dazu sollte es ebenfalls sein.

Nachdem sie im Büfett neben dem Weinschrank einen Korkenzieher gefunden hatte, kehrte sie schließlich mit der offenen Flasche sowie zwei Weingläsern in die Küche zurück, wo sie noch eine Flasche alkoholfreien Cidre für Connor bereitstellte. Wenn es schon ein bisschen festlicher wurde, sollte er auch daran teilhaben.

Als Declan mit Connor am Esstisch Platz nahm, gab Sunshine die heißen Brötchen in eine große Schüssel, begoss sie mit ausgelassener Butter und bestreute sie mit gehacktem Knoblauch. Der Salat stand bereits auf dem Tisch. Sie tat Connor und Declan jeweils ein Brötchen auf den Teller, stellte die übrigen griffbereit und setzte sich ebenfalls.

Der Küchentisch bot Platz für sechs Personen. Sie saßen zu

dritt an dessen einem Ende im Halbkreis, Sunshine gegenüber von Connor. Ohne nachzudenken, tat sie ihm Salat auf, ehe ihr einfiel, dass sein Vater das womöglich gerne selbst getan hätte.

»Oh, ähm, tut mir leid. Wolltest du ihm vielleicht …«

»Mach du nur«, sagte Declan ganz entspannt und schenkte ihnen Wein ein.

Sie nickte und wartete, bis er sich bedient hatte, bevor sie ihm die Schüssel abnahm und sich selbst Salat auf den Teller tat. Als Declan ihr ein Weinglas reichen wollte, griff sie im selben Moment ebenfalls danach, sodass ihre Hände aneinanderstießen und das Glas beinahe umkippte.

Sunshine spürte, wie sie rot wurde. Na großartig. Die peinlichen ersten Tage hätten eigentlich längst hinter ihr liegen sollen. Bei fremden Leuten einzuziehen und fast so etwas wie ein Familienmitglied zu werden – aber eben nicht wirklich – war nicht ganz unkompliziert.

Declan schüttelte lächelnd den Kopf. »An unseren Tischmanieren müssen wir wohl noch arbeiten«, sagte er neckend.

»Scheint mir auch so.«

»Die letzten Wochen waren ziemlich hektisch bei mir, wir hatten gar keine Zeit, uns richtig kennenzulernen. Falls du später nichts anderes vorhast, komm doch zu mir ins Arbeitszimmer, wenn Connor im Bett ist. Dann können wir darüber sprechen, wie es bisher so läuft.«

»Ja, das wäre schön«, sagte sie. »Danke.«

Connor hielt sein Cidreglas in die Höhe. »Ich möchte einen Toast ausbringen.«

»Ach ja?« Declan griff nach seinem Weinglas. »Was denn für einen?«

Sunshine erhob ebenfalls ihr Glas und wartete ab, was kommen würde. Ihrem Gefühl nach dürfte der Trinkspruch sehr viel weniger staatsmännisch ausfallen, als Declan scheinbar erwartete.

Connor grinste verschmitzt. »Einen Toast mit Marmelade.«

»Wow, Toast mit Marmelade also«, murmelte Declan, ehe er an seinem Wein nippte. »Ich bin verdammt stolz auf dich, mein Junge.«

Connor kicherte, und Sunshine zwinkerte ihm zu.

»Wir waren heute nach der Schule im botanischen Garten«, sagte sie und nahm ihre Gabel. »Im Wüstengarten, genau gesagt.«

»Mein absoluter Lieblingsgarten!«, verkündete Connor.

»Eines Tages werde ich sicher auch mal den Rest der Anlage zu sehen bekommen. Hoffe ich jedenfalls.«

Connor zog die Schultern hoch und seufzte übertrieben. »Übernächstes Mal, versprochen.«

»Hurra, danke!«

»Gern geschehen.« Er wandte sich seinem Vater zu. »Wie geht's dem Hotel?«

»Gut. Die Baugenehmigung liegt jetzt vor, daher kann ich mich nun an die Gartengestaltung machen.« Er sah Sunshine an. »Die Baumaterialien, die am Haus eingesetzt werden, beeinflussen meine Planung.«

»Klar. Die Farben der Blumen sollten schon zur Fassade passen.«

»Genau. Connor, wie war es in der Schule?«

»Gut. Ich habe eine Eins im Rechtschreibtest. Wir haben auch ganz viel geübt.«

»Es ging in der Lektion um verschiedene Währungen und deren Rechtschreibung«, ergänzte Sunshine. »Euro, Yen, Rubel, das Wort *Währung* selbst.«

»Das ist ein schweres Wort«, sagte Connor, der seinen Salat aufgegessen hatte. »Und *Rubel* schreibt sich wie *rubbeln*, aber mit nur einem *b* und ohne *n*.«

»Davon habe ich schon mal entfernt gehört«, sagte Declan. »Gut gemacht, Kleiner.«

Sunshine wollte gerade aufstehen, um die Salatteller einzusammeln, als Connor sich erneut zu Wort meldete: »Sunshine fängt am Montag mit der Uni an, und sie hat schon richtig Angst.«

»Ach, das ist doch nicht so spannend«, murmelte sie und ging zum Ofen, um die Lasagnerollen herauszuholen.

»Du gehst zurück aufs College?«, fragte Declan.

»Zurück trifft es nicht genau, aber ja.« Sie verteilte die dampfende Pasta auf drei Teller und trug sie zum Tisch. »Ich belege erst mal nur einen Mathekurs am Pasadena City College.«

»Sehr gut.«

»Danke.«

Als sie wieder saß und an ihrem Wein nippte, sagte sie sich, dass es ihr vollkommen egal sein sollte, was ihr Boss von ihrer mangelnden Ausbildung hielt. Nur weil er einen hohen Abschluss, einen tollen Job, ein Haus, ein Kind und ein geordnetes Leben vorzuweisen hatte, war er nicht besser als sie.

Sie seufzte. Hier geht es gar nicht um Declan, rief sie sich in Erinnerung. Er stand nur einfach für alles, was sie nicht hatte. Wurzeln, eine Richtung im Leben, einen Plan. Sie hatte ihre Zwanziger in einer Reihe von Beziehungen verbracht, wovon nichts übrig geblieben war – abgesehen von falschen Entscheidungen und einigen gebrochenen Herzen, von denen ein paar ihr gehört hatten.

Doch all das lag nun hinter ihr. Sie hatte ihren Moment der Erleuchtung gehabt, konzentrierte sich nun auf das Wesentliche und hatte einen Plan für ihr Leben. Und nichts und niemand würde sie dazu bringen, von ihrem Kurs abzuweichen. Dessen war sie sich sicher.

Declan Dubois hatte schon seit einem Jahr keinen Sex mehr gehabt. Bis vor ein paar Wochen hatte ihn das nicht gestört, aber in letzter Zeit fiel es ihm doch immer wieder auf und wurde langsam zum Problem.

Die Dürreperiode hatte eingesetzt, als er und Iris erste Probleme bekamen – wenn man es so nennen konnte. Damals war vollkommen unklar gewesen, ob seine Ehe überleben würde oder nicht, und so hatte er es sich angewöhnt, in seinem Arbeitszimmer auf dem Sofa zu schlafen. Und später, nachdem sie krank geworden war, war Sex das Letzte gewesen, worüber sie sich Gedanken gemacht hatten.

Nach Iris' Tod hatte er vollkommen unter Schock gestanden und sich erst mal der Tatsache stellen müssen, dass die Frau, mit der er sein ganzes Leben hatte verbringen wollen, nicht mehr da war. Und dann war da auch noch Connor gewesen, dem er helfen musste, mit dem Verlust seiner Mutter klarzukommen. Sex war da einfach nicht wichtig.

Inzwischen sah die Sache anders aus, allerdings hatte er keine Ahnung, was er diesbezüglich unternehmen sollte. Mit Frauen auszugehen erschien ihm unmöglich, und ein paar Minuten allein in der Dusche hatten noch keinen Mann sehr weit gebracht. Irgendwann wollte er mal wieder eine Frau in seinem Bett haben, und das nicht nur in Form eines One-Night-Stands. Dafür war er noch nie der Typ gewesen. Es musste nicht unbedingt Liebe im Spiel sein, damit er einen hochbekam, doch ein paar Gefühle waren schon erlaubt. Nur hatte er seit zehn Jahren kein Date mehr gehabt – wie sollte er jetzt damit anfangen? Und wo sollte er überhaupt Frauen kennenlernen? Auf keinen Fall bei der Arbeit, so was ging nie gut. Aber wo dann, im Internet?

Während er den kurzen Weg von Connors Zimmer zu seinem Arbeitszimmer zurücklegte, beschloss er, sich mit dem Problem später auseinanderzusetzen. Nun, da sein Sohn schlief, war es sehr viel dringender, endlich ein paar Worte mit der Frau zu wechseln, die er für die Betreuung seines Kindes angeheuert hatte. Irgendwie waren die letzten drei Wochen wie im Flug vergangen. Wenn er nicht aufpasste, würde er sich noch irgendwann umdrehen und Connor hätte seinen Highschool-Abschluss in der Hand, ehe er auch nur irgendetwas über Sunshine in Erfahrung gebracht hatte.

Er setzte sich an seinen Schreibtisch und öffnete den Lebenslauf, den die Agentur ihm vor Sunshines Bewerbungsgespräch zukommen gelassen hatte. Sie war das fünfte Kindermädchen, das er anstellte, und er hatte verzweifelt gehofft, endlich eins gefunden zu haben, das sein Sohn mochte. Iris' Tod war ein Schock gewesen. Nicht mal einen Monat nachdem er von ihrem Krebs erfahren hatte, war sie bereits gestorben. Er hatte keinerlei Zeit gehabt, sich darauf vorzubereiten, sich innerlich zu wappnen – und er war erwachsen. Connor war noch sehr viel weniger in der Lage, eine derart schreckliche Situation durchzustehen. Er war sich nicht sicher, ob sie das Ganze auch nur halbwegs überlebt hätten, wären seine Eltern nicht gekommen und nach der Beerdigung eine Weile bei ihnen geblieben.

Declan überflog den Lebenslauf. Sunshine war einunddreißig Jahre alt. Seit sie zwanzig war, hatte sie immer wieder als Kindermädchen gearbeitet. Jedoch verfügte sie über keine entsprechende Ausbildung, hatte nach der Highschool nicht studiert und verschiedentlich Stellen gekündigt, ehe ihr Vertrag ausgelaufen war. Er hatte sie erst gar nicht einstellen wollen, allerdings war er vollkommen verzweifelt gewesen, weshalb die Agentur darauf bestanden hatte, dass er zumindest einmal mit ihr sprach. Nachdem er bereits vier ihrer besten Kindermädchen verschlissen hatte, hatte er die Bitte nicht abschlagen können und sich schließlich widerwillig mit Sunshine getroffen.

Er erinnerte sich an kaum etwas von dem Gespräch, außer dass er auf einem Probenachmittag unter der Aufsicht einer Agenturmitarbeiterin bestanden hatte. Als Connor von dem Treffen mit Sunshine zurückkam und verkündete, dass er sie mochte, hatte er sie noch am selben Abend eingestellt.

Die vergangenen drei Wochen waren ein einziger Wirbelsturm aus Arbeit und Reisen gewesen. Er hätte gerne mehr Zeit zu Hause verbracht, um Sunshine besser kennenzulernen und zu sehen, wie sie mit Connor umging, doch das Schicksal hatte ein Komplott gegen ihn geschmiedet. Fakt war, dass sein Sohn so glücklich wirkte wie schon lange nicht mehr – er schien Sunshine jedenfalls sehr zu mögen.

Ein Klopfen an der offen stehenden Tür holte ihn zurück in die Gegenwart. Sunshine stand im Eingang und lächelte ihn vorsichtig an.

»Passt es dir jetzt?«

Er nickte und deutete auf den Stuhl vor seinem Schreibtisch. Sunshine setzte sich und zog ihre nackten Füße unter sich.

Sie ist so ganz anders als Iris. Der Gedanke kam unerwartet, doch nachdem er einmal gedacht war, ließ er sich nicht mehr ignorieren. Seine verstorbene Frau war groß und gertenschlank gewesen mit feinen Gliedern und langen Fingern. Ihr dunkles Haar und ihre ebenso dunklen Augen hoben die Blässe ihres Gesichts hervor.

Sunshine hingegen war um einiges kleiner und sehr viel kurvenreicher. Sie war blond, hatte blassblaue Augen, volle Wangen, große Brüste und einen Hintern, der ... Er ermahnte sich, gar nicht erst darüber nachzudenken. Nicht nur, dass das äußerst unangemessen wäre, sie war außerdem gar nicht sein Typ. Und wie gesagt, es gehörte sich einfach nicht.

Iris hatte maßgeschneiderte Designerkleidung in Schwarz oder Braungrau bevorzugt. Aus dem Wenigen zu schließen, das er bisher von Sunshine mitbekommen hatte, war sie dagegen eher der Jeans-und-T-Shirt-Typ. Sie aß Frühstücksflocken direkt aus der Schachtel, hatte kein Problem damit, auf dem Boden liegend mit Connor Halma zu spielen, und auch nichts gegen eine Ameisenfarm im Haus einzuwenden. Ganz anders als Iris.

Nicht, dass er sich wünschte, sie in einer anderen Frau wiederzufinden. Sie war seine erste große Liebe gewesen, und jetzt, da sie nicht mehr da war, würde er nie wieder derselbe Mensch sein. Ebenso wenig glaubte er, sich nie wieder verlieben zu können – was das betraf, hatte er keine Ahnung. Er wusste nur einfach, dass er keinen Ersatz für Iris wollte.

»Ihr scheint euch gut zu verstehen, du und Connor«, sagte er.

Sie lächelte. Zwei so simple Wörter, die ihrer damit einhergehenden Verwandlung von einer hübschen zu einer atemberaubend schönen Frau nicht annähernd gerecht wurden. Declan hoffte, nicht so überwältigt auszusehen, wie er sich fühlte. Schließlich sah er sie nicht zum ersten Mal lächeln, er hätte daran gewöhnt sein sollen.

»Connor ist entzückend. Wer würde sich nicht sofort in ihn verlieben? Er ist so ein ernsthaftes Kind und zugleich so lustig und liebenswürdig. Natürlich vermisst er seine Mom sehr, doch er kommt klar. Wir sprechen über sie, wann immer ihm danach ist. Außerdem hilft ihm sicher seine Therapie. Die Therapeutin verrät mir selbstverständlich keine Details, aber ich würde sagen, dass er alles gut verarbeitet.«

Sunshine so voller Verständnis über seinen Sohn reden zu hören, das entspannte ihn. »Ja, Connor ist etwas ganz Besonderes«, sagte er. Dann warf er einen Blick auf das aufgeschlagene Profil auf seinem Schreibtisch und beschloss, offen mit ihr zu sprechen. »Ich war mir erst nicht sicher, ob ich dich einstellen sollte.«

Statt in die Defensive zu gehen, lachte sie nur. »Dasselbe könnte ich über dich sagen. Ich wollte eigentlich lieber für eine alleinerziehende Powerfrau arbeiten, aber der Agenturchef hat mich überredet, Connor erst mal kennenzulernen, und da war es um mich geschehen.«

Sie deutete auf die vor ihm liegende Mappe. »Sind das meine Unterlagen?«

Er nickte.

Sie verzog ihre vollen Lippen.

»Lass mich raten. Der Bericht sagt, dass ich super bin mit Kindern. Ich mag sie, und sie mögen mich. Ich bin pünktlich, ich koche, helfe bei den Hausaufgaben, bin eine sichere Autofahrerin. In Notfällen bin ich praktisch immer erreichbar. Aber …«, sie sah ihn an, »… die Wahrscheinlichkeit ist ziemlich hoch, dass ich eines Tages ohne große Vorwarnung einfach verschwinde. Dann bin ich von heute auf morgen weg, und du sitzt ohne Kindermädchen da.« Sie zuckte mit den Schultern. »Ist das eine einigermaßen korrekte Zusammenfassung?«

Ihre Ehrlichkeit erstaunte ihn. War das reine Taktik, oder war sie echt? Er hatte nicht die leiseste Ahnung.

Sie seufzte. »Es stimmt, alles davon. Ich habe mindestens ein halbes Dutzend Stellen gekündigt. Jedes Mal lernte ich einen Mann kennen und verliebte mich in ihn, er wollte, dass ich mit ihm mitgehe, und ich folgte ihm. Einfach so.«

»Dass du mit ihm mitgehst?«

Da war es wieder, ihr Lächeln, allerdings mit verringerter Strahlkraft.

»Ich neige dazu, mich in Männer zu verlieben, die ungewöhnliche Berufe haben oder nicht da leben, wo ich bin. Einer spielte in einer Rockband, einer war Reisefotograf, ein anderer Tennisprofi. Einmal hat mich die Familie, für die ich gerade arbeitete, mit nach Napa genommen. Dort lernte ich einen Restaurantbesitzer kennen, und als die Familie zurück nach Hause fuhr, blieb ich. Das Gute daran war, dass ich von ihm kochen gelernt habe.«

Sie wandte den Blick ab. »Ich war damals jung und leichtsinnig, aber so will ich nicht mehr sein.« Sie sah ihn wieder an. »Ich will dich nicht mit Details langweilen. Nur so viel – irgendwann wachte ich in einem Londoner Hotelzimmer auf, ohne Job, ohne Freund, ohne Perspektive. Ich flog zurück nach Hause, zog bei meiner Schwester ein und probierte verschiedene Jobs aus, denn, na ja, das Kindermädchending war weder gut für mich noch für die Kinder.«

Er wusste nicht, was er erwartet hatte – das jedenfalls nicht. »Weshalb arbeitest du dann jetzt wieder als Kindermädchen?«

»Weil ich gut darin bin und das Geld brauche. Ich möchte etwas aus meinem Leben machen. Eine abgeschlossene Ausbildung, etwas Geld auf der hohen Kante für den Ruhestand, einfach ganz normal sein. Die Arbeit als Kindermädchen finanziert mir das Studium, lässt mir ausreichend Zeit zum Lernen, und über die Miete muss ich mir auch keine Gedanken machen. Ich will einen klaren Kopf behalten und das Richtige tun. Schluss mit durchgeknallten Losertypen. Diese Frau will ich nicht mehr sein.«

Ihr Lächeln kehrte zurück und machte ihn ebenso sprachlos wie zuvor.

»Das war jetzt wohl mehr, als du wissen wolltest«, sagte sie. »Ich will eben ehrlich sein. Du hast natürlich keine Veranlassung, mir das alles zu glauben. Du kennst mich nicht, deshalb sitzen wir ja hier und unterhalten uns, stimmt's? Aber ich empfinde große Verantwortung Connor gegenüber. Ich werde ihn nicht einfach so im Stich lassen.«

»Weil du diese Frau nicht mehr sein willst?«

»Ganz genau.«

Das war alles viel zu viel Information auf einmal, und er wusste nicht, was er damit anstellen sollte. Ja, sie hatte recht, er hatte keinerlei Veranlassung, ihr zu glauben – und doch tat er es. War das dumm von ihm oder stimmte sein Bauchgefühl? Er hatte keine Ahnung.

»Ist das auch der Grund, weshalb du lieber für eine Frau arbeiten wolltest?«

Sie nickte. »Ich hatte ein paar Väter dabei, die übergriffig wurden. Das kann ziemlich unangenehm sein.«

»Sunshine, ich versichere dir, ich würde niemals …«

Sie schüttelte den Kopf. »Ich weiß. Du musst dazu nichts sagen.«

Sie wusste es? Woher? Und was hatte das zu bedeuten? War er so unglaublich asexuell geworden, dass … dass … Oh Gott, er konnte die Frage noch nicht mal formulieren, geschweige denn sie beantworten.

Sie lachte. »Du siehst leicht verwirrt aus. Was ich meinte, ist, dass du wie ein redlicher Mensch wirkst. Das weiß ich sehr zu schätzen.«

»Gut«, sagte er, auch wenn er sich nicht sicher war, ob das gut war oder nicht. Zeit, das Thema zu wechseln. »Was ist mit deinen Arbeitszeiten. Passen die dir?«

»Die sind perfekt.«

An Wochentagen sollte sie von halb sieben morgens bis neun Uhr abends zur Verfügung stehen, inklusive einer Mittagspause. Außerdem schuldete sie ihm jeden zweiten Samstag und kochte viermal in der Woche das Abendessen.

»Tut mir leid, dass du sonntags arbeiten musstest, als ich auf Geschäftsreise war.«

»Kein Problem. Du warst ja das Wochenende davor mit Connor verreist, sodass ich den Samstag freihatte. Declan, ich schreibe mir nicht jede Minute auf, die ich arbeite. Wenn Connor früh aufsteht oder länger wach bleibt, ist das völlig in Ordnung. Flexibel zu sein ist Teil meines Jobs.«

»Danke.«

Er ließ sich von ihr bestätigen, dass sie die wichtigsten Geschäfte in der Gegend kannte, dann holte er eine Kreditkarte aus der Schreibtischschublade.

»Die habe ich für dich bestellt«, sagte er. »Das ist einfacher, als wenn du mir jedes Mal die Quittungen vorlegen musst und ich dir das ausgelegte Geld zurückzahle.« Er lächelte. »Aber brenn damit nicht nach Tahiti durch.«

»Ach, schade. Gerade gestern haben Connor und ich noch überlegt, einen kleinen Ausflug zu machen …« Sie nahm lächelnd die Karte entgegen. »Er wächst langsam aus ein paar Hosen raus, und seine Sportschuhe sehen richtig übel aus. Soll ich mit ihm einkaufen gehen, oder würdest du das lieber machen?«

»Geh du ruhig mit ihm. Die nächsten zwei Wochen stecke ich noch knietief in der Vorplanung für das Hotel. Sobald es an der Front überschaubarer wird, habe ich wieder mehr Zeit.«

»Okay. Dann besorge ich, was er jetzt am dringendsten braucht, und du kannst dich um den Rest kümmern. Gibt es sonst noch etwas?«

Sein Blick glitt von ihrem Mund zu ihren … Declan fluchte innerlich und ermahnte sich, dass Spannen nicht erlaubt war. Er musste sich am Riemen reißen. Und eine andere Frau finden, mit der er schlafen konnte. Vorausgesetzt, dass er überhaupt noch wusste, wie das funktionierte. Er vermutete jedoch, dass es wie Fahrradfahren war – sobald er und die betreffende Frau nackt wären, würde er schon wissen, was zu tun war.

»Declan?«

Er blinzelte. »Äh, ja, das wäre dann alles.«

Sie erhob sich und schob die Kreditkarte in ihre Gesäßtasche. »Gute Nacht.«

»Dir auch.«

Er wusste nicht, wie befriedigend sie ausfallen würde, doch die Chancen standen gut, dass er sich demnächst eine Dusche genehmigen würde. Und zwar eine ziemlich ausgiebige. Danach würde er alleine im Bett liegen und die Frau, mit der er verheiratet gewesen war, verfluchen und zugleich vermissen. Die Frau, die ihn betrogen hatte und dann einfach gestorben war, ehe er entscheiden konnte, ob er ihr verzeihen wollte oder nicht.

3. Kapitel

Um kurz vor elf am Sonntagmorgen betrat Sunshine das Restaurant. Sie hatte sich Locken ins Haar gedreht, sich geschminkt und sogar ein Kleid angezogen. Nicht, dass sie einen guten Eindruck auf irgendjemanden hätte machen müssen – sie traf sich nur mit ihrer Schwester, und die würde sie niemals kritisch beäugen. Es war reiner Selbstschutz, denn was immer Margot trug, sie sah umwerfend darin aus. Und obwohl Sunshine wusste, dass sie an der Schönheitsfront nicht mithalten konnte, wollte sie nicht wie eine Vogelscheuche daherkommen. Oder mal wieder diejenige sein, die sexy war, mehr aber auch nicht.

Sie nannte dem Kellner ihren Namen. Es warteten schon mindestens zwei Dutzend Leute auf einen Tisch, hauptsächlich Familien, die aus mehreren Generationen bestanden. Sunshine beobachtete die Großeltern, die Kleinkinder in Schach hielten, und die jungen Mütter, die ihre Babys beruhigten.

Die meisten Familien sahen glücklich aus, was sie sehr freute. Kinder verdienten ein Zuhause, in dem alles genau so war, wie es sein sollte.

In diesem Moment kam Margot herein und entdeckte sie. Sie beide umarmten sich. Als sie sich wieder voneinander lösten, unterdrückte Sunshine einen Seufzer. Japp, ihre zweieiige Zwillingsschwester sah umwerfend aus in ihrem dunkelblauen kurzärmeligen Etuikleid. Der feine Webstoff umschmeichelte ihren Körper und reichte ihr knapp bis zu den Knien. Der Ausschnitt war hochgeschlossen, der Schnitt konservativ. Nichts an ihrem Kleid, ihren halbhohen, dunkelblauen Pumps oder ihrer schlichten Clutch schrie: Seht mich an, und doch taten die Leute genau das. Sie gafften regelrecht.

Sunshine wusste, dass auch sie ihre Portion Aufmerksamkeit abbekam, jedoch aus den falschen Gründen. Sie bestand nur aus

Brüsten und Hintern, das Ganze zu allem Überfluss gekrönt von einem leichten Hüftschwung. Während Margot das Cover der *Vogue* hätte zieren können, wirkte sie eher, als wäre sie einer Stripclub-Reklame entsprungen. Und da behaupteten die Leute, Gott hätte keinen Sinn für Humor.

Margot hakte sich bei ihr ein. »Wie geht's dir? Wie läuft die Arbeit? Bist du nervös, weil du morgen mit dem Studium anfängst? Musst du nicht. Du wirst das großartig machen. Du bist superintelligent und willensstark. Ich bin so verdammt stolz auf dich! Sieh doch mal, wie schnell du dein Leben auf die Reihe gekriegt hast.«

»*Auf die Reihe gekriegt* ist womöglich geringfügig übertrieben«, murmelte Sunshine, als der Kellner sie herüberwinkte.

»Einen Tisch für zwei zu finden ist heute die leichteste Übung«, sagte er lächelnd. »Plätze für acht Leute sind eher das Problem. Wenn Sie mir bitte folgen wollen.«

Er führte sie zu einem kleinen Tisch in einer Fensternische. Nachdem sie sich gesetzt hatten, beugte sich Margot zu ihr herüber und fragte: »Geht es dir wirklich gut?«

Sunshine lächelte. »Du nimmst das Große-Schwester-Ding viel zu ernst. Schließlich bist du gerade mal acht Minuten früher auf diese Welt gekommen als ich.«

»Ich kann einfach nicht anders. Du bist meine Familie, und ich hab dich sehr lieb.«

»Ich dich auch.«

Sunshine zog einen dünnen Umschlag aus ihrer Handtasche und reichte ihn über den Tisch. »Hier der Beweis, dass es mir wirklich gut geht. Die erste Ratenzahlung.«

Margot öffnete den Umschlag und kräuselte die Nase, als sie einen Scheck daraus hervorzog. »Das hätte echt nicht sein müssen.«

»Doch, du hast mir die Anzahlung für mein Auto geliehen.«

Als Sunshine vor vier Monaten nach Los Angeles zurückgekehrt war, war sie vollkommen blank, aber erstaunlicherweise dennoch kreditwürdig. Nachdem sie sich erst eine Stelle als Kellnerin und dann noch eine zweite als Drogerieangestellte besorgt hatte, lieh sie sich Geld von ihrer Schwester und schaffte es, einen Kredit für ein Auto zu bekommen. Margot hatte darauf bestanden, dass sie ihr das Darlehen erst zurückzahlte, wenn sie ein paar Tausend Dollar angespart hatte. Doch dank ihrer neuen Stelle als Kindermädchen stand sie nun finanziell sehr viel besser da und konnte schon mal damit anfangen, ihre Schulden zu begleichen.

Margot seufzte. »Ich wollte aber gar nicht, dass du mir das zurückzahlst.«

»Tut mir leid, so lautete die Abmachung. Ich bin keine Schmarotzerin.«

Margot grinste. »Du machst mich echt fertig.«

»Das ist auch mein Job als deine Schwester. Nein wirklich, mir geht's gut, ich liebe Connor. Und morgen geht es mit dem Studium los, und es fühlt sich alles richtig so für mich an. Ich schwör's dir.«

»Na, wenn du's schwörst.«

Der Kellner kehrte zurück, nannte ihnen die Tagesgerichte und nahm ihre Getränkebestellung entgegen.

»Champagner bitte«, sagte Margot entschieden.

Nachdem er ihnen zwei Gläser gebracht hatte, hielt Sunshine ihres in die Höhe. »Auf Francine und ihren heutigen Geburtstag. Wir lieben und vermissen dich und hoffen, dass du im Himmel von lauter Schönheitsköniginnen umringt bist.«

Margot stieß mit ihr an. »Auf dich, Francine. Ich weiß, aus uns ist nicht gerade das geworden, was du dir erhofft hast, aber wir lieben dich und danken dir für alles, was du für uns getan hast.«

Sie nahmen beide einen Schluck Champagner zu Ehren der Urgroßmutter, die sie großgezogen hatte.

Obwohl sie nun schon seit mehr als zehn Jahren tot war, hatte Sunshine noch Francines Stimme im Kopf: *Sitzt gerade. Nicht die Beine übereinanderschlagen. Denkt in die Höhe. Eleganz ist immer die richtige Entscheidung.*

»Ich war eine herbe Enttäuschung für sie«, sagte sie leichthin, da sie die unausweichliche Wahrheit längst akzeptiert hatte.

»Das waren wir beide«, murmelte Margot. »Du hast es wenigstens versucht. Ich war einfach nur ein zitterndes, wimmerndes Häufchen Elend.«

»Vergiss nicht deine schwallartigen Kotzanfälle.«

»Auch immer wieder eine schöne Erinnerung.«

Sie lächelten einander an.

»Wie läuft's bei dir mit der Arbeit?«, fragte Sunshine. »Hattest du nicht ein Vorstellungsgespräch?«

»Ja, und ich hab den Auftrag bekommen. Das könnte interessant werden. Die Frau ist ein einziger wandelnder Widerspruch. Ich muss bei den Kunden einziehen, was ich eigentlich nicht so mag, aber das Haus ist großartig.«

Sunshine wusste, dass sie nicht zu viele Fragen stellen durfte. Margot war sehr diskret, was ihre Kunden betraf, und gab nie Einzelheiten preis.

»Wo wirst du dann wohnen?«

»In Pasadena, also ganz in deiner Nähe.«

»Schön. Sag mir Bescheid, wenn ich mal in deiner Wohnung nach dem Rechten sehen soll. Du weißt ja, ich habe ziemlich flexible Arbeitszeiten.«

»Ja, danke.«

Der Kellner kehrte zurück und nahm ihre Essensbestellung auf. Als er wieder weg war, griff Margot nach ihrem Champagnerglas.

»Jetzt erzähl du mal, wie ist dein neuester Herzensbrecher so?«

Sunshine lachte. »Connor ist einfach entzückend, ein so liebes Kind. Er hat immer noch damit zu tun, den Tod seiner Mutter zu verarbeiten, aber er ist so tapfer dabei. Wir besorgen ihm gerade eine Ameisenfarm.«

Margot erschauderte. »Oh Gott, wieso das denn?«

»Er hat sich eine gewünscht. Und ich glaube, das wird ganz lustig. War dir klar, dass die Verkäufer diese winzigen Dinger als wilde Tiere bezeichnen? Connor stand daneben, deshalb konnte ich nicht laut loslachen, aber ich meine, ist das deren Ernst? Und sie selbst sind dann Ameisenbändiger oder was?«

Margot kicherte. »Und der Herr des Hauses?«

»Ich lerne ihn gerade erst ein bisschen kennen. Er scheint ein guter Vater zu sein. Connor und er haben eine sehr enge Beziehung.«

»Das ist doch mal eine nette Abwechslung.«

»Stimmt.«

Viele der Eltern, für die sie gearbeitet hatte, waren nicht gerade engagiert gewesen, was ihre Kinder betraf. Sie zogen es vor, ein Kindermädchen einzustellen und dem die Aufzucht ihrer Brut zu überlassen. Nach allem zu urteilen, was sie bisher mitbekommen hatte, war Declan dagegen ein sehr anteilnehmender Vater.

»Das muss so schrecklich sein«, sagte sie und kämpfte gegen die Traurigkeit an, die in ihr aufkam. »Deinen Ehepartner in so jungen Jahren zu verlieren, meine ich. Die beiden haben sicher geglaubt, noch ein langes gemeinsames Leben vor sich zu haben, und jetzt ist sie einfach nicht mehr da.«

»Sag's nicht«, sagte ihre Schwester liebevoll. »Du wolltest mir sicher gerade erzählen, dass du dir das auch wünschst.«

»Natürlich nicht das mit dem Tod, aber alles andere schon. Du weißt schon ... Liebe. Von der Art, die ewig hält.«

Sie sahen einander an, dann schüttelte Margot langsam den Kopf. »Dir ist doch klar, dass unsere Gene das nicht hergeben.«

»Vielleicht aber doch. Ich wünsche es mir jedenfalls. Überleg mal, Connor kann wenigstens um etwas trauern, ich nicht. Ich hatte nur ein paar Dutzend Beziehungen, von denen ich wusste, dass sie niemals irgendwohin führen würden. Und trotzdem habe ich beim ersten Anzeichen von Interesse seitens eines Mannes immer wieder alles stehen und liegen gelassen. Normale, vernünftige Leute machen so was nicht.«

»Normal und vernünftig. Ob wir das wohl jemals sein werden?«

»Das ist auf jeden Fall ein erstrebenswertes Ziel. Und du bist schon auf halbem Weg dorthin.«

»Ach, komm.« Margot griff nach ihrem Champagnerglas. »Fast fünf Jahre lang habe ich mich von einem Mann ausbremsen lassen und die letzten Jahre dann damit zugebracht, ihn zu meiden. Ich bin schon so lange damit beschäftigt, zu versuchen, *nicht* an ihn zu denken, dass ich an überhaupt niemand anders mehr denken kann. In meinem Job bin ich super, aber privat bin ich die totale Niete.«

»Bist du nicht.«

»Schon irgendwie.«

Sunshine wusste, dass ein Körnchen Wahrheit darin steckte. »Ich möchte stolz auf mich sein können«, gestand sie. »Ich möchte ein besserer Mensch werden und mich in einen tollen Mann verlieben. Und mit dem will ich keine Affäre, sondern eine Beziehung mit Zukunft.«

»Das ganz normale Leben also, das du so liebst.«

»Du machst dich lustig darüber, aber eigentlich wünschst du dir doch auch nichts anderes. Du hast nur Angst, es auszuprobieren. Weil du glaubst, keinen anderen lieben zu können als Dietrich.«

Margot zuckte zusammen. »Das stimmt zwar, aber das heißt noch lange nicht, dass du es gleich laut aussprechen musst.«

»Sorry. Nächstes Mal spreche ich es leise aus.«

Margot dachte eine Sekunde lang nach. »Na schön, ich sag's: Ich möchte meine Vergangenheit hinter mir lassen und nach vorne blicken. Und ich möchte herausfinden, ob ich einen anderen Mann lieben kann. Einen, der wirklich gut für mich ist.«

»Darauf, dass wir in Zukunft mutiger sein werden«, sagte Sunshine und erhob ihr Glas. »Oder zumindest weniger kopflos.«

Margot lachte. »Auf das Ende der Kopflosigkeit.«

Nach dem Brunch machte Sunshine einige Besorgungen, dann fuhr sie zurück nach Hause. Sie wollte sich ein paar Stunden in ihr unsagbar dickes Mathebuch vertiefen. Die ersten Kapitel hatte sie bereits zweimal überflogen, trotzdem war sie sich nicht sicher, dass auch nur ein Satz davon in ihrer Muttersprache verfasst worden war. Aber vielleicht würde ja beim dritten Lesen alles einen Sinn ergeben.

Sie versuchte, sich klarzumachen, dass sie den Kurs schließlich genau aus dem Grund besuchte, weil sie etwas lernen wollte. Wenn sie alles von alleine verstünde, welchen Sinn hätte das Ganze dann? Aber so richtig überzeugte sie das nicht. Müsste sie nicht zumindest schon ein kleines bisschen Ahnung vom Stoff haben?

Sie parkte ihren gebrauchten Honda Civic neben Declans BMW SUV und ging ins Haus. Nachdem sie sich eine abgeschnittene Jeans und ein T-Shirt angezogen hatte, schlenderte sie in die Küche hinüber. Da sie Connor und Declan draußen spielen hörte, füllte sie zwei Gläser mit Wasser und Eis und stellte sie auf die Theke. Sie wollte gerade in ihr Zimmer zurückgehen, als Declan hereinkam.

Er lächelte breit, als er sie sah. »Du bist ja schon zurück. Wie war dein Brunch?«

Er war leger gekleidet. Die Nähte seines T-Shirts spannten an seinen breiten Schultern, der Stoff sah weich und ausgeblichen aus.

»Gut, ich habe mich mit meiner Schwester getroffen. Heute hätte nämlich unsere Urgroßmutter Geburtstag gehabt. Sie starb kurz nach unserem Highschool-Abschluss, aber wir treffen uns jedes Jahr an diesem Tag. Es hätte ihr gefallen, dass wir an sie denken, und dann hätte sie mit uns geschimpft und uns darauf hingewiesen, wie viel Zucker Champagner enthält und dass der sich sofort in meinen Oberschenkeln festsetzen wird. Zu guter Letzt hätte sie mich noch ermahnt, aufrecht zu sitzen.«

Er runzelte die Stirn. »Klingt nach einer, ähm, interessanten Frau.«

»Sie war eine totale Granate, wie man so schön sagt. Bis weit über achtzig hat sie ihr eigenes Unternehmen geführt.« Sunshine malte Anführungszeichen in die Luft. »Mrs. Baxters Schule für Benimm und Eleganz. Und nein, das ist kein Scherz.«

»Ich habe nicht die leiseste Ahnung, was das sein soll.«

»Meine Urgroßmutter hat jungen Frauen dabei geholfen, Schönheitsköniginnen zu werden. Sie wollte unbedingt mal eine Miss Amerika ausbilden, es hat jedoch immer nur höchstens für den zweiten Platz gereicht. Wir waren ihre letzte Hoffnung – aber keine Chance. Ich war etwas williger als meine Schwester, doch das Zeug zu einer Schönheitskönigin hatte ich auch nicht.«

Declan blickte noch verwirrter drein. »Wieso das denn nicht?«

»Männer …«, sagte sie grinsend. »Ich bin einfach zu klein und viel zu kurvenreich. Margot ist die Schönheit in unserer Familie – groß, dünn, elegant. Aber sie kam nicht damit klar, auf der Bühne zu stehen. Entweder wurde sie ohnmächtig, oder sie kotzte. Nicht gerade eine Siegerstrategie. Als wir vierzehn waren, schloss Francine schließlich die Schule, und wir zogen nach Las Vegas.«

»Mir wird ganz schwindelig«, sagte Declan. »Ich hatte ja keine Ahnung, dass du so eine bewegte Vergangenheit hast.«

»Ja, es gibt da gewisse Untiefen. Also, falls du jemals wissen willst, wie eine perfekte Laufstegwende geht, sag Bescheid. Da bin ich Expertin.«

»Jetzt machst du mir aber langsam Angst.«

In diesem Moment kam Connor in die Küche gerannt. »Da-ad! Ich warte schon ewig auf dich.« Dann drehte er sich um.

»Sunshine! Du bist ja wieder da.« Er lief zu ihr und schlang ihr die Arme um die Taille. »Wir spielen draußen, mach doch mit.«

»Connor, wir haben das besprochen. Heute ist Sunshines freier Tag, da müssen wir sie in Ruhe lassen.«

Connor schob seine Brille auf der Nase hoch, nickte langsam und trat einen Schritt zurück. »Tut mir leid, Sunshine.«

Sie wusste, wie wichtig es war, ihre Pausenzeiten einzuhalten, doch das war nicht leicht, wenn Connor ihr so herzerweichende Blicke zuwarf.

Sie strich ihm über die Wange. »Ich habe noch ein paar Dinge zu erledigen, aber vielleicht könnte ich ja danach mit euch zu Abend essen?« Sie sah Declan fragend an. »Falls dir das recht ist.«

Connor sprang begeistert auf und ab. »Ja! Ja! Dad grillt uns Burger. Sag Ja, Dad!«

Declan machte ein gespielt enttäuschtes Gesicht. »Ich bin ganz offensichtlich nicht mehr die Nummer eins im Haus.«

»Das ist nur, weil ich neu bin«, tröstete Sunshine ihn. »Ich glänze noch unverbraucht, das vergeht.«

»So schnell bestimmt nicht.« Er legte Connor einen Arm um die Schultern. »Na los, Kleiner, wir gehen wieder raus. Also, Sunshine, komm gerne später zum Essen dazu.«

»Danke, mach ich.«

Sie zog sich auf ihr Zimmer zurück und starrte das dicke Lehrbuch auf ihrem Schreibtisch an. Allein schon, es in die Hand zu nehmen, war ein regelrechter Kraftakt. Doch statt sich hinzusetzen und zu versuchen, den Inhalt des ersten Kapitels zu verstehen, trat sie ans Fenster und beobachtete Declan und Connor. Sie saßen auf dem Rasen und tranken aus den Wassergläsern, die sie ihnen hingestellt hatte.

Es war ganz offensichtlich, wie sehr die beiden aneinander hingen. Sie bildeten eine Familie, die zwar immer noch damit beschäftigt war, einen schrecklichen Verlust zu verkraften, dabei jedoch enge Verbundenheit ausstrahlte. Genau das wünschte sie sich auch: echte Liebe, ein Zugehörigkeitsgefühl, etwas Reales, statt nur mal kurz bei jemandem angesagt sein. Dafür war sie bereit, sich zu verändern und Neues auszuprobieren. Was sie allerdings nicht wusste, war, ob sie sich selbst und dem schon vier Generationen andauernden desaströsen Liebespech der Baxter-Frauen entkommen konnte.

Nach dem Brunch mit ihrer Schwester fuhr Margot nach Hause und packte die Tasche für ihren Aufenthalt bei Bianca fertig. Der Auftrag war auf etwa zwei Monate angelegt, doch sie nahm nur Wäsche für zwei Wochen mit. Schließlich konnte sie sich jederzeit alles Nötige aus ihrer Wohnung holen, die nur fünfzehn Autominuten vom Kloster entfernt lag.

Sie fasste es immer noch nicht, dass sie von jetzt an dort wohnen würde. Jedes Detail des prächtigen alten Gebäudes reizte sie. Sie würde um Erlaubnis bitten, es genauer erkunden zu dürfen. Und dieser Garten! Das Wenige, was sie von ihm zu sehen bekommen hatte, war einfach magisch.

Nachdem sie den Kühlschrank gesäubert und geprüft hatte, ob alle Wasserhähne zugedreht waren, belud Margot ihren Wagen mit zwei Koffern, einer Aktentasche und zwei Kartons. Sie nahm ihren Drucker mit und außerdem eine Kiste Bücher, die ihr nützlich sein konnten. Am Ende vergewisserte sie sich noch einmal, dass die Wohnungstür abgeschlossen war, dann fuhr sie los – durch den alten Teil von Pasadena und weiter nach Norden ins Vorgebirge.

Erneut bog sie in die breite Einfahrt ab und stoppte vor dem eindrucksvollen Tor, das die Welt draußen hielt. Als sie den Klingelknopf an der Säule betätigte, musste sie lächeln – eigentlich wäre ein geheimes Codewort bei dem altertümlichen Dekor passender gewesen.

»Hier ist Margot Baxter«, sagte sie.

»Auf die Minute pünktlich«, erklang eine ihr unbekannte Frauenstimme. »Kommen Sie rein, ich zeige Ihnen alles.«

Margot wartete, bis das Tor sich öffnete, und fuhr auf einen der markierten Parkplätze. Noch ehe sie aus dem Wagen steigen konnte, ging die Eingangstür auf, und eine Frau mittleren Alters kam auf sie zu. Sie schob eine Sackkarre vor sich her.

»Sie müssen Margot sein«, sagte die Frau und streckte ihr die Hand entgegen. »Ich bin Edna Stojicic, Alecs Haushälterin. Er hat mir erzählt, weshalb Sie hier sind. Ich glaube, uns allen steht eine interessante Zeit bevor.«

Edna trug eine schlichte grüne Kurzarmbluse über einer schwarzen Hose. Ihr dunkles Haar war kurz geschnitten, ihre Augen strahlten in einem schönen Braun. Sie sah vernünftig und kompetent aus, und ihr freundliches Lächeln bewirkte, dass Margot sich sogleich willkommen fühlte.

Edna zeigte auf die Karre. »Zum Ausladen.«

Gemeinsam leerten sie den Kofferraum und den Rücksitz. Margot zog einen ihrer Rollkoffer hinter sich her, während Edna die beladene Karre schob. Als sie an der Haustür ankamen, deutete Edna auf die kleine Zahlentastatur neben der Klinke.

»Damit kommen Sie hier rein und raus, den sechsstelligen Code finden Sie in Ihrem Zimmer. Außerdem habe ich Ihnen eine Fernbedienung für das Tor hingelegt. Das Sicherheitssystem arbeitet mehr mit Kameras als mit Alarmfunktionen. Man muss da nichts einstellen oder ausschalten, wenn man kommt oder geht.« Sie lachte leise. »Allerdings hat es seine Augen überall, also besser kein Nackttanz im Flur.«

»Das ist eh nicht so mein Ding«, murmelte Margot und fragte sich, ob es diesbezüglich wohl Probleme mit Bianca gab. Nun ja, sie hatte gewusst, dass der Auftrag Herausforderungen mit sich bringen würde.

Als sie im Haus angelangt waren, ließen sie das Gepäck neben dem Eingang stehen, und Edna führte sie erst einmal herum. Rechts vom Foyer lag die riesige Küche. Margot erspähte darin jegliches Küchengerät, das ein Normalsterblicher kennen konnte, sowie ein paar weitere, die sie noch nie gesehen hatte.

»Meine Mitarbeiter und ich putzen nach einem genauen Plan«, erklärte ihr Edna. »Alec weiß gerne, wo wir an welchem Tag sind. Alle Informationen dazu finden Sie ebenfalls in Ihrem Zimmer. Außerdem gehen hier ständig Forscher ein und aus, um die alten Schriften zu studieren, die Alec sammelt. Die bleiben aber unter sich und werden Sie nicht stören. Mal sehen, was noch? Ach ja, die Mahlzeiten. Ab sechs Uhr morgens ist ein Koch im Haus, von halb sieben bis acht steht ein warmes Frühstück im Esszimmer bereit. Sie können entweder dort essen oder sich Ihre Mahlzeiten mit auf Ihr Zimmer nehmen.«

»Ich werde sie mit auf mein Zimmer nehmen.«

»Dann sage ich allen Bescheid, damit immer ein Tablett für Sie bereitsteht.« Sie deutete auf den Kühlschrank. »Bedienen Sie sich an allem, was Sie darin finden. In der Vorratskammer gibt es einen großen Tiefkühlschrank und weitere Vorräte. Bedienen Sie sich auch dort gerne. Nur wenn Sie etwas aufbrauchen, tragen Sie es bitte in die Einkaufsliste ein, die in der Vorratskammer auf dem Tisch liegt.«

Edna führte sie nun in ein formelles Esszimmer mit einer sechs Meter hohen Decke. Das alte Gebälk war wunderschön, ebenso wie die Statuen, die an einer Wand aufgereiht standen. Margot vermutete, dass sie noch aus der Anfangszeit des Klosters stammten und zurückgelassen worden waren, als es stillgelegt wurde – oder wie auch immer man es nannte, wenn ein Gotteshaus entweiht wurde.

Neben der Treppe, die nach oben führte, lag ein Medienraum mit einem riesigen Ecksofa und einem überdimensionalen Fernsehgerät an der Wand.

»Den dürfen Sie jederzeit nutzen«, sagte Edna. »Die Fernbedienungen finden Sie in den Couchtischschubladen, ebenso wie Infos dazu, wie alles funktioniert.«

Sie deutete auf eine Flügeltür gleich hinter dem Medienraum. »Das ist Alecs Privatsuite, die betreten Sie besser nicht.«

»Natürlich nicht.«

Sie gingen zurück in die Eingangshalle, von der aus eine zweite, sehr viel weniger breite Treppe ins Untergeschoss führte.

»Da unten gibt es noch einen alten Rübenkeller und ein paar weitere muffige Räume«, erläuterte Edna. »Ein Teil davon wurde zum Weinkeller umfunktioniert.«

Sie traten nun hinaus in den Säulengang, der um das Haus herumführte. Der Kreuzgang, dachte Margot. War das die richtige Bezeichnung? Sie würde sie später nachschlagen müssen.

Sie gingen außen an Alecs Büro vorbei und dann wieder ins Haus. Edna zeigte ihr zwei Archivräume und einen Aktenraum, in denen Hunderte altertümlicher Schriften gelagert wurden. Am hinteren Ende des Gangs lag eine kleine Kapelle.

Zwei ihrer Wände zierten wunderschöne bunte Glasfenster, darunter standen hölzerne Kirchenbänke.

»Das sind alles noch die Originaleinbauten«, sagte Edna stolz. »Alecs Großonkel hat das Kloster in den 1930er-Jahren erworben und angefangen, es in eine Privatresidenz umzuwandeln. Als Alec das Anwesen erbte, modernisierte er es größtenteils, die Kapelle haben aber beide so belassen, wie sie war.«

Sie kehrten zu dem Gepäckhaufen an der Eingangstür zurück und schleppten die erste Ladung hoch in den ersten Stock. Vom oberen Treppenabsatz aus gelangte man zunächst in einen offenen Loungebereich. Er war bestückt mit zwei Sofas, einem großen Schreibtisch, einem Fernseher, einem kleinen Kühlschrank sowie einer Mikrowelle.

»Das hier ist eher meine Liga«, scherzte Margot, als sie sich umsah.

»Dies ist die Gästelounge, die dürfen Sie natürlich auch gerne nutzen.« Edna zwinkerte ihr zu. »Ich bin ganz Ihrer Meinung. Es ist nett hier oben – und die Geräte sind sehr viel weniger kompliziert als die im Medienraum.«

Margot folgte ihr in ein wunderschönes Gästezimmer mit integriertem Bad. Die Wände waren blassgrau gestrichen, und das Doppelbett sah äußerst bequem aus.

»Das ist perfekt, danke. Ich werde mich außerdem mit meinem Computer und meinen Übungsmaterialien in der Lounge ausbreiten.«

»Biancas Zimmer befindet sich am Ende des Flurs. Es ist das größere Gästezimmer.« Ednas Tonfall klang entschuldigend.

»Keine Sorge. Ich habe hier alles, was ich brauche.«

Sie holten den Rest ihres Gepäcks nach oben.

»Benötigen Sie sonst noch etwas, ehe ich Sie alleine lasse, damit Sie sich einrichten können?«, fragte Edna.

Margot hatte das WLAN-Passwort bereits neben dem Türcode und der Fernbedienung für das Tor entdeckt, somit hatte sie das auch schon mal. Dies war wirklich der bestorganisierte Haushalt, in den sie jemals einen Fuß hatte setzen dürfen. Sie war schwer beeindruckt.

»Ich würde mich gerne noch ein bisschen mehr im Haus umschauen«, sagte sie. »Wie lauten da die Regeln?«

»Halten Sie sich nur von Alecs Büro und von seinem Schlafzimmer fern und stören Sie ihn nicht in seiner Routine. Ansonsten können Sie sich überall frei bewegen. Ach so, und fassen Sie keine alten Schriftstücke an. Die meisten werden an einem sicheren Ort aufbewahrt, aber falls Ihnen irgendetwas begegnet, das aus Papier ist und sehr alt aussieht, lassen Sie die Finger davon. Alec liebt seine muffigen alten Lappen.«

Edna überlegte kurz. »Die Putzkräfte werden Ihr Zimmer an den festgelegten Tagen reinigen, Sie brauchen also keine Laken zu wechseln oder Handtücher zu waschen. Ihre persönliche Wäsche können Sie im Haushaltsraum im Keller erledigen. Sie werden sicher irgendwann Borys begegnen. Er hält alles instand, vor allem das Holz. Er hat ein paar Leute, die ihm bei größeren Projekten helfen, aber die Holzarbeiten erledigt er alle selbst.«

»Es braucht sicher ein ganzes Dorf, um ein Anwesen wie dieses am Laufen zu halten. Was für ein faszinierendes Haus. Ich freue mich darauf, alles im Detail bewundern zu können.«

»Schön. Fühlen Sie sich wie zu Hause.« Edna deutete auf die Zettel, die auf der Kommode lagen. »Dort steht auch meine Handynummer, falls Sie mich mal erreichen müssen.«

»Vielen Dank.«

Margot packte schnell ihre Kleidung aus. Der Schrank war groß und gut eingeteilt – er bot viel mehr Platz, als sie benötigte.

Dann stellte sie ihren Laptop und den Drucker in der Lounge auf, zusammen mit den Büchern, die sie mitgebracht hatte. Auch ein vorläufiges Arbeitsbuch hatte sie bereits für ihre Klientin zusammengestellt, falls diese interessiert daran sein sollte. Sie würde es auf einen Versuch ankommen lassen. Jeder Mensch war anders, und Margot tat ihr Bestes, sich individuellen Lernvorlieben anzupassen.

Außerdem hatte sie sich Infomaterial über Cardigania heruntergeladen. Sie hatte sich mit der Geschichte des Landes vertraut gemacht, seiner Einwohnerzahl und den Industriezweigen, die ihm die meisten Einnahmen brachten. Sie wusste, dass Cardiganias Wolle berühmt dafür war, weich und robust zugleich zu sein, und dass seine Schokolade es locker mit den feinsten Schweizer Produkten aufnehmen konnte – doch das war bei Weitem nicht alles, was es über die reichhaltige Geschichte des Landes zu lernen gab.

Margot hatte zudem noch ein wenig mehr über Biancas Vergangenheit in Erfahrung gebracht. Sobald ihr der Auftrag erteilt worden war, hatte sie einen detaillierten Backgroundcheck über ihre neue Klientin angefordert. Sie hatte zwar nicht erwartet, auf irgendwelche Kapitalverbrechen oder sonst etwas Schockierendes zu stoßen, aber es war immer gut, über so viele Informationen wie möglich zu verfügen.

Um halb fünf am Nachmittag war alles fertig eingerichtet, und sie fühlte sich bereit, am nächsten Morgen ihren Job anzutreten – was hieß, dass es nun definitiv an der Zeit war, mit der Erkundung des Anwesens zu beginnen.

4. Kapitel

Alec Mcnicol hatte nicht gerne fremde Leute im Haus. Wenn andere Gelehrte anreisten, um seine antiken Schriftstücke zu studieren, arbeiteten sie tagsüber in einem der Archivräume und zogen sich zur Nacht in ein Hotel zurück. Das Gleiche galt für die Hausangestellten. Edna Stojicic, seine äußerst verständige Haushälterin, kam täglich mit einem Team von Putzkräften ins Haus, die sich um das riesige Gebäude kümmerten, während sie selbst in der Küche zauberte. Dennoch war sie mit ihnen lange vor fünf Uhr nachmittags wieder verschwunden. So konnte manchmal eine ganze Woche vergehen, ohne dass er ihr begegnete. Die Gärtner mussten nur selten mit ihm direkt sprechen, und mit Borys, dem in Vollzeit angestellten Tischler und Handwerker, kommunizierte er per SMS.

Die besten Tage waren für Alec die, an denen er niemandem begegnete und mit niemandem sprach. Er mochte sein Leben genau so, wie es war. Seine Routine war vorhersehbar, und das machte ihn glücklich. Momentan musste er nicht nur die Anwesenheit seiner Mutter ertragen, sondern zusätzlich die einer vollkommen Fremden.

Immerhin wirkte Margot wie ein gesetzter Mensch. Sie war weder laut noch aufdringlich, und sie schien nicht der Typ zu sein, der ständig versuchte, seine Aufmerksamkeit zu erheischen. Selbst jetzt, da sie gerade in eins der Gästezimmer im ersten Stock einzog, bekam er nichts von ihr mit. Angesichts der soliden Bauweise des Klosters hätte sie allerdings auch hinter verschlossenen Türen mit einer Rockband proben können, und er hätte nichts gehört. Bei dem Gedanken verzog sich sein Mund zu einem Lächeln. Es erstarb jedoch sogleich wieder, als jemand an die leicht geöffnete Tür klopfte.

»Ja?«, rief er, in der Hoffnung, dass es nicht Bianca war, die ihn davon überzeugen wollte, ein Schildkrötenasyl in seinem Garten einzurichten oder dem »Verein für die Suche nach außerirdischer Intelligenz« beizutreten. Bei seiner Mutter wusste man wirklich nie.

Er war daher erleichtert, Margot im Kreuzgang stehen zu sehen. Nur dass diese Margot anders aussah als die Geschäftsfrau, die er in der vergangenen Woche kennengelernt hatte. Die schlichte Brille, der graue Anzug und die schwarzen Pumps waren verschwunden. Stattdessen trug sie dunkle Jeans und ein tiefviolettes Twinset. Ihr Haar war wie beim letzten Mal zu einem Pferdeschwanz hochgebunden, doch anders als bei ihrer ersten Begegnung wies ihr Gesicht keinerlei Spuren von Make-up auf.

Er entdeckte ein paar Sommersprossen auf ihrer Nase und bewunderte das zarte, natürliche Rot, das ihre Wangen färbte. Sie sah jung und unglaublich schön aus. Und sie hatte Brüste.

Alec atmete scharf ein. Was in Gottes Namen war nur los mit ihm? Sonst bemerkte er nie die Brüste oder irgendwelche anderen Körperteile einer Frau. Er war kein visueller Mensch und kam nie auf die Idee, über die Größe oder Form von Brüsten und Brustwarzen nachzudenken. Und doch sah er jetzt plötzlich all das vor seinem inneren Auge. Die Beraterin seiner Mutter – oder wie auch immer er Margot nennen sollte – hatte Brüste, und er hatte deren Existenz gewürdigt. Nur vor sich selbst, aber dennoch. Das war ein unheilvolles Zeichen.

»Hallo«, sagte Margot lächelnd. »Ich wollte mich nur kurz melden und Ihnen Bescheid geben, dass ich eingezogen bin. Edna hat mich schon herumgeführt – Sie haben wirklich ein spektakuläres Haus. Die Modernisierung macht es so komfortabel, und zugleich ist der alte Geist des Klosters erhalten geblieben. Die Fenster, die Schnitzereien an den Türen. Ein wahres Wunderwerk.«

Ihre Worte beruhigten ihn. Es gelang ihm zu nicken und ihr zu bedeuten, in sein Arbeitszimmer einzutreten. Darum bemüht, seinen Blick von ihren Brüsten abzuwenden, führte er sie zu seinem Schreibtisch, an dem sie beide Platz nahmen.

»Ja, die Umbauarbeiten wurden sorgsam geplant und umgesetzt. Ich bin auch sehr glücklich mit dem Ergebnis.«

»Ich wollte mich nur absichern, was die Hausregeln betrifft«, sagte sie. »Edna hat mir den Türcode gegeben und mir beide Wohnetagen gezeigt.« Sie lächelte. »Den Keller habe ich bisher nicht gesehen, aber den werde ich definitiv auch noch erkunden. Edna hat mir gesagt, ich dürfe mich überall im Haus frei bewegen, mit Ausnahme Ihres Büros und Ihres Schlafzimmers natürlich.«

Sie legte die Hände in den Schoß und ließ sie dort ruhen. Margot zappelte nicht herum, das gefiel ihm.

»Die Gästelounge im ersten Stock ist sehr komfortabel und hat alles, was ich brauche«, fuhr sie fort. »Ich werde den Schreibtisch für meine Vorbereitung nutzen. Aber ich glaube, es wäre am einfachsten, wenn Bianca und ich den Großteil des Unterrichts draußen abhielten.«

Er nickte, nicht sicher, was all das mit ihm zu tun hatte.

»Außerdem ziehe ich es vor, die Mahlzeiten in meinem Zimmer einzunehmen.« Margot klang entschlossen. »Schließlich bin ich kein Familienmitglied und sollte mich auch nicht wie eins verhalten. Meiner Erfahrung nach ist es einfacher für alle Beteiligten, wenn man das im Kopf behält. So entstehen keine gezwungenen Gespräche – und wenn ich mal einen schlechten Tag mit Ihrer Mutter habe, werde ich wohl die Letzte sein, die sie beim Abendessen sehen will.«

»Bianca ist abends meist unterwegs«, sagte er. »Entweder fährt sie zu Wesley, oder sie verbringt Zeit mit ihren Freunden.« Wo er jetzt so darüber nachdachte, hatte er bisher kein einziges Mal mit seiner Mutter zu Abend gegessen, seit sie vor fast zwei Wochen eingezogen war. Was seltsam war in Anbetracht der Tatsache, dass sie omnipräsent zu sein schien.

»Wie auch immer. Ich werde mir meine Mahlzeiten aus der

Küche holen und sie mit nach oben nehmen, wenn Ihnen das recht ist.«

»Absolut. Sonst noch etwas?«

»Ihre Mutter und ich fangen morgen früh an. Da ich den Vertrag mit ihr geschlossen habe, werde ich Sie nicht über ihre Entwicklung auf dem Laufenden halten.«

»Ich denke, ich werde wohl der Erste sein, der irgendwelche Fortschritte bemerken wird.«

Sie musterte ihn. »Sie glauben nicht, dass ich ihr helfen kann.«

»Ich weiß nicht, ob das irgendwer auf dieser Welt kann. Meine Mutter hört auf niemanden. Sie ist wie ein Blatt im Wind – sie lässt sich wehen, wohin sie will.«

»Ich dachte immer, Blätter wehen dahin, wo der Wind sie haben will.«

»Da haben Sie recht, ein unpassender Vergleich.« Er versuchte, einen anderen zu finden, doch alles, woran er denken konnte, war, dass er auf Margots Brüste starren wollte, und das durfte er nun wirklich nicht laut aussprechen.

»Erzählen Sie mir eine Geschichte aus Ihrer Kindheit«, bat sie lächelnd. »Etwas über Ihre Mutter.«

Die Bitte überraschte ihn. »Was für eine Geschichte denn? Eine schöne oder eine weniger schöne? Geht es Ihnen um irgendeine bestimmte Frage?«

»Eigentlich nicht. Ich bin nur neugierig und würde gerne ein besseres Gespür für sie bekommen. Vielleicht können Sie mir eine negative und eine positive erzählen?«

Er nickte. »Zu meinem siebten Geburtstag hat sie eine Eisdiele gemietet und meine ganze Klasse eingeladen. Wir haben Spiele gespielt und durften so viel Eis essen, wie wir wollten.«

»Das ist doch eine schöne Geschichte.«

»Ja, bis alle Kinder sich übergeben mussten, weil sie zu viel Eis gegessen hatten.«

»Oh. Ja, ich kann mir durchaus vorstellen, wie es dazu kommen konnte. Und die andere Geschichte?«

»Als ich siebzehn war, hat sie mit meinem besten Freund geschlafen.«

Sobald er sie ausgesprochen hatte, hätte Alec die Worte am liebsten zurückgenommen, doch es war zu spät. Da hingen sie nun in der Spätnachmittagsluft und hallten in seinem großen Arbeitszimmer wider. Margots Augen weiteten sich.

»Ich war damals auf einem Schweizer Internat«, fügte er hinzu, als ihm klar wurde, dass er eine Erklärung dazu liefern musste. »Sie kam zu Besuch und hat uns beide für ein verlängertes Wochenende nach Paris mitgenommen. An einem Nachmittag ging ich spazieren, und als ich zurückkam, sah ich ihn aus ihrem Zimmer kommen.«

Er erinnerte sich noch lebhaft an das Gefühl, verraten worden zu sein – von seiner Mutter, die sich zwischen ihn und seinen Freund gedrängt hatte. Sie hatte gewusst, dass er nicht leicht Freundschaften schloss, und dass sie ihn in eine so unangenehme Situation gebracht hatte, machte ihn unfassbar wütend. Und traurig.

»Ich bin nicht schwul«, sagte er. »Es ging nicht darum, dass ich in ihn verliebt war. Trotzdem hätte sie das nicht tun dürfen.«

»Nein«, murmelte Margot. »Von der Tatsache, dass sie mit einem Minderjährigen geschlafen hat, mal ganz abgesehen.« Sie verzog bedauernd den Mund. »Das tut mir leid. Sie müssen sich von beiden betrogen gefühlt haben.«

»Genau so war es. Mein Freund und ich haben allerdings nie darüber gesprochen.« Kein einziges Wort, dachte er. Doch der Vorfall hatte alles verändert. Im Jahr darauf war er zum Studium nach Oxford gegangen, und er und sein Freund hatten bald keinen Kontakt mehr gehabt.

Bis zu jenem Zeitpunkt hatte er zwar gewusst, wie impulsiv seine Mutter war, aber ihm war nicht klar gewesen, wie sehr diese Schwäche andere in Mitleidenschaft ziehen konnte. Er war immer schon ein kontrollierter Mensch gewesen, doch dieser Zwischenfall hatte seinen Entschluss, sich nur von seinem Verstand leiten zu lassen, noch verstärkt. In seinem Leben würde es keine voreiligen Entscheidungen geben, keine Fantastereien. An diese Regel hielt er sich, egal unter welchen Umständen.

Margot biss sich auf die Unterlippe und lenkte so seine Aufmerksamkeit auf ihren schön geschwungenen Mund.

»Meine Mutter hat mich und meine Schwester verlassen, als wir noch ganz klein waren«, sagte sie leise. »Und ihre Mutter hat genau das Gleiche mit ihr gemacht. Die Baxter-Frauen sind nicht gerade berühmt für ihre weisen Entscheidungen in Bezug auf Männer und den verantwortungsvollen Umgang mit ihren Kindern.«

Er wusste ihr Bemühen zu schätzen, sich emotional mit ihm auf dieselbe Stufe zu stellen. Es war eine nette Geste und sprach für ihren guten Charakter. »Aber Sie … Wollen wir nicht zum Du übergehen?«

»Gerne.«

»Also: Du hast aber keine Kinder im Stich gelassen.«

»Nein, ich habe nur ein paar ungute Entscheidungen in Bezug auf Männer getroffen.« Sie kräuselte die Nase. »Oder besser gesagt: in Bezug auf einen Mann.« Sie atmete tief durch und suchte seinen Blick. »Das liegt jedoch hinter mir.« Ihr Mund verzog sich zu einem spitzbübischen Lächeln. »Denn im Gegensatz zu dir glaube ich daran, dass Menschen sich ändern können.«

»Es geht mir nicht so sehr um Menschen im Allgemeinen, sondern eher um meine Mutter. Aber sie will es versuchen. Scheinbar liebt sie Wesley wirklich.«

»Du klingst überrascht.«

»Sie war noch nie jemandem so ergeben. Er ist eigentlich gar nicht ihr Typ, vielleicht ist das der Grund.«

»Womöglich ist er auch nur genau der Mann, nach dem sie immer gesucht hat.«

»Bist du Romantikerin, Margot? Damit hätte ich gar nicht gerechnet.«

»Romantikerin? Nein, das nicht. Aber ich gebe nie die Hoffnung auf.«

Alec fragte sich, was sie wohl damit meinte, dass sie sich in Bezug auf einen Mann dumm angestellt hatte. Er selbst achtete streng darauf, sich nie mit einer Frau einzulassen. Jedenfalls nicht ernsthaft. Falls er seine Schutzwälle abbauen und sein Herz verschenken sollte, nun … er wusste nicht, was dann passieren würde. Die Sorge, so zu werden wie seine Mutter, war für ihn ein ausreichender Grund, das Einsiedlerleben, in dem er sich so gut eingerichtet hatte, beizubehalten. Große Dramen und Gefühle hatten in seiner Welt keinen Platz. Er hatte sich das Leben geschaffen, das er sich wünschte, und war zufrieden damit. Es war frei von Höhenflügen, aber auch von der Sorge, dass seine Ordnung aus den Angeln gehoben werden könnte.

Sie erhob sich. »Ich will dich nicht länger aufhalten«, sagte sie. »Ich wollte nur mal Hallo sagen und sichergehen, dass wir uns bezüglich der Grundregeln einig sind.«

»Natürlich.« Er stand auf. »Hast du die auch mit meiner Mutter besprochen?«

»Das werde ich noch. Aber ich bin mir sicher, dass sie mit ihnen einverstanden sein wird.«

Er erlaubte sich ein leichtes Lächeln. »Wir werden sehen.«

»Ich kann ziemlich stur und dickköpfig sein.«

»Das glaube ich dir. Bianca hat allerdings eine gewisse Fähigkeit, alles so zu drehen, wie es ihr am besten passt. Sie wirbelt herein und stellt alles auf den Kopf, und am Ende steht man da und fragt sich, wie das nur hat passieren können. Das ist eine besondere Gabe.«

Sie lachte. »Du meinst, es ist ein Fluch.«

»Nicht für sie. Nur für uns Normalsterbliche.«

»Ich kann dir gar nicht sagen, wie sehr ich mich darauf freue, dir zu beweisen, dass du damit falschliegst.«

»Ich liege selten falsch, Margot.«
»Ich auch.«

Um halb zehn am selben Abend schwindelte es Margot beinahe vor lauter Begeisterung für das Haus. Sie hatte eine Stunde in der kleinen Kapelle verbracht und sie erst wieder verlassen, als es dunkel wurde. Danach erkundete sie das weitere leer stehende Gästezimmer, die Gästelounge sowie den Großteil der Küche. Sie machte sich ein Sandwich zum Abendessen und stellte fest, dass das Cookie-Glas prall gefüllt war. Und zwar mit selbst gemachten Keksen mit Zuckerguss oder Schokochips, allesamt weich und köstlich klebrig. Wenn das so weiterging, würde sie ihr Fitnessprogramm ausdehnen oder sich neue Hosen kaufen müssen.

Sobald sie später in der Woche ein wenig Freizeit hätte, würde sie die Gartenanlage erkunden. Das Grundstück war riesig – mindestens eineinhalb Hektar groß –, und sie wollte jeden Quadratzentimeter davon unter die Lupe nehmen.

Es war schon so spät, dass sie sich eigentlich auf ihr Zimmer hätte zurückziehen müssen, doch sie war noch nicht so weit. Bianca war ausgegangen, und Alec war irgendwo – vielleicht in seinem Arbeitszimmer oder im Medienraum, und beides hatte sie vor zu meiden –, so war es, als hätte sie das ganze Haus für sich.

Sie überlegte kurz, sich den Keller anzuschauen, beschloss dann jedoch, dass es genug war mit Erkundungen für den ersten Abend. Irgendwann musste sie wirklich schlafen gehen. Aber noch nicht sofort.

Sie ging gerade auf die Treppe zu, die in den ersten Stock führte – in dem Versuch, wie eine vernünftige Erwachsene zu handeln und einfach ihr Zimmer aufzusuchen –, als sie Schritte hinter sich hörte. Sie drehte sich um und entdeckte Alec, der aus der Küche kam. Ihre Blicke trafen sich, und sie erstarrten beide.

Sie kam als Erste wieder zu sich und lächelte ihn an. »Ich bin's nur. Ich war auf Erkundungstour.«

»Und, hast du irgendetwas Ungewöhnliches gefunden?«

»Bisher nicht. Was wäre denn ungewöhnlich?«

»Alte Schriftstücke wären toll. Artefakte, so was.«

»Ich bezweifle, dass es hier noch viele Geheimverstecke gibt. Das wäre sicher alles bei der Renovierung zutage gekommen.« Sie lachte. »Aber wie wäre es mit einem Skelett?«

»Nein danke.«

»Zu unheimlich?«

»Es würde zu viele Leute herlocken.«

»Natürlich – Polizei, Gerichtsmediziner, Reporter. Du hättest also gerne irgendwas Spannendes, das jedoch keine Invasion nach sich zieht. Ich werde mein Bestes tun.«

»Danke.«

Sie hatte erwartet, dass er sich nun entschuldigte, doch stattdessen deutete er auf die Tür zum Wohnzimmer.

»Würdest du dich noch auf einen Cognac zu mir gesellen?«

Sie konnte sich nicht erinnern, jemals zuvor von einem Mann »auf einen Cognac« eingeladen worden zu sein. »Gerne«, sagte sie und folgte ihm ins Wohnzimmer.

Während Alec zur Bar ging, bestaunte Margot die hohe Decke und die Fenstergaden, die die gesamte östliche Wand schmückten. Sie hatten sicher einmal aus buntem Kirchenglas bestanden, doch das war vermutlich entfernt worden, als das Anwesen verkauft wurde. Das Kloster zu einem Wohnhaus umzubauen musste eine Wahnsinnsarbeit gewesen sein.

Sie nahm in einem der Ohrensessel vor dem Sofa Platz. Alec reichte ihr ein Glas, dann setzte er sich ihr gegenüber.

»Und, sind dir irgendwelche Gespenster begegnet?«, fragte er.

»Ich bin mir nicht sicher, ob ich an Gespenster glaube. Du?«

»Dafür müsste ich erst mal eins zu Gesicht bekommen.«

»Und etwas zu sehen bedeutet, daran zu glauben?«

»Wenn es um Gespenster geht, ja.«

Sie nippte an ihrem Cognac. Er schmeckte vollmundig und weich.

»Edna hat da so was in Bezug auf deine alten Schriften gesagt«, sagte sie. »Dass – sollte irgendetwas so aussehen wie altes Papier – ich es auf keinen Fall anfassen darf.«

Seine Mundwinkel zuckten leicht. »Ich garantiere dir, du wirst keine alten Schriften hier herumliegen sehen. Die sind alle katalogisiert und sicher verwahrt.«

»Puh, ich habe mir schon echte Sorgen gemacht. Ich würde nur sehr ungern einen feuchten Glasabdruck auf einem Dokument hinterlassen, das unser Verständnis für eine antike Sprache hätte vertiefen können.«

»Das wäre in der Tat eine Tragödie. Aber du kannst ganz ruhig schlafen.«

»Das ist es also, was du tust? Sprachen erforschen?«

»Ich bin eher am Inhalt des Textes interessiert als an der Sprache selbst. An dem, was als so wichtig angesehen wurde, dass man es unbedingt schriftlich festhalten wollte. Vor fünftausend Jahren gab es keine Haftnotizen, damals war jede Niederschrift wohlüberlegt. Papier musste per Hand geschöpft werden, das war eine mühsame Angelegenheit. Es musste Tinte hergestellt werden, und außerdem musste man jemanden finden, der lesen und schreiben konnte.«

»So habe ich das noch nie betrachtet, aber du hast natürlich recht. Wir gehen heute sehr achtlos mit Sprache um und denken uns überhaupt nichts dabei, wenn wir etwas aufschreiben.«

»Genau. Und es gibt immer noch Sprachen, die wir nicht verstehen. Eins meiner Hobbys ist es, zu versuchen, Indusschriften zu entziffern. Diese Kultur existierte von etwa 2600 bis 1900 vor Christus auf dem Teil Asiens, den wir heute als Pakistan und Nord-West-Indien kennen. Das war eine florierende Zivilisation, die Exporthandel betrieb und mehrere große Städte erbaute. Und dann war sie plötzlich verschwunden und hinterließ uns eine Schriftsprache, die wir erst noch entschlüsseln müssen.«

»Ich hatte keine Ahnung, dass es geschriebene Sprachen gibt, die bisher nicht übersetzt wurden.«

»Doch, davon gibt es einige. Ich nehme mir ungefähr einmal im Jahr ein paar Wochen Zeit, in denen ich mich bemühe, mit den Indusschriften weiterzukommen.«

Okay, das war jetzt mal wirklich beeindruckend. Ihr größtes Ziel an der Hobbyfront bestand darin, stricken zu lernen.

»Erzähle mir doch mal, wie du bei deiner Arbeit vorgehst.«

Margot lächelte. »Das ist eine sehr weit gefasste Frage. Jeder Kunde ist anders, und ich tue mein Bestes, meine Herangehensweise der jeweiligen Situation anzupassen. Jemand, der lernen will, welche kulturellen Normen er auf einer Geschäftsreise nach China einhalten sollte, hat ganz andere Bedürfnisse als jemand, der aufgrund einer Beförderung nach Argentinien zieht.«

»Du kennst dich mit dem Leben in Argentinien aus?«

»Nein.« Sie lachte. »Das war jetzt nur ein Beispiel. Ich könnte einen Basiskurs über übliche Geschäftspraktiken in Argentinien geben, aber ich bin nicht mit den feineren Nuancen vertraut, die man kennen muss, wenn man dorthin zieht. Dafür haben wir Experten.«

»Für Argentinien?«

»Für fast jedes Land. Ich bin eher Generalistin.«

»Ah, deshalb bekommst du also die ungewöhnlichen Aufträge.«

»Wenn ich Glück habe, ja.«

Er lächelte sie an. Es war ein liebenswürdiges Lächeln, das seine schönen dunklen Augen zur Geltung brachte. Alec hatte eine sehr angenehme, besonnene Art, und das gefiel ihr.

»Hat dir meine Mutter verraten, dass sie nichts für Technologie übrighat? Solltest du die Hoffnung gehegt haben, sie mit Online-Aufgaben zu beschäftigen, wirst du enttäuscht sein.«

»Ich habe ein paar Arbeitsbücher ausgedruckt und sie binden lassen. Mal sehen, wie die so ankommen. In ihrem Fall bin ich eher davon ausgegangen, dass wir viel miteinander reden und mit Rollenspielen arbeiten werden. Ich weiß noch nicht genau, was die Ausgangslage ist, und ehe ich das nicht tue, kann ich keinen endgültigen Plan aufstellen.«

»Ich habe so ein Bild von formellen Tischgedecken auf dem großen Esstisch im Kopf.«

Margot lachte. »Die nehmen wir sicher auch durch. Du darfst gerne mitspielen, wenn du willst. Die Fischgabel hat allerdings schon so manchem meiner Kunden den letzten Nerv geraubt.«

»Nicht etwa der Kompottlöffel?«

»Du bist mit dem Kompottlöffel vertraut?«

»Ja, der liegt oben, gleich neben der Dessertgabel. Du vergisst, dass ich auf einem Schweizer Internat war. Ich kann auch mit einer Fischgabel umgehen, selbst in bester Gesellschaft.«

»In der Tat etwas, das jeder junge Mann beherrschen sollte.«

Er lächelte. »So weit würde ich nicht gehen, aber der Unterricht darin war nun mal Teil des Lehrplans.«

»Dein Vater war Schweizer?«, fragte sie, obwohl sie die Antwort bereits kannte.

»Ja. Ein reicher Bankier, der meine Mutter auf einer Party in London kennengelernt hat. Sie hatten eine kurze, aber heiße Affäre mit dem unerwarteten Ergebnis, dass meine Mutter schwanger wurde. Sie war damals vierundzwanzig und mein Vater Anfang vierzig.«

»Das ist ein ziemlicher Altersunterschied.«

»Ja, außerdem wollte keiner von beiden heiraten. Ich weiß auch nicht genau, ob mein Vater überhaupt Kinder wollte, aber seine Eltern waren hellauf begeistert. Meine Mutter kehrte dann nach L. A. zurück, um sich auf meine Geburt vorzubereiten.« Er lächelte. »Ich gebe zu, dass sie mir wie eine Zauberin erschien, als ich klein war. Wir waren ein Team, sie hat mich überallhin mitgenommen. Es gab keine festen Bettzeiten, keine Regeln. Als ich vier wurde, stellte sie einen Hauslehrer ein, der mit uns reiste.«

»Keine Regeln zu haben klingt zwar nett, aber das ist auch nicht immer so einfach.«

»Das sehe ich genauso.«

Sie nippte an ihrem Cognac. »Also hast du dir deine eigenen Regeln aufgestellt.«

Er nickte.

»Was ist mit deinem Vater?«

»Er hatte keine weiteren Kinder, daher war ich sein alleiniger Erbe. Ich habe ihn von Zeit zu Zeit gesehen, aber wir standen uns nicht nahe. Meine Großeltern väterlicherseits allerdings habe ich sehr geliebt. Ich habe jeden Sommer ein paar Wochen mit ihnen verbracht. Mit dreizehn war ich so weit, dass ich aufs Internat wollte. Mein Vater hat Bianca darüber informiert, und das war's dann.«

Sie war sich sicher, dass Alec froh gewesen war, sein Nomadenleben gegen ein geregelteres Dasein einzutauschen. Doch sie fragte sich, wie Bianca darauf reagiert hatte, ihr einziges Kind beinahe ans andere Ende der Welt ziehen zu sehen.

»Hast du danach nie wieder mit ihr zusammengelebt?«

»Ich habe immer während der Ferien einige Zeit mit ihr verbracht.«

So wie auf der Reise nach Paris, auf der Bianca mit seinem besten Freund geschlafen hatte.

»Deine Mutter ist eine sehr komplexe Persönlichkeit.«

»Das ist sie. Du siehst, es erwartet dich einiges an Arbeit.«

Margot warf einen Blick auf ihre Uhr und stellte erschrocken fest, dass es schon fast elf war. Sie stand auf.

»Es ist spät geworden. Vielen Dank für den Cognac und das interessante Gespräch.«

Alec erhob sich ebenfalls. »Sehr gerne. Viel Glück mit allem. Und solltest du noch Fragen haben, weißt du ja, wo du mich findest.«

Sie nickte. »Gute Nacht.«

Sie trug ihr Glas in die Küche, wusch es ab und ging nach oben. In ihrem Zimmer dachte sie über alles nach, was sie über Alec und Bianca erfahren hatte. Es gab sicher noch sehr viel mehr über ihre Klientin herauszufinden.

5. Kapitel

Sich einzureden, dass wohl jeder vor dem ersten Uni-Tag Angst hatte, half nicht wirklich. Sunshine war hin- und hergerissen zwischen dem Drang, sich zu übergeben, und dem Wunsch, einfach ihren Wagen zu wenden und zu Declans Haus zurückzufahren. Wem wollte sie etwas vormachen? Sie war nicht fürs College gemacht. Niemand hegte die Erwartung, dass sie irgendetwas aus ihrem Leben machte, und daher wäre auch niemand überrascht, wenn sie jetzt den Schwanz einzog.

Alles wahnsinnig deprimierende Gedanken, die ihr Selbstbewusstsein nicht gerade stärkten, ihre momentane Situation aber ins rechte Licht rückten. Wollte sie wirklich aufgeben, bevor sie überhaupt angefangen hatte? War sie so armselig, dass sie sich noch nicht einmal einem Matheanfängerkurs stellen konnte?

»Ich mach das jetzt«, murmelte sie, als sie auf den weitläufigen Parkplatz des Pasadena City College einbog. »Ich krieg das schon hin.«

Nachdem sie sich nun entschieden hatte, nahm Sunshine ihren Rucksack und warf ihn sich über die Schulter, dann schloss sie ihr Auto ab und ging zielstrebig auf das Gebäude zu.

Sie hatte sich vorher einen Geländeplan im Internet angeschaut und wusste ungefähr, wo sie hinmusste. Also reihte sie sich in die Massen der anderen Studenten ein, die sich auf die verschiedenen Gebäude zubewegten. Einige waren alleine, andere waren in Gruppen unterwegs. Sie beäugte die Studentinnen und sah sich an, was sie an diesem kühlen, bewölkten Morgen anzuziehen beschlossen hatten.

Erleichtert stellte sie fest, dass ihr Jeans-Pulli-Stiefel-Outfit perfekt in die Szenerie passte. Mit einunddreißig war sie zwar älter als fast alle hier, aber zumindest kleidungsmäßig fiel sie nicht aus dem Rahmen.

Sie fand das richtige Gebäude und machte sich auf die Suche nach ihrem Kursraum. Auch wenn sie nicht genau wusste, wogegen, wappnete sie sich innerlich und ging hinein.

Der Raum war voll von Tischreihen, die fast zur Hälfte besetzt waren. Sie suchte sich einen Platz in der vorletzten Reihe und ließ sich auf ihren Stuhl fallen. Nachdem sie einen Schreibblock und einen Stift hervorgeholt hatte, wusste sie nicht mehr, was sie tun sollte. Alle um sie herum sprachen entweder mit ihren Nachbarn oder in ihr Handy. Also holte sie ihres ebenfalls hervor und tat so, als würde sie eine E-Mail lesen, während sie gegen ihre Nervosität ankämpfte.

Um Punkt halb zehn betrat eine zierliche, grauhaarige Frau den Kursraum. Sie trug eine schwarze Hose und eine Bluse aus fließendem Stoff, die sie in den Hosenbund gesteckt hatte. Nachdem sie ihre Aktentasche auf dem Dozentenpult abgestellt hatte, ließ sie den Blick über die Kursteilnehmer schweifen.

»Immer schön ruhig. Ich bin Professorin Rejefski«, sagte sie mit klarer, fester Stimme. »Dies ist der Mathekurs 131. Sie sind hier gelandet, weil Sie entweder den vorhergehenden Kurs absolviert haben oder aufgrund ihres Testergebnisses zugewiesen wurden.«

Sunshine hatte keine Ahnung, ob sie irgendetwas davon notieren sollte. Sie sah sich um und stellte fest, dass die meisten Studenten immer noch mit ihren Handys beschäftigt waren, was ihr sehr unhöflich vorkam.

Die Professorin wartete ein paar Sekunden, ehe sie sagte: »Wenn Sie während des Unterrichts Ihr Handy benutzen müssen, gehen Sie bitte raus. Erwische ich Sie dabei, dass Sie Ihr Handy während des Unterrichts in der Hand haben, werden Sie vom Rest der Stunde ausgeschlossen. Passiert dies mehr als zweimal im Semester, werden Sie vom Kurs ausgeschlossen. Und dabei ist es mir ganz egal, wie kurz vor Semesterende wir stehen, wie Ihre Note aussieht und wie dringend Sie den Kursabschluss brauchen. Drücke ich mich deutlich genug aus?«

Fast alle Studenten schoben ihr Handy augenblicklich in ihren Rucksack oder ihre Hosentasche. Ein Mädchen jedoch tippte unbeirrt weiter. Die Professorin stellte sich direkt vor sie und wartete, bis die Studentin aufsah.

»Genug ist genug. Wir werden uns nicht verstehen«, sagte sie mit sanfter Stimme. »Sie sollten einen anderen Kurs besuchen.«

Die Augen des Mädchens weiteten sich vor Schreck. Sie sah aus, als wäre sie achtzehn, Sunshine hätte sie in einer anderen Umgebung jedoch jünger eingeschätzt.

»Aber ich brauche den Kurs in diesem Semester.«

»Wenn ich Ihr Handy noch einmal zu sehen bekomme, sind Sie draußen. Drücke ich mich klar aus?«

Die Studentin nickte und schob das Handy in ihre Handtasche.

Professorin Rejefski kehrte zum Dozentenpult zurück. »Wir haben viel Stoff abzudecken. Wenn Sie diesen Kurs bestehen wollen, müssen Sie sich ranhalten. Machen Sie Ihre Hausaufgaben und kommen Sie vorbereitet in die Stunde. Ich habe kein Problem damit, Fragen zu beantworten, aber wenn Sie den Stoff nicht verstehen, nutzen Sie das Mathelabor oder besuchen Sie die Assi-Kurse. Wo und wann die stattfinden, erfahren Sie online. Das hier ist nicht die Highschool, liebe Leute. Sie sind hier am College. Sie sind alle erwachsen, und genau so werde ich Sie auch behandeln. Ich will nichts von Ihren privaten Problemen wissen, ich will keine Ausreden hören, und wenn Sie nur hier sind, weil Ihre Eltern Sie dazu zwingen, schlage ich vor, dass Sie in einen anderen Kurs gehen.«

»Was für eine Zicke.«

Die tiefe Stimme kam von irgendwo zu ihrer Linken. Sunshine wagte es nicht aufzuschauen, um zu sehen, wer das gesagt hatte – sie war zu sehr damit beschäftigt, gegen ihre Übelkeit anzukämpfen. Zwar hatte sie nicht erwartet, hier verhätschelt zu werden, doch dieser Kurs klang eher nach Drill als nach höherer Bildung.

»Das College hat strikte Grundsätze in Bezug auf Plagiate und Schummeleien. Es wird Sie nicht überraschen, aber wenn Sie beim Schummeln erwischt werden, fliegen Sie raus. Ausnahmen gibt es keine. Am Tag der Prüfung werden Sie blaue Hefte mitbringen, die ich Ihnen abnehmen und durch welche ersetzen werde, die ich selbst mitgebracht habe.« Sie lächelte. »Es wird von Ihnen erwartet, bei jeder Lösung darzulegen, wie Sie zu ihr gekommen sind. Außerdem wird es unangekündigte Tests geben. Haben Sie also bitte jederzeit leere Blätter dabei.«

Sie ging vor der Klasse auf und ab. »Was noch? Ich werde nach dem Zufallsprinzip Hausaufgaben einsammeln. Wenn Sie die Hausaufgaben gemacht haben, bekommen Sie Bonuspunkte. Fehlen Ihnen am Ende des Semesters nur zehn Punkte zu einer besseren Note, werden die Bonuspunkte zu Ihrer Gesamtpunktzahl addiert und könnten Ihnen so zu einer besseren Note verhelfen. Noch irgendwelche Fragen?«

Niemand hob die Hand.

»Sehr gut«, sagte Professorin Rejefski. »Dann lassen Sie uns anfangen.«

Als der Kurs zweieinhalb Stunden später endlich vorbei war, fühlte Sunshine sich, als wäre sie einen geistigen Marathon gelaufen. Sie war vollkommen ausgelaugt, und in ihrem Kopf drehte sich alles. Professorin Rejefski hatte den Großteil des ersten Kapitels mit ihnen durchgenommen. Zwar verstand Sunshine, was Faktoren und Operatorrangfolgen waren, aber bei Textaufgaben fühlte sie sich etwas unsicher. Sie hatte sich vorgenommen, sich über die Assi-Kurse zu informieren, was immer das war. Sie würde wohl jeden einzelnen besuchen müssen, den es gab. Ebenso wie das Mathelabor. Und auch einen Nachhilfelehrer zu engagieren war nicht ausgeschlossen.

Sie warf einen Blick auf den Prüfungsplan, den die Professorin ausgeteilt hatte, und steckte ihn zusammen mit ihren Notizen in den Rucksack. Jetzt musste sie es nur noch zu ihrem Auto schaffen und nach Hause fahren; dort konnte sie dann verzweifeln – im stillen Kämmerlein. Im Kursraum zusammenzubrechen war keine gute Idee.

Sie warf sich ihren Rucksack über die Schulter und ging auf die Tür zu, als sie plötzlich einen großen, schlaksigen Typ neben sich bemerkte.

»Hey«, sagte er und nickte ihr zu. »Ich bin Justin.«

»Sunshine.«

»Hallo.«

Sie schenkte ihm ein gepresstes Lächeln, während sie gemeinsam den Raum verließen.

»Ich habe dich hier noch nie gesehen.« Er stellte sich halb vor sie. »Bist du neu?«

Sie hörte ihn zwar reden, doch es dauerte einen Moment, ehe sie verstand: Jemand sprach mit ihr, und sie musste antworten. Ihr innerer Aufruhr wegen des Kurses schien nach außen hin nicht sichtbar zu sein.

»Hi. Ja. Heute ist mein erster Tag auf dem Campus.«

»Dachte ich's mir doch, sonst hätte ich dich schon bemerkt. Du bist echt heiß.«

Wie bitte? »Ähm, danke.« Sie versuchte, an ihm vorbeizugehen, Justin versperrte ihr jedoch den Weg.

»Ich feiere heute Nachmittag eine Poolparty bei mir zu Hause, nur ein paar Freunde und Bier. Wir wollen auch Burger grillen. Du solltest unbedingt vorbeikommen.«

Seine Aussage stand so sehr im Widerspruch zu ihrem Gefühl, völlig fehl am Platz zu sein, dass sie ihn nur verständnislos anstarren konnte. »Was sagst du da?«

Er ließ ein Lächeln aufblitzen. »Du wirst dich amüsieren, versprochen.«

Sie schwang ihren Rucksack von einer Schulter auf die andere, ehe sie Justin nun tatsächlich ihre Aufmerksamkeit zuwandte. Er sah gut aus, allerdings auf eine sehr junge, teenagermäßige Art. Sein Körper war noch nicht völlig entwickelt, und er wirkte so übereifrig wie ein glücklicher Welpe.

»Wie alt bist du?«, fragte sie geradeheraus.

Er grinste. »Alt genug für dich.«

Sie wartete einen Moment.

Sein Lächeln erstarb. »Dreiundzwanzig.«

Sie schwieg weiter.

»Achtzehn.«

»Das habe ich mir gedacht. Nein danke, Justin.«

Sie ging um ihn herum und steuerte auf ihr Auto zu. Welpe Justin beschloss, ihr nicht zu folgen, was ermutigend war. Wenn sie jetzt nur noch dieses Gefühl drohenden Unheils loswerden könnte. Sich einzureden, dass sie das alles schon schaffen würde, dass sie sich irgendwann am College eingewöhnen würde, half kein bisschen. Sie hatte Angst und keinerlei Vertrauen in ihre Fähigkeiten.

»Veränderungen sind nie leicht«, murmelte sie vor sich hin, als sie vom Parkplatz fuhr. »Ich muss das schaffen, ich muss einfach.«

Es war der einzige Weg für sie, weiterzukommen. Justin war der lebendige Beweis dafür. Sie wollte mehr sein als die Frau mit den Brüsten und dem Hintern, sie wollte stolz auf sich sein können. Dieser Mathekurs war nur der Anfang, und sie würde ihn verdammt noch mal bestehen.

Hoffte sie jedenfalls.

Bianca hatte eine Nachricht an ihre Tür geheftet, in der sie sie darum bat, morgens erst um zehn Uhr mit dem Training anzufangen.

Obwohl sie am Abend zuvor so lange auf gewesen war, war Margot um sechs schon wieder auf den Beinen und um halb sieben geduscht und angezogen. Sie wartete bis sieben, ehe sie zum Frühstück nach unten ins Esszimmer ging, wo – wie von Edna angekündigt – ein kleines Büfett bereitstand.

Alec saß bereits dort und las die Zeitung. Eine gedruckte, keine digitale Version – was durchaus Sinn ergab, wenn man überlegte, womit er sein Geld verdiente. Als sie eintrat, blickte er auf.

»Guten Morgen.«

Sie nickte ihm zu. »Morgen.«

Und das war's. Er wandte seine Aufmerksamkeit wieder der Zeitung zu, sie stellte sich ihr Frühstück zusammen und nahm es mit nach oben. Als sie fertig gegessen hatte, brachte sie ihr Tablett in die Küche und vertiefte sich dann in ihren Unterrichtsplan für die ersten Wochen. Zunächst einmal ging es vor allem darum, dass sie und Bianca einander kennenlernten. Sobald sie eine genauere Vorstellung davon hätte, welche Lernmethoden Bianca am ehesten lagen und was ihr Spaß machte, würde sie den Lehrplan vermutlich anpassen müssen.

Um Punkt zehn Uhr erschien Bianca in der Lounge, in Yogahose und Sweatshirt. Ihr hellbraunes Haar war zum Pferdeschwanz zusammengebunden, sie trug kein Make-up – und dennoch sah sie so schön aus, als wäre sie nicht von dieser Welt.

»Guten Morgen«, sagte Margot und erhob sich. »Ich freue mich, endlich loszulegen. Wie fühlen Sie sich?«

»Hauptsächlich nervös. Ich weiß gerade gar nicht, weshalb ich das hier tue. Ist doch eigentlich ziemlich albern, wenn man so darüber nachdenkt. Wie sollten Sie mir schon helfen können?«

Lampenfieber am ersten Tag war nichts Ungewöhnliches. Margot lächelte ermutigend. »Sie können sich natürlich jederzeit umentscheiden. Aber lassen Sie's uns doch ein paar Tage probieren, dann sehen wir, wie es so läuft. Sollte es nicht funktionieren, hätte ich vollstes Verständnis, wenn Sie abbrechen wollen.«

Bianca legte den Kopf schief. »Sie werden mich nicht dazu überreden, den Kurs fortzuführen?«

»Das ist nicht mein Stil.«

Diese Aussage entspannte sie sichtlich.

»Gut.« Sie deutete auf das Fenster. »Es ist so schön neblig

draußen, lassen Sie uns doch ein wenig durch den Garten spazieren. Dann können wir so tun, als wären wir Spione in London auf einer Mission für Winston Churchill.«

Margots erster Gedanke war, dass sie als Churchill-Spione wohl eher nicht in London herumlaufen würden, sondern vielmehr hinter der Feindeslinie irgendwo in Frankreich oder Deutschland. Doch sie spürte, dass diese Bemerkung die Stimmung verdorben hätte. »Lassen Sie mich nur eine Jacke holen, und dann gehen wir raus.«

Der Nebel war dicht und feucht, die Sicht reichte nur ein paar Meter weit. Margot war klar, dass sie sich alleine innerhalb von Sekunden verlaufen hätte, was vermutlich genau das Gefühl war, das Bianca bei ihr wecken wollte. Doch statt zu versuchen, sich den Weg zu merken, beschloss Margot, sich lieber zu entspannen und das Ganze zu genießen. Selbst wenn sie sich verliefe, würde der Nebel sich irgendwann auflösen und sie den Weg zurück zum Haus finden.

Bianca hakte sich bei ihr ein. »Bei Nebel muss ich immer an Rod denken«, sagte sie lachend. »Er mochte ihn nie, meinte, dass er ihn traurig mache, was mich wiederum sehr amüsiert hat. Schließlich ist der Mann aus Schottland.«

»Rod?«

»Rod Stewart. Ich habe ihn kennengelernt, als ich noch sehr jung war.« Sie dachte kurz nach. »Vielleicht neunzehn oder zwanzig. Es war auf einer Party in Saint-Tropez – damals gab es ständig Partys. Wir haben eine wilde Woche miteinander verbracht. Er war so unglaublich charmant.«

Margot wusste nicht, ob die Geschichte ihrer reinen Information dienen oder sie beeindrucken sollte. Sie schlenderten über einen Steinpfad, der von Pflanzen, Büschen und Bäumen gesäumt war. Der Nebel schien noch dichter zu werden, und die Feuchtigkeit kroch ihr unter Jeans und Jacke.

»Lassen Sie uns über das reden, was wir gemeinsam anpacken wollen«, sagte sie.

Bianca versteifte sich und ließ ihren Arm los. »Wenn's sein muss.«

Margot blieb stehen und sah sie an. »Ich bin nicht hier, damit Sie sich unwohl fühlen oder sich blöd vorkommen. Im Gegenteil, meine Aufgabe ist es, Ihnen so gut zu helfen, wie ich kann. Und ich wünsche mir, dass das Ganze eine angenehme und lehrreiche Erfahrung für Sie wird. Würde es helfen, wenn ich Ihnen erst mal erkläre, wie ich arbeite?«

Ihre Auftraggeberin wirkte bestenfalls misstrauisch. Beinahe erwartete Margot, sie im nächsten Moment weglaufen zu sehen.

»Womöglich«, sagte Bianca. »Erzählen Sie's mir.«

»Vielleicht sollten wir dafür reingehen, da ist es nicht so kalt.«

Zu ihrer Überraschung hakte sich Bianca erneut bei ihr ein.

»Ich weiß was Besseres.«

Sie gingen weiter und bogen in einen zweiten Weg ein, an dessen Ende Margot ein Gebäude ausmachte. Als sie näher kamen, sah sie, dass es sich um ein Gewächshaus voller exotischer Blumen handelte. Sie traten durch eine Glastür ein.

Das Erste, was ihr auffiel, war der Geruch. Er war stark, aber nicht erstickend. Es war, als vermischten sich die Duftnoten Tausender Blumen zu einem einzigen wunderbaren Parfüm. Auch die Temperatur war angenehm, es mussten so um die zweiundzwanzig Grad herrschen.

»Hier herüber.«

Bianca führte sie zu einem Sitzbereich in der Mitte des Gewächshauses. Korbmöbel waren kreisförmig um einen niedrigen Couchtisch angeordnet, dicke Kissen luden zum Verweilen ein. Daneben stand ein Bistrotisch mit Stühlen.

»Wo sind wir hier?«, fragte Margot. »Das ist ja wunderschön!«

»Nicht wahr? Alec hat vor ein paar Jahren von einem großartigen Landschaftsarchitekten alles neu machen lassen. Das Gewächshaus stand schon immer hier, aber es wurde nicht mehr verwendet – bis der Architekt die Idee hatte, all diese Blumen hier reinzustellen. Ich komme so gerne her, um zu lesen oder nachzudenken. Vor allem, wenn es neblig ist. Hier haben wir unseren ganz eigenen, besonderen Ort, abgeschieden vom Rest der Welt.«

Margot musste ihr zustimmen. Ihr kam der Gedanke, dass sie gerne mal mit einem Schlafsack herkommen und die Nacht im Gewächshaus verbringen würde. Mit all den Blumen und dem Nachthimmel darüber wäre dies sicher eine überwältigende Erfahrung.

Doch nun konzentrierte sie sich auf ihre Aufgabe. Nachdem Bianca und sie sich hingesetzt hatten, gab sie sich bewusst entspannt.

»Ich dachte, wir sprechen erst mal ein bisschen über Cardigania. Über seine Geschichte, seine Traditionen, seine Kultur. Außerdem über die wichtigsten Industriezweige, Wachstumsbereiche, demografische Fragen, all so was. Und ich würde gerne mit Ihnen überlegen, an welchen gesellschaftlichen Ereignissen Sie in Zukunft wohl mit Wesley teilnehmen werden. Dann können wir nämlich besprechen, wie Sie sich dafür kleiden und wem Sie dort vermutlich begegnen werden. Wir überlegen uns Konversationsthemen, machen Sie mit bestimmten Redewendungen vertraut und entwickeln gemeinsam Strategien, wie Sie sich den unterschiedlichen Sitten anpassen können. Dabei gibt es keinen vorgegebenen Ablauf – wir können von einem Thema zum nächsten übergehen, wie es sich gerade anbietet. Allerdings habe ich auch ein Arbeitsbuch mitgebracht, das ich Ihnen gerne ans Herz legen würde. Es ist etwas strukturierter, und wir könnten es gemeinsam durchgehen.«

Bianca verzog das Gesicht. »Ich hasse es, so fehlerbehaftet zu sein. Das wahre Leben ist mir einfach zu problematisch. Ich ziehe Fotos vor, auf denen kann man alles retuschieren.«

»Sie brauchen doch keine Retusche, Sie sind so schon wunderschön. Ich weiß nicht, ob ein Fotograf das überhaupt so einfangen könnte.«

Biancas Augen füllten sich mit Tränen. »Das ist so lieb von Ihnen.« Sie blinzelte. »Trotzdem bringe ich gewisse Mängel mit. Deshalb muss ich das hier für Wesley tun. Der Botschafter Cardiganias in China wurde zurückgerufen, weil er eine Affäre hatte. Ich glaube nicht, dass ich jemals so ordinär sein könnte. Und Wesley sagt auch, dass ich meine Sache schon gut machen werde, aber was, wenn nicht? Ich möchte ihn auf keinen Fall seine Karriere kosten.«

Margot hatte mit der Zeit gelernt, dass fast alle Klienten zu Beginn des Trainings ängstlich waren. »Würden Sie sich bei dem Gedanken wohlfühlen, mir den Blinddarm zu entfernen?«

»Wie bitte? So was können Sie mich nicht fragen! Das ist doch lächerlich.«

»Weshalb?«

»Weil ich keine Ärztin bin.«

»Da haben Sie vollkommen recht. Einen Menschen zu operieren ist etwas, das man erst lernen muss, das kann man nicht intuitiv. Niemand wird mit diesem Wissen geboren.« Sie lächelte. »Und genau darum geht es auch hier. Sie lernen etwas Neues. Ich habe keine Ahnung, wie man schauspielert, aber für Sie ist das eine Leichtigkeit. Sie würden sich nicht fragen müssen, ob Sie das überhaupt können, Sie würden gleich in die Rolle schlüpfen. Sie kennen den Prozess, der dabei abläuft, und vertrauen auf ihre Fähigkeiten. Meine Aufgabe ist es, Ihnen Selbstvertrauen im Umgang mit Wesleys Lebensstil zu vermitteln. Ob Sie nun auf einen Fabrikarbeiter oder einen Premierminister treffen, es gibt immer einen Weg, sich der Situation angemessen zu verhalten und gleichzeitig noch Sie selbst zu sein.«

Margot zuckte die Achseln. »Vieles mag einfach nur albern auf Sie wirken, so wie die Tischdeckregeln für ein formelles Abendessen. Manche ergeben tatsächlich keinen Sinn, aber wir werden uns auch mit ihnen befassen, damit Sie wissen, wie Sie elegant durch ein Staatsbankett kommen. Nichts davon ist wirklich schwierig, es braucht alles nur ein bisschen Zeit und Erfahrung.«

Bianca entspannte sich sichtlich. »Genau wie mit dem Blinddarm.«

»Exakt. Wie haben Sie Wesley eigentlich kennengelernt?«

Bianca lehnte sich in ihrem Sessel zurück und seufzte verträumt. »Das war eine dieser Geschichten. Ich hatte einen Termin in der Innenstadt – normalerweise vermeide ich das, aber an dem Tag musste ich hin. Als ich nach dem Termin zum Parkplatz ging, kam ich an einem Hundepark vorbei.« Ihr Lächeln wurde spitzbübisch. »Ich liebe Hunde, deshalb ging ich rein, um sie zu streicheln. Da kam plötzlich dieser niedliche Boston Terrier auf mich zugelaufen. Er war wahnsinnig lieb und hübsch.«

»Sie haben keinen eigenen Hund?«

»Ach nein, ich hatte nie ein eigenes Haustier. Als Hundemama tauge ich nichts. Mit Alec habe ich mich ganz gut geschlagen, aber nur, bis er ein Teenager war, dann zog er zu seinen Großeltern. Es war wohl das Beste für ihn.« Sie klang wehmütig.

Margot fragte sich, ob Bianca gewollt hatte, dass er von ihr wegzog, oder schlicht keine Wahl gehabt hatte. »Und der hübsche Hund gehörte Wesley?«

»Ja. Er heißt Bruno, und als ich ihn liebkoste, kam Wesley dazu und stellte sich mir vor. Wir mussten uns nur einmal ansehen und wussten gleich Bescheid.«

»Liebe auf den ersten Blick also.«

»Ja. Für uns beide.«

»Ist Ihnen das schon oft passiert?«

»Ab und zu.« Ihr Lächeln kehrte zurück. »Die schönsten Liebesbeziehungen sind die, wo gleich alles klar ist, finden Sie nicht? Aber so extrem hatte ich das noch nie erlebt. Ich war vollkommen überwältigt.« Sie lachte. »Für keinen anderen Mann habe ich mich jemals zu ändern versucht.« Sie wurde wieder ernst. »Alec wollte mich immer anders haben. Er hat nie etwas gesagt, doch ich habe es gespürt, vor allem, als er älter wurde. Ich habe ihn wohl enttäuscht als Mutter.«

Margot musste daran denken, dass Bianca mit Alecs bestem Freund vom Internat geschlafen hatte. Das war jedoch ganz sicher kein Thema, das sie hier ansprechen würde.

»Weshalb glauben Sie, ihn enttäuscht zu haben?«, fragte sie stattdessen.

»Weil ich nun mal so bin.« Bianca sprang auf und wirbelte einmal um die eigene Achse. »Ich habe noch nicht gefrühstückt und sterbe vor Hunger. Kommen Sie, lassen Sie uns die Küche plündern. Danach können Sie mir alles über die speziellen Schafe von Cardigania erzählen.«

Ehe Margot dazu kam, etwas zu erwidern, war Bianca durch die Tür und in den Garten gerannt. Der Nebel hatte sich inzwischen weitgehend gelüftet, daher konnte sie ihr mit dem Blick folgen, bis sie um eine Ecke bog und verschwunden war.

6. Kapitel

Declan erwartete von Kunden, dass sie schwierig waren, doch die aktuellen Kandidaten übertrafen wirklich alles. Selbst wenn das nicht ihr erklärtes Ziel sein sollte, leisteten sie verdammt gute Arbeit darin, ihn in den Wahnsinn zu treiben.

Er verließ früh sein Büro und kam um kurz vor vier zu Hause an. Als er die Tür öffnete, die von der Garage ins Haus führte, schlugen ihm Musik und der Geruch von Schokolade, Beeren und weiteren Köstlichkeiten entgegen.

Er betrat die Küche und blieb bei dem Anblick, der sich ihm bot, abrupt stehen. Zwei Kuchen kühlten dort ab. Auf dem Küchentisch befand sich ein Teller mit Brownies, und von den offensichtlich noch ofenwarmen Zimtschnecken daneben tropfte der Zuckerguss. Doch wer wirklich seine Aufmerksamkeit fesselte, war Sunshine.

Connors Kindermädchen hatte sich das Haar hochgesteckt und so seinen hübsch geschwungenen Nacken freigelegt, der in beinahe nackte Schultern überging. Sie trug eine Art Trägerhemdkleid, das ihr bis zu den Knien ging. Es wirkte etwas unförmig, sie selbst war das jedoch keineswegs – vor allem nicht, wie sie so den Song »Aufpolieren« vom *Eiskönigin*-Soundtrack mitsang und dazu tanzte.

Ihre Hüften kreisten, und ihre Brüste wippten. So beschämend es war, es zuzugeben – er stand einfach nur da und ließ das alles auf sich wirken wie ein notgeiler Sechzehnjähriger. Und genau so einen Ständer habe ich auch, dachte er und verlagerte unbehaglich das Gewicht. Er war dankbar, dass seine Anzugjacke seine ungebührliche Reaktion verbarg.

Das liegt nur am Sexmangel, sagte er sich. Normalerweise war er kein fieser Lüstling, der nach dem Kindermädchen seines Sohnes lechzte. Allein die Sache mit den Frauen im Allgemeinen und die Tatsache, dass er schon lange nicht mehr flachgelegt worden war, weckten bei ihm den Wunsch, sie auf die Küchentheke zu heben und …

In diesem Moment entdeckte Sunshine ihn. Sie schrie auf und presste sich eine mehlbestäubte Hand auf die Brust. »Oh Mann, hast du mich erschreckt! Mach das nie wieder.«

»Tut mir leid.« Declan stellte seine Aktentasche ab und achtete darauf, hinter der Küchentheke stehen zu bleiben, sodass sie keinen Blick auf seine unangebrachte Härte erhaschen konnte. »Hast du vor, eine Bäckerei zu eröffnen?«

»Wie bitte?« Sie ließ die Hand sinken und hinterließ dabei einen weißen Abdruck auf ihrem Kleid. Dann griff sie nach ihrem Handy, stellte die Musik leise und lächelte ihn an. »Das war wohl ein bisschen laut, was? Tut mir leid. Connor macht das nichts, solange er aussuchen darf, was ich spiele. Er sitzt in seinem Zimmer und liest.«

»Ich wusste gar nicht, dass er immer noch so auf die *Eiskönigin* steht.«

Sie lächelte. »Jeder steht auf die *Eiskönigin*. Obwohl er letzte Woche auch mal den Soundtrack von *Hamilton* hören wollte, noch so ein Favorit von uns.«

Sie arbeitete seit weniger als einem Monat für ihn und Connor, und sie hatten schon gemeinsame Lieblingsmusik. Das ist ein gutes Zeichen, dachte er und spürte, wie die ständig präsente Sorge um seinen Sohn etwas nachließ. Soweit er das beurteilen konnte, war Sunshine ein hervorragendes Kindermädchen – auch wenn sie ein überraschendes Hobby hatte.

»Was ist all das hier?«, fragte er.

»Oh, das.« Ihr Lächeln wich einem schuldbewussten Gesichtsausdruck. »Na ja, ich bin Stressbäckerin.« Sie reckte das Kinn in die Luft. »Aber ich war nach meinem Mathekurs einkaufen und habe alle Zutaten selbst bezahlt.«

»Sunshine, ich mache mir keine Sorgen, dass du zu viel Mehl und Backpulver einkaufst. Ich habe mich nur gefragt, was dich dazu getrieben hat. Und was wir mit den ganzen Kuchen anfangen sollen.«

Ihr Lächeln kehrte zurück. »Das meiste davon lässt sich einfrieren. An Connors Schule findet bald ein Kuchenbasar statt, da kann ich ein bisschen was hinbringen. Und vielleicht hast du ja Lust, dir Brownies oder Zimtschnecken mit zur Arbeit zu nehmen.«

»Gerade hätte ich vor allem Lust, meinen Job an den Nagel zu hängen und auf eine einsame Insel zu ziehen.«

»Schlechten Tag gehabt?«

»Den schlimmsten überhaupt. Vorschlag – ich gehe jetzt mal Connor Hallo sagen und ziehe mich um, und dann erzählen wir uns gegenseitig unsere Highlights des Tages.«

In diesem Moment klingelte der Küchenwecker, und Sunshine griff nach den Topflappen.

»Das ist das Bananenbrot.«

»Ah ja, natürlich … Ich bin gleich wieder da.«

Er nahm seine Aktentasche und hielt sie strategisch vor seine Körpermitte. Die Lage dort unten hatte sich einigermaßen beruhigt, aber der Anblick, wie Sunshine sich nun zum Ofen hinunterbeugte, war so unglaublich … Tja, er war einfach ein widerwärtiger Mensch. So viel war sicher.

Declan ging in sein Schlafzimmer. Während er sich Jeans und T-Shirt anzog, zwang er sich, darüber nachzudenken, dass Milliarden von Menschen auf der Welt keinen Zugang zu sauberem Trinkwasser hatten. Ein paar Minuten später war er praktisch wieder ganz er selbst und ging nach Connor sehen.

Als sein Sohn ihn erblickte, sprang er auf und rannte ihm entgegen.

»Dad! Sunshine backt gerade alles, was es so gibt. Ich finde, wir sollten den einen Kuchen zum Nachtisch essen. Die Füllung ist mit Beeren, ich durfte sie probieren, einfach köstlich.«

»Abgemacht, zum Nachtisch gibt es Kuchen.«

Er hob Connor hoch und umarmte ihn. Die dünnen Jungenarme schlangen sich um seinen Nacken. Das hier ist das wahre Leben, dachte er. Diese Momente mit meinem Kind. Solange Connor nur glücklich und gesund war, spielte der Rest keine Rolle – seine Probleme bei der Arbeit würden sich schon von selbst lösen.

»Was liest du da?«, fragte er, als er Connor wieder absetzte.

»Ein neues Buch über Ameisen. Das ist echt gut! Ich kann es kaum erwarten, endlich die Farm hier zu haben.«

»Ich auch nicht. Aber jetzt gehe ich erst mal zurück in die Küche und unterhalte mich ein bisschen mit Sunshine. Willst du mitkommen?«

Connors Blick fiel auf sein Buch. »Ich komme, wenn es Abendessen gibt.«

Declan grinste. »Keine Lust, mit den alten Herrschaften zu quatschen?«

»Sunshine ist nicht alt.«

Declan packte ihn an der Brust. »Hey, aber ich schon oder wie?«

Connor kicherte. »Klar, du bist ja auch mein Dad.«

Das erklärte wohl alles.

Er kehrte in die Küche zurück. Sunshine hatte die Musik gewechselt und einen Klassiksender eingestellt. Außerdem hatte sie eine Stelle auf der Kücheninsel freigeräumt und alle nötigen Zutaten für einen Martini bereitgestellt.

»Du kannst Gedanken lesen«, sagte er. »Danke, aber den mixe ich mir selbst.«

»Lass mich das doch machen, ich brauche ein bisschen Übung.«

»Bist du keine Martinitrinkerin?«

»Ich bin eher der Wein-zum-Abendessen-Typ.«

»Dann such uns gerne eine Flasche aus – oder auch zwei.«

»So ein harter Tag heute?«

Er griff nach einer inzwischen abgekühlten Zimtschnecke und biss hinein. »Mein Partner und ich haben den Auftrag, den

Garten eines neuen Hotels nördlich von Malibu zu gestalten. Man hat jetzt endlich mit dem Bau begonnen, daher geht es nun um das restliche Grundstück. Es ist riesig, sowohl vor wie hinter dem Haus – es erstreckt sich bis in die Hügel.«

Sie maß den Wodka und den Wermut ab, dann gab sie Eis dazu. »Klingt nach einer Herausforderung.«

»Das ist es auch. Wir werden einen Wanderpfad durch die Hügel anlegen, aber das ist noch die einfachste Aufgabe. Das Problem ist der ganze Rest.«

Sunshine goss den fertigen Drink in ein Martiniglas, dann fügte sie drei Oliven auf einem Plastikzahnstocher hinzu und reichte ihm das Getränk.

Er nahm einen Schluck. »Perfekt, danke.«

»Kuchen und Martini – ich bin ein wandelndes Küchenwunder. Also, was ist mit dem Rest des Geländes?«

»Die Bauherren wollen einfach keine Entscheidung treffen. Nein, ich korrigiere mich. Wir kommen noch nicht mal an den Punkt, an dem sie eine Entscheidung treffen könnten. Sie wollen etwas ganz Besonderes, vollkommen Neues. Nur fanden sie bisher alles inakzeptabel, was ich ihnen vorgelegt habe. Ich bin kurz davor, ihnen Delfine und Elefanten vorzuschlagen.«

»Hm, ich weiß nicht, ob die sich so gut verstehen würden. Obwohl, es sind beides intelligente Spezies, vermutlich würden sie miteinander klarkommen.«

Sie goss sich ein Glas Eiswasser ein und setzte sich ihm gegenüber an die Kücheninsel.

»Aktuell tendieren sie dazu, das Gelände in verschiedene Gärten einzuteilen, wahrscheinlich wollen sie sogar ein Labyrinth. Mehr haben wir dann aber auch nicht im Angebot. Jedenfalls müssen sie sich irgendwann mal für eine Richtung entscheiden – oder uns umbringen. Ich bin es ja gewöhnt, dass Kunden Zeit und Händchenhalten brauchen, doch so extrem war es noch nie.«

»Im botanischen Garten sind die verschiedenen Bereiche alle sehr unterschiedlich. Keine Ahnung, ob sie das inspirieren oder alles nur schlimmer machen würde.«

»Ich glaube nicht, dass ich eine Exkursion dorthin durchbekomme«, sagte er. »Nicht ohne Blutvergießen.«

»Ihr Blut oder deins?«

»Ich hab keine Ahnung.«

Sie lachte. »Du musst also den verschiedenen Gärten jeweils eine eigene Note verleihen, oder? Entweder mithilfe des Baumaterials, ähnlicher Töpfe oder bestimmter Pflanzenarten?«

»Genau. Falls du Ideen hast, nur zu. Mir gehen sie langsam aus. Letzte Woche sollte noch alles bio sein. Diese Woche denken sie an Sand, weil der Strand so nah ist. Ich kann durchaus mit Sand arbeiten, Sand ist toll. Nur dass ich dann heute Nachmittag eine E-Mail bekam, in der stand, dass Sand zu klischeehaft sei.«

»Oh Mann, echt nicht so einfach.«

»Wir kriegen das schon noch hin. Wie gesagt, ich bin es gewohnt, Kunden die Hand zu halten, nur manchmal ist es zermürbend. Aber jetzt erzähl mir mal von deinem Tag. Weshalb musst du vor lauter Stress backen?«

Sie ließ die Schultern sinken und seufzte tief. »Ach, eigentlich ist es albern.«

»Nein, ist es nicht, es ist wichtig. Komm, erzähl's mir.«

»Heute fing mein Mathekurs an.«

»Und?«

»Es war furchtbar. Professorin Rejefski ist total einschüchternd. Die anderen Studenten sind alle jünger als ich, und ich konnte dem Unterricht nicht folgen.«

»Überhaupt nicht?«

»Anfangs schon, danach wurde es verwirrend. Ich musste seit der Highschool nichts mehr lernen, auf dem College war ich noch nie. Einmal hatte ich mich eingeschrieben, doch dann lernte ich irgendeinen Typen kennen und brannte mit ihm durch. Ich war eine eher desinteressierte Schülerin und dachte, wenn ich mich mal ein bisschen anstrenge, ist es ganz leicht – oder zumindest machbar. Aber was, wenn nicht? Was, wenn ich immer nur Dreien hatte, weil ich schlicht nicht schlau genug war und einfach nicht besser sein kann?«

Er beugte sich zu ihr vor. »Sunshine, es war dein erster Tag.«

»Ich weiß, aber …«

»Ein Tag. Gib dir ein bisschen Zeit.«

»Ich habe Angst, meine Höchstleistung schon erbracht zu haben.«

»Erzähl mir was über das Kuchenbacken.«

»Wie bitte?«

»Ich habe gehört, der Teig ist das Schwierigste daran. Warum kann man nicht einfach alle Zutaten vermischen und gut ist?«

Sie runzelte die Stirn. »Seltsame Frage, aber na gut. Es geht nicht nur um die Zutaten, man muss ein Gefühl für den Teig entwickeln. Der braucht die richtige Konsistenz, und das verlangt etwas Übung.« Sie verzog den Mund. »Ist das jetzt eine Art Metapher, damit ich mich besser fühle? Kuchen, ernsthaft?«

»Kuchenteig, genau gesagt, aber ja. Schau, niemand ist in allem beim ersten Mal gut. Fahrradfahren, singen, lesen lernen, an die Uni gehen.«

Sex. Der Gedanke kam ungebeten, und er schob ihn beiseite. Er genoss das Gespräch mit Sunshine und wollte es nicht verderben, indem er sich wie irgendein notgeiler Typ verhielt.

»Es war dein erster Tag«, wiederholte er. »Sei nett zu dir selbst und gesteh dir etwas Zeit zu. Inwiefern war die Professorin einschüchternd?«

»Sie hat uns jede Menge Regeln eingebläut. Und da war irgendwas mit blauen Heften, das ich nicht verstanden habe.«

»Regeln sind gut. So weißt du genau, woran du bist und was von dir erwartet wird. Die blauen Hefte kaufst du im Studentenshop und schreibst deine Prüfungen rein. Sie hat bestimmt gesagt, dass sie leere von euch einsammeln und euch dafür welche geben wird, die sie selbst mitgebracht hat.«

»Ja, aber wieso?«

»Um zu vermeiden, dass ihr schummelt. Sonst schreiben sich die Leute vorher Notizen und Formeln in ihr Heft.«

Sunshine wirkte schockiert. »So was machen die?« Sie schüttelte den Kopf. »Na klar machen die das. Oh Mann, ich kenne mich einfach nicht mehr aus. So ein Typ aus dem Kurs hat mich zu einer Poolparty bei sich zu Hause eingeladen. Er ist achtzehn. Wie kommt der nur dazu?«

Declan nahm noch einen Schluck von seinem Martini. »Du fragst mich ernsthaft, weshalb ein Achtzehnjähriger mit dir ausgehen will?«

»Ich wollte damit sagen, dass ich auf so was nicht aus bin.«

»Hast du den Männern abgeschworen?« Das zu hören wäre eine große Hilfe. Zumindest hoffte er das.

»Nicht wirklich. Ich will bloß nicht nur aus Brüst… ähm, ich meine, ich will nicht mit Männern ausgehen, die nur auf Sex und eine Affäre aus sind. Ich wünsche mir jemanden, der eine echte Beziehung mit mir will. Jemand Intelligentes, Liebenswürdiges und Lustiges, der mich als ganzen Menschen betrachtet.«

Das war eine Menge an Informationen, über die er später würde nachdenken müssen. »Das klingt vernünftig.«

»Mag sein, ich weiß es nicht. Jetzt gerade will ich einfach nur meine Arbeit machen und im College klarkommen.«

»Ich war ein ziemlich guter Student«, sagte er. »Was ich dir rate, ist, bleib am Stoff dran. Versuch, dich schon vor der Stunde damit vertraut zu machen, sodass du dann Fragen dazu stellen kannst. Geh zu den Assi-Kursen.«

»Das hat Professorin Rejefski auch gesagt. Ich habe mir die Zeiten aufgeschrieben, aber was ist das eigentlich?«

»Assis sind die Assistenten der Profs, meistens Studenten im Masterstudium. Sie bieten Hilfsunterricht an, in dem sie den Stoff noch einmal durchgehen. Dort kann man gezielter Unterstützung bekommen. Wahrscheinlich gibt es auch ein Mathelabor auf dem Campus. Probier das ruhig mal aus. Und setz dich nach vorne, damit die Professorin dich kennenlernt. Zeige Einsatz und Interesse am Kurs.«

»Wieso?«

Er lächelte. »Weil sie dann sieht, dass du dich bemühst. Falls du am Ende des Semesters zwischen zwei Noten stehst, kann dir dein Engagement zur besseren Note verhelfen.«

Sunshines Augen weiteten sich. »So was machen die Profs?«

»Die sind auch nur menschliche Wesen, daher ja.«

»Ich bin schockiert.«

Er lachte leise. »Du wirst darüber hinwegkommen.«

»Die Welt steckt voller Überraschungen.«

»Das Klischee stimmt: Erfolg hängt davon ab, zur richtigen Zeit am richtigen Ort zu sein.« Beinahe hätte er ihr eine Hand auf den Arm gelegt, doch ihm fiel wieder ein, dass Anfassen nicht erlaubt war – noch nicht mal, um seine Besorgnis und Anteilnahme zu zeigen. »Du schaffst das schon. Du wirst ein bisschen Zeit brauchen, um dich in den Rhythmus von Lernen und Prüfungen einzufinden, aber ich habe volles Vertrauen in dich.«

Sie lächelte. »Das ist so ziemlich das Netteste, was du hättest sagen können. Danke.«

»Gern geschehen.«

Sie sahen einander an. Declan hatte beinahe das Gefühl, eine gewisse prickelnde Spannung in der Luft zu spüren, aber das lag sicher am Martini. Er glitt vom Barhocker.

»Ich gehe mal nach Connor sehen, dann komme ich zurück und helfe dir dabei, dein Backwerk einzupacken.«

»Das musst du nicht, ich mache das schon. Abendessen um sechs?«

»Gerne. Bis dann.«

Und damit war die Ordnung wieder hergestellt.

Drei Tage nach dem Start von Biancas Benimmkurs musste Alec zugeben, dass Margot ein noch geringerer Störfaktor war, als er erwartet hatte. Sie war still, unaufdringlich, und abgesehen von den kurzen Momenten, in denen sie sich im Esszimmer ihr Frühstück zusammenstellte, sah er sie kaum.

Nach dem, was seine Mutter ihm erzählt hatte, hielten sie den Unterricht hauptsächlich im Gewächshaus ab, bis die Temperaturen so weit ansteigen würden, dass sie sich draußen aufhalten konnten. Bianca wirkte glücklich, im Haus war es ruhig, und das war alles, was er sich wünschte. Er hatte immer noch seine Zweifel, was die Anpassungsfähigkeit seiner Mutter an Wesleys Lebensstil betraf, aber das war nicht sein Problem.

Er wollte gerade zurück ins Haus, als er Margot im Kreuzgang stehen sah, ihr Handy in der Hand.

»Lass mich in Ruhe, du Dreckstück.«

Er war sich ziemlich sicher, dass dies nicht an ihn adressiert war, und so blieb er statt zu antworten stehen und räusperte sich.

Margot wirbelte herum, ihr Gesicht war rot angelaufen.

»Tut mir leid«, sagte sie und schob ihr Handy in die Tasche. »Ich hatte nur gerade einen blöden Moment.«

Ihr ärmelloses rotes Kleid war eng tailliert und darunter bis zum Knie weit ausgestellt. Ihr Haar war zu einem schlichten Pferdeschwanz zusammengebunden. Sie trug flache Schuhe, bis auf eine Armbanduhr keinerlei Schmuck und dezentes Make-up. Sie wirkte kompetent und professionell, und doch war er sich der Tatsache äußerst bewusst, dass sie erstens eine Frau und zweitens wunderschön war. Eine Kombination, die ihn – wie seine Mutter sagen würde – aus dem Konzept brachte.

Er schüttelte den Gedanken ab. »Benötigst du Hilfe?«

»Das ist nett, aber nein danke.« Sie zögerte. »Ein Ex von mir versucht, in Kontakt mit mir zu treten. Ich habe meine Handynummer geändert und bin umgezogen, ohne ihm Bescheid zu sagen. Eine meiner Freundinnen findet jedoch, ich sollte ihm eine zweite Chance geben. Genau genommen wäre das die vierzehnte. Ich habe Nein gesagt.«

Ehe er sich überlegen konnte, was er darauf antworten sollte, fuhr sie fort: »Das Problem ist nicht er, sondern ich. Ich bin eine einigermaßen intelligente Frau. Ich weiß, was ich mir vom Leben erwarte, und sorge dafür, dass ich es bekomme. Aber wenn ich mit ihm zusammen bin, treffe ich völlig absurde Entscheidungen. Ich übernehme daher voll und ganz die Verantwortung für alles, was schiefgelaufen ist. Ich muss ihn einfach nur meiden, und das wird auch langsam leichter. Ich will ihn nicht mehr sehen.«

Alec überkam plötzlich Wut auf einen Mann, den er noch nie getroffen hatte. Wie merkwürdig. »Ich bin mir sicher, dass jeder irgendeinen Menschen aus seiner Vergangenheit mitschleppt, den er gerne meiden würde.«

»Selbst du?«

»Ja, selbst ich.«

Sie ließ ein Lächeln aufblitzen. »Das ist sehr nett von dir, aber ich habe den Verdacht, du sagst das nur, damit ich mich besser fühle.«

»Im Gegenteil, es ist die reine Wahrheit. Vor ein paar Jahren war ich mal verlobt. Sie war auch Schriftenforscherin, so haben wir uns kennengelernt. Wir passten gut zusammen und haben uns wohl ineinander verliebt.«

Er hielt inne – was den Rest der Geschichte betraf, gab es nun zwei Richtungen, die er einschlagen konnte. Er konnte entweder erzählen, was er immer erzählte. Oder er erzählte die Wahrheit.

Er sah kurz hinaus in den Garten. Nein, nicht die Wahrheit. Die war zu persönlich und zu demütigend.

»Sie hatte schon sehr viel veröffentlicht. Dachte ich jedenfalls. Irgendwann stellte sich raus, dass sie alles von irgendeinem unbedeutenden Historiker abgekupfert hatte, der in den 1940er-Jahren veröffentlicht hatte.« Er wandte sich Margot zu. »Es ging mir weniger um den Betrug als darum, was der über ihren Charakter aussagte.«

»Natürlich. Wenn sie diesbezüglich gelogen hat, fragt man sich, ob sie es womöglich auch in anderen Bereichen tut.«

»Genau.«

»Menschliches Verhalten ist manchmal verwirrend«, sagte sie. »Ich entschuldige mich für meinen Ausbruch.«

»Nicht nötig. Ich bin mir sicher, dass er jedes einzelne Wort verdient hat.«

Sie lachte. »Ja, hat er, aber trotzdem. Themenwechsel. Deine Mutter macht gute Fortschritte. Ich würde jetzt gerne ein paar gesellschaftliche Anlässe planen.«

Alec versteifte sich unvermittelt. Er hatte keinerlei Freude an gesellschaftlichen Anlässen. Dort traf er immer auf zu viele Leute, die er nicht kannte, und Small Talk fand er ermüdend. Weshalb sollte er Mühe darin investieren, einen Menschen kennenzulernen, dem er nie wieder begegnen würde? Was sollte daran vergnüglich sein? Am liebsten hätte er das laut ausgesprochen, doch er hatte das Gefühl, dass Margot es nur erwähnt hatte, weil sie ihn dabeihaben wollte.

»Zum Beispiel?«, fragte er und hoffte, interessiert zu klingen statt resigniert.

»Zunächst mal würde ich gerne Wesley kennenlernen. Das wird mir helfen, die Dynamik ihrer Beziehung zu verstehen. Ich habe überlegt, irgendwo was mit ihnen trinken zu gehen.«

»Ah, mit Wesley ins Gespräch zu kommen ist leicht. Vermutlich das Resultat seiner diplomatischen Ausbildung. Lade ihn doch hierher ein. Meine Mutter wird zu Hause entspannter sein, und das wird dir bei deinen Beobachtungen zugutekommen.«

Sie lächelte. »Danke, Alec, das ist sehr nett. Ich werde das gleich mal angehen. Der zweite Anlass wäre ein Abendessen. Da hätte ich gerne eine Mischung aus Leuten, die Bianca kennt, und welchen, die sie nicht kennt, in einem formellen Setting. Mehrere Gänge, häufiges Weiterreichen von Schüsseln, die Auswahl der richtigen Gabel. Ziel ist es, zu sehen, wie sie mit der Etikette und dem Stress, den die Anwesenheit vieler Menschen auslöst, klarkommt. Ich würde es begrüßen, wenn du dabei sein könntest. Wesley werde ich natürlich auch fragen. Außerdem würde ich gerne meine Schwester einladen, wenn das in Ordnung ist.«

»Du hast eine Schwester?«

»Eine zweieiige Zwillingsschwester, Sunshine.« Margot lächelte. »Sie arbeitet als Kindermädchen und betreut gerade einen achtjährigen Jungen. Auch ihren Arbeitgeber und seinen Sohn würde ich gerne einladen – Kinder ändern immer die Dynamik. Ich werde einen separaten Raum in einem Restaurant reservieren, sodass wir uns nicht um äußere Einflüsse scheren müssen.«

Er wäre zwar nie auf die Idee gekommen, ein Abendessen wie das von ihr beschriebene zu veranstalten, verstand jedoch sogleich den Sinn und Zweck. Bei der Arbeit mit Menschen war das Beobachten ihres Verhaltens ein wichtiges Werkzeug.

»Veranstalte doch auch das Abendessen hier«, schlug er einem spontanen Impuls folgend vor. »Edna wird begeistert sein, mal etwas Herausforderndere zu zaubern als nur Vorräte für den Tiefkühlschrank. Sie will mich schon seit Ewigkeiten dazu überreden, mal eine Party zu schmeißen.« Was ganz sicher nie passieren würde. Er mochte keine Fremden im Haus. Und er mochte keine Situationen, über die er nicht völlig die Kontrolle hatte. Aber das hier war irgendwie etwas anderes.

Margot legte ihm eine Hand auf den Arm. »Danke, Alec. Ich weiß deine Hilfe sehr zu schätzen. Lass mich mit Bianca sprechen und dir dann ein paar Termine vorschlagen. Ist es in Ordnung für dich, wenn ich meine Schwester, ihren Chef und dessen Sohn einlade?«

»Natürlich.«

Ihre Hand hatte seinen Arm kaum eine Sekunde lang berührt, und dennoch spürte er ihren Abdruck, als hätte sie ihm ein Brandmal verpasst. Äußerst seltsam.

Sie deutete auf den Garten. »Sunshines Arbeitgeber ist Landschaftsarchitekt. Es wird ihm gefallen, was du mit dem Gelände angestellt hast.«

Plötzlich fügten sich in seinem Kopf alle Informationen zu einem logischen Ganzen zusammen. Der Landschaftsarchitekt, der achtjährige Junge, das Kindermädchen, das vermutlich engagiert wurde, weil …

»Arbeitet sie etwa für Declan Dubois?«

»Woher weißt du das?«

Er deutete mit einer Kinnbewegung auf den Garten. »Das ist sein Werk, er war schon Dutzende Male hier. Ich hatte vergessen, dass er vor ein paar Monaten seine Frau verloren hat. Ich kenne Declan also, aber meine Mutter ist ihm noch nie begegnet.«

Sie zog die Mundwinkel nach oben. »Und da behaupten die Leute, L. A. sei eine Großstadt.«

»Das mag sogar stimmen, doch Pasadena ist das nicht. Wie gesagt, meine Mutter kennt ihn nicht. Als sie das erste Mal herkam, war der Gartenumbau schon abgeschlossen. Declan und sein Sohn werden Fremde für sie sein.«

»Perfekt, dann haben wir also einen Plan. Ich melde mich bei dir wegen der Details. Danke noch mal, Alec. Ich bin sehr froh über deine Unterstützung.«

»Ist doch selbstverständlich.«

Sie kehrte ins Haus zurück. Während er ihr nachblickte, redete er sich ein, dass er nur seiner Mutter helfen wollte. Aus keinem anderen Grund hatte er alldem zugestimmt. Jedenfalls ganz sicher nicht, um Margot zu beeindrucken. Was für ein alberner Gedanke.

7. Kapitel

»Fünf, vier, drei, zwei, eins. Und langsamer werden. Ihr habt dreißig Sekunden, um wieder zu Atem zu kommen.«

Margot ließ ihren Po auf den Fahrradsitz sinken und justierte den Widerstand. Ihre Oberschenkel standen in Flammen, und sie atmete schwer, aber auf eine gute Art. Ihre Spinning-Stunde brachte jedes Mal ihr Herz zum Rasen.

»Ich hasse dich«, japste Sunshine auf dem Fahrrad neben ihr. »Wieso zwingst du mich immer zu so was?« Ihre Schwester war schweißgebadet, ihr Gesicht puterrot. »Und wer denkt sich so was überhaupt aus? Das ist doch grausam.«

Margot lachte. »Du hast gesagt, du kommst mit mir zum Training, solange wir dabei sitzen können. Wir sitzen.«

»Nicht wirklich. Die Trainerin sagt ständig, wir sollen den Hintern vom Sattel kriegen. Was ist der Sinn eines Sattels, wenn man ihn nicht benutzen darf?«

Ehe Margot antworten konnte, war die kurze Erholungsphase vorbei, und sie mussten die Geschwindigkeit wieder steigern. Sunshine stöhnte, doch dann gab sie den Widerstand auf und stellte sich auf die Pedalen. Als Margot ihr einen Blick zuwarf, formte Sunshine lautlos mit den Lippen: Du bist ab heute offiziell für mich gestorben.

Margot grinste.

Zwanzig Minuten später war das Training vorbei. Sunshine wischte sich den Schweiß von Gesicht und Nacken und humpelte auf die Tür zu.

»Das war das letzte Mal, dass ich diesen Raum betreten habe«, murmelte sie.

»Das sagst du jedes Mal.«

»Und ich meine es auch jedes Mal so. Leider vergesse ich es später immer, aber diesmal lasse ich es mir eintätowieren.«

»Gab es nicht mal einen Film darüber?«

»Über jemanden, der Spinning hasst? Kann ich mir nicht vorstellen.«

Margot lächelte. »Über jemanden, der sich Informationen eintätowiert, um sie nicht zu vergessen. Nicht so wichtig. Komm, ich gebe dir einen Smoothie aus.«

Sunshine verdrehte die Augen. »Du meinst, in dieser supergesunden Saftbar, oder? Wie wär's stattdessen mit einem Milchshake vom Burger-Laden?«

»Du hast gerade jede Menge Kalorien verbrannt und deinem Körper etwas Gutes getan. Willst du ihm da nicht lieber einen veganen Smoothie zuführen?«

»Nein.«

»Ich glaube, du tust nur so.«

»Das wird's wohl sein.«

Sie überquerten den Parkplatz und betraten die Saftbar. Margot bestellte ihren üblichen Mix aus Spinat, Petersilie, Gurke und Grünkohl mit ein bisschen rotem Apfel für die Süße. Sunshine wählte einen Proteindrink mit Mandelmilch, Kakao, Banane und veganem Vanille-Eiweißpulver.

»Ich hätte ja lieber ein Eis«, sagte sie, als sie sich mit ihren Getränken draußen an einen Tisch setzten. »Mein Glück sollte dir eigentlich nicht egal sein.«

»Deine Gesundheit ist mir auch nicht egal.«

»Ich habe kein Problem damit, dick zu sein. Ich habe mich mit meinem Körper angefreundet, so wie er ist.«

»Du bist nicht dick.« Sunshine hatte sinnliche Kurven und wirkte zugleich dynamisch, sexy und lebensfroh.

Sie selbst hingegen kam eher kühl und distanziert rüber. Etwas an der Art, wie sie redete oder sich bewegte, schien Menschen abzuschrecken, die sie nicht gut kannten. Sie wusste, dass man sie meist als schöne Frau bezeichnete, doch es war ein bisschen so, als säße sie hinter Glas. Die Leute empfanden sie nicht als nahbar oder warmherzig.

»Wie läuft es?«, fragte sie.

»Ganz gut. Bei der Arbeit ist alles in Ordnung, aber die Uni ist hart. Wobei, der zweite Tag war schon etwas weniger angsteinflößend als der erste. Ich hatte die Hausaufgaben gemacht und das meiste richtig, das ist also schon mal gut. Allerdings schüchtert die Professorin mich ein, und alle anderen sind so viel jünger als ich. Und außerdem viel schlauer, fürchte ich. Zumindest kennen sie sich an der Uni besser aus.«

»Du fühlst dich dort fehl am Platz«, sagte Margot.

Ihre Schwester seufzte. »Versuch nicht deine Jedi-Mentaltricks an mir. Ich bin immun dagegen.«

»Das sind keine Jedi-Tricks, sondern einfache Techniken, die dir dabei helfen könnten, dich sicherer zu fühlen.«

»Ähm, nee, lass mal. Aber danke fürs Angebot.«

»Du hast keinen Respekt vor meinem Beruf«, sagte Margot sanft.

»Ich habe großen Respekt davor. Ich entscheide mich nur dagegen, deine Methoden zu nutzen. Ich muss meinen eigenen Weg finden, das weißt du.«

»Ja.«

Sunshine war immer schon diejenige von ihnen gewesen, die ordentlich Anlauf genommen und sich dann ihren eigenen Weg gebahnt hatte – das hatte sie von ihrer Mutter geerbt. Sie hingegen schmiedete gerne Pläne und hielt sich an sie. Sie mochte es, sich konkrete Ziele zu setzen, To-do-Listen zu erstellen und daran ablesen zu können, dass sie Fortschritte machte.

»Das College ist ein Riesending für mich«, sagte Sunshine. »Ich weiß, dass es die richtige Entscheidung war, und ich werde das schon hinkriegen, aber ich stehe ein bisschen unter Schock.«

»Ich finde es faszinierend, dass du so gut organisiert und strikt bist, wenn es um die Kinder geht, die du betreust. Leider überträgt sich das nicht auf dein Privatleben.«

»Ich bin nicht strikt.«

»Du gibst ihnen einen bestimmten Rhythmus vor.«

»Ja, aber Kindern geht es besser, wenn sie eine Routine haben. Sie brauchen feste Zeiten fürs Essen, Schlafengehen und Spielen.«

»Vielleicht bräuchtest du das auch.«

»Du meinst, ich sollte mit mir umgehen, als wäre ich einer meiner Schützlinge?«

»Ich meine nur, dass das ein spannendes Experiment wäre. Du musst schon zweimal in der Woche morgens an der Uni sein. Vielleicht machst du dir noch einen Plan, wann du deine Hausaufgaben erledigst und wann du zum Sport gehst. So was in der Art.«

Sunshine warf ihr einen bösen Blick zu. »Sport, ja? Mir ist nicht entgangen, wie du das so ganz nebenbei hast einfließen lassen.«

»Du hast dich selbst darüber beschwert, dass du nicht genug Sport machst.«

»Aber nicht, damit du mir das bei erster Gelegenheit unter die Nase reibst.«

»Ich meine doch nur, dass du dir einen Zeitplan aufstellen könntest.«

»Du meinst, so was wie ›jeden Montag ein fetter Milchshake‹?« In Sunshines Augen blitzte der Schalk. »Damit könnte ich mich absolut identifizieren.«

»Du bist ein hoffnungsloser Fall.«

»Sag ich doch. Und wie läuft's bei dir so? Arbeit? Sexleben?«

»Ich habe kein Sexleben.«

»Ich auch nicht. Ätzend, oder?«

»Mir macht es nicht so viel aus.«

»Lügnerin.«

Margot seufzte. »Na schön, ein bisschen was macht es mir aus, aber ich bin daran gewöhnt.« Sie war nicht der Typ für One-Night-Stands, und traurigerweise gab es nicht viele Männer, die sie interessierten. Dietrich hatte nicht nur immer wieder ihr Leben zerstört, sondern sie auch irgendwie davon überzeugt, dass er der Einzige war, der sie attraktiv fand, und dass sie den meisten anderen Männern zu speziell war. Ihr Kopf sagte ihr zwar, dass er ein mieser, jähzorniger Lügner war, der ihr manchmal sogar Angst eingejagt hatte und sie ohne ihn viel besser dran war, doch ihr empfindsames Herz fragte sich, ob er womöglich recht hatte. Schließlich war es bisher nicht gerade so, als hätten ihr die Männer die Tür eingerannt. Das traf eher auf ihre Schwester zu.

»Und weshalb hast du keinen Sex?«, fragte sie.

Sunshine verschluckte sich beinahe an ihrem Shake. »Wie bitte?«

»Ich vermute, du bräuchtest nur mit dem Finger zu schnippen, und schon hättest du einen Mann in deinem Bett.«

»Kann sein, das mache ich aber nicht. Ich hab dir doch gesagt – mit so was bin ich durch. Ich will einfach ganz normal sein.«

»Normale Menschen haben auch Sex.«

»Normale Menschen haben Beziehungen. Ich hatte nur Affären, die letztlich weder ihm noch mir etwas bedeutet haben. Wegen der Aussicht auf ein paar Wochen Glück bin ich immer wieder vor meinem Leben und meiner Verantwortung davongerannt – und wozu das Ganze?« Sie verzog den Mund. »Nur um am Ende mit einer fetten Grippe ohne Mann, ohne Job, ohne gar nichts mutterseelenallein in einem Hotelzimmer in London aufzuwachen.«

Margot schob ihre Hand über den Tisch, Sunshine drückte sie. Die Situation, die sie beschrieb, war genau das, was vier Monate zuvor geschehen war, zwei Tage nach ihrem gemeinsamen einunddreißigsten Geburtstag. Sunshine war von London nach L. A. zurückgekommen, bei ihr eingezogen und hatte geschworen, ihr Leben zu ändern.

»Ich hab dich lieb«, sagte Margot.

»Ich hab dich auch lieb. Obwohl du fast dein gesamtes Erwachsenendasein schon so ein verdammt geregeltes Leben führst.«

»Nicht wirklich.« Margot stellte ihr Getränk ab und hielt einen Finger in die Luft. »Im dritten Semester wäre ich fast vom College geflogen, weil ich mit Dietrich nach Thailand bin.« Sie hielt einen zweiten Finger hoch. »Zum ersten Semester habe ich mich zu spät eingeschrieben und kam in keinen der Kurse, die ich besuchen wollte, weil ich in Australien war – ebenfalls mit Dietrich.« Ein dritter Finger gesellte sich dazu. »Als ich zum Vorstellungsgespräch für meinen Traumjob hätte erscheinen sollen, war ich in Patagonien und endete daraufhin als Hilfsmanagerin in einem mittelmäßigen Hotel in San Francisco.«

»Was dir letztendlich die Stelle verschafft hat, die du jetzt hast, und die liebst du über alles.«

»Ich glaube, ein Fünfsternehotel zu managen hätte ich nicht weniger geliebt.«

»Doch.«

»Ich weiß es nicht. Jedenfalls könnte ich noch unzählige weitere Beispiele aufzählen. Du bist ein paar Mal auf den falschen Mann reingefallen und ich immer wieder auf denselben. Dafür hat keine von uns eine Medaille verdient. Wir müssen einfach nach vorne schauen.« Sie nahm ihr Glas in die Hand. »Und jetzt hör auf, so gemein zu jemandem zu sein, den ich sehr lieb habe.«

»Ich bin nicht gemein zu mir selbst.« Sunshine seufzte. »Ich zieh das durch. Das College, meinen Job, das vollständige Ignorieren falscher Männer. Vielleicht sollte ich sie für eine Weile ganz aufgeben.«

»Oder aber den Richtigen finden.«

»Und wo?«

Margot zuckte die Achseln. »Da fragst du die Falsche. Ich bin vollkommen männerlos.«

Sunshine hob ihren Plastikbecher, und sie stießen an, dann sagte sie: »Mag sein, aber du bist auch Dietrich los – ist das nicht toll?«

»Das ist es. Trotzdem werde ich jetzt das Thema wechseln und dir von meiner Arbeit erzählen.«

Sunshine zog erstaunt die Augenbrauen hoch. »Wow. Du sprichst nie über deine Arbeit, jedenfalls nicht im Detail. Oder ziehst du mich nur auf?«

»Meine neue Klientin ist Bianca Wray.«

Sunshine verschluckte sich ein zweites Mal. »Du hast gerade den Namen einer Klientin laut ausgesprochen. Muss ich mich wegducken vor dem Blitz, der gleich auf dich niederfahren wird?«

Margot lächelte. Sie war sehr diskret, was ihre Kunden betraf, und sprach nie mit anderen über sie, abgesehen von ihrem direkten Vorgesetzten.

»Ich habe ihre Erlaubnis, es dir zu erzählen.«

»Um unsere gemeinsame Freundin Jane Austen zu zitieren: Ich bin voll des Staunens.« Sunshine legte den Kopf schief. »Moment mal – Bianca Wray? Die Schauspielerin?« Sie setzte sich ruckartig auf. »Die mit den vielen Männergeschichten, die bei irgendeiner Preisverleihung ihr sowieso schon rückenfreies Kleid hat fallen lassen und darunter splitterfasernackt war? Ich liebe sie! Sie ist meine Heldin.«

»Ich dachte, du wolltest jetzt ganz normal sein.«

»Oh, stimmt – Bianca Wray *war* meine Heldin. Sie hat dich engagiert? Wieso?«

»Das kann ich nicht sagen.«

Sunshine verdrehte die Augen. »Du bist eine richtige Nervensäge. Warum hast du mir dann überhaupt von ihr erzählt?«

»Bianca schmeißt eine Dinnerparty. Ich dachte, du hättest vielleicht Lust zu kommen, zusammen mit deinem Chef und Connor.«

Ihre Schwester beugte sich zu ihr herüber. »Äh, wie bitte? Deine Klientin, die mich noch nie gesehen hat, will mich, den Typen, für den ich arbeite und den sie genauso wenig kennt, sowie seinen Sohn zum Essen einladen?«

»Declan kennt Biancas Sohn Alec, der auch dabei sein wird. Alec hat sich von Declan den Garten gestalten lassen.«

Sunshine warf ihr einen vielsagenden Blick zu. »Alec? Du hast nie irgendeinen Alec erwähnt.«

Margot zwang sich, nicht darauf einzugehen. »Alec ist Biancas erwachsener Sohn. Er ist ein renommierter Schriftenforscher, und sein Haus, in dem ich, genau wie Bianca, zurzeit wohne, ist in Wirklichkeit ein wunderschönes, umgebautes Kloster. Das Essen wird dort stattfinden.«

»Du wohnst mit Alec zusammen? Seltsam, dass du weder diese Tatsache noch den Mann selbst erwähnt hast. Du hast Geheimnisse vor mir, meine Liebe.«

Margot spürte, wie sie rot wurde, obwohl sich in ihrem Leben rein gar nichts ereignet hatte, das dies gerechtfertigt hätte. Diese verfluchte blasse Haut. »Ich wohne nicht mit ihm zusammen. Du verstehst mich absichtlich falsch.«

»Ist er heiß?«

»Er ist sehr intelligent.«

Sunshine sah sie an.

Margot atmete scharf aus. »Na schön, er ist nicht unattraktiv.«

»Verheiratet?«

»Was? Natürlich nicht. Wenn er verheiratet wäre, wäre er nicht attraktiv. So was mache ich nicht.«

»War ja nur eine Frage. Ich versuche schließlich, normal zu sein. Aber wer weiß, wozu du fähig bist, wo jetzt Bianca Wray Einzug in dein Leben gehalten hat.«

»Meine Klienten haben keinen Einfluss auf mich. Ich beeinflusse sie.«

»Wenn nur die Hälfte von dem wahr ist, was ich über sie gelesen habe, könntest du das genaue Gegenstück zu dir gefunden haben.«

Margot schüttelte den Kopf. »Bisher war sie ziemlich konventionell.« Überraschenderweise, dachte sie. Bianca hatte bereits angefangen, das Kursbuch durchzuarbeiten. Sie las über Cardigania, studierte die Geschichte und die Bräuche des Landes. Und ihre Unterrichtsstunden verliefen ereignislos. Es war beinahe enttäuschend.

In diesem Moment hielt ein Mann in einem Mercedes Cabrio vor ihrem Tisch.

»Hallo«, rief er und sah dabei Sunshine an. »Kann ich dich zum Mittagessen einladen?«

»Nein, danke«, sagte ihre Schwester und erwiderte nicht mal seinen Blick.

»Ich habe einen Privatjet, in einer Stunde könnten wir in San Francisco sein. Ich kenne da ein tolles Restaurant am Hafen.«

Sunshine machte eine scheuchende Handbewegung. »Fahr weiter.«

»Baby, ich wäre so gut für dich.«

Sunshine seufzte, dann beugte sie sich vor und küsste Margot kurz auf die Lippen, ehe sie dem Mann ein strahlendes Lächeln schenkte.

»Sorry, falsches Ufer.«

»Das ist aber schade für mich.«

»Tja.«

Er fuhr weiter. Margot sah ihm nach.

»Du hast ihn noch nicht mal richtig angeguckt. Er sah ziemlich gut aus.«

Ihre Schwester verdrehte die Augen. »Ich lasse mich nicht von irgendeinem Typen auf dem Parkplatz einer Saftbar abschleppen. Das würde eher zu meinem alten Ich passen.«

»Okay. Aber ständig bin ich dein lesbischer Lockvogel. Nur einmal im Leben sollst du mal meiner sein.«

»Dafür bin ich total offen, jederzeit. Nur … ist Lockvogel das richtige Wort?«

»Keine Ahnung. Du weißt schon, was ich meine.«

Sunshine grinste. »Ja. Meine erfolgreiche, studierte, wunderschöne Schwester will sich gerne von irgendeinem Typen auf einem Parkplatz abschleppen lassen.«

»Nur ein einziges Mal. Und er muss einen Mercedes und einen Privatjet haben.«

»Das mit dem Jet war gelogen.«

»Woher weißt du das?«

»Ich weiß es einfach. Das war nur so ein Spruch, glaub mir.«

Margot blieb nichts anderes übrig, als das zu tun, da sie diesbezüglich keine persönliche Erfahrung vorzuweisen hatte. Da war nur das Desaster mit Dietrich, und der hatte sie nie mit einem Privatjet gelockt. Dabei hätte er nur fragen müssen, und sie hätte zugestimmt, egal zu welchem Preis. »Auf uns liegt ein Fluch«, sagte sie seufzend.

»Wir sind eben die Baxter-Schwestern und können unserem Schicksal scheinbar nicht entkommen.«

So gerne Margot dem widersprochen hätte – sie stammten nun mal tatsächlich von einer langen Ahnenreihe von Frauen ab, die katastrophale Beziehungen führten und über das emotionale Durchhaltevermögen von Schnee im Juli verfügten.

Sunshine lächelte. »Aber wir haben uns, vielleicht muss das genügen.«

»So ist es«, sagte Margot mit Nachdruck.

»Nach dem Motto: Tu einfach so, als wäre alles gut, dann wird es das auch.«

»Genau.«

»Verfolgst du das Paket online?«, fragte Connor und klang besorgt.

»Versprochen. Ich werde alle halbe Stunde nachgucken. Außerdem hat der Paketbote die schlaue Angewohnheit zu klingeln.«

»Aber bist du dann auch zu Hause?«

»Ja, bin ich. Ich gehe nur kurz einkaufen, gleich nachdem ich dich abgesetzt habe, und danach fahre ich sofort nach Hause und warte. Mein Ehrenwort.«

Connor sah skeptisch aus, doch er nickte. »Okay. Ich vertraue dir.«

»Danke.«

Die Ameisenfarm war am Tag zuvor geliefert worden, die Ameisen selbst waren aber noch auf dem Weg zu ihnen.

»Ich stelle sie in dein Zimmer. An einen ruhigen Ort, an dem sie sich von ihrer Reise erholen können, während du in der Schule bist. Heute Nachmittag kannst du sie dann in ihr neues Heim setzen.«

»Meinst du, es wird ihnen gefallen?«, fragte er ängstlich. »Werden sie Angst haben?«

»Ich glaube, sie werden froh sein, endlich angekommen zu sein. Reisen ist anstrengend.«

»Das stimmt.«

Er klingt so ernst, dachte sie und musste sich zusammenreißen, um nicht zu lächeln. Aber das war schwer. Connor war so liebenswert und seine Sorge um die in Kürze eintreffenden Ameisen einfach nur niedlich.

Sie reihte sich in die Schlange von Autos ein, die vor der Schule hielten. Als Connor an der Reihe war auszusteigen, kontrollierte sie noch einmal, dass er sein Mittagessen und seinen Rucksack dabeihatte, und wünschte ihm einen guten Tag.

»Ich werde rechtzeitig wieder hier sein«, sagte sie. »Mit einem ausführlichen Ameisenbericht.«

Er lachte. »Bis dann, Sunshine.«

»Bis dann, Connor.«

Sie fuhr ein paar Autolängen weiter, um nicht im Weg zu stehen, und blickte ihm nach, bis er sicher im Schulgebäude angelangt war. Sobald Connor außer Sicht war, machte sie sich auf den Weg zum Supermarkt.

Sunshine hatte bereits sämtliche Mahlzeiten für die nächsten zwei Wochen geplant. Sie zog es vor, große Mengen an Gerichten, die jeder mochte, vorzukochen und dann die Reste für schnelle Abendessen einzufrieren. Sie teilte die Portionen so ein, dass auch immer genug für Declan da war, doch da er meistens nicht rechtzeitig nach Hause kam, um mit ihnen zu essen, hatte sie oft ein leckeres Mittagessen für den nächsten Tag.

Connor war in so ziemlich jeder Hinsicht ein pflegeleichtes Kind, sogar was das Essen betraf. Er war stets bereit, neue Gerichte zu probieren, und obwohl er sich beschwerte, wenn es Gemüse gab, aß er es meistens doch.

Als sie auf den Supermarktparkplatz einbog, dachte Sunshine an Connors Mutter. Wie schrecklich musste es sein, so eine wundervolle Familie zu haben, solch ein perfektes Leben zu führen und dann zu erfahren, dass man sterben würde. So viel Liebe gegeben und empfangen zu haben, zu wissen, dass man alles hatte, was man sich wünschte, nur um alldem auf grausamste Art entrissen zu werden. Es gab wohl keine Worte, einen derartigen Schmerz zu beschreiben.

So was will ich auch, dachte sie sehnsüchtig. Nicht die Tragödie, die in Connors Familie passiert war, aber die Liebe. Sie wollte jemandem ihr Herz schenken und im Gegenzug seins geschenkt bekommen. Sie wünschte sich eine Beziehung mit Zukunft, voller Hoffnung, Zuneigung und Respekt. Eines Tages, versprach sie sich, eines Tages würde sie all das haben.

Sunshine nahm ihre Tasche und holte die Einkaufsliste hervor. Sie hatten noch Steaks vom Wochenende, die würde sie morgen für die Quesadillas verwenden. Heute wollte sie genügend Hühnerfleisch für mindestens fünf Mahlzeiten anbraten. Damit konnte man so viel machen – Salate, Enchiladas, Tacos. Außerdem hatte sie tolle Auflaufrezepte mit Huhn. Einen ganzen Tiefkühlschrank mit verzehrbereiten Gerichten zu füllen machte sie glücklich. Als sie angefangen hatte, für Declan zu arbeiten, war er ebenso leer gewesen wie die Vorratsschränke. Es hatte ein paar Snacks für Connor, einige Grundnahrungsmittel und Frühstückszutaten gegeben, viel mehr nicht. Ihre Mission war es, das zu ändern.

Sie schob die Liste in die Gesäßtasche ihrer Jeans und betrat den Supermarkt. Nachdem sie sich einen Einkaufswagen geholt hatte, ging sie als Erstes in die Backwarenabteilung. Ihre stressbedingte Backorgie hatte ihnen zwar zu jeder Menge Leckereien verholfen, aber sie brauchten Brot.

Als sie auf das Regal mit Connors Lieblingsbrot zusteuerte, kam sie an einem großen Mann im Anzug vorbei. Sie hätte ihn gar nicht bemerkt, wäre da nicht die Panik in seiner Stimme gewesen, als er sagte: »Das sind so viele. Wie kann es so viele verschiedene geben?«

Sunshine warf ihm einen Blick zu und sah, dass er in einen Ordner mit Fotos von dekorierten Torten starrte. Er blätterte ein paar Seiten vor und sah dann den Verkäufer an, der ungeduldig auf eine Entscheidung wartete.

»Welche soll ich nehmen?«, fragte er verzweifelt.

»Sir, ich habe Bagels im Ofen, die ich rausholen muss. Wenn Sie sich entscheiden, bis ich zurück bin, wäre das großartig.«

»Aber das ist nicht wirklich mein Fachbereich.«

Der Mann musste etwa Mitte dreißig sein und wirkte in diesem Moment eher unbeholfen als attraktiv.

Sein Anzug ist hochwertig, und die Schuhe sehen auch teuer aus, also irgendeine Art von Manager, dachte Sunshine und befand, dass sie sich besser schnell davonmachen sollte, stattdessen schob sie ihren Einkaufswagen näher.

»Brauchen Sie Hilfe?«, fragte sie.

Der Mann wandte sich zu ihr um und nickte heftig. »Ja, bitte. Meine Schwester ist im sechsten Monat schwanger und soll plötzlich Bettruhe halten. Ihr Mann ist verreist, und ihre Tochter wird übermorgen drei. Ich muss einen Prinzessinnenkuchen für sie bestellen. Ich dachte nur nicht, dass das so schwierig sein würde.« Er hielt den Ordner hoch. »Es gibt acht verschiedene Prinzessinnenkuchen. Wie kann das sein?«

Sunshine lachte. »Es gibt eben mehr als nur eine Art von Prinzessin.«

»Wie?«

Er sah zutiefst verwirrt aus, was irgendwie erfrischend war. Und ihr gefiel die Tatsache, dass er seiner Schwester half. Sie streckte die Hand nach seinem Handy aus. »Ich schreibe ihr für Sie und finde raus, welcher der richtige Kuchen ist.«

»Wirklich? Sie wissen, wonach man fragen muss?«

»Ich bin äußerst bewandert, was Prinzessinnen betrifft.«

Sie blätterte den Ordner durch und tippte dabei schnell die Namen der verschiedenen Prinzessinnenfiguren ein. Als sie fertig war, reichte sie ihm das Handy zurück.

Er las die Nachricht. »Sie wissen, wie die alle heißen.«

»Ja. Beeindruckend, ich weiß.«

»Und verdammt nützlich.«

Sein Handy vibrierte. Er warf einen Blick auf das Display. »Belle. Wir brauchen einen Belle-Kuchen.« Er runzelte die Stirn. »Ist das hilfreich?«

»Ja.« Sie blätterte bis zur richtigen Seite. »Sie brauchen den hier.«

»Die ist aus *Die Schöne und das Biest.* Das ist doch dann kein Prinzessinnenkuchen.«

»Das Biest ist aber in Wirklichkeit ein Prinz.«

»Das glaube ich nicht.«

Sie lächelte. »Ihre Nichte wird drei. Ich würde über diesen Punkt keine Diskussion anfangen, wenn ich Sie wäre.«

»Ein guter Ratschlag. Ich bin übrigens Norris.« Er zog eine Grimasse. »Ich weiß, ich weiß, das ist eigentlich ein Nachname. Bitte nicht lustig machen.«

»Sunshine.« Sie zuckte mit einer Schulter. »Ich bin also nicht wirklich in der Position, jemanden aufgrund seines Namens zu verurteilen.«

Norris streckte ihr die Hand entgegen. »Schön, dich kennenzulernen, Sunshine. Und vielen Dank, du hast mich gerettet. Mich und die Geburtstagsparty. Der falsche Kuchen wäre eine Katastrophe gewesen.«

»Ich helfe gern.« Sie griff nach ihrem Einkaufswagen.

»Moment.« Norris trat einen Schritt auf sie zu. »Kann ich mich mit einer Tasse Kaffee bei dir bedanken?«

»Nicht nötig.«

Er zögerte, als wäre er unsicher, was er tun sollte, dann stieß er hervor: »Ich bin Finanzplaner, seit zwei Jahren geschieden, keine Kinder. Und ich bin ein wirklich netter Typ.« Er machte eine wedelnde Handbewegung in Richtung Kuchenauslage. »Wie man sieht – ich helfe meiner Schwester. Es wäre nur auf einen kleinen Kaffee.«

Er zog ein Lederetui aus seiner Jackentasche und reichte ihr seine Visitenkarte. Sie überflog sie. Die Karte sah professionell aus und enthielt eine Büro- und eine Handynummer.

War es besser, in einem Supermarkt angebaggert zu werden als auf einem Parkplatz? Spielte der Ort wirklich eine Rolle? Vielleicht war der Mann selbst viel wichtiger. Norris wirkte wie einer von den Guten, und er war bereit, einen Prinzessinnenkuchen für seine Schwester auszusuchen. Das musste etwas zu bedeuten haben.

Sie zog einen Kugelschreiber aus ihrer Tasche, dann streckte sie die Hand nach einer weiteren Visitenkarte aus. Sie schrieb ihre Nummer auf die Rückseite und reichte sie ihm.

»Ein kleiner Kaffee«, sagte sie. »Das klingt nett.«

»Sehr schön.« Er strahlte sie an. »Ich melde mich bei dir.«

Sunshine winkte ihm noch einmal zu und ging. Sie war sich nicht sicher, ob sie gerade den ersten Schritt in ein besseres Leben getan oder es komplett versaut hatte – mal wieder.

8. Kapitel

Declan stellte fest, dass er es kaum abwarten konnte, nach Hause zu kommen. Die Nachricht, die Sunshine ihm gegen elf geschickt hatte, hatte ihn zum Lachen gebracht. *Wir haben Ameisen!* Connor würde begeistert sein, und zu wissen, dass sein Sohn glücklich war, machte auch ihn glücklich.

Er musste heute nicht zur Baustelle nach Malibu fahren, daher konnte er um fünf das Büro verlassen und um halb sechs zu Hause sein. Er betrat das Haus durch die Garage und rief hinein, dass er zurück war. Connor kam gleich angerannt und schlang die Arme um seine Taille.

»Daddy, Daddy, sie sind da! Sunshine hat hier gewartet, bis sie angekommen sind, und sie sicher untergebracht, bis ich zu Hause war. Wir haben sie schon in die Ameisenfarm gesetzt, und es gefällt ihnen richtig gut da. Komm mal gucken!«

Declan erlaubte seinem Sohn, ihn in sein Zimmer zu zerren, wo die Ameisenfarm auf dem Schreibtisch stand.

»Sunshine hat gesagt, wir sollten mindestens einen Monat warten, bevor ich eine zweite bekomme. Ich soll erst beweisen, dass ich mich um sie kümmere und nicht das Interesse verliere.«

»Das sind alles schlagende Argumente«, sagte Declan, ohne darauf hinzuweisen, dass so eine Ameisenfarm eigentlich nicht viel Arbeit war. Die Hauptsache war, dass Connor seinen Ameisentraum leben konnte.

»Sunshine ist wirklich schlau.«

»Das ist sie.«

Außerdem wunderschön, unglaublich sexy, ein wandelnder Männertraum – doch nichts davon würde er jemals laut aussprechen, und vermutlich sollte er es noch nicht einmal denken.

»Ich gehe mich mal kurz umziehen, und dann lass uns rausfinden, was es zum Abendessen gibt.«

»Okay, Dad. Ich sehe so lange meinen Ameisen zu.«

Declan drückte seinem Sohn einen Kuss auf den Scheitel, ehe er in sein Schlafzimmer ging und sich Jeans und ein T-Shirt anzog. Auf dem Weg in die Küche holte er Connor ab.

»Es gibt heute gegrilltes Hühnchen«, sagte Connor. »Mit Nudelsalat. Ich habe geholfen, ihn zuzubereiten, das hat Spaß gemacht.« Er kräuselte die Nase. »Und dazu gegrilltes Gemüse. Sunshine hat gesagt, durch das Grillen wird es leckerer, aber ich weiß nicht, ob das stimmt.«

Declan sah, dass der Tisch bereits gedeckt war und Sunshine tatsächlich draußen am Grill hantierte. Neben ihr stand ein großer Teller fertig gegrilltes Hühnchenfleisch, auf einem anderem lagen noch ein paar rohe Stücke. Anscheinend war sie schon eine ganze Weile beschäftigt.

»Ich sehe mal nach Sunshine«, sagte er. »Willst du so lange …«

»Ich gehe zu meinen Ameisen!«, rief Connor eilig und hüpfte zurück durch den Flur in sein Zimmer.

Declan holte noch schnell zwei Flaschen Bier aus dem Kühlschrank, ehe er nach draußen ging. Sunshine lächelte, als sie ihn entdeckte.

»Hallo. Wie war dein Tag?«

»Gut.« Er reichte ihr ein Bier. »Dir ist schon klar, dass am Grill stehen Männerarbeit ist?«

»Ich lebe gegen sämtliche Klischees an.«

Er deutete mit einer Kinnbewegung auf den beeindruckenden Berg gegrilltes Huhn. »Ich weiß nicht, ob wir jemals so viel werden essen können.«

»Den Rest friere ich ein.«

»Entweder das, oder du musst die gesamte Nachbarschaft einladen.« Er sah in Richtung Haus. »Connor ist total begeistert von seinen Ameisen.«

»Ja. Der Umzug verlief problemlos. Ich glaube, die Ameisenfarm tut ihm gut.«

»Das denke ich auch.«

Es war endlich etwas Positives, auf das Connor sich konzentrieren konnte, nachdem die vergangenen Monate so schwer gewesen waren.

Sunshine deutete auf den Teller mit dem gegrillten Fleisch. »Würdest du das bitte für mich mit reinnehmen? Sobald es abgekühlt ist, friere ich es ein. Das Essen ist in ungefähr zwanzig Minuten fertig.«

»Soll ich für dich weitergrillen?«

»Was ist das nur für ein Ding mit Männern und Feuer?«

»Das nennt man wohl Urinstinkt.«

»Wahrscheinlich. Nein wirklich, ich komme klar. Erhol du dich von deinem Tag. Ich rufe dich, wenn das Essen fertig ist.«

»Jawohl, Ma'am.«

Er trug das Fleisch rein und stellte es auf der Küchentheke ab, dann ging er ins Wohnzimmer. Die Möbel waren noch genau dieselben, die er und Iris gemeinsam ausgewählt hatten. Fast jeder Raum im Haus war gleich geblieben. Der einzige, den er verändert hatte, war sein Schlafzimmer – nachdem sie gestorben war, hatte er es von einer Innenarchitektin komplett neu gestalten lassen. Eine erbärmliche Methode, alte Geister auszutreiben, doch etwas anderes war ihm nicht eingefallen.

Connor geht es besser, rief er sich in Erinnerung. Das war schon mal was. Die Zeit tat das Ihre, die Wunden des Jungen zu heilen, aber er hatte das Gefühl, dass auch Sunshine einen großen Beitrag dazu leistete. Sie und Connor verstanden sich hervorragend, und es war wundervoll, seinen Sohn wieder lachen zu hören. Das hatten sie beide viel zu lange nicht mehr getan.

Ihm war jedoch bewusst, dass er immer noch mit seiner Wut zu kämpfen hatte. Das ging schon so lange, dass er nicht wusste, was für ein Mensch er wäre, wenn er sie hinter sich ließe. Angefangen hatte es bereits Monate bevor Iris ihm sagte, dass sie krank war. Vor Connor hatte er so tun müssen, als wäre alles in Ordnung, aber das war es längst nicht mehr gewesen.

Selbst jetzt noch fragte er sich, ob er sie hätte verlassen sollen. Wäre das besser gewesen – ein klarer Schnitt, die Scheidung? Nur, wie hätte sich das auf Connor ausgewirkt? Er hätte gleich zwei Traumata zu verarbeiten gehabt. Nein, auch wenn es die Hölle war – zu bleiben war die richtige Entscheidung gewesen. Ihr Sohn hatte nicht mitbekommen, dass er vor Iris' Diagnose monatelang auf der Couch in seinem Arbeitszimmer geschlafen hatte; dass die Ehe seiner Eltern so kaputt gewesen war, dass sie wohl nie wieder hätte gekittet werden können. Jedenfalls soweit er wusste. Eine Aufarbeitung, welcher Art auch immer, hatte nicht stattgefunden.

Vielleicht war es das, was ihn am wütendsten machte. Die Tatsache, keine Wahl gehabt zu haben, keine Gelegenheit, über das Geschehene zu sprechen, es gemeinsam zu verarbeiten. Denn genau in dem Moment, in dem er sich bereit fühlte, es noch einmal mit ihr zu versuchen, hatte sie ihm mitgeteilt, dass sie sterben würde. Dass der Krebs, den sie vor ihm geheim gehalten und von dem sie geglaubt hatte, er ließe sich leicht behandeln, eine schlimme Wendung genommen und sie nur noch höchstens zwei Monate zu leben hatte. Zwei Monate, die sich am Ende als drei Wochen entpuppten. Er hatte unter Schock gestanden und versucht, die Tragweite dieser Nachricht zu begreifen, da war Iris schon gestorben.

Declan blickte aus dem Fenster, sah jedoch statt des Gartens den absurd sonnigen Tag von Iris' Beerdigung vor sich, an dem er alles wie durch eine Schicht Watte wahrgenommen hatte. Zwar war ihm bewusst gewesen, dass er sich irgendwann den Raum würde nehmen müssen, seine Gefühle zu verarbeiten, doch alles, was in jenem Moment zählte, war Connor. Er musste seinem Sohn in dessen Trauer beistehen. Seine Eltern waren für eine Weile bei ihnen eingezogen, um ihn zu unterstützen. Außerdem hatte er Connor eine Therapeutin gesucht und sich ein paar Wochen freigenommen, um ihm den Übergang so leicht wie möglich zu gestalten.

Jetzt, einige Monate später, ging es Connor schon sehr viel besser. Declan hatte keine Ahnung, wo er selbst stand, und er war sich auch nicht sicher, ob das eine Rolle spielte. Iris war nicht mehr da, und er wusste nicht, ob er traurig war, immer noch wütend auf sie oder einfach nur vollkommen entkräftet von der ganzen Sache.

»Du musst mir nicht beim Abräumen helfen«, sagte Sunshine, als Declan die Teller auf der Küchentheke abstellte.

»Es macht mir nichts aus. Außerdem hast du schon gekocht.«

Sie lachte. »Ich koche immer, das ist Teil meines Jobs.«

Gleich am ersten oder zweiten Tag ihrer Anstellung hatte sie ihm erklärt, dass sie gerne jeden Abend kochte, nur nicht an ihren freien Tagen. Declan war erleichtert gewesen und hatte sogleich ihr Gehalt erhöht, um ihrem erweiterten Verantwortungsbereich Rechnung zu tragen.

»Klappt eigentlich alles mit dem Waschservice?«, fragte er. »Ist einmal die Woche genug?«

»Du und dein Sohn haltet euch überraschend sauber. Von daher ja – einmal pro Woche reicht.«

»Sag mir einfach Bescheid, wenn die Wäsche öfter abgeholt werden soll.«

»Mach ich.«

Während sie das Geschirr kurz unter laufendes Wasser hielt und es dann in die Spülmaschine stellte, wischte er die Küchentheke ab. Sie wurden beide zeitgleich fertig. Declan nahm die Weinflasche in die Hand.

»Noch ein Glas?«

Sie zögerte eine Sekunde, ehe sie nickte. »Ja gerne, danke.«

Als sie sich auf die Barhocker an der Kücheninsel setzten, achtete er darauf, genügend Abstand zu ihr zu halten. Sunshine mochte noch so sehr seine Fantasie anheizen, er würde nie etwas sagen oder tun, das sie in eine unangenehme Lage brachte. Sie ging großartig mit seinem Sohn um, und er konnte es nicht riskieren, sie zu verlieren.

»Ich freue mich, dass die Ameisenfarm so ein Volltreffer ist«, sagte sie.

»Ich auch. Connor war so still, nachdem seine Mutter gestorben war. Es ist schön, ihn wieder lachen und so interessiert an etwas zu sehen.«

»Das glaube ich. Er verarbeitet es allmählich, Declan. Selbst in den paar Wochen, die ich hier bin, hat sich schon viel getan.«

»Spricht er mit dir über seine Mutter?«

»Manchmal. Ich weiß, dass er sie vermisst. Wenn er traurig wirkt, bitte ich ihn, mir von ihr zu erzählen.« Sie lächelte. »Er hat ein paar wundervolle Erinnerungen an sie. Und er ist alt genug, dass sie ihn sein Leben lang begleiten können.«

»Das hoffe ich.«

Sie nahm ihr Weinglas in die Hand, dann stellte sie es wieder ab. »Auf die Gefahr hin, dir zu nahe zu treten – lachst du oft zurzeit?«

»Schon mehr als vor Kurzem noch.« Eine ehrliche Antwort, die seine ambivalenten Gefühle verbarg.

»Triffst du dich zurzeit mit jemandem?«

Er lehnte sich so abrupt nach hinten, dass er beinahe vom Hocker gefallen wäre. Er musste sich räuspern und senkte die Stimme. »Du meinst, mit einer Frau?«

Ihre Mundwinkel zuckten, als versuchte sie, ein Lächeln zu verbergen.

»Ja, das war meine Frage.«

»Iris ist erst seit fünf Monaten tot, es ist viel zu früh.« Mit einer Frau ausgehen? Das konnte er sich nicht vorstellen. Wie sollte das gehen? Wo sollte er überhaupt eine kennenlernen, und wieso sollte er das wollen?

»Okay. Mir ging es nur darum, dass du vielleicht mit Connors Therapeutin sprechen solltest, ehe du ihm eine neue Frau an deiner Seite präsentierst. Dir ein paar Tipps holen, wie man das am besten macht. Ich kann super grillen und mit ihm für seinen Rechtschreibtest üben, aber was den Umgang mit dem

Verlust eines Elternteils angeht, zumindest unter solch schrecklichen Umständen, habe ich überhaupt keine Erfahrung.«

Was bedeutete, dass sie generell durchaus Erfahrung mit dem Verlust eines Elternteils hatte. Ein Thema, das er wohl aufgreifen sollte – nur bekam er ihre Frage nach möglichen Dates nicht aus dem Kopf.

»Und, triffst du dich mit jemandem?«, fragte er und hielt dann entschuldigend eine Hand hoch. »Tut mir leid, das war eine unangemessene Frage.«

»Wieso das denn? Declan, ich wohne in deinem Haus, ich koche dein Essen und kümmere mich um deine Wäsche. Ich glaube, es spricht nichts dagegen, dass wir miteinander befreundet sind.«

»Ich weiß nicht genau, wie da so die Regeln bei Kindermädchen sind.« Bis auf die, dass er auf keinen Fall darüber nachdenken sollte, wie heiß er sie fand.

»Die sind nicht sehr kompliziert. Meine lautet vor allem, dass du ein guter Vater sein solltest. Und das bist du.«

»Und wahrscheinlich sollte auch der Scheck gedeckt sein, den ich dir am Monatsende überreiche.«

Sie lachte. »Okay, ja. Das wär's dann aber schon an Regeln.« Sie atmete tief durch. »Zurzeit treffe ich mich mit niemandem. Von meinem letzten Freund habe ich mich vor ein paar Monaten getrennt, und seitdem versuche ich, das Ganze etwas anders anzugehen.«

»Was heißt das?«

Sie sah ihn an. »Dass ich mich bemühe, mich in Bezug auf Männer nicht wie die letzte Idiotin zu verhalten. Ich möchte weniger impulsiv sein, bedachter handeln. Und ich wünsche mir eine echte Beziehung.«

»Du meinst, du willst dich so richtig verlieben?«

»Mehr als das. Ich möchte mich in jemanden verlieben, der eine gemeinsame Zukunft für uns sieht. In einen Mann, der mich als Mensch respektiert und mich nicht nur wie ein Stück

Fleisch betrachtet.« Sie zuckte erschrocken zusammen. »Tut mir leid, das ist mir so rausgerutscht – ein Beispiel für meine impulsivere Seite.«

Er war zu sehr damit beschäftigt, sich wegen seiner eigenen Fantasien schuldig zu fühlen, als dass ihn das gestört hätte. »Du musst dich nicht entschuldigen. Du sagst also, du hättest gerne …«

»… nicht nur einmal Sex mit jemandem und das war's dann.«

»Ich vermisse Sex.«

Es war nicht seine Absicht gewesen, das laut auszusprechen – eigentlich hatte er es nur denken wollen. Ihn überkam Entsetzen, und er überlegte fieberhaft, wie er wahlweise die Aussage zurücknehmen, sie ungeschehen machen oder sich dafür entschuldigen konnte.

»Tut mir leid«, sagte er schnell. »Das war nicht das, was ich sagen wollte.«

Sunshine wandte sich ihm zu, ihre Augen blitzten vergnügt. »Ist schon okay«, sagte sie, ihr Ton war liebenswürdig und leicht amüsiert. »Das verstehe ich total. Du meinst, es ist noch zu früh für dich, eine Beziehung einzugehen, doch mal wieder flachgelegt zu werden könnte nicht schaden.«

»Oh Gott, das klingt furchtbar – aber ja.«

»Gar nicht, das klingt authentisch und ehrlich. Man darf durchaus mal Sex haben, ohne gleich eine Beziehung einzugehen.«

Er starrte sie ungläubig an. »Schlägst du mir gerade vor, zu einer Prostituierten zu gehen?«

Sie brach in Gelächter aus. »Nein, dafür scheinst du nicht der Typ zu sein. Ich will nur sagen, dass es jede Menge Frauen gibt, die sich eine Wochenendaffäre ohne Verpflichtungen wünschen.«

»Wo?«

»Überall.«

»Nicht in meiner Welt.«

»Du würdest dich wundern.«

»Das würde ich tatsächlich.« Ihm war klar, dass Sunshine nicht dazuzählte. Sie wünschte sich mehr als das. »Ehrlich gesagt bin ich mir nicht sicher, ob das mein Ding ist. Ich habe es immer vorgezogen, Sex im Rahmen einer Beziehung zu haben. Selbst auf dem College gehörte ich nicht zu den Typen, die nur auf das Eine aus waren.«

Sie wirkte plötzlich wehmütig.

»Das ist echt gut zu hören. Ein schöner Gedanke, dass da draußen auch noch ein paar nette Männer rumlaufen.«

»Ja, aber die meisten von denen kriegen keinen Sex ab.«

Sie lachte erneut. »Versuch einfach, dich dafür zu öffnen.«

»Ich schätze, ich leide lieber weiter. Was ist mit deinem Wunsch? Du müsstest doch eigentlich jeden Mann bekommen, den du willst.«

»Es ist nicht so leicht, wie du denkst.«

Das konnte er nicht glauben. Nur würde er das jetzt nicht mit ihr diskutieren, er hatte schon zu viel gesagt. Über ihre deprimierende Andeutung, dass er im Grunde genau der Typ Mann war, mit dem sie schlafen wollte, musste er später nachgrübeln. Denn weder sie noch er würden wohl zulassen, dass es wirklich dazu kam. Grundgütiger, was war nur los mit ihm?

»Ich hoffe, wir kriegen beide, was wir uns wünschen«, sagte er in dem verzweifelten Bemühen, das Thema höflich zu beenden.

Sie hob ihr Glas. »Ich auch. Wie auch immer das aussieht.«

Biancas Schlafzimmer war ein architektonisches Wunderwerk. Es war das erste Mal, dass Margot es von innen sah, und sie konnte nicht aufhören, die schönen Fenster und die Holzschnitzereien an den Türrahmen zu bewundern. Die Decke war kuppelförmig, der Durchgang zum Bad bestand aus einem Torbogen und die verschiedenen altertümlichen wie modernen Komponenten verschmolzen zu einem wunderschönen Ganzen. Wenn das größte Gästezimmer schon so schön war, wie musste es da erst in Alecs Schlafzimmer aussehen? Margot musste sich eingestehen, dass sie sich zum ersten Mal ernsthaft in ein Haus verliebt hatte.

Sie zwang sich, ihre Aufmerksamkeit wieder auf die anstehende Aufgabe zu richten – Wesley für heute Abend zu Cocktails einzuladen. Margot war sehr neugierig auf den Mann, der Biancas Herz erobert hatte. Natürlich hatte sie Recherchen über ihn angestellt und hätte mit Leichtigkeit einen fünfminütigen Vortrag über seine Lebensgeschichte und seine Leistungen halten können, doch das war nicht dasselbe, wie ihn persönlich kennenzulernen. Wer war er? Welche seiner Qualitäten und Eigenschaften hatten dazu geführt, dass Bianca sich in ihn verliebt hatte und so viel Bereitschaft zeigte, sich zu ändern, um in seine Welt zu passen? Sie hegte die Hoffnung, dass der heutige Abend einige dieser Fragen beantworten würde – aber erst mussten sie das richtige Outfit für Bianca finden.

Margot löste den Blick von dem mit Schnitzereien verzierten Himmelbett und der antiken Kommode und wandte die Aufmerksamkeit ihrer Klientin zu. Bianca trug ein übergroßes T-Shirt, das in der Taille von einem Gürtel zusammengehalten wurde, darunter Leggings. An jeder anderen Frau hätte dieses Outfit ordinär, ja gar verlottert ausgesehen. Aber in Kombination mit ihrem zierlichen Körperbau, ihrem wunderschönen Gesicht und ihrer sinnlichen Aura wirkte es atemberaubend in seiner Schlichtheit.

Margot lächelte. »Dieses Zimmer steht Ihnen. Das dramatische Setting und seine Eleganz bilden die perfekte Kulisse für Sie.«

»Das ist das Netteste, was Sie jemals zu mir gesagt haben. Danke, ich mag diesen Raum sehr. Ich würde ihn natürlich etwas umdekorieren, wenn er meiner wäre, aber Alec hat es gerne traditioneller.«

Eine Eigenschaft, die Margot durchaus zu schätzen wusste, auch wenn sie das Bianca gegenüber nicht aussprechen würde. Es war wichtig, niemals Partei zu ergreifen.

Margot deutete auf den Kleiderschrank. »Wollen wir?«

»Ich brauche Sie wirklich nicht, um mir ein Kleid für einen Cocktailabend im eigenen Haus rauszusuchen«, grummelte Bianca und bewegte sich auf den Schrank zu.

»Das ist nicht einfach nur ein Cocktailabend im eigenen Haus«, erinnerte Margot sie. »Sondern ein Cocktailabend mit einem Diplomaten und ein paar Freunden.«

»Das ist doch das Gleiche in Grün.«

Bianca klang wie eine schmollende Vierzehnjährige, was vermutlich auch so gewollt war. Sie interessierte sich für den Unterricht und hatte keine Schwierigkeiten, sich die Geschichte Cardiganias einzuprägen, aber es schwang bei ihr immer ein wenig Trotz mit. So als könnte sie jeden Moment anfangen, die Wände mit Graffitis zu besprühen. Andererseits projizierte sie das vielleicht auch nur in ihre Klientin hinein. Man hatte ihr erzählt, dass Bianca nicht einfach war, sie hatte über ihre Eskapaden gelesen, und nun suchte sie bei ihr nach Anzeichen von Rebellion. Doch womöglich hatte Bianca sich längst verändert, und es gab gar keinen Grund, sich Sorgen zu machen.

Sie betraten den riesigen begehbaren Kleiderschrank. Auf einer Seite hingen Dutzende oder wahrscheinlich eher Hunderte von Kleidern, lange wie kurze. An der anderen reihten sich Blusen, Jeans und Hosen aneinander. Weitere Regale quollen über vor gefalteten Pullovern, unzähligen Reihen von Schuhen sowie Taschen – kleine Handtaschen, Beuteltaschen. Dazu Kartons, auf denen elegante Abendtaschen abgebildet waren.

»Wow«, sagte Margot und drehte sich um die eigene Achse. »Ich bin überwältigt.«

»Ich liebe eben Klamotten.«

»Und Sie sehen sehr gut darin aus. Dieser Schrank macht einen fertig, aber im positiven Sinne. Also, was würden Sie heute Abend gerne tragen?«

Bianca trat zur Wand, an der die Kleider hingen, und ging sie alle durch. Schließlich zog sie drei hervor. Eins war ein schwarzes Wickelkleid, das vorne tief ausgeschnitten war und aufgrund seines weichen, elastischen Stoffs so eng anliegen würde wie Frischhaltefolie. Beim zweiten handelte es sich um ein ebenso schwarzes winziges Negligé-Kleid mit Spaghettiträgern. Das dritte bestand aus durchsichtiger schwarzer Spitze.

»Na schön«, sagte Margot, nachdem sie alle drei betrachtet hatte und sich wieder ihrer Klientin zuwandte. »Welche Botschaft möchten Sie heute Abend aussenden?«

»Ich habe keine Ahnung, was das heißen soll.«

»Diese Frage könnte Ihnen dabei helfen, gesellschaftliche Ereignisse, an denen Sie zusammen mit Wesley teilnehmen, als etwas Größeres zu betrachten als nur einen Abend unter Freunden. Ein Kleid, das Sie zu einem Abendessen in Malibu tragen, sollte anders aussehen als eins, in dem Sie sich an einem offiziellen Empfang für einen ausländischen Würdenträger präsentieren. Wir halten für unsere Zwecke heute einen kleinen Cocktailempfang ab. Sie sind Wesleys Verlobte. Da wir so tun, als handle es sich um einen offiziellen Empfang, wird er sein Land repräsentieren. Sie begleiten ihn als die Frau an seiner Seite, daher repräsentieren auch Sie es. Welche Botschaft möchten Sie an die anderen Gäste aussenden?«

»Ah, jetzt verstehe ich, was Sie meinen. Welche Botschaft?« Bianca dachte eine Sekunde lang nach, dann grinste sie. »Dass ich einen verdammt heißen Körper habe?«

Margot presste die Lippen zusammen, um nicht zu lächeln. »Das stimmt zwar, aber ich weiß nicht, ob Sie damit Wesley sehr helfen.«

»Natürlich tue ich das. Wenn er die heiße Frau abbekommt, heißt das, dass er viel Macht hat.«

»Hat er das nicht sowieso? Und da es sich um ein Ereignis handelt, zu dem er eingeladen wurde, sollten Sie vielleicht nicht alle Aufmerksamkeit auf sich ziehen.«

»Aber ich ziehe gerne die Aufmerksamkeit auf mich, so bin ich eben.«

Margot wusste nicht genau, was sie darauf erwidern sollte, daher schwieg sie. Bianca betrachtete noch einmal die Kleider, die sie ausgesucht hatte.

»Sie wollen also ein langweiligeres Kleid.«

»Ich stelle mir ein schönes und zu der Gelegenheit passendes Kleid vor. Wenn Sie sich alleine mit Wesley treffen, können Sie tragen, was Sie wollen, zu einem geschäftlichen Anlass sollten Sie sich jedoch entsprechend kleiden. Sie werden trotzdem noch Ihren heißen Körper zeigen können – aber das Bild, das Sie von sich präsentieren, wird etwas subtiler sein. Stellen Sie es sich wie eine Rolle vor, in die Sie schlüpfen. Sie würden doch sicher kein Stretchkleid tragen, um Lady Macbeth zu spielen.«

»Ich würde niemals Lady Macbeth spielen, Shakespeare war noch nie mein Ding, ich verstehe jedoch, was Sie meinen.« Bianca lächelte schief. »Ich mache Ihnen einen Vorschlag. Ich trage, was Sie für mich aussuchen, und dafür tragen Sie, was ich für Sie auswähle. Wir müssten ungefähr dieselbe Größe haben.«

Margot gefiel der Gedanke nicht. Nicht nur, dass sie einige Zentimeter größer war als Bianca, sie war sich auch ziemlich sicher, eine oder zwei Kleidergrößen breiter zu sein.

»Das wird lustig«, versuchte Bianca, sie zu überreden.

»Ich traue Ihnen nicht«, sagte Margot geradeheraus.

Bianca lachte. »Das sollten Sie vermutlich auch nicht. Na schön, ich suche Ihnen zuerst etwas aus, dann können Sie sehen, dass ich fair bin.«

Sie ging wieder zu den Kleidern hinüber und begann, sie durchzusuchen. Sie fing an einer anderen Kleiderstange als zuvor an und sah danach noch eine zweite und dritte durch, ehe sie ein lippenstiftrotes Kleid hervorzog.

Auf dem Kleiderbügel sah es schlicht aus – es bestand aus schmalen, zusammengenähten Streifen und einem recht langen Rock. Doch etwas an der Art, wie es da so hing, gab Margot zu denken. »Ich bin mir nicht sicher«, sagte sie.

Bianca wedelte mit dem Kleid vor ihr herum. »Probieren Sie es an, ich bestehe darauf. Und Sie müssen zugeben, dass ich bisher eine sehr kooperative Klientin war.«

»Das ist wahr«, murmelte Margot, nahm das Kleid und ging damit ins Bad. »Aber ich weiß, dass ich das noch bereuen werde.«

Das aus Marmor und Glas bestehende Badezimmer verfügte über eine riesige begehbare Dusche, eine frei stehende Badewanne, in der man mit Leichtigkeit eine Poolparty hätte feiern können, ein doppeltes Waschbecken und eine vollständig verspiegelte Wand. Sie konnte ihrem Anblick also keinesfalls entkommen.

Margot hängte das Kleid an einen Haken neben der Dusche und stellte nun fest, weshalb es so seltsam aussah – die Bänder, aus denen es bestand, waren nur stellenweise zusammengenäht.

Ihr wurde flau, als sie das Kleid vom Bügel nahm und es anstarrte. Es hatte lauter Löcher, die den Blick auf ihre Haut freigeben würden.

»Das ist ein Albtraum.« Sie öffnete seufzend den Reißverschluss ihres schlichten, hellgrauen Kleids und ließ es zu Boden gleiten. Sie zog auch ihren BH aus, denn den konnte sie auf keinen Fall darunter anbehalten, und schlüpfte in Biancas Kleid. Sobald sie es anhatte, hielt sie die Luft an und zog den Reißverschluss hoch. Wie durch ein Wunder ließ er sich ganz leicht schließen. Dann stellte sie sich ihrem Spiegelbild.

Es war gar nicht so schlimm, wie sie erwartet hatte. Die kräftige Farbe schmeichelte ihrer Figur. Der Stoff des Oberteils öffnete sich zu einem tiefen V-Ausschnitt zwischen ihren Brüsten, war jedoch verstärkt, sodass kein unerwünschtes Malheur passieren konnte. Auf beiden Seiten der Taille hatte das Kleid kleine Ausschnitte, was sexy wirkte, aber in Wirklichkeit nicht viel Haut erkennen ließ. Der Rock war nicht allzu eng und reichte ihr beinahe bis zu den Knien. Wenn sie mal davon absah, dass sie mehr Dekolleté als üblich zeigte, war das Kleid tatsächlich in Ordnung. Sie hängte ihr eigenes auf den Bügel, dann ging sie zurück ins Schlafzimmer.

Bianca saß auf der Bettkante, einen erwartungsvollen Ausdruck im Gesicht. Als sie Margot erblickte, klatschte sie begeistert in die Hände.

»Das gefällt mir! Sie sehen toll aus. Zeig nur ein bisschen Haut und die Welt liegt dir zu Füßen.«

»Ich bin mir nicht sicher, ob man das so sagen kann, aber ich verstehe, was Sie meinen. Sie finden, ich sollte meine Garderobe etwas aufpeppen.«

»Ich meine, Sie sollten sich sehr viel sexyer kleiden. Sie sind jung und Single. Glauben Sie mir, bald werden auch Sie älter, und dann werden Sie all den schönen Kleidern nachtrauern, die Sie nie getragen haben.«

»Trauern Sie ihnen hinterher?«

Bianca lachte. »Nein. Das war kein Plaudern aus dem Nähkästchen, Margot, ich habe über Sie geredet. Ob es etwas gibt, dem ich hinterhertrauere? Sicher keinen Kleidern.« Sie lachte erneut und sprang auf. »Dann tragen Sie es also heute Abend?«

»Ja.«

»Das freut mich sehr. Na schön, abgemacht ist abgemacht. Kleiden Sie mich für eine Beerdigung ein – ich werde auch versuchen, nicht zu meckern.«

»Da Sie auf keine Beerdigung gehen, wäre das in dem Fall nicht die angemessene Kleiderwahl.«

»Jetzt klingen Sie schon wie Alec.«

Eigentlich ein nettes Kompliment, dachte Margot.

Sie wandte sich dem Schrank zu und sah nun ihrerseits Dutzende von Kleidern durch. Es dauerte nicht lange, bis sie ein gewisses System erkannte – sämtliche Kleidungsstücke, die nicht wenigstens annähernd glamourös oder freizügig geschnitten waren, trugen noch das Preisschild.

Sie hielt ein langärmeliges braunes Kleid hoch, das so altbacken aussah, dass es selbst für eine achtzigjährige Frau eine Beleidigung dargestellt hätte. »Weshalb haben Sie das gekauft, wo Sie es doch nie tragen werden?«

»Ich habe keine Ahnung. Vielleicht war es ein Geschenk.«

Margot lächelte. »Niemand, der Sie kennt, würde Ihnen dieses Kleid schenken.«

»Sie werden mich also nicht zwingen, es zu tragen?«

»Natürlich nicht. Ich will Sie dem Anlass entsprechend kleiden, nicht Sie bestrafen.«

»Wollte nur sichergehen.«

Margot sah zehn bis fünfzehn weitere Kleider durch, ehe sie ein rauchblaues Spitzenkleid hervorholte. Es war ärmellos und hochgeschnitten. Sein Spitzenmuster war erlesen, und sein fließender Stoff schien ungefähr bis zur Wade zu reichen. Sie hielt es Bianca hin.

»Dieses hier.«

Bianca machte einen Schmollmund. »Das ist so schlicht.«

»Es ist wunderschön, elegant und sehr passend für den Anlass.« Sie erlaubte sich ein kleines Lächeln. »Und eng genug geschnitten, um Ihren *verdammt heißen Körper* zur Geltung zu bringen.«

Bianca rollte mit den Augen. »Na gut.«

Statt sich ins Bad zurückzuziehen, zog sie sich an Ort und Stelle aus und stieg in das Kleid. Nachdem sie es hochgezogen hatte, wandte sie Margot den Rücken zu, damit sie ihr den langen Reißverschluss schließen konnte. Gemeinsam gingen sie ins Bad und stellten sich vor die Spiegelwand.

Das Kleid war perfekt. Es war so eng, dass es jede einzelne Kurve betonte, jedoch ohne gepresst oder ordinär zu wirken. Die Farbe ließ Biancas blaue Augen noch dunkler erscheinen und ihre Haut erstrahlen, der elegante Spitzenbesatz machte es zum idealen Outfit für eine Cocktailparty.

»Oh.« Bianca starrte ihr Spiegelbild ein paar Sekunden lang an. »Gar nicht mal so hässlich.«

»Hören Sie schon auf«, sagte Margot liebenswürdig. »Sie sehen umwerfend darin aus, das ist Ihnen auch klar.« Sie stellte sich hinter sie und hielt ihr das Haar hoch. »Ich denke mal, Sie wissen, wie Sie es sich hochstecken?«

»Ja.«

»Haben Sie ein Paar Diamantohrringe?«

»Scheißt der Bär in den Wald?«

Margot presste die Lippen zusammen. »Lassen Sie uns die umgangssprachlichen Ausdrücke heute mal vergessen, ja?«

Bianca seufzte tief. »Sie haben momentan keinen festen Freund, oder? Daran sollten wir arbeiten.«

Margot ignorierte den Kommentar. »Dann tragen Sie also das Kleid heute Abend?«

»Wenn Sie Ihres tragen?«

»In Ordnung.«

»Dann haben wir einen Deal.«

»Wir sehen uns um sechs Uhr unten«, sagte Margot, nahm ihr altes Kleid und verließ das Badezimmer.

9. Kapitel

Das hier werde ich noch bereuen.

Margot schickte ihrer Schwester die Nachricht und wartete. Sekunden später kam bereits die Antwort.

Wirst du nicht, du siehst umwerfend aus. Auch wenn du grauenhafte Selfies machst. Wärst du nicht meine Schwester, ich würde dich glatt mit dem Auto überrollen.

Margot kicherte.

Ach, du tust doch nur so hart.

Ja, aber nur weil ich dich so lieb habe. Genieß deine falsche Cocktailparty.

Werde mir Mühe geben.

Margot legte das Handy weg, frischte ihr Make-up auf und suchte ein Paar blassrosa Pumps heraus, die sie erst im letzten Moment anziehen würde. Dann lief sie barfuß nach unten. Als sie in die Küche kam, stellte sie die Schuhe in einer Ecke ab und ging zur Küchentheke hinüber, auf der Edna Servierplatten und Anweisungen hinterlassen hatte.

Diese Frau war ein wahres Wunder. Obwohl sie nur zu viert sein würden, hatte Edna ein halbes Dutzend Leckereien zubereitet, die neben Nüssen und Oliven bereitstanden. Nachdem sie sich eine Schürze umgebunden hatte, las Margot die detaillierten Anweisungen und fing dann an.

Sie stellte den Ofen an und holte die Krabbensoufflés sowie

die gefüllten Champignons aus dem Kühlschrank. Beides war auf mit Backpapier bedeckten Blechen ausgelegt und musste nur in den Ofen geschoben werden, sobald er die richtige Temperatur erreicht hatte. Die Nüsse und Oliven gab sie in kleine Schüsseln und brachte sie zu dem Tisch, der vor der Bar im Salon stand und bereits mit Gläsern, Tellern, Gabeln und Servietten gedeckt war.

Auf dem Weg zurück in die Küche blieb sie einen Moment stehen, um zum wiederholten Male die mindestens sechs Meter hohen Decken zu bewundern. Der Glockenturm war vollständig erhalten, ebenso wie der Großteil der bunten Kirchenfenster. Jeder Mensch sollte einmal im Leben die Gelegenheit bekommen, in so einem wundervollen Haus zu wohnen, dachte sie, als sie wieder in der Küche war.

Edna hatte frisches Brot aufgeschnitten und es bereits für die Bruschette getoastet. Margot musste nur noch den Belag daraufgeben. Sie hatte gerade die entsprechenden Zutaten zusammengesucht, als Alec in die Küche kam.

Ihr erster Gedanke war, dass er gut aussah. Er wirkte immer attraktiv, doch der dunkle Anzug und das sich davon absetzende weiße Hemd standen ihm besonders gut. Als er sie sah, runzelte er die Stirn.

»Was machst du da?«

»Ich bereite das Essen für die Cocktailparty vor.«

»Das gehört nicht zu deinem Job.«

»Doch, tut es. Keine Sorge, ich koche nicht richtig. Edna hat mir genaue Anweisungen hinterlassen, wie ich alles zubereiten soll. Sie hat gesagt, es sei supereinfach und selbst ich könne es nicht vermasseln.«

Er lächelte sie an. Es war nur ein unbedeutendes Lächeln – flüchtig und leicht amüsiert. Eins, das man einer Fremden schenkte. Und doch lag noch etwas anderes darin, das sie tief in ihrem Bauch berührte und sie dazu brachte, sich gewisse Situationen mit ihm vorzustellen. In jedem Fall schien es irgendeine Art von Sehnsucht bei ihr zu wecken. Das war natürlich vollkommen lächerlich, sie kannte den Mann ja kaum. An den meisten Tagen bestand die einzige Art von Kommunikation zwischen ihnen darin, dass sie einander beim Frühstück kurz zunickten. Er sagte »Guten Morgen«, sie tat dasselbe, stellte sich ihr Frühstück zusammen und ging. Ruft die Presse – das ist die Romanze des Jahrhunderts!

»Ich ziehe ernsthaft in Zweifel, dass Edna so etwas gesagt haben soll«, sagte er.

Margot war so sehr damit beschäftigt gewesen, sich vom Schnellzug ihrer Träume an einen nicht existierenden Ort befördern zu lassen, dass sie erst einmal überlegen musste, was er meinte.

»Mit etwas weniger Worten«, gab sie zu. »Aber der Inhalt war eindeutig – Edna zweifelt an meinen Kochkünsten.«

»Zu Recht?«

Sie lachte. »Na ja, ich kriege schon ein bisschen was hin in der Küche, das ist allerdings nichts im Vergleich zu meiner Schwester, die aus allem etwas Köstliches zaubern kann. Heute Abend jedoch stelle ich alles nach bestem Wissen und Gewissen zusammen. Oh, und Edna hat auch erwähnt, dass du als Barkeeper fungieren wirst. Ich hoffe, das ist in Ordnung.«

»Natürlich. Wir sind ja nur zu viert, und meine Mutter hat mich zum perfekten Gentleman erzogen, der einen exzellenten Martini mixen kann.«

»Ah, gut zu wissen.«

Er zog eine Augenbraue hoch. »Ich vernehme wenig Enthusiasmus. Bist du keine Martinitrinkerin?«

»Ich muss gestehen, dass ich eher der Margarita-Typ bin.«

Er sah sie aus seinen dunklen Augen an. »Hervorragend. Sobald unser Ehrengast eingetroffen ist, werde ich dich mit meinen Barkeeper-Künsten beeindrucken.«

»Das lasse ich mir gerne gefallen. Nun entschuldige mich bitte, ich meinerseits muss meine Bruschetta-Künste unter Beweis stellen.«

Alec nickte. Dann zog er zu ihrer Überraschung das Jackett aus, krempelte die Ärmel seines Hemdes hoch, ging zum Waschbecken und wusch sich die Hände.

»Was tust du da?«

»Ich mache mich bereit, dir zu helfen.«

»Das schaffe ich schon alleine.«

»Aber zu zweit geht es schneller.«

Sie sagte sich, dass sie nichts in sein Verhalten hineininterpretieren durfte. Er war einfach nur höflich. Dennoch fühlte sie sich auf einmal flatterig und nervös, was vermutlich der Grund war, weshalb sie unwillkürlich hervorstieß: »Ich finde, das ist das Mindeste, was ich tun kann. Bei den Partyvorbereitungen helfen, meine ich. Deine Mutter schlägt sich so gut im Unterricht und in unseren Übungen, dass ich gar nicht weiß, wieso sie mich überhaupt angestellt hat.«

Alec wischte sich die Hände an einem Handtuch ab und sah sie an. »Meinst du das ernst?«

»Natürlich. Sie ist leicht exzentrisch, und ich mache mir ein wenig Sorgen, was ihre Kleiderwahl betrifft, aber ansonsten ist sie sehr aufmerksam und interessiert daran, etwas über die Geschichte von Wesleys Land und all die anderen Dinge zu erfahren, die ich mit ihr besprochen habe.«

Während sie redete, legte sie die getoasteten Brotscheiben und die Zutaten für den Belag bereit.

»Warte noch einige Wochen, ehe du ein Urteil fällst«, sagte er. »Es gibt da schon ein paar Dinge, an denen du wirst arbeiten müssen.«

»Wenn du das sagst.« Margot fragte sich, ob Bianca sich mehr weiterentwickelt hatte, als ihm bewusst war. Für erwachsene Kinder war es manchmal schwer, ihre Eltern als Personen mit einem eigenen Leben zu sehen.

Sie machten sich an die Arbeit und stellten die restlichen Appetizer fertig. Margot rührte frischen Schnittlauch unter cremigen Frischkäse, dann strich sie ihn auf das Brot und gab die

Pilzmischung darüber. Alec bereitete die etwas traditionelleren Bruschette vor, indem er in kleine Würfel geschnittene Tomaten und Feta auf Brotscheiben verteilte. Beide wurden sie genau in dem Moment fertig, als der Ofenwecker klingelte.

»Ich kümmere mich hier um den Rest und bringe dann alles rüber. Willst du inzwischen die Drinks zubereiten?«, fragte sie.

»Eine exzellente Margarita kommt sofort.«

»Jetzt bin ich aber wirklich neugierig.«

Margot nahm die Appetizer aus dem Ofen, schob sie vom Blech auf die Servierplatten und trug sie ins Wohnzimmer. Bianca war bereits dort und wartete auf den Martini, den Alec ihr gerade eingoss.

»Ist das nicht entzückend?«, bemerkte sie, während sie den Blick durch den Raum schweifen ließ. »Eine Fressorgie in der drückenden Atmosphäre eines Klosters. Was die Leute wohl dazu sagen werden?«

Ihr scharfer Ton überraschte Margot. Soweit sie wusste, liebte Bianca das Haus, was sollte dann die Bemerkung über die ›drückende Atmosphäre‹?

Statt darauf einzugehen, prüfte sie Biancas Erscheinungsbild. Diese hatte ihr Haar hochgesteckt, baumelnde Diamantohrringe angelegt und hochhackige Riemchensandalen angezogen. Ihr Make-up war dezent, zog jedoch immer noch die Aufmerksamkeit auf ihr schönes Gesicht.

»Sie sehen aus wie ein Model aus der *Vogue*«, sagte Margot aufrichtig. »Ernsthaft, Bianca, ich finde, Sie sehen atemberaubend aus.«

»Das Kleid ist altbacken«, grummelte Bianca.

»Es ist elegant«, widersprach Alec und reichte ihr den Martini.

»Ich fühle mich alt darin.« Bianca kippte die Hälfte des Drinks in einem einzigen Zug herunter. »Das hier war eine alberne Idee. Ich sollte Wesley schreiben und ihm sagen, dass wir das Ganze vergessen und einfach Burger essen gehen. Was habe ich mir nur dabei gedacht?«

Biancas Anspannung war ebenso greifbar wie unerwartet. Margot berührte sie leicht am Arm. »Ich habe Ihnen doch ein paar Atemübungen gezeigt. Mir helfen die immer sehr. Atmen Sie tief in den Bauch, flache Atmung verstärkt die Angst.«

Bianca kippte den Rest ihres Martinis herunter und hielt Alec das Glas hin. »Noch einen, bitte. Guter Junge.« Dann wandte sie sich wieder ihr zu. »Angst? Da liegen Sie völlig daneben. Mir geht es ausgezeichnet – und Sie sollten sich lieber mal Schuhe anziehen.«

Margot hatte vollkommen vergessen, dass sie barfuß war und eine Schürze trug. Nicht das leuchtende Beispiel, das sie abgeben wollte. Sie ging zurück in die Küche und war ein paar Sekunden später wieder bei den anderen. Alec goss gerade ihre Margarita in ein Glas voller Eis. Als er sich umwandte und sie erblickte, weiteten sich seine Augen leicht, so als wäre er verblüfft über ihre Erscheinung.

Sie spürte, wie sie rot wurde. »Also, deine Mutter und ich haben einen Deal. Ich durfte entscheiden, welches Kleid sie trägt, und dafür durfte sie mir eins aussuchen. Nicht, dass ich so etwas selbst besitzen würde. Es ist zwar wunderschön, doch es ist ein Designerkleid, und ich habe noch nie so eins … Was ich sagen will … es gehört deiner Mutter. Aber es ist wirklich hübsch – und ich sollte jetzt wohl lieber mal aufhören zu reden.«

»Ja, das sollten Sie unbedingt«, sagte Bianca. »Sie sehen nämlich toll aus. Wenn sogar meinem mönchischen Sohn das auffällt, habe ich meinen Teil der Arbeit erledigt. Oh, es klingelt an der Tür. Ich mache auf.«

Margot sah ihr nach. »Was hat sie nur für eine Laune?«

»Glaubst du jetzt immer noch, dass du hier nicht gebraucht wirst?«

Bianca kehrte mit einem großen, schlanken Herrn an ihrer Seite zurück. Wesley Goswick-Chance war nicht der schönste

Mann auf Erden, doch er strahlte Selbstbewusstsein aus, was äußerst attraktiv war. Er trug eine Brille sowie einen Anzug, der ganz offensichtlich maßgeschneidert war, und wenn er Bianca ansah, wirkte es, als würde er zum ersten Mal nach sechs Jahren Finsternis endlich wieder das strahlende Licht der Sonne erblicken.

Bianca wedelte mit einer Hand in ihre Richtung. »Das ist sie, Wesley. Die Frau, die mich reparieren soll. Oder es zumindest versucht.«

Wesley lächelte und schüttelte ihr die Hand. »Es freut mich sehr, Sie kennenzulernen. Sie werden mir sicher zustimmen, wenn ich sage, dass meine liebste Bianca bereits vollkommen ist – genau so, wie sie ist.«

»Absolut.«

Wesley überreichte ihr eine mittelgroße Präsenttüte. »Ein kleines Mitbringsel.«

»Danke schön. Soll ich gleich mal hineinschauen?«

»Ganz wie Sie möchten.«

Margot führte sie alle zu einer Sitzgruppe. Alec reichte Wesley einen schottischen Whisky und goss sich selbst auch einen ein. Sie öffnete die Tüte und zog einen herrlichen Cardigan daraus hervor. Er war aus feinster weicher Wolle, die in den verschiedensten Blautönen leuchtete.

»Er ist wunderschön«, sagte sie an Wesley gewandt. »Vielen Dank, das ist sehr aufmerksam von Ihnen. Immer, wenn ich ihn trage, werde ich an Ihr wundervolles Land denken.«

»Ach du meine Güte«, grummelte Bianca. »Ist das nicht ein bisschen übertrieben? Ich meine, das Teil ist ja ganz nett, aber letzten Endes auch nicht mehr als eine Strickjacke.«

Alec sah unangenehm berührt aus, doch Wesley lachte nur und nahm Biancas Hand in seine.

»Meine entzückende Bianca spricht immer genau das aus, was sie denkt. Das ist so erfrischend.«

»Ja, das ist es«, murmelte Alec.

Margot machte sich eine mentale Notiz dazu, mit Bianca über ein liebenswürdiges Auftreten bei gesellschaftlichen Anlässen zu sprechen. Außerdem würde sie sich von Bianca bei ihrer Dankeskarte an Wesley helfen lassen.

Sie dachte darüber nach, wie sehr sich diese scharfzüngige, ja beinahe spröde Bianca von der Frau unterschied, die mit ihr ausgehandelt hatte, wer von ihnen welches Kleid trug, und die zuweilen auf zehnminütigen Tanzpausen während des Unterrichts bestand.

»Sind Sie schon mal in Cardigania gewesen?«, fragte Wesley sie.

»Nein«, erwiderte Margot. »Doch ich habe gehört, dass es wunderschön sein soll.«

»Das ist es. Bianca war einmal dort, aber nur kurz.« Er drückte ihre Hand. »Wir versuchen gerade, einen Termin für einen weiteren Besuch zu finden.«

Bianca schenkte ihm ein angestrengtes Lächeln. »Ja, ich kann es kaum erwarten.«

Sie hatte zwar die richtigen Worte gewählt, doch die Panik in ihren Augen war nicht zu übersehen, und Margot fragte sich, weshalb sie sich so vor einer Reise nach Cardigania fürchtete. Sie würde dort sicher die schönsten Touristenattraktionen zu sehen bekommen. Aber natürlich würden sie auch Wesleys Freunde und Kollegen treffen, das konnte durchaus Stress bei ihr auslösen.

»Reisen Sie gerne?«, fragte Wesley sie.

»Ja. Wie die meisten Leute habe ich eine ganze Liste von Orten, die ich in meinem Leben noch sehen möchte«, sagte Margot. »Mein Problem ist, dass ich einen einwöchigen Urlaub nicht richtig genießen kann. Ich lerne Orte gerne besser kennen. Ich will mit den Leuten reden und sehen, wie ihr tägliches Leben aussieht. Was nicht heißen soll, dass ich es nicht zu schätzen wüsste, ab und zu mal an einem schönen Sandstrand zu liegen.«

Alec griff nach dem schon wieder geleerten Glas seiner Mutter und stand auf. »Wo bist du denn bisher so hingereist?«, fragte er.

»Während meines Studiums war ich einen Monat in Thailand«, sagte Margot, ließ dabei jedoch aus, dass sie daraufhin beinahe aus all ihren Seminaren geflogen wäre. »Ich war auch ein paarmal in Deutschland, und – um mal etwas Ausgefalleneres zu nennen – ich habe den größten Teil Patagoniens durchwandert.«

»Sehr vielseitig«, sagte Wesley. »Ich war noch nie in Patagonien.«

»Die Landschaft dort ist wahnsinnig beeindruckend. So wild und wunderschön.«

Margot erhob sich, ging zum Tisch hinüber, auf dem die Appetizer bereitstanden, und brachte zwei Servierplatten an den großen Couchtisch mit. Wenn Bianca weiter so fleißig einen Martini nach dem anderen kippte, würde sie ein wenig Nahrung als Grundlage brauchen.

Sie bot ihr die Krabbensoufflés an, woraufhin Bianca sich gleich zwei nahm und sie sich in den Mund schob, dabei wich sie jedoch ihrem Blick aus. Margot war klar, dass ihr etwas Entscheidendes entging. Wenn sie doch nur wüsste, worum es sich handelte. Später, vertröstete sie sich. Später würde sie sich ein paar Notizen machen und darüber nachdenken, was los war. Schließlich waren sie nur zu viert – das hätte Bianca eigentlich nicht so nervös machen dürfen.

Das Gespräch verlagerte sich nun darauf, wohin jeder von ihnen schon gereist war. Alec mixte eine zweite Runde Drinks, für Bianca war es jedoch bereits die vierte. Nach etwa einer Stunde erhob sich Wesley und dankte ihnen für die Einladung.

»Meine Liebste und ich haben einen Tisch fürs Abendessen reserviert.«

Margot versicherte ihm, dass es wundervoll gewesen sei, ihn kennenzulernen. Dann begleitete Alec die beiden zur Tür, während sie die Appetizer zurück in die Küche trug. Es war so viel

Essen übrig, dass zwanzig Leute davon hätten satt werden können. Somit war nicht nur ihr Abendessen gesichert, sondern auch ihr Mittagessen am nächsten Tag, und selbst danach würde immer noch jede Menge da sein. Alec gesellte sich ein paar Minuten später wieder zu ihr und stellte die Teller ab, die er mit in die Küche gebracht hatte.

»Und, was denkst du?«, fragte er.

Margot zögerte. Sie wollte keinesfalls die Privatsphäre ihrer Klientin verletzen, doch ein paar generelle Aspekte konnte sie schon mit ihm besprechen. Schließlich war er dabei gewesen.

»Sie war so viel nervöser, als ich erwartet habe«, gab sie zu. »Ich weiß, dass es nervenaufreibend sein kann, mich als Beobachterin dabeizuhaben, aber ich habe nicht damit gerechnet, dass das Ganze sie so aus der Bahn werfen würde.«

»Und dass sie so viel trinken würde? Das passiert manchmal. Nicht sehr oft, doch es ist nie ein gutes Zeichen. Es bedeutet, dass sich irgendwas zusammenbraut – auch wenn das heute Wesleys Problem sein wird.«

Er klang eher resigniert als urteilend. Margot hatte den Eindruck, dass er sich schon vor langer Zeit an Biancas Exzentrizität gewöhnt hatte.

»Dafür habe ich jetzt ein paar konkrete Probleme, an denen ich mit ihr arbeiten kann«, sagte sie.

»Das hast du sehr diplomatisch ausgedrückt.«

»Das ist nun mal mein Job.«

Er warf ihr ein Lächeln zu, das sie unsagbar sexy fand, dann öffnete er einen Schrank und nahm zwei Teller heraus. »Darf ich dich zu einem Appetizer-Abendessen einladen? Es ist ja noch genug von allem da.«

Vermutlich hätte sie sich an ihre eigenen Regeln halten und sich ihr Abendessen mit nach oben nehmen sollen, aber es war ja nur eine Mahlzeit. »Solange es dich nicht stört, dass ich meine Schuhe ausziehe. Die sind wirklich unbequem.«

»Warum hast du sie dann gekauft?«

»Weil sie wunderschön sind.«

»Das werde ich wohl nie verstehen.«

»Was nur daran liegt, dass dein Geschlecht nie nach seinen Schuhen beurteilt wird. Du brauchst dich nur in einen Anzug zu schmeißen, schon fliegen dir Erfolg und Macht zu.« Sie schlüpfte aus ihren Pumps, dann nahm sie zwei Servierplatten und trug sie zum Tisch am Fenster.

»Wie genau schmeißt man sich eigentlich in einen Anzug?«, fragte Alec neckend.

»Du weißt schon, was ich meine.«

Er lachte leise.

Während sie Besteck und Servietten zusammensuchte, holte er eine Flasche Wein aus einem Regal unter der Küchentheke und öffnete sie. Sie brachte die entsprechenden Gläser dazu mit, dann setzten sie sich einander gegenüber, das viele Essen zwischen ihnen.

Margot füllte ihren Teller mit je einer Bruschetta-Sorte, ein paar Krabbensoufflés und – zum Kalorienausgleich – einigen Möhren- und Paprikasticks.

»Erzähl mir von deinen Reisen«, sagte Alec. »Wie hast du damals den Monat in Thailand verbracht? Einfach als Touristin?«

»Nicht so richtig.« Sie nippte an ihrem Wein, während sie überlegte, was sie ihm erzählen sollte. Schließlich entschied sie sich für die Wahrheit. »Ich bin mit meinem schlimmen Freund hingefahren.«

Alec runzelte die Stirn. »Ah ja, wie nanntest du ihn noch gleich? Ein Stück Dreck?«

Sie lachte. »Ja, genau der. Sein Name ist Dietrich. Er ist aus Deutschland und war als Austauschschüler an einer Highschool hier. Damals verliebte er sich in die USA, vor allem in L. A., und studierte schließlich Film an der University of Southern California. Als ich ihn kennenlernte, war er gerade mit der Uni fertig. Er drehte Dokus und Kurzfilme – und zog mich in all das mit hinein.«

Alec lehnte sich auf seinem Stuhl zurück. »Und was war das Schlechte daran für dich?«

»Ich war schwach und willenlos, wenn ich mit ihm zusammen war. Er brauchte nur zu sagen: Komm mit mir nach Thailand, und weg war ich. Für einen ganzen Monat. Mitten im Semester. Beinahe wäre ich aus allen Kursen geflogen – es war eine Katastrophe. Und ich verlor mein Stipendium, was mich finanziell fast umgebracht hätte. Man würde meinen, dass ich daraus hätte lernen müssen, aber nichts da. Als er mich das nächste Mal fragte, folgte ich ihm wieder, ohne nachzudenken.«

»Und tust du das jetzt immer noch?«

Seine Stimme klang neutral, und sein Gesichtsausdruck war freundlich, daher hatte sie keine Ahnung, was er dachte. Vermutlich irgendetwas wie: Dabei sieht sie so intelligent aus. Sie bezweifelte jedoch, dass er das laut aussprechen würde.

»Ich befinde mich gerade in der Regenerationsphase«, sagte sie leichthin. »Als mir mein Traumjob durch die Lappen ging, weil ich nicht rechtzeitig aus Patagonien zurückkam, war das mein letzter Strohhalm. Der ganze Schlamassel hat mir zwar letzten Endes den Job verschafft, den ich jetzt habe und den ich über alles liebe, aber trotzdem. Dieses Bewerbungsgespräch zu verpassen war der nötige Weckruf. Seitdem sind wir nicht mehr zusammen. Alle paar Jahre taucht er auf und versucht, mich dazu zu verführen, irgendetwas Verrücktes mit ihm zu unternehmen. Bisher habe ich widerstanden.«

»Immerhin hast du ihn nicht geheiratet.«

»Das stand nie zur Debatte. Dietrich ist nicht der Typ fürs Heiraten.« Er war mehr der Typ: Lass uns heißen Sex auf dem Rücksitz meines Autos haben, aber weshalb sollte sie Alec das erzählen?

Margot zuckte mit den Achseln. »Trotzdem habe ich meinen Teil daraus gelernt. Ich will keine schlechten Entscheidungen mehr wegen eines Mannes treffen.«

»Ich stimme dir zu, dass unkontrollierte Gefühle gefährlich

sein können«, sagte er. »Oder sagen wir Gefühle, die uns dazu verleiten, Dinge zu tun, die nicht zu unserem Wohl sind. Aber du hast einiges vorzuweisen, was deine romantische Vergangenheit betrifft. Im Vergleich dazu ist mein Liebesleben völlig durchschnittlich und langweilig.«

»Darum beneide ich dich.«

»Das bezweifle ich. Erzähl mir von Patagonien. Hast du die Zeit dort genossen?«

Im Nu waren drei Stunden vergangen – die sich eher anfühlten wie Minuten –, und so war es bereits zehn Uhr, als sie schließlich vom Tisch aufstanden. Nachdem sie alles weggeräumt hatten, sagten sie einander Gute Nacht, und Margot ging hinauf in den ersten Stock, ihre Schuhe in der Hand.

Alec ist einer von den Guten, dachte sie. Nie würde er von einer Frau verlangen, ihr Leben aufzugeben, um mit ihm in irgendein Abenteuer zu ziehen, das ihm gerade in den Sinn kam. Niemals würde er so wütend werden, dass sie Angst haben müsste, von ihm geschlagen zu werden. Er wäre sicher stets rücksichtsvoll und fürsorglich. Nicht, dass das eine Rolle spielte – sie bezweifelte, dass er sonderlich beeindruckt von ihr war. Ihre Beziehung mit Dietrich ließ sie eindeutig in die Kategorie »Blondes Dummchen« fallen, und er war nicht der Typ Mann, der das auch nur annähernd attraktiv fand.

Sunshine meldete sich im Hauptgebäude der Grundschule an und wurde von dort zur Aula geschickt.

»Gehen Sie auch zur Elternversammlung?«, fragte eine Frau, die sie einholte. »Warum machen die das bloß? So was um zwei Uhr nachmittags abzuhalten, meine ich. Das ist mitten am Arbeitstag, und nicht alle von uns sind Mütter und Hausfrauen.« Sie zog eine bedauernde Grimasse. »Tut mir leid. Heute ist nur wieder einer dieser schlimmen Tage, und ich muss ein bisschen Dampf ablassen. Ich bin Phoebe Salvia.«

»Sunshine, hallo. In welcher Klasse sind Ihre Kinder?«

»Ich habe nur eins, Elijah. Er ist in der dritten Klasse.«

Sunshine lächelte. »Ich gehöre zu Connor. Er und Elijah sind Freunde.«

»Stimmt, sind sie.«

Phoebe, eine hübsche Rothaarige in einem eleganten Hosenanzug, musterte sie einen Augenblick.

»Sind Sie das Kindermädchen?«

»Genau.«

»Dachte ich's mir doch. Ich erinnere mich daran, wie Iris gestorben ist. Es ging so schnell, und wir standen alle unter Schock. Armer Connor, er war so traurig – wie jedes Kind natürlich, dem so etwas passiert. Wie geht es Declan?«

»Er lenkt sich mit Arbeit ab und kümmert sich viel um Connor. Es ist für beide sehr hart.«

Sie betraten die Aula und setzten sich nebeneinander. Als ein Blatt Papier mit der Tagesordnung verteilt wurde, überflog Sunshine sie schnell.

Es sollte um die Klassenfahrt der Drittklässler am Ende des Schuljahrs und um den Kuchenbasar gehen, der in ein paar Wochen stattfinden würde.

»Ein Kuchenbasar«, grummelte Phoebe. »Es gibt Tage, an denen finde ich noch nicht mal die Zeit zum Duschen, geschweige denn zum Backen. Na ja, vielleicht mal am Wochenende, wenn Elijah bei seinem Vater ist. Es ist ja nicht gerade so, als wäre ich ausgebucht vor lauter Dates.«

Sie schlug sich eine Hand vor den Mund. »Oh Gott! Was rede ich denn da. Es tut mir so leid. Eigentlich bin ich ein netter Mensch, der lieb zu Tieren ist und nicht sein Leben damit zubringt, sich zu beklagen. Womöglich kriege ich meine Tage.«

Sunshine lachte. »Ist schon okay. Wir haben alle solche Momente.«

»Danke, dass Sie das sagen, selbst wenn Sie es nicht so meinen.« Phoebe seufzte. »Lassen Sie mich raten – Sie backen bestimmt etwas, oder?«

Sunshine dachte an die Kuchen, die sie im Tiefkühlschrank hatte, die Überbleibsel ihres Backanfalls. »Wahrscheinlich. Aber ich teile gerne mit Ihnen. Wie wär's mit Brownies oder ein paar Cookies?«

»Darauf werde ich womöglich zurückkommen.« Phoebe lehnte sich auf ihrem Stuhl zurück. »Ich war mal eine super Mutter, damals, als ich noch verheiratet war und mehr Zeit hatte. Mein Ex ist kein schlechter Kerl, aber er ist sehr beschäftigt mit seinem neuen gesellschaftlichen Leben, und manchmal ist Elijah für ihn einfach nicht so interessant wie seine Braut der Woche.« Sie sah Sunshine an. »Sind Sie verheiratet?«

»Nein. Das wäre auch schwierig bei meinem Job.«

»Sie wohnen bei den Familien, für die Sie arbeiten?«

Sunshine nickte.

Phoebe seufzte. »Ein eigenes Kindermädchen im Haus. Das klingt himmlisch. Sollte ich jemals im Lotto gewinnen, ich würde sofort ein Kindermädchen bei mir einziehen lassen. Und eine Masseuse. Und einen Koch.«

»Das klingt nach einem guten Plan.«

Der Schuldirektor kam auf die Bühne und sprach in das Mikrofon am Rednerpult: »Vielen Dank, dass Sie alle gekommen sind. Ich werde die Versammlung so kurz wie möglich halten, damit Sie sich alle schnell wieder ihrem geschäftigen Alltag zuwenden können.«

»Oder meinen Lottofantasien«, flüsterte Phoebe.

Sunshine unterdrückte ein Lachen. Diese Frau war wirklich einnehmend. Sie war hübsch und lustig, und sie hatte ein Kind in Connors Alter. Vielleicht könnten sie und Declan ja mal …

Sunshine zögerte, nicht sicher, wie sie benennen sollte, was die zwei miteinander tun könnten. Declan hatte gesagt, dass er Sex vermisste, und Phoebe wirkte nett. Nicht, dass es ihre Aufgabe gewesen wäre, ihm zu einer Bettgeschichte zu verhelfen, es war nur …

Das ist einfach zu schräg. Sie würde den Mund halten und sich aus dem Privatleben ihres Chefs heraushalten. Außerdem hatte er zwar behauptet, dass es schlicht noch zu früh für ihn war, sie bezweifelte jedoch, dass Declan jemals glücklich über eine reine Sexbeziehung wäre. Schließlich hatte er zugegeben, dass er eher der Typ für etwas Ernstes war. Er war ein toller Mann und würde ganz sicher jede Frau kriegen, die er wollte – so sexy und zugleich liebenswürdig, wie er war. Nicht, dass sie ernsthaft darüber nachdachte, Gott bewahre – Sex mit ihrem Boss wäre ein Desaster. Auf eine heiße Nacht würde ein böses Erwachen folgen. Außerdem wünschte sie sich ja auch eine echte, liebevolle und gesunde Beziehung.

Sunshine zwang sich, ihre Aufmerksamkeit wieder auf die Versammlung zu richten, und notierte ein paar Daten und Uhrzeiten. Danach verließen sie und Phoebe die Aula gemeinsam und versprachen einander, in Verbindung zu bleiben. Sunshine war gerade an ihrem Wagen angekommen, als der Nachrichtenton ihres Handys erklang. Sie warf einen Blick auf das Display.

Danke noch mal für deine Hilfe vergangene Woche. Die Geburtstagsparty war ein Riesenhit, ebenso wie der Kuchen. Ich habe dich schon zweimal gefragt, und du hast mich jedes Mal abgewimmelt, das hier ist mein letzter Versuch. Würdest du bitte, bitte einen Kaffee mit mir trinken gehen?

Sie stieg in ihr Auto. Doch statt den Motor anzulassen, dachte sie über die Einladung nach. Von außen betrachtet erfüllte Norris alle ihre Bedingungen. Er schien eine gefestigte Persönlichkeit zu sein, er hatte einen Job, er kümmerte sich um seine Familie, und er war geschieden, also demnach nicht verheiratet. Weshalb sollte sie nicht mit ihm ausgehen? Im schlimmsten Fall konnte sie das Ganze als Übung betrachten. Sie wollte nicht mehr die Frau sein, die sie so lange gewesen war, aber es würde etwas Zeit brauchen, die alten Muster zu durchbrechen.

Also schrieb sie schnell zurück: *Ein Kaffee klingt nett.*

Dann verließ sie den Parkplatz und fuhr nach Hause. Sie hatte ein Date mit einem normalen Mann. Das war ein Schritt in die richtige Richtung und somit ein Fortschritt. Sie konnte sich auf die Schulter klopfen.

10. Kapitel

Margot bekam Bianca den ganzen Montag über nicht zu Gesicht. Gegen halb zehn morgens erhielt sie eine Nachricht von ihrer Klientin, in der die ihr mitteilte, dass sie den Rest des Tages mit Wesley verbringen würde. Margot war früh aufgestanden, um eine lange Runde zu laufen und darüber nachzudenken, was sie mit ihr besprechen wollte. Dass Bianca sie nun versetzte, war beunruhigend. Sie nutzte die freie Zeit, um nach ihrer Wohnung zu sehen, dann verbrachte sie den Rest des Tages damit, ihre Strategie zu überarbeiten, und widmete wundervolle dreißig Minuten den faszinierenden Landkarten in Alecs Büro, während er sich um einen Gelehrten kümmerte, der zu Besuch gekommen war.

Bianca war bereits übermäßig nervös gewesen, als sie auf Wesley warteten, und als er schließlich eintraf, war alles noch schlimmer geworden. Die vier Martinis, die sie in weniger als einer Stunde heruntergekippt hatte, stellten ebenso ein Problem dar wie ihr bissiger Tonfall. Fast zwei Wochen lang hatte Bianca sich engagiert, witzig und umgänglich gezeigt. Bis am Sonntagabend all das verpuffte. Nur warum?

Margot konnte verstehen, dass sie nervös war, aber das hätte eigentlich nach kurzer Zeit nachlassen müssen. Keiner der Anwesenden war darauf aus gewesen, sie zu verurteilen oder dafür zu sorgen, dass sie sich unwohl fühlte. Doch irgendetwas war an jenem Abend passiert, und ehe sie nicht herausfand, was es war, würde sie keinen Schritt weiterkommen.

Um kurz vor sechs stand sie auf und reckte sich, da sie steif vom vielen Sitzen war. Sie war nicht hungrig genug, um etwas zu Abend zu essen, und ein Buch zu lesen, das würde dem zu nahe kommen, was sie schon den ganzen Tag gemacht hatte. Womöglich inspiriert durch die Landkarten, die sie sich morgens angeschaut hatte, schnappte sie sich die Taschenlampe, die sie von zu Hause mitgebracht hatte, und machte sich auf den Weg zu der kleinen Treppe, die zum Dachboden führte.

Sie hatte sie zufällig entdeckt, auf der Suche nach zusätzlichen Handtüchern. Die Tür, die sie dabei geöffnet hatte, gehörte wider Erwarten nicht zu einem Einbauschrank, sondern führte zu einer steilen, engen Treppe, die beinahe als Leiter hätte durchgehen können. Bisher war sie zu beschäftigt gewesen, um dort oben herumzuspionieren, doch jetzt hatte sie einen ganzen Abend frei und konnte sich endlich ein wenig umsehen.

Sie betätigte den Lichtschalter am unteren Ende der Treppe und vergewisserte sich, dass sie wieder hinausgelangen würde, falls jemand hinter ihr die Tür schließen sollte. Edna und ihre Mitarbeiter waren schon weg, Bianca war noch mit Wesley unterwegs, und Alec wagte sich kaum jemals in den ersten Stock, weshalb die Wahrscheinlichkeit, eingeschlossen zu werden, sehr gering war. Doch sie wollte lieber auf Nummer sicher gehen.

Nachdem sie festgestellt hatte, dass die Tür sich von innen öffnen ließ, stieg sie die Treppe hoch und fand sich vor einer weiteren, diesmal jedoch abgeschlossenen Tür wieder. Sie rüttelte ein paarmal frustriert an der Klinke.

»Das ist nicht fair«, murmelte sie und überlegte, ob sie Alec nach dem Schlüssel fragen sollte, falls er überhaupt wusste, wo der war. Sie wollte gerade kehrtmachen, als sie, einem Impuls folgend, den Arm hochstreckte und die Finger über den oberen Türrahmen gleiten ließ. Sie ertastete jede Menge Staub und schließlich etwas, dass sich sehr nach einem Schlüssel anfühlte.

»Ha, hab dich!«

Sie pustete den Staub vom Schlüssel und steckte ihn ins Schloss. Die Tür ließ sich mit Leichtigkeit öffnen.

Der Dachboden war dunkel, muffig und noch aufgewärmt vom sonnigen Tag. Sie schaltete die Taschenlampe ein und suchte nach einem Lichtschalter. Sie fand ihn etwa einen Meter von der Tür entfernt an der Wand. Nachdem sie ihn betätigt hatte, drehte sie sich langsam um und ließ den Raum auf sich wirken.

Der Dachboden war groß – vermutlich hatte er dieselbe Fläche wie der ganze erste Stock, inklusive Biancas Zimmer. Er hatte keine Fenster, doch sie entdeckte ein paar schmale Luken, die für ein wenig Luft sorgten. Ein Teil der offenen Fläche zeigte Spuren einer einstigen Unterteilung in winzige Räume. Wohl für die Mönche. Sie vermutete, dass sie ihnen als Schlafquartiere gedient hatten.

An einer Wand waren altmodische Schultische aufeinandergestapelt, in einer Ecke standen Kisten mit alten Mönchskutten. Sie fand auch einen kleinen Metallkoffer mit Arzneimitteln, von denen die meisten so alt waren, dass sie keine Ahnung hatte, um was genau es sich handelte. Und in einer Blechschachtel entdeckte sie ein Haushaltsbuch, in dem in ordentlichen Tabellen aufgeführt war, was das Kloster zwischen 1912 und 1921 von den Bauernhöfen in der Umgebung erworben hatte.

Sie verbrachte eine weitere halbe Stunde damit, sich umzuschauen, dann verließ sie den Dachboden und ging zurück in ihr Zimmer. Das Haushaltsbuch nahm sie mit, in der Absicht, es Alec zu zeigen. Es enthielt zwar keine bisher unentdeckte Sprache des Altertums, dennoch war es Teil der Geschichte dieses Hauses.

Der Gedanke an Alec erinnerte sie an den vorangegangenen Abend. Zunächst hatte sie nicht genau verstanden, weshalb er glaubte, dass seine Mutter sich nicht ändern könne. Doch je mehr sie über seine Kindheit erfuhr, desto mehr konnte sie seine Denkweise nachvollziehen. Biancas Verhalten bei der Cocktailparty hatte ihr veranschaulicht, dass es mit gewissen Herausforderungen verbunden gewesen sein musste, bei ihr aufzuwachsen.

Sie hatte den Eindruck, dass sein einsames Gelehrtenleben eine direkte Reaktion auf die Impulsivität seiner Mutter war.

Hier im Haus hatte er alles unter Kontrolle. Und dennoch hatte er Bianca für zwei Monate einziehen lassen und jemanden gesucht, der ihr helfen konnte. Wie die meisten Menschen war er ein wandelnder Widerspruch, nur dass ihm das sehr gut zu Gesicht stand.

Margot legte das Haushaltsbuch auf ihrer Kommode ab, dann ging sie nach unten, um sich etwas zum Abendessen zu machen. Sie erwog kurz, in Alecs Arbeitszimmer vorbeizugehen und ihn zu fragen, ob er mit ihr essen wollte. Am Abend zuvor hatte sie es sehr genossen, sich mit ihm zu unterhalten – es war schön gewesen, ihn etwas besser kennenzulernen, und der Mann war definitiv ein netter Anblick.

Sie blieb auf dem obersten Treppenabsatz stehen, unsicher, was sie tun sollte. Ihr Kopf sagte ihr, dass sie die Angestellte seiner Mutter war und sich sein Leben und ihres so wenig wie möglich vermischen sollten. Ihr Herz hielt sich bedeckt. Ihre weiblichen Körperteile hingegen fanden, dass Alec echtes Potential hatte.

Margot war Anhängerin der Philosophie »Im Zweifel besser nicht«, daher ging sie zielstrebig in die Küche und ignorierte das aufsteigende Bedauern. Ihr Gehirn schaltete in den Scheinheiligkeitsmodus und argumentierte, dass Alec ja schließlich auch nicht ihre Gegenwart gesucht hatte. Überhaupt hatte er kein einziges Zeichen ausgesandt, das darauf hindeutete, dass er in ihr etwas anderes sah als eine weitere Hausangestellte. Sie beschloss daher, dass es an der Zeit war, die verschiedenen Teile ihres Körpers auf einer Linie zu halten.

»Hallo.«

Margot zuckte zusammen und wandte sich in die Richtung um, aus der die Stimme gekommen war. Auf einem Barhocker an der großen Kücheninsel saß Bianca, vor sich eine Schüssel mit Eiscreme.

»Haben Sie mich erschreckt.« Margot presste eine Hand auf ihre Brust. »Wie war Ihr Tag mit Wesley?«

»Sehr schön. Ich habe über das formelle Abendessen nachgedacht, das Sie veranstalten wollen. Lassen Sie uns ein Datum festlegen – je eher, desto besser.«

Margot setzte sich zu ihr an die Kücheninsel. Bianca sah so gut aus wie immer. Ihre Augen waren klar, ihr Haar perfekt gelockt. Sie trug eine Seidenbluse, die sie in eine enge Jeans gesteckt hatte. Es waren keinerlei Überbleibsel der leicht durchgedrehten Zicke zu erkennen, die sie am Abend zuvor erlebt hatte.

»Es gibt ein paar Punkte, an denen wir vor der Dinnerparty noch arbeiten müssen«, sagte Margot vorsichtig. »Der Abend gestern lief nicht so reibungslos ab, wie ich gehofft hatte.«

Bianca winkte mit einer Löffelbewegung ab. »Unsinn, es ist perfekt gelaufen. Sie sagten, Sie würden gerne Ihre Schwester mit ihrem kleinen Jungen einladen?«

»Connor ist nur das Kind, das sie betreut. Sie arbeitet als Kindermädchen. Ich dachte daran, sie beide einzuladen, zusammen mit Declan, ihrem Arbeitgeber. Er hat den Garten des Klosters gestaltet.«

»Das klingt perfekt.« Bianca schenkte ihr ein strahlendes Millionendollarlächeln. »Wir bitten Edna, ein aufregendes Menü zu kreieren, und Sie können mir beibringen, welche Gabel man zu welchem Gang verwendet. Das wird ein Riesenspaß.«

»Bianca, weshalb versuchen Sie, mich abzulenken?«

Biancas Augen weiteten sich vor Erstaunen. »Ich habe keine Ahnung, wovon Sie sprechen. Sie sind diejenige, die eine Dinnerparty wollte. Und ich sage, lassen Sie es uns angehen.«

»Ja, und das freut mich. Aber Sie weichen einem Gespräch über gestern Abend aus. Wir müssen schon noch mal darüber reden.«

Bianca seufzte tief und stocherte mit dem Löffel in der Schüssel herum. »Na schön, reden. Ich war furchtbar! Was habe ich mir nur dabei gedacht? Völlig daneben! So, reicht das?«

Das war gleich eine ganze Reihe von unterschwelligen Botschaften, die Bianca ihr da um die Ohren haute. Jetzt musste sie sie nur noch entziffern.

Margot beugte sich zu ihrer Klientin hinüber. »Sie waren überhaupt nicht furchtbar. Es ist offensichtlich, dass Sie Wesley lieben, und er scheint ein toller Mann zu sein. Ich freue mich sehr, dass Sie glücklich mit ihm sind. Und es ist wundervoll, dass Sie an sich arbeiten wollen, um seine Stellung nicht zu gefährden.«

Bianca warf ihr einen misstrauischen Blick zu. »Aber? Es gibt immer ein Aber, und es ist nie ein gutes.«

»Wir alle legen bestimmte Verhaltensweisen an den Tag, wenn wir nervös sind, haben ein Verhaltensmuster, in das wir verfallen, wenn wir uns schützen wollen. Und manche Menschen fühlen sich stärker, wenn sie in die Offensive gehen. Mir scheint, das könnte auf Sie zutreffen.« Margot lächelte sanft. »Sie können andere Personen entwaffnen, indem Sie sie zum Gesprächsthema machen, so lenken Sie die Aufmerksamkeit von sich selbst ab und verschaffen sich Gelegenheit, sich zu sammeln. Wenn Sie um sich schlagen, müssen Sie nicht nachdenken, das bedeutet aber auch, dass Sie nicht wirklich etwas gegen Ihre Ängste unternommen haben.«

»Ich schlage nicht um mich«, fauchte Bianca. »Wen sollte ich denn schlagen wollen? Alec? Wollen Sie mir etwa sagen, dass ich eine schlechte Mutter bin?«

Biancas Reaktion fiel genau so aus, wie sie gehofft hatte, nur noch heftiger. Doch darüber würde sie sich später Gedanken machen.

»Sie sind eine der mutigsten alleinerziehenden Mütter, die ich kenne«, sagte Margot. »Sie haben Ihrem Sohn im wahrsten Sinne des Wortes die Welt zu Füßen gelegt. Er hat so viele verschiedene Orte mit Ihnen bereist, als er klein war, so viele Erfahrungen sammeln können. Und trotzdem haben Sie ihn aufs Internat gehen lassen, als er älter wurde, obwohl Ihnen klar war, wie weit entfernt von Ihnen er dann leben würde. Ich glaube nicht, dass ich das geschafft hätte. Ich wäre sicher viel zu egoistisch dafür.«

Biancas gesamter Körper entspannte sich allmählich, ihre Gesichtszüge wurden weich. »Ich musste ihn gehen lassen, er wollte es so.«

Margot lächelte. »Das ist ein Riesenliebesbeweis. Ich bewundere das und bin ehrlich gesagt auch ein bisschen neidisch. Meine Mom hat meine Schwester und mich verlassen, als wir noch Kleinkinder waren.«

»Wirklich? Das ist ja schrecklich. Wie konnte sie das nur …« Biancas Augen verengten sich zu Schlitzen. »Moment mal, das haben Sie absichtlich gemacht! Sie haben einfach das Thema gewechselt.«

»Ja, und sofort hat sich Ihr Zustand verändert. Sie konnten durchatmen und am Gespräch teilnehmen. Sie waren nicht mehr wütend und in der Defensive, sondern haben mein Interesse und meine Empathie wahrgenommen. Und ich glaube, das könnten auch Sie mit Leichtigkeit lernen. Sie verfügen bereits über schauspielerische Fähigkeiten, die Ihnen dabei zugutekommen. Wenn Sie gestresst oder nervös sind, staut sich viel Energie in Ihnen auf, die sich auf irgendeine Weise entladen muss. Sie können sich selbst dabei helfen, sie in eine positive Richtung zu lenken.«

»Statt zu viel zu trinken, meinen Sie?«

»Genau. Alkohol macht die Situation nicht besser. Er übertüncht nur das Problem.«

Biancas Misstrauen kehrte zurück. »Sie halten sich für so schlau.«

»Ich halte mich für jemanden, der weiß, was er tut. Weshalb hätten Sie mich sonst anheuern sollen?«

»Ich werde darüber nachdenken.« Bianca stand auf und trug ihre Schüssel mit der inzwischen geschmolzenen Eiscreme zum Spülbecken. Nachdem sie sie abgestellt hatte, wandte sie sich erneut ihr zu.

»Ich will die Dinnerparty immer noch so bald wie möglich abhalten.«

»Ich spreche gleich morgen früh mit Edna.«

»Tun Sie das.« Mit diesen Worten stolzierte Bianca aus dem Raum.

Margot starrte ihr nach. Es schien ihr, als hätten sie den angenehmen, einfachen Teil des Trainings hinter sich gelassen und befänden sich nun mitten in der schwierigen Phase. Nur gut, dass sie Herausforderungen liebte.

Als Margot am nächsten Morgen ins Esszimmer kam, um sich ihr Frühstück zu holen, fielen ihr zwei Dinge auf: Alec las keine Zeitung, und der Tisch war für zwei gedeckt.

Sie hatte ihn am Tag zuvor nicht gesehen – aufgrund ihrer frühen Joggingrunde hatte sie das morgendliche Büfett verpasst –, daher war dies das erste Frühstück seit ihrem gemeinsamen Essen nach der Cocktailparty.

»Guten Morgen«, sagte er, als er sie erblickte, und deutete auf das zweite Gedeck. »Du kannst dir gerne ein Tablett mit aufs Zimmer nehmen, wenn dir das lieber ist, aber falls du hierbleiben und am Tisch essen möchtest – ich würde mich über deine Gesellschaft freuen.«

Ein seltsames Flattern machte sich in ihrem Bauch breit, und plötzlich wusste sie nicht, was sie mit ihren Händen tun sollte. Geschweige denn mit ihrem Gehirn.

»Ich, ähm, das wäre nett. Kannst du mir nur eine Minute geben?«

Sie eilte aus dem Raum und die Treppe hinauf. Nachdem sie das Haushaltsbuch aus ihrem Zimmer geholt hatte, ging sie zurück ins Esszimmer und legte das in Leder gebundene Buch neben ihm auf den Tisch.

»Das habe ich gestern Abend gefunden«, sagte sie, während sie sich Kaffee eingoss. »Es stammt aus dem Jahr 1912 und führt alle geschäftlichen Tätigkeiten der Mönche auf. Darunter einige etwas ungewöhnliche. Wusstest du, dass die Mönche Honig gezüchtet haben?« Sie streckte die Hand nach dem Brot aus. »Also, ich meine natürlich, sie haben Bienen gezüchtet und Honig geerntet. Außerdem hatten sie eine ganze Eselherde, die gar nicht so billig war. Esel und Honig – wer hätte das gedacht?«

Während Bianca dazu neigte, leicht unverschämt zu werden, wenn sie nervös war, wurde Margot – dessen war sie sich bewusst – zu geschwätzig. Sie schaufelte Eier auf ihren Teller, fügte ein paar Streifen Speck hinzu, nahm sich ein Croissant und sagte sich dann, dass sie besser aufhören sollte zu reden.

Alec blätterte das Haushaltsbuch durch. »Wo hast du das gefunden?«

»Auf dem Dachboden, da ist so einiges zu finden. Manches ist einfach nur altes Gerümpel, aber es gibt auch ein paar historisch relevante Teile, die vielleicht mal katalogisiert werden sollten. Irgendein Geschichtsverein oder eine Uni interessiert sich bestimmt dafür.«

Er sah sie an und lächelte. »Hast du keine Angst, abends alleine auf den Dachboden zu gehen?«

»Nein, Gespenster sind nicht so mein Ding. Und du wirst dich freuen zu hören, dass ich kein einziges Skelett gefunden habe.«

»Na, ein Glück.«

Sie nahm ihre Kaffeetasse in die Hand. »Der Dachboden muss noch weiter erforscht werden, danach nehme ich mir den Keller vor. Aber ich werde mir Mühe geben, auch dort keine alten Knochen zu entdecken.«

»Das weiß ich sehr zu schätzen.« Er musterte sie. »Ich lebe seit fast fünf Jahren hier und habe mich im Keller nie viel weiter vorgewagt als bis zum Weinregal.« Er lächelte. »Ich wusste, wenn ich einmal damit anfangen würde, alles zu erkunden, könnte ich nicht aufhören, ehe ich nicht jeden Zentimeter durchkämmt hätte, und dafür hatte ich bisher keine Zeit. Aber wie ich jetzt sehe, hätte ich mir die Mühe ruhig mal machen sollen.«

»Unbedingt. Jahrhundertelang haben hier Menschen gelebt und sind hier gestorben. Und jeder Zentimeter des Hauses ist so wunderschön – die Schnitzereien, die bunten Kirchenfenster, die Glocke. Dein Heim versetzt einen einfach nur in Verzückung.«

»So würdest du das also ausdrücken?«, fragte er neckend. »Aber ich nehme das Kompliment im Namen des Hauses gerne an.«

»Das solltest du auch.«

Sie lächelten einander zu. Margot spürte einen Hauch von Spannung in der Luft, die sie jedoch ignorierte. Es genügte ihr schon, dass Alec mehr in ihr sah als ein Haushaltsgerät. Sie würde ihr Glück nicht überstrapazieren. Trotzdem war es schön, einen anderen Mann als Dietrich attraktiv zu finden. Das bedeutete, dass es doch noch Hoffnung für sie gab.

»Wie läuft es mit meiner Mutter?«, fragte er. »Ich habe sie gestern gar nicht gesehen.«

»Sie war bis zum frühen Abend bei Wesley«, gab Margot zu. »Morgens schrieb sie mir, dass sie den Unterricht ausfallen lässt.«

»Und das hat dich überrascht?«

»Ein bisschen. Aber ich gebe mir Mühe, sie zu verstehen. Sie will übrigens, dass ich die Dinnerparty so bald wie möglich ansetze.«

»Du klingst besorgt.«

»Ich hoffe, sie ist so erpicht darauf, weil sie etwas lernen will, und nicht, weil sie sich ablenken möchte. Ich weiß einfach nicht, was von beidem dahintersteckt.«

»Spielt das denn eine Rolle?«

»Deine Mutter ist eine intelligente Frau – sie könnte sich mit Leichtigkeit alles aneignen, was sie braucht, um als Wesleys Partnerin Erfolg zu haben. Die Frage, welche Gabel zu welchem Gang benutzt wird, ist nicht so sehr das Problem. Es steckt etwas viel Tiefergehendes dahinter, irgendein Glaubenssatz. Mir scheint, dass sie sich nur so aufführt, weil sie nicht weiß, was sie in dem Moment sonst machen soll. Aber diese Erkenntnis ist erst die halbe Miete. Solange ich nicht weiß, weshalb sie so reagiert, ist es schwer, es zu ändern.«

»Das kann ich nachvollziehen. Ich fürchte jedoch, ich weiß es auch nicht.«

»Schon in Ordnung. Bist du immer noch bereit, das Essen hier stattfinden zu lassen?«

»Natürlich. Aber ich könnte wahrscheinlich selbst eine Schulung gebrauchen, damit ich die richtige Gabel benutze.«

Sie lächelte. »Wir halten einen kleinen Auffrischungskurs ab, bevor die Party beginnt. Ich habe jedenfalls gleich gestern meiner Schwester geschrieben, und sie hat sofort mit ihrem Boss gesprochen. Sie kommen beide gerne und bringen Connor mit, er ist acht. Damit wären wir also insgesamt sieben. Ich bespreche heute noch mit Edna das Menü.« Sie lächelte. »Wie Sunshine mir erzählt hat, sagt Connor, dass ekliges Erwachsenenessen okay für ihn ist, solange es einen leckeren Nachtisch gibt.«

»Da bin ich ganz bei Connor. Gibt es einen Dresscode? Sollen wir in Abendgarderobe kommen?«

So gerne sie ihn im Smoking gesehen hätte … »Ich denke, wir können uns alle normal kleiden. Ehrlich gesagt weiß ich nicht, ob ich das Thema *angemessene Kleidung* noch einmal mit deiner Mutter durchnehmen will. Ich bin jetzt an einem Punkt angelangt, an dem ich mich auf das Wesentliche beschränken muss, und Kleidung gehört momentan nicht dazu.«

»Seine Grenzen zu kennen ist ein Zeichen für einen gesunden Geist.«

»Das werde ich mir auf ein Kissen sticken.«

James und Jessica Neal waren ernste, dickköpfige und unglaublich reiche Menschen – alles Eigenschaften, mit denen Declan nie ein Problem gehabt hatte, ob sie nun einzeln oder im Paket auftraten. Bis heute. Als das etwas über dreißigjährige Pärchen wieder einmal seine Meinung änderte, starrte er sehnsüchtig auf die großen Fenster seines Konferenzraums und fragte sich, ob der drei Stockwerke tiefe Sturz ihn ausreichend verkrüppeln würde, sodass er das Projekt aufgeben müsste.

Heath Harter, sein Geschäftspartner, suchte seinen Blick und deutete mit einer Kinnbewegung ebenfalls auf die Fenster, als würde er vorschlagen, das Risiko einzugehen.

»Es ist uns sehr wichtig, so viel Anbaufläche wie möglich zu nutzen«, sagte Jessica sanft, aber bestimmt. »Für unsere Gäste und die Gemeinschaft. Wir möchten gute Geschäftsnachbarn sein.«

Ein ehrenwerter Gedanke, der jedoch rein gar nichts mit dem aktuellen Gesprächsthema zu tun hatte.

»Ich bin mir sicher, dass die Anwohner das zu schätzen wissen«, sagte Declan in der Hoffnung, dass seine Ungeduld nicht allzu stark durchklang. »Das spricht sehr für Sie und das Projekt. Was wir jedoch gerade diskutieren, ist, ob wir einen Wanderpfad in die Berge planen sollen oder nicht.«

James, ein langweilig aussehender Mann mit Stirnglatze, lächelte seine Frau an. »Er hat recht, Jess. Lass uns bei dem Wanderpfad bleiben. Die Idee gefällt uns doch, oder?«

Sie nickte. »Ja. Aber soll man darauf spazieren oder wandern – und wenn wandern, gibt es da nicht verschiedene Schwierigkeitsgrade? Außerdem wollen wir keine wilden Tiere aufschrecken oder Pflanzen verletzen.«

Selbstverständlich nicht, dachte Declan. Es geht ja auch wirklich nicht an, ein Blättchen zu zertrampeln, nachdem man gerade mehrere Hektar Land ausgehoben hat, um ein ganzes verdammtes Hotel darauf zu bauen.

Heath breitete eilig mehrere Papierbögen auf dem Konferenztisch aus, denn James und Jessica konnten mit PowerPoint-Präsentationen nichts anfangen. Was auf einem Bildschirm präsentiert wurde, war nicht »bio« genug.

»Wir stellen uns das so vor«, sagte er und deutete auf die erste Seite. »Wir beginnen mit einem einfachen Spazierweg, der vom hinteren Garten in die Berge führt. Er wird gut sichtbar markiert, mit Solarlampen beleuchtet und von mehreren Bänken gesäumt sein. Sobald er den gepflegten Teil des Gartens verlässt, teilt er sich in drei Wanderpfade auf, die alle in die Berge führen. Einen leichten, einen mittelschweren und einen anspruchsvollen. Dazu stellen wir Schilder auf mit Informationen zu Länge und Schwierigkeitsgrad des Pfads und einer Routenkarte.«

Jessica und James tauschten einen erfreuten Blick aus.

»Das klingt großartig«, sagte James. »Genau, wie wir es uns gewünscht haben.«

Da sie gebrannte Kinder waren, was die sich schnell ändernde Meinung ihrer beiden Kunden betraf, reichte Heath ihnen einen Kugelschreiber. »Sehr schön. Könnten Sie dann bitte den Entwurf mit ihren Initialen absegnen?«

Während die zwei der Bitte entsprachen, bereitete Declan sich innerlich auf seinen Teil der Präsentation vor. Er hatte ebenfalls riesige Papierbögen dabei, was absolut keinen Sinn ergab. Eine PowerPoint-Präsentation war eine saubere Sache, man konnte sie leicht ändern, und sie verbrauchte keine Rohstoffe wie Papier. Diese Kunden würden ihn noch ins Grab bringen.

»Wir haben mal ein paar Optionen für den hinteren Teil des Gartens zusammengetragen«, sagte er. »Es handelt sich um circa einen halben Hektar relativ ebenes Gelände. Wenn wir im hinteren Bereich Terrassengärten anlegen, können wir die Fläche sogar noch etwas besser nutzen.«

»Wieso Terrassen statt einer Schräge?«, fragte James.

»Terrassen erleichtern uns das Auffangen von Regenwasser. Wir werden Sammelbecken einbauen, damit es an den wenigen Tagen im Winter, an denen es heftig regnet, weniger Abspülungen und Überschwemmungen gibt.«

Jessica nickte. »Das klingt sinnvoll. Was noch?«

Er holte eine weitere Papierrolle hervor. »Auf der östlichen Seite könnten Sie Gemüse anbauen. Ihr Chefkoch könnte mit

Ihrem Gärtner zusammen überlegen, was dort am besten wächst. Dann könnte der Koch das Gemüse zu einer bestimmten Zeit am Tag ernten, und die Gäste könnten entweder zuschauen oder sogar mitmachen.«

»Oh, das ist eine gute Idee«, sagte James. »Wir könnten das im Rahmen eines Pakets anbieten. Eine kulinarische Rundum-Erlebnisreise! Vielleicht können wir auch ein paar Kühe anschaffen und unsere eigene Butter und unseren eigenen Käse herstellen.«

»Ihr Hotel wird sich innerhalb der Stadtgrenzen befinden«, wandte Heath schnell ein. »Da gibt es strikte Gesetze zur Viehhaltung.«

»Das ist wahr.« Jessica kräuselte die Lippen. »Sehr schade, denn wir lieben Kühe.«

»Wer tut das nicht?«, murmelte Heath.

Declan räusperte sich, um nicht laut loszuprusten. »Also, ähm, abgesehen vom Gemüsegarten hatten wir auch die Idee, ein Labyrinth anzulegen. Es würde eine Weile dauern, bis die Hecken hoch genug gewachsen wären, aber es könnte das Herzstück des Gartens bilden und zusätzliche Zerstreuung für Gäste jeden Alters bieten.«

»Ja, das machen wir«, bestimmte Jessica.

James nickte. »Absolut. Das passt genau zu unserer Marke.«

Das hier ist euer erstes Hotel, dachte Declan, ihr habt noch keine Marke. Was sie hatten, war Geld und die absolute Unfähigkeit, beim Thema zu bleiben.

»Eine andere Möglichkeit wäre ein Schmetterlingsgarten«, sagte er und breitete eine weitere Papierrolle aus. »Der wäre etwas teurer, da man ein Biotop schaffen müsste, aber er wäre etwas Einzigartiges. Wir könnten mit einer der Unis in der Gegend zusammenarbeiten, vielleicht eine vom Aussterben bedrohte Art züchten. Falls Sie Interesse daran haben, müssten wir noch die Kosten kalkulieren und herausfinden, wo über Schmetterlinge geforscht wird. Ganz sicher an der Universität von Irvine.«

»Ein Schmetterlingshochzeitsgarten«, sagte Jessica verträumt.

»Wir könnten dort auch selbst unsere Hochzeitsschwüre erneuern, Jess«, schlug ihr Mann vor.

»Sollten Sie sich für den Schmetterlingsgarten entscheiden, könnten wir das zum übergeordneten Thema machen, das alle Gartenbereiche miteinander verbindet«, sagte Heath.

»Wir wollen alles.« Jessica klang wild entschlossen. »Alles, worüber wir gesprochen haben.«

Oh Mann, das war ja klar. Declan breitete alle Zeichnungen vor ihnen aus. »Es gibt nicht genug Platz für alles. Sie werden sich für das Konzept entscheiden müssen, das Ihnen am besten gefällt.« *Aber Entscheidungen sind ja nicht gerade eure Stärke.* Das sprach er natürlich nicht laut aus. Genauso wenig wie er aus dem Fenster sprang. Er war ein Meister der Selbstbeherrschung.

»Wir können uns unmöglich entscheiden«, sagte Jessica weinerlich. »Was sollen wir nur tun?«

»Komm, wir reden zu Hause darüber.«

James sammelte alle Papierrollen ein. Heath zog schnell den Entwurf darunter hervor, den sie abgezeichnet hatten. Den würden sie behalten, damit sie später, falls – oder vielmehr wenn – die beiden ihre Meinung bezüglich des Wanderpfads wieder änderten, beweisen konnten, dass sie dem Plan zugestimmt hatten.

»Wir brauchen eine Entscheidung in den allernächsten Wochen«, sagte Declan. »Die Kosteneinschätzung für den Schmetterlingsgarten lassen wir Ihnen spätestens in acht Tagen zukommen. Aber bevor Sie eine endgültige Entscheidung getroffen haben, können wir weder einen Ausführungsplan zeichnen noch einen Kostenplan vorlegen oder Baumaterial und Arbeitskräfte bestellen.«

»Wie auch immer Sie sich entscheiden, Sie werden etwas Außergewöhnliches erschaffen.« Während er sprach, erhob Heath sich.

James und Jessica standen ebenfalls auf. Declan tat es ihnen gleich und begleitete sie zur Tür.

»Danke fürs Herkommen.«

Alle schüttelten sich die Hände. Als das in Hanf und Sandalen gekleidete Pärchen im Aufzug verschwunden war, ließ Declan sich auf einen Stuhl am Konferenztisch sinken und sah seinen Geschäftspartner an. »Ich bereue ernsthaft, dass wir den Auftrag angenommen haben.«

»*Du* bereust es? Ich bin doch derjenige, der sich jetzt den Preis für ein Schmetterlingsgehege aus dem Ärmel schütteln muss.«

»Du solltest mit den Insektenleuten an der Uni von Irvine sprechen.«

»Das sind keine Insektenleute. Menschen, die Schmetterlinge und Motten erforschen, heißen Lepidopterologen. Das habe ich gegoogelt.«

»Gut. Dann klingst du wenigstens, als wüsstest du, was du tust.« Er warf einen Blick auf den Wanderpfadplan. »Wie oft, meinst du, ändern sie diesmal ihre Meinung?«

»Mindestens ein Dutzend Mal.«

»Ja, davon gehe ich auch aus.«

11. Kapitel

Margot trug ihr Haar immer zum Pferdeschwanz zusammengebunden. Alec hatte es nie anders gesehen, was ihn mittlerweile fast in den Wahnsinn trieb. Er versuchte, sie sich mit offenem Haar vorzustellen, bekam aber kein richtiges Bild zustande. Er war sich einfach nicht sicher, wie lang es sein und wie weich es fallen würde. An Margot und ihr Haar zu denken war albern und seltsam tröstlich zugleich – wenn er den unvermeidlichen Schmerz ignorierte, der mit derlei Gedanken einherging.

Doch Margot und ihr Pferdeschwanz machten ihn verrückt. Und – was noch schlimmer war – er fand an dieser Tatsache immer mehr Gefallen.

Am Nachmittag vor der Dinnerparty hatte er ihr dabei geholfen, den Tisch im Esszimmer zu decken. Sie hatte einen Tischplan auf eine Staffelei gestellt, damit sie auch wirklich alles richtig anordneten. Von links nach rechts: Serviette, Vorspeisengabel, die Gabel für den Hauptgang, der Teller für den Hauptgang und darauf ein kleinerer Teller für den Salat, dann das Messer für den Hauptgang, das Vorspeisenmesser und der Suppenlöffel. Der Dessertlöffel wurde über den Tellern platziert. Dazu kam noch ein Brotteller mit einem Buttermesser, ein Wasserglas, Rotweinglas und Weißweinglas sowie ein Suppenschüsselchen mit Untertasse.

Sie war so konzentriert gewesen beim Tischdecken, so entschlossen, alles richtig zu machen. Er wusste, dass sie einfach ihre Arbeit machte, aber es war mehr als das. Sie befand sich auf einer Mission.

Manche Leute mochten ihre Arbeit als albern oder sinnlos ansehen, er jedoch nicht. Er wusste, wie es war, sich einer Sache mit Haut und Haar zu verschreiben, während alle anderen um ihn herum nicht verstanden, weshalb er das tat. Sie war Perfektionistin, aber nicht so sehr, dass es anstrengend wäre. Sie war witzig und zudem aufrichtig am Wohlergehen seiner Mutter interessiert.

Ich mag sie, dachte er überrascht. Und dieser Pferdeschwanz …

Alec ermahnte sich, ihn so gut es ging zu ignorieren, zog einen Anzug an und stand um genau fünf vor sechs im Wohnzimmer, gerade im richtigen Moment, um Margot die Treppe herunterkommen zu sehen.

Sie trug ein schwarzes, hochgeschlossenes Etuikleid, das ihr bis zu den Knien reichte. Ihr Make-up war dezent, ihre Ohren schmückten schlichte Silberkreolen. Sie sah cool und elegant aus – einfach wunderschön. Und sexy. Und ihr Haar? In einem Pferdeschwanz gebändigt. Er fragte sich, wie leicht er wohl zu lösen wäre …

Dann zwang er sich dazu, diese Gedanken loszulassen, und hoffte, dass sein Gesichtsausdruck sie nicht preisgegeben hatte. Dies war ein geschäftlicher Termin für sie. Die unerklärliche Anziehung, die sie auf ihn ausübte, war sein Problem.

Als sie im Erdgeschoss angelangt war, kam sie auf ihn zu. »Du siehst gut aus.«

»Du auch.«

Sie lächelten einander an. Alec bildete sich beinahe ein, dass es zwischen ihnen knisterte, doch er war sich nicht sicher. Seit er und Zina sich getrennt hatten, war er keine richtige Beziehung mehr eingegangen. Er war zwar nicht das Murmeltier, als das seine Mutter ihn gerne bezeichnete, traf sich jedoch normalerweise nur auf seinen Geschäftsreisen mit Frauen und hatte kurze, aber körperlich befriedigende Affären mit ihnen. Wenn er dann zurück nach Hause kam, konnte er seine niederen Triebe für ein paar Monate beiseiteschieben und sich allein auf seine Arbeit konzentrieren.

Das war eine sehr erfolgreiche Taktik. Ohne Gefühlschaos oder irgendwelche Verpflichtungen, ohne das Risiko, betrogen zu werden. Nur war er bedauerlicherweise vollkommen aus der Übung, was den Umgang mit einer Frau wie Margot betraf.

»Passend zum Anlass habe ich eine Flasche Dom Pérignon auf Eis gelegt«, sagte er. »Ich hoffe, das trifft auf deine Zustimmung.«

Sie lachte. »Das tut es. Es wäre nicht nötig gewesen, aber es ist sehr nett von dir, danke.«

»Gern geschehen. Edna sagte, es gibt auch eine Flasche alkoholfreien Cidre für Connor, falls er Lust darauf hat.«

»Den werde ich ihm anbieten.« Sie deutete in Richtung Esszimmer. »Aber jetzt würde ich gerne noch einmal alles überprüfen.«

»Weil die Weingläser sich in der Zwischenzeit vom Fleck bewegt haben könnten?«

»Man weiß ja nie.«

Er folgte ihr, während sie sicherstellte, dass der Tisch noch genauso gedeckt war, wie sie ihn zurückgelassen hatten. Um Punkt sechs kam seine Mutter die Treppe herunter. Alec war erfreut zu sehen, dass sie ein geblümtes Kleid mit Tellerrock trug. Es war nicht zu weit ausgeschnitten und nicht zu kurz, und sie wirkte beinahe entspannt. Eine gewisse Anspannung, die er bis jetzt gar nicht wahrgenommen hatte, fiel von ihm ab. In drei, maximal vier Stunden ist alles vorbei, sprach er sich selbst Mut zu.

Ein paar Sekunden später klingelte es an der Tür. Margot ließ Declan, dessen Sohn und eine kurvenreiche, blauäugige Blondine ein, die ihr ganz und gar nicht ähnlich sah. Es folgte eine allseitige Vorstellungsrunde.

»Ihr Garten sieht immer noch sehr gut aus«, sagte Alec zu Declan. »Wir sollten eine kleine Runde drehen, bevor es dunkel wird.«

»Sehr gerne. Connor, das ist Mr. Mcnicol.«

»Ach, nennen Sie ihn doch Alec«, sagte Bianca, die gerade dazukam. Sie kniete sich vor Connor auf den Boden. »Sonst nimmt er sich viel zu wichtig. Ich bin Bianca, und du musst Connor sein.« Sie beugte sich zu ihm hinunter und senkte die Stimme. »Ich habe darum gebeten, beim Essen neben dir zu sitzen, ich hoffe, das ist okay für dich. Ich glaube, du wirst die lustigste Person am Tisch sein.«

Connor war zwar erst acht, doch auch er war männlichen Geschlechts, und Bianca hatte mit ihrem Charme schon weitaus erfahrenere Männer zur Strecke gebracht. Er nickte eifrig.

»Sehr gerne.«

»Wunderbar.« Bianca hielt ihm die Hand hin. »Komm. Ich gehe mit dir und deinem Vater den Garten anschauen. Währenddessen können wir über alles sprechen, was uns glücklich macht.«

»Ich habe eine neue Ameisenfarm«, sagte Connor stolz und schob seine Hand in ihre.

»Wirklich? Das ist ja faszinierend. Ich habe mir immer eine Ameisenfarm gewünscht. Kam sie mit der Post?«

»Ja. Erst kam die Farm, und dann kamen die Ameisen. Wir mussten sie zehn Minuten lang in den Kühlschrank tun, damit sie ruhig wurden, dann haben wir sie in die Farm getan. Sunshine hat mir geholfen.«

»Wirklich? Das ist ja toll. Hm, in den Kühlschrank … Ich frage mich, ob ich Alec da auch mal reinstecken sollte, wenn er frech ist.«

»Das können Sie doch nicht machen«, sagte Connor mit einem ernsten Ausdruck im Gesicht. »Ein geschlossener Kühlschrank kann gefährlich sein für Kinder.«

»Du hast recht, und es tut mir leid, dass ich das gesagt habe. Komm, jetzt gehen wir in den Garten.«

Alec warf Margot einen Blick zu, die das Gespräch mit großem Interesse verfolgte.

»Sie ist gut mit Kindern«, sagte er leise.

»Das merke ich. Sie ist sehr einnehmend und redet mit ihnen so, dass sie sich verstanden fühlen.« Sie deutete auf die Tür.

»Geh ruhig auf deine Gartentour, Sunshine und ich warten hier auf Wesley. Er wird sicher jeden Moment hier sein, und dann stoßen wir dazu.«

»Willst du nicht mal in der Küche nach dem Rechten sehen?«, fragte er neckend. Edna hatte für den Abend einen Koch und einen Kellner engagiert.

»Das muss ich nicht«, sagte sie. »Ich weiß, dass sich deine Haushälterin um jedes Detail gekümmert hat.«

»Ich bin überrascht, dass du nicht jedes Detail noch einmal überprüfst.«

Ihre Augen funkelten amüsiert. »Man muss wissen, wann man wem vertrauen sollte. Das macht das Leben leichter.«

»Ich hörte davon.«

Sunshine beobachtete sie interessiert. Er hatte das Gefühl, dass sie sich gedanklich Notizen machte, um später ihrer Schwester Bericht erstatten zu können. Worüber genau, hatte er keine Ahnung.

Er sah in den Garten hinüber, wo Connor und Bianca durch das Gras hüpften. »Ins Tal des Todes ritten die sechshundert«, sagte er, Lord Alfred Tennyson zitierend.

»Beziehungsweise die eine«, murmelte Margot. »Fürchtet Euch nicht – ich komme gleich dazu, und dann wird alles gut.«

Wenn das nur stimmen würde, dachte er, während er sich auf das Sturmtief zubewegte, als das er seine Mutter zu bezeichnen pflegte.

»Na du«, sagte Margot und umarmte ihre Schwester. »Du siehst toll aus.«

»Na ja, ich sehe ganz nett aus, du hingegen siehst umwerfend aus. Aber jetzt mal zu Alec: Er ist verdammt attraktiv.«

Eine Bemerkung, die vollkommen fehl am Platz war, der Margot jedoch nicht widersprechen konnte. »Sunshine, ich arbeite für seine Mutter.«

»Was bedeutet, dass er nicht dein Arbeitgeber ist.« Sunshine grinste. »Und er wirkt auf mich wie eine sehr nette Dietrich-Ablenkung.«

Schön wär's. »Und was ist mit dir?«, fragte sie in der Hoffnung, ihre Schwester ablenken zu können. »Du hast mir nie erzählt, dass Declan so gut aussieht.«

»Das spielt auch keine Rolle. Er ist Connors Dad und mein Boss.«

»Und daher ein No-Go?«, fragte Margot, gerade als es wieder an der Tür klingelte.

»In jeglicher Hinsicht.« Sunshine seufzte. »Und der Baxter-Fluch lebt weiter.«

Eine Stunde später musste Alec zugeben, dass er falschgelegen hatte. Bianca benahm sich vorbildlich. Sie wickelte jeden mit ihrem Charme ein, führte den Großteil der Konversation an und unterhielt die Tischrunde mit Anekdoten aus ihren Jahren als Schauspielerin. Connor lauschte gebannt jedem ihrer Worte, selbst wenn er nicht verstand, worüber sie sprach. Wesley konnte die Augen nicht von seiner Verlobten lassen, Sunshine schien ebenfalls fasziniert von Bianca zu sein, und Margot beobachtete das Ganze und machte sich zweifellos in Gedanken Notizen. Nur Declan wirkte unbeeindruckt von Biancas Darbietung und sah stattdessen immer wieder verstohlen zu seinem neuen Kindermädchen hinüber, sobald er sich unbeobachtet fühlte.

Nachdem sie den Salatgang hinter sich gebracht hatten, waren nun nur noch die Suppe, das Hauptgericht und das Dessert durchzustehen. Alec warf einen Blick auf seine Uhr und wünschte, sie würden bereits die *weiße und dunkle Schokoladenmousse im Brandteigschälchen* zu sich nehmen, die ihnen das elegante Menü versprach.

Bianca lehnte sich zu Connor hinüber. »Ich habe ein Geheimnis.«

Seine Augen weiteten sich hinter den Brillengläsern. »Welches denn?«

»Die Suppe ist eiskalt.«

»Kalte Suppe?« Er klang hocherfreut. »Wirklich?«

»Ehrenwort. Sie wird köstlich sein, das verspreche ich dir, aber … eiskalt!«

Sie kicherten beide über diese ungeheuerliche Vorstellung, dann stand Bianca auf. »Soll ich sie holen gehen, damit du sie probieren kannst?«

Connor nickte eifrig.

Margot sah Bianca an. »Ich bin mir sicher, dass die Suppe gleich serviert wird.«

»Ach, es macht mir nichts aus, sie zu holen.«

Margot versuchte ganz offensichtlich zu verstehen, ob Bianca einfach nur nett zu Connor sein wollte oder vielmehr eine Ablenkung brauchte, weil sie sich unwohl fühlte. Da er selbst keine Ahnung hatte, bezweifelte er, dass sie Biancas Beweggründe nachvollziehen konnte. Bei seiner Mutter wusste man oft nicht, woran man war.

Wesley sah ihr nach, als sie in Richtung Küche verschwand. »Sie ist einfach ein Schatz.«

»Ja, sehr charmant«, bekräftigte Sunshine. »Und so lustig. Margot, du genießt sicher jede Sekunde hier mit ihr.«

»Das tue ich«, sagte Margot.

Dann suchte sie seinen Blick und lächelte ihn an. Er lächelte ebenfalls.

Bianca kehrte mit einer großen Suppenterrine in den Händen zurück.

In der Sekunde, in der er sie kommen sah, wusste Alec, dass es nicht gut gehen würde. Normalerweise neigte er nicht zu bösen Vorahnungen, aber diesmal war er sich absolut sicher. Mit jedem Schritt, den sie tat, nahm das Gefühl der Bedrohung zu, bis er wusste, dass er etwas unternehmen musste, um dem Ganzen – was auch immer passieren würde – Einhalt zu gebieten.

Da war es bereits zu spät. Genau in dem Moment, in dem er sich erhob, verfing sich Biancas spitzer Absatz im Parkett, und sie stolperte. Zwar ließ sie dabei die Suppenterrine nicht fallen, kam jedoch so sehr ins Wanken, dass die dicke, cremig-grüne Suppe auf den Holzboden schwappte.

Es folgte ein Augenblick der Stille, dann fing Bianca an zu lachen. »Oh, das ist großartig«, sagte sie und kickte ihre Schuhe von den Füßen. Dann stellte sie die Terrine auf der Anrichte ab und streckte ihre Hand nach Connor aus. »Komm, zieh dir Schuhe und Socken aus. Das hier ist eine Eins-a-Rutschbahn. Die findest du doch bestimmt super!«

Connor zögerte und sah zu Sunshine, die daraufhin Margot anschaute, die mit den Schultern zuckte. Sie wollte anscheinend sehen, was sich nun abspielen würde. Wesley war die Situation nicht im Geringsten unangenehm, seinem verzückten Lächeln nach zu urteilen.

Es dauerte nur zwei Sekunden, da hatte Connor schon Schuhe und Socken ausgezogen und sich zu Bianca in die grüne Suppe gesellt. Sie rutschten ein paar Minuten lang lachend und kreischend im Esszimmer herum und veranstalteten dabei eine Riesensauerei, die ihm am nächsten Morgen zweifellos eine gewaltige Standpauke von Edna einbringen würde.

Als sie fertig waren, wandte sich Bianca an Wesley. »Würdest du uns Handtücher holen, damit wir nicht überall im Haus Spuren hinterlassen?« Sie umarmte Connor. »Sobald wir uns die Füße ein bisschen abgewischt haben, laufen wir hoch in mein Badezimmer und waschen sie uns in der Badewanne.«

Connor betrachtete den verschmierten Boden. »Und was ist mit der Sauerei hier?«

»Ach, mach dir deswegen keine Gedanken. Darum kümmern sich schon die anderen.«

Und da hätten wir sie wieder, dachte Alec, als er aufstand, um Putzutensilien zu holen. Die Lebensphilosophie seiner Mutter auf den Punkt gebracht: Irgendwer anders war immer da, der am Ende die Sauerei beseitigte.

Am nächsten Morgen ließ Bianca sie eine Stunde lang warten, ehe sie endlich zu ihr in die Gästelounge stieß. Margot hatte bereits beschlossen, dass ihre Klientin entweder zu spät oder gar nicht auftauchen würde, daher war sie nicht überrascht. Sie hatte die Zeit genutzt, um darüber nachzudenken, wie sie mit den, nun ja, Ereignissen des vergangenen Abends umgehen wollte.

Nach dem Vorfall mit der Suppe waren Bianca und Connor an den Tisch zurückgekehrt, und der Abend war so weitergegangen, als wäre nichts geschehen. Obwohl alle geholfen hatten, den Boden zu säubern, lag immer noch ein leichter Geruch von Avocado und Gurke in der Luft. Margot hatte Edna eine Nachricht hinterlassen, in der sie ihr erklärte, was passiert war, und hatte dann versucht herauszufinden, was schiefgelaufen war.

Natürlich konnte man durchaus argumentieren, dass Bianca aus den Zitronen, die das Leben ihr hingeworfen hatte, Limonade gemacht hatte, indem sie Connor einlud, mit ihr zu spielen. Das war zwar kein angebrachtes Verhalten bei einem förmlichen Abendessen, aber es war auch nicht so, als hätte sie die Hüllen fallen lassen oder einem wichtigen Würdenträger den Mittelfinger gezeigt. Trotzdem war es nicht gerade eine normale Reaktion. Was sie nicht wusste, war, wie viel Normalität Bianca überhaupt ertragen konnte.

Nun ließ ihre Klientin sich auf dem Sofa ihr gegenüber nieder und zog die Augenbrauen hoch.

»Na los, schreien Sie mich an«, sagte sie leichthin. »Ich kann das ab.«

»Weshalb sollte ich Sie anschreien?«

»Ach, nun kommen Sie schon. Ich habe einen Suppentanz veranstaltet, das ist wohl kaum erlaubt.«

»Genau gesagt haben Sie die Suppe genutzt, um auf dem Boden herumzurutschen. Ich bin mir nicht sicher, ob das als Tanzen durchgeht.«

Bianca lächelte nicht. Falls ihr Gesichtsausdruck überhaupt irgendetwas verriet, dann war es Argwohn. »Sie finden es also lustig, was gestern Abend passiert ist?«

»Als was würden Sie es denn bezeichnen?«

»Als einen kleinen Spaß. Es ist etwas Unerwartetes passiert, und ich habe ein Fest daraus gemacht. So bin ich nun mal. An den gestrigen Abend werden sich alle noch lange erinnern. Und ist das nicht das Wichtigste? In Erinnerung zu bleiben? Connor fand es jedenfalls toll.«

»Das stimmt.« Margot achtete darauf, ihre Stimme liebenswürdig klingen zu lassen. »Er hatte einen Heidenspaß und findet Sie großartig. Wie könnte er das auch nicht?«

Bianca trug einen grob gestrickten Pulli über einem Trägerhemd und dazu Leggins. Ihre Füße waren nackt. Sie zog die Knie zur Brust und umschlang sie mit den Armen. Defensiver hätte ihre Körperhaltung nicht sein können.

»Aber?«, fragte sie. »Denn es gibt ganz sicher ein Aber.«

»Ich frage mich nur, was in dem Moment in Ihnen vorgegangen ist«, erklärte Margot ihr. »Nicht nur, als das mit der Suppe passiert ist, sondern schon vorher. Sie haben sich sofort an Connor gehängt. Übrigens sind Sie wirklich gut mit Kindern.«

»Ich wollte nur sichergehen, dass er sich wohlfühlt. Ein Abendessen mit ein paar spießigen Erwachsenen ist doch langweilig für ihn.«

»Ich finde es toll, dass sie sich um ihn gekümmert haben. Ihre natürliche Affinität zu Kindern ist ein Riesenpluspunkt, wenn Sie Wesley bei seinen gesellschaftlichen Aufgaben unterstützen wollen.«

Biancas Arme blieben fest um ihre Knie geschlungen. »Ich weiß, dass das kein Kompliment sein soll.«

»Es ist ein hundertprozentig ernst gemeintes Kompliment. Nur …«

»Sehen Sie, da kommt es.«

Margot lächelte. »Nur ging es gestern Abend um Sie und Wesley. Wir haben doch darüber gesprochen, dass Sie ihm, auch beruflich, zur Seite stehen wollen, allerdings Sorge haben, ihm eher eine Bürde zu sein. Unser Ziel war es, Ihnen dabei zu helfen, sich bei formellen Diners und in Gesellschaft der unterschiedlichsten Gäste wohl in Ihrer Haut zu fühlen. Es ging darum, die richtige Gabel und das richtige Glas zu benutzen, einen langen Abend mit verschiedenen Gängen zu bewältigen und die jeweiligen Gesprächskonventionen einzuhalten. Wir haben doch darüber gesprochen – wie hatten eine Strategie.«

Bianca rollte mit den Augen. »Ja, ich erinnere mich. Eine Viertelstunde mit der Person rechts von mir reden, dann mit der Person links von mir. Oder wie die Queen den Gesprächspartner mit jedem neuen Gang wechseln. Wie auch immer, ich wollte einfach nur Spaß haben.«

»Das weiß ich zu schätzen«, sagte Margot ruhig. »Aber wenn Sie die Regeln verinnerlichen wollen, müssen Sie sie erlernen und dann üben, bis sie Ihnen in Fleisch und Blut übergehen. Sobald das geschehen ist, müssen Sie nicht mehr über sie nachdenken, und dann kommt der Spaß ganz von alleine.«

»Regeln sind langweilig.«

Sie, Margot, sind langweilig. Bianca hatte es nicht so gesagt, doch Margot hätte schwören können, dass das mitschwang.

Bianca stellte die Füße auf den Boden und blitzte sie wütend an. »Sie haben keine Ahnung, wie das für mich ist. Ich liebe Wesley, und ich will ihn glücklich machen, aber das ist nicht so einfach. Die Leute haben Erwartungen an mich, und die werde ich nicht immer erfüllen können. Bisher war mir das egal, doch jetzt ist es etwas anderes. Ich will ja alles richtig machen, nur sind die Regeln so willkürlich.«

»Das sind sie tatsächlich.« Margot entspannte sich. »Alle glauben, die formellen Tischdeckregeln kämen aus England, aber in Wirklichkeit stammen sie aus Russland. Wer hätte das vermutet? Und wer um alles in der Welt hat entschieden, dass

Weingläser in einer bestimmten Reihenfolge aufgestellt werden müssen? Was ist, wenn man keinen Weißwein will oder gar keinen Alkohol trinkt?«

»Und was ist dann der Sinn des Ganzen?«

»Regeln und gesellschaftliche Konventionen schaffen eine gewisse Ordnung. Bei diplomatischen Anlässen, bei denen große Anspannung herrscht, weil ein Abkommen verhandelt oder ein Konflikt ausgetragen wird, bilden Konventionen einen Rahmen, innerhalb dessen man handeln kann. Jeder weiß, wo sein Platz ist und was von ihm erwartet wird. Regeln helfen Menschen dabei, Fehler zu vermeiden. Sie empfinden das, was ich Ihnen beibringen will, als Einschränkung Ihrer Persönlichkeit. Aber das ist nicht der Sinn und Zweck des Ganzen. Im Gegenteil, die Regeln sollen sie schützen. Genau wie das Geländer an einer Treppe oder die Sitzgurte im Auto oder Flugzeug. Im Notfall sind sie für Sie da, auch wenn Sie sie sonst gar nicht wahrnehmen.«

Bianca sah nicht überzeugt aus.

Margot stand auf, ging zu dem kleinen, ins Bücherregal integrierten Kühlschrank hinüber und holte für jede von ihnen eine Flasche aromatisiertes Wasser. »Ich glaube, ich habe schon mal erwähnt, dass meine Urgroßmutter in den 1960ern eine Schule für angehende Schönheitsköniginnen gegründet hat – in einer winzigen Stadt, von der Sie sicher noch nie gehört haben. Innerhalb weniger Jahre gelang es ihr, zwei ihrer Mädchen an wichtigen Wettbewerben teilnehmen zu lassen, und sie schafften es bis in die Endrunde.«

»Ja, das weiß ich alles.« Bianca klang ungeduldig.

Margot ignorierte den Kommentar. »Ihr größter Traum war es, eine Miss Amerika hervorzubringen. Wenigstens eine ihrer Schülerinnen das Krönchen gewinnen zu sehen hätte ihrem gesamten Lebenswerk einen Sinn verliehen. Sunshine und ich waren diesbezüglich ihre letzte Hoffnung.«

Bianca zog die Augenbrauen hoch. »Sunshine, Ihre Schwester?«

Margot nickte.

»Sie ist eine sehr schöne Frau, aber nicht gerade …«

Margot grinste. »Schönheitsköniginnenmaterial? Schon okay, Sie können es ruhig aussprechen. Sunshine wäre gerne eine geworden, doch sie war nicht groß genug und hatte auch nicht die passende Figur, das war uns allen klar. Daher blieb die Sache an mir hängen.«

Margot erinnerte sich an die Panik, die sie befallen hatte, als ihre Urgroßmutter ihr eröffnete, was von ihr erwartet wurde. Sie war damals dreizehn gewesen und immer noch im Wachstum begriffen. In Gesellschaft Fremder war sie schüchtern und unsicher, und sich einem Publikum stellen zu müssen war das Letzte, was sie sich wünschte.

»Als ich das erste Mal auf der Übungsbühne stand, musste ich mich übergeben«, gestand sie freimütig. »Das passierte fast ein Jahr lang regelmäßig. Ich fiel auch mehrmals in Ohnmacht und bekam Hautausschläge. Kaum war ich auf der Bühne, fing ich an zu stammeln, und den richtigen Gang bei der Badeanzugpräsentation bekam ich einfach nicht hin. Die Leute glauben, in einem Schönheitswettbewerb geht es nur darum, hübsch zu sein und seinen tollen Körper zu präsentieren. Diese Vorstellung ist vollkommen falsch. Man muss auch rhetorische Fähigkeiten vorweisen, feste Ziele im Leben haben, bereits etwas geleistet haben. Auf jeden Fall muss man eine sehr viel größere Entschlossenheit mitbringen, als ich sie je aufbringen konnte. Ich habe Francine das Herz gebrochen. Immer wieder hat sie gesagt, wenn ich es wirklich wollte, könne ich es auch schaffen. Und sie hatte recht.«

Bianca sah sie ungläubig an. »Sie haben sich auf der Bühne übergeben?«

»Ja. Aber das Problem hätte ich wahrscheinlich sogar überwinden können. Die Sache ist nur die, dass ich das alles einfach nicht wollte. Es war nicht meins. Um bei etwas erfolgreich zu sein, muss man es für sich selbst wollen und nicht für jemand anderen. Man muss bereit sein, Arbeit darin zu investieren. Man muss einen Sinn in stundenlangem Training sehen und bereit sein, zu versagen und dennoch immer wieder von vorne anzufangen. Man braucht Entschlossenheit, einen eisernen Willen.«

Sie sah ihre Klientin an. »Bianca, weshalb tun Sie das hier? Sie sind eine schöne, witzige und charmante Frau, die von allen geliebt wird, die Sie kennen. Weshalb um alles in der Welt wollen Sie sich verändern?«

Biancas Augen füllten sich mit Tränen. »Ich liebe Wesley eben.«

»Das weiß ich, und er liebt Sie. Aber er hat Sie nie darum gebeten, jemand anders zu sein als genau der Mensch, der Sie sind.«

»Das können Sie doch gar nicht wissen.«

»Doch, das kann ich. Ich habe gesehen, wie er Sie anschaut. Gestern Abend, als das mit der Suppe passiert ist, hat er am lautesten von allen gelacht. Er vergöttert Sie. Wieso also bin ich hier?«

Bianca wischte sich die Tränen aus den Augen. »Ich möchte mich ändern. Ich möchte stark sein. Ich möchte wissen, wie ich mich unter seinesgleichen verhalten soll. Diese Leute werden mich verurteilen. Alle. Das weiß ich einfach.«

Da haben wir ihn endlich, dachte Margot erleichtert, den wahren Grund, weshalb Bianca sich verändern will. Es ging gar nicht darum, dass Wesley seine Stelle verlieren könnte – es ging um ihre ureigenen Ängste.

»Das ist besser«, sagte sie, »viel besser. Jetzt haben wir etwas Konkretes, an dem wir arbeiten können. Es ist wesentlich sinnvoller, das alles hier für sich selbst zu tun statt für jemand anderen. Lassen Sie uns herausfinden, was Sie genau wollen, was für Sie funktioniert und wie Sie es sich aneignen. Denn ich will auch, dass Sie stark sind. Ich wünsche mir, dass Sie die Menschen bezaubern und dass jeder Einzelne von ihnen sich wünscht, so zu sein wie Sie.«

»Das können Sie erreichen?«

»Nein. Aber Sie können es. Wir werden unsere Vorgehensweise immer wieder überprüfen und anpassen. Wir werden an den Aspekten arbeiten, die Sie am meisten nervös machen, und dafür sorgen, dass Sie sich sicher fühlen. Das ist gar nicht so schwer. Es geht nur darum, herauszufinden, was das passende Geländer für Ihre Treppe ist.«

»Ich würde Ihnen so gerne glauben. Ich liebe Wesley, und ich weiß, dass er mich so nimmt, wie ich bin. Aber ich will nicht, dass wegen mir seine Karriere leidet. Es ist einfach so schwer für mich, mit Leuten aus seinem Umfeld zusammen zu sein. Die haben alle studiert und fünf Abschlüsse in der Tasche, ich hingegen bin nichts als eine Ex-Schauspielerin mit einem tollen Körper.«

Margot hielt den Zeigefinger hoch. »Nein. Sie sind eine wunderschöne, dynamische Frau mit einem *verdammt heißen* Körper. Das ist ein Unterschied.«

Bianca lachte. »Danke. Na schön, lassen Sie uns anfangen. Also, gestern Abend, das mit der Suppe … ich habe einfach nicht nachgedacht. Ich wollte sie wirklich nur für Connor holen, aber als ich sie hochgehoben habe, war sie plötzlich so schwer, und dann wusste ich nicht mehr, was ich tun sollte.«

»Was hätten Sie denn tun können?«

Bianca seufzte. »Ich hätte jemanden um Hilfe bitten können.«

»Genau. Also, weshalb war es Ihnen so wichtig, Connor zu beeindrucken? Sie haben sich von Anfang an auf ihn fokussiert.«

»Ich liebe Kinder einfach.«

Margot wartete schweigend ab.

»Was denn?« Bianca stöhnte. »Sie sind wirklich eine Plage.«

»Ja, bin ich.«

»Na schön.« Bianca stand auf und durchschritt den Raum. Als sie am Kamin ankam, drehte sie sich zu ihr um. »Ich kann gut mit Kindern, die mögen mich immer. Wahrscheinlich war ich nervös und fühlte mich bei Connor am sichersten, nur habe ich mich dann zu sehr auf ihn konzentriert, und das Ganze geriet außer Kontrolle.« Sie zuckte mit den Schultern. »Ich habe Edna schon gesagt, dass es mir leidtut wegen der Suppe.«

»Das wusste sie sicher zu schätzen. Aber weshalb waren Sie so nervös? Es waren doch nur wenige Gäste da, und die meisten von ihnen kannten Sie.«

»Weil es den ganzen Abend darum ging, ob ich versagen würde oder nicht. Ich habe mich gefühlt wie ein Tanzbär, über den alle lachen, sobald er den kleinsten Fehler macht.«

Als Margot die Tragweite von Biancas Worten klar wurde, verkrampfte sich ihr gesamter Körper. Sie erhob sich. »Oh nein, Bianca, es tut mir so leid. Sie haben recht – genau so war es. Nicht, dass wir über Sie gelacht hätten, das hätten wir nie getan, aber natürlich müssen Sie sich wie auf dem Präsentierteller gefühlt haben. Das war allein mein Fehler, und ich möchte mich dafür entschuldigen. Was für ein grauenhafter Abend das für Sie gewesen sein muss!«

Bianca blinzelte. »Sie möchten sich bei mir entschuldigen?«

»Selbstverständlich. Ich bin das Ganze völlig falsch angegangen. Ich wollte die Gästezahl klein halten, damit Sie weniger gestresst sind, aber so wussten alle, was der Zweck der Einladung war und dass Sie dabei etwas lernen sollten. Da mussten Sie sich ja so fühlen, als würden alle über Ihr Verhalten urteilen. Und deshalb war Connor der Einzige, bei dem Sie sich sicher gefühlt haben, oder? Ich hab's total vergeigt, und das tut mir unendlich leid.«

Bianca kicherte. »Wow, das war mal eine richtig gute Entschuldigung. Sie sollten einen Kurs dazu anbieten. Jedenfalls bin ich Ihnen schon nicht mehr böse. Im Gegenteil, ich will Sie einfach nur umarmen und Ihnen sagen, dass alles gut wird.«

»Gerade mache ich mir vor allem Sorgen, ob Sie mir noch zutrauen, Ihnen zu helfen.«

Biancas Augen füllten sich erneut mit Tränen. Sie kam zu ihr herüber und umarmte sie fest.

»Es gibt niemanden, dem ich das mehr zutraue als Ihnen.«

»Danke.«

Biancas Gesichtsausdruck bekam plötzlich etwas Verschlagenes.

»Hm, das heißt aber, Sie schulden mir jetzt was. Ich muss mal überlegen, wie ich das ausnutzen kann. Vielleicht könnten wir Ihre Schwester einladen und zusammen einen Damen-Wellnesstag einlegen oder so was.«

Margot zögerte. Sie wollte Sunshine nicht in die Sache hineinziehen. »Oder wir arbeiten einfach weiter daran, Ihr Ziel zu erreichen.«

»Sie sind echt langweilig, aber in Ordnung – lassen Sie uns anfangen.«

Margot war noch damit beschäftigt, ihre grobe Fehlleistung zu verarbeiten, und benötigte etwas Zeit, um sich wieder zu sammeln. »Geben Sie mir doch ein paar Stunden, um unseren Unterrichtsplan neu zu überdenken. Können wir uns nach dem Mittagessen wiedertreffen?«

»Natürlich. Es ist so kalt und neblig draußen. Ich denke, ich werde einfach auf meinem Zimmer bleiben und mir einen Film anschauen. Vielleicht *Indiana Jones – Jäger des verlorenen Schatzes*. Man hat mich damals für die Rolle von Karen Allen angefragt, wussten Sie das? Ich glaube, ich wäre gut gewesen in dem Film, und Harrison Ford war so knackig zu der Zeit … Na ja. Wir sehen uns nach dem Mittagessen.« Mit diesen Worten verließ sie den Raum.

Margot blieb alleine zurück mit der Frage, wie sie eine Sache, in der sie angeblich Expertin war, nur so hatte vermasseln können.

12. Kapitel

Sunshine wartete, bis Connor ins Bett gegangen war, ehe sie an der offen stehenden Tür zu Declans Arbeitszimmer klopfte. Als er von seinem Computer aufsah, lächelte er und winkte sie herein.

»Wie läuft es?«, fragte er, als sie sich auf dem Stuhl vor seinem Schreibtisch niederließ. »Sag mir jetzt bitte nicht, dass du doch was gegen die Ameisenfarm hast – Connor ist völlig vernarrt in das Teil.«

»Ich habe keinerlei Problem mit den Ameisen, abgesehen von der Tatsache, dass sie so geschäftig sind. Daneben fühle ich mich manchmal wie ein Faultier.«

»Das kenne ich. Wie ist es an der Uni?«

»Immer noch ungewohnt und schwierig.« Sie ging zu allen Seminaren, machte ihre Hausaufgaben und hinkte doch jeden Tag ein Stückchen mehr hinterher. »Bald findet ein Assi-Kurs statt. Wenn mir der nicht reicht, werde ich wohl mal das Mathelabor aufsuchen.«

»Soll ich mir deinen Stoff mal ansehen und schauen, ob ich dir vielleicht helfen kann?«

»Danke, aber ich komme schon klar.«

Ihr Boss sollte auf keinen Fall mitbekommen, dass sie eine komplette Idiotin war. Sie liebte Connor und wollte ihren Job behalten. Sie fühlte sich wohl und sicher in der neuen Umgebung, und es machte sie glücklich, hier etwas bewegen zu können.

»Das Angebot steht«, sagte er.

»Danke, das weiß ich zu schätzen.« Dann fiel ihr der Grund ihres Besuchs wieder ein. »Also, das klingt jetzt vielleicht ein bisschen seltsam, aber ich habe die Mutter von einem von Connors Freunden kennengelernt, Elijahs Mom. Ihr Name ist

Phoebe, sie ist geschieden und echt lustig und nett und, na ja … ich glaube, du würdest sie mögen.«

Declan starrte sie vollkommen ausdruckslos an. »Wie bitte?«

»Ich dachte, du hättest vielleicht Lust, sie kennenzulernen und mal mit ihr auszugehen. Weil du doch letztens davon geredet hast, dass …«

»Nein!« Er stand halb auf und ließ sich sogleich wieder auf seinen Stuhl fallen. »Nein, auf keinen Fall. Wieso um alles in der Welt kommst du auf die Idee, mich zu verkuppeln?«

»Ich kann nicht anders, ich kümmere mich eben gerne um Menschen. Wenn es ein Problem im Haus gibt, versuche ich, es zu beheben. Und du hast erwähnt, dass du gerne mal wieder …«

Er zuckte zusammen. »Können wir bitte nicht darüber reden? Und auch nicht wiederholen, was ich dazu gesagt habe?«

»Ich wollte nur erklären, weshalb ich denke, dass du Phoebe mal anrufen solltest. Sie ist eine erfolgreiche Frau mit einem Sohn, den Connor gut kennt. Und ich bin mir ziemlich sicher, dass sie interessiert an dir wäre.« *Wie könnte sie das auch nicht sein?* »Ihr habt viel gemeinsam, und du müsstest dir keine Gedanken darüber machen, wo du Frauen kennenlernen kannst. Sie ist quasi schon da.«

Declan stöhnte. »Das musst du ganz schnell wieder vergessen, Sunshine, bitte. Ich kann mir meine Frauen selbst suchen.«

»Oder auch nicht.«

Er lachte. »Das ist ein handfestes Argument, aber nein. Egal wie nett oder schlau diese Phoebe ist – ich verzichte.«

»Schade. Sie wirkt so, als könnte man eine Menge Spaß mit ihr haben.«

Er deutete auf die Tür. »Du solltest jetzt besser gehen.«

Sie erhob sich grinsend. »Na schön, ich hör schon auf. Keine Kommentare mehr über Phoebes Verfügbarkeit. Aber wenn du mir sagst, was dein Typ ist, kann ich nach anderen Frauen Ausschau halten.«

Sie blieb in der Tür stehen, in der Erwartung, ihn sagen zu hören, sie solle sich um ihren eigenen Kram kümmern, oder ihn witzeln zu hören, dass sie einfach nicht lockerließ. Was sie nicht erwartet hatte, war sein feuriger Blick. Es war der Blick eines Mannes, der eine Frau begehrt. Eine ganz bestimmte Frau.

Sie, Sunshine.

Sie hatte sich bereits gefragt, ob Declan sie attraktiv oder sexy fand, aber sie hatte nie darüber nachgedacht, dass da vielleicht sogar noch mehr sein könnte. In der Nanosekunde, bevor das Feuer in seinen Augen wieder erlosch, spürte sie wie als Antwort ein Ziehen im Unterleib – ein Bedürfnis, dessen pure Existenz sie ebenso erschreckte wie dessen Intensität.

Nein, sagte sie sich. Nein, nein und nochmals nein. Nicht Declan. Sie liebte ihren Job und die Dynamik, die sie drei miteinander hatten. Sich mit ihm einzulassen würde all das kaputt machen. Diese Art von Frau war sie nicht mehr – zumindest wollte sie so nicht mehr sein. Sie wünschte sich mehr als flüchtigen Sex, während Connor schlief. Was sie wollte, war eine echte und dauerhafte Beziehung, eine, die wirklich etwas bedeutete.

Sie zwang sich, ihre Aufmerksamkeit wieder auf den Moment zu richten. Declan sah ebenso erschrocken und besorgt aus, wie sie sich fühlte.

»Ich habe Phoebes Telefonnummer, falls du deine Meinung ändern solltest«, sagte sie in der Hoffnung, dass ihre gespielte Fröhlichkeit authentisch rüberkam.

»Ich höre schon gar nicht mehr, was du sagst.«

Sie winkte ihm noch kurz zu und verließ den Raum. Sobald sie draußen war, eilte sie in ihr Schlafzimmer und verschloss fest die Tür hinter sich. Dann setzte sie sich auf die Bettkante und versuchte sich einzureden, dass nichts passiert war. Rein gar nichts. Zumindest würde sie so tun. Diese Methode hatte in der Vergangenheit funktioniert, und sie beschloss, dass sie das auch jetzt würde. Das musste sie einfach – es stand zu viel auf dem Spiel.

»Ich habe dich schon seit Tagen nicht mehr gesehen.«

Als Margot aufblickte, sah sie Alec in die Küche kommen. Es war Abendessenszeit, zwei Tage nach ihrer unangenehmen Einsicht, einen großen Fehler gemacht zu haben.

»Ich bin untergetaucht«, gab sie achselzuckend zu. »Um meine Wunden zu lecken.«

Nun sah er noch besorgter aus.

»Was hat meine Mutter getan?«

»Nichts, außer dass sie so großzügig war, mir zu vergeben. Die Sache mit dem Dinner habe ich völlig falsch angestellt. Statt ihr zu helfen, habe ich sie zur Schau gestellt. Die ganze Idee war ein Riesenfehler, und zwar allein meiner. Aber jetzt sind wir wieder auf dem richtigen Kurs, und es läuft wirklich gut.«

Das war immerhin eine Erleichterung, machte ihren Fehler jedoch nicht ungeschehen.

»Bist du nicht ein wenig zu streng mit dir?«, fragte er.

»Nein, bin ich nicht. Aber keine Sorge, ich werde mich nicht darin suhlen. Wir schauen nach vorne. Und ich frage mich sogar, ob mein Versagen nicht auf irgendeine verrückte Art und Weise dazu geführt hat, dass deine Mutter mir nun mehr vertraut. Ich bin mir nicht sicher, doch ich hoffe es.« Sie lächelte. »So, das war's jetzt aber an emotionalem Ballast, den ich bei dir ablade, versprochen. Ich wollte gerade den Auflauf aus dem Ofen holen, den Edna aufgetaut hat. Willst du mit mir zu Abend essen?«

»Das würde ich sehr gerne.« Er grinste. »Ich gebe zu, es war der köstliche Duft, der mich in die Küche gelockt hat. Was ist es denn für ein Auflauf?«

»Irgendwas mit Huhn, Nudeln und Käsesoße. Ich habe zum Kalorienausgleich einen Salat dazu gemacht.«

Während er eine Weinflasche entkorkte, deckte sie den Küchentisch, holte den Auflauf heraus und stellte ihn auf einen Untersetzer. Dann setzten sie sich einander gegenüber, und Margot reichte ihm einen Servierlöffel.

Es war fast sieben Uhr und schon dunkel draußen. Der Nebel hatte sich den ganzen Tag über nicht verzogen und dafür gesorgt, dass die Temperatur auf zehn Grad gefallen war – für Los Angeles beinahe arktische Verhältnisse. Bianca war ausgegangen, und die Angestellten hatten Feierabend, somit waren sie die einzigen Menschen in dem riesigen Haus.

»Ich bin beeindruckt, dass meine Mutter hiergeblieben ist und mit dir über die Sache geredet hat«, sagte Alec, während er ihr die Auflaufform zuschob. »Normalerweise macht sie sich einfach aus dem Staub, sobald Probleme auftauchen. Ich dachte, ich würde sie jetzt eine Woche nicht sehen.«

»Ich bin froh, dass sie geblieben ist, denn so hatte ich Gelegenheit zu begreifen, was schiefgelaufen ist und welche Rolle ich dabei gespielt habe.« Margot dachte an ihren geänderten Unterrichtsplan und an alles, was sie in Zukunft anders machen würde. »Bianca ist eine Herausforderung, eine ungewöhnliche Mischung aus Kompetenz und Unsicherheit.« Sie schob die Auflaufform zurück zu ihm. »Wie ist es, sie in deinem Haus wohnen zu haben?«

Er zuckte die Achseln. »Leichter, als ich es mir vorgestellt hatte. Wir verbringen die meiste Zeit auf unterschiedlichen Etagen, und an den Abenden ist sie normalerweise nicht da.« Er lächelte. »Ich gebe zu, dass ich etwas Angst davor hatte, sie hierzuhaben. Unsere WG-Zeiten sind schon lange her.«

»Du warst kaum ein Teenager, als du zu deinen Großeltern gezogen bist, oder?«

»Ja. In dem Sommer, bevor ich ins Internat kam, fuhr sie mit mir nach Australien – wo zu der Zeit natürlich Winter war. Wir müssen sechs oder acht Wochen lang unterwegs gewesen sein. Sie hat einen alten Gebrauchtwagen gekauft, und wir sind überall rumgefahren. Meine Aufgabe war es, ständig ›links, links‹ zu rufen, damit sie auf der richtigen Straßenseite blieb.«

»Ach ja, da herrscht Linksverkehr wie in England. Ich weiß nicht, ob ich dort fahren könnte.«

»Es ist nicht ganz einfach«, gab er zu. »Aber sie hat es gut gemeistert. Als wir nach Hause kamen, packte ich gleich meine Sachen und flog in die Schweiz zu meinen Großeltern väterlicherseits.«

»Sie muss dich sehr vermisst haben.«

»Bestimmt.«

Und doch hat sie ihn gehen lassen, dachte Margot. Hatte sie das Gefühl gehabt, keine Wahl zu haben, oder hatte sie gewusst, dass es das Richtige für ihn war?

»Sie hat mich wirklich geliebt«, sagte Alec. »Und sie hat meine Wünsche immer respektiert. Einmal, als ich acht oder neun war, hatte sie mal was mit einem Mann, den ich nicht mochte, und als ich ihr das gesagt habe, hat sie sich von ihm getrennt. Einfach so. Ich habe mich immer ein bisschen schuldig gefühlt deswegen. Was, wenn das der Mann ihres Lebens war und sie wegen mir ihre einzige Chance auf das große Glück verpasst hat?«

»Wäre er tatsächlich die Liebe ihres Lebens gewesen, meinst du nicht, du hättest das gespürt und ihn sympathischer gefunden? Außerdem, glaubst du wirklich, für jeden von uns gibt es nur den einen passenden Partner auf der Welt?«

»Nein. Ich weiß nicht, ob ich überhaupt daran glaube, dass es den oder die Richtige gibt.«

»Dann hast du nichts verderben können.«

»Das klingt äußerst logisch. Nur neigt die Liebe dazu, völlig unlogisch zu sein.«

»Ich weiß nicht, ob sich auch nur einer von uns als Experte zu diesem Thema äußern kann«, sagte sie lachend.

Er erhob sein Glas. »Da hast du wohl recht. Erzähl mir von deiner Kindheit.«

»Lustig, dass du danach fragst. Ich habe gerade mit Bianca über meine Urgroßmutter gesprochen. Francine hat Sunshine und mich großgezogen, nachdem meine Mutter sich aus dem Staub gemacht hat. Zu dem Zeitpunkt war sie bereits Anfang siebzig, und zwei Kinder großzuziehen war sicher das Letzte, was ihr in den Sinn gekommen wäre. Sie war kurz davor, ihre Schule für Benimm und Eleganz aufzulösen, und sie war müde. Ich hatte immer ein schlechtes Gewissen ihr gegenüber.«

»Weil sie euch beide großziehen musste?«

Margot nickte. »Erst brannte ihre Tochter durch, dann ihre Enkelin. Sunshine und ich haben es zwar nicht in die Miss-Amerika-Wahl geschafft, aber wir wurden wenigstens nicht mit achtzehn schwanger. Das war immerhin ein Fortschritt.«

»Wann hat sie ihre Schule geschlossen?«

»Als wir ungefähr vierzehn waren. Sie hatte immer schon nach Las Vegas ziehen wollen. Also taten wir das und lebten in einem Fertighaus auf dem Campingplatz. Nachts sahen wir von dort die Lichter des Las Vegas Boulevards blinken. Francine warnte uns ständig vor den Gefahren des Glücksspiels und vor Männern, die uns blöd anquatschen könnten. Sie machte sich viele Sorgen.«

Margot fragte sich, was Francine wohl jetzt von ihnen halten würde. Zwar hatten sie das Muster der unehelichen Schwangerschaften durchbrochen, nicht jedoch den Fluch der Baxter-Frauen, sich immer in die falschen Männer zu verlieben. Sunshine hatte eine ganze Reihe davon gehabt, und sie hatte Dietrich. Vielleicht gaben die Gene doch das Schicksal der Menschen vor.

»Und trotzdem bist du jetzt hier, ohne den teuflischen Verlockungen des Glücksspiels erlegen zu sein, und gefährliche Männer sind auch nicht in Sicht.«

Margot lächelte. »Na ja, ich glaube, dich würde Francine schon ein wenig als Gefahr betrachten.«

Alec sah so überrascht aus, dass Margot lachen musste.

»Was ist?«, fragte sie. »Siehst du dich etwa nicht als Gefahr für die Frauen dieser Welt?«

»Wohl kaum. Dafür lebe ich zu sehr das Einsiedlerleben eines Akademikers. Ich gehe nicht gerne in Nachtclubs oder auf Partys. Und wann ich das letzte Mal einen Film im Kino gesehen habe, weiß ich schon gar nicht mehr.«

Selbstwahrnehmung ist ein interessantes Phänomen, dachte sie. Die Leute hatten bestimmte Vorstellungen über sich selbst, die sich hartnäckig in ihren Köpfen festsetzten. Die hatten meist wenig mit der Realität zu tun, dafür aber sehr viel mit ihrer emotionalen Vergangenheit.

»Du machst das an den falschen Dingen aus«, sagte sie. »Du bist erfolgreich, liebenswürdig, gut aussehend, gebildet. Und hinter deiner zurückhaltenden Art vermute ich eine Tiefe, die nur wenige zu sehen bekommen.« Sie vermied das Wort Leidenschaft – denn das laut auszusprechen wäre doch zu schräg.

»So siehst du mich also?«, fragte er überrascht.

»Jeder sieht dich so.« Sie zuckte die Achseln. »Vielleicht mit Ausnahme der Gelehrten, die zu Besuch hierherkommen. Ich bezweifle, dass die irgendwas außer ihrer Arbeit wahrnehmen.«

Er sah sie lange schweigend an, ehe er murmelte: »Das kam jetzt unerwartet.«

»Gern geschehen.«

Er lachte. »Stimmt, danke für das Kompliment. Wann willst du eigentlich mit der Erforschung des Kellers anfangen? Ich möchte auf die Schreckensschreie vorbereitet sein.«

»Es werden schon keine Leichen dort verbuddelt sein. Ich glaube nicht, dass Mönche der Typ Mensch dafür sind. Aber ich hoffe doch, auf irgendwelche verborgenen Schätze zu stoßen.«

»Das Haushaltsbuch, das du gefunden hast, ist faszinierend. Ich habe es durchgelesen. Und du hattest recht – die Esel, die hier gezüchtet wurden, waren sehr wertvoll.«

»Erzähle das nur nicht deiner Mutter. Sie wird gleich selbst welche züchten wollen.«

Er stöhnte. »Mit Sicherheit. Wahrscheinlich als Schoßtiere zum Kuscheln. Nur wird man die nicht so leicht mit ins Flugzeug nehmen können.«

Ihr Gespräch plätscherte weiter so leicht dahin, Margot hörte nun jedoch etwas mitschwingen, das zuvor nicht da gewesen war. Sie selbst hatte es herbeigeführt, indem sie ihm erklärte, wie sie ihn sah. Nicht, dass ihre Worte nicht der Wahrheit entsprochen hätten, doch sie hatten etwas zwischen ihnen verändert.

Dachte Alec jetzt womöglich, sie wollte sich an ihn heranmachen. Das wäre ... Nun ja, sie war sich nicht sicher, wie das wäre. Er war ein toller Mann, so viel stand fest. Und sie hätte nichts dagegen, herauszufinden, ob er mit der gleichen Intensität küsste, wie er alles andere tat. Ein paar heiße Küsse könnten ihr durchaus den Tag versüßen. Nur entsprach das nicht ihrem Verhältnis, und sie hatte nie wirklich darüber nachgedacht, dass es vielleicht einmal ... Also nicht, dass sie nicht interessiert gewesen wäre, nur ...

Diese Irrungen und Wirrungen türmten sich so sehr in ihrem Kopf auf, dass sie es kaum durch den Rest des Abendessens schaffte. Daher entschuldigte sie sich, sobald sie konnte, und ging. Doch als sie endlich alleine in ihrem Zimmer saß, wurde ihr klar, dass sie gerne mehr Zeit mit ihm verbracht hätte – was aus ihr eine ebenso idiotische und sozial inkompetente Person machte, wie Francine immer behauptet hatte.

Am Ende ließ Sunshine sich dazu überreden, Norris auf einen Drink statt auf einen Kaffee zu treffen. Sie tauschte einen freien Samstagabend gegen einen Donnerstagabend, verabredete Connor mit seinem Freund Christopher und stellte sicher, dass Declan seinen Sohn dort spätestens um halb acht abholen würde.

Declan wiederum hatte sie schwören lassen, dass Christophers Mom glücklich verheiratet war und Christopher ein Nachzügler, weshalb seine Mutter nun schon über fünfzig und somit viel zu alt für ihn war.

Sunshine verbrachte fast eine Stunde damit, sich für ein Outfit zu entscheiden. Sie wollte gut aussehen, aber nicht sexy.

Hübsch, doch ohne die geringste Spur von Nuttigkeit. Sie hatte noch nie zu den Frauen gehört, die ihren Sex-Appeal dafür einsetzten, sich zu besorgen, was sie brauchten – die Männer tauchten immer einfach so in ihrem Leben auf. Neu war jedoch, dass sie diesbezüglich weisere Entscheidungen treffen wollte.

Als ihr langsam die Zeit davonlief, entschied sie sich schließlich für ein hellblaues Kleid mit einem hochgeschlossenen Rundhalsausschnitt und einem bauschigen Rock, der ihr bis kurz über die Knie ging. Da es ärmellos war, zog sie einen cremefarbenen, bis zur Taille reichenden Pullover mit Dreivierteärmeln über. Dann machte sie sich Locken ins Haar und trug ein dezentes Make-up auf. Als sie endlich fertig war, sah sie eher so aus, als würde sie sich für eine Stelle als Chorleiterin bewerben, statt zu einem Date zu gehen. Auf der Fahrt in das Restaurant mit angeschlossener Bar, in dem sie sich trafen, würde sie sich noch schnell eine vor Charme sprühende Persönlichkeit zulegen müssen und dann das Beste hoffen.

Sie reichte dem Pagen die Autoschlüssel und betrat das Restaurant, wobei sie gegen ihre Nervosität und einen starken Fluchtimpuls ankämpfte. Norris war bereits da. Er trug einen dunklen Anzug, in dem er attraktiv und professionell aussah. Als er sie entdeckte, winkte er sie zu sich herüber. Er schien einen kleinen Tisch für zwei Personen bestellt zu haben.

»Da bist du ja«, sagte er und klang glücklich. Er nahm ihre Hand, beugte sich herunter und küsste sie auf die Wange. »Du siehst wunderschön aus.«

»Danke. Und du siehst sehr erfolgreich aus.«

Er lachte leise. »Das ist nur der Anzug, Männer haben es da leicht. In einem gut geschnittenen Zweiteiler sehen wir alle wichtig aus.«

Sie setzten sich einander gegenüber, und Norris winkte den Kellner herbei. »Sunshine, was hättest du gerne?«

Eine Margarita und einen Tequila-Shot, dachte sie grimmig. Eigentlich war sie keine Frau, die Dates hatte, das war sie noch nie gewesen. Sie traf einen Mann, sie verfielen einander körperlich, und das war's dann. Kein vorsichtiges Kennenlernen bei einem Cocktail, kein peinliches Gefummel am Ende des Abends. Sie wusste gar nicht, wie das ging, und sie war sich auch nicht sicher, ob sie es lernen wollte.

Aber so machen es normale Menschen, erinnerte sie sich. Sie haben Dates und lernen einander erst mal kennen.

»Ich hätte gern ein Glas Weißwein«, sagte sie lächelnd.

»Und für mich einen Bourbon auf Eis, bitte.«

Als der Kellner gegangen war, rückte Norris ein Stück näher. »Danke noch mal für deine Hilfe mit dem Kuchen. Der war ein echter Volltreffer.«

»Das freut mich. Wie geht es deiner Schwester?«

»Die dreht gerade völlig durch. Sie hasst es, nur faul rumzuliegen, aber jetzt sind es auch nur noch ein paar Wochen. Unsere Mom ist bei ihr eingezogen und hilft ihr sehr.«

»Toll, dass sie das kann.«

»Ach, meine Mom würde die Erde davon abhalten, sich zu drehen, wenn es einem ihrer Kinder helfen würde.«

Sunshine musste an ihre eigene Mutter denken, die ihre Zwillinge allein gelassen hatte, als sie noch Kleinkinder waren. Jeder hat so seine Geschichte, dachte sie, nur sind manche hässlicher als andere.

»Das heißt, dir und deiner Schwester?«, fragte sie.

»Ich habe noch einen jüngeren Bruder, ich bin der Älteste von uns. Was ist mit dir?«

»Ich habe eine Schwester, wir sind zweieiige Zwillinge. Von unserer Familie ist sonst niemand mehr da, es gibt also nur uns zwei. Sie wohnt auch hier in der Gegend, und wir stehen uns ziemlich nahe.«

Der Kellner brachte ihre Getränke.

Norris nahm einen Schluck. »Und warst du mal verheiratet?«

»Nein. Aber du, oder?« Sie meinte gehört zu haben, wie er bei ihrer ersten Begegnung seine Scheidung erwähnte.

»Ja, ich bin geschieden. Kein Drama, wir haben einfach nicht richtig zueinandergepasst. Ist auch schon ein paar Jahre her. Danach habe ich eine Weile ein Date nach dem anderen gehabt, bis ich darauf keine Lust mehr hatte. Inzwischen bin ich auf der Suche nach etwas anderem.«

Er sah sie durchdringend an, während er sprach, so als würde er ihr eine wichtige Botschaft vermitteln wollen. Das Problem war nur, dass sie nicht wusste, worin die bestand.

»Und du arbeitest im Finanzwesen?«, fragte sie.

»Genau. Die Leute haben alle keine Ahnung von Geld, was schlecht für sie, aber gut für mich ist. Ich stelle ihnen einen Investitionsplan zusammen, und plötzlich wächst ihr Portfolio. So bin ich quasi ihr Held.«

»Also eine Win-win-Situation.«

»Stimmt genau. Und du bist Kindermädchen?«

»Ja, ich liebe die Arbeit mit Kindern. Nach der Highschool hatte ich erst keine Ahnung, was ich machen sollte. Dann bin ich irgendwie in das Kindermädchending reingeraten und habe festgestellt, dass ich gut darin bin. Und jetzt erwerbe ich die nötigen Qualifikationen für ein Kinderpsychologie-Studium.«

Das klingt so viel größer, als es ist, dachte sie. Sie hatte keine Ahnung, weshalb sie es so ausgedrückt hatte. Sie absolvierte gerade ihr erstes Seminar und musste erst noch herausfinden, was sie damit anstellen wollte. War es das, worum es bei Dates ging? Halbwahrheiten zu erzählen, um vor dem anderen besser dazustehen?

Ehe sie sich korrigieren konnte, begann er schon zu sprechen.

»Du lebst also immer ein paar Jahre bei einer Familie und ziehst dann wieder aus? Ist das nicht hart?«

»Manchmal ja. Ich habe kein Problem damit, die Eltern zu verlassen. Aber die Kinder vermisse ich hinterher oft sehr.« Vor allem, wenn sie mal wieder wegen irgendeines Kerls abgehauen war. Das war ihre Erbsünde – einfach ohne ein Wort zu verschwinden und ihre Kinder sitzen zu lassen.

Sie fragte sich oft, ob sie ihr wohl verziehen hatten, wie sie es sich stets eingeredet hatte, oder ob sie Narben auf der Seele davongetragen hatten, weil sie verlassen worden waren. Sie hatte vielen ihrer Schützlinge sehr nahegestanden, vor allem einem Zwillingspaar. Erinnerten sie sich noch an sie? Hassten sie sie? Wünschten sie sich, sie hätten sie nie kennengelernt? Wie auch immer, sie war jedes Mal einfach verschwunden. Ein weiteres Muster aus ihrer Vergangenheit, das sie fest entschlossen war, hinter sich zu lassen. In Zukunft würde sie verantwortungsvoller mit ihren Mitmenschen umgehen.

Norris wechselte das Thema: »Magst du die Philharmonie? Viele Leute mögen keine klassische Musik, doch ich höre sie sehr gerne.«

»Ich war noch nie in der Philharmonie«, gab sie zu. »Aber ich mag die Musik, die dort gespielt wird. Mit Connor, dem Jungen, den ich betreue, höre ich viel Musik. Wir dürfen immer abwechselnd entscheiden, was wir hören, und er liebt klassische Musik.«

»Schön. Ich habe nämlich ein Saison-Abo und würde dich gerne mal mitnehmen.«

»Perfekt, denn ich würde gerne mal hingehen.«

»Das freut mich.«

So geht das also, dachte sie glücklich. Ein ganz normales Date. Sie war sich nicht sicher, wie sie zu Norris stand und ob unter ihrer Nervosität Gefühle lauerten, die auf eine gewisse Anziehung zurückzuführen waren. Aber zumindest lief es so ab wie bei anderen Leuten auch.

Norris beugte sich zu ihr vor. »Also, ich habe mir überlegt, wir könnten hier entweder noch was zusammen essen und unser Gespräch fortsetzen. Oder, wenn du Lust drauf hast, könnten wir zu mir fahren und gleich einen Schritt weitergehen.«

Seine Worte trafen sie so unerwartet, dass sie erst nicht begriff, was er da vorschlug. Dann wurde ihr am ganzen Körper eiskalt, ihr Magen zog sich zusammen, und all ihre Hoffnungen lösten sich in Luft auf.

»Du möchtest also, dass ich mit zu dir nach Hause fahre und Sex mit dir habe«, sagte sie, um sicherzugehen, dass sie ihn nicht missverstanden hatte. Irgendein Teil von ihr hoffte wohl doch noch, dass er sich entsetzt zeigen und ihr versichern würde, dass es nicht das war, was er gemeint hatte.

Er schenkte ihr ein leises Lächeln, das er vermutlich für sexy hielt.

»Auf jeden Fall! Verdammt, Sunshine, du bist der absolute Männertraum auf zwei Beinen. Wie könnte ich nicht Sex mit dir haben wollen? Ich kann an nichts anderes mehr denken.«

Tränen brannten ihr in den Augen, doch sie blinzelte sie eilig weg, zog einen Zwanzigdollarschein aus ihrer kleinen Handtasche und legte ihn auf den Tisch. »Nein«, sagte sie mit fester Stimme, obwohl sie am ganzen Leib zitterte. »Nein, das will ich nicht.«

Sie erhob sich und ging auf den Ausgang zu. Norris lief ihr hinterher und packte sie am Arm.

»Warte doch mal. Es tut mir leid, falls ich deine Signale falsch interpretiert habe. Ich lade dich gerne erst mal zum Essen ein, wenn es das ist, was du willst.«

So viel war der Sex mit ihr ihm also wert? Einen Salat und eine Vorspeise?

Sie machte sich von ihm los, verließ das Restaurant und wartete darauf, dass der Page ihr Auto vorfuhr. Als sie einstieg, spürte sie, wie ihr die erste Träne die Wange herunterlief. Ihr folgte noch eine und noch eine.

Sie wischte sie weg, damit sie erkannte, wohin sie fuhr. Sobald der Verkehr dichter wurde, schaute sie sich nach einem sicheren Ort um, an dem sie stehen bleiben konnte. Als sie vor sich einen Supermarkt auftauchen sah, bog sie auf den Parkplatz ein und fand eine Lücke im hinteren Teil.

Erst hier ließ sie ihren Tränen freien Lauf. Sie schrie ihren Schmerz und ihre ganze Enttäuschung heraus, während sie sich immer wieder fragte, was sie falsch gemacht hatte und wie sie jemals etwas Besseres werden sollte, als sie war. Sie hatte sich konservativ gekleidet, ihn nicht angemacht und keinerlei sexuelle Andeutungen in ihr Gespräch einfließen lassen. Er war wohl doch nicht der nette Kerl, für den sie ihn gehalten hatte. Aber vielleicht lag es auch an ihr. Vielleicht sollte sie einfach damit aufhören, so angestrengt vor dem Unvermeidlichen wegzulaufen.

Als keine Tränen mehr übrig waren, fuhr sie nach Hause und schlich sich leise hinein. Connor und Declan sahen sich gerade einen Film an. Sie winkte ihnen kurz zu, ging jedoch gleich weiter in ihr Zimmer. Dort angekommen, zog sie sich Leggins und ein T-Shirt über, dann rollte sie sich auf ihrem Bett zusammen und wünschte sich, jeder andere Mensch zu sein, nur nicht sie selbst.

13. Kapitel

Zwei Stunden später trieb der Hunger Sunshine in die Küche. Es gab noch Reste vom Huhn und eine Tüte Salatblätter, außerdem Avocado und geriebenen Käse. In nur wenigen Minuten hatte sie sich einen leckeren Salat daraus zubereitet. Als sie sich damit an der Kücheninsel niederließ, kam Declan herein.

»Geht's dir gut?«, fragte er und schob die Hände in die Hosentaschen. »Du wirktest ziemlich durch den Wind, als du nach Hause kamst. Ist irgendwas passiert?«

Sie widerstand dem Drang, ihren Salat beiseitezuschieben und gleich wieder loszuheulen – das wollte er ganz sicher nicht sehen. Stattdessen lächelte sie ihn so strahlend an wie möglich.

»Mir geht's super. Wie war dein Abend mit Connor? Hatte er Spaß mit seinem Freund?«

»Du musst es mir nicht erzählen, wenn du nicht willst«, sagte Declan. »Aber ich mache mir Sorgen um dich.«

So viel zu ihrem kläglichen Versuch, ihn abzulenken.

»Nichts ist passiert«, erklärte sie ihm. »Ich hatte nur ein mieses Date.«

Er setzte sich an die andere Seite der Kücheninsel. »Möchtest du darüber reden?«

»Nein. Okay, doch. Darf ich dich was fragen?« Sie legte ihre Gabel ab. »Hattest du bei deinem ersten Date mit Iris gleich Sex mit ihr?«

»Was? Nein!« Er räusperte sich. »Ähm, nein, hatte ich nicht.«

»Hast du sie darum gebeten? Oder es irgendwie von ihr erwartet?«

»Nein. Das ist also passiert? Er hat erwartet, dass du gleich Sex mit ihm hast?«

Die Tränen drohten sich wieder Bahn zu brechen, als sie nickte. »Ich verstehe das einfach nicht. Ich dachte, er wäre ein ganz normaler Kerl, und ich hätte nie gedacht, dass normale Männer nach einem einzigen Drink gleich Sex von einer Frau erwarten.«

»Einige vielleicht, aber die meisten tun das nicht. Es tut mir sehr leid, dass dir das passieren musste.«

»Mir auch.« Sie sah ihn an. »Das Verrückte ist, dass ich total zurückhaltend war – mit meiner Kleidung und mit allem, was ich gesagt habe. Ich habe ihn kein Stück angemacht. Ich will doch einfach nur jemanden finden, der an mir als Person ebenso interessiert ist wie an meinen Brüsten und an meinem Hintern.«

Declan deutete mit einer Handbewegung auf ihre Körpermitte. »Und an deinem anderen Teil da.«

Er sah so peinlich berührt und zugleich bierernst aus, dass sie trotz allem nicht anders konnte, als zu lachen. »Ist das Wort, nach dem du suchst, vielleicht *Vagina*?«

»Das ist nicht gerade das Wort, das wir Männer dabei im Kopf haben, aber ja.«

»Dann denkt ihr also nie …« Sie malte Anführungsstriche in die Luft. »Oh Mann, ich will unbedingt meinen Penis in ihre Vagina stecken?«

»Nein, wir denken da sehr viel weiter unten – mehr so aus dem Bauch heraus.« Er wurde wieder ernst. »Es tut mir leid, dass dieser Typ so ein Vollidiot war. Und es tut mir leid, dass er dich enttäuscht hat. Aber das haben Idioten nun mal so an sich. Du wirst schon noch einen normalen, netten Mann treffen, der dich als ganze Person wahrnimmt.«

»Ich bin mir nicht sicher, ob es solche Männer gibt.«

»Doch, es gibt uns.«

Sie wollte ihm nur zu gerne glauben, es fiel ihr jedoch schwer. Nein, es war ihr regelrecht unmöglich. »Ich bin es so leid, einfach nur als ein Stück Fleisch betrachtet zu werden – ich habe mehr zu bieten. Ich bin gut mit Kindern, und ich stehe sogar auf Ameisenfarmen. Das sollte doch was wert sein. In Mathe bin ich zwar kein Genie, aber schließlich bin ich noch ganz am Anfang und könnte mich durchaus verbessern.«

»Du hast einem Mann viel zu bieten, wirklich.«

Irgendetwas an seinem Ton irritierte sie. »Aber?«

»Für manche Männer könnte es schwer sein, hinter das zu blicken, was sie als Allererstes wahrnehmen.«

»Du meinst, ich sollte Norris eine zweite Chance geben?«

»Nein. Aber einem Mann, den du wirklich magst, vielleicht schon. Für den Fall, dass er im ersten Moment einfach nur zu sehr von deinem Äußeren überwältigt war.«

Dir würde ich sofort eine zweite Chance geben, dachte sie sehnsüchtig. Eine ganze Reihe von Chancen. Auch wenn das bei ihm sicher niemals nötig wäre. Ihr Bauchgefühl – sowie starke Gefühle in anderen Regionen ihres Körpers – sagten ihr, dass er nie etwas tun würde, weswegen sie sich schlecht fühlen könnte. Niemals würde er sie bitten, gleich mit ihr zu schlafen. Er würde abwarten, bis sie einander besser kannten und es beide wollten, denn …

»Ich möchte mich verlieben«, flüsterte sie und wischte sich die Tränen aus dem Gesicht. »Ich möchte jemandem die Welt bedeuten, und ich möchte, dass derjenige sie auch für mich bedeutet. Ich möchte für ihn da sein, genauso wie für unsere Kinder und unsere Haustiere. Ich will einen Job haben, der mir gefällt, Wäsche waschen und bowlen gehen und jedes Jahr einen schönen Sommerurlaub planen. Ich möchte zu Weihnachten einen Baum aufstellen und ihn mit Zuckerstangen dekorieren. Und ich will noch mehr Ameisenfarmen.«

»Du wirst all das haben – und noch viel mehr.«

»Ich weiß nicht.« Sie schniefte. »Ich glaube, ich werde in meinem Sumpf stecken bleiben, bis ich so alt bin, dass niemand mehr Sex mit mir haben will.«

»So weit wird es niemals kommen. Da bin ich mir ganz sicher.«

»Danke.« Sie wischte sich erneut das Gesicht trocken. »Du warst wirklich nett zu mir, und ich weiß deine lieben Worte sehr zu schätzen.« Es gelang ihr zu lächeln. »Ebenso wie deine Vagina-Weisheiten.«

»Es tut mir leid, Sunshine. Aber der Typ ist es nicht wert.«

»Ich weiß. Er ist mir egal – ich hatte nur so viel Hoffnung in dieses Date gesetzt.«

Sie nahm ihren Salat, ging damit auf ihr Zimmer und schloss die Tür hinter sich. Eine Sekunde lang spürte sie den Impuls, zurückzurennen und sich in Declans Arme zu werfen, ihn zu bitten, sie festzuhalten. Und wenn es nur war, weil sie eine ordentliche Umarmung gebrauchen konnte.

Er war bestimmt ein richtig guter Umarmer – einer von denen, die einen packten und nicht mehr losließen. Sie hatte gesehen, wie er Connor in die Arme schloss, dabei hatte er keine unnötige Distanz erkennen lassen.

Sie musste an die Liste von Wünschen denken, die sie Declan vor ein paar Minuten aufgezählt hatte, und fügte gedanklich noch »gute Umarmungen« hinzu. Dann stellte sie den Salat auf dem Tisch ab, rollte sich auf dem Bett zusammen und gab ihren Tränen und ihrer Traurigkeit nach. Sie fragte sich, wie viel von dem, was sie durchmachte, ihre eigene Schuld war und wie viel wohl auf den Baxter-Familienfluch zurückzuführen war. Ganze vier Generationen, die keine einzige glückliche Liebesbeziehung hervorgebracht hatten – war das nicht einfach nur zum Kotzen?

»Sie haben eine Lieferung erhalten«, sagte Edna. »Die Kisten waren zu schwer für mich, der Paketbote hat sie im Foyer stehen lassen.«

Wie immer brauchte Alec ein paar Sekunden, um aus dem Altertum, in dem er den größten Teil seines Tages verbrachte, in die Gegenwart zurückzukehren.

»Oh, die Dokumente sind also angekommen. Hervorragend. Danke, Edna, ich kümmere mich darum.«

Sie nickte und ging. Alec speicherte seine Notizen ab und warf dann einen Blick auf die Wanduhr, die in seinem Arbeitszimmer hing. Es war beinahe vier Uhr nachmittags. Er hatte Margot und seine Mutter schon seit einiger Zeit nicht mehr gehört, daher hatten sie vermutlich Schluss gemacht für heute.

Er zog sein Handy hervor und schrieb schnell eine Nachricht an Margot.

Falls du mit Bianca fertig bist und einen Moment Zeit hast: Ich habe gerade ein paar alte Dokumente geliefert bekommen und dachte, du würdest vielleicht gerne dazukommen, um zu sehen, was ich mit ihnen mache.

Kaum zwei Sekunden später kam bereits die Antwort.

Bin auf dem Weg.

Während er in sich hineinlächelte, wurde ihm bewusst, wie albern es war, jemandem eine Nachricht zu schreiben, der sich im selben Haus befand wie er. Aber so lief das eben heutzutage. Außerdem war sie nicht einfach nur eine Freundin, die ein paar Wochen zu Besuch war. Sie war die Beraterin seiner Mutter und wohnte nur aus Bequemlichkeitsgründen bei ihnen im Haus.

Er musste daran denken, wie besorgt er gewesen war, seine Mutter könnte zu sehr in seine Privatsphäre eindringen, ebenso Margot. Beide Frauen waren jedoch erstaunlich unaufdringlich. Seine Mutter war entweder mit Margot oder mit Wesley zusammen, und Margot war nicht die Sorte Mensch, die einem in die Quere kam.

Wenn er ganz ehrlich mit sich war, musste er sogar zugeben, dass er Margot gerne im Haus hatte. Er mochte ihr gemeinsames Frühstück, bei dem sie sich hauptsächlich über die Nachrichten des Tages unterhielten. Er mochte ihre Begegnungen im Haus zu ungewöhnlichen Uhrzeiten und ihre spontanen gemeinsamen Abendessen. Er sprach gerne mit ihr, lachte gerne mit ihr und sah sie gerne an.

Als er nun ihre Schritte auf dem Steinfußboden hörte, die sich seinem Büro näherten, regte sich bei ihm eine Art gespannte Erwartung, die ihn dazu veranlasste, aufzuspringen. Plötzlich kam ihm der seltsame Gedanke, dass er sie küssen sollte, wenn sie hereinkam. Und zwar nicht auf die Wange. Er wollte sie in den Arm nehmen und sie mit all der geballten Leidenschaft küssen, die sich in ihm aufgestaut hatte.

Die Vorstellung war so intensiv, dass er sich mit einem Mal nicht mehr bewegen konnte. Margot kam herein und blieb mitten in seinem Arbeitszimmer stehen.

»Ist alles in Ordnung?«, fragte sie besorgt. »Fühlst du dich nicht gut?«

»Doch, alles in Ordnung«, erwiderte er automatisch und entschied sich dann für die naheliegendste Notlüge: »Das sind nur meine Allergien.«

»Oh ja, das kann furchtbar sein. Fühlst du dich gut genug, um die alten Schriften anzusehen, oder willst du lieber noch damit warten?«

»Nein, mir geht's gut. Kein Problem.«

»Schön. Ich bin schon ganz aufgeregt! Sind sie so richtig alt oder nur ein bisschen?«

Ihr Enthusiasmus ließ ihn lächeln. »Ich weiß es nicht genau. Lass es uns doch rausfinden.«

Margot trug ein hellgraues tailliertes Kleid, das nach unten hin weiter ausgestellt war und ihr bis kurz über die Knie ging. Ihre Schuhe waren flach, ihr Haar wieder einmal zum Pferdeschwanz zusammengebunden. Sie war die verkörperte Zurückhaltung, und doch schimmerten darunter eine Anmut und eine Sinnlichkeit hervor, die für ihn eine konstante Ablenkung darstellten. Sie weckte Gefühle bei ihm – und er war ein Mann, der gerne stets alles unter Kontrolle hatte. Nicht, dass er für seine Reaktion auf sie irgendjemand anders hätte verantwortlich machen können als sich selbst. Er gehörte nicht zu den ätzenden Typen, die anderen die eigenen Gefühle zum Vorwurf machten.

Er führte Margot ins Foyer, wo drei große Kisten neben der Tür standen. Sie waren mit dem Vermerk »Vorsicht, zerbrechlich« versehen.

Aus dem Garderobenschrank holte er die faltbare Sackkarre hervor, die er für genau diesen Zweck dort aufbewahrte, dann schob und zerrte er die erstaunlich schweren Kisten darauf, um sie in sein Archiv befördern zu können.

»Ich bin sehr gespannt, was wir darin finden werden«, sagte Margot. »Das wird sicher ein Spaß.«

Er musste zweimal hin- und herlaufen, um alle Kisten aus dem Foyer zu schaffen. Eine davon war viel größer und schwerer als die anderen.

Sobald die Kisten sich im Archivraum befanden, schloss Alec beide Türen und schaltete die Luftfilteranlage ein. Margots Augen weiteten sich vor Erstaunen.

»Das klingt, als würde irgendwo ein Riesenventilator anspringen«, sagte sie grinsend. »Muss ich jetzt Angst haben, dass mich irgendwelche antiken Sporen in ein Mumienmonster verwandeln?«

»Eher nicht. Dem Gewicht und der Größe der Kisten nach zu urteilen vermute ich, dass wir es hier mit bereits fixiertem Papyrus zu tun haben. Wir müssen die Dokumente umbetten, ehe sie noch mehr Schaden nehmen.«

Der Archivraum war zu beiden Seiten mit Vitrinen gesäumt, in der Mitte stand ein riesiger Arbeitstisch. Spezielle Glühbirnen, die so hergestellt wurden, dass sie empfindlichen Papierfasern keinen Schaden zufügten, sorgten für exzellente Lichtverhältnisse. Darüber hinaus verfügte der Raum über ein Waschbecken, und es lagerte sämtliches Werkzeug und Zubehör hier, das er benötigen würde.

Mit vereinten Kräften hievten sie die größte Kiste auf den Tisch. Er fotografierte sie im Ganzen sowie das Adressetikett, danach notierte er Datum und Uhrzeit ihres Eintreffens. Als er sie öffnete, kam zunächst einmal nur schützendes Polstermaterial zum Vorschein. Doch dann hob er ein paar altertümlich aussehende Doppelglasscheiben heraus, zwischen denen alte Schriftstücke lagerten.

»Wie ich's mir gedacht habe«, sagte er. »Papyrusfragmente. Papyrus ist kein Papier, wie wir es heute verstehen. Die Blätter werden hergestellt, indem man dünne Scheiben von Pflanzenmark leicht überlappend aneinanderlegt. Danach werden sie dann mit einem Hammer bearbeitet, gepresst, getrocknet und geleimt. Ein sehr zeitintensiver Prozess, wie du dir unschwer vorstellen kannst.«

Er legte die Schutzvorrichtungen nebeneinander auf den Tisch. »Siehst du die zwei Glasscheiben, die von Stoffklebeband zusammengehalten werden?«

Sie nickte.

»Diese altmodische Methode schützt zwar einerseits den Papyrus, kann aber auch für Probleme sorgen. Er kann zum Beispiel am Glas kleben bleiben, wodurch die Tinte und das Dokument beschädigt werden.«

Er deutete auf einen gräulichen Schmierfleck am Glas. »Der wird durch Natriumchlorid hervorgerufen, also praktisch durch Salz.«

»Salz? Wie ist das denn da reingeraten?«

»Aus dem Papyrus selbst und aus der Erde, in der die Artefakte vergraben waren. Das kann verschiedene Gründe haben.«

»Was wirst du tun, um die Dokumente zu schützen?«

»Ich werde sie zwischen neue Glasscheiben packen. Um die wichtigsten kümmere ich mich selbst, die anderen schicke ich an Doktoranden weiter.«

Margot lachte. »Billige Arbeitskräfte?«

»Genau.«

Sie packten die beiden anderen Kisten aus. In der einen befanden sich noch mehr Papyri hinter Glas, doch in der kleinsten fanden sie ein paar staubige, fest verschlossene Blechdosen.

»Und was ist das?«, fragte Margot. »Die sehen alt aus.«

»Ja, wahrscheinlich so siebzig, achtzig Jahre. Manche könnten sogar aus den 1920ern stammen.« Er reichte ihre eine Dose. »Darin ist auch Papyrus – das niemand mehr zu Gesicht bekommen hat, seit es in Ägypten entdeckt und zum Schutz in diese Blechdosen gepackt wurde. Wir haben keine Ahnung, was darauf geschrieben steht und aus welcher Zeit es genau stammt.«

Sie lächelte ihn an. »Kann ich bitte, bitte dabei sein, wenn du eine davon öffnest? Ich verspreche auch, dich nicht bei der Arbeit zu stören.«

»Natürlich, gerne. Ich muss nur erst die Dokumente durchgehen, die hinter Glas liegen, dann machen wir die Dosen auf.«

»Du hast wirklich einen aufregenden Beruf.«

»Ich glaube, die meisten Leute sehen das eher nicht so.«

»Die liegen falsch.« Sie deutete auf ein Stück Papyrus. »Kannst du mir sagen, was das hier bedeutet?«

Alec ging um den Tisch herum, bis er direkt vor dem Dokument stand, und betrachtete die altertümlichen Hieroglyphen. »Siehst du das hier? Das ist der Sonnengott Ra. Er wurde von allen Göttern am meisten verehrt.«

Er erklärte ihr, weshalb, und erzählte ihr dann noch einiges mehr über den Glauben der Ägypter.

»In fast jeder Religion des Altertums gibt es die Legende einer verheerenden Flut«, schloss er. »So wie sie uns auch in den Texten vermittelt wird, die du als das Alte Testament kennst. Das alte Ägypten dagegen hatte keine solche Legende.«

»Das wusste ich nicht.« Sie berührte das staubige Glas. »Wenn du davon erzählst, klingt das alles so spannend. Ich weiß, du liebst deine Arbeit, und ich hoffe, du verstehst mich jetzt nicht falsch, aber … ich glaube, du hättest auch eine großartige Professorin abgegeben.«

»Das bezweifle ich. Ich schwafle viel, frag mal meine Mutter.«

»Das brauche ich nicht. Ich habe dich bereits *schwafeln* gehört und finde es absolut faszinierend, dir zuzuhören.«

Sie stand jetzt so nahe bei ihm, dass er ihren Geruch einatmete. Sie strömte einen Hauch von Vanille aus – eine Bodylotion vielleicht oder ihr Shampoo? Wieder einmal fragte er sich, wie sie wohl aussähe, wenn ihr das offene Haar über die Schultern fiele. Er wollte sie nackt sehen, wollte sehen, wie sie sich über ihn beugte, wenn er mit ihr …

Alec zwang sich, das Bild beiseitezuschieben. Selbstkontrolle, erinnerte er sich. Die hatte ihm stets geholfen, zu überleben. Ohne Kontrolle herrschte Chaos, und dann wurde es gefährlich.

»Danke, dass ich beim Auspacken dabei sein durfte«, sagte sie.

Die Papyrus-Artefakte, rief er sich ins Gedächtnis. Um nichts anderes ging es hier. Sie wäre entsetzt, wenn sie wüsste, woran er gerade gedacht hatte.

»Gern geschehen. Wir verabreden uns noch zum Dosenöffnen.«

»Ich kann es kaum erwarten. Werde ich Spezialhandschuhe und eine Maske tragen müssen? Bitte sag Ja, selbst wenn es nicht stimmt.«

Er lachte leise. »Handschuhe wirst du tatsächlich tragen müssen. Aber eine Maske muss nicht unbedingt sein.«

Zu seiner Überraschung griff sie nach seiner Hand und drückte sie.

»Ich hatte heute so viel Spaß wie schon lange nicht mehr.«

»Hm, dann solltest du wohl öfter mal ausgehen und dich amüsieren.«

»Sag das nicht, das hier war wundervoll.«

Sie ließ seine Hand los, und aus irgendeinem Grund fühlte er sich bemüßigt zu sagen: »Zina, meine ehemalige Verlobte, fand es mühsam, Papyri umzubetten.«

»Sie ist eine Idiotin.«

Alec senkte den Blick auf die glasbedeckten Dokumente, dann sah er wieder Margot an. »Sie hat mich betrogen. Deshalb haben wir uns getrennt. Und sie hat es mir noch nicht mal selbst gesagt. Der andere Mann, ein Doktorand, kam damit zu mir.«

Margot sah ihn bekümmert an. »Das tut mir leid, wie schrecklich. Ich weiß, bei so was sagen immer alle: Besser vor der Hochzeit als hinterher, aber trotzdem – dass sie zu so etwas fähig war.« Sie verzog den Mund. »Du bist in deinem Leben oft verraten worden. Ich wünschte, ich hätte irgendwas Brillantes zu sagen, um es dir leichter zu machen, doch damit kann ich leider nicht dienen.«

»Danke. Ich habe mich natürlich sofort von ihr getrennt. Kurz danach starb mein Großonkel und vererbte mir das Haus.«

Er hätte ihr so gerne noch mehr erzählt. Ihr gesagt, dass es nicht wehtat. Dass es lange genug her war, sodass er darauf zurückblickte und sich fragte, wie er jemals hatte glauben können, die Beziehung mit ihr würde gut gehen. Dass er nicht mehr vielen Menschen traute, aber sie, Margot, es womöglich schaffen könnte, die Mauern zu überwinden, die er so gut bewachte. Es war nur schon so lange her, dass er jemandem so etwas Persönliches erzählt hatte, dass er nicht wusste, wie er anfangen sollte.

»Ich bin froh, dass sie nie hier gelebt hat«, sagte Margot.

»Ich auch.«

»Zu dumm, dass keiner von uns weiß, wie man eine Voodoo-Puppe für sie herstellt. Die könnten wir sonst stellvertretend mit einer richtig spitzen Nadel bearbeiten.«

Er zog die Augenbrauen hoch. »Du bist ja ein regelrechter Racheengel. Das hätte ich gar nicht von dir erwartet.«

»Ich hab so meine fiesen Momente. Aber genug von Exfreundinnen geredet. Ich habe Hühnchenreste im Kühlschrank entdeckt und eine Packung knusprige Tacos in der Vorratskammer. Ich würde sagen, du machst uns einen großen Krug Margaritas und ich die Tacos. Dabei darfst du mich gerne mit deinem Wissen über das alte Ägypten bezirzen, und ich werde dir lauschen und deine Brillanz bewundern. Wie klingt das?«

»Als würde ich den besseren Deal abbekommen.«

»Nicht wirklich, aber ich freue mich, dass du so denkst. Komm, es ist Tequilazeit.«

Er folgte ihr aus dem Archivraum und schloss sorgsam die Tür hinter ihnen ab, damit keine Putzkräfte hineingehen und etwas durcheinanderbringen konnten.

Margot ist eine ganz besondere Frau, dachte er. Sie ist nicht nur schön und intelligent, sondern auch von einer seltenen Liebenswürdigkeit und Güte. Wie gerne würde er mit ihr …

Ja, was? Jede Menge. Sex haben natürlich – aber auch andere Dinge. Geistige Nähe herstellen vielleicht. Wenn er ihr Einlass in seine Welt gewährte, bestünde allerdings die Gefahr, dass sie sie durcheinanderbrachte. Das würde sie sogar ganz sicher tun. Und Chaos war bedrohlich. Sosehr er daran glauben wollte, dass er keinerlei Anteile seiner Mutter in sich trug, wusste er doch, dass in irgendeiner Ecke bestimmt eins ihrer Gene lauerte und nur darauf wartete, seinen sorgsam konstruierten Alltag zu zerstören. Und das würde er nicht zulassen.

Aber allzu große Sorgen, dass so etwas in allernächster Zeit passieren würde, musste er sich wohl nicht machen. Sosehr Margot ihn auch anzog – er hatte keine Ahnung, wie sie über ihn dachte. Bei seinem Glück mit Frauen war er sicher nur ein alter, brabbelnder Onkel für sie und ungefähr so sexy wie ein Lampenschirm.

Er gab besser weiter den brillanten Professor. Alles andere war mit einem zu großen Risiko verbunden.

Wie die meisten Männer mochte Declan keine Probleme, die er nicht lösen konnte. Herausfinden, wie man einen reißenden Fluss überquerte? Kein Ding. Eine Flotte marodierender Wikinger besiegen? Ein Leichtes. Aber Sunshines schöne Augen wieder zum Leuchten bringen und dafür sorgen, dass sie die Schultern nicht mehr so hängen ließ? Wie er das anstellen sollte, hatte er keine Ahnung, und das gefiel ihm überhaupt nicht.

Er versuchte sich einzureden, dass das nicht sein Problem war. Dass sie einfach über das miese Verhalten dieses Norris hinwegkommen und nach vorne schauen musste. Doch diese Gedanken führten nicht dazu, dass er sich besser fühlte. Und da er rein gar nichts in der Sache unternehmen konnte, stand er nun mit all der angestauten Wut da und wusste nicht, wohin damit.

Am Samstagmorgen erschien es ihm schließlich als die beste Lösung, seinen Frust in den Garten zu tragen. Dort wuchs eine Hecke, die er schon eine ganze Weile loswerden wollte. Er fuhr mit dem Auto zu der Garage, in der seine Firma die Landschaftsbaugerätschaften stehen hatte, und kam mit einem großen Pritschenlaster und sämtlichem Werkzeug zurück, das er benötigen würde.

Um neun Uhr arbeitete er bereits schwer. Um zehn war die halbe Hecke verschwunden und er komplett durchgeschwitzt, was ihn nicht weiter juckte – nur bekam er Sunshine trotzdem nicht aus dem Kopf. Und das war ihm ganz und gar nicht egal.

Was war das nur mit ihr? Wieso musste er, nachdem er über ein Jahr lang überhaupt keine Frau gewollt hatte, nun ausgerechnet sie so verzweifelt begehren, dass er sich energiegeladen und gelähmt zugleich fühlte. War es das, wovon Iris gesprochen hatte, als sie versuchte, ihm ihre Affäre zu erklären?

Er erinnerte sich noch gut an den Schock, den er erlitten hatte, als sie ihm verkündete, es gebe da einen anderen Mann. Er war völlig ahnungslos gewesen – hatte immer gedacht, sie seien glücklich miteinander. Sicher, sie hatten in einer schwierigen Phase gesteckt, da sie beide sehr beschäftigt waren und Connor sämtliche Aufmerksamkeit, die übrig blieb, für sich beanspruchte. Aber passierte das nicht jedem Paar irgendwann einmal? Keine Beziehung war allzeit perfekt.

Nur hatte sie das anders gesehen. Sie war so ruhig, als sie ihm eröffnete, dass sie sich mit einem anderen Mann traf. Sie sagte, sie sei sich nicht sicher, ob es sich um Liebe handele, doch die

Leidenschaft zwischen ihnen sei anders als alles, was sie je erlebt habe.

Er war so unfassbar wütend damals, konnte nicht fassen, dass sie etwas so Großes wie eine Ehe für die flüchtigen Freuden der Leidenschaft einfach wegwarf. Sie erzählte ihm, dass sie sich nach dem anderen Mann verzehrte, und er reagierte mit Verachtung darauf und kämpfte gleichzeitig gegen eine Wut an, die er sich nicht ganz erklären konnte.

Später, als sie noch einmal versuchten, darüber zu reden, verlangte er zu wissen, ob sie ihn verlassen würde. Zu seiner Überraschung erwiderte sie, sie wisse nicht, ob sie ihre Ehe aufgeben wolle. In dem Moment wäre er am liebsten seinem Impuls gefolgt, sie rauszuschmeißen. Aus irgendwelchen Gründen, die er sich nach wie vor nicht erklären konnte, tat er es nicht. Wahrscheinlich wollte er Connor dieses Trauma nicht antun – und zum Teil lag es wohl auch daran, dass er sich nicht mit dem Problem auseinandersetzen wollte. Nicht, wenn am Ende vielleicht doch noch alles gut würde.

So hatten sie ihre getrennten Leben beinahe einen Monat lang weitergelebt. Dann war sie zu ihm gekommen und hatte ihm verkündet, dass es aus war, dass sie und ihr leidenschaftlicher Liebhaber nicht mehr zusammen waren. Und dass sie hoffte, sie könnten ihre Ehe wieder kitten und gestärkt aus dieser Erfahrung hervorgehen.

Er war immer noch wütend gewesen und hatte erwidert, dass er ein wenig Zeit brauchte, um sich über alles klar zu werden, was sie in Ordnung fand. Was er damals nicht gewusst hatte, war, dass sie ihre Krebsdiagnose zu dem Zeitpunkt bereits kannte und ihrem Liebhaber von der Krankheit erzählt hatte, worauf der sie verließ. Damit sie nicht alleine blieb, hatte sie beschlossen, zu ihm zurückzukehren. Ihm war zunächst nicht bekannt gewesen, dass Iris sich für den anderen Mann entschieden hatte und erst, als es mit dem nicht klappte, befand, dass der Zweitbeste auch gut genug war.

Declan fuhr fort, Schneisen in die Hecke zu schlagen, Wurzeln auszureißen und sie auf den anwachsenden Geästhaufen zu werfen.

Mit keinem Wort hatte sie ihm zu dem Zeitpunkt verraten, dass sie krank war. Er bemerkte zwar, dass sie an Gewicht verlor, nahm jedoch an, es läge daran, dass sie den anderen Mann so sehr vermisste. Zum Teil traf das vielleicht auch zu, doch im Nachhinein war er sich ziemlich sicher, dass hauptsächlich der Krebs dahintersteckte.

So waren weitere Monate vergangen. Nach und nach hatte seine Wut nachgelassen, bis er wieder sehen konnte, was sie aneinander hatten, und ihm klar wurde, dass er das nicht aufgeben wollte. Er hatte erkannt, dass es ihnen nicht gut zusammen ging und sie sich – um daran etwas zu ändern und ihre Ehe zu stärken – beide verändern mussten. Und so hatte er sich bereit erklärt, ihnen eine zweite Chance zu geben. Woraufhin sie ihm verkündete, sie sei todkrank.

Vom Kopf her verstand er sogar, weshalb sie damit gewartet hatte, es ihm zu erzählen. Sie hatte nicht von ihm zurückgenommen werden wollen, nur weil sie krank war. Doch sein Herz, seine Seele und sein Bauch schrien, dass das Zurückhalten dieser schrecklichen Wahrheit den größten Betrug darstellte. Einen sehr viel größeren als die Tatsache, dass sie mit einem anderen Mann geschlafen hatte. Sobald ihr klar gewesen war, dass sie nicht überleben würde, hätte sie ihm die Wahrheit sagen müssen. Doch das hatte sie nicht.

Declan erreichte das Ende der Hecke und schaute zurück, um das Ausmaß der Zerstörung zu betrachten. Die Erde war an der freigelegten Stelle dunkel und satt und bildete einen schönen Kontrast zum grünen Gras. Er wusste schon, was er hier anpflanzen wollte. Das würden Connor und er am nächsten Wochenende anpacken – genauso wie sie alles andere gemeinsam angepackt hatten, seit Iris gestorben war. Sein Sohn hatte monatelang seine gesamte Aufmerksamkeit beansprucht. Doch langsam war er bereit, sich einzugestehen, dass auch sein eigenes Leben irgendwann mal weitergehen musste.

In diesem Moment schwang die Hintertür des Hauses auf, und Sunshine trat nach draußen, einen großen Plastikbecher in jeder Hand. Es war um die zweiundzwanzig Grad warm und sonnig. Sie trug Shorts und darüber ein T-Shirt. Beides war nicht eng geschnitten oder irgendwie aufreizend – und trotzdem konnte er an nichts anderes denken als daran, wie sehr er sie begehrte. Somit wollte er nicht nur eine Frau, die er nicht haben konnte, sondern dazu noch eine, die darunter litt, zu sehr begehrt zu werden. Das Leben war verdammt ironisch.

Als sie bei ihm ankam, lächelte sie. »Du warst ja heute Morgen schon richtig fleißig.«

»Ich hab das viel zu lange aufgeschoben. Die Hecke hat alles überwuchert.«

Sie reichte ihm einen Becher. »Das ist Wasser, denn du bist sicher ganz dehydriert. Hast du dich eingecremt?«

»Ja, hab ich.«

Er nahm den Becher entgegen und kippte den Inhalt hinunter. Daraufhin reichte sie ihm den zweiten.

»Himbeerlimonade. Die haben Connor und ich zusammen gemacht, im Vitamix. Den habe ich vorher noch nie benutzt – ein fantastisches Gerät! Ich glaube, ich bin verliebt.«

»Das ist jetzt echt schräg, selbst für deine Verhältnisse.«

»Ich weiß.« Sie nahm ihm den leeren Becher ab. »Connor hat übrigens eine Spielverabredung mit Elijah. Ich weiß, was du gesagt hast, aber ich finde immer noch, du solltest mal seine Mom kennenlernen. Ich bin mir sicher, du und Phoebe würdet euch gut verstehen.«

Er wollte keine andere Frau – er wollte Sunshine. Doch selbst wenn er die Tatsache ignorierte, dass sie keine Kurzzeitbeziehungen wollte und er nicht mehr wusste, was Liebe war, war sie immer noch das Kindermädchen seines Sohnes und daher streng verbotenes Terrain.

Er hatte über ein Jahr lang keinen Sex gehabt. Vermutlich war es an der Zeit für ihn, sich wieder in die Welt hinauszuwagen. Und ganz ehrlich, was konnte schon Schlimmes passieren?

Er holte tief Luft und zuckte mit den Schultern. »Warum nicht. Ich kann sie ja mal treffen.«

Sunshine schenkte ihm ein Lächeln, das ihn beinahe umhaute.

»Juchhu, ich freue mich so! Ich gehe gleich mal was mit ihr ausmachen.«

Sie rannte zurück ins Haus. Ihr aufrichtiger Enthusiasmus machte deutlich, dass sie kein Stück eifersüchtig oder gar besorgt war. So viel zu seiner Hoffnung, dass auch sie ihn heimlich begehrte. Ja, das Leben war voller Ironie – und dazu ein kleines bisschen gemein.

14. Kapitel

Margot stieg vom Fahrrad und brach beinahe auf dem Boden zusammen. Die Spinning-Stunde war jedes Mal eine Herausforderung für sie, doch heute Nachmittag hatte die Trainerin offenbar Blut sehen wollen.

Auf dem Weg zur Umkleide kam sie an einem Mann vorbei, der sich in einen Mülleimer erbrach, und spürte, wie sich auch ihr Magen zusammenzog. Wasser, versprach sie sich. Sie würde die Flasche austrinken, die sie mitgebracht hatte, und eine weitere, sobald sie in ihrer Wohnung wäre. Danach würde sie dort ein wenig nach dem Rechten sehen, sich duschen und umziehen, mit ihrer Schwester zu Mittag essen, dann ein paar Klamotten einpacken und schließlich zurück zum Kloster fahren. Sie wusste, dass Bianca mit Wesley ausgegangen war, vielleicht würde daher Alec den Nachmittag mit ihr verbringen wollen.

Sie zog sich Straßenschuhe an und holte ihren Stoffbeutel aus dem Spind. Noch immer lächelnd bei dem Gedanken, Zeit mit Alec zu verbringen, machte sie sich auf den Weg zu ihrem Wagen. Sie schloss gerade die Fahrertür auf, als ihr Handy klingelte.

Sie warf einen Blick auf das Display und meldete sich: »Hallo Kiska! Lange nichts gehört. Wie geht's dir?«

»Gut. Viel zu tun. Dax ist dauernd auf Reisen, und meine Schüler treiben mich in den Wahnsinn. Außerdem überlegen wir, uns einen Welpen zuzulegen, aber ich weiß nicht so richtig. Wir arbeiten ja beide den ganzen Tag.«

Kiska war als Grundschullehrerin in der Nähe von San Francisco tätig, und ihr Mann war Vertriebsleiter. Margot kannte sie seit dem College.

»Ein Welpe kann ziemlich anstrengend sein, habe ich gehört. Anscheinend pinkeln und scheißen die überallhin.«

»Hab ich auch gehört. Vielleicht wäre eine Katze doch besser.«

»Ja, vielleicht.« Margot startete den Wagen und wartete darauf, dass ihr Handy sich per Bluetooth mit dem Audiosystem verband. Sobald der Anruf auf die Freisprechanlage umgeschaltet war, steckte sie ihr Handy in die Handtasche. »Kommt ihr beide bald mal nach L. A.? Ich würde euch so gern mal wieder sehen.«

»Ich würde dich auch sehr gerne sehen, bisher ist allerdings nichts geplant. Magst du nicht mal ein Wochenende zu mir hochkommen? Vielleicht irgendwann, wenn Dax nicht da ist, dann können wir uns ein Mädelswochenende machen.«

»Ja, das wäre schön. Lass uns was ausmachen, wenn ich mit meinem aktuellen Auftrag durch bin. Zurzeit wohne ich bei meinen Klienten, daher kann ich im Moment nicht so gut weg.«

»Das klingt gut. Ähm, übrigens hat sich Dietrich letztens bei mir gemeldet.«

Margot hatte gerade nach ihrer Wasserflasche gegriffen. Jetzt steckte sie sie zurück in die Halterung und umklammerte das Lenkrad. Sie stand noch immer auf dem Parkplatz, musste sich also nicht aufs Fahren konzentrieren.

»Oh nein, Kiska, bitte nicht.«

»Er vermisst dich. Das hat er mir gesagt.«

»Er sagt immer, dass er mich vermisst, und dann taucht er plötzlich auf und zerstört mein Leben. Ich bin durch mit ihm, es ist vorbei. Bitte gib ihm keine Kontaktdaten von mir, ich möchte nicht mit ihm sprechen.«

»Aber er hat sich geändert.«

»Nein, hat er nicht.«

»Er ist reifer geworden. Er hat jetzt seine eigene Produktionsfirma und ist richtig erfolgreich damit. Ihr zwei wart doch so süß zusammen.«

»Waren wir überhaupt nicht. Er ist nicht gut für mich. Oder vielleicht bin ich nicht gut für mich, wenn ich mit ihm zusammen bin. Wie auch immer – ich meine es ernst, Kiska, gib ihm meine Nummer nicht. Ich bin durch mit ihm und lebe jetzt ein anderes Leben.«

»Wenn du dir da so sicher bist.«

»Das bin ich. Hundertprozentig.«

»Okay, ich werde ihm nichts sagen. Aber ich glaube ja, dass er noch eine Chance verdient hat.«

»Er hat schon ungefähr sechzehn Chancen vergeben. Das reicht jetzt langsam.«

»Na schön, ich muss los. Sag mir Bescheid, wenn du ein freies Wochenende hast, dann machen wir was ab, okay?«

»Perfekt, bis bald.«

Sie legten auf, und Margot atmete ein paar Mal tief durch.

Dietrich – was für ein Albtraum. Er war nun wirklich das Letzte, was sie in ihrem Leben gebrauchen konnte. Und wenn sie es sich recht überlegte, hatte sie auch kaum mehr an ihn gedacht. Sie lachte laut auf. War es endlich so weit? War sie endgültig über ihn hinweg? Es war wie ein Wunder!

»Dir ist schon klar, dass ich gerade fünfhundert Kalorien beim Spinning ausgeschwitzt habe, oder?«, grummelte Margot, während sie nach einem Tortilla-Chip griff.

»Umso mehr ein Grund, sich mit mexikanischem Essen vollzustopfen.« Sunshine grinste. »Außerdem war ich dran mit der Restaurantauswahl, also sei still und iss.«

Margot beäugte die Guacamole, als überlegte sie, ob sie es wirklich wert war. Sunshine wartete ab – sie wusste genau, was passieren würde. Ihre Schwester würde zögern, ein wenig rumstöhnen und dann zuschlagen. »Ich habe großen Respekt vor deinen Bemühungen«, sagte sie.

Margot seufzte, ehe sie den Chip in die Guacamole tauchte. »Immer gebe ich nach. Aber eines Tages werde ich die Macht haben.«

»Nicht über Avocados, Süße. Außerdem soll deren Fett gesund sein.«

Margot lachte. »Du bist ja gut drauf.«

»Bin ich nicht. Eigentlich geht's mir überhaupt nicht gut, ich bin nur verdammt gut darin, so zu tun. Sogar dich habe ich überzeugt.«

Margot starrte sie an. »Du meinst es ernst, was? Mist, wieso habe ich das nicht bemerkt? Tut mir leid! Erzähl mir, was passiert ist.«

»Nichts ist passiert.« Sunshine stellte erfreut fest, dass ihre sonst so erbärmlichen schauspielerischen Fähigkeiten sich verbessert zu haben schienen. Da ihr Leben sich derzeit von Tiefpunkt zu Tiefpunkt hangelte – mal abgesehen von ihrer beruflichen Situation –, war es gut, zu wissen, dass sie durchaus so tun konnte, als wäre alles in Ordnung, auch wenn dem nicht so war.

»Nichts von Bedeutung«, sagte sie. »Ich hatte ein Date mit einem Typen, von dem ich dachte, er wäre nett – aber wie sich rausgestellt hat, ist er ein Vollidiot. Außerdem steige ich in meinem Mathekurs immer noch nicht durch. Bald habe ich allerdings meine erste Assi-Stunde, das wird vielleicht helfen.«

»Erzähl mir von dem Typen.«

»Auf keinen Fall, der ist wirklich kein Gespräch wert. Und Mathe kriege ich auch noch hin.« Dessen war sie sich sicher. Und wenn sie den Kurs fünfzehn Mal machen musste, irgendwann würde sie es schon kapieren. »Ich liebe meinen Job«, sagte sie mit fester Stimme. »Connor ist supersüß und Declan …« Sie zögerte, unsicher, was sie über ihren attraktiven Boss erzählen sollte. »Declan und ich sind dabei, uns anzufreunden. Ich respektiere und bewundere ihn.«

Was politisch eindeutig korrekter war, als zu sagen, dass sie sich ab und zu wünschte, sie hätten sich unter anderen Umständen kennengelernt.

»Er wirkte sehr nett«, sagte Margot. »Ich habe während des Essens nicht viel mit ihm sprechen können, aber mein Eindruck von ihm war absolut positiv. Könntest du dir vorstellen, mal mit ihm auszugehen?«

Sunshine warf ihrer Schwester einen bösen Blick zu. »Ist das dein Ernst? Ich arbeite für ihn. Als sein Kindermädchen. Das wäre total geschmacklos und würde außerdem gegen meinen persönlichen Verhaltenskodex verstoßen. Was, wenn das schiefginge? Dann würde ich ihn genauso verlieren wie Connor und meinen Job. Ich würde wieder mit leeren Händen dastehen und müsste noch mal ganz von vorne anfangen. Das wäre eine Katastrophe.«

Statt gekränkt dreinzublicken, lächelte Margot. »Aha. Du hast allerdings mit keinem Wort erwähnt, dass du nicht interessiert wärst.«

Sunshine spürte, wie sie rot wurde. »Außerdem bin ich nicht an ihm interessiert.«

»Zu spät.«

Sunshine hatte keine Ahnung, was sie dazu sagen sollte. Sie war tatsächlich nicht auf diese Art an Declan interessiert. Sie durfte einfach nicht, das konnte nur ins Verderben führen.

»Ich beweise dir gerne meine Liebe, indem ich das Thema wechsle«, sagte Margot fröhlich. »Rate mal, wer gerade versucht, mich zu finden.«

»Oh nein! Was hat dieser Mann nur für ein Problem? Das tut mir total leid. Was willst du nun machen?«

»Er hat Kiska kontaktiert. Sie findet, ich sollte ihm noch eine Chance geben.«

»Hast du ihr gesagt, dass er schon zwanzig hatte?«

»So ungefähr, aber jetzt kommt der gute Teil.« Margot beugte sich zu ihr herüber. »Es ist mir egal, dass er mich sehen will. Und es ist mir egal, dass ich nichts von ihm gehört habe. Ich bin nicht erleichtert, ich bin nicht wütend, ich habe keine Angst. Ich empfinde gar nichts.«

»Wow, du bist über ihn hinweg.«

»So was von!«

Margot erhob ihr Eisteeglas, Sunshine tat es ihr gleich. Sie stießen miteinander an und lächelten sich zu.

»Die Baxter-Schwestern haben's einfach drauf«, sagte sie entschieden.

»Du sagst es, Schwester.«

Alec war immer wieder verblüfft darüber, wie sehr das Leben der Menschen vor sechstausend Jahren dem der heutigen ähnelte. Egal zu welcher Zeit, Familien sorgten sich stets um ihre Kinder und um die Zukunft. Es drohten Kriege, geliebte Menschen wurden durch Krankheit und Verletzungen unerwartet aus dem Leben gerissen, und die Jahreszeiten, in die das menschliche Dasein unterteilt war, glichen denen der Natur.

Er arbeitete gerade an einem Text, dessen Übersetzung strittig war. Ihm lagen eine Kopie des Originaltextes sowie zwei unterschiedliche Übersetzungsversionen vor. Doch statt diese miteinander zu vergleichen, übersetzte er den Text erst mal selbst. Später würde er dann alle drei Versionen nebeneinanderlegen und entscheiden, welche die beste war.

Das Werk, ein Gedicht aus dem Jahr 2232 vor Christus, war schlicht, aber gefühlsbetont. Ein alter Mann erzählte darin von seinem Leben und erinnerte sich dabei sowohl an seine Irrtümer als auch an seine Erfolge. Er war Krieger gewesen, bis eine Verletzung ihn dazu zwang, ein ruhigeres Leben zu führen, und er Bauer wurde. Aufgrund seiner Kampferfahrung war sein Blick auf Feldfrüchte anders als der von Menschen, die »selbst auf dem Feld gewachsen« waren, wie er es in seinem Gedicht formulierte. Er hatte als Erster in seinem Dorf das praktiziert, was man heute als Fruchtwechsel bezeichnen würde. Außerdem war er sehr erfinderisch gewesen, wenn es darum ging, Vögel, Kaninchen und andere Lebewesen fernzuhalten, die zu viel von der Ernte wegfraßen und kaum eine Gegenleistung erbrachten.

Das Leben war damals einfacher gewesen, doch so sehr unterschied es sich nicht von unserem heutigen. Jungen träumten nach wie vor davon, starke Männer zu werden und heldenhafte

Taten zu vollbringen. Sie strebten noch immer danach, das Herz der holden Maid zu erobern, auch wenn man das inzwischen anders ausdrückte.

Alec notierte sich einige Anmerkungen am Rand seiner Übersetzung, dann lehnte er sich auf seinem Stuhl zurück und reckte sich. Nach Abschluss seiner Analyse würde er das Gedicht in ein Computerprogramm eingeben, das ihm eine etwas prosaischere Übersetzung und somit eine vierte Variante liefern würde. Dem Programm entgingen zwar oft die Nuancen eines antiken Textes, doch fand es manchmal interessante Entsprechungen für Wörter, die ihm als Ausgangspunkt für weitere Studien dienen konnten.

Er hatte gerade wieder den Stift in die Hand genommen, als Bianca in sein Arbeitszimmer gerauscht kam, in den Händen eine große Vase voller Blumen.

»Hallo, mein Schatz«, sagte sie und lächelte ihn an. »Weißt du noch, wie du mir als kleiner Junge immer Blumen gepflückt hast? Aus irgendeinem Grund musste ich heute daran denken. Du erinnerst dich doch an die alte Frau, die bei uns nebenan wohnte, Mrs. Pearce? Du liefst in ihren Garten, und dann rief sie mich an und kreischte, du hättest ihre Blumen geklaut. Du musst gerade mal fünf oder sechs gewesen sein. Jedenfalls wurde sie jedes Mal unglaublich wütend.«

Bianca stellte die Vase auf das Buffet, ließ sich auf einen der Stühle vor seinem Schreibtisch fallen und lächelte ihn verschwörerisch an.

»Ich habe dann zu dir gesagt, dass sie es ganz toll findet, wenn du Blumen pflückst, und dass du ihr zum Dank auch ein paar bringen solltest.«

»Ich erinnere mich an nichts davon.« Er hatte allerdings keinen Zweifel, dass es sich genauso zugetragen hatte. Es sah seiner Mutter durchaus ähnlich, ihn an den Ort des Verbrechens zurückzuschicken und es ihn gleich noch einmal begehen zu lassen.

»Der alte Drachen war hocherfreut«, sagte sie lachend. »Deine liebe Geste hat die Dame zutiefst berührt. Danach sind wir sie nicht mehr losgeworden. Ich bekam schon Angst, dass sie sich nachts bei uns reinschleichen und dich mitnehmen würde, um dich ganz für sich alleine zu haben.«

»Ich bezweifle, dass wirklich Grund zur Sorge bestand.«

»Da irrst du dich aber. Du warst so ein entzückender kleiner Junge.«

Sie so reden zu hören war ihm unangenehm. Er warf einen Blick auf die Vase. »Die sind sehr schön, vielen Dank.«

»Ich habe darauf geachtet, keine giftigen zu pflücken. Zumindest bin ich mir ziemlich sicher, gut aufgepasst zu haben.« Sie betrachtete ihre Hände, dann hielt sie sie hoch und zeigte ihm beide Seiten. »Guck, kein Ausschlag.«

»Declan hat tatsächlich Sinn für Humor, was die Auswahl von Pflanzen betrifft.« Keine von ihnen war wirklich tödlich, doch hatten sie durchaus ein paar Exemplare im Garten, die man mit Vorsicht genießen sollte.

Er wandte die Aufmerksamkeit wieder seiner Mutter zu. Sie saß ganz entspannt auf ihrem Stuhl und machte keinerlei Anstalten zu gehen. Daher fügte er sich ins Unvermeidliche. »Wie gefallen dir deine Unterrichtsstunden?«

»Viel besser als am Anfang. Margot und ich verstehen uns jetzt richtig gut. Demnächst nimmt sie mich zu einem Schönheitswettbewerb mit, ich war noch nie bei einem. Natürlich habe ich welche im Fernsehen gesehen, aber das hier wird anders. Die Kandidatinnen sind jünger, erst vierzehn oder fünfzehn, glaube ich.«

»Und was ist der Sinn dieser Übung?«

Bianca winkte ab. »Irgendwas, ich habe nicht richtig zugehört. Sie wird es mir schon noch erklären, wenn wir hinfahren, da ist sie sehr gründlich. Außerdem sind wir auf der Suche nach einem Event, bei dem ich meine soziale Kompetenz unter Beweis stellen kann. Sie will mich dazu überreden, eine Wohltätigkeitsveranstaltung zu besuchen, aber ich finde ja, es sollte etwas Spannungsgeladeneres sein.«

Alec verspürte einen Anflug von Kopfschmerzen. »Etwas Spannungsgeladeneres?«

»Ja, so was wie eine politische Spendenveranstaltung. Da benehmen sich die Leute sicher weniger gut, das fände ich interessanter. Außerdem arbeitet Wesley für die Regierung eines Landes, nicht für einen gemeinnützigen Verein.«

Da hatte sie nicht ganz unrecht – was stets besorgniserregend war.

»Wie geht es Wesley?«, fragte er in der Hoffnung, das Thema wechseln zu können.

»Wunderbar. Er ist der Mann meiner Träume, wir schweben im siebten Himmel. Und was hältst du von Margot?«

Wie immer bei seiner Mutter brauchte er einen Moment, um ihren Gedankensprüngen zu folgen. »Oh nein«, sagte er entschieden, als ihm die Bedeutung ihrer Worte klar wurde. »Auf keinen Fall.«

Biancas Lächeln wirkte selbstzufrieden. »Sie ist sehr schön – auf so eine leise Art, von der ich mir vorstellen könnte, dass sie dir gefällt. Außerdem ist sie intelligent und vernünftig. Ich glaube, ihr zwei würdet gut zusammenpassen.«

»Nein und nochmals nein. Misch dich nicht in mein Privatleben ein.«

»Du hast gar kein Privatleben, das ist genau der Punkt. Margot ist entzückend. Und soweit ich weiß, gibt es keinen Mann in ihrem Leben. Ich weiß, das würde gegen deine eiserne Regel verstoßen, was Sex in deinem eigenen Haus betrifft, aber mein Schatz, bitte – du brauchst eine Frau. Und hier hast du eine, direkt vor deiner Nase.« Sie lächelte. »Sozusagen.«

»Stopp jetzt. Lass es einfach sein.«

»Ich bin mir sicher, dass sie Ja sagen würde. Nach dem, was ich so von deinen Exfreundinnen gehört habe, bist du sehr aufmerksam im Bett und kennst dich mit dem weiblichen Orgasmus recht gut aus. An der Stelle musst du dir wohl keine Sorgen machen.«

Er war noch nicht mal schockiert. Das war wahrscheinlich das Schlimmste daran – die Tatsache, dass sie ihn nicht mehr erschüttern konnte. Dies hier war seine Mutter, wie sie leibte und lebte. »Darüber werde ich nicht mir dir reden«, sagte er entschieden.

Sie stand auf und zwinkerte ihm zu. »Das ist schon okay, solange du es nur mit irgendjemandem tust. Ich sag ja nur, dass sie sich lediglich ein Stockwerk höher befindet. Geh das Risiko einfach ein und schau, was passiert.«

Er deutete wortlos auf die Tür. Bianca ging lachend hinaus und ließ ihn allein. Nur dass es mit der Behaglichkeit und der Ruhe, die ihm dieser Zustand sonst verschaffte, vorbei war. Alles, woran er jetzt noch denken konnte, war Margot und das nicht unwahrscheinliche Szenario, dass seine Mutter mit ihr bereits ein ähnliches Gespräch geführt hatte.

Sunshine kam eine Viertelstunde zu früh zu ihrer Assi-Stunde. Sie fand in einem kleinen Kursraum statt, in dem nur ungefähr fünfzehn kreisförmig angeordnete Pulte standen. Sie wählte eins nahe an der Tür und nahm ihr riesiges Arbeitsbuch sowie ihre Hausaufgaben aus der Tasche.

Sie befanden sich gerade in Kapitel drei, in dem es um Graphen und Funktionen ging, und es lief nicht besonders gut. Sie verstand, wie man eine Gleichung in eine reguläre lineare Gleichung umschrieb, aber der Teil mit den Graphen wollte ihr noch nicht einleuchten. Die Professorin hatte schon einmal unangekündigt die Hausaufgaben eingesammelt, und ihre waren in Ordnung gewesen, doch beim ersten Test hatte sie nur eine Drei minus bekommen, was etwas entmutigend war. Zwei Tage lang hatte sie gepaukt, und dabei kam nichts Besseres heraus?

Der Raum füllte sich langsam. Um kurz nach zwei war jedoch immer noch kein Assistent in Sicht. Erst um zehn nach kam ein ungepflegt aussehender Mittzwanziger hereingeschlurft.

»Was geht?«, fragte er, ließ sich auf den letzten freien Stuhl fallen und gähnte. »Okay, ich bin Ron. Ich bin Student im Masterstudiengang und mache dieses Förderding hier nur fürs Geld. Ihr habt eine halbe Stunde, Leute, lasst uns also nicht meine Zeit verschwenden. Stellt eure Fragen, und dann schauen wir mal, ob wir ein bisschen Mathe in euch reingefördert kriegen.«

Die anderen Studenten wirkten schockiert. Sunshine war sich sicher, dass sie nicht weniger fassungslos aussah. Ron gähnte erneut.

»Tick, tock«, sagte er. »Hallo? Irgendwelche Fragen? Bueller? Bueller?« Er lachte. »Ihr wisst schon, das ist aus ›Ferris macht blau‹. Nein? Na schön, dann nicht.« Plötzlich entdeckte er Sunshine. »Hey! Wer bist denn du?«

»Eine deiner Mathe-Förderstudentinnen«, blaffte sie. »Wir sind hier, damit uns jemand hilft.«

»Dir helfe ich gerne jederzeit, Schönheit. Willst du meine Nummer haben?«

Sunshine spürte, wie sie rot wurde. Sie wandte sich ab und überlegte, einfach zu gehen.

»Ich habe eine Frage«, sagte eine Studentin. »Ich verstehe nicht genau, wie Graphen funktionieren.«

»Natürlich tust du das nicht.« Ron stand auf und ging zur Tafel. »Lies mir eine Aufgabe vor.«

Als die Studentin nichts sagte, wandte sich Ron ihr zu und deutete auf ihr Arbeitsbuch. »Schlag das entsprechende Kapitel auf und lies mir eine Aufgabe vor. Kommt schon, Leute, so schwer ist das doch alles nicht. Na los.«

Die Studentin sah erschrocken aus. »Ähm, $y=2x+6$.«

Ron rechnete die Aufgabe vor und erklärte dabei die einzelnen Schritte, sodass Sunshine folgen konnte. Ehe sie sicher war, dass sie das auch alleine schaffen würde, war er jedoch schon zur nächsten Frage übergegangen.

Er wiederholte diesen Prozess mit weiteren Fragen, bis die halbe Stunde um war. In ihrem Kopf drehte sich alles. Ja, theoretisch konnte sie nachvollziehen, was er da tat. Aber sie hatte keine Gelegenheit gehabt, es selbst zu üben und festzustellen, ob sie das Konzept wirklich verstand. Alle anderen sahen ebenso desorientiert aus, wie sie sich fühlte. Waren die Assi-Kurse nicht dafür da, es ihnen leichter zu machen?

»So, das war's«, sagte Ron und legte den Weißwandtafelmarker ab. »War das ein Spaß. Nächste Woche bin ich wieder am Start.«

Er kam zu ihr herüber und wartete, bis sie ihren Rucksack fertig gepackt hatte und aufstand.

»Hey du, ich bin Ron.«

»Das hörte ich.«

»Willst du einen Kaffee mit mir trinken gehen? Ich hätte jetzt Zeit. Du bist eine gut aussehende Frau, weißt du das? Zwar schon ein bisschen älter, aber dafür sicher erfahrener.« Er zwinkerte ihr zu. »Sagt man doch zumindest.«

Sie warf sich den Rucksack über die Schulter und ließ den Blick über sein zotteliges Haar, den struppigen Bart, den Fleck auf seinem ausgeblichenen T-Shirt und seine dreckige Jeans schweifen.

Innerlich war sie vollkommen niedergeschmettert. Sie hatte keine Ahnung, ob sie fähig war, das »Förderding«, wie er seinen Kurs genannt hatte, durchzustehen, doch das würde sie ihn auf keinen Fall merken lassen. Der Selbsterhaltungstrieb des Menschen war ein starker Motor, und irgendwer musste Ron einen Tritt in die Eier verpassen.

»Mit dir?« Sie lächelte und ließ das Lächeln immer breiter werden, bis sie richtig lachte. »Um Gottes willen.«

Mit diesen Worten wandte sie sich um und verließ den Raum. Sie hörte ein paar Leute kichern, was ihr ein gutes Gefühl hätte geben sollen, doch das tat es nicht.

Eine der jungen Frauen aus der Stunde holte sie ein. »Du solltest das melden«, sagte sie zu Sunshine. »Das ist sexuelle Belästigung und illegal.«

»Danke, ich denk drüber nach.«

»Was für ein Arschloch, uns so von oben herab zu behandeln. Dabei ist er dafür da, uns zu helfen. Na ja, scheiß auf ihn.«

Sunshine schenkte ihr ein gepresstes Lächeln. »Bis zur nächsten Mathestunde.«

Die andere Studentin nickte. »Bis dann.«

Auf dem Weg zu ihrem Auto sagte sich Sunshine, dass sie schon noch durchsteigen würde. Ganz offensichtlich nicht mit Rons Hilfe, aber irgendwie würde sie es schaffen. Das College mochte neu für sie sein, doch sie war kein Volltrottel. Und wenn andere Leute solche Kurse durchstanden, dann konnte sie das auch. Das musste sie einfach. Denn sie war fest entschlossen, mehr aus sich zu machen, und unter keinen Umständen würde sie aufgeben, ehe sie überhaupt richtig angefangen hatte.

»Ich bin sehr gespannt auf den Nachmittag«, sagte Bianca, als sie auf den Highschool-Parkplatz einbogen. »Ich war noch nie bei einem Schönheitswettbewerb hinter der Bühne.«

»Ich hoffe, es wird Ihnen gefallen. Wir werden uns erst mal eine Weile ins Publikum setzen und uns die Vorrunde und das Interview anschauen, später gehen wir nach hinten.«

»Ich könnte mir gut vorstellen, hier Jurorin zu sein.«

»Lassen Sie uns doch erst mal sehen, wie es so läuft, dann können wir darüber reden.«

»Das klingt aber sehr unverbindlich.«

Margot lächelte. »Na ja, es gehört wesentlich mehr zum Jurorenjob, als die meisten Leute denken. Jeder Schönheitswettbewerb hat andere Regeln und Kriterien. Und die Gewinnerin ist sehr viel mehr als nur das hübscheste Mädchen. Sie muss gewissermaßen über sich hinauswachsen können, und das ist oft schwer zu definieren.«

»Sie wollen sagen, dass ich nicht die nötige Aufmerksamkeitsspanne habe?«

»Ich sage nur, dass wir noch mal darüber reden werden, nachdem Sie eine Weile zugeschaut haben.«

Bianca hakte sich bei ihr unter. »Was für eine Top-Diplomatin Sie doch sind. Ich sollte Wesley fragen, ob es in seinen Kreisen einen gut aussehenden Newcomer gibt und Sie mit ihm bekannt machen.«

»Vielen Dank, aber nein.«

»Weil Sie schon an jemand anders interessiert sind?«

Biancas Tonfall war neckend, doch aus ihren Augen sprach eine ernst gemeinte Frage.

Margot dachte sogleich an Alec, schob den Gedanken jedoch schnell beiseite. »Lassen Sie mich Ihnen erklären, wie das Ganze hier ablaufen wird.«

Bianca seufzte. »Ernsthaft? Mit mehr können Sie nicht aufwarten, um mich vom Thema abzulenken?«

»Nein.«

»Na schön. Also, wie wird das Ganze ablaufen?«

Biancas Kooperationsbereitschaft war überraschend, andererseits hatte sie sich schon die letzten Tage so gezeigt. Als sie ihr Outfit für den Ausflug besprochen hatten, hatte sie sich einverstanden erklärt, ein hübsches, aber konservatives Kleid zu tragen und nur wenig mehr Make-up aufzulegen.

Sie selbst hatte sich für ein oberhalb der Taille eng geschnittenes und unten herum ausgestelltes Kleid mit Blumenmuster entschieden. Sie hatte ihr Haar zu einer schicken Drehfrisur hochgesteckt, sich in eine Feinstrumpfhose gekämpft und trug dazu die blassrosa Pumps, die ihr die Zehen leicht zusammendrückten. Als Handtasche hatte sie eine kleine Clutch im selben Roséton ausgewählt, der den Hintergrund für das Blumenmuster ihres Kleides bildete, und als Ohrringe schlichte Perlenstecker. Außerdem hatte sie sich die Zeit für eine Maniküre genommen.

Wenn man in ein fremdes Land reist – oder dorthin zurückkehrt –, ist es wichtig, sich den Einheimischen anzupassen, dachte sie, als sie auf die Aula zugingen.

»Dies ist eine Pre-Junior-Misswahl«, sagte sie zu Bianca. »Man muss hier nicht gewonnen haben, um auf der Junior-Miss-Ebene anzutreten, aber es hilft. Früher, als ich jung war, wurde sie Junior-Misswahl genannt. Inzwischen heißt der Wettbewerb ›Herausragende junge Frauen‹. Alleine dort anzutreten, kann einem Mädchen einen Vorsprung verschaffen. Es ist eine gute Erfahrung, und wenn man schön aufpasst, kann man viel lernen.«

»Meinen Sie, ich kann viel dabei lernen oder die Mädchen?«

»Beides.«

Sie betraten die Aula. Margot führte sie zu Sitzen im hinteren Seitenbereich, wo sie filmenden Familienangehörigen und allen anderen, die einfach nur zum Zuschauen gekommen waren, nicht im Weg saßen. Sie wollte eine gute Sicht auf die Bühne haben, aber auch reden können, ohne jemanden zu stören.

»Ich verstehe immer noch nicht, was der Sinn des Ganzen ist«, sagte Bianca, als sie Platz nahmen.

»Sie sind hier, um ein Gefühl dafür zu bekommen, was bei solchen Veranstaltungen passiert. Beobachten Sie die Mädchen und ihre Körpersprache. Welches von ihnen möchte wirklich hier sein und welches nicht? Welches lebt seinen eigenen Traum, und welches wird dazu gezwungen, weil Mom selbst nie bei einem Wettbewerb antreten durfte, als sie klein war?«

»Und woran soll ich das erkennen?«

Margot lächelte sie an. »Sie sind eine sehr gute Beobachterin, Sie werden sicher lange vor mir den Durchblick haben. Aber ich erkläre Ihnen, worum es mir geht. Wenn Sie nervös werden, verkrampfen Sie sich und suchen nach einer Ablenkung. Irgendwann wird das Bedürfnis, der Situation eine neue Wendung zu geben, in Ihnen übergroß, was manchmal …«

»… in einer Katastrophe mündet?«

»Ich meinte eher, dass Sie manchmal die Kontrolle über die Situation verlieren. Meine Hoffnung ist, dass Sie beim Anblick dieser Mädchen fühlen, was sie fühlen, und beobachten können, wie sie damit klarkommen – oder auch nicht. Es wird Tränen, Wutanfälle und Ausraster geben. Zeuge zu sein, wie eine bestimmte Situation sich im Leben eines anderen Menschen abspielt, kann uns manchmal zu mehr Klarheit über uns selbst verhelfen.«

Margot zuckte mit den Schultern. »Es ist nur ein Versuch, Bianca. Vielleicht ist das hier auch totale Zeitverschwendung.«

»Ich bin sehr gespannt.«

In diesem Moment betrat eine Frau die Bühne. »Bitte begrüßen Sie Kristen Kenneth an der Geige.«

Ein kleines Mädchen folgte ihr. Es sah nervös aus, und Margot spürte, wie sich auch bei ihr jeder Muskel anspannte. Sie erinnerte sich noch gut daran, wie sehr sie es gehasst hatte, auf der Bühne zu stehen. Dann rief sie sich ins Gedächtnis, dass es bei dieser Übung nicht um sie selbst ging, und lehnte sich bewusst auf ihrem Stuhl zurück. Als das Mädchen seinen Bogen anhob und der erste Ton die Aula erfüllte, konnte sie sich endgültig entspannen. Die Kandidatin war eine herausragende Musikerin.

Die Töne erhoben sich in die Lüfte und tanzten voller Anmut darin. Die Augen des Mädchens schlossen sich, während es sich ganz der Schönheit des Musikstücks hingab. Margot beugte sich zu Bianca hinüber.

»Und, was meinen Sie?«

»Die Kleine hat Talent und liebt ihre Musik. Aber ich bin mir nicht sicher, ob sie an einem Schönheitswettbewerb teilnehmen möchte.« Bianca kniff die Augen zusammen. »Sie ist nicht annähernd hübsch genug. Ihr Aussehen könnte mit dem Älterwerden gewinnen, doch ich bezweifle es – sie hat keine natürliche Eleganz. Ich glaube, irgendwer aus ihrer Familie zwingt sie hierzu. Dabei sollte man sie lieber in Ruhe lassen und ihr helfen, eine musikalische Laufbahn einzuschlagen.«

Margot starrte sie verblüfft an. »Wow, das war gut! Sie verstehen ganz genau, worum es geht.«

Es traten noch ein paar Mädchen im Talentwettbewerb an. Eine Kandidatin führte einen Stepptanz auf, wobei ihr Enthusiasmus sich als sehr viel größer erwies als ihr Talent. Als sie ausrutschte und ihr Hintern Bekanntschaft mit den Bühnenbrettern machte, brach sie in Tränen aus und lief davon.

»Eine Versagerin«, murmelte Bianca.

Margot zuckte zusammen. »Das ist aber ein bisschen hart ausgedrückt.«

»Sie ist dicklich und wird ganz sicher niemals eine Schönheit werden. In meiner Branche nennt man so was ein Radiogesicht.«

»Sie sollten einen Gang zurückschalten.«

»Ich sage Ihnen nur, was ich denke.«

»Schön. Aber versuchen Sie, dabei weniger gemein zu sein.«

»Meinetwegen.«

Sie sahen sich weitere Mädchen an, dann gab es eine Pause. Margot stand auf. »Lassen Sie uns hinter die Bühne gehen.« Sie verengte die Augen zu Schlitzen. »Unter der Bedingung, dass Sie nur nette Dinge über die Mädchen sagen.«

»Das war doch nur ein einziger Kommentar. Und Sie wissen genau, dass ich recht habe.«

»Ehrlich gesagt, nein. Ich habe durchschnittlich aussehende Mädchen zu echten Schönheiten heranwachsen sehen und hübsche Mädchen gekannt, die überhaupt keinen Erfolg bei Wettbewerben hatten. Meine Urgroßmutter wusste es immer sofort. Sie musste eine Siebenjährige nur einmal ansehen und konnte einem sofort sagen, wie sie später aussehen würde. Das war eine echte Begabung.«

Sie gingen durch den Mittelgang auf die Bühne zu.

»Warum machen die Mädchen das dann?«, fragte Bianca. »Weshalb gehen sie solch ein Risiko ein, wenn sie keine Ahnung haben, ob sie das Zeug zur Schönheitskönigin haben?«

»Aus den verschiedensten Gründen. Wie gesagt tun es in diesem Alter einige nur für ihre Mütter. Aber andere haben auch selbst Spaß daran, mit Klamotten und Make-up zu spielen. Außerdem lernt man dabei Leute kennen und kann sich einiges aneignen. Wer zum Beispiel später mal im Journalismus arbeiten will, kann hier lernen, vor vielen Leuten zu sprechen und in beinahe jeder Situation gelassen zu bleiben. Auf den höheren Ebenen kann der Gewinn eines Stipendiums einem dazu verhelfen, die Hochschule seiner Träume zu besuchen statt eine staatliche Universität. Und wer auf Landesebene gewinnt, bekommt Chancen eröffnet, von denen die meisten Leute noch nicht mal zu träumen wagen.«

Bianca starrte sie überrascht an. »Sie glauben ja selbst an all das.«

»Ich habe gesehen, was Mädchen durch Schönheitswettbewerbe erreichen können. Nämlich sehr viel mehr als eine eigene Fernsehshow auf irgendeinem Kabelkanal.« Margot ging um die Bühne herum und öffnete die Tür, die zu den Umkleiden führte. »Allerdings gibt es eben auch Mädchen, die nur hier sind, weil sie es müssen, und nicht, weil sie es wollen. Da steht dann viel auf dem Spiel. Die Emotionen kochen hoch, und es spielen sich regelrechte Dramen ab.«

Sie zeigte dem Sicherheitsbediensteten ihren Backstageausweis und öffnete eine zweite Tür, die hinter die Bühne führte. Sogleich schallte ihnen eine Geräuschkulisse entgegen, die überwiegend aus kampfwürdigem Geschrei und Gekreische bestand. Überall liefen Mädchen herum, lachten, weinten, tanzten und tippten Nachrichten in ihre Handys. Familienangehörige – hauptsächlich Mütter, aber auch Großeltern und hier und da ein Vater – taten ihr Bestes, ihre Mädchen in Schach zu halten. Ein paar von ihnen sahen zweimal hin, als sie Bianca erblickten, als wären sie sich nicht sicher, ob sie sie kannten oder nicht. Das hatte Margot schon befürchtet. Sie zog Bianca beiseite.

»Wir sind hier, um Beobachtungen anzustellen«, flüsterte sie ihr ins Ohr. »Schauen Sie einfach nur zu. Sie werden erkennen, welche Mädchen freudig erregt sind und welche ihre Mom dafür hassen. Sinn und Zweck der Übung ist, zu sehen, wie ihre instinktive Reaktion ist, und dann darüber nachzudenken, was Sie tun könnten, um die Situation zu entschärfen, wenn Sie sich selbst in ihr befänden. Was würden Sie sagen? Wohin würden Sie sich zurückziehen, um kurz durchzuatmen? Ich hoffe, Sie können sich von den Gefühlen der Kandidatinnen mitreißen lassen und trotzdem über ihnen stehen.«

»Was empfinden Sie denn dabei?«, fragte Bianca.

Margot ließ den Blick über die Mädchen in Lockenwicklern und über die Mascara auftragenden Mütter schweifen und dachte an den Druck, den sie empfunden hatte, so zu sein, wie ihre Urgroßmutter sie sich wünschte.

»Dass es sehr hart sein kann und ich es nie geschafft hätte.«

»Aber Sie haben es versucht.«

»Wieder und wieder.«

Bianca nickte, dann wandte sie sich erneut den Mädchen zu.

»Was machst du denn da?«, rief eine Mutter und packte ihre Tochter am Arm. »Süßigkeiten essen! Du bist doch schon so fett, dass du kaum in dein Kleid passt. Weißt du eigentlich, wie viel uns das hier kostet? Ich musste mir extra bei der Arbeit freinehmen, um mit dir herkommen zu können, und du stopfst Süßigkeiten in dich rein?«

»Ich hab halt Hunger.«

»Das ist mir ganz egal, meinetwegen kannst du vor Hunger krepieren. Fette Mädchen gewinnen nicht.«

Margot kämpfte gegen aufsteigende Wut an. In diesem Moment wollte sie nichts lieber, als zu dieser Frau hinüberzugehen und ihr zu befehlen, augenblicklich damit aufzuhören, ihre Tochter zu schikanieren. Bianca streckte einen Arm aus, um sie zurückzuhalten.

»Tief durchatmen«, sagte sie leise.

»Diesen Teil hier habe ich immer am meisten gehasst.«

»Wer würde das nicht? Wir müssen einfach darauf vertrauen, dass ihr Karma sie bestraft.«

»Oder das Jugendamt rufen«, grummelte Margot.

Es gab auch Mädchen, die sich auf den Wettbewerb freuten. Mädchen, die lachten und ihre Mom fröhlich umarmten.

»Da ist die Leiterin des Wettbewerbs«, sagte Margot. »Ich gehe ihr mal Hallo sagen und ihr dafür danken, dass wir uns das alles hier anschauen dürfen. Möchten Sie mitkommen?«

»Nein, danke. Ich laufe lieber ein bisschen herum. Suchen Sie mich einfach, wenn Sie fertig sind.«

Margot fragte sich, ob das so ein guter Plan war, befand dann aber, dass Bianca an einem derartigen Ort schon nicht in Schwierigkeiten geraten würde. Das hoffte sie jedenfalls.

Sie bahnte sich einen Weg zwischen den Kandidatinnen hindurch und gelangte schließlich zu Paula Turner.

»Margot! Wie schön, dich zu sehen.« Paula, eine gut aussehende Frau Anfang vierzig, umarmte sie. »Du siehst umwerfend aus, wie immer.«

Margot lächelte. »Genau wie du. Wie ich sehe, benutzt man heute Tablets und keine Klemmbretter mehr.«

»Die Moderne ist nicht aufzuhalten. Hast du Freude an unseren zukünftigen Königinnen?«

»Ja, habe ich. Ihr habt viele talentierte Mädchen hier.«

Ein spitzer Schrei durchbrach die Geräuschkulisse. Paula zuckte zusammen.

»Und die üblichen Dramen. Kann ich dich immer noch nicht dazu überreden, als Jurorin anzutreten?«

»Im Moment nicht. Das wäre mehr Verantwortung, als ich derzeit übernehmen wollte.«

»Ich wusste, dass du das sagen würdest. Aber falls du deine Meinung änderst, weißt du ja, wo du mich findest.«

Margot entschuldigte sich und ging Bianca suchen. Sie sah gerade noch, wie sie durch eine Seitentür hinausrannte.

»Was zum Teufel …?«

Margot eilte ihr nach und holte sie schließlich am Auto ein. Tränen rannen ihrer Klientin über das Gesicht, während sie verzweifelt an der abgeschlossenen Autotür rüttelte.

»Wir müssen hier weg, jetzt sofort! Wie konnten Sie nur? Wissen Sie eigentlich, was die hier mit den Mädchen machen?«

»Bianca, was ist los? Was ist passiert?«

Bianca wandte sich von ihr ab. »Lassen Sie mich in Ruhe. Das war eine schreckliche Idee. Ich will einfach nur nach Hause, jetzt sofort!«

Das letzte Wort entwich ihrem Mund in Form eines Schreis. Margot zuckte zurück, dann schloss sie eilig das Auto auf. Die Fahrt zum Kloster verlief schweigsam, mal abgesehen von Biancas verzweifeltem Schluchzen.

Als sie endlich angekommen waren, wandte sich Margot ihr zu. »Es tut mir leid. Ich weiß nicht, was schiefgelaufen ist.«

Sie erwartete beinahe, erneut von Bianca angeschrien zu werden, doch stattdessen atmete sie tief durch und schüttelte den Kopf.

»Das können Sie auch nicht wissen, niemand kann das. Es ist nur … Ich kann da nie wieder hin. Versprechen Sie mir, dass wir da nicht noch mal hinfahren.«

»Ich verspreche es. Aber bitte sagen Sie mir doch, was passiert ist. Ich würde Ihnen so gerne helfen.«

»Das können Sie nicht.« Tränen rannen über Biancas Wangen. »Niemand kann das. Aber das ist nicht Ihre Schuld, es ist meine. Es steckt einfach in mir drin.«

Mit diesen Worten stieg sie aus dem Wagen und lief zum Haus. Margot starrte ihr nach. Sie hatte keine Ahnung, was passiert war und was Biancas Worte zu bedeuten hatten. *Sie können das nicht wissen, niemand kann das.* Was sollte das heißen? Dass es ihr Geheimnis war? Oder dass niemand verstehen konnte, was sie durchgemacht hatte?

Irgendein Erlebnis aus Biancas Vergangenheit war getriggert worden. Irgendetwas Furchtbares und Angsteinflößendes, das Narben in ihrem Herzen und auf ihrer Seele hinterlassen hatte. Worum auch immer es sich handelte, es übte eine starke Macht über Bianca aus und begleitete sie schon sehr, sehr lange.

15. Kapitel

Declan konnte sich nicht erinnern, wann er das letzte Mal so nervös gewesen war. Es war der Situation überhaupt nicht angemessen, und dennoch saß er nun mit verschwitzten Handflächen und dem übermächtigen Wunsch hier, davonzulaufen. Auch wenn er nicht wusste, wohin. Andererseits würde Weglaufen nichts bringen.

Seine Reaktion – oder vielmehr Überreaktion – ergab keinerlei Sinn. Irgendeine Frau brachte ihr Kind zu einer Spielverabredung vorbei. Nichts, was einem Angst einjagen sollte. Nur war sie nicht einfach irgendeine Frau, sondern Elijahs Mutter, und aus Gründen, die ihm nicht mehr ganz klar waren, hatte sie sich zu einer möglichen Kandidatin entwickelt, mit der er ausgehen und eventuell irgendwann Sex haben könnte.

Er erinnerte sich nicht an alle Etappen, die von einem Bedürfnis ohne Lösung in Sicht zu einer leibhaftigen Frau auf seiner Türschwelle geführt hatten. Aber nun war es tatsächlich so weit, und er konnte nicht behaupten, keinerlei Befürchtungen dahin gehend zu hegen, dass alles ganz furchtbar schieflaufen würde.

Wenigstens war heute Sunshines freier Tag. Er war sich nicht sicher, ob er ihr Gekicher im Hintergrund ertragen hätte. Obwohl, nein, gekichert hätte sie bestimmt nicht, aber bis zu einem gewissen Grad hätte sie garantiert seine Gedanken lesen können und … Verdammt, er brauchte einen Drink.

Da es noch nicht mal mittags war, schob er diesen Wunsch gleich wieder beiseite. Er wollte sich gerade in sein Arbeitszimmer zurückziehen, um sich ein wenig abzulenken, als Connor in die Küche gerannt kam.

»Sie sind hier! Elijah ist hier! Ich will ihm meine Ameisenfarm zeigen, ehe wir Bälle schlagen gehen, okay, Dad? Wir haben doch noch ein bisschen Zeit dafür, oder?«

Declan lächelte seinen Sohn an. »Lasst euch so viel Zeit mit der Ameisenfarm, wie ihr wollt.«

»Danke, Dad.«

Sein Plan war, die Jungs auf den Sportplatz mitzunehmen – wo sie sich etwa eine Stunde lang austoben und Baseball üben würden –, danach etwas zu Mittag zu essen und dann mit ihnen in den botanischen Garten zu fahren, wo sie den Rest des Nachmittags verbringen würden. Beide Jungs sollten am Ende des Tages müde und bereit für einen ruhigen Abend sein – das war jedenfalls seine Definition einer erfolgreichen Spielverabredung.

Connor rannte zur Haustür, um sie hereinzulassen. Declan folgte ihm etwas langsamer, jedoch eher aus Unsicherheit als vor Widerwillen.

Elijah kannte er bereits. Der Junge, er war etwa so groß wie Connor und ebenso dünn, hatte rote Haare und Sommersprossen. Seine Mutter war eine hübsche Rothaarige mit Kurzhaarfrisur und einem großzügigen Lächeln. Sie trug Jeans und T-Shirt und über dem Arm einen Kinderrucksack.

Er versuchte festzustellen, ob er sich zu ihr hingezogen fühlte, fand es aber zugleich seltsam, sich diese Frage überhaupt stellen zu müssen.

»Hallo«, sagte sie und streckte ihm die Hand hin. »Ich bin Phoebe Salvia, du musst Declan sein. Schön, dich kennenzulernen.«

»Ebenso.«

Connor winkte Elijah zu sich. »Komm dir die Ameisen angucken. Die finden es total super in ihrem neuen Zuhause und laufen die ganze Zeit nur rum.«

Die Jungen rannten über den Flur davon.

Phoebe schüttelte den Kopf. »Woher kommt nur diese Energie? Ich für meinen Teil würde am liebsten zurück ins Bett kriechen und ein paar Stunden lesen.« Sie reichte ihm den Rucksack. »Hier ist sein Baseballhelm drin und außerdem ein frisches T-Shirt – man weiß ja nie.«

»Gut mitgedacht. Ansonsten ist ja alles mit Sunshine abgesprochen. Ich bringe ihn zwischen drei und vier wieder nach Hause.«

»Das ist perfekt. Ich habe eine ellenlange Liste an Erledigungen für heute.« Sie schenkte ihm ein schelmisches Lächeln. »Wir können uns ja nicht alle ein Kindermädchen leisten.«

Declan war klar, dass sie nur scherzte, fühlte sich aber dennoch etwas unwohl bei dem Thema. »Ja, wir haben ein Riesenglück, Sunshine bei uns zu haben.«

»Allerdings. Vielleicht sollte ich meinem Boss statt einer Gehaltserhöhung mal ein Kindermädchen aus dem Kreuz leiern.«

»Wo arbeitest du denn?«

»Ich bin Führungskraft bei einer großen Versicherungsgesellschaft.«

»Ah, das ist …«

»Jetzt sag nicht ›interessant‹.« Sie lachte. »Das ist es nämlich überhaupt nicht. Ich bin für drei Callcenter und hundert Vertreter verantwortlich, das ist schon eine gewisse Herausforderung. Aber jedes Mal, wenn ich ›Versicherung‹ sage, schalten die Leute sofort ab.«

»Ich nicht.«

»Das freut mich zu hören.« Sie warf einen Blick in den Flur. »Bitte bestärke Elijah nicht darin, dass er jetzt auch eine Ameisenfarm braucht. Um nichts in der Welt würde ich noch Geld dafür ausgeben, mir Ameisen ins Haus zu holen.« Sie erschauderte.

»Ich werde jegliche Unterhaltung über Ameisenfarmen im Keim ersticken.«

»Danke. Na schön, ich sollte wohl mal los.«

Sie zögerte eine Sekunde, ehe sie die Tür öffnete, so als würde sie auf etwas warten.

Während ihres Gesprächs hatte Declan ganz vergessen, nervös zu sein, doch sobald er sie innehalten sah, fühlte er sich plötzlich wie ein Fünfzehnjähriger, der sich noch nicht mal auf einer Beerdigung eine Erektion verkneifen konnte.

»Viel Erfolg bei den Erledigungen«, sagte er. »Ich hab ja deine Nummer, falls irgendwas sein sollte.«

»Ja, die hast du.« Ihr Tonfall klang ostentativ.

Verdammt.

Da er nicht wusste, was er sonst tun sollte, langte er um sie herum und hielt ihr die Tür auf. »Bis heute Nachmittag.«

»Viel Spaß mit den Jungs.«

Sie winkte ihm noch einmal zu und verließ das Haus. Er schloss die Tür hinter ihr, dann schüttelte er den Kopf. Er war ein hoffnungsloser Fall. Jedenfalls wurde er das dumpfe Gefühl nicht los, dass ihm irgendetwas entgangen war.

Eigentlich will ich mit alldem gar nichts zu tun haben, dachte er auf dem Weg in Connors Zimmer. Er wollte nicht mühsam herausfinden müssen, ob er eine Frau mochte oder sie ihn. Er wollte, dass alles ganz leicht war, so wie mit Sunshine. In ihrer Gegenwart fühlte er sich immer wohl – nun ja, mal abgesehen von den Momenten, in denen er sie so unglaublich begehrte. Natürlich konnte er ihr nicht zum Vorwurf machen, wie heiß sie war. Aber es war mehr als das. Er unterhielt sich wahnsinnig gerne mit ihr, sie lachten über dieselben Dinge, und es ging ihnen nie der Gesprächsstoff aus. Wäre sie nicht Connors Kindermädchen, er würde sie auf der Stelle bitten, mit ihm auszugehen.

Doch sie war nun mal sein Kindermädchen, und er wollte nicht kaputt machen, was sie aneinander hatten. Was ihm die Umgangsformen eines Holzklotzes bescherte – und die Erkenntnis, dass er dringend mal wieder flachgelegt werden wollte.

Alec sah Bianca draußen im Garten sitzen. Daran war nichts Ungewöhnliches – es war ein warmer, sonniger Nachmittag. Was seine Aufmerksamkeit erregte, war die Tatsache, dass seine Mutter rauchte. Er hatte sie vorher noch nie rauchen sehen und ging daher hinaus, um den Grund dafür herauszufinden.

Sie sah auf, als er sich dem Steintisch näherte, an dem sie saß, sagte jedoch nichts. Vor ihr lag eine Packung Zigaretten, daneben stand ein Aschenbecher.

»Du rauchst.« Er versuchte, nicht vorwurfsvoll zu klingen, war sich aber nicht sicher, ob ihm das gelang. »Das hast du doch noch nie.«

»Ach, Alec, mit den Dingen, die du nicht über mich weißt, ließen sich ganze Bücher füllen.«

Sie klang traurig und resigniert – so gar nicht wie die Mutter, die er kannte. In ihrem Gesicht zeichneten sich Falten ab, sodass ihr Aussehen ihrem tatsächlichen Alter sehr viel näher kam, als er es je erlebt hatte. Er setzte sich neben sie.

»Was ist los?«

»Margot wollte hinschmeißen.«

Sein Magen verkrampfte sich. Er konnte sich nur mit Mühe davon abhalten, sofort ins Haus zu laufen und sie anzuflehen, dazubleiben.

»Was ist passiert?«

Bianca inhalierte tief, dann blies sie elegant den Rauch aus. Ihre Gesten wirkten routiniert. Wann hatte sie angefangen zu rauchen, und weshalb wusste er nichts davon?

»Nichts ist passiert«, sagte seine Mutter. »Es ist vollkommen lächerlich. Sie hat mich heute Morgen zu einem Schönheitswettbewerb mitgenommen. Ich sollte die Mädchen beobachten und herausfinden, welche wirklich dort sein wollten und welche nicht. Sie wollte mir zeigen, wie es aussieht, wenn sich jemand unwohl und fehl am Platz fühlt, damit ich mich mit meinen eigenen Gefühlen auseinandersetzen kann. Aber ich weiß nicht – vielleicht ging es auch um etwas ganz anderes.«

»Was ist passiert?«

Seine Mutter schenkte ihm ein freudloses Lächeln. »Das fragst du jetzt schon zum zweiten Mal. Nichts ist *passiert*. Niemand hat irgendetwas zu mir gesagt oder mich überhaupt nur wahrgenommen.«

»Wieso will Margot dann hinschmeißen, und wieso sitzt du hier draußen und rauchst?«

»Sie glaubt, sie tut mir nicht gut. Sie glaubt, dass sie versagt hat. Ich habe ihr versichert, dass es nicht um sie geht. Würden sie und Wesley heiraten, gäbe es keinerlei Problem. Sie würde in jeglicher Situation genau wissen, was zu tun ist. Sie wäre die perfekte Ehefrau, und er müsste sich niemals Sorgen um seine Karriere machen.«

Alec kam ihm vor, als würde er in einem tiefen See ertrinken. Er spürte, wie er immer mehr unterging, und hatte keine Ahnung, wie er wieder an die Oberfläche gelangen sollte – oder worüber sie da überhaupt sprachen.

»Margot und Wesley sind doch gar nicht interessiert aneinander. Wie kommst du auf so was?«

Diesmal war ihr Lächeln aufrichtig. »Ja, mein Schatz, das weiß ich. Ich wollte nur etwas Bestimmtes deutlich machen.« Ihr Lächeln verschwand. »Ist nicht so wichtig, jedenfalls nicht wirklich. Ich will das hier durchziehen. Ich möchte mein Problem überwinden, darüber hinwegkommen – oder was auch immer der richtige Ausdruck dafür ist.«

»Und was ist das Problem?«

Sie sah ihn lange an. »Ich bin keine echte Raucherin. Ich rauche nur manchmal, wenn ich mich nicht gut fühle, weil mich das runterkommen lässt. Pro Jahr komme ich höchstens auf ein Päckchen. Da brauchst du dir also keine Sorgen zu machen.«

»Vielleicht solltest du stattdessen einfach eine Valiumtablette nehmen.«

Sie stand auf und tätschelte ihm die Schulter. »Ist das nicht genauso eine Droge?«

»Ja, aber eine weniger gesundheitsschädliche.«

»Ich hab dich sehr lieb und Wesley auch. Du brauchst dir wirklich keine Sorgen zu machen, es wird alles gut.« Sie wandte sich um und ging ins Haus.

Alec wusste, dass ihre Worte ihn hätten beruhigen sollen, doch das Gegenteil war der Fall. Er folgte ihr hinein und ging in den ersten Stock, wo er Margot in der Gästelounge fand. Sie hatte sich in einer Sofaecke zusammengerollt. Ihr Gesicht war blass, und sie sah mitgenommen aus. Als sie ihn erblickte, errötete sie leicht und wandte sich ab.

Er setzte sich ihr gegenüber auf einen Sessel. »Ich habe gerade mit meiner Mutter gesprochen.«

»Ich sollte weg von hier.«

»Wieso? Was ist passiert?«

»Ich habe keine Ahnung. Wir sind zum Schönheitswettbewerb gefahren, und erst war alles gut. Wir haben über die Gründe gesprochen, weshalb jemand bei so etwas mitmacht, über Stipendien und darüber, dass das alles mit harter Arbeit verbunden ist. Dann wollte sie ein wenig alleine herumlaufen, während ich mich mit einer Bekannten unterhalten habe. Keine zehn Minuten später war sie vollkommen aufgelöst – sie hat so sehr geweint, dass sie kaum sprechen konnte. Sie wollte, dass wir sofort gehen, und schrie mich an, dass ich sie niemals dorthin hätte mitnehmen dürfen.«

Endlich sah sie ihn an.

»Ich weiß nicht, was da bei ihr hochkam und wodurch es getriggert wurde. Irgendetwas hat ihr ganz offensichtlich Angst eingejagt, aber was? Sie hat mir nur gesagt, dass ich das unmöglich verstehen könne und es nichts mit mir zu tun habe.«

Sie verschränkte die Arme vor der Brust. »Erst die Dinnerparty und jetzt das. Ich leiste hier keine gute Arbeit. Schließlich bin ich da, um ihr zu helfen, und nicht, um alles noch schlimmer zu machen.«

»Aber woher hättest du wissen sollen, dass irgendetwas an diesem Schönheitswettbewerb sie so fertigmachen würde?«

»Hat ihre Mutter sie zu solchen Wettbewerben geschickt, als sie klein war? Hatte sie mal ein schlimmes Erlebnis bei einer Talentshow oder so etwas?«

»Nicht dass ich wüsste.«

»Solange ich nicht weiß, was das Problem ist, kann ich ihr auch nicht helfen«, sagte Margot. »Vielleicht wäre jemand anders da besser geeignet.«

»Sie will nicht, dass du gehst. Wenn sie das wollte, hätte sie keine Hemmung, dir das mitzuteilen, das kannst du mir glauben.«

»Das hat sie auch gesagt. Es ist nur …« Margot holte tief Luft. »Vermutlich sollte ich dir jetzt sagen, dass ich gut bin in meinem Job und es schlicht hasse, zu versagen. Aber was ich wirklich denke, ist, dass ich deine Mutter sehr mag und mir einfach nur wünsche, ich würde ihr nicht immer wieder wehtun.«

»Du hast ihr nicht wehgetan.«

Sie verzog den Mund. »Aber ich habe sie in Situationen gebracht, die ihr wehgetan haben. Dazwischen liegt nur ein schmaler Grat, glaub mir. Ich werde meinen Unterrichtsplan umstellen – mal wieder. Normalerweise kommt das nicht so oft vor.«

»Normalerweise hast du es auch nicht mit solchen Klientinnen wie meiner Mutter zu tun.«

Ihr gelang ein zitteriges Lächeln. »Du hattest mich ja gewarnt.«

Er sah sie an. »Ich glaube, dass du ihr sehr hilfst. Sie weiß schon wesentlich besser über Cardigania Bescheid, und sie will unbedingt an einer politischen Spendenveranstaltung teilnehmen.«

Er hätte gerne noch mehr gesagt – zum Beispiel, dass er sie, Margot, brauchte, nur stimmte das doch nicht. Ja, er mochte sie, aber sie *brauchen*? Das war vollkommen unsinnig.

»Mein Chef findet auch, ich sollte bleiben«, gab Margot zu. »Er meint, dass es gut für mich wäre, durchzuhalten, dass meine Unterrichtspläne solide seien und Biancas Rückmeldungen an die Zentrale durchweg positiv.«

»Siehst du. Da hast du den Beweis, dass du alles richtig machst.«

»Bis auf die Sache heute. Und die mit der Suppe.«

Sie setzte sich auf und stellte ihre nackten Füße auf den Boden. Bis zu diesem Moment war ihm gar nicht aufgefallen, dass sie keine Schuhe trug, aber jetzt, da er ihre blanken Zehen sah, konnte er den Blick kaum mehr davon abwenden.

Ihre Zehen? Er war doch kein Fußfetischist. Es war auch nicht so, als wären ihre Füße besonders erotisch – es ging eher darum, dass sie nackt waren. Das hatte so etwas Verletzliches an sich und weckte den Wunsch in ihm, Margot in den Arm zu nehmen und ihr zu versichern, dass alles gut werden würde. Nichts davon ergab irgendeinen Sinn. War seine Mutter doch ansteckend?

»In ihrer Vergangenheit muss irgendwas Schlimmes vorgefallen sein«, sagte Margot entschieden.

Eine Sekunde lang dachte Alec, dass er seine wirren Gedanken laut ausgesprochen hatte, doch dann wurde ihm klar, dass Margot von etwas anderem sprach.

»Menschliches Verhalten bewegt sich innerhalb eines gewissen Spektrums«, fuhr sie fort. »Auch Impulsivität und Gleichgültigkeit gegenüber dem, was andere Leute denken, hat darin seinen Platz. Die meiste Zeit bewegt sich deine Mutter im mittleren Bereich des Spektrums. Das heißt in dem, den du und ich als normal empfinden. Doch ab und zu wird sie total ausfallend. Meinen Beobachtungen zufolge ist das zum Teil Absicht, zum Teil aber nicht.«

»Womit wir wieder bei einem traumatischen Ereignis in ihrer Vergangenheit wären.«

Margot nickte. »Du hast wirklich keine Ahnung, was es sein könnte?«

»Nein, ehrlich nicht. Wenn ich von etwas wüsste, würde ich es dir sagen. Auch wenn es mir sicher nicht angenehm wäre, darüber zu sprechen.«

Sie lächelte. »Ich wusste, dass du das sagen würdest. Und du bist tatsächlich ihr einziger naher Verwandter?«

Er nickte. »Ihren Vater hat sie nie kennengelernt. Und sie ist ein Einzelkind – genau wie ihre Mutter, die schon lange tot ist.«

»Wir haben hier ein Rätsel und keinerlei Chance, es zu lösen«, sagte Margot seufzend. »Es sei denn, wir könnten sie dazu bringen, uns davon zu erzählen.«

»Es sei denn, *du* könntest sie dazu bringen.«

Sie grinste. »Du bist also nicht bereit, in die psychischen Untiefen deiner Mutter einzutauchen?«

»Eher würde ich mit einem Löwen in die Arena gehen.«

»Nicht mal, wenn du dadurch die Indusschrift entschlüsseln könntest?«

Er dachte kurz nach. »Nein, noch nicht mal dann.«

»Wow. Sie hat wirklich große Macht über dich.«

»Du machst dir keine Vorstellung.«

Sunshine presste die letzte Limette aus und goss den Saft in einen Messbecher. Sie hatte Tequila, sie hatte Cointreau, sie hatte Eis, sie hatte ein Glas – und rein gar nichts vor an diesem Abend. Sie würde sich ordentlich betrinken, diese beschissene Woche hinter sich lassen und am nächsten Morgen noch mal ganz von vorne anfangen. Bei Sonnenaufgang – oder wahrscheinlicher gegen halb neun – würde sie erfrischt aufstehen, voll der Hoffnung, endlich herauszufinden, wie man lineare Gleichungen grafisch darstellte. Außerdem würde sie sich das Mathelabor auf dem Campus ansehen. Nein, sie würde sich von Mathekurs 131 nicht unterkriegen lassen. Im Gegenteil, sie würde ihn mit Bravour abschließen – na ja, oder ihn zumindest irgendwie bestehen.

Sie schüttete die Zutaten in den Vitamix, fügte Eis hinzu, schloss den Deckel und schaltete das Gerät ein. Es sprang mit der Wucht eines Düsentriebwerks an, und ehe sie auch nur sagen konnte: Ja, ich habe so eine richtige Scheißlaune, hatte sie fertige Margaritas. Sie stellte das Gerät ab.

»Ist das hier eine Ein-Frau-Party, oder darf man mitmachen?«

Die Stimme erklang hinter ihrem Rücken, und sie zuckte kreischend zusammen. Als sie sich umdrehte, sah sie Declan in der Küchentür stehen. Sie presste sich eine Hand auf die Brust, als könnte sie dadurch ihr wummerndes Herz beruhigen.

»Verdammt, ich dachte, du wärst mit Connor unterwegs«, sagte sie atemlos. »Schleich dich bitte nie wieder so an mich ran.«

»Tut mir leid. Connor schläft heute Nacht bei Elijah, ich habe ihm gerade seine Sachen gebracht. Sie hatten so viel Spaß zusammen, und Phoebe hat gesagt, dass es ihr nichts ausmacht. Ich wollte dich nicht erschrecken.«

»Ich weiß, ist schon okay.«

Sie holte ein zweites Glas aus dem Schrank. »Nur dass du's weißt, ich bin heute Abend im Schmollmodus. Ich werde die ganze Zeit nur rumjammern und dummes Zeug reden.«

»Ich glaube, damit komm ich klar.«

Sie strich mit einem Zitronenviertel über den Rand der beiden Gläser, tauchte sie in Salz und goss dann die dickflüssige Mixtur ein. Den Rest stellte sie in den Kühlschrank – auch wenn sie davon ausging, dass er dort nicht lange bleiben würde. Dieser Abend verdiente mindestens zwei Margaritas.

Sie nahmen ihre Drinks mit hinaus auf die Terrasse und ließen sich auf den Gartensesseln nieder. Die Temperatur an diesem Spätnachmittag lag bei angenehmen zweiundzwanzig Grad, die Sonne wanderte schon gen Westen, war jedoch noch zu sehen. Sunshine kickte die Schuhe von sich und legte ihre nackten Füße auf den Polsterhocker, der vor ihrem bequemen Sessel bereitstand. Sie würde einfach für immer hier sitzen bleiben. Später, wenn sie verwest wäre, sollte Declan ihre Knochen im Garten verbuddeln.

Sie lächelte bei dem Gedanken daran, dass zwischen dem jetzigen Moment und dem, in welchem sie nur noch aus Knochen bestehen würde, viele Schritte lagen. Die ersten davon würden sie zur Toilette führen – sie musste demnächst mal pinkeln.

»Was ist so lustig?«, fragte er und streckte sich auf dem Sessel neben ihr aus.

»Nichts, was du hören willst.«

»Okay. Und wieso bist du so angepisst?«

»Ich habe gesagt, im Schmollmodus, aber angepisst trifft auch zu.« Sie nippte an ihrem Getränk. »Vor ein paar Tagen war ich in einem Assi-Kurs. Der Typ war ein absoluter Vollidiot. Er hat uns total niedergemacht und hatte dann auch noch den Nerv, mir praktisch Sex mit ihm anzubieten.«

Declan stellte die Füße auf den Boden. »Hast du das gemeldet? Ich habe an mehreren Projekten für das College gearbeitet. Die kümmern sich da gut um ihre Studenten, so ein Verhalten würden sie nicht durchgehen lassen. Ich besorge dir gerne den Namen des entsprechenden Ansprechpartners in der Verwaltung.«

»Klar kannst du so was«, sagte sie und tat ihr Bestes, beschwingt zu klingen. »Aber ich werde es nicht melden.«

»Wieso nicht?«

»Das ist so, als würde ich zu meiner Mama rennen, weil ein anderes Kind auf dem Spielplatz gemein zu mir war. Ich will da nichts lostreten, ich will nur meinen Kurs bestehen. Es geht auch noch nicht mal so sehr um ihn«, fügte sie hinzu, während sie sich einredete, dass alles in Ordnung war. Oder es zumindest irgendwann sein würde. »Ich habe mit einer anderen Studentin aus meinem Kurs darüber gesprochen.« Sie schloss die Augen. »Weißt du, was sie mich gefragt hat?«

»Was?«

»Sie wollte wissen, ob ich irgendwas angehabt hätte, das ihn hätte glauben lassen, dass ich mir diese Art von Aufmerksamkeit wünsche.« Sie öffnete die Augen wieder und sah ihn an. »In welchem Jahr leben wir denn bitte? Außerdem hatte ich dasselbe an wie immer an der Uni: Jeans und T-Shirt. Mal abgesehen von der Professorin bin ich die älteste Person im Seminarraum. Mein Ziel ist es also ganz bestimmt nicht, die Aufmerksamkeit irgendeines Typen auf mich zu ziehen.«

»Melde das«, sagte Declan erneut. »Die Collegeleitung würde sicher gerne Bescheid darüber wissen.«

»Wahrscheinlich, doch darum geht es nicht.« Ihr gelang ein kleines Lächeln. »Ich habe dich gewarnt – ich schmolle. Das ist also nicht der richtige Moment für ein ernsthaftes Gespräch.« Sie sah ihn eindringlich an. »Bitte versuch nicht, dieses Problem für mich zu lösen.«

»Das würde ich aber gerne.«

»Ich weiß, das ist so ein Männerding. Trotzdem musst du das Ganze einfach vergessen.«

Er stieß einen Seufzer aus. »Na schön. Aber nur, weil du mich darum bittest.«

»Danke. Trink jetzt deine Margarita, danach fühlst du dich besser.«

Er folgte ihrer Aufforderung, dann fragte er: »Was hast du denn nun vor?«

»Das Mathelabor auschecken.«

»Soll ich mir deine Hausaufgaben mal anschauen? Vielleicht habe ich noch genug Algebra im Kopf, um dir helfen zu können.«

»Versteh mich nicht falsch, aber ich gehe lieber ins Mathelabor. Es wäre echt zu schräg, wenn du mit mir Hausaufgaben machen würdest.«

»Okay, doch das Angebot steht.«

»Danke.« Sie nahm noch einen Schluck von ihrer Margarita. »Und, hast du dich ein bisschen mit Phoebe unterhalten können?«

»Die nächste Frage bitte.«

Sie lachte. »Komm schon. Du musst zugeben, dass sie nett ist und dazu attraktiv und lustig.«

»Dann solltest du vielleicht mal mit ihr ausgehen.«

»Sie ist nicht so mein Typ, aber du könntest ...«

Er sah sie mit einem verzweifelten Ausdruck in den Augen an. Sie grinste zurück. Er hatte ein attraktives Gesicht, das Kraft und Stärke ausstrahlte. Declan war eindeutig einer von den Guten. Und er liebte sein Kind über alles – das war es, was sie am meisten an ihm schätzte.

»Na gut.« Sie sah wieder in den Garten hinaus. »Ich habe über Connors bevorstehenden Geburtstag nachgedacht. Das geht jetzt schnell, wir sollten uns was für seine Party überlegen.«

»Du hast recht, das sollten wir. Daran habe ich gar nicht gedacht, um so was hat sich immer Iris gekümmert. Was schwebt dir vor?«

Es kam nicht häufig vor, dass er seine verstorbene Frau erwähnte, und Sunshine hatte keine Ahnung, was das zu bedeuten hatte. Connor sprach viel mehr über sie, wenn auch schon seltener als zu Anfang. Manchmal, vor dem Schlafengehen, sandte der Junge Gebete gen Himmel, in denen er die Engel bat, seiner Mutter zu erzählen, was in seinem Leben so vor sich ging. Declan jedoch schwieg sich über seine Beziehung mit ihr weitestgehend aus.

»Ich glaube, ein Insektenmotto mit Ameisenschwerpunkt wäre super. Ich hab mich schon mal ein bisschen umgesehen, was es so für Dekos gibt, und leider nicht so viel gefunden, wo es nur um Ameisen geht. Aber ich könnte auch selbst was basteln, mal sehen.«

Sie stellte ihre Margarita auf dem kleinen Tisch zwischen ihnen ab und hielt einen Finger hoch. »Punkt Nummer eins: das Essen. Die Bäckerei im Supermarkt kann uns Ameisen-Cupcakes backen. Außerdem habe ich ein Rezept für eine Eiscremetorte, die aussieht wie eine Wassermelone mit Ameisen darauf. Wir könnten einen grünen Punsch machen und ihn Insektensaft nennen und dazu Sellerieschiffchen mit Frischkäse reichen, die mit Rosinen bestreut werden – das sieht dann aus wie Äste, auf denen Ameisen krabbeln. Und ich grüble schon die ganze Zeit über ein Sandwich oder Wrap mit Insekten drauf, bisher ist mir aber noch nichts Gutes eingefallen.«

Sie hielt einen zweiten Finger hoch. »Für die Deko könnte ich Raupen aus Luftballons basteln, und in ein paar Läden gibt es Beutel mit kleinen Plastikameisen, die könnten wir überall verteilen. Dazu kann ich Pappteller und Becher mit Insektenaufdruck besorgen. Außerdem könnte ich weiße Geschenktütchen kaufen und ausgeschnittene Ameisen draufkleben. Bisher habe ich Ant-Man-Seife und Insektensticker als Geschenke gefunden, und ich wollte dir auch von meiner Taschenlampenidee erzählen. Ich habe nämlich hitzeresistente Sticker entdeckt, aus denen ich Ameisenformen ausschneiden kann, die ich auf die Lampen klebe. So ließe sich eine Ameise an die Wand projizieren.«

Sie griff nach ihrer Margarita und trank einen Schluck. »Ich hoffe, das Wetter wird schön, sodass wir draußen feiern können. Ich würde Tische und Stühle mieten, wenn das okay für dich ist. Für Spiele habe ich auch schon ein paar Ideen, aber wahrscheinlich ist es noch ein bisschen zu früh, um darüber zu sprechen. Also, was meinst du?«

Er starrte sie verblüfft an. »Du hast wirklich an alles gedacht. Das klingt toll, lass es uns bitte genau so machen.«

»Juchhu! Wie hoch ist das Budget?«

»Gib gerne so viel aus, wie du willst.«

»So was kannst du doch nicht sagen. Was, wenn ich total über die Stränge schlage?«

»Dann schlägst du halt über die Stränge, aber ich mache mir da keine Sorgen. Sunshine, du benutzt Rabattcoupons, wenn du einkaufen gehst. So was macht niemand, der tausend Dollar für einen Kindergeburtstag ausgeben würde. Außerdem ist das alles viel Arbeit, du wirst also sowieso schon jede Menge Zeit investieren müssen. Ich will dir gerne dabei helfen. Ich bin mir sicher, dass ich das mit dem Ausschneiden und Kleben hinkriegen könnte.«

»Hm, ich weiß nicht. Das ist ziemlich kompliziert.«

»Wetten, dass?« Er lächelte sie an. »Das wird Connors bester Geburtstag aller Zeiten. Die Feiern, die wir sonst für ihn ausgerichtet haben, waren wesentlich schlichter.«

»Meinst du, das ist zu viel?«

»Nein, es ist genau richtig. Du bist wahnsinnig kreativ. Er wird alles großartig finden, was du dir für ihn ausgedacht hast.«

»Okay. Danke, dass du das sagst.« Sie leerte ihr Glas und wartete darauf, dass der Tequila seine Wirkung entfaltete. »Würde es dir etwas ausmachen, wenn ich dich nach Iris frage?«

Declan hielt ihrem Blick stand. »Nein. Was möchtest du wissen?«

Sie hatte das Gefühl, dass er plötzlich ein wenig angespannter war, war sich jedoch nicht sicher. »Hat sie viel Zeit im Haus verbracht und war womöglich nicht gerade sportlich? Ich meine das jetzt völlig wertfrei.«

»Ich weiß.« Er lehnte sich in seinem Sessel zurück. »Iris war tatsächlich der verkopfte Typ. Sie hat in der medizinischen Forschung gearbeitet, oft gelesen und ist eher ruhigeren Beschäftigungen nachgegangen.«

»Das habe ich mir gedacht. Aber du bist nicht so, und ich glaube, Connor auch nicht.«

Declan zog erstaunt die Augenbrauen hoch. »Er zieht sich schon öfters in sein Zimmer zurück.«

»Klar, weil er das so kennt. Doch er ist eigentlich sehr gerne draußen und läuft viel herum. Ich glaube, ihm würde körperliche Betätigung guttun, irgendein Sport. Ich bin mir nicht sicher, welcher, aber ein Mannschaftssport wäre bestimmt gut für ihn. Nach den Spielen könnte er dann mit den anderen Jungs abhängen und sich die Regeln männlicher Hierarchien aneignen.«

»Die Regeln männlicher Hierarchien?«, fragte er neckend. »Was soll denn das heißen?«

»Ach komm, du weißt schon, wovon ich rede. Männer haben

gewisse Regeln darüber, wie sie miteinander umgehen. Das bekommt doch jeder mit. Und die muss er sich aneignen. Ich sag ja nicht, dass er gleich Profisportler werden soll, aber ich glaube einfach, es würde ihm guttun.«

Declan wurde ernst. »Das stimmt, du hast recht – darauf hätte ich mal selbst kommen sollen. Danke, Sunshine.«

Seine Stimme war tief und sexy. Sehr attraktiv, dachte sie, als sich ein leichtes Kribbeln in ihrem Bauch bemerkbar machte. Declan war … er war … nett, einfach nur nett. Als Vater und als Mann. Ihr gefiel sein Lächeln, seine Art zu reden, sein Sinn für Humor, sein fürsorglicher Umgang mit Connor …

Nein, nein und nochmals nein, sagte sie sich. Gar nicht erst darüber nachdenken. Sie liebte ihren Job, und die Frau von früher wollte sie nicht mehr sein. Sie wollte etwas Besseres für sich.

»Hast du in der Schule gerne Sport gemacht?«, fragte er und holte sie zurück in ihr Gespräch.

»Ich war Cheerleaderin.«

»Na klar. Toll, jetzt sehe ich dich in einem kurzen, engen …« Er setzte sich abrupt auf und wandte sich ihr zu. »Es tut mir leid, das hätte ich nicht sagen sollen.«

Er klang erschrocken oder vielmehr beschämt. Sie wusste nicht, was er sich genau vorgestellt hatte, doch das war schon in Ordnung.

»Kein Problem«, sagte sie.

»Ich will dich nicht wie der Assi von deinem Kurs behandeln.«

»Glaub mir, mit dem hast du rein gar nichts gemeinsam.« Sie nahm ihr Glas hoch, nur um festzustellen, dass es leer war. *Hm.* Vielleicht entfaltete der Tequila allmählich seine Wirkung. Sie fühlte sich zwar nicht betrunken, jedoch schon sehr viel entspannter und weniger wie ein Jammerlappen.

»Du solltest mit Phoebe ausgehen«, sagte sie.

»Das Thema nun wieder?«

»Ja. Es würde dir guttun.«

»Ich hätte nie mit dir über mein Liebesleben sprechen sollen.«

»Du meinst über dein nicht-existentes Liebesleben?«, fragte sie neckend.

»Ja, auch das nicht.«

Sie setzte sich auf, schwang die Beine zur Seite und stellte ihre nackten Füße auf die Steinplatten.

»Declan, es ist nichts Falsches daran, jemandem nahe sein zu wollen. Sex gehört zum menschlichen Dasein dazu. Nicht das Bedürfnis danach ist das Problem, sondern die Art, wie manche Leute es zu befriedigen versuchen. Alles, was im beiderseitigen Einvernehmen zwischen zwei Erwachsenen passiert, ist absolut in Ordnung.«

Er blickte sie an. Sunshine hatte keine Ahnung, was er dachte, aber das war okay. Allein ihn anzusehen, machte sie glücklich.

»Und du wartest also auf die große Liebe?«, fragte er.

Sie seufzte. »Jetzt gerade wäre ich schon überglücklich, wenn mich nur mal jemand ernst nehmen würde, aber das scheint aussichtslos zu sein.«

Sie nahm ihr Glas und erhob sich im selben Moment wie er. Die Sonne war bereits hinter dem Horizont verschwunden, und es wurde zusehends kühler. Sie konnte ihrer beider Atemgeräusche hören, so still war die Nacht.

Der Blick seiner dunklen Augen senkte sich tief in ihre. Es knisterte zwischen ihnen – irgendetwas Heißes, Gefährliches und doch Vielversprechendes lag in der Luft. Sunshine wusste, dass er sie berühren würde, wenn sie sich nur ein Stück zu ihm vorbeugte. Vielleicht würde er sie sogar küssen. Sie merkte, wie sehr sie sich danach sehnte, seine Lippen auf ihren zu spüren, nur …

Was wäre dann? Was würde als Nächstes kommen, nachdem sie sich geküsst hätten. Sex? Sie würden es also miteinander tun, anschließend würde sie von seinem Bett zurück in ihres gehen – und was würden sie dann am nächsten Morgen zueinander sagen? Und noch wichtiger: Was würde sie zu sich selbst sagen?

Wenn sie sich jemals ändern wollte, musste sie den Teufelskreis durchbrechen, der sie immer wieder schwach werden ließ, nur weil es sich in dem Moment so gut anfühlte. Verdammt noch mal, sie wollte ein Mensch mit moralischer Richtschnur, einem stabilen Rückgrat sein.

»Ich kann nicht«, flüsterte sie, ehe sie ins Haus stürzte. Sie lief in ihr Schlafzimmer und zog die Tür hinter sich zu – jedoch ohne sie abzuschließen. Das war nicht nötig, Declan würde nie ungebeten hereinkommen.

Sie stellte das Glas auf dem Nachttisch ab und ließ sich aufs Bett fallen. Später würde sie stolz auf sich sein, weil sie widerstanden hatte, doch jetzt gerade war sie einfach nur einsam, erschöpft und traurig.

Sie hatte das Richtige getan. Nur weshalb fühlte es sich dann so beschissen an?

16. Kapitel

»Margot, jetzt hören Sie schon auf, die Stirn zu runzeln. Ernsthaft, so kriegen Sie nur Falten, und ich weiß nicht, ob Sie der Typ sind, der sich die Wohltat einer ordentlichen Portion Botox zugestehen würde.«

»Gibt es irgendjemanden auf dieser Welt, der Botox als Wohltat empfindet?«

Bianca lächelte. »Das fragen Sie nur, weil Sie es noch nie ausprobiert haben, meine Liebe. Ich weiß, wovon ich rede.«

Margot tat ihr Bestes, ihre Gesichtsmuskeln zu entspannen. Es brachte nichts, sich Sorgen zu machen. Schließlich waren sie jetzt nun mal hier und hatten sich verpflichtet.

Sie sah an ihrer Klientin vorbei auf die Gäste der politischen Spendenveranstaltung, die in den Ballsaal strömten. Sie waren alle gut gekleidet und wohlhabend. Eine Eintrittskarte kostete mindestens tausend Dollar.

Margot wandte ihre Aufmerksamkeit wieder Bianca zu. »Erinnern Sie sich an unsere Strategie?«

»Natürlich, höfliche Konversation über unverfängliche Themen und jegliches Gespräch über Politik vermeiden. Was ziemlich albern ist angesichts dessen, wo wir uns hier befinden. Außerdem soll ich nach Leuten Ausschau halten, die alleine herumstehen, vorzugsweise Frauen. Fünf Minuten mit jeder Person, dann ziehe ich weiter. Wenn ich merke, dass ich nervös werde, entschuldige ich mich und komme Sie suchen. Und wenn das nicht geht, gehe ich auf die Toilette und schreibe Ihnen eine Nachricht.«

Bianca tätschelte ihr den Arm. »Keine Sorge, unser Start war ein bisschen holperig, aber jetzt arbeiten wir doch wunderbar zusammen. Ich habe wirklich ein gutes Gefühl wegen heute Abend.«

»Sie sehen auch gut aus.«

Bianca lächelte. »Nicht wahr?«

Sie trug ein relativ konservativ geschnittenes, dunkelrotes Kleid, das ihr bis knapp über die Knie ging. Ihr lockiges Haar war offen, ihr Make-up dezent. Sie sah selbstbewusst, hinreißend und nur einen Tick sexy aus.

Margot hakte sich bei ihr unter. »Schön, Sie sind gut vorbereitet. Los geht's.«

Sie mischten sich unter die Menschenmenge, die sich auf die offen stehende Flügeltür zubewegte.

»Ich hoffe, es sind heute nicht so viele Nerds da«, murmelte Bianca. »Ich erinnere mich gut an die Zeit, als Steve und ich zusammen waren. Anfangs war er ganz lustig, aber irgendwann ging es nur noch um Apple, Apple, Apple.«

Margot wäre beinahe aus dem Tritt geraten. »Sie meinen doch nicht etwa ... Steve Jobs?«

»Wie? Doch, doch. Das ist viele Jahre her. Er war damals verdammt jung, aber ich auch.« Sie ließ ein Lächeln aufblitzen, ehe sie der Frau am Eingang ihre Eintrittskarte reichte.

Margot tat es ihr gleich, und sie betraten den Ballsaal. Ehe sie ihr noch letzte Ratschläge erteilen konnte, war ihre Klientin bereits verschwunden. »Viel Glück«, rief sie Bianca hinterher. Sie wollte gerade den Blick durch den Raum schweifen lassen, um zu entscheiden, wohin sie sich wenden sollte, als sie Alec entdeckte. Er hielt in jeder Hand ein Glas Champagner.

»Guten Abend«, sagte er und reichte ihr eins. »Ihr zwei habt es also geschafft.«

»Ja, das haben wir.«

Sie war mit Bianca gekommen, Alec war selbstständig hergefahren. Der Plan war, dass Bianca danach zu Wesley fuhr und Alec sie mit nach Hause nahm.

Margot ergriff seine Hand und zog ihn in eine einigermaßen ruhige Ecke des riesigen Saals. »Wusstest du, dass deine Mutter eine Affäre mit Steve Jobs hatte?«

Alec sah nicht im Mindesten erstaunt aus. »Nein. Aber was ihre Vergangenheit betrifft, überrascht mich wenig.«

»War er nicht verheiratet?«

»Ich bin mir sicher, dass das vor seiner Ehe war. Bianca steht nicht auf verheiratete Männer.«

»Du bleibst so cool. Ich meine, hallo, es geht hier um Steve Jobs!«

»Bist du etwa Apple-Fan?«

»Na ja, ich bin schon ziemlich vernarrt in mein iPhone, so wie Millionen anderer Leute auch.«

Er lachte leise. »Meine Mutter hatte was mit Schauspielern, Staatsoberhäuptern und Rennfahrern, und du gerätst total aus dem Häuschen wegen Steve Jobs?«

»Da kommt einfach der Nerd in mir durch. Ich kann nichts dafür.«

Er hielt ihr galant den Arm hin. »Komm, lass uns irgendwo am Rand abhängen und meine Mutter beobachten. Bist du nervös?«

»Einerseits starr vor Angst, andererseits seltsam schicksalsergeben.«

»Eine interessante Kombination.«

Sie schlenderten durch den Ballsaal. Mehrere Wahlkampfkandidaten nahmen ein Bad in der Menge. Sie und Alec machten einen großen Bogen um sie und entdeckten Bianca schließlich in der Nähe der Bar, wo sie sich angeregt mit einer Frau mittleren Alters unterhielt und immer wieder lachte. Nach ein paar Minuten erblickte Bianca sie und entschuldigte sich bei der Frau.

»Ich komme schon klar«, sagte sie, als sie näher kam. »Hört auf, mich zu beobachten, das macht mich ganz nervös.«

»Aber ich werde dafür bezahlt, Sie zu beobachten«, sagte Margot neckend. »Ich mache nur meinen Job.«

»Und ich sonne mich in deiner Schönheit«, sagte Alec.

Seine Mutter lächelte. »Das würde ich dir ja gerne glauben,

mein Schatz. Allerdings frage ich mich gerade eher, wie viel Champagner du schon intus hast.«

»Das hier ist mein erstes Glas«, versicherte er ihr.

»Dann sieh zu und lerne.«

Bianca schlenderte auf einen jungen Mann zu, der alleine herumstand.

»Das wird jetzt interessant«, murmelte Alec. »Er wird ihr in weniger als dreißig Sekunden vollkommen erlegen sein. Womöglich fällt er auch in Ohnmacht.«

Margot wollte gerade antworten, als sie einen Mann entdeckte, der Bianca ebenfalls beobachtete – eigentlich kein Grund zur Beunruhigung, nur trug er zwei Kameras um den Hals.

»Da ist ein Reporter«, sagte sie und ging auf ihn zu.

»Dies ist eine politische Veranstaltung«, sagte Alec, der ihr folgte. »Es war klar, dass auch Journalisten hier sein würden. Allerdings glaube ich, dass der hier von den Veranstaltern selbst angeheuert wurde. Lass mich das machen, ich habe Erfahrung mit so etwas.«

Alec erreichte den Reporter als Erster. »Guten Abend. Würde es Ihnen etwas ausmachen, meine Mutter nicht zu fotografieren? Sie ist als Unterstützerin hier, nicht als Person des öffentlichen Lebens.«

Der Fotograf, ein groß gewachsener Mann Mitte vierzig, wirkte eher genervt als entgegenkommend. »Das Bild bringt mir am meisten Geld ein.«

»Die Mitarbeiter des Senators wären sicher interessiert zu erfahren, dass Sie so denken«, sagte Alec leichthin. »Sollen wir es ihnen erzählen? Oder werden Sie nicht vielmehr dafür bezahlt, Fotos von der Veranstaltung für die Website und für Mail-Aktionen zu machen?«

»Sie drohen mir?«, fragte der Mann ungläubig.

»Genau das tu ich«, sagte Alec. »Also, wie wollen wir die Sache handhaben?«

Margot beobachtete, wie der Reporter innerlich abzuwägen schien. Sie vermutete, dass er – wenn er für eine Veranstaltung dieser Größe gebucht wurde – vermutlich öfter solche Aufträge bekam, und bezweifelte, dass er diese sichere Einkommensquelle für den Verkauf eines einzelnen Fotos von Bianca aufs Spiel setzen würde.

»Na gut«, grummelte er. »Sie ist sowieso alt geworden. Für die interessiert sich eh niemand mehr.«

Alec lächelte. »Viel Spaß auf der Party.«

»Das hast du geschickt gehandhabt«, sagte Margot, als sie sich ein Stück von dem Mann entfernt hatten. »Du scheinst wirklich Erfahrung damit zu haben.«

Sie suchten nach Bianca und entdeckten sie bei einem weiteren Mann. Er war in ihrem Alter und schien sie mehr zu bewundern, als Margot lieb war.

»Er steht zu nahe bei ihr und gestikuliert zu wild«, sagte sie. »Ich glaube, sie ist auf einen Fan gestoßen.«

»Das verheißt nichts Gutes. Meine Mutter liebt es, angehimmelt zu werden.«

Obwohl Bianca noch mindestens sechs Meter von ihnen entfernt war und dazwischen lauter Menschen standen, hörte Margot ihr Gelächter über die anderen Gespräche hinweg. Es klang übertrieben und leicht schrill, was ihr gar nicht lieb war.

»Das klingt wirklich nicht gut«, murmelte sie. »Es knistert zu sehr zwischen den beiden.« Sie zögerte, nicht sicher, ob sie eingreifen oder das Bianca alleine regeln lassen sollte. Der einzige Weg, etwas zu lernen, war durch Erfahrung – zumindest in Biancas Fall.

Sie beobachtete, wie ihre Klientin sich weit zu dem Mann hinüberbeugte. Alec hielt sich mit seiner Meinung zurück, zweifellos da ihm klar war, dass es sich hier quasi um eine Trainingseinheit handelte und sie die Expertin war – auch wenn sie sich in diesem Moment ihrer Sache überhaupt nicht sicher fühlte.

Als der Mann sich vorbeugte, um Bianca etwas ins Ohr zu flüstern, ging Margot auf die beiden zu.

»Hallo«, sagte sie, als sie bei ihnen ankam. »Ich bin Margot, und das ist Alec.«

»Brandon«, stellte sich der Mann vor und lächelte sie an. »Sie kennen Bianca?«

»Alec ist mein Sohn, und Margot …«, Biancas Augen funkelten schelmisch, »Margot ist seine Liebhaberin.«

Margot tat ihr Bestes, entspannt zu bleiben, und hoffte, nicht rot zu werden. Bianca versuchte nur, sie aus dem Konzept zu bringen, was nicht überraschend war – ihre Klientin wurde gerne mal aufmüpfig, wenn man ihr sagte, was sie tun sollte.

In diesem Moment ging es ihr jedoch so, dass sie nicht wusste, was sie tun sollte. Der Behauptung widersprechen? Sie ignorieren? Gar nichts sagen? Ehe sie sich entscheiden konnte, schaltete Alec sich ein.

»Ich bezweifle, dass das hier irgendwen interessiert«, sagte er leichthin und nahm einen Schluck von seinem Champagner. »Mutter, ich würde dir gerne einige Leute vorstellen.«

Brandon griff nach Biancas Hand. »Gehen Sie nicht, bitte. Nur noch ein paar Minuten.« Er grinste sie an. »Verstehen Sie das jetzt nicht falsch, aber ich hatte als Jugendlicher Poster von Ihnen an der Wand. Sie waren damals die heißeste Frau, die ich je gesehen hatte – und das hat sich nicht geändert.«

Bianca wirkte stolz, ihr Lächeln kokett.

»Ach, hören Sie schon auf. Sie bringen noch meinen Sohn in Verlegenheit.«

»Das bin ich gewohnt«, murmelte Alec an sie gewandt. Dann sagte er in normaler Lautstärke: »Wenn Sie uns bitte entschuldigen wollen.«

Bianca warf ihm einen genervten Blick zu. Margot trat zwischen die beiden. »In diese Richtung«, sagte sie und deutete quer durch den Ballsaal.

»Na schön.« Bianca seufzte. »Es hat mich sehr gefreut, Sie kennenzulernen, Brandon.«

Er nickte, wirkte jedoch enttäuscht, weil er sie gehen lassen musste. »Dürfte ich Ihnen nur einen Kuss auf die Wange geben?«

Bianca lächelte. »Natürlich. Sie kriegen sogar noch was Besseres.« Sie beugte sich vor und küsste ihn leicht auf den Mund. »Bitte schön. Davon dürfen Sie heute Nacht träumen.«

»Sie wissen genau, dass ich das werde.« Er blickte ihr tief in die Augen. »Ich würde Ihnen fünfzigtausend Dollar geben, wenn ich nur einmal Ihren Po berühren dürfte. Nein, warten Sie, ich würde Ihrer liebsten Wohltätigkeitsorganisation fünfzigtausend Dollar spenden. Egal wofür – Kinder, Tiere, diese Leute, die Kühe retten wollen, egal was.«

Alec nahm die Hand seiner Mutter und zog sie weg. »Okay, das reicht jetzt. War nett, Sie kennenzulernen, Brandon. Ein schönes Leben noch.«

Margot flankierte Bianca von der anderen Seite, während sie den überfüllten Ballsaal durchquerten. »Das war mal eine Überraschung«, sagte sie, nicht sicher, was sie von der Sache mit Brandon halten sollte. Auf jeden Fall würde sie den Umgang mit Männern mittleren Alters, die Bianca-Fantasien hatten, in ihren Unterrichtsplan einbeziehen müssen.

Bianca lächelte. »Es ist schon lange her, dass ein Mann dafür zahlen wollte, mir an den Hintern zu fassen. Ich hab's also immer noch drauf.«

»Das wird sich frühestens zehn Jahre nach deinem Tod ändern«, sagte Alec.

»Oh, das ist so lieb von dir.« Bianca wandte sich an sie: »Tut mir leid, dass ich Sie vorhin ein bisschen geärgert habe. Ich konnte mich einfach nicht zurückhalten.«

»Sie waren eben in Ihrem Element, das ist mir vollkommen klar.«

Jetzt, da geklärt war, dass Alec nicht peinlich berührt oder verärgert war, machte ihr Biancas falsche Behauptung schon viel weniger aus. Sie musste zugeben, dass ihre Klientin sie auf Trab zu halten wusste.

Eine halbe Stunde drehten sie noch ihre Kreise durch die Menge. Bianca plauderte mit weiteren Leuten, hielt netten Small Talk und achtete darauf, jedes auch nur im Mindesten kontroverse Thema zu vermeiden.

Margot warf einen Blick auf ihre Uhr. »In zwanzig Minuten fangen die Reden an. Ich schätze, wir wollen vorher los, oder?«

»Auf jeden Fall.« Bianca leerte ihr Champagnerglas. »Es reicht schon, dass ich Karten für die Veranstaltung gekauft habe. Ich bin nicht willens, eine Minute länger zu bleiben und mir das Gerede von irgendwelchen Politikern anzuhören.« Sie lächelte Margot an. »Davon werde ich noch genug abbekommen, wenn ich mit Wesley verheiratet bin.«

»Wollen wir gehen?«, fragte Alec.

»Ich müsste nur mal schnell auf die Toilette«, erwiderte seine Mutter. »Ich bin in fünf Minuten wieder hier.«

»Soll ich mitkommen?«, bot Margot automatisch an.

Bianca rollte mit den Augen. »Zum Klo und zurück werde ich's schon noch ohne größere Zwischenfälle schaffen.« Sie ging davon.

»Der Abend war doch ein voller Erfolg«, sagte Alec.

»Nein, nein, sag das nicht.« Margot presste sich eine Hand auf die Brust. »Nicht, bis wir alle im Auto sitzen und wegfahren. Ich will es noch nicht beschreien.«

»Hallo, Alec.«

Als Margot sich nach der tiefen, sinnlichen Stimme umwandte, stellte sie fest, dass sie zu einer wunderschönen Brünetten gehörte, die hinter Alec stand. Die Frau war von durchschnittlicher Größe und beinahe so kurvig wie Sunshine. Ihr Blick, der lüstern und besitzergreifend zugleich wirkte, heftete sich an Alec.

»Merelyn.« Er klang überrascht. »Was machst du denn hier?«

»Das Gleiche wie du.«

»Das bezweifle ich.« Er wandte sich an Margot. »Das ist Merelyn. Sie ist Innenarchitektin und hat mir bei der Einrichtung des Hauses geholfen. Merelyn, das ist Margot.«

Merelyn nahm sie kaum zur Kenntnis. Sie stellte sich ganz nahe zu Alec und legte ihm eine Hand auf den Unterarm. »Ist schon verdammt lange her.«

»Stimmt. Mindestens zwei oder drei Jahre.«

Merelyn sah ihm tief in die Augen. »Ich denke immer noch an dich. An … unser gemeinsames Einrichtungsprojekt.«

Margot tat ihr Bestes, ihren Gesichtsausdruck neutral zu halten, obwohl sie am liebsten mit den Augen gerollt und Merelyn darauf hingewiesen hätte, dass ihr Annäherungsversuch nicht im Geringsten subtil war. Es war ganz offensichtlich, dass sie und Alec mehr als Innenarchitektin und Kunde füreinander gewesen waren. Sehr viel mehr.

Margot wollte sich entschuldigen, um den beiden ihre Privatsphäre zu lassen – oder womöglich, um zu schmollen, sie war sich nicht sicher. Doch ehe sie einen Schritt tun konnte, legte Alec ihr eine Hand auf den unteren Rücken, als wolle er sie bitten, sich nicht von der Stelle zu rühren.

Sie spürte den Abdruck seiner Finger und die Hitze seines Körpers. Er übte leichten Druck aus, und sie ertappte sich dabei, wie sie sich ihm entgegenlehnte. Nach einer Weile ließ er die Hand von ihrem Rücken auf ihre Hüfte gleiten – eine intime Geste, bei der ihr Herz augenblicklich schneller schlug.

Er und Merelyn sprachen noch ein paar Minuten miteinander, dann entschuldigte sich die andere Frau. Sobald sie gegangen war, ließ Alec sie los.

»Es tut mir leid, wenn das unangemessen war«, sagte er. »Ich habe einfach gehandelt, ohne nachzudenken.«

Sie vermisste zwar schon jetzt seine Berührung, würde jedoch keine große Sache daraus machen. Nicht, solange sie noch diese unerwartete Lust spürte und am liebsten in seine Arme gesunken wäre. Ihre starke Reaktion war verwirrend und leicht beunruhigend. Ja, sie mochte Alec, ihr war allerdings nicht klar gewesen, dass sie irgendwann angefangen hatte, ihn zu begehren.

»Das ist völlig in Ordnung«, sagte sie in der Hoffnung, ganz normal zu klingen. »Ich beschütze dich jederzeit vor Exfreundinnen, wann immer nötig.«

»Ich hätte jetzt gerne gesagt, dass das gar nicht so war, nur würde das nicht stimmen. Danke jedenfalls für dein Verständnis.«

»Gern geschehen.«

Der Blick seiner dunklen Augen traf auf ihren. Eine Sekunde lang erwartete sie beinahe, dass er sich vorbeugen und sie küssen würde. Sie war sogar so überzeugt davon, dass sie einen halben Schritt auf ihn zu machte, in Erwartung seiner …

»Was, wenn ich hunderttausend Dollar daraus mache?«

Die bekannt klingende Stimme drang durch die Menge und veranlasste Margot dazu, herumzuschnellen und hektisch nach Bianca Ausschau zu halten.

»Wo sind sie?«

»Da drüben.« Alec nahm sie an die Hand und ging voraus.

Margot hoffte inständig, dass sie rechtzeitig bei den beiden ankäme, ehe Brandons Angebot zu verlockend würde.

Sie umrundeten gerade eine kleine Gruppe von Gästen, die sie von Bianca trennte, als sie ihre Klientin zustimmend nicken sahen.

»Na gut, hunderttausend Dollar für das Kinderkrankenhaus.« Bianca drehte sich um und präsentierte Brandon ihre Rückseite.

Er streckte die Hand aus, dann zog er sie zurück. »Ich mache zweihundertfünfzigtausend daraus, wenn ich Ihren Po unter dem Kleid berühren darf.«

»Nein«, rief Margot und versuchte, ihre Stimme so weit zu erheben, dass sie von den beiden gehört wurde, ohne dass sie schrie und zu viel Aufmerksamkeit erregte. Es war jedoch wie

in einem bösen Traum. Sie öffnete den Mund und glaubte zu sprechen, aber es kam kein Ton heraus.

Die Sekunden vergingen im Zeitlupentempo, bis zu dem Moment, in dem ihr klar war, dass es nicht mehr verhindert werden konnte – was auch immer »es« war. Bianca legte den Kopf schief, dachte kurz über das Angebot nach und lüftete beherzt den Rock ihres Kleides. Erst war ihr Oberschenkel zu sehen, dann ihre Hüfte und schließlich ihre blanke linke Pobacke – sie trug natürlich einen Stringtanga.

Brandon grunzte und legte seine Hand direkt auf Biancas nackte Haut. Margot starrte ungläubig auf die Szene, da nahm sie ein seltsames Klicken wahr. Zu spät wurde ihr klar, dass es der lästige Reporter war, der den gesamten Vorfall fotografisch festhielt. Und so wurde das Bild eines Mannes, der Bianca Wrays nackten Hintern berührte, zur Sensationsnachricht.

Am nächsten Morgen zierte das Foto die Titelseite der *Los Angeles Times* sowie von *USA Today*. Margot hatte sich nicht die Mühe gemacht nachzusehen, wo es zusätzlich im Internet zu finden war – hauptsächlich, weil sie es lieber gar nicht wissen wollte. Sie saß Bianca am Esstisch gegenüber und fragte sich, wie sie nur hatte zulassen können, dass alles so schrecklich schieflief.

»Ich verstehe immer noch nicht, was das Problem ist«, sagte Bianca und unterdrückte ein Gähnen. »Das ist doch keine große Sache. Ein Mann hat mir die Hand auf den Hintern gelegt – na und? Ich habe damit eine Viertelmillion Dollar für einen wohltätigen Zweck verdient.« Sie lächelte selbstzufrieden. »Einmal wollte eine Filmproduktion meinen Po versichern lassen, aber keiner war bereit dazu. Ich könnte mir vorstellen, dass sich diese Versicherungsheinis jetzt ein bisschen blöd vorkommen.«

»Sie haben einen fremden Mann öffentlich Ihren Hintern berühren lassen«, sagte Margot und hoffte, dass ihre Stimme vernünftig und nicht schrill klang. »Ihren quasi blanken Po, der mit nichts anderem als einem Tanga bedeckt war.«

Bianca musterte sie mit besorgtem Blick. »Geht's Ihnen gut?«

»Nicht wirklich, nein. Ich habe total versagt. Dabei dachte ich, wir hätten Fortschritte gemacht. Ich hatte mir tatsächlich eingebildet, ich wäre zu Ihnen durchgedrungen.«

»Es ist nicht Ihre Schuld«, sagte Bianca. »Und außerdem ist das alles doch gar nicht so schlimm.«

»Ihr nackter Hintern ziert die Titelseite der *Los Angeles Times*. Ich bin mir ziemlich sicher, dass das nicht die Art von Publicity ist, die Sie momentan gebrauchen können.« Sie sah ihre Klientin direkt an. »Glauben Sie wirklich, dass so was in Ordnung ist?«

Bianca betrachtete das Foto. »Ich sehe umwerfend aus. Von daher, ja – ich habe kein Problem damit.«

»Und Wesley? Ist es das, was er sich wünscht? Und was ist mit seiner Regierung in Cardigania? Was wird man dort wohl denken oder sagen? Wie werden Sie nach diesem Vorfall seinem Premierminister gegenübertreten? Was werden Sie ihm erzählen? Dieses Bild wird für alle Zeiten im Internet zu finden sein. Wesley hat erwachsene Kinder aus erster Ehe, die es sehen werden. Seine Enkel werden es sehen. Bianca, das ist kein akzeptables Verhalten. Wären Sie beide schon verheiratet, könnte er wegen dieser Sache seine Stellung verlieren.«

»Das ist doch lächerlich. Ich habe ihm davon erzählt, und er hat gesagt, dass es kein Problem für ihn ist.«

»Sie haben ihm von dem Bild erzählt, ehe es alle Welt auf der Titelseite von *USA Today* sehen konnte. Zu wissen, dass es existiert, und es in Farbe gedruckt zu sehen, sind zwei verschiedene Dinge.«

Bianca wurde blass. »Er wird seine Stelle nicht verlieren. Das wäre ja lächerlich. Ich habe eine Viertelmillion für einen wohltätigen Zweck verdient, das muss doch auch irgendwie zählen.«

»Das ist natürlich toll, aber um das Geld geht es nicht. Weshalb können Sie das nicht sehen?« Margot überlegte fieberhaft, wie sie es ihr begreiflich machen konnte, nur um schließlich einzusehen, dass Bianca es nicht verstehen würde, weil sie es schlicht nicht wollte.

»Bianca, wieso bin ich hier? Was wollen Sie von mir? Sie haben gesagt, dass Sie sich verändern möchten, aber ich habe nicht das Gefühl, dass sich das Ganze in diese Richtung bewegt. Und wenn es Ihnen darum geht, sich Wesleys Kreisen anzupassen, dann war das hier ein totales Desaster.« Sie tippte auf das Bild. »Die Leute in seiner Welt ziehen nicht in der Öffentlichkeit blank, noch nicht mal für Geld.«

Bianca erhob sich und funkelte sie wütend an. »Vielleicht sollten die das ab und zu mal probieren, zumindest für die gute Sache. Machen Sie sich selbst wirklich mehr Vorwürfe als mir?«

»Natürlich.«

»Ich habe keine Ahnung, wie ich damit umgehen soll. Sie haben recht, ich möchte, dass Sie mir helfen, mich Wesleys Welt anzupassen, doch ich kriege das nicht hin. Alleine schon mal gar nicht.« Sie seufzte. »Ich dachte wirklich, was ich getan habe, wäre in Ordnung. Ich dachte, ich würde etwas Gutes tun. Aber jetzt weiß ich gar nichts mehr. Ich muss darüber nachdenken.«

»Na schön, wir können später weiterreden.«

»Nein, ich brauche mehr Zeit. Lassen Sie uns in ein paar Tagen sprechen.«

Ehe Margot einfiel, was sie darauf erwidern konnte, hatte Bianca den Raum bereits verlassen. In ein paar Tagen? Was sollte das heißen?

Sie musste wohl vom Wahrscheinlichsten ausgehen – dass ihre Zusammenarbeit erst in zwei oder drei Tagen weitergehen würde. Die Zeit dazwischen würde sie nutzen können, um ins Büro zu fahren und ein ausführliches Gespräch mit ihrem Chef über den Auftrag zu führen. Auch wenn sie Bianca wirklich mochte, war sie sich nicht sicher, ob sie die Richtige war, um ihr zu helfen. Und sollte sie das tatsächlich nicht sein, wäre es an der Zeit, den Job an jemand anderen zu übergeben.

»Ich habe noch nie so versagt«, flüsterte sie. Sie war stets erfolgreich gewesen, hatte sich immer gut geschlagen. Nur war Bianca nicht wie ihre anderen Klienten, und langsam geriet die gesamte Situation außer Kontrolle.

17. Kapitel

Declan fand seinen Geschäftspartner vor der Kaffeemaschine, wo er ungeduldig auf sein Getränk wartete. Obwohl Heath wie immer Anzug trug, hatte er diesmal etwas Zerzaustes an sich. Vielleicht lag es auch einfach nur an den dunklen Ringen unter seinen Augen.

»Kurze Nacht gehabt?«, fragte Declan und versuchte sich zu erinnern, wie lange Heath mit seiner aktuellen Flamme zusammen war. Sechs Monate? Acht?

»Brandi und ich haben uns getrennt.« Heath griff nach der Kaffeetasse und umfasste sie mit beiden Händen. »Es lief schon lange nicht mehr gut, und letzte Nacht hat es sich dann zugespitzt. Wir haben bis zwei Uhr geredet, und als ich irgendwann vorschlug, uns zu vertagen, um noch ein bisschen Schlaf abzubekommen, hat sie gesagt, ich sei ein unsensibles Arschloch, es sei endgültig vorbei und sie hoffe, dass ich für alle Zeiten in der Hölle schmore.«

Declan legte ein Kaffeepad in die Maschine, stellte seine Tasse darunter und drückte den Knopf.

»Und geht's dir gut?«

»Ich bin hauptsächlich erschöpft. Und ein bisschen erleichtert. Brandi war sehr viel unbeständiger, als ich erwartet hatte. Je länger unsere Beziehung dauerte, desto, äh, freizügiger wurde sie, was das Ausleben ihrer Gefühle betraf.«

»Und du bedauerst nicht, dass es vorbei ist?«

Heath zuckte mit den Schultern. »Ich will nicht wieder mit ihr zusammen sein, aber ich fand es schon schön, eine Beziehung zu haben.« Er nippte an seinem Kaffee. »Wieso sagen immer alle, dass es für Männer so einfach ist? Dass man nur einen akzeptablen Job haben, ein netter Typ sein und nicht ganz beschissen aussehen muss, damit die Frauen sich einem an den

Hals werfen. Aber das tun sie überhaupt nicht. Zumindest treffe ich keine, mit der ich wirklich zusammen sein will. Ich bin nicht auf One-Night-Stands aus – ich will eine echte Beziehung. Wieso ist so was so schwer zu finden?«

»Da fragst du den Falschen«, erwiderte Declan. »Mein letztes Date war mit Iris.«

»Du machst Witze.«

»Nein.«

»Und da war auch nichts anderes, während ihr …?«

Während sie praktisch getrennt gewesen waren? Er hatte Heath ein wenig von dem erzählt, was damals passiert war.

Declan schüttelte den Kopf. »Es hat sich nicht richtig angefühlt.« Iris mochte sich aus ihrer Ehe zurückgezogen haben, er hatte das nicht. Außerdem war alles so schon kompliziert genug gewesen, ohne eine dritte – beziehungsweise vierte – Person mit hineinzuziehen.

Heath lehnte sich an den Türrahmen des Pausenraums. »Ich wünsche mir einfach nur eine nette, normale Frau, die ein glückliches, geregeltes Leben führen will. Ohne große Dramen, dafür mit viel Gelächter. Und falls sie Spaß am Gärtnern hat, wäre das ein zusätzliches Plus.« Heath sah ihn mit einem hoffnungsvollen Gesichtsausdruck an. »Glaubst du, dass das möglich ist?«

»Ganz sicher. Du musst dich nur wieder in die Welt rauswagen.«

»Sagt der Typ, der sich noch nie wirklich in die Welt rausgewagt hat.«

»Doch, das habe ich. Im College.«

»Das zählt nicht. Du solltest dich mit Frauen treffen. Selbst wenn du für dich keine findest, könntest du mir ein paar Namen weitergeben …«

Declan musste sofort an Sunshine denken. Sie verfügte über sämtliche Eigenschaften, die Heath aufgezählt hatte, und noch viel mehr. Sie war schön, fürsorglich und so ziemlich die sexyeste Frau, die es auf dieser Erde jemals gegeben hatte. Und sie war auf der Suche nach einer ganz normalen Beziehung.

Er wollte schon den Mund öffnen, um von ihr zu erzählen, stellte dann jedoch fest, dass er es schlicht nicht fertigbrachte. Falls ihn das zum Arschloch machte, konnte er damit leben. Auf keinen Fall würde er es ertragen, wenn sein Geschäftspartner mit Sunshine ausginge. Er wollte sich die beiden einfach nicht zusammen vorstellen. Es würde ihn verrückt vor Eifersucht machen, und er war ohnehin schon kurz davor, durchzudrehen, was sie betraf.

»Ich habe eine alleinerziehende Mutter kennengelernt, die nett zu sein scheint«, platzte er vor lauter Schuldgefühlen heraus. »Sie heißt Phoebe, ihr Sohn und Connor sind Freunde. Sie ist hübsch, und sie hat einen guten Job.«

»Wieso gehst du dann nicht mit ihr aus?«

»Es ist noch zu früh für mich.«

Heath schüttelte den Kopf. »Es ist nicht zu früh, Declan. Es ist an der Zeit, dass du aus deiner Höhle rauskommst, das müssen wir beide, aber du viel dringender. Nicht jede Frau ist so wie Iris.«

»Das weiß ich.«

»Bist du sicher?« Heath winkte mit seiner Kaffeetasse. »Komm, lass uns rausfinden, wie wir unsere Hotelkunden glücklich machen können.«

»Das ist schier unmöglich.«

»Da hast du recht, aber wir müssen es zumindest versuchen.«

Margot unterschrieb und nahm das Paket vom UPS-Boten entgegen. Die kleine Kiste war mit internationalen Postwertzeichen und einem Zollaufkleber versehen, daher fragte sie sich, ob es sich um weitere antike Schriftstücke handelte, die Alec untersuchen würde. Die letzte Lieferung war faszinierend gewesen. Er hatte sich von ihr sogar dabei helfen lassen, ein paar Dokumente umzubetten.

Sie betrat das Haus und stellte das Paket auf seinem Schreibtisch ab, dann ging sie nach oben. Nachdem sie ihre Tasche in ihr Zimmer gebracht hatte, sah sie nach, ob Bianca zurück war. Das große Gästezimmer am anderen Ende des Flurs war jedoch leer, von seiner Bewohnerin weit und breit keine Spur.

Bianca hat von ein paar Tagen gesprochen, rief sie sich ins Gedächtnis. Heute war erst Tag Nummer eins. Am nächsten Morgen würden sie die gemeinsame Arbeit hoffentlich wieder aufnehmen.

Margot ging die Treppe zum Erdgeschoss hinunter und bog in die Küche ein, blieb jedoch abrupt stehen, als sie Alec erblickte, der Tomaten würfelte und zu Jazzmusik summte. Er sah auf und lächelte.

»Oh, schön. Du bist zurück. Ich habe Lust auf ein Steak heute Abend und hoffe, dass du vielleicht mitessen möchtest?« Er deutete auf ein in Papier gewickeltes Fleischpäckchen auf der Küchentheke. »Ich habe Filets beim Metzger besorgt und Salat gemacht. Edna hat uns einen Kartoffelauflauf aufgetaut, und wir haben eine schöne Flasche Cabernet, falls du Interesse hast.«

Er sieht gut aus, dachte sie und spürte, wie endlich die Anspannung des Tages von ihr abfiel. Er war attraktiv und sexy, und alles war so unkompliziert mit ihm. Davon brauchte sie eindeutig mehr in ihrem Leben, einen netten Mann, der ihr Innerstes in Wallung brachte und ihren Geist entspannte. Diese Kombination war gar nicht so leicht zu finden.

»Das klingt toll«, sagte sie. »Wie kann ich helfen?«

Er nickte in Richtung der Barhocker an der Kücheninsel. »Leiste mir einfach Gesellschaft. Ach, und wenn du gerne einen Drink hättest, bediene dich.« Er deutete auf das Glas neben dem Schneidebrett. »Ich habe mir einen schottischen Whisky genehmigt.«

Sie ging zur Hausbar hinüber und mixte sich schnell einen Wodka Tonic, dann kehrte sie in die Küche zurück und ließ sich an der Kücheninsel nieder. Alec war dazu übergegangen, eine Gurke in Scheiben zu schneiden.

»Vielen Dank dafür«, sagte sie und deutete auf das Essen, das er vorbereitete. »Das ist der perfekte Ausklang für meinen Tag.«

»So hart war er?«

»Nur kompliziert. Du weißt, dass deine Mutter abgehauen ist?«

»Ich habe es vermutet. Wenn die See rauer wird, streicht sie gerne mal die Segel. Obwohl ich zugeben muss, dass ich diesmal etwas überrascht bin. Ich hätte nicht erwartet, dass die Sache gestern Abend sie so mitnimmt.«

»Das hat sie auch nicht, aber das ist schon okay. Ich war mitgenommen genug für uns beide.«

Er gab die Gurkenscheiben zum Salat. »Und weshalb warst du so mitgenommen?«

»Weil mein Training eigentlich helfen sollte, doch das tut es nicht. Ich begreife nicht, dass sie wirklich dachte, es wäre okay, sich von irgendeinem Typen an den Hintern fassen zu lassen. Aber sie sagt, so sei sie eben. Ich weiß auch nicht. Ich frage mich, ob ich die richtige Person für den Job bin.«

Eine Gefühlsreaktion flackerte in Alecs Augen auf. Doch ehe sie ergründen konnte, um was für ein Gefühl es sich handelte, war es bereits wieder verflogen.

»Du findest also nicht, dass sie sich gebessert hat?«, fragte er.

»Sie hat schon große Fortschritte gemacht, und ich habe wirklich geglaubt, ich würde sie verstehen. Der gestrige Abend hat mir jedoch gezeigt, dass dem nicht so ist.« Sie dachte an die Fotos von Bianca in den verschiedenen Zeitungen und musste ein Stöhnen unterdrücken. »Ich war heute Nachmittag bei meinem Chef.«

»Um dir einen Rat zu holen?«

»Ja, und um darüber zu sprechen, dass wir vielleicht jemand anders hinzuziehen sollten.« Margot lächelte ihn an. »Ich weiß nicht, ob das eine gute Nachricht ist, aber du wirst mich wohl nicht so schnell los. Anscheinend hat Bianca mich hochgelobt und ihm gesagt, dass sie mit keinem anderen arbeiten will als mit mir.«

»Was mit meiner Mutter passiert ist, ist nicht deine Schuld.«

»Vom Kopf her weiß ich das, doch es fühlt sich trotzdem an wie mein Fehler. Ich versteh's einfach nicht. Sie hat sich so gut geschlagen bei der Veranstaltung. Sie hat mit vielen Leuten geplaudert, sie war witzig und charmant. Und dann ging plötzlich alles den Bach runter.« Sie seufzte. »Aber genug davon. Wie war dein Tag?«

»Ruhig.«

»Genau wie du es magst.«

Er lachte leise. »Das stimmt.« Er umrundete die Kücheninsel und setzte sich auf den Hocker neben ihr. »Bianca wird das schon hinkriegen, denn sie liebt Wesley. Und wenn Bianca jemanden wirklich liebt, dann gibt sie alles. Als ich ungefähr zehn war, war sie mit einem Rennfahrer zusammen, der ein Riesenmacho war. Ich war ein eher geistig interessierter Junge, und wir hatten rein gar nichts gemeinsam. Irgendwann wollte er mit mir Baseballbälle werfen gehen. Ich hatte kein Interesse daran, und wir gerieten aneinander. Da ging Bianca dazwischen und verteidigte mich.«

Einer von Alecs Mundwinkeln bewegte sich nach oben. »Er sagte, wenn ich nicht langsam anfinge, mich wie ein Mann zu verhalten, würde ich noch als verweichlichte Schwuchtel enden, und das sei dann allein ihre Schuld.«

Margot wusste nicht, auf welche dieser Beleidigungen sie zuerst eingehen sollte. »Das hat er wirklich gesagt?«

»Ja, hat er.« Sein halbes Lächeln weitete sich aus. »Meine Mutter ging ihm an die Gurgel und schlug ihm mitten ins Gesicht. Sie sagte zu ihm, dass ich ein eigenständiger Mensch sei, und wenn ich einen Baseball durch die Gegend werfen wolle, gerne, aber wenn nicht, dann solle er mich gefälligst in Ruhe lassen. Und was meine mögliche Homosexualität beträfe, so könne ich mich von ihr aus auch in eine Seegurke verlieben. Ich sei ihr Sohn, und sie liebe mich, daher würde sie mich stets in allem unterstützen, was ich tue, und jeden Menschen mit offenen Armen empfangen, der mir wichtig ist.«

»Wow, das hat sie toll gemacht.«

»Fand ich auch. Sie warf ihn raus, und er ward nie wieder gesehen.« Alec erhob sein Glas. »Das ist meine gute Bianca-Geschichte.«

»Ich glaube, die schlechte lassen wir heute aus.«

»Einverstanden.«

Margot lächelte. »Ich hätte nur zu gerne gesehen, wie sie dem Typen eine reingehauen hat.«

»Es war sehr eindrucksvoll.«

»Das kann ich mir vorstellen. Zu Merelyn – sie wirkte nett.«

Alec seufzte. »Wie konnte ich nur glauben, davonzukommen, ohne über sie reden zu müssen?«

»Keine Ahnung.« Sie lächelte. »Also, deine Ex …«

»Sie ist nicht meine Ex. Sie war meine Innenarchitektin, und wir haben ein paar nette Wochen miteinander verbracht. Aber es war nichts Ernstes.«

»Sie hat das wohl etwas anders empfunden.«

Er sah sie an. »Stimmt. Woran hast du das erkannt?«

»An der Art, wie sie dich angesehen hat. So als hätte sie Laktoseintoleranz, und du wärst eine Riesenschüssel Sahneeiscreme.«

»Ich weiß nicht genau, ob das ein passender Vergleich ist, aber ich verstehe, was du meinst. So war es jedoch nicht. Mir wurde einfach schnell klar, dass sie nicht mein Typ ist.«

Margot wusste, dass sie das Thema beenden sollte, solange sie die Oberhand hatte. Sie war gerne in Alecs Gesellschaft, und ihn mit seiner Ex-Freundin aufzuziehen, machte zwar Spaß, war aber nicht gerade schlau. Wollte sie wirklich, dass er an eine andere Frau dachte, während er mit ihr zusammen war? Dennoch konnte sie es sich nicht verkneifen zu fragen: »Was ist denn dein Typ?«

Er nahm noch einen Schluck von seinem Whisky. »Es ist eher ein Gefühl als etwas Äußerliches. Ich mag es, wenn eine Frau intelligent und liebenswürdig ist, und wenn sie Sinn für Humor hat.«

»Dann war Merelyn also ein humorloses Dummchen, das Katzenbabys mit Füßen tritt?«, fragte sie hoffnungsvoll.

Er lachte. »Nicht wirklich. Sie war nur nicht die Richtige für mich.«

»Da bin ich froh.«

Die Worte kamen gegen ihren Willen einfach aus ihrem Mund. Margot wollte sie umgehend zurücknehmen, doch dafür war es zu spät. Es war, als hingen sie zwischen ihnen in der Luft, ehe sie langsam, ganz langsam, gen Boden sanken.

Alec starrte sie an, einen undefinierbaren Ausdruck im Gesicht. Sie verfiel in Panik. War er ihr böse? War er angewidert? Verwirrt? Desinteressiert? Sie war sich nicht sicher, welche der vier Reaktionen die Schlimmste wäre. Wenn sie die Zeit dafür gehabt hätte, hätte sie sie nach ihren Vorlieben geordnet, aber die hatte sie nicht und – oh Gott, konnte er nicht endlich etwas sagen?

Sie griff nach der hauchdünnen Rettungsleine, die ihr Gehirn ihr zuwarf, und sprang auf.

»Du hast ein Päckchen bekommen! Ich habe es angenommen, als ich reinkam, und es dir auf den Schreibtisch gelegt.« Sie deutete in Richtung seines Büros. »Es ist ziemlich klein, also sind es wahrscheinlich keine Schriftstücke. Aber ich musste es abzeichnen, daher solltest du es dir vielleicht mal anschauen.«

Er musterte sie eine weitere Sekunde lang. Sie wollte gerade loslaufen und flüchten, als er sagte: »Komm doch mit. Ich glaube, der Inhalt wird dich überraschen.«

Was nicht dasselbe war wie: Hey, ich finde dich intelligent, liebenswürdig, witzig und sexy – Letzteres stand zwar nicht auf meiner Liste, aber das bist du –, also lass uns Liebe machen gehen. Na ja, immerhin lief er nicht vor ihr weg, das war schon mal etwas.

Sie gingen in sein Büro, wo er das Päckchen öffnete. Im Versandkarton befand sich eine kleinere Schachtel, aus der Alec zunächst das Packpapier entfernte und schließlich einen aus Holz geschnitzten Hasen hervorzog. Er war detailliert gefertigt und ganz offensichtlich sehr alt. Zwischen seinen Vorderläufen klaffte eine seltsame Lücke.

»Was ist das?«, fragte sie.

Er nahm ihre Hand in seine und legte die kleine Figur hinein.

»Das ist ein Netsuke«, sagte er. »Aus Japan. Männerkimonos hatten früher keine Taschen, in denen man Tabak oder andere kleine Gegenstände mit sich tragen konnte, daher hängten sich die Männer stilvolle Dosen an den Obi, den Kimonogürtel. Die Netsuke wurden als Gegengewicht an das andere Ende der Kordel gebunden.« Er deutete mit dem Kinn auf die Figur, die sich in ihre Hand schmiegte. »Das hier ist ein Mondhase.«

»Er ist wunderschön und so fein geschnitzt. Ich vermute, Netsuke sind eine eigene Kunstform?«

»Genau.«

Er trat vor den großen Schrank hinter seinem Schreibtisch und öffnete ihn. Dutzende Netsuke zierten die schmalen Regalbretter über die gesamte Länge.

»Du bist ja ein richtiger Sammler«, flüsterte sie und ging näher heran, um die winzigen Kunstwerke zu betrachten.

»Das bin ich. Die meisten Netsuke sind aus geschnitztem Elfenbein – eine Praxis, die wir heute natürlich nicht mehr gutheißen würden. Aber im siebzehnten und achtzehnten Jahrhundert waren Elfenbein und Holz gängige Materialien.«

Er nahm ihr den Hasen ab und stellte ihn ins Regal, dann reichte er ihr einen geschnitzten Drachen. »Es gab berühmte Netsuke-Künstler, die ihre Werke signiert haben. Das sind die allerwertvollsten.«

Der Drache war in sich zusammengerollt und hatte einen Durchmesser von ungefähr fünf Zentimetern, jegliche Details waren jedoch auf das Feinste herausgearbeitet, sodass sie jede einzelne Schuppe und die winzigen Klauen erkennen konnte. Die Figur hatte sogar kleine Drachenzähne.

»Er ist wundervoll«, sagte sie lächelnd und reichte ihn Alec zurück. Sie betrachtete die Regalreihen. »Du hast eine großartige Sammlung.«

Dort standen weitere Drachen und Hasen, ein paar Affen, sogar ein paar holzgeschnitzte Männer. Sie wollte gerade einen kleinen Kürbis in die Hand nehmen, als sie bemerkte, dass etwas am Schrank merkwürdig war. Die Tiefe der Regalbretter entsprach nicht der äußeren Abmessung.

Eine falsche Fassade, dachte sie und suchte sogleich nach dem Mechanismus, der den verborgenen Teil öffnen würde. Es musste irgendetwas leicht zu Bedienendes sein – einen so großen Schrank konnte man nicht einfach verrücken, um von hinten daran zu gelangen.

Sie betrachtete die Konstruktion genau, vor allem an den Seiten, und bemerkte zwei Eckstücke, die fehl am Platz wirkten.

»Ist es das?«, fragte sie eifrig und drückte erst auf die eine Ecke, dann auf die andere.

»Warte!«

Alecs Ton war nachdrücklich, doch es war zu spät. Das gesamte Regal im Schrank schwang vor. Dahinter befanden sich ebenfalls Regalböden mit Netsuke, die genauso aussahen wie die vorne. Nur handelte es sich hier um geschnitzte Menschenfiguren, die … die …

Margot starrte sie an, unsicher, ob sie glauben sollte, was sie da sah. Sie streckte die Hand aus und nahm eins der Kunstwerke hoch, das ein sich küssendes Paar darzustellen schien. Doch als sie die Schnitzerei genauer betrachtete, wurde ihr klar, dass sie sich nicht nur küssten. Und es waren auch nicht nur zwei Menschen. In Wirklichkeit handelte es sich um vier Figuren, die es, nun ja, auf äußerst interessante Weise miteinander trieben. Wie sie nun erkannte, stellten diese Netsuke alle Personen dar, die sich den verschiedensten erotischen Aktivitäten hingaben.

»Oh«, sagte sie und legte das Stück zurück an seinen Platz. »Das ist jetzt ein etwas anderer Stil, oder?«

Alec starrte sie wortlos an. Nicht, dass sie ihm das zum Vorwurf machen konnte – alles, was er hätte sagen können, hätte die Situation nur noch peinlicher gemacht.

Sie hätte ihn gerne wissen lassen, dass sie nicht beleidigt war. Dass sie verstand, dass es sich auch hier um Kunst handelte und die Figuren ebenso raffiniert gefertigt waren wie die anderen Netsuke. Ihr wurde klar, dass er in gewisser Weise wie dieser Schrank war – äußerlich förmlich und unzugänglich, innerlich jedoch voller wunderbarer Geheimnisse.

Doch je länger sie dort standen, desto idiotischer kam sie sich vor. Schließlich begriff sie, dass ihr nichts anderes übrig blieb, als zu flüchten. »Die sind wunderschön«, sagte sie. »Sehr originell. Entschuldige mich bitte, ich muss etwas aus meinem Zimmer holen.«

Eine vollkommen lächerliche Ausrede, aber die beste, die ihr im Moment einfiel. Sie schenkte ihm ein angespanntes Lächeln, wandte sich um und rannte aus seinem Büro. In ihrem Zimmer angekommen, schloss sie die Tür hinter sich und lehnte sich von innen dagegen.

Was für ein Desaster. Wenn man bedachte, dass sie eigentlich Expertin darin war, mit peinlichen und schwierigen Situationen souverän umzugehen, hatte sie soeben vollkommen versagt. Statt sich amüsiert und locker oder zumindest kultiviert zu zeigen, war sie davongelaufen wie ein pubertäres Mädchen, das versehentlich in die Jungenumkleide geraten war.

Wie sollte sie Alec danach noch in die Augen sehen? Wie sollte sie sich selbst noch in die Augen sehen? Sie ließ sich stöhnend zu Boden sinken, zog die Knie an die Brust und legte den Kopf darauf. Eines Tages, sagte sie sich, würde sie lässig, elegant und kultiviert rüberkommen, aber bis dahin war sie einfach nur sie selbst, und das war die meiste Zeit ganz schön ätzend.

18. Kapitel

Sunshine trug die letzte Schicht Lack auf ihre Zehennägel auf. Normalerweise war es ihr zu aufwendig, sie anzumalen, aber heute hatte sie Lust darauf gehabt. Sie verließ ihr Bad auf den Fersen balancierend – die Zehenspreizer verliehen ihr einen ziemlich seltsamen Gang. Nachdem sie nach Connor gesehen hatte, der seine Ameisen beobachtete und zugleich in einem Buch las, hoppelte sie in die Küche. Während ihre Nägel trockneten, würde sie schon mal ein bisschen Gemüse für das Abendessen schnippeln.

Als sie um die Ecke bog, wäre sie beinahe mit Declan zusammengestoßen. Da ihr Gleichgewicht ohnehin labil war, brachte sie der abrupte Stopp gefährlich ins Wanken. Declan griff nach ihren Oberarmen, um sie zu stabilisieren, dann ließ er sie wieder los. Er lächelte und wollte gerade etwas sagen, als sein Blick auf ihre Füße fiel.

Innerhalb einer Sekunde verwandelte sich sein freudiger Gesichtsausdruck in einen betroffenen. Die Wandlung war so abrupt, dass Sunshine das Gefühl hatte, etwas Kaltes, Dunkles hätte sie gestreift.

»Was ist los?«, fragte sie.

Er gab sich Mühe, sich wieder zu fangen, schüttelte den Kopf und schenkte ihr das künstlichste Lächeln aller Zeiten.

»Nichts. Bei dir alles okay? Du wärst beinahe hingefallen.«

»Declan, was ist los?«

»Nichts ist los.«

»Es ist ganz offensichtlich irgendwas.«

Er wandte den Blick ab. »Ach, es ist nur wegen Iris.«

»Oh.« Sie verstand trotzdem nicht, weshalb er so … »Oh Mann, ich habe mir die Zehennägel angemalt, und das ist so ein totales Frauending, na klar. Tut mir leid.«

Er musterte sie einen Moment lang. »Ja genau, das ist es.«

Mit diesen Worten ließ er sie stehen und ging in sein Arbeitszimmer. Sunshine starrte ihm nach. Was war nur los? Er hatte sie regelrecht abblitzen lassen.

Kurz entschlossen folgte sie ihm und schloss die Bürotür.

»Declan, was ist?«

Er saß hinter seinem Schreibtisch und wich ihrem Blick aus. »Iris hat ihre Zehennägel auch lackiert. Allerdings nicht immer schon. Sie war eigentlich ein eher nüchterner Mensch.« Er sah sie an. »Das änderte sich alles, als sie eine Affäre hatte.«

Sunshine ließ sich auf den Stuhl sinken, der vor seinem Schreibtisch stand. *Eine Affäre? Wie konnte sie nur!* »Das tut mir leid, das wusste ich nicht.«

»Kaum jemand weiß das. Es geschah ein paar Monate bevor sie krank wurde. Ich war völlig ahnungslos, bis sie es mir erzählt hat. Mir war schon klar, dass es nicht so toll lief zwischen uns, aber dass sie so etwas tun und alles aufs Spiel setzen würde? Das konnte ich nicht begreifen.«

»Habt ihr euch getrennt?« Connor hatte diesbezüglich nie etwas erwähnt, doch womöglich hatte der Tod seiner Mutter alles andere verdrängt.

»Nein. Ich habe überlegt, sie zu verlassen, aber ich war mir nicht sicher, hauptsächlich wegen Connor. Daher bin ich nur aus dem Schlafzimmer ausgezogen und habe hier übernachtet.« Er deutete auf das abgenutzte Sofa. »Wir taten einfach so, als sei alles ganz normal, während sie sich weiter mit dem anderen Mann traf.«

»Sie hat die Sache mit ihm nicht beendet, nachdem sie es dir erzählt hat?«

»Nein.«

»Wieso hat sie es dir dann gesagt?«

»Ich habe nicht die geringste Ahnung. Vielleicht wollte sie, dass ich ihr die Entscheidung abnehme und mich von ihr trenne. Sie redete ständig von seinem Charme und dass ihre Beziehung so voller Leidenschaft sei.«

Sunshine wollte das alles gar nicht hören. Es tat ihr weh, was Declan hatte durchmachen müssen. Wie hatte seine Frau ihm das nur antun können? Er war so ein toller Mann und wunderbarer Vater. Wieso nur hatte sie einen anderen gewollt?

»Als ich schließlich an den Punkt kam, an dem ich nicht mehr so weitermachen konnte und ihr sagte, wir müssten entweder unsere Beziehung wieder auf die Reihe bekommen oder uns trennen, flehte sie mich an, ihr noch ein wenig mehr Zeit zu geben. Ich willigte ein. Was ich allerdings nicht wusste, war, dass bei ihr Krebs festgestellt worden war. Das erwähnte sie mit keinem Wort. Angeblich soll es eine leichte Form gewesen sein, wenn es so etwas überhaupt gibt. Sie dachte wohl, sie käme mit ein paar Runden Chemotherapie davon und danach wäre wieder alles gut. Nur war dem nicht so.«

Er sah sie an. »Dem anderen hat sie es gesagt, diesem *wunderbaren Mann*. Als er erfuhr, dass sie ernstlich krank war, ließ er sie allerdings sitzen und wollte nichts mehr mit ihr zu tun haben. Also kam sie zu mir zurück.«

»Sie hat dir erzählt, dass die Affäre vorbei sei, sie aber bald sterben würde?« Sunshine senkte bewusst die Stimme. »Ernsthaft?«

Er nickte. »Ich war außer mir vor Wut. Wie hatte sie uns das antun können? Ich wusste, ich könnte ihr das niemals verzeihen, doch was für eine Rolle spielte das noch? Sie würde sterben, und ich musste damit klarkommen – und mich um Connor kümmern. Nicht mal einen Monat später war sie tot.«

»Es tut mir so leid.« Für Connor und für dich, dachte sie. Für Iris weniger. »Wie schrecklich das für dich gewesen sein muss.«

»Danke. Manchmal denke ich, das Schlimmste ist, dass wir nie richtig darüber geredet haben. Doch was gab es schon zu sagen? Sie hatte ihn mir vorgezogen, unsere Ehe war also vorbei, aber ich wollte sie nicht allein lassen. Außerdem war da noch Connor, der vollkommen am Boden zerstört war. Als meine

Eltern kamen und eine Weile bei uns wohnten, erzählte ich ihnen natürlich nichts davon. Sie dachten, zwischen uns sei alles gut.«

Was für ein Albtraum. Wie sollte er das alles verwinden? Es war keine Zeit gewesen, die Sache wieder ins Lot zu rücken, keine Zeit, das alles zu verarbeiten. Erst hatte ihre Ehe in der Krise gesteckt, und dann war Iris gestorben. Damit wurde niemand so leicht fertig.

»Du musst immer noch unglaublich wütend sein«, sagte sie leise.

»Inzwischen schon weniger. Ich weiß nicht, weshalb sie das alles getan hat, aber es ist nun mal passiert. Ich werde auch nie genau wissen, was zwischen uns schiefgelaufen ist, heute glaube ich, ich muss nur meinen Anteil daran verstehen. Der Rest ist ihre Sache.«

»Trotzdem, das ist eine furchtbare Erfahrung.« Sie beugte sich hinunter und entfernte die Zehenspreizer von ihren Füßen. »Tut mir leid, dass du das hier sehen musstest.«

Er lächelte. »Das muss es nicht, du hast mir kein Trauma verpasst oder so. Es war nur ein kurzer Schockmoment, aber jetzt ist alles wieder gut. Das soll dich nicht davon abhalten, dir in meiner Anwesenheit die Nägel zu lackieren.«

»Das ist auch wirklich ein seltsamer Trigger.«

Er lachte. »Jedem das Seine.«

Sunshine hatte noch eine Menge Fragen zu Iris und ihrer Ehe und dazu, wie er heute empfand, doch nichts davon ging sie etwas an. Sie hätte sich daher wohl entschuldigen und das Essen vorbereiten gehen sollen, stattdessen sagte sie: »Du solltest wirklich mit Phoebe ausgehen. Selbst wenn am Ende nichts daraus wird, hast du dich zumindest mal wieder mit einer Frau getroffen.«

»Du meinst, es ist an der Zeit, dass ich die Vergangenheit hinter mir lasse?«

»Mehr als an der Zeit.«

»Und du bist also Expertin auf dem Gebiet, ja?« Seine Stimme klang neckend.

»Nein, aber es ist immer einfacher zu erkennen, was im Leben der anderen schiefläuft als im eigenen. Das musst du doch wissen.«

»Ich werde über deinen Rat nachdenken.«

»Gut.«

Sie sahen einander an. Sunshine spürte eine gewisse Spannung im Raum und war sich nicht sicher, inwiefern das mit dem zu tun hatte, worüber sie gerade geredet hatten, und wie viel davon nur ihr Wunschdenken war. Wenn er mich doch nur küssen würde, dachte sie, verpasste sich jedoch sofort eine geistige Ohrfeige. *Keine Küsse, nichts dergleichen.*

»Ich werde Connor nichts erzählen«, sagte sie und erhob sich. »Du hast mein Wort.«

»Sunshine, es gibt viele Dinge im Leben, die ich infrage stelle. Aber die Tatsache, dass du stets tust, was für meinen Sohn am besten ist, gehört nicht dazu.«

Alec ging eine Stunde lang in seinem Arbeitszimmer auf und ab und versuchte zu entscheiden, ob er sich schämte oder sich gedemütigt fühlte. Nicht, dass er irgendjemandem wegen seiner Sammlung eine Erklärung schuldig gewesen wäre. Die Netsuke waren meisterhafte Kunstwerke, ganz egal, was sie darstellten.

Doch verstand Margot das womöglich nicht und wusste die künstlerische Wertarbeit nicht zu schätzen. Vermutlich dachte sie, er sei ein perverser Widerling, der …

»Alec?«

Er sah auf. Margot stand im Türrahmen, die Augen weit aufgerissen, der Gesichtsausdruck ernst.

»Margot.«

Das war so ziemlich alles, was ihm in den Sinn kam. Er hatte keine Ahnung, was er sagen sollte. Ihr zu erzählen, dass er kein

Spinner war und auch nicht auf Pornografie stand, schien der Sache nicht wirklich dienlich zu sein.

Ehe er sich durch eine peinliche Erklärung stottern konnte, ergriff sie das Wort: »Ich möchte mich entschuldigen.« Sie sah ihn geradeheraus an. »Es war falsch von mir, den Schrank zu öffnen. Ich habe gesehen, dass es irgendein Rätsel zu lösen gab, und darüber total vergessen, dass du womöglich aus gutem Grund etwas vor dem Blick der Öffentlichkeit verbirgst. Ich wollte unbedingt dahinterkommen.« Sie räusperte sich und schaute zu Boden. »Ich schätze, in gewisser Weise wollte ich damit angeben, wie schlau ich bin.«

Wie bitte? Das hatte er jetzt nicht erwartet. »Du hast doch nicht angegeben.«

Sie zuckte die Achseln. »Irgendwie schon. Außerdem waren die Netsuke faszinierend. Jedenfalls habe ich mich verfranzt und deine Privatsphäre verletzt. Dafür entschuldige ich mich.«

»Das musst du nicht.« Nun war es an ihm, sich zu räuspern. »Die erotischen Netsuke stammen aus einer Zeit, als in der japanischen Gesellschaft niedere menschliche Gelüste unterdrückt wurden. Und immer wenn das passiert, ergießen sich die angestauten Bedürfnisse in Kunstwerke.« Er zuckte zusammen. »Ähm, das hätte ich wohl etwas delikater ausdrücken können.«

Sie trat in den Raum. »Ich finde, das hast du genau richtig ausgedrückt.«

»Danke.«

Ohne es zu beabsichtigen, schien er sich auf sie zuzubewegen. Oder vielleicht kam sie auch auf ihn zu. Jedenfalls trennte sie plötzlich kein halber Meter mehr.

»Ich war sehr beeindruckt, dass du herausgefunden hast, wie man den Schrank öffnet«, sagte er.

»Ich mag Rätsel.«

»Genau wie ich.«

Sie lächelte. »Der flotte Vierer war, äh, interessant. Ich bin mir nicht sicher, ob so etwas physisch überhaupt möglich ist.«

Er lächelte ebenfalls. »Ganz bestimmt nicht. So eine lange Zunge hat niemand.«

»Oder so einen langen Penis. Außerdem war nur eine einzige Frau dabei. Das hat mich überrascht.«

Ihre Blicke trafen sich. Margots Augen waren groß und wunderschön. Er fand alles an ihr attraktiv. Nein, nicht attraktiv – das war ein viel zu kleines und zu belangloses Wort, das in keiner Weise seine Gefühle für Margot beschrieb. Sie war … atemberaubend.

»Alec?«

Er streckte die Hand nach ihr aus. Bevor er ihre Hüfte umschlingen konnte, drängte sie sich schon an ihn. Die Distanz zwischen ihnen war endgültig aufgehoben, als sie sich eng aneinanderschmiegten und seine Lippen ihre fanden. Doch es war kein weicher, sanfter, gemächlicher Kuss. Plötzlich waren da nur noch ihre heißen Zungen und das Bedürfnis, sich immer näher und näher zu kommen.

Eine Welle der Leidenschaft durchflutete ihn, die ihm den Atem raubte und rationales Denken unmöglich machte. Ihre Küsse vertieften sich und entzündeten sein wachsendes Verlangen. Die Welt um sie herum verschwand. Margot griff nach seinen Hemdknöpfen, während er den Reißverschluss ihres Kleides öffnete. Seine Aufgabe war dankbarer als ihre, denn als sie noch an den Knöpfen fummelte, streifte er ihr bereits das Kleid über die Schultern.

Sie lachte. »Das geht einfach nicht gleichzeitig.«

»Stimmt.«

Er öffnete die zwei obersten Knöpfe selbst, zog sich das Hemd über den Kopf und warf es auf den Boden. Sie ließ ihr Kleid an sich herabgleiten. Er erhaschte einen kurzen Blick auf ihren schlanken Körper, ihre schmalen Hüften und kleinen Brüste, ehe sie sich erneut an ihn drängte, mit ihren Lippen verlangend nach seinen suchte und seine nackte Brust streichelte.

Als sie mit ihrer Zunge in seinen Mund drang, umschloss er sie und saugte sanft daran. Margot stöhnte auf und knabberte an seiner Unterlippe. Er öffnete ihren BH und riss ihn ihr vom Leib. Als er nach ihren Brüsten griff, zog sie seine Hände voller Ungeduld an sich. Er rieb mit den Daumen über ihre harten Brustwarzen, und sie seufzte vor Lust.

Alec sah das Verlangen, das sie spürte, sah, wie ihre Pupillen sich weiteten. Sie strich über seinen Bauch und berührte durch die Stofflagen seiner Jeans und der Unterhose seine Erektion. Er ließ eine Hand ebenfalls immer tiefer bis in ihren Slip gleiten, wo er fühlte, wie heiß und feucht sie war. Als er ihre Klitoris streichelte, schnappte Margot nach Luft.

Von diesem Moment an war es kein Spiel mehr. Er öffnete seinen Gürtel, während sie ihr Höschen auszog und sich auf seinen Schreibtisch setzte. Alec schob eilig Jeans und Unterhose herunter, dann stellte er sich zwischen ihre geöffneten Schenkel und ließ sich voller Lust in die Wärme sinken, mit der sie ihn empfing. Margot schlang die Arme um seine Schultern, die Beine um seine Hüften und zog ihn an sich.

Er küsste sie und ließ dabei eine Hand zwischen ihre Körper gleiten, um ihre Klitoris streicheln zu können, wobei er verzweifelt versuchte, dem immer größer werdenden lustvollen Druck nicht nachzugeben. Er wollte sie, er brauchte sie, aber nicht nur für sich selbst.

Sie lehnte sich zurück und stützte sich mit den Händen ab, bewegte ihre Hüften im Rhythmus seiner Stöße. Er rieb mit dem Daumen ihre Lustperle.

»Sag mir, was du willst«, knurrte er.

Sie öffnete die Augen und lächelte ihn an. »Schneller und fester.«

Er kam ihrer Aufforderung nach, stieß in sie und rieb sie dabei härter. Ihr Lächeln schwand, ihr Atem stockte. Er spürte das erste verräterische Beben tief in ihr und erhöhte die Geschwindigkeit seines Daumens und seiner Stöße.

Ihre Brustwarzen wurden noch fester, ihre Atmung wurde immer schneller. Sie drängte sich ihm entgegen, drückte den Rücken durch, warf den Kopf zurück und schrie seinen Namen heraus.

Ihr Orgasmus ließ sie erschauern und überrollte sie in rhythmischen Wellen, sodass er tiefer in sie stieß und mitgerissen wurde, bis er keine andere Wahl hatte, als sich zu ergeben. Er ergoss sich in sie und genoss die Erlösung. Als Margot sich nicht mehr bewegte, packte er ihre Hüften und drang noch heftiger in sie ein, bis auch er völlig verausgabt war.

Sie ließ sich auf den Schreibtisch sinken, und er zog sich behutsam aus ihr zurück und drückte ihr einen Kuss auf den Bauch. Sie sahen einander an.

»Irgendein Kommentar?«, fragte er sanft.

Margot deutete auf die offene Tür. »Ich hoffe nur, dass deine Mutter nicht ausgerechnet in diesem Moment nach Hause kommt.«

Alec starrte sie eine Sekunde lang an, dann warf er den Kopf zurück und fing lauthals an zu lachen.

Zwanzig Minuten später stand Margot geduscht und angezogen draußen neben Alec, der gerade Steaks auf den Grill legte. Sie fühlte sich gut. Glücklich. Zufrieden. Und vielleicht ein kleines bisschen verwundert.

Er schloss den Deckel, zog sie an sich und küsste sie. Sie erwiderte den Kuss und genoss die Lust, die er in ihr entflammte.

Als der Küchenwecker klingelte, lösten sie sich kurz voneinander, damit er die Steaks wenden konnte. Nachdem er den Deckel wieder geschlossen hatte, wandte er sich ihr zu.

»Wegen dem, was zwischen uns passiert ist …«, setzte er an.

»Du meinst den Kuss?« Sie zwinkerte ihm zu.

Er lächelte. »Und das, was vorher war.«

»Den Sex?«

»Genau den meinte ich, ja.«

»Der war doch nett.«

Er zog die Augenbrauen hoch. »Einfach nur nett?«

»Sehr nett?« Sie lachte. »Nein, er war großartig.«

»Finde ich auch. Und ich würde das gerne noch mal probieren. Diesmal in einem Bett und vielleicht ohne dass mir die Hose um die Knöchel schlackert.«

Es gab mehrere Gründe, weshalb es zu Komplikationen führen konnte, wenn sie sich mit Alec einließe. Sie arbeitete für seine Mutter; sie wohnte in seinem Haus; sie wusste nicht, wie das Ganze sich entwickeln würde. Und dennoch …

Sie mochte ihn, sehr sogar. Und was mindestens genauso wichtig war – der Mann törnte sie an. Es machte Spaß, Zeit mit ihm zu verbringen, er war intelligent, und sie war mehr als bereit dafür, endlich mit jemandem zusammen zu sein, der wirklich gut für sie war.

»Ich glaube, wir zwei, nackt in einem Raum – das sollten wir unbedingt weiter ausloten.« In dem Moment knurrte ihr Magen. Sie seufzte. »Aber vielleicht erst nach dem Essen.«

»Ich freu mich drauf.«

»Ich mich auch.«

Alec stieg aus der Dusche und musste sich zusammenreißen, nicht laut zu pfeifen. Obwohl es eigentlich gar keinen Grund gab, sich zurückzuhalten, denn Margot hatte ein paar Minuten zuvor sein Bett verlassen, um sich in ihrem eigenen Bad fertig zu machen.

Er trocknete sich ab, ein Lächeln auf den Lippen. Der Abend war besser verlaufen, als er es sich je hätte erträumen können. Nach dem Essen hatten sie sich in sein Zimmer zurückgezogen, wo sie sich zweimal in Folge liebten und dann eng umschlungen einschliefen. Kurz vor Sonnenaufgang weckte sie ihn wieder – es dauerte keine dreißig Sekunden, bis ihr Mund ihn aus seiner Schlaftrunkenheit holte und ihn in höchste Erregung versetzte. Ehe er überhaupt begriff, was sie da tat, verlor er wie ein vierzehnjähriger Junge bereits vollkommen die Kontrolle. Sie musste immer noch lachen, als er sich bei ihr revanchierte und sie mit seinen Lippen liebkoste, bis auch ihre Lust Erlösung fand.

Er hatte Spaß mit Margot. Obwohl er nichts anderes erwartet hatte, war es wundervoll, sich bestätigt zu sehen. Selbst seine Fantasie, sie auf sich sitzen zu haben – mit ihrem offenen langen Haar, das ihn umschmeichelte –, hatte sich erfüllt …

Er reagierte sofort körperlich auf diese Gedanken. Eilig dachte er an etwas anderes, bis seine Erektion nachließ. Mit etwas Glück würden sie nach dem Frühstück damit fortfahren können, gegenseitig ihre Körper zu erforschen. Nur konnte dabei womöglich Edna hereinplatzen oder jemand von den Reinigungskräften. Sie sollten sich vielleicht besser in Margots Wohnung zurückziehen.

Er dachte immer noch über räumliche Alternativen nach, als er die Küche betrat. Das Erste, was er bemerkte, war der Duft von Kaffee. Das Zweite war seine Mutter, die am Küchentisch saß.

Sie prostete ihm mit ihrer Kaffeetasse zu und lächelte ihn an. »Guten Morgen, mein Schatz. Wie geht's …« Sie verstummte und musterte ihn eingehend. Einen Augenblick später fing sie an zu kichern. »Du hattest Sex? Wie schön! Ich vermute mal mit Margot? Sie ist wirklich perfekt für dich und du für sie. Ich wollte heute wieder mit dem Unterricht anfangen, aber ich glaube, das verschiebe ich besser ein paar Tage. Willst du einen Kaffee, ehe ich mich aus dem Staub mache?«

Alec hatte keine Ahnung, wie lange er dastand und seine Mutter anstarrte. Sein Kopf war vollkommen leer gefegt, keinerlei Gedanken entstanden darin – noch nicht mal einzelne Wörter. Als es ihm endlich gelang, sich ein wenig zu sammeln, stammelte er: »E…entschuldigung«, und verließ eilig den Raum in Richtung Treppe.

Er nahm zwei Stufen auf einmal, klopfte kurz an Margots Zimmertür und trat ein. »Ich bin's.«

Sie kam gerade aus dem Bad, bereits fertig angezogen, das Haar zum Pferdeschwanz zusammengebunden.

Sie lachte. »Ist das dein Ernst, du willst schon wieder? Ich muss sagen, dein Enthusiasmus gefällt mir. Aber du musst mir versprechen, dass wir danach erst mal frühstücken. Du laugst mich aus.«

Er starrte sie an. »Meine Mutter ist zurück, und sie weiß, dass wir Sex hatten. Sie hat mich nur einmal angeguckt und wusste gleich Bescheid.«

Zu seiner Überraschung lachte Margot erneut auf. »Okay, das ist echt schräg und witzig zugleich. Wie um alles in der Welt hat sie das nur erraten?«

»Ich habe keine Ahnung, sie war schon immer so.« Seine Benommenheit ließ nach, stattdessen machte sich nun Panik bei ihm breit. »Was machen wir denn jetzt?«

Margot legte ihm sanft die Hände auf die Brust. »Das ist doch in Ordnung. Sie wird dich vielleicht noch eine Weile damit aufziehen, mehr aber auch nicht.«

Die Panik ebbte langsam ab. »Ich hatte Sorge, dass du sofort von hier wegwollen würdest.«

»Keineswegs. Es sei denn, du möchtest das gerne.«

Niemals. Die Stimme erklang laut und klar in seinem Kopf – so als würde sie eine ihm noch unbekannte Wahrheit offenbaren. »Nein, das möchte ich nicht.«

»Dann machen wir einfach weiter wie vorher.« Sie stellte sich auf die Zehenspitzen und küsste ihn. »Na ja, nicht ganz wie vorher.«

Er schlang die Arme um sie. »Dann sehen wir uns heute Abend?«

»Absolut. Wir haben ein Date.«

Sunshine hatte bereits mit der Vorstellung gespielt, wie es wohl wäre, mit Declan zusammen in seinem Schlafzimmer zu sein. Sie mied den Raum grundsätzlich, betrat ihn nur ab und zu, um

Bettwäsche wegzuräumen, die der Waschservice vorbeigebracht hatte. Manchmal jedoch, wenn sie gerade besonders leichtsinnig war, stellte sie sich vor, mit ihm in seinem Zimmer zu sein. Nein, nicht in seinem Zimmer – in seinem Bett.

Natürlich wusste sie es eigentlich besser, denn diese Frau war sie nicht mehr. Sie war inzwischen verantwortungsvoller und schlauer und hatte sich sehr viel mehr unter Kontrolle. Ab und zu hing sie dennoch ein wenig ihren Tagträumen nach, doch so wie das hier hatte keine ihrer Fantasien ausgesehen.

»Was meinst du?«, fragte Declan und klang dabei ebenso hoffnungsvoll wie panisch.

Sie musterte ihn von oben bis unten – er trug ein frisch gebügeltes Hemd, dunkle Jeans und Slipper. Er hatte geduscht und sich rasiert und sah verdammt gut aus.

»Sie wird vollkommen überwältigt sein«, sagte sie und versuchte, enthusiastisch zu klingen, auch wenn sie eigentlich mit dem Fuß aufstampfen und ihm sagen wollte, dass er nicht gehen durfte.

»*Vollkommen überwältigt* klingt leicht übertrieben.« Er zupfte an seinem Kragen. »Das Ganze war ein Fehler, ich sollte absagen.«

»Nein, du wirst nicht absagen. Du wirst Phoebe zum Essen ausführen und dich großartig amüsieren.«

Declan wirkte eher leidend als zuversichtlich.

»Ich glaube nicht, dass das eine feststehende Tatsache ist. Ich kenne die Frau ja kaum. Worüber sollen wir uns überhaupt unterhalten?«

»Frag sie nach ihrer Arbeit, erzähl ihr von deiner. Du hast doch viele lustige Geschichten über deine Hotelkunden in petto.«

»Das sind keine lustigen Geschichten, das sind Katastrophen.«

Sie lächelte. »Für dich vielleicht. Für den Rest der Welt sind sie ziemlich unterhaltsam. Und wenn du nicht mehr weiterweißt, sprich über Connor und über seine Schule, darüber, wie die Los Angeles Rams sich in der nächsten Saison schlagen werden und ob sie Ballett mag oder nicht.«

»Mögen nicht alle Frauen Ballett?«

»Natürlich nicht. Es mögen ja auch nicht alle Männer Basketball.«

»Magst du Ballett?«

»Ja, doch darum geht's jetzt nicht. Lerne sie einfach ein bisschen kennen. Und erzähl ihr nicht so viel von Iris – außer dass sie plötzlich krank wurde und sehr schnell gestorben ist.«

Er seufzte. »Selbst ich wäre nicht auf die Idee kommen, ihr von Iris' Affäre zu erzählen.«

»Das sagst du jetzt, aber in der Hitze des Gefechts könntest du alles rausposaunen.« So schmerzhaft es auch war – Sunshine sagte sich, dass es ihr gutes Karma einbringen würde, wenn sie Declan Ratschläge für ein gelungenes Date gab. »Ach, und falls ich irgendwie zum Thema werde, sag ihr auf jeden Fall, dass ich eine feste Beziehung mit einem hünenhaften Typen habe, vor dem du ziemlichen Respekt hast.«

»Wieso das denn?«

Sunshine zuckte die Achseln. »Sie wird dich ganz sicher nach mir fragen. Ich weiß doch, was andere Frauen denken, wenn sie mich sehen – Arsch und Titten. Das ist keine gute Kombination für ein erstes Date. Also, wenn sie fragt, und das wird sie – ich stecke in einer festen Beziehung und der Typ macht dir Angst.«

Declan betrachtete sie eingehend. Sie hatte keine Ahnung, woran er dabei dachte. Solange er kein Mitleid mit ihr hatte, war ihr das jedoch egal. Das redete sie sich zumindest ein.

»Muss ich wirklich sagen, dass dein Freund mir Angst macht?«

»Nein, aber es wäre hilfreich.«

Connor kam ins Schlafzimmer gerannt und blieb schlitternd neben ihr stehen. Sie legte einen Arm um ihn.

»Sieht dein Dad nicht gut aus?«

Connor kräuselte die Nase. »Das tust du, Dad. Bringst du ihr Blumen mit? Frauen mögen Blumen.«

»Vielleicht nächstes Mal.« Declan lächelte seinen Sohn an. »Was esst ihr heute Abend?«

Connor begann aufgeregt auf und ab zu hüpfen. »Pizza! Pizza! Pizza!« Er schlang die Arme um Sunshine. »Wir haben Teig und Tomatensoße und Käse und Peperoni. Ich habe noch nie selbst Pizza gemacht. Wusstest du, dass es extra einen Stein dafür gibt? Auf dem backen wir sie und gucken zu, wie sie fertig wird!«

»Das klingt nach Spaß«, sagte Declan.

»Mit Sunshine macht es immer Spaß.«

Sie lachte. »Was soll ich sagen? Ich bin eben das coole Kindermädchen.«

»Ja, das bist du.« Er warf einen Blick auf seine Uhr. »Ich sollte wohl mal los. Wir haben einen Tisch reserviert.«

Connor begleitete seinen Dad in die Garage, während Sunshine in die Küche ging. Nach der Pizza würden sie sich gemeinsam einen Film ansehen. Und wenn Connor dann im Bett wäre, würde sie sich in ihr Zimmer zurückziehen und bis zum Morgen nicht mehr rauskommen. Sie würde sich mit Fernsehen ablenken und nicht darüber nachdenken, dass Declan mit einer anderen Frau aus war. Hauptsächlich, weil es sie nichts anging. Und außerdem interessierte es sie auch gar nicht. Nicht im Geringsten. Kein bisschen. Sie doch nicht. Nein, nein, das war alles vollkommen in Ordnung für sie.

19. Kapitel

Um kurz nach Mitternacht betrat Declan die Küche. Sunshine hatte die Lichter über der Theke angelassen, ansonsten war es im Haus dunkel und ruhig.

Sein Sohn war sicher seit ein paar Stunden im Bett. Es war ja auch schon spät, und es gab keinen Grund zu erwarten, dass Sunshine noch auf war. Trotzdem hatte er darüber nachgedacht, obwohl das eigentlich verboten war. Sie waren Freunde, und sie arbeitete für ihn – mehr nicht. Sie hatten nichts miteinander, das einer sexuellen Beziehung auch nur im Geringsten nahe käme, daher war es albern, sich Gedanken darüber zu machen, ob sein Date sie in irgendeiner Form beschäftigt hatte.

Er schaltete das Licht im Flur an und knipste die Lampen über der Küchentheke aus. Nachdem er kurz nach Connor gesehen hatte, ging er in sein Schlafzimmer und von dort aus gleich ins Bad, wo er seine Kleider abstreifte und in die Dusche stieg.

Er hatte Sex mit Phoebe gehabt. Das hatte er nicht geplant, es zuvor noch nicht mal in Erwägung gezogen. Doch nach dem Essen hatte sie deutlich gemacht, dass sie mehr als bereit dazu war, und da hatte er sich gedacht …

Keine Ahnung, was ich genau gedacht habe, gestand er sich ein, als er sich wusch. Dass sein letztes Mal schon so lange her war, dass sie lustig und nett war und dass die Vorstellung, eine Frau in den Armen zu halten und Sex mit einem anderen Menschen als sich selbst zu haben, ihn gereizt hatte. Alles war so gelaufen, wie es sollte – er hatte dafür gesorgt, dass sie zuerst kam, dann hatte er sich in sie ergossen.

Er spülte die Seife ab, stieg aus der Dusche und griff nach einem Handtuch. Der technische Ablauf des Abends war perfekt gewesen, doch jetzt überkam ihn plötzlich ein Gefühl der Reue. Mit Phoebe hatte sich rein gar nichts so angefühlt, als würde er Liebe mit einer Frau machen, die ihm wirklich etwas bedeutete. Vielleicht war er inzwischen einfach zu alt dafür – flachgelegt zu werden erschien ihm jedenfalls nicht mehr so aufregend wie vor einigen Jahren noch. Er wollte mehr als nur seinen Schwanz ausführen.

Er wollte Sunshine.

Declan fluchte laut, während er in seine Pyjamahose schlüpfte. Nachdem er sich die Zähne geputzt hatte, ging er ins Schlafzimmer hinüber und kletterte ins Bett. Dort lag er in der Dunkelheit auf dem Rücken und wünschte sich … Ja, was genau? Es nicht getan zu haben? Sich jetzt nicht mit Phoebe auseinandersetzen zu müssen? Sunshine in einem anderen Kontext begegnet zu sein, sie auf ein Date bitten zu können, sie als Frau und nicht als das Kindermädchen seines Sohnes kennengelernt zu haben?

Die Antwort auf all diese Fragen lautet Ja, dachte er niedergeschlagen. Doch er konnte das Geschehene nicht ungeschehen machen und sah sich daher nun mit einer Realität konfrontiert, von der er nicht wusste, wie er sie ändern sollte.

»Guten Morgen«, sagte Margot fröhlich, als sie die Gästelounge betrat. Bianca saß bereits dort und wartete auf sie. Dank Alecs Vorwarnung am vorangegangenen Morgen war sie gewappnet, was auch immer da kommen würde. Nun ja, so gewappnet wie man gegen eine Naturgewalt wie Bianca eben sein konnte.

Ihre Klientin saß auf dem Sofa, mit einer Kaffeetasse in der Hand und einem Gesichtsausdruck, der wissend und selbstzufrieden zugleich war. Sie lächelte Margot an.

»Guten Morgen, meine Liebe. Und, Sie und Alec, wie war das so?«

Margot setzte sich. »Ich werde mit Ihnen nicht über Ihren Sohn reden. Nicht in diesem Zusammenhang.«

»Er ist mein Sohn. Ich habe ein Recht darauf zu erfahren, was in seinem Leben passiert.«

»Aber nicht von mir.«

Bianca lächelte. »Gut pariert. Es gibt genügend Leute, die mir da nicht gewachsen sind. Ich freue mich, dass Sie nicht dazugehören.« Ihr Gesichtsausdruck wurde spitzbübisch. »Keine Angst, ich werde Sie nicht nach der vergangenen Nacht fragen oder auch nur in irgendeiner Form erwähnen, dass Sie leicht müde aussehen. Wir können uns also gleich an die Arbeit machen.«

»Wie liebenswürdig von Ihnen.« Margot wusste, dass Bianca sie auf die Probe stellte und nur herausfinden wollte, ob sie sich aus dem Konzept bringen ließ. Sie tat ihr Bestes, ruhig und entspannt zu wirken, lehnte sich auf ihrem Sessel zurück und schlug die Beine übereinander. »Lassen Sie uns über die politische Spendenveranstaltung sprechen.«

»Nein, lassen Sie uns das nicht tun.« Bianca seufzte. »Das ist doch Schnee von gestern. Ich habe einfach etwas Gutes für Kinder getan.«

»Sie haben einem Mann, den Sie nicht kannten, erlaubt, ihren nackten Po in der Öffentlichkeit zu berühren. Sie wussten, wie dumm das war, und haben es dennoch getan. Das ist es, was ich nicht verstehe, Bianca. Warum nur? Ich habe es hin und her gedreht, und trotzdem fällt mir kein einziger Grund ein, weshalb Sie das …«

Margot verstummte, als ihr plötzlich die offensichtlichste Antwort in den Sinn kam. Sie hatte keine Ahnung, wieso sie nicht schon früher darauf gekommen war: Was passiert war, hatte nichts mit ihren Trainingsmethoden zu tun oder damit, dass Bianca alles egal war.

»Was war der Auslöser?«, fragte sie sanft. »Irgendjemand muss bei der Veranstaltung etwas getan oder gesagt haben, das Sie aufgewühlt hat. Ja, natürlich – das hätte mir in dem Moment gleich klar sein müssen.«

Bianca nippte an ihrem Kaffee. »Ich habe keine Ahnung, wovon Sie sprechen. Übrigens schulden Sie mir immer noch ein Mittagessen mit Ihrer Schwester.«

»Wie bitte?« Sie wollte schon fragen, ob das Essen mit Sunshine wirklich so wichtig war, als ihr klar wurde, dass Bianca sie nur abzulenken versuchte.

»Darüber können wir später sprechen«, sagte sie entschieden und setzte sich aufrecht hin. »Bitte erzählen Sie mir, was Sie bei der Veranstaltung so aufgeregt hat. Ich weiß, dass da etwas gewesen sein muss.«

Bianca presste die Lippen zusammen. »Na schön, es war eigentlich gar keine große Sache. Und ich wollte es erst auch überhaupt nicht zulassen, dass der Mann mich berührt. Was für eine idiotische Bitte. Außerdem war der Typ echt schmierig. Aber dann, als ich auf der Toilette war, habe ich gehört, wie zwei Frauen über mich geredet haben.« Sie wandte sich ab. »Ach, ich weiß gar nicht, weshalb wir darüber sprechen müssen.«

Margot ging zum Sofa hinüber, setzte sich neben Bianca und suchte ihren aufgewühlten Blick. »Ich werde Sie niemals verurteilen.«

»Es sei denn, ich lasse es zu, dass jemand meinen nackten Hintern betatscht.«

»Ich verurteile Sie nicht dafür. Ich war nur schockiert und verwirrt, das ist alles.«

Endlich ließ Bianca ihre Maske fallen. »Die Frauen haben gesagt, ich sei eine Hure und eine Ehezerstörerin, was total unfair ist. Ich habe nie was mit verheirateten Männern gehabt, das ist nicht mein Ding. Einmal habe ich mit einem Spion geschlafen, nur wusste ich gar nicht, dass er einer war. Er war Filmproduzent und sehr gut aussehend. Als wir irgendwann zusammen in seiner Villa in den Hollywood Hills waren, durchsuchte das FBI sie, und er wurde mitgenommen. Das war ziemlich aufregend und auch leicht beängstigend.«

Sie lächelte. »Ich war splitternackt, und der jüngste FBI-Agent konnte die Augen nicht von mir lassen. Es war wie im Film, ich fand's großartig. Wir waren fast einen Monat zusammen.«

Margot hatte etwas Schwierigkeiten, ihr zu folgen. »Sie und der Produzent?«

»Was? Ja, ich meinte jetzt allerdings mich und den FBI-Agenten. Er war zu jung für mich, aber sehr süß. Was habe ich ihm nicht alles beigebracht …« Sie seufzte wehmütig. »Jedenfalls, was ich sagen wollte, ist, dass ich nie mit verheirateten Männern geschlafen habe. Das fand ich immer blöd. Jeder Mann, der bereit war, seine Frau zu betrügen, war mir die Zeit nicht wert, doch die beiden haben mich wütend gemacht.«

»Diese Frauen? Natürlich, Sie müssen sich furchtbar gefühlt haben. Aber in Wahrheit waren das einfach nur fiese, neidische Zicken, die sich selbst unzulänglich vorkamen, und weil sie damit nicht umgehen konnten, mussten sie Sie niedermachen. Es tut mir sehr leid, dass das passiert ist.«

Bianca berührte sie leicht am Arm. »Danke, Margot, das ist lieb von Ihnen.«

»Ich meine das ganz im Ernst. Ich wünschte, ich wäre dabei gewesen – denen hätte ich was erzählt.«

Bianca lächelte. »Sie hätten das sicher großartig gemacht.«

»Das hoffe ich.« Jetzt ergab alles einen Sinn. »Wahrscheinlich hätten Sie die Sache schnell verwunden, wären Sie nicht gleich wieder diesem Typen in die Arme gelaufen. Sie fühlten sich verletzlich und haben daher seine Bitte erfüllt. Denn immerhin wollte er Ihren Hintern berühren und nicht etwa den der beiden Frauen. So konnten Sie im Mittelpunkt stehen und sich ein wenig von Ihrer wilden Seite zeigen, das leuchtet mir ein.«

Sie milderte ihre Worte mit einem Lächeln ab. »Und wie hat diese Strategie für Sie funktioniert?«

»Ich dachte eigentlich, gut – nur dass Sie und Alec deswegen einen Anfall bekommen haben.«

Margot wartete schweigend ab. Schließlich stöhnte Bianca auf.

»Na schön. Ich hätte es nicht tun sollen. Wegen Wesley und alldem.«

»Sie werden immer eine Zielscheibe für solche Angriffe sein, Bianca, das wissen Sie. Daher müssen wir uns Strategien für Situationen überlegen, in denen Sie sich angegriffen fühlen.«

»Ich habe mich gerne mit den schüchterneren Leuten im Raum unterhalten. Die waren alle so dankbar.«

»Jeder wäre am liebsten etwas Besonderes, und niemand ist besser darin, Menschen das Gefühl zu geben, im Zentrum des Universums zu stehen, als Sie. Die andere Möglichkeit wäre, einfach zu gehen. Sie werden bei solchen Veranstaltungen nie alleine sein. Suchen Sie Wesley. Vielleicht könnten Sie beide sich ein Codewort ausdenken, damit Sie ihm diskret mitteilen können, dass es Ihnen nicht gut geht.«

Bianca lachte. »Wir haben schon gemeinsame Codewörter. Sie wissen schon, wenn ...«

Margot hielt abwehrend eine Hand hoch. »Nein. Bitte erzählen Sie's mir nicht.«

»Vielleicht sollten Sie und Alec sich auch ...«

»Stopp!«

Bianca zog einen Schmollmund. »Sie verstehen absolut keinen Spaß.«

»Ich bin auch nicht hier, um Spaß zu haben. Ich bin hier, um Ihnen zu helfen, sich in Wesleys Welt zurechtzufinden. Reden Sie mit ihm darüber, arbeiten Sie einen gemeinsamen Plan aus. Er liebt Sie und will Ihnen helfen.«

Biancas Augen füllten sich mit Tränen. »Ich will nicht so beschädigt sein.«

»Sie sind nicht beschädigt, Sie sind ...« Margot suchte nach einem passenden Vergleich. »Wissen Sie noch, wie wir darüber gesprochen haben, dass Sie keine Chirurgin sind? Sie mögen ein angeborenes Talent für Medizin haben, doch ohne die entsprechende Ausbildung wären Sie eine Gefahr im OP, Talent hin oder her. Und das ist genau das, was wir hier tun – wir bilden Sie aus.«

»Sie haben es aber mit Ihren medizinischen Vergleichen.«

»Ich habe in der ganzen Zeit mit Ihnen vielleicht zweimal einen benutzt.«

»Trotzdem, öfter mal was Neues, meine Liebe. Das kann nie schaden.«

Margot ließ sich gegen die Sofalehne sinken. »Sie treiben mich noch in den Wahnsinn.«

Bianca lächelte. »Ausgezeichnet.«

Am Samstagmorgen wachte Sunshine früher auf, als sie wollte. Sie hatte gar nicht gut geschlafen. Obwohl sie den Fernseher angelassen hatte, um keine Geräusche von außerhalb ihres Zimmers mitzubekommen, hatte sie sich dabei ertappt, wie sie nach Declan horchte. Irgendwann sehr spät war sie dann schließlich eingeschlafen.

Sie hatte keine Ahnung, wann er nach Hause gekommen war, was auf seinem Date passiert war, weshalb ihr das eigentlich nicht egal war und was sie mit dem freien Tag anfangen sollte, der vor ihr lag.

Die vorletzte Aussage war vollkommen gelogen, doch das ignorierte sie ebenso wie das leichte Gefühl von Bedrohung, das sich in ihrer Magengrube breitmachte. Die beste Lösung für alles, was sie plagte, war ein konkreter Plan für den Tag – inklusive irgendeiner Aktivität, die ihr Spaß machte. Zwar hatte sie erst einmal ihre Hausaufgaben zu erledigen, aber vielleicht würde sie sich danach eine Gesichtsbehandlung bei der Kosmetikerin gönnen oder shoppen gehen. Oder Margot fragen, ob sie mit ihr abhängen wollte – falls die den Tag nicht mit Alec verbrachte. Denn der Nachricht zufolge, die ihre Schwester ihr gestern geschickt hatte, war es ziemlich heiß zwischen den beiden geworden.

Sie sagte sich, dass wenigstens eine der Baxter-Schwestern Spaß hatte und sie eben einfach nur etwas später an der Reihe sei. Mit diesem positiven Gedanken im Kopf zog sie sich an und ging in die Küche, um sich einen Kaffee zu machen. Sie wartete gerade darauf, dass die Kaffeemaschine ihr Werk tat, als Connor hereinkam, der unglaublich niedlich aussah, wie er noch so ganz verschlafen in seinem Auto-Pyjama vor ihr stand. Er kam zu ihr und umarmte sie fest.

»Morgen.« Sie rieb ihm über den Rücken. »Hast du gut geschlafen?«

»Hm. Kann ich Pancakes haben?«

»Kannst du.«

Connor ließ sie los und krabbelte auf einen der Barhocker an der Kücheninsel, während sie die Zutaten für Pancakes zusammensuchte. Da heute ihr freier Tag war, war es eigentlich nicht ihre Aufgabe, Frühstück zu machen, sie würde Connor jedoch keine Abfuhr erteilen. Erstens kümmerte sie sich gerne um ihn, und zweitens war sie sich nicht sicher, wie lange Declan schlafen würde.

Und ob er überhaupt zu Hause ist!

Der Gedanke war ebenso unwillkommen wie verstörend. Was, wenn er die ganze Nacht bei Phoebe verbracht hatte? Nein, das würde er sicher nicht tun, könnte es gar nicht. Er würde sich zu große Sorgen um Connor machen, und außerdem hatte Phoebe ja auch noch Elijah. Selbst wenn sie Sex gehabt hatten, war er danach bestimmt nach Hause gekommen.

Sie wollte sich die beiden gar nicht zusammen vorstellen, aber das Bild hatte sich in ihrem Kopf festgesetzt und wollte ihn nicht mehr verlassen.

»Wir gehen heute in den Zoo«, erzählte ihr Connor. »Komm doch mit.«

Sie schlug Eier in eine Schüssel. »Heute ist mein freier Tag, Connor.«

»Aber es ist der Zoo! Komm schon, wird werden bestimmt Spaß haben.«

»Du musst auch mal ein bisschen Zeit mit deinem Dad alleine verbringen.«

»Wieso?«

»Wir haben doch darüber gesprochen«, sagte Declan, der in diesem Moment die Küche betrat. Er hielt den Blick fest auf seinen Sohn gerichtet. »Morgen, Sunshine.«

»Guten Morgen.«

Declan umarmte Connor. »Sunshine braucht ihre Freizeit. Sie hat noch ein paar andere Dinge zu tun.«

Connor warf ihr einen skeptischen Blick zu. »Was denn?«

»Das geht dich gar nichts an«, sagte sein Dad und goss Kaffee ein. Er fügte Milch hinzu und stellte ihr die Tasse hin, ehe er eine zweite für sich selbst eingoss.

Connor seufzte tief. »Aber wenn Sunshine mitkommt, macht es viel mehr Spaß.«

»Das ist sicher wahr, aber diesmal müssen wir eben so das Beste daraus machen.«

Sunshine gab die Pancake-Mischung zu den Eiern und rührte sie um. Kam es ihr nur so vor oder wich Declan ihrem Blick aus? Fühlte er sich genauso unwohl wie sie, oder bildete sie sich die Spannung in der Luft nur ein?

»Ich mache eine Liste von allen Tieren, die ich sehen will«, sagte Connor und rutschte vom Hocker. »Ruft mich, wenn das Frühstück fertig ist.«

Er verschwand in den Flur und ließ sie mit ihrem Arbeitgeber allein. Sunshine war sich nicht sicher, ob sie die Pfanne vorheizen oder einfach nur in ihr Zimmer flüchten sollte. Sie entschied sich für irgendetwas dazwischen und nahm ihre Kaffeetasse in die Hand.

»Und, wie war dein Date?« Sie sah ihn geradeheraus an, als sie die Frage stellte. Endlich erwiderte er ihren Blick. Sein Ausdruck wirkte zu zwei Dritteln niedergeschlagen und zu einem Drittel schuldbewusst. Er sah ihr in die Augen.

»Ich habe mit ihr geschlafen.«

Die Aussage traf Sunshine wie ein Tritt in die Magengrube. Sie wusste, dass es sie nichts anging, dass es ihr egal sein und für ihre Situation keine Rolle spielen sollte. Und dennoch machte diese Neuigkeit sie fassungslos. Das Gefühl, betrogen worden zu sein, mischte sich mit Schock – sie war verletzt, und zugleich war es ihr unangenehm, dass sie so empfand. Und das alles noch vor dem Frühstück, dachte sie grimmig.

In der Hoffnung, so ein wenig Zeit zu gewinnen und keine sichtbare Reaktion zu zeigen, nahm sie einen Schluck von ihrem Kaffee.

»Gut gemacht«, sagte sie so leichthin wie möglich. »Die Dürrezeit ist also vorbei.«

Sie schenkte ihm ein gekünsteltes Lächeln, das er nicht erwiderte.

»Bist du nicht froh darüber?«, fragte sie.

»Es war nicht so toll.« Er wandte sich ab.

»Du meinst, der Sex war nicht …«

Declan stützte sich auf der Küchentheke ab und fluchte leise. »Nein, der Sex war okay. Es ist eher alles andere. Ich dachte, endlich mal wieder mit einer Frau ins Bett zu wollen, und sie war definitiv dafür zu haben. Aber als es vorbei war, wurde mir klar, dass ich das so gar nicht gewollt hatte. Oh Mann, ich klinge schon wie eine Frau.«

»Nicht wirklich. Deine Stimme ist zu tief.«

Er sah sie an. »Du meinst, ein bisschen Humor kann nie schaden?«

»Zu früh dafür?«

Ihm gelang ein Lächeln. »Nein, ist schon okay. Ich dachte, ich würde mich toll danach fühlen, doch das ist überhaupt nicht so. Im Gegenteil – ich fühle mich beschissen und muss jetzt auch noch irgendwie damit klarkommen, dass es nun mal passiert ist.«

Sunshines Unbehagen ließ so weit nach, dass sie sich ein wenig entspannen konnte. Nicht dass Declans Sexleben sie irgendetwas anginge, aber wenn er keinen Spaß mit Phoebe gehabt hatte, würde er sie womöglich nicht wiedersehen wollen und …

Und was? Dann würden sie beide was miteinander haben können? Wohl kaum.

»Sie hat mir schon zwei Nachrichten geschrieben«, sagte er. »Vielleicht sollten Connor und ich nach Bora Bora ziehen.«

»Das erscheint mir eine etwas überzogene Reaktion auf zwei Handynachrichten«, sagte sie sanft. »Alternativ könntest du sie auch auf einen Kaffee treffen.«

»Was?« Er starrte sie entsetzt an. »Ich will sie überhaupt nicht sehen. Was, wenn sie davon ausgeht, dass wir es noch mal tun?«

Sunshine gab sich Mühe, nicht zu lachen. »Triff sie einfach nur auf einen Kaffee«, wiederholte sie. »An einem öffentlichen Ort, an dem deine Tugend gewahrt bleibt.«

»Du machst dich lustig über mich.«

»Nur ein bisschen. Was ich meine, ist, dass du ihr sagen könntest, wie toll eure gemeinsame Nacht war, doch dass du noch nicht wieder bereit bist, eine engere Bindung einzugehen.«

»Dann schreit sie mich sicher zusammen.«

»Kann sein, aber so schlimm wäre das auch nicht. Und außerdem bist du dann der tolle Typ, der sich der Situation gestellt hat.«

»Wieso kann ich nicht einfach das Arschloch sein, das die Sache mit einer SMS beendet?«

»Weil du in deinem tiefsten Inneren kein Arschloch bist. Außerdem brauchst du ein bisschen praktische Übung im Umgang mit Frauen.«

»Ist das so offensichtlich?«

»Schon irgendwie.«

Sie lächelten sich an. Die Spannung war nach wie vor da, doch jetzt fühlte sie sich anders an. Diesmal entstand sie aus dem klaren Bewusstsein, dass sie sich als Mann und Frau gegenüberstanden und einander begehrten, dies aber nicht ausleben konnten. Oder vielleicht begehrte nur sie ihn, und der Rest war reines Wunschdenken. Wie auch immer, irgendeine Spannung lag jedenfalls in der Luft.

Declan tat einen Schritt auf sie zu. Jeder einzelne Teil ihres Körpers wollte sich ebenfalls auf ihn zubewegen, ihn umarmen und umarmt werden, sich in seinem Kuss, in seinen Berührungen verlieren, sich ihm ganz …

Irgendwo in ihrem Kopf heulte eine Sirene auf. Die letzte vernünftige Synapse ihres Gehirns schlug Alarm und warnte sie, jetzt keine Dummheiten zu machen. Es stand so viel mehr auf dem Spiel als irgendein flüchtiges Vergnügen.

Ihre Unentschlossenheit lähmte sie, während der Anteil in ihr, der den Gefühlen einfach nachgeben wollte, mit dem Lebensziel rang, das sie zu haben vorgab. Nein, das sie definitiv hatte. Sie trat einen Schritt von ihm weg.

»Ich kann nicht.«

Er zog sich sofort zurück. »Du hast recht. Es tut mir leid.«

Sie deutete auf die Schüssel. »Das ist Pancake-Teig. Könntest du vielleicht …?«

»Ja, ich mach das schon.«

Es gab noch so viel mehr zu sagen und zugleich nichts zu diskutieren. Also tat Sunshine das einzig Sinnvolle. Sie wandte sich um und lief davon.

Alec hielt Margot fest umschlungen, während sie beide nach Atem rangen. Es war mitten am Nachmittag, und sie befanden sich in seinem Büro. Irgendwie war ihr kurzer Besuch – sie wollte ihm nur mal Hallo sagen – in etwas sehr viel Reizvolleres ausgeartet.

Er trat zurück und hob ihren Slip auf. Sie nahm ihn grinsend entgegen und rutschte von seinem Schreibtisch herunter. Mal abgesehen von seiner offen stehenden Jeans und ihrem fehlenden Höschen waren sie vollständig bekleidet.

Er warf einen Blick auf die Wanduhr und schüttelte den Kopf. »Nur drei Minuten. Das mache ich heute Abend wieder gut.«

Sie zog ihren Slip hoch und strich ihr Kleid glatt. »Mach dir nichts draus, dass es nur so kurz war«, sagte sie neckend. »Bei dem Wahnsinnsorgasmus ist es mir total egal, dass ich nur acht oder neun Sekunden gebraucht habe, um dahin zu kommen. Aber wir sollten uns vielleicht mal angewöhnen, die Tür abzuschließen.«

Er folgte ihrem Blick und sah, dass sie seine Bürotür offen stehen gelassen hatten. Es war ein ganz normaler Wochentag. Nicht nur seine Mutter war im Haus, sondern ebenso Edna, die Reinigungskräfte und der Tischler Borys, der derzeit an verschiedenen Säulen und Schnitzereien arbeitete. Es hätte jederzeit jemand reinkommen können.

»Daran hätte ich wirklich denken müssen«, sagte er. Normalerweise war er so umsichtig, doch Margot war hereingeschneit und hatte ihn den Rest der Welt schlicht vergessen lassen.

»Ich auch.« Sie lächelte. »Nächstes Mal.«

Er zog sie an sich und küsste sie. Eine ganze Weile hielten sie einander einfach nur fest. Schließlich wich er so weit zurück, dass er ihr ins Gesicht sehen konnte. »Ich treffe mich übrigens mit keiner anderen Frau. Das hast du sicher schon vermutet, aber ich wollte trotzdem klarstellen, dass es da niemand anderen gibt als dich.«

Sie sah ihm in die Augen. »Das Gleiche gilt für mich.«

»Gut.« Das gefällt mir, dachte er. Sie gefällt mir – und das, was wir miteinander haben. »Lass uns heute Abend essen gehen.«

Sie zog in gespielter Überraschung die Augenbrauen hoch. »Du meinst, wir verlassen Haus und Hof? Gemeinsam?«

»Ja, wir gehen zusammen essen. Wir haben ein Date.«

Sie legte ihm zärtlich die Hände auf die Brust. »Das ist aber eine sehr viel ernstere Angelegenheit als Sex.«

Das war nicht scherzhaft gemeint, wurde ihm bewusst. Es war die Feststellung einer Tatsache, da sie genau verstand, was in ihm vorging. Aus allem, was er ihr erzählt hatte – und sicherlich auch aus den Bemerkungen seiner Mutter –, hatte Margot richtig geschlossen, dass er eigentlich nicht der Typ für feste

Beziehungen war. Es fiel ihm schwer, Menschen sein Vertrauen zu schenken, und es gab da noch andere Dinge zu bedenken. Normalerweise bestand er daher auf lockeren, kurzfristigen Affären, doch mit Margot war es anders.

»Ich reserviere uns einen Tisch«, sagte er. »Irgendwelche besonderen Wünsche?«

»Nur, dass du dabei bist.« Sie drückte ihm einen leichten Kuss auf die Lippen. »Jetzt muss ich mich aber wirklich wieder an die Arbeit machen, sonst gibt es zu viele Fragen.«

»Bis später.«

Sie winkte ihm noch einmal zu und ging.

Alec setzte sich hinter seinen Schreibtisch, um sich zu sammeln. Er hatte an irgendetwas gearbeitet, als Margot ihn auf so angenehme Art und Weise unterbrochen hatte. An irgendeinem …

Er starrte auf seinen Arbeitsplatz, und Entsetzen überkam ihn. Er war dabei gewesen, einen französisch-spanischen Handelsvertrag aus dem siebzehnten Jahrhundert zu lesen. Ein Originaldokument. Kein extrem seltenes oder einzigartiges, aber dennoch ein Stück Geschichte, das man ihn einzuschätzen gebeten hatte. Ein Professor hatte ihm die in mühevoller Kleinarbeit beschriebenen Seiten anvertraut, in dem Vertrauen, dass er sie vor jeglichem Schaden bewahren und sorgsam behandeln würde.

Alec betrachtete das Chaos auf dem Schreibtisch. Ja, er hatte die Arbeitsfläche gereinigt, ehe er die Dokumente aus ihrer Schutzschachtel genommen hatte. Und ja, er hatte Handschuhe getragen. Aber als Margot hereingekommen war, hatte er die Papiere einfach auf den Tisch geworfen und sie dort liegen gelassen!

Sie hatten sich geküsst, und er hatte ihr das Höschen ausgezogen. Voller Ungeduld, endlich in sie einzudringen, hatte er sie auf den Schreibtisch gehoben. Und dabei hatte er kein einziges Mal an die wertvollen Schriftstücke gedacht oder daran, was mit ihnen passieren könnte. Sie hatten Sex auf einem französisch-spanischen Handelsvertrag gehabt.

Fluchend zog er die Handschuhe über, die er sich nicht erinnerte, ausgezogen zu haben, und untersuchte die einzelnen Seiten. Sie wiesen zum Glück keine feuchten Flecken auf, doch er entdeckte ein paar zerknitterte Stellen und eine umgeknickte Ecke. Beides war vorher nicht da gewesen, dessen war er sicher.

Das war noch nicht mal ein Anfängerfehler. Ein Anfänger hätte sich strikt an die Regeln gehalten. Er hingegen war schlicht unachtsam mit einem fünfhundert Jahre alten Dokument umgegangen und hatte keine Ahnung, wie er den Schaden erklären sollte.

Er legte die Blätter auf den Tisch und lehnte sich auf dem Stuhl zurück. Was war nur passiert? Wie hatte er vergessen können, dass er mitten bei der Arbeit war. Das sah ihm so gar nicht ähnlich.

20. Kapitel

»Das war keine gute Idee«, murmelte Margot, als sie ihre Schwester am Restauranteingang abholte.

»Ich dachte, ich wäre diejenige, deren Leben aus einer emotionalen Achterbahnfahrt besteht«, neckte Sunshine sie. »Du bist der stets ruhige und besonnene Zwilling. Oder hast du das etwa vergessen?«

»Ich bin besonnen, und ich bin ruhig. Nur bin ich mir gleichzeitig sicher, dass eine Katastrophe bevorsteht.«

Sunshine umarmte sie. »Wir essen doch nur mit Bianca zu Mittag. Ernsthaft, es wird schon alles gut gehen.«

»Das sagst du jetzt.«

Margot wusste, dass das Katastrophenpotential unendlich war. Bianca könnte darüber sprechen wollen, dass Alec und sie Sex hatten, sie könnte Sunshine irgendeine peinliche Frage stellen oder eine Polonaise im Restaurant starten. Alles war möglich. Sie hätte einem gemeinsamen Mittagessen niemals zustimmen dürfen. Biancas Macht war nicht zu unterschätzen.

Margot führte ihre Schwester zu dem Tisch, an dem Bianca bereits saß. Sie bemerkte, dass ihre Klientin in den zwei oder drei Minuten, die sie nicht da gewesen war, eine Flasche Champagner bestellt hatte. So war sie einfach.

»Sunshine, es ist so schön, Sie wiederzusehen.« Bianca stand auf und küsste Sunshine auf beide Wangen, ehe sie mit der flachen Hand auf den Platz neben sich auf der Bank klopfte. »Kommen Sie, setzen Sie sich zu mir.«

»Zwei gegen eine?«, fragte Margot leichthin. »Ich finde, Sunshine und ich sollten ein Team bilden. Und selbst dann hätten wir keine Chance gegen Sie.«

Auf Biancas Wangen bildeten sich Grübchen. »Das ist wohl wahr, trotzdem will ich, dass Sunshine neben mir sitzt.«

Sie nahmen ihre Plätze ein. Der Kellner, ein junger Typ Anfang zwanzig, schaffte es nicht, die Augen von ihnen abzuwenden, so als könnte er sein Glück nicht fassen.

»Seid ihr alle verwandt?«, fragte er an Sunshine gewandt. »Ist das eure Mutter?«

Margot war überrascht, dass der Kellner Bianca nicht erkannte. Später, nachdem er alle Puzzleteile zusammengesetzt hätte, würde er sich dafür schlagen, einen Filmstar an einem seiner Tische sitzen gehabt zu haben, ohne es zu bemerken.

Bianca lächelte. »Oh ja, das sind meine Mädels. Sind sie nicht wunderschön? Die habe ich selbst gemacht. Mit ein bisschen Hilfe von Gott.«

Sie legte ihre geöffneten Hände auf die Tischplatte, und Margot ergriff sie.

Bianca drückte ihre Finger, dann lächelte sie den Kellner an. »Sie sind meine tägliche Freude.«

»Oh, Mom«, sagte Sunshine und klimperte mit den Augen. »Du bist so eine Schmeichlerin.«

Der Kellner goss ihnen Champagner ein, dann scheuchte Bianca ihn weg, damit sie »vor der Bestellung noch ein wenig plaudern« konnten, und hob ihr Glas. »Auf die Männer, die uns wollen, aber nie kriegen werden. Möge es derer stets viele geben.«

»Nicht auf den Weltfrieden?«, fragte Margot.

Bianca zwinkerte. »Nächstes Mal, Schätzchen, nächstes Mal.« Sie stellte ihr Glas ab und sah Sunshine an. »Jetzt würde ich gerne alles über Sie erfahren. Von unserem Dinner habe ich in Erinnerung, dass Sie Kindermädchen sind und wieder angefangen haben zu studieren, richtig?«

Sunshine wirkte überrascht, weil Bianca sich das alles gemerkt hatte.

»Das stimmt.«

»Seltsam. Mit Ihrem Aussehen und Ihrem Körper hätten Sie einen sehr viel leichteren Lebensweg einschlagen können.«

»Das habe ich schon versucht. Es hat nie funktioniert. Ich glaube, ich bin besser damit bedient, auf harte Arbeit und kluge Entscheidungen zu setzen als immer nur auf meine Brüste.«

»Das ist sicher die moralisch richtige Wahl. Was studieren Sie?«

»Das habe ich noch nicht genau entschieden. Vielleicht Kinderpsychologie. Erst mal belege ich ein paar Kurse für meine Allgemeinbildung.«

Bianca warf Margot einen Blick zu. »Sie sollten sie zu Ihrer Geschäftspartnerin machen.«

Margot öffnete den Mund und schloss ihn gleich wieder – hauptsächlich da sie keine Ahnung hatte, was sie dazu sagen sollte. »Ich würde sehr gerne mit Sunshine zusammenarbeiten«, erklärte sie schließlich, als ihr klar wurde, dass das stimmte. Ein gemeinsames Projekt mit ihrer Schwester würde ihr sehr viel Spaß machen – nur in welchem Bereich?

»Margot hat einen Abschluss in Hotelmanagement«, sagte Sunshine schnell. »Ich dagegen möchte mit Kindern arbeiten. Außerdem stehen wir an ganz unterschiedlichen Stellen unserer beruflichen Laufbahn, ich fange gerade erst richtig an. Und das Studium ist sehr viel härter, als ich dachte.«

»Papperlapapp.« Bianca leerte ihr Champagnerglas und hielt es Margot hin, die ihr nachschenkte. »Sie haben Köpfchen, meine Liebe. Das ist mindestens fünf Abschlüsse wert.« Sie berührte Sunshines Hand. »Margot hat mir ein wenig davon erzählt, wie es war, bei ihrer Urgroßmutter aufzuwachsen. Margot hatte das Aussehen und den Körper, um das Krönchen zu gewinnen, doch Sie waren diejenige, die es eigentlich haben wollte, stimmt's?«

Sunshine warf ihr einen Blick zu, der zu besagen schien: Du hast recht, sie kann beängstigend tief blicken. Dann lächelte sie Bianca an.

»Das stimmt, nur war das natürlich aussichtslos. Aber ein Job als halb nackte Kellnerin in irgendeiner Sportbar wäre sicher drin gewesen.«

Bianca schaute zwischen ihnen hin und her. »Sie hatten beide keine leichte Kindheit. Glauben Sie mir, da kenne ich mich aus. Da bildet man entweder einen starken Charakter aus oder man geht kaputt. Ja, Sie sollten wirklich zusammenarbeiten. Vielleicht eine Non-Profit-Organisation gründen. Irgendwas mit jungen Mädchen, die unter unglücklichen Umständen aufwachsen. Ich stelle Ihnen gerne das Startkapital und mich selbst als Galionsfigur zur Verfügung. Ich kann auch heute noch die Massen anziehen.«

»Das ist doch mal ein Vorschlag.« Margot griff nach ihrem Champagnerglas. Sie war froh, dass sie ein Taxi zum Restaurant genommen hatte, denn sie würde sich definitiv ein zweites Glas genehmigen.

»Sie können mir so wenig glauben, wie Sie wollen«, sagte Bianca. »Eines Tages werden Sie feststellen, dass ich recht hatte. Doch bis dahin lassen Sie uns das Thema wechseln. Sunshine, wussten Sie, dass Ihre Schwester mit meinem Sohn schläft? Die beiden sind ein hübsches Paar, und sie achten penibel darauf, dass ich nicht reinplatze, wenn sie gerade zugange sind.«

Sunshine tat ihr Bestes, nicht laut aufzulachen. »Margot war immer schon ein sehr umsichtiger Mensch.«

Margot blickte sich um und fragte sich, ob sie sich einen stärkeren Drink bestellen oder einfach auf die Wirkung des Champagners vertrauen sollte, um zu vergessen, dass dieses Mittagessen jemals stattgefunden hatte.

Sunshine trug sich im Mathelabor ein, setzte sich auf einen Stuhl und wartete. Sie achtete darauf, niemanden anzusehen, aus Sorge, die Scham auszustrahlen, die sie empfand. Obwohl sie wie verrückt büffelte und verzweifelt versuchte, den Stoff zu verstehen, hatte sie wieder nur eine Drei minus im letzten Test bekommen. Nicht mal eine glatte Drei. Sie wusste wirklich nicht, wie sie noch härter arbeiten sollte. Es war nur ein einziges Seminar, und sie lernte mindestens fünfzehn Stunden pro

Woche dafür, die Seminarstunden nicht mit einberechnet. Bei diesem Tempo würde sie nie mehr als einen Kurs pro Semester belegen können und kurz vor der Rente stehen, wenn sie endlich mit dem Studium fertig wäre – und das vermutlich mit einem Durchschnitt von Drei minus.

Tränen brannten ihr in den Augen, doch sie blinzelte sie schnell weg. Nein, sie würde nicht weinen, nicht hier. Damit würde sie warten, bis sie zu Hause war.

Dabei war sie vor ein paar Tagen noch so zufrieden mit sich selbst gewesen. Sie hatte ein gutes Gefühl gehabt, was den Test betraf, ein unterhaltsames Mittagessen mit Margot und Bianca verbracht und mochte ihren Job. Alles lief gut, und jetzt das.

Einige Minuten später hörte sie, wie ihr Name aufgerufen wurde. Sie stand auf und ging auf die grauhaarige Frau in Jeans und einem T-Shirt mit dem Aufdruck »Ich gehöre zur Band« zu.

»Ich bin Ann Lambert«, sagte die Frau. »Sie haben Probleme mit ihrem Mathekurs?«

»Ja.«

»Ich wollte nur sichergehen. Sie würden sich wundern, wie viele Geschichtsstudenten sich hierher verirren. Ich weiß nicht, was an dem Wort ›Mathelabor‹ missverständlich ist, aber scheinbar ist es das.«

Ann führte sie in ein kleines Büro mit einem Schreibtisch und zwei Stühlen, auf die sie sich nebeneinandersetzten.

»Zeigen Sie mir doch mal den Stoff, an dem Sie gerade arbeiten«, sagte Ann.

Sunshine öffnete ihren Rucksack, und der Test fiel heraus. Als sie die große, grellrote Drei minus erblickte, füllten sich ihre Augen mit Tränen.

»Ich versteh das einfach nicht«, sagte sie und spürte, wie zusammen mit den Tränen Frustration in ihr aufstieg. »Ich pauke so viel und mache gar keine Fortschritte. Früher musste ich mich nie so anstrengen. Auf dem College war ich nicht, und auf der Highschool war mir alles egal. Ich dachte, ich wäre immer noch schlau genug, um so durchzukommen, aber vielleicht stimmt das gar nicht. Vielleicht sollte ich akzeptieren, dass ich es einfach nicht schaffe.«

Ann öffnete eine Schreibtischschublade und nahm eine Schachtel Taschentücher heraus. Sie wartete, bis Sunshine sich eins genommen hatte, ehe sie sagte: »Falls Sie hier sind, um sich Hilfe für Ihren Mathekurs zu holen, wunderbar. Aber wenn Sie herkommen, weil Sie Mitleid von mir erwarten, dann raus hier. Wir brauchen den Platz für Leute, die ihren Kurs tatsächlich durchziehen wollen.«

Sunshine starrte sie an. »Wie bitte?«

»Sie haben mich schon verstanden. Wollen Sie das hier wirklich? Das ganze College-Ding? Denn wenn es jetzt schon schwer ist, dann wird es nur noch schwerer werden. Sie absolvieren ja nicht mal einen Kurs, der Ihnen Punkte für irgendeinen Abschluss bringt. Sie sitzen lediglich in einem Seminar, dessen Abschluss Voraussetzung für die Zulassung zum Studium ist. Sind Sie sicher, dass Sie nicht lieber mit dem weitermachen wollen, was Sie vorher gemacht haben? Sie sind eine hübsche Frau. Wollen Sie tatsächlich so hart ackern?«

Der Schock ließ ihre Tränen versiegen. »So können Sie doch nicht mit mir reden!«

»Und ob ich das kann«, murmelte Ann.

»Nein, das ist nicht in Ordnung. Ich bemühe mich hier wirklich. Ich mache meine Hausaufgaben und bereite mich auf jede Stunde vor, und nein, ich will nicht mit dem weitermachen, was ich vorher gemacht habe. Ich habe genug davon, nur aus Hintern und Brüsten zu bestehen. Das meine ich ernst. Es ist mir völlig egal, was Sie sagen. Ich kriege das hin, ich werde diesen Kurs bewältigen und danach ein ganzes Studium abschließen, mit oder ohne Ihre Hilfe. Aber da es Ihr Job ist, mir zu helfen, könnten Sie sich ruhig ein wenig kooperativer zeigen.«

Zu ihrer Überraschung lächelte Ann. »Na also. Wut ist sehr viel hilfreicher und antreibender. Selbstmitleid dagegen ist reine

Zeitverschwendung. Solange etwas Ihre eigene Schuld ist, können Sie es auch ändern. Vergessen Sie das nicht. Erzählen Sie mal, wann haben Sie das letzte Mal etwas lernen müssen?«

»In der Highschool.«

»Und wie alt sind Sie jetzt? Dreiundzwanzig?«

»Einunddreißig.«

Ann zog erstaunt die Augenbrauen hoch. »Sie haben aber gute Gene. Okay, dann ist es also ungefähr dreizehn Jahre her, seit Sie das letzte Mal im Unterricht saßen. Das ist eine lange Zeit. Es ist nämlich so: Ihr Gehirn braucht circa acht Wochen, um zu begreifen, was Neues von ihm erwartet wird. Jetzt gerade nehmen Sie den Stoff gar nicht richtig auf. Deshalb können Sie sich eine Stunde, nachdem Sie etwas gelesen haben, schon nicht mehr daran erinnern. Die Kursstunden kommen Ihnen unendlich lang vor, und für die Hausaufgaben brauchen Sie ewig. Geben Sie sich noch einen Monat Zeit, dann wird das alles leichter.«

Ann öffnete eine weitere Schublade und holte eine Broschüre daraus hervor. »Hierin finden Sie viele gute Tipps dazu, wie Sie sich den Stoff einprägen können. Ich bin mir sicher, dass Sie das völlig falsch angehen.«

»Na schönen Dank auch.«

»Immer gerne.« Ann grinste. »Es gibt ein paar ganz einfache Tipps, die Ihnen helfen können. Erwachsene Frauen sind in jedem College die erfolgreichsten Studentinnen. Das liegt daran, dass sie wissen, wie viel für sie auf dem Spiel steht, daher sind sie wild entschlossen, es zu schaffen. Diese Statistik werden Sie uns nicht versauen, verstanden?«

»Jawohl.«

»Gut. Ehe Sie heute gehen, vereinbaren Sie zwei Lerntermine pro Woche mit mir. Ich war vierunddreißig Jahre lang Mathelehrerin, dann bin ich in den Ruhestand gegangen. Das war mir aber zu langweilig, und deshalb bin ich jetzt hier. Wenn Ihr Gehirn auch nur halbwegs funktioniert, sollten Sie in drei bis vier

Wochen schon mehr Durchblick haben, und wir können auf einwöchentliche Termine gehen. Wie klingt das?«

Ann war direkt und etwas harsch, doch Sunshine mochte sie. Wenigstens bekam sie von ihr die Wahrheit zu hören. »Das klingt nach einem guten Plan«, sagte sie. »Danke.«

»Ich helfe gerne. Jetzt lassen Sie uns anfangen. Erzählen Sie mir, was Sie am meisten verwirrt.«

Sunshine biss sich auf die Unterlippe. »Sie glauben wirklich, dass ich das schaffen kann?«

»Meine Liebe, das könnte auch ein Äffchen, von daher, ja. Jetzt lassen Sie uns zusehen, dass wir Sie auf Zack bringen.«

Sunshine schlug das Buch auf. Connor hätte sich über die Bemerkung mit dem Äffchen kringelig gelacht, und Declan ... Nun ja, das war nicht der richtige Moment, um über ihn nachzudenken. Doch trotz der Drei minus fühlte sie sich schon etwas hoffnungsvoller.

»Die linearen Gleichungen habe ich verstanden und sogar die Bruchrechnung. Aber als ich versucht habe, die Graphen zu zeichnen, ging irgendwie gar nichts mehr.«

Ann nickte. »Graphen sind nicht so einfach. Okay, dann lassen Sie uns mal damit anfangen.«

Margot war klar, dass es ihr eher lag, aktiv zu sein, als sich zu entspannen, doch selbst sie mochte Yin-Yoga. Die Konzentration auf die Atmung und die unterschiedlichen Körperhaltungen hatte etwas sehr Beruhigendes. Sie lächelte. Das ist mal ein Work-out, das meiner Schwester gefallen würde, dachte sie.

Als Bianca die gemeinsame Yogastunde vorschlug, nahm sie an, dass sie in ein Studio fahren würden, doch stattdessen kam die Lehrerin zu ihnen nach Hause und führte sie fünfzig Minuten lang draußen im Garten durch die Übungen. Als sie fertig waren, war Margot so entspannt, dass sie hätte zerfließen können. Sie schaffte es kaum zum Tisch im Pavillon, auf dem Edna ihnen Gewürztee und Scones bereitgestellt hatte.

»Das war unglaublich«, sagte sie und goss Tee in zwei Tassen. »Das könnte ich jeden Tag machen.«

»Ich bin mir sicher, dass Sie es brauchen konnten«, sagte Bianca und lächelte hintergründig. »Bei dem ganzen Sex, den Sie haben. Da kommen Muskeln zum Einsatz, die man vorher gar nicht kannte.«

Sie hätte wissen müssen, dass die Entspannungsstunde ihren Preis haben würde, doch Margot sagte sich, dass sie es absolut wert gewesen war. »Auf das Spiel lasse ich mich nicht ein.« Gelassen griff sie nach einem Scone.

»Aber über mein Privatleben reden wir die ganze Zeit!«

»Ihr Privatleben ist der Grund, weshalb ich hier bin«, erinnerte sie ihre Klientin. »Ich werde mit Ihnen nicht über Alec reden.«

»Na schön. Dann lassen Sie uns über ihren Ex reden. Den, dem Sie aus dem Weg gehen. Wie war sein Name noch mal? Dietrich?«

Margot betrachtete sich eigentlich als recht gut darin, ihre Gefühle zu verbergen, das war Teil ihres Jobs. Doch Bianca gelang es immer wieder, sie auf die Probe zu stellen. Dietrich war jedoch ein sichereres Thema als Alec.

»Was möchten Sie wissen?«, fragte sie.

»Wieso war es so furchtbar mit ihm?«

Margot dachte an all die Geschichten, die sie erzählen könnte, all die Beispiele, die deutlich machten, wie sehr ihr Leben durcheinandergeriet, nur weil Dietrich Teil dessen war. Doch dann wurde ihr klar, dass er gar nicht das Problem gewesen war.

»Mit ihm zusammen war ich einfach nicht die beste Version meiner selbst«, sagte sie achselzuckend. »Im Gegenteil, ich war die schlechteste Version meiner selbst, und das habe ich allein mir zuzuschreiben, nicht ihm. Jemanden zu lieben, sollte eigentlich einen besseren Menschen aus uns machen. Es sollte uns groß machen, nicht klein.«

Sie überlegte, dass sie möglicherweise die beste Version ihrer selbst zusammen mit Alec war. Bei ihm fühlte sie sich einfach gut. Er versuchte nie, sie von Dingen abzubringen, die ihr wichtig waren, oder ihr das Gefühl zu geben, weniger wert zu sein als er.

»Was soll das heißen?«, fragte Bianca.

»Wahrscheinlich meine ich, dass die Tatsache, jemanden zu lieben, eine positive Erfahrung für beide Parteien sein sollte. Dass es Ihr Leben nicht verschlechtern sollte, wenn Sie mit der Person zusammen sind, die Sie lieben. Dass man, wenn man mit dieser Person zusammen ist, vielmehr danach strebt, besser zu sein, als wenn man nicht mit ihr zusammen wäre. Ist das noch zu vage?«

»Ein bisschen. Aber ich glaube, ich verstehe, was Sie meinen. Mit Wesley bin ich sehr gerne zusammen.«

»Und weshalb?«

Bianca runzelte die Stirn. »Was für eine seltsame Frage – weil er perfekt ist. Er hat stets interessante Gesprächsthemen parat.« Sie lächelte. »Und der Sex ist großartig.«

»Es geht hier aber nicht um Sex.«

»Es geht fast immer um Sex.«

»Das glaube ich nicht.«

»Egal. Was ich sagen will, ist, dass ich Wesley liebe. Er ist ganz anders als die meisten anderen Männer, mit denen ich zusammen war. Ich dachte ja, ich hätte meine große Liebe schon in Sebastian gefunden, aber damit lag ich falsch.«

Margot hatte keine Ahnung, wer Sebastian war, doch ehe sie nachfragen konnte, fuhr Bianca von selbst fort: »Er war ein berühmtes Model, und wir hatten mal ein Shooting zusammen. Das ist viele Jahre her. Er stieg dann irgendwann aus und machte ein Vermögen an der Börse. Fünfzehn Jahre später trafen wir uns wieder, und es war, als wären wir nie getrennt gewesen.« Ihr Lächeln wurde nostalgisch.

»Wir verlobten uns und trennten uns erneut, aber das war gar nicht schlimm, wissen Sie? So was gehört eben zum Leben dazu.« Sie presste die Lippen zusammen. »Vor drei Jahren allerdings schrieb er seine Autobiografie und erwähnte mich darin mit keinem Wort.«

Bianca sah sie an.

»Stellen Sie sich das mal vor. Angeblich war ich seine große Liebe gewesen und bekam nicht mal eine Fußnote. Und dann besaß er auch noch die Unverschämtheit, mich zur Buchvorstellung einzuladen. Ich bin nicht hingegangen, das kann ich Ihnen sagen!«

»Und was hat das alles mit Wesley zu tun?«

»Wie? Nichts. Haben wir gerade über ihn geredet?«

»Wir haben darüber gesprochen, dass Liebe uns zu unserem höchsten Selbst führen sollte. Denn in der Liebe geht es nicht darum, was die andere Person für uns tut, Bianca, es geht darum, was wir für diese Person tun. Es geht darum, etwas zu geben. Wir ändern uns nicht durch das, was man für uns tut, sondern durch den Akt des Liebens selbst.«

Margot spürte leichte Verärgerung bei sich aufkommen, was weder hilfreich war noch eine Reaktion, die sie sich erklären konnte. Vielleicht lag es daran, dass sie bei dem Gespräch eher Alec vor Augen hatte als Wesley. Bianca konnte charmant und witzig sein, aber sie war auch egozentrisch und gedankenlos. Wie musste es für Alec gewesen sein, nicht zu wissen, mit welcher Seite seiner Mutter er es heute zu tun bekam?

»Lieben Sie Wesley überhaupt?«, fragte sie geradeheraus. »Wollen Sie für ihn da sein, egal was passiert? Werden Sie für ihn sorgen, in guten wie in schlechten Zeiten? Was, wenn er im Rollstuhl landet? Werden Sie ihm dann zur Seite stehen? Oder geht es Ihnen nur darum, in seiner Autobiografie erwähnt zu werden?«

Bianca sprang auf und funkelte sie wütend an. »Ich kann nicht fassen, dass Sie mich so etwas überhaupt fragen.«

»Irgendwer muss es tun.«

»Aber das ist nicht Ihr Job, oder?«

»Mein Job ist es, Ihnen dabei zu helfen, die bestmögliche Ehefrau für einen Mann in Wesleys Position zu werden. Ich habe mir bei meinen Recherchen so viel Mühe gegeben, doch ich habe nie daran gedacht, Sie zu fragen, ob Sie ihn wirklich lieben oder ob das nur eine weitere Rolle für Sie ist.«

»Natürlich liebe ich ihn!«

Margot erwiderte nichts. Sie war sich nicht sicher, ob Bianca irgendjemanden außer sich selbst wirklich liebte. So oder so, ihre persönliche Meinung spielte wohl ohnehin keine Rolle.

»Also gut. Wir wollten heute Nachmittag die kulturellen Unterschiede zwischen den verschiedenen europäischen Ländern diskutieren. Möchten Sie jetzt damit anfangen?«

Bianca schwieg fast eine Minute lang. Schließlich nickte sie. »Ja, lassen Sie uns loslegen.«

»Es gibt so viele Ameisen auf der Welt, dass alle zusammen auf einer Waage genauso viel wiegen würden wie alle Menschen zusammen!«

Connor klang ebenso beeindruckt wie empört angesichts dieser Information. Er lag im Gras und las in einem seiner Ameisenbücher.

»Das sind dann aber ganz schön viele Ameisen«, stimmte Declan ihm zu.

»Allerdings.«

Nachdem er vor einigen Wochen die alte Hecke herausgerissen hatte, grub Declan nun Löcher, in die er die neue Hecke pflanzen würde. Der Morgen war bereits warm und sonnig. Am Nachmittag sollten es fast dreißig Grad werden, dabei war es noch ein paar Monate hin bis zum Sommer. Einer der Gründe, weshalb er Südkalifornien so liebte.

»Wissenschaftler glauben, dass auf einen Menschen mehr als eine Million Ameisen kommen.« Connor kicherte. »Ich will meiner Million Ameisen allen einen Namen geben.«

»Meinst du, du findest eine Million Namen, oder nennst du sie einfach Ameise eins, Ameise zwei, Ameise drei?«

Connor lachte. »Ich würde sie Connors Ameise eins nennen«, scherzte er.

»Du hättest also gern ein Ameisenkönigreich.«

»Genau.« Sein Sohn blätterte die Seite um. »Ah ja, hier ist es. Es gibt nämlich auch Superkolonien, Dad. Da sind die Ameisen alle miteinander verbunden und haben dieselbe chemische Zusammensetzung, sind deshalb miteinander verwandt.« Er runzelte die Stirn und blätterte erneut um. »Ach ja, jetzt weiß ich wieder. Das sind argentinische Ameisen, die eigentlich nur in Südamerika vorkommen sollten, aber es gibt sie überall auf der Welt. Und diese Superkolonien breiten sich über Tausende Kilometer aus.«

»Das klingt nach einem ziemlichen Schädlingsproblem.«

»Dad, das ist doch kein Problem – das ist total cool. Ich wünschte, ich hätte so eine Ameisen-Superkolonie.« Er setzte sich auf. »Ich habe mich wirklich gut um meine Ameisenfarm gekümmert.«

»Das hast du.«

»Vielleicht könnte ich dann eine zweite haben?«

Noch mehr Ameisen? Sie machten nicht viel Arbeit, und bisher hatte die Farm kein Leck – oder wie auch immer man es nannte, wenn ihre Bewohner sich aus dem Staub machten –, aber noch mehr davon im Haus haben?

Declan betrachtete das vor Eifer glühende Gesicht seines Sohnes und dachte an alles, was der Kleine in den letzten acht oder neun Monaten durchgemacht hatte. Wenn er sich so sehr eine zweite Ameisenfarm wünschte – warum nicht?

»Klar«, sagte er. »Recherchier mal im Internet, dann sprechen wir darüber. Ich sage Sunshine Bescheid.«

»Sie hat bestimmt nichts dagegen, Dad. Sie liebt meine Ameisen.«

Declan bezweifelte, dass das stimmte, wusste aber, dass sie

zumindest nicht protestieren würde. Sie brachte nur wenig aus der Fassung – eine der vielen Eigenschaften, die ihm an ihr gefielen. Sie war praktisch veranlagt und nahm die Dinge, wie sie kamen. Und er wusste, dass Connor ihr wichtig war.

»Ich gehe es ihr gleich mal erzählen«, sagte sein Sohn, stand auf, schnappte sich sein Buch und rannte ins Haus.

Declan wandte seine Aufmerksamkeit wieder den Löchern zu, die er buddelte. Nur noch drei mehr, dann würde er mit dem Einpflanzen beginnen.

Die körperliche Arbeit fühlte sich gut an. Er hatte eine schwierige Arbeitswoche hinter sich – Jessica und James trieben ihn mit ihrer Entscheidungsunfähigkeit nach wie vor in den Wahnsinn. Theoretisch war der Hotelgarten größtenteils geplant, doch es genügte eine winzige Ablenkung und sie mussten erneut ganz von vorne anfangen. Heath und er machten allerdings keine Verluste bei dem Auftrag. Jedes Mal, wenn es eine Abweichung vom ursprünglichen, bewilligten Plan gab, rechnete die Firma ihre Arbeit stundenweise ab, bis sie wieder auf Kurs waren. Sein Frust war also nicht finanzieller Natur, es gefiel ihm nur nicht, dass ein einzelner Auftrag so viel seiner Zeit in Anspruch nahm. Es gab andere Projekte mit Menschen, von denen er wusste, dass sie eine klare Vorstellung von dem hatten, was sie wollten, und die Heath und er momentan abzulehnen gezwungen waren.

»Bald«, sagte er laut. Bald würde es vorbei sein. Das hoffte er jedenfalls.

Er hob ein weiteres Loch aus und grub dabei so tief, dass die neue Pflanze genügend Raum hatte, ihre Wurzeln auszubreiten. Er hatte die Gartenarbeit immer schon gemocht. Iris hingegen hatte seine Liebe zur Natur nie geteilt. Sie hatte es vorgezogen, vom Haus aus zuzusehen.

Er musste an Sunshines Vorschlag denken, Connor zum Sport zu schicken. Eine Idee, auf die er selbst hätte kommen sollen. Nur hatte Iris keinen Vereinssport gemocht, und er hatte damals geglaubt, genügend Zeit zu haben, diesen Kampf auszufechten.

Connor und er hatten bereits darüber gesprochen und beschlossen, dass er an einem Sommer-Baseballcamp teilnehmen würde. Im Herbst wollte er dann Fußball und Basketball ausprobieren. Das Baseballcamp fand an drei Tagen in der Woche vormittags statt, was bedeutete, dass er noch eine Beschäftigung für den Nachmittag brauchte. Zu seiner Überraschung hatte Sunshine ihm ein Musikcamp mit Ganztags- und Halbtagskursen vorgeschlagen. Declan hatte keine Ahnung, ob sein Sohn musikalisches Talent hatte, doch es konnte einen Versuch wert sein.

Iris hätte ihn zu irgendeinem Wissenschaftscamp gedrängt, dachte er. Letzten Sommer hatte Connor an einem intensiven Naturwissenschaftskurs teilgenommen, daran aber keinerlei Spaß gehabt. Iris war der Meinung, dass Connor sich nur nicht genug bemühte, er dagegen war überzeugt gewesen, sie hätten ihn besser in einem anderen Kurs angemeldet. Sie hatten darüber gestritten, und schließlich hatte Iris zu ihm gesagt, er solle doch machen, was er wolle. So als wäre es ihr nicht mehr wichtig. War das der Moment, in dem ihre Affäre begann?

Declan glaubte nicht, dass ihr Streit ausschlaggebend gewesen war oder dass sonst etwas, das er getan hatte, sie in die Arme eines anderen Mannes trieb. Vermutlich hatte es gar nichts mit ihm zu tun. Obwohl ihm schon klar war, dass er mindestens für die Hälfte dessen, was in ihrer Ehe schiefgelaufen war, die Verantwortung trug. Doch auch wenn er dazu beigetragen haben mochte, dass sie sich unglücklich fühlte, war die Tatsache, dass sie sich in jemand anderen verliebte, allein ihr zuzuschreiben. Sie hatte sich für einen anderen Mann und damit gegen Connor und ihn entschieden, war bereit gewesen, sie beide zu verlassen. Sie gab es zwar nicht zu, doch als er sie fragte, wie sie sich die Zukunft ihres Sohnes vorstellte, lautete ihre Antwort, alles sei kompliziert. Hätte sie nicht an erster Stelle Mutter und dann erst Liebhaberin sein sollen?

Er ging zum letzten Loch über und rammte den Spaten in die Erde. Während er über Iris und alles, was zwischen ihnen schiefgelaufen war, nachdachte, wurde ihm klar, dass er inzwischen sehr viel weniger Energie in diese Fragen investierte. Zwar bedauerte er noch immer, was passiert war, doch die Vergangenheit zerriss ihn nicht mehr innerlich. Er war sich sogar sicher, dass die Wunde irgendwann völlig verheilen würde. Die Zeit hatte bereits das Ihre getan, und er blickte nach vorne.

Unwillkürlich sah er zum Haus hinüber. Auch wenn er Sunshine nicht sehen konnte, wusste er doch, dass sie da war. Begehren regte sich in ihm, er ignorierte es jedoch, ebenso wie das wachsende Bedürfnis, Zeit mit ihr zu verbringen, mit ihr zu reden, mit ihr zu lachen. Es musste genügen, dass er ihr seinen Sohn anvertraute. Alles andere waren einfach nur Nebengeräusche.

21. Kapitel

Margot betrat das Esszimmer zur Frühstückszeit. Das kleine Büffet mit einem warmen Gericht, frischem Obst und einer Auswahl an Gebäck und Croissants war wie immer bereits aufgebaut. Daneben standen Kaffee, Saft und Wasser.

Alec saß an seinem üblichen Platz, vor sich eine aufgeschlagene Zeitung. Er war der Meinung, dass man die Lokalpresse unterstützen sollte, und ließ sich jeden Morgen die *Los Angeles Times* ins Haus liefern.

Sie nutzte den kurzen Moment, ehe er aufsehen und sie entdecken würde, um ihn eingehend zu betrachten – sein dunkles Haar, das leicht gewellt war, das Hemd, das über seinen breiten Schultern spannte, die Form seiner Hände und Finger.

Sein Körper war ihr inzwischen absolut vertraut – jeder Millimeter davon. Sie hatte ihn schon so oft berührt und geschmeckt, dass sie ihn mit Leichtigkeit allein daran hätte erkennen können, wie er sich anfühlte. Sie kannte den Klang seiner Stimme und wusste, was er lustig fand. Sie mochte seine eindringliche Art und verstand sein Bedürfnis, sich eine Festung zu errichten, in die er sich zurückziehen, in der er nur in seinem Kopf leben und die Geheimnisse längst Verstorbener ergründen konnte.

Er war ein ehrbarer Mann, und wenn sie mit ihm zusammen war, fühlte sie sich, als würde sie genau dorthin gehören. Sie hatte keine Ahnung, in welche Richtung ihre Beziehung sich bewegte, aber wenn es nach ihr ginge, durften die Gefühle zwischen ihnen ruhig immer weiter anwachsen und sich ausbreiten, bis all die Leerstellen, die sie beide mit sich herumtrugen, mit Glück gefüllt waren.

Er sah auf, erblickte sie und lächelte. »Guten Morgen. Hast du gut geschlafen?«

Sie grinste. »Ich war so um drei herum mal wach, aber ansonsten habe ich sehr gut geschlafen.«

»Ja, dafür sollte ich mich wohl entschuldigen.«

»Findest du wirklich?« Sie dachte daran zurück, wie er sie geweckt hatte, indem er sie am ganzen Körper küsste, sie erregte, bis sie wild vor Lust war, und er ihr dann schließlich einen erdbebenartigen Orgasmus bescherte.

»Nein, aber es erschien mir irgendwie höflich, es zu sagen.«

Sie lachte. »Danke für die Mühe.«

Sie stellte sich ihr Frühstück zusammen. Nachdem sie ihren Teller auf dem Platz ihm gegenüber abgestellt hatte, nahm sie seine Kaffeetasse und füllte sie auf, dann goss sie sich selbst eine ein und setzte sich.

»Und, wie geht's der Welt so?«, fragte sie und deutete auf die Zeitung.

»Nicht viel anders als gestern. Das größere Problem ist, dass meine Mutter denkt, du wärst wütend auf sie.«

Margot stach mit der Gabel in das fluffige Rührei. »Und damit kommt sie zu dir? Das ist ungewöhnlich. Sie scheint doch sonst keine Schwierigkeiten zu haben, offen mit mir zu sprechen. Ich frage mich, was dahintersteckt.«

»Sie will nur sehen, ob ich mich auf ihre Seite schlage«, sagte er.

»Stimmt, das ergibt Sinn. Sie will wissen, ob du sie immer noch mehr liebst als ...« Margot stockte. »Was ich meinte, war ...«

Alec lächelte. »Ich weiß, was du gemeint hast, und ja, ich vermute, dass sie sich genau darum Sorgen macht.«

»Ich bin nur das neue, glänzende Spielzeug in deinem Leben.«

»Irgendwie darf sie ständig neues, glänzendes Spielzeug haben, ich aber nicht.« Er zuckte mit den Schultern. »So lautet die Regel, so ist sie eben.«

»Hast du sie beruhigen können?«

»Ich habe ihr gesagt, wenn sie ein Problem mit dir hat, soll sie doch einfach mit dir sprechen.«

»Typisch Mann«, neckte sie ihn. »Und, wie hat sie das aufgenommen?«

»Schmollend.«

»Danke für die Vorwarnung. Ich werde mich wappnen.«

Das Gespräch verlagerte sich auf den Film, den sie am Abend zuvor gesehen hatten, und auf ihre Pläne fürs Wochenende nach der Party für Connor, bei der sie ihrer Schwester helfen wollte. Wenn es nach ihr ginge, hätte alles ewig so weiterlaufen können, doch es würde sich bald einiges ändern. Ihr Vertrag lief in Kürze aus. Sie hatte es bereits angesprochen, aber Bianca hatte sich geweigert, über das Ende ihrer Zusammenarbeit zu reden. In wenigen Wochen jedoch würde sie darauf bestehen müssen.

Und was dann? Würde Alec sie immer noch sehen wollen, oder war dies nur eine Gelegenheitsbeziehung? Mal angenommen, die Sache zwischen ihnen lief weiter, welche Auswirkungen würde das Leben in unterschiedlichen Wohnungen auf sie haben und an welchem Punkt würde sie sich eingestehen, dass es viel mehr als eine lockere Affäre war, zumindest für sie?

Ehe sie eine diesbezügliche Entscheidung treffen konnte, überraschte Alec sie mit der Frage: »Ist sexuell eigentlich alles okay?«

Margot legte die Toastscheibe, die sie in der Hand gehalten hatte, auf den Teller und starrte ihn verständnislos an. »Ähm, ich glaube, ich verstehe die Frage nicht ganz.«

»Ich will nur sichergehen, dass du, na ja, dich befriedigt fühlst. Also, falls es irgendetwas gibt, das du gerne ausprobieren oder lieber tun würdest …« Er vollführte eine weitschweifige Geste mit der Hand.

Die Frage war verwirrend genug, doch das Timing war es nicht weniger. Es war vor sieben Uhr morgens. Sie hatten gerade die Nacht zusammen verbracht und mittendrin noch einmal miteinander geschlafen. Sie hatte ein Kissen gebraucht, um ihre Glückschreie zu dämpfen.

»Ich verstehe die Frage immer noch nicht.«

Er wandte den Blick ab, dann sah er sie wieder an. Seine Augen – ebenso wie fast jeder andere Teil seiner Person – wirkten unergründlich.

»Einer der Kritikpunkte meiner Exverlobten bezog sich auf unser Sexleben«, gab er mit tonloser Stimme zu. »Sie sagte, Sex mit mir sei langweilig.«

Margot versuchte, diese Aussage zu erfassen. Langweilig? Sie hatten Sex in seinem Büro, in der Küche, der Dusche und, klar, auch in ihren Betten. Sie taten es im Stehen und im Sitzen, seitlich und in Positionen, von denen sie nicht sicher war, ob sie einen Namen hatten, die jedoch in seinen erotischen Netsuke verewigt waren. Sie spielten miteinander, sie redeten, sie berührten und neckten sich. Sie waren Meister des Dreiminutenaktes mit geringstmöglichem Aufwand und verbrachten andererseits oft Stunden damit, sich gegenseitig auszukosten, gemächlich und zärtlich, bis sie beide vor Erschöpfung zitterten.

Sie öffnete den Mund, um ihm all das und noch viel mehr zu sagen, brach jedoch stattdessen unvermittelt in Gelächter aus. Und nachdem sie einmal angefangen hatte zu lachen, konnte sie nicht mehr aufhören. Sie lachte, bis ihr Tränen in die Augen stiegen, und hörte auch dann nicht auf. Sobald sie einigermaßen zu Atem gekommen war, keuchte sie: »Nein, du bist nicht langweilig.« Erneut überfiel sie ein Lachkrampf.

Alec wartete geduldig, sein Gesichtsausdruck wirkte leicht gequält. Als sie endlich wieder die Kontrolle über sich erlangt hatte, seufzte sie. »Alec, du hast viele Schwächen, wie wir alle, aber langweilig im Bett bist du nun wirklich nicht. Nicht mal annähernd. Im Ernst, die Frau war eine dumme Nuss. Du solltest das ganz schnell vergessen.«

Sein rechter Mundwinkel zog sich leicht nach oben. »Danke. Ich wollte nur sichergehen, dass ich dich befriedige.«

»Das tust du. Absolut. Vollkommen. Auf jede nur erdenkliche Art und Weise.«

Er sah ihr in die Augen. »Du mich auch.«

»Das ist sehr schön zu hören.«

Sunshine überlegte, wie sie die Bitte möglichst höflich ablehnen konnte.

»Komm schon«, drängte Phoebe sie übers Telefon. »Das wird lustig. Wir machen uns hübsch und gehen was trinken, so ein richtiger Mädelsabend. Bitte sag Ja.«

Sunshine hatte überhaupt keine Lust. Sie zog Mädelsabende mit ihrer Schwester vor. Mit Margot konnte sie sich hundertprozentig entspannen und einfach nur sie selbst sein. Bei Phoebe war sie sich da weniger sicher. Wollte die Frau wirklich Zeit mit ihr verbringen oder sie nur über Declan ausquetschen?

Sie wusste, dass er ihrem Rat gefolgt und einen Kaffee mit Phoebe trinken gegangen war, um ihr zu sagen, wie er empfand – was es ziemlich wahrscheinlich machte, dass Phoebes Freundschaftsanbahnung mehr mit Declan zu tun hatte als mit dem Wunsch, sie als Freundin zu gewinnen.

»Ich flehe dich an«, insistierte Phoebe. »Sag Ja, sonst bin ich am Boden zerstört.«

»*Am Boden zerstört* klingt leicht übertrieben«, murmelte Sunshine, spürte jedoch, wie sie nachgab. »Na gut. Was zusammen trinken gehen wäre nett.«

»Super. Ich sitze gerade im Auto und komme nicht an meinen Kalender ran. Aber ich schreib dir später, und wir machen was ab, okay? Bis dann.«

Und weg war sie. Sunshine ließ ihr Handy aufs Bett fallen und stöhnte. Ich hätte einfach Nein sagen sollen, überlegte sie. Das ist doch kein so schwieriges Wort. Laut ihrer Urgroßmutter war es sogar das erste Wort gewesen, das sie als Kind von sich gegeben hatte.

»Damit beschäftige ich mich später«, murmelte sie und ging

in die Küche. Sie hatte einen vollen Tag vor sich. Ihr Mathekurs fiel aus, daher hatte sie glücklicherweise mehr Zeit, um Connors morgige Geburtstagsparty vorzubereiten. Obwohl sie gut vorgeplant hatte, war noch einiges zu tun. Declan hatte darauf bestanden, sich den Tag freizunehmen, um ihr zu helfen, und wenn sie ehrlich war, war die Aussicht, Zeit mit ihm zu verbringen, sehr viel aufregender als die Partyvorbereitungen. Beim Gedanken, den ganzen Tag mit ihm zusammen zu sein, wurden ihr die Knie weich.

Declan gesellte sich zu ihr in die Küche. Er sah stark, leistungsfähig und verdammt sexy aus.

»Bereit?«, fragte er.

»Jawohl.«

Sie gingen zum Gästezimmer hinüber, und er schloss die Tür auf. Hier war das gesamte Partyzubehör untergebracht, inklusive des zukünftigen Inhalts der Geschenktütchen und der Ausrüstung für die geplanten Spiele. Außerdem lagerten hier die Geschenke – darunter eine Tagesdecke mit Ameisenmuster, die Sunshine für Connor bestellt hatte.

Sie mussten viermal hin und her gehen, um alles Benötigte in die Küche zu bringen.

»Die Spiele würde ich gerne morgen erst aufbauen«, sagte sie und griff nach den Geschenktütchen und der Tasche mit den Bastelutensilien. »Es wird nicht regnen, aber wir müssen mit Morgentau rechnen, und ich will nicht, dass die Sachen nass werden.«

»Kein Problem. Ich habe die Berieselungsanlage schon ausgestellt, damit sie morgen nicht anspringt. So bleibt das Gras trocken.«

Die Geburtstagsparty sollte draußen im Garten stattfinden. Sunshine hatte lange Tische und jede Menge Stühle bestellt. Sie hatte Spielecken eingeplant, eine gigantische *Piñata* und verschiedene Stände für Geschenke sowie Essen und Getränke.

Sunshine holte ihre To-do-Liste hervor.

»Also, heute werden wir die Ameisen für die Geschenktütchen ausschneiden und aufkleben und die Tütchen dann füllen. Außerdem würde ich gerne die Ameisen für die Taschenlampen ausschneiden, die Spielutensilien und Garteneinteilung noch mal durchgehen und ein paar Snacks vorbereiten.«

»Das klingt nach ganz schön viel Arbeit.«

Sie lächelte. »Nicht, wenn du mir hilfst. Margot kommt morgen, um mir beim Essenservieren zu helfen und mir generell den Rücken freizuhalten.«

»Werden die anderen Eltern nicht auch dableiben und mit anpacken?«

»Declan, ist das dein Ernst? Ein Kindergeburtstag ist die Gelegenheit für Eltern, ein paar sorglose Stunden zu verbringen. Das ist der Deal. Glaub mir, die Leute werden ihre Kinder hier absetzen und dann schleunigst verschwinden.«

»Das ist mir wohl nie aufgefallen.« Er runzelte die Stirn. »Ich glaube, wir haben auch noch nie eine richtige Geburtstagsparty für Connor gegeben. Iris war nicht der Typ dafür, daher kam meistens nur die Familie.«

Sunshine fiel keine Erwiderung ein, die nicht abfällig geklungen hätte, deshalb lächelte sie ihn an und sagte: »Meine Begeisterung für Partyplanung wird nur durch die Freude übertroffen, sie zu schmeißen. Danke, dass du mich das hier machen lässt.« Sie wedelte mit ihren Zetteln. »Lass uns loslegen.«

Sie schnitten Ameisen aus Tonpapier aus und klebten sie auf die Tütchen. Neun Jungen waren zur Party eingeladen, sodass sie insgesamt auf eine runde Zehn kamen. Sunshine hatte daher zehn Tüten vorbereitet, die letzte würde sie jedoch verstecken, bis alle gegangen waren und nach dem Fest die große Ernüchterung einsetzte. Erst dann würde sie Connor seine geben.

Während Declan Insektenaufkleber auf die Tütchen pappte und sie mit dem Spielzeug und den Süßigkeiten füllte, bestückte sie ihr Tapetenmesser mit einer frischen Klinge und machte sich daran, das hitzebeständige Klebeband zu bearbeiten, das sie gekauft hatte. Ihr Plan war, eine Ameisensilhouette auszuschneiden und sie auf die Linse der Taschenlampe zu kleben, sodass ein Lichtstrahl in Ameisenform entstand. Sie hatte gerade die zweite fertig ausgeschnitten, als das Messer abrutschte und die scharfe Klinge in ihren linken Handballen fuhr.

In der Nanosekunde, die darauf folgte, versuchte Sunshine zu begreifen, was passiert war. Es tat gar nicht weh, alles schien in Ordnung zu sein. Doch dann spritzte Blut auf den Tisch, und ihre Nerven standen auf einmal in Flammen. Sie wollte aufstehen, merkte jedoch sofort, dass das keine gute Idee war.

»Declan!«

Er warf ihr einen Blick zu, fluchte leise und sprang auf. »Was ist passiert?«

Er griff nach einem Küchentuch und wickelte es ihr um die Hand. Innerhalb von Sekunden war es rot vor Blut.

»Ich habe mich mit dem Messer geschnitten.«

Ihr wurde übel, und der Schmerz wurde immer stärker.

Declan nahm drei weitere Tücher aus der Schublade und brachte Sunshine eilig zum Auto. Dann rannte er noch einmal zurück ins Haus und holte ihre Tasche, damit sie einen Ausweis vorzeigen konnte, und fuhr zum nächstgelegenen Krankenhaus. Viel schneller als erwartet fand Sunshine sich in einem kleinen Raum in der Notaufnahme aufrecht in einem Krankenhausbett sitzend wieder. Die Krankenschwester, die sich als Nikki vorgestellt hatte, legte ihr einen Druckverband an, der höllisch wehtat. Declan wich nicht von ihrer Seite.

»Das wird genäht werden müssen«, sagte Nikki. »Wir füllen jetzt alle nötigen Papiere aus. Sind Sie Rechtshänderin?«

Sunshine nickte und versuchte, den Schwindel zu ignorieren.

»Das ist gut, denn Sie werden Ihre linke Hand eine Weile nicht benutzen können. Lassen Sie trotzdem lieber Ihren Mann das Formular ausfüllen. Sie können dann am Ende unterschreiben.«

Sie reichte Declan ein Klemmbrett und verließ den Raum.

Sunshine legte sich zurück und schloss die Augen. »Du solltest ihr sagen, dass wir nicht verheiratet sind«, sagte sie leise und fragte sich, ob sie sich würde übergeben müssen. Obwohl sie kein großer Fan von Blut war, machte ihr der Anblick normalerweise nichts aus. Womöglich stand sie unter Schock oder hatte viel Blut verloren. Wie auch immer, ihre Hand pochte wie wild.

»Ich glaube, das ist gerade das geringste Problem«, sagte Declan und setzte sich hin. »Ich fülle das hier mal aus.«

Er trug ihre persönlichen Daten ein, dann fragte er sie, ob sie allergisch auf bestimmte Medikamente reagierte und ob irgendwelche Vorerkrankungen bestanden.

»Nein.« Ihr war leicht schwummerig. »Und auch nicht in der Familie.« Jedenfalls nicht, soweit ihr bekannt war. Ihre Urgroßmutter war weit über neunzig gewesen, als sie friedlich im Schlaf starb. Und was ihren Vater betraf, so wussten sie rein gar nichts über ihn. Ein blöder Moment, um darüber nachzudenken, ging es ihr durch den Kopf, und sie bemühte sich, nicht zu weinen.

Nikki kehrte mit mehreren Kissen zurück, damit sie ihre Hand erhöht betten konnte. Außerdem legte sie ihr einen Zugang für einen Tropf.

»Ich gebe Ihnen etwas Flüssigkeit und etwas gegen die Schmerzen«, sagte sie. »Wissen Sie noch, wann Ihre letzte Tetanusimpfung war?«

»Nein. Ich glaube, da war ich ein Kind.«

Nikki lächelte. »Die sollten Sie regelmäßig auffrischen lassen, am besten alle zehn Jahre. Das holen wir jetzt gleich mal nach.«

Na toll – eine Spritze und dann noch genäht werden. Andererseits, den Zugang hatte sie schon im Arm, vielleicht lag der schlimmste Teil bereits hinter ihr. Sie sah Declan an. »Was ist mit der Party?«

»Um die mach dir mal keine Sorgen. Erst mal flicken wir dich wieder zusammen, und dann können wir über die Vorbereitungen nachdenken.«

»Du kannst das nicht alles alleine machen. Es geht um Connors Geburtstagsparty, das ist eine große Sache.«

»Ich schaff das schon.«

Er klang zuversichtlich, doch sie war sich da weniger sicher. »Margot wollte morgen sowieso helfen. Ich kann sie anrufen und sie bitten, früher zu kommen oder vielleicht sogar schon heute.«

»Stopp«, unterbrach er sie. »Lass uns erst mal zusehen, dass es dir wieder gut geht, und dann schauen wir, wie die Lage ist, okay?« Sein Ton war sanft, aber bestimmt. »Sunshine, du bist gerade meine größte Sorge. Wenn Connor hier wäre, würde er mir absolut zustimmen. Die Party wird schon stattfinden, also vergiss das jetzt erst mal.«

Nikki lächelte. »Da haben Sie sich aber ein Prachtexemplar geangelt.«

Sunshine wandte sich der Schwester zu, bereit, den Irrtum zu korrigieren. Doch Declan schüttelte leicht den Kopf und zwinkerte ihr zu.

»Da haben Sie recht«, sagte er fröhlich. »Die Dame kann von Glück reden, dass sie mich hat.«

Ehe Sunshine etwas erwidern und sich den plötzlichen, überaus starken Wunsch eingestehen konnte, dieses Glück wirklich zu erfahren, öffnete sich die Schiebetür des Raums und eine große, attraktive Frau mit dunklem Haar trat ein, in der Hand ein Tablet. Sie lächelte und sagte: »Hallo, Sunshine, ich bin Dr. Kumar. Ich habe gehört, Sie hatten einen kleinen Unfall?«

»Ich würde Ihnen ja gerne zuwinken, aber das gäbe wohl eine ziemliche Sauerei«, witzelte sie in der Hoffnung, dass man ihr nicht ansah, wie nahe sie den Tränen war.

Dr. Kumar lachte. »Das wollen wir nicht. Lassen Sie mich mal einen Blick darauf werfen, und dann flicken wir Sie zusammen.«

Mehrere Stiche, ein Rezept für ein leichtes Schmerzmittel und einen Stapel Entlassungspapiere später fand sich Sunshine zu Hause wieder. Ihre Hand war noch taub von der örtlichen Betäubung, doch sie hatte das ungute Gefühl, dass sie höllisch wehtun würde, sobald die Wirkung nachließ.

»Du solltest dich hinlegen«, sagte Declan, als sie die Küche betraten. »Du musst es langsam angehen lassen.«

»Ich hatte keinen Autounfall, ich habe mir nur in die Hand geschnitten. Mir geht's gut.«

»Du bist total bleich und siehst aus, als würdest du jeden Moment ohnmächtig. Leg dich zwei Stunden hin, und dann sehen wir, wie du dich fühlst.«

»Nein, wir müssen die Party auf die Beine stellen. Morgen früh um elf stehen hier neun Kinder auf der Matte. Es ist noch zu viel zu tun.«

»Du hast doch alles aufgeschrieben. Ich kann einfach die Liste abarbeiten.«

»Nein, wirklich. Durch meine Notizen steigst du nicht durch.« Sie wollte noch mehr sagen, fühlte sich jedoch plötzlich etwas benommen. Als sie leicht schwankte, wurde ihr klar, dass sie sich wohl besser hinsetzen sollte. Kaum hatte sie einen Schritt in Richtung Küchenhocker gemacht, sprang Declan an ihre Seite und legte ihr einen Arm um die Taille.

»Vielen Dank für die Bestätigung«, sagte er mit sanfter Stimme. »Komm schon, Sunshine. Du musst auf dich aufpassen.«

»Mir geht's gut.«

Er zog die Augenbrauen hoch und sah sie an. »Ernsthaft? Dir geht's gut?«

Er stand so nahe bei ihr, dass sie sämtliche Farben in seinen Iris ausmachen konnte. Er war größer als sie und stark, und wenn er sie so festhielt, fühlte sich das richtig gut an – sicher und umsorgt. Sie hätte sich gerne an ihn gelehnt, wollte, dass er sie nie mehr losließ und …

Sie schob die albernen Gedanken beiseite und sagte sich, dass sie verletzt und nicht ganz auf der Höhe war und dass die unbestimmten Gefühle und das Gekribbel in ihrem Bauch schlicht eine Folge des Schocks und keineswegs real waren. Sie musste sich zusammenreißen.

Sie wandte sich ab und ließ sich auf den Hocker fallen.

»Bitte hol einen der Liegestühle von der Terrasse rein«, sagte sie. »Du kannst den Küchentisch zur Seite schieben und ihn danebenstellen. Und wenn ich liege, bringst du mir ein paar Kissen aus meinem Schlafzimmer, damit ich meine Hand darauf betten kann.« Sie zuckte mit den Schultern. »Das ist ein guter Kompromiss. Du brauchst mich, um zu erfahren, was zu tun ist, und du willst, dass ich mich ausruhe. So kriegen wir beide, was wir wollen.«

Etwas Heißes, Wildes blitzte in seinen Augen auf. Es war so schnell wieder verschwunden, wie es gekommen war, doch ihr Bauch antwortete mit einem starken Kribbeln.

»Und du versprichst wirklich, mir nur Anweisungen zu geben?«, fragte er skeptisch.

»Versprochen.«

Er lächelte sie an. »Okay, dann haben wir einen Deal.«

22. Kapitel

Wie Declan am Samstagmorgen erleichtert feststellte, hätten die Partyvorbereitungen nicht reibungsloser laufen können. Um kurz vor acht stand Margot vor der Tür, bereit, für Sunshine einzuspringen und alles Nötige zu erledigen. Zu dem Zeitpunkt hatte er schon die gemieteten Tische und Stühle auf der überdachten Terrasse aufgestellt und war dabei, den Spielebereich im Garten mit Absperrbändern abzustecken.

Sunshine, die immer noch blass, aber wieder stabiler auf den Beinen war, beaufsichtigte das Ganze, während Connor aufgedreht von einem zur anderen sprang und sicherstellen wollte, dass alles rechtzeitig für seine Party bereit war. Als Declan sich zum dritten Mal umdrehte und beinahe über seinen Sohn gestolpert wäre, war es mit seiner Geduld vorbei.

»Lauf uns nicht dauernd vor den Füßen rum«, sagte er. Ihm war klar, dass er verärgert klang, doch es platzte einfach aus ihm heraus.

»Aber Da-ad!«

Sunshine trat zwischen sie und umarmte Connor. »Ich weiß, dass du aufgeregt bist. Aber wenn du uns ständig im Weg stehst, werden wir nicht fertig, bis deine Freunde kommen, und das möchtest du doch nicht, oder? Willst du vielleicht stattdessen mal in mein Zimmer laufen und dir angucken, was da auf dem Bett liegt?«

Als Connor aus der Küche flitzte, wandte Declan sich an Sunshine. »Was hast du für ihn?«

»Du wirst schon sehen.«

Sekunden später kam Connor mit einem großen, flachen, in Geschenkpapier eingewickelten Päckchen in den Händen zurück.

»Das ist richtig schwer«, sagte er eifrig. »Darf ich es jetzt aufmachen?«

Abends, nach der Party, würde ein kleines Essen im Familienkreis stattfinden. Declans Geschenke sollte Connor erst dann öffnen, ebenso wie alles, was Sunshine sonst noch für ihn hatte. Er erwartete nicht von ihr, dass sie seinem Kind Geschenke kaufte, doch ihm war klar gewesen, dass sie das tun würde.

»Darfst du«, sagte sie zu Connor.

Er riss das mit Insekten bedruckte Papier auf und kreischte, als er den Titel des Buches sah: *Die Welt der Ameisen*. Das Buch war dick und enthielt jede Menge Hochglanzbilder und sehr viel mehr Informationen, als ein durchschnittlicher Mensch über Ameisen wissen wollte.

Connor strahlte sie an. »Das ist das tollste Geschenk der Welt, danke!« Er umarmte Sunshine, dann drückte er das Buch an seine Brust. »Darf ich in mein Zimmer gehen und darin lesen?«

»Ja, du darfst. Wir rufen dich, wenn die ersten Gäste kommen.«

»Okay.« Er lief aus der Küche und ließ das zerrissene Papier zurück.

»Gut gemacht«, sagte Margot. »Du wusstest, dass er total aufgedreht und uns im Weg sein würde, und hast daher schon eingeplant, ihm das Geschenk früher zu geben.«

»Ja, ich dachte, das könnte womöglich von Nutzen sein.«

»Dann stell dir erst mal vor, was du alles hinkriegen würdest, wenn du nicht verletzt wärst«, neckte ihre Schwester sie.

Declan folgte dem Gespräch interessiert. Äußerlich hätten die Schwestern nicht unterschiedlicher sein können. Klar, sie waren beide blond, hatten fast die gleichen Augen und dasselbe Lächeln, aber ansonsten sahen sie sich überhaupt nicht ähnlich. Beide waren sie jedoch äußerst liebenswürdig und großzügig. Er hatte beobachtet, wie Margot ihre Schwester hin und wieder musterte, so als wollte sie sichergehen, dass es ihr trotz der Verletzung gut ging. Zudem opferte sie einen freien Tag, um bei der Geburtstagsfeier eines Kindes zu helfen, das sie kaum kannte. Die Baxter-Schwestern sind etwas ganz Besonderes, dachte er, und wer immer es schafft, ihr Herz zu erobern, kann sich verdammt glücklich schätzen.

Er erlaubte sich, einen kurzen Moment lang mit dem Gedanken zu spielen, wie es wäre, zu den Glücklichen zu gehören, schob die Vorstellung aber gleich wieder beiseite. Sunshine lebte in seinem Haus, unter seinem Schutz. Er würde ihre Hingabe und Freundschaft nicht damit vergelten, dass er sich an sie heranmachte wie irgendein schmieriger Typ.

Um halb elf gab es ein letztes Treffen, um sicherzustellen, dass alles fertig war.

»Die Eistorte steht im Tiefkühlschrank in der Küche«, sagte Margot und hakte diesen Punkt auf der Liste ab. »Teller und Gabeln liegen bereit. Fingerfood und Sandwiches sind vorbereitet und stehen im Kühlschrank oder in der Speisekammer.«

Declan warf ebenfalls einen Blick auf seine Liste. »Die Geschenktütchen sind fertig und lagern sicher hinter verschlossenen Türen. Um halb drei hole ich sie raus. Die Toilette im Flur ist gut bestückt mit Flüssigseife und einem Stapel Papierhandtücher. Ich werde alle halbe Stunde nachsehen, ob noch genug von allem da ist, und sichergehen, dass keine größeren Malheurs passiert sind.«

Margot sah ihn teilnahmsvoll an. »Viel Spaß dabei.«

»Das ist das Mindeste, was ich tun kann«, sagte er und zwinkerte Sunshine zu.

Sie lächelte ihn an, dann las sie von ihrer Liste ab: »Sämtliches Zubehör für die Spiele ist an Ort und Stelle, die Spielregeln habt ihr beide vorliegen. Die Gäste sollten um elf Uhr hier eintreffen. Wir fangen dann gleich mit dem ›Was bin ich‹-Spiel an, anschließend gibt es Mittagessen, und dazu läuft der Film *Antz – Was krabbelt da*. Danach kommt das Fechtspiel, gefolgt von der Übergabe der Geschenke.«

Sunshine sah sie beide abwechselnd an. »Das ist alles. Ich werde das Ganze von meinem Liegestuhl aus überwachen, auch wenn es wirklich keinen Grund gibt, weshalb ich nicht …«

»Bitte«, sagte Margot augenrollend. »Du hast Dutzende von Stichen in deiner Hand, ich weiß, dass sie noch wehtut, und du hast kaum geschlafen. Du magst die Expertin in Kinderdingen sein, aber wir kriegen das hin.«

Sunshine warf ihm einen Blick zu. »Sie war immer schon so herrisch, das muss man ihr manchmal einfach durchgehen lassen.«

»Ich kann nicht anders«, sagte Margot. »Ich bin eben die Erstgeborene, *Verantwortung* ist mein zweiter Vorname.«

»Du wurdest gerade mal acht Minuten vor mir geboren.«

Margot seufzte. »Ach, wie schön war es doch als Einzelkind.«

Sie lachten alle. Sunshine fing seinen Blick auf und lächelte ihn an. Begehren explodierte in ihm, doch er hatte inzwischen jede Menge Erfahrung darin, dieses Gefühl zu ignorieren, und genoss stattdessen die Vertrautheit zwischen ihnen. Sie waren ein gutes Team, und er wollte nichts tun, um das kaputt zu machen.

Am Sonntag beschloss Margot, den Keller des Klosters zu erforschen. Der Bereich unter der ehemaligen Kirche war riesig. Ein Teil des früheren Rübenkellers war in einen großen Weinkeller mit Regalen und guter Beleuchtung verwandelt worden, der Rest war immer noch im alten Zustand.

Zunächst hatte sie gedacht, dass dies alles war, was im Untergeschoss zu finden war. Vor zwei Wochen jedoch entdeckte sie eine kleine Tür in der hinteren Wand. Dahinter lagen Dutzende weitere kleine, durch gewundene Gänge verbundene Räume mit Steinböden und hölzernen Deckenbalken. Sie waren zwar mit elektrischem Licht bestückt, doch viele Glühbirnen funktionierten nicht, daher hatte sie eine helle Taschenlampe mitgebracht.

Die Decke war so niedrig, dass sie sich beim Gehen leicht bücken musste. Obwohl es keine Fenster oder andere sichtbaren Ausgänge gab, war die Luft relativ frisch, es mussten also irgendwo Belüftungslöcher sein. Der ganze Kellerbereich war zudem absolut trocken – was Sinn ergab, schließlich befanden sie sich in Südkalifornien. Der Grundwasserspiegel war hier sehr niedrig, und weniger als zweiundzwanzig Zentimeter Regen pro Jahr ließen einen Keller nicht feucht werden.

Sie war die gesamte Fläche mehrfach abgeschritten, landete jedoch immer wieder vor der Steinwand am Nordende. Diese hatte irgendetwas an sich, das ihre Neugier weckte. Zwischen einigen der Steine war kein Mörtel zu sehen, und sie hätte schwören können, einen Lufthauch zu spüren, der dort hindurchwehte.

Als sie Alec von der Wand und ihrer Hoffnung erzählt hatte, eine verborgene Tür zu finden, hatte er gewitzelt, dass sie wohl immer noch darauf aus sei, ein Skelett auszugraben. Margot war es ganz egal, was sie ausgraben würde, solange es irgendetwas Aufregendes war.

Sie suchte nach einem Hebel, fand jedoch keinen. Dann ruckelte sie an einigen der Steine. Ein paar ließen sich bewegen, aber nur um Millimeter. Das war nicht genug, um irgendeinen Öffnungsmechanismus in Gang zu setzen.

Statt sich ihrer Frustration hinzugeben, wandte sie sich von der Wand ab und schloss die Augen. Nachdem sie mehrere tiefe Atemzüge genommen hatte, dachte sie daran zurück, wie viel Freude es ihr gemacht hatte, bei Connors gestriger Geburtstagsparty zu helfen. Er hatte so viel Spaß dabei und seine Freunde offensichtlich auch. Sunshine hatte alles ganz wunderbar geplant. Jedes Detail war bis ins Letzte durchdacht gewesen – von der Präsentation des Essens bis hin zur Deko der Geschenktütchen.

So ist meine Schwester eben, dachte sie lächelnd. Jedes Detail zählte – das gehörte einfach zu ihrer Persönlichkeit. Außerdem liebte sie Kinder und war gerne Teil einer Familie. Dabei gab sie sehr viel von sich, vielleicht ein wenig zu viel. Margot hoffte, dass Sunshines neues Vorhaben – sich nicht mehr in die falschen Männer zu verlieben – von Erfolg gekrönt sein würde. Es kam ihr so vor, als hätte sie eine gewisse Spannung zwischen ihr und Declan wahrgenommen, war sich jedoch nicht ganz sicher. Jedenfalls konnte Sunshine nicht anders, als eine enge Beziehung zu den Kindern aufzubauen, die ihr am Herzen lagen – das war schon immer so gewesen. Menschen wurden eben durch die Dinge definiert, an die sie glaubten, durch ihre Hoffnungen und Träume.

Und Mönche sind Diener Gottes, dachte sie und wandte sich erneut der Wand zu, in deren Leben geht es um Hingabe.

Sie betrachtete noch einmal die einzelnen Steine. Deren Anzahl in der Horizontale war irgendwie auffällig. Sie drückte gegen den obersten in der mittleren Reihe, dann gegen einen weiteren etwa einen halben Meter weiter unten. Keiner der Steine rührte sich auch nur im Geringsten. Die Lösung ist sicher ein Kreuz, dachte sie. Aber welcher war der oberste Stein?

Sie drückte gegen jeden einzelnen, angefangen von oben, bis sich schließlich unterhalb der Mitte einer leicht nach hinten bewegte.

Margot starrte ihn an und versuchte, sich einen Reim darauf zu machen. Wenn sie mit ihrer Vermutung recht hatte, wie konnte dieser Stein dann das obere Ende des Kreuzes darstellen? Ja, sie war groß, vor allem im Vergleich zu Menschen aus dem achtzehnten Jahrhundert, aber wenn dieser Stein die obere Spitze des Kreuzes darstellte, hätten die Mönche …

»… knien müssen«, flüsterte sie. »Sie haben gekniet.«

Sie ging in die Hocke und begann gegen die Steine unter dem, der sich bewegt hatte, zu drücken. Den zweiten fand sie mit Leichtigkeit. Es dauerte nur ein paar Minuten, die weiteren zu finden. Sie war so begeistert darüber, das Puzzle gelöst zu haben, dass sie beinahe ihr eigentliches Ziel aus den Augen verlor. Erst als die Steintür sich öffnete, wurde ihr klar, dass sie das Geheimnis gelüftet hatte – worin auch immer es bestand!

Sie knipste die Taschenlampe an und hielt den Lichtstrahl in die Dunkelheit. Soweit sie erkennen konnte, hatte sie einen riesigen Lagerraum entdeckt. Er enthielt die üblichen aufgestapelten Tische und Körbe, ein paar Holztruhen und einige sehr alt aussehende Stoffballen. Doch was hauptsächlich ihre Aufmerksamkeit auf sich zog, waren die Heiligenstatuen, die in einem Regal aufgereiht standen. Sie waren zwischen dreißig und neunzig Zentimetern hoch, aus Gold gefertigt und mit riesigen Edelsteinen geschmückt.

Margot sprang auf und rannte den Weg zurück, den sie gekommen war. Sie lief die Treppe hinauf und geradewegs in Alecs Büro.

Er sah von seinem Schreibtisch auf und grinste. »Doch ein Skelett gefunden?«, fragte er neckend. »Du hast versprochen, keins auszugraben.«

»Viel besser. Komm es dir selbst anschauen.«

Er folgte ihr ins Untergeschoss und durch den Rübenkeller.

»Pass auf deinen Kopf auf«, warnte sie ihn. »Die Decke wird gleich noch niedriger.«

Sie führte ihn bis ans Ende des Kellers, dann drückte sie sich an die Wand, um ihn an sich vorbeizulassen, und reichte ihm die Taschenlampe.

Er warf ihr einen Blick zu. »Jetzt bin ich aber wirklich neugierig.«

»Schön, das solltest du auch sein.«

Sie gingen weiter und bogen um die letzte Ecke, er voran. Sie konnte nicht an ihm vorbeisehen, wusste jedoch genau, in welchem Moment er die offene Geheimtür erblickte.

»Verdammt, du hast tatsächlich etwas gefunden«, sagte er voller Respekt. »Ich hätte nie an dir zweifeln sollen.«

»Das stimmt, aber darüber können wir später reden. Geh es dir ansehen.«

Er schob die Tür weiter auf und leuchtete hinein.

»Siehst du sie?«, fragte sie aufgeregt. »Die Statuen auf dem Regal? Sind die nicht atemberaubend? Ich weiß nicht, ob wir sie überhaupt anfassen sollten. Die hat bestimmt … keine Ahnung … zweihundert Jahre niemand gesehen. Wer immer zuletzt das Kloster geleitet hat, war wohl nicht über sie informiert. Sonst hätte man sie doch niemals hiergelassen. Nicht nur, dass sie an sich sehr wertvoll sein müssen, sie haben sicher auch eine religiöse Bedeutung. Habe ich dir nicht gesagt, dass sich hier unten irgendwas verbirgt?«

Alec fluchte leise.

»Was ist?«, fragte sie. »Bist du mir böse?«

»Nein, natürlich nicht. Das ist ein sehr aufregender Fund. Es ist nur ...« Er sah sie an. »Jetzt muss man irgendwie damit umgehen.«

Sie blickte ihm in die Augen und verstand sofort, worauf er hinauswollte. »Oh nein, du hast recht. Die Statuen befanden sich im Gebäude, als du es gekauft hast, deshalb gehören sie theoretisch dir, und du könntest sie einfach lassen, wo sie sind. Oder du könntest sie ausstellen. Aber das wirst du nicht tun, stimmt's? Du wirst irgendeine hochrangige Person der katholischen Kirche in der Gegend anrufen und sie ihr Eigentum abholen lassen. Was bedeutet, dass alles dokumentiert und fotografiert werden muss, ehe es mitgenommen wird. Was für ein Aufstand. Ich habe wohl doch ein Skelett ausgegraben, was?«

»Das hier ist nicht ganz so schlimm wie ein Skelett. Damit werden sie nur ein paar Tage beschäftigt sein.«

»Trotzdem, du wolltest keine Invasion in deinem Haus. Es tut mir sehr leid.«

»Das muss es nicht.« Er legte ihr einen Arm um die Schultern und küsste sie. »Es wird vorübergehen. Das hier ist eine bedeutsame Entdeckung. Du hast gesagt, dass hier unten irgendetwas versteckt sein muss, und du hattest recht.«

Sie lächelte. »Du solltest wenigstens eine der Statuen behalten, nur eine kleine. Komm schon, die sind so toll, und wer wüsste ihren historischen Wert mehr zu schätzen als du?«

Seine Mundwinkel bewegten sich leicht nach oben. »Ich werde ein bisschen Recherche betreiben und behalte die Statue mit dem geringsten Wert.« Er ging ihr voraus zur Treppe. »Gibt es noch irgendeine andere Ecke im Haus, die von dir unbedingt erkundet werden will?«

»Nein. Ich glaube, jetzt habe ich wirklich alles gesehen.«

»Gut.«

Sie lachte. »Ich verspreche dir, nicht nach weiteren Schätzen zu suchen.«

»Danke. Aber eine Bitte hätte ich noch.«

»Ich glaube, ich weiß schon welche.«

»Ach ja?«

»Es nicht deiner Mutter zu erzählen.«

»Genau das.«

Sie schmiegte sich an ihn. »Du hast mein Wort.«

»Das ist alles, was ich brauche.«

Die Stimmen im Flur rissen Alec aus den Sphären des Altertums und katapultierten ihn jäh zurück in die Gegenwart. Normalerweise hätte er sie ausgeblendet, doch als er erkannte, dass sie Margot und seiner Mutter gehörten, ging er schnell die Tür öffnen, um besser lauschen und entscheiden zu können, ob er eingreifen sollte.

»Das ist nicht in Ordnung«, sagte Margot entschieden.

»Sie wissen doch gar nicht, wovon Sie reden.«

Er vermutete, dass sie beide auf der Treppe standen. Die Schärfe von Margots Ton überraschte ihn. Soweit er wusste, verstanden sie und seine Mutter sich gut, und mit dem Unterricht waren sie schon so weit fortgeschritten, dass Margots Dienste bald nicht mehr gebraucht werden würden – ein Gedanke, mit dem er sich lieber nicht beschäftigen wollte. Er war sich nicht sicher, was passieren würde, wenn sie auszog. Er hatte sie gerne in seinem Haus und in seinem Bett.

»Alec würde es wollen«, insistierte seine Mutter. »Ich glaube, das kann ich besser beurteilen als Sie.«

»Was andere Situationen betrifft, haben Sie sicher recht. In diesem Fall jedoch nicht.«

»Sein Haus ist wunderschön, und jetzt auch noch dieser Schatz«, sagte Bianca. »Sollte den nicht die ganze Welt bewundern dürfen?«

Der Schatz? Wie hatte seine Mutter nur davon erfahren?

»Nein, das sollte die Welt nicht«, insistierte Margot. »Dies hier ist sein Heim, sein Rückzugsort. Er gehört nicht zu den Leuten, die irgendein Magazin mit Fotos ihres Zuhauses vollgepflastert sehen wollen.«

»Das ist doch nicht *irgendein Magazin*! Das ist ein renommiertes Medium, und für ein Fotoshooting angefragt zu werden, ist eine große Ehre.«

»Für Sie vielleicht«, erwiderte Margot. »Für ihn nicht.«

»Das werden wir ja sehen!«

Seine Mutter stieg offenbar die Treppe herab, während Margot stehen blieb, wo sie war. Alec überlegte, ob er zu seinem Schreibtisch zurückeilen und so tun sollte, als hätte er nichts mitbekommen, befand dann jedoch, dass das sinnlos war. Daher stieß er die Tür weiter auf und wartete. Sekunden später kam Bianca herangerauscht, in der Hand ein Hochglanzmagazin.

Sie sah ihn an, die Augen zu Schlitzen verengt. »Du hast alles gehört?«

»Ja.«

Sie wedelte mit dem Magazin. »Eine Homestory ist eine große Ehre. Ich weiß nicht, wie Margot dazu kommt, zu behaupten, du seist nicht interessiert.« Ihr Blick war stechend.

»Es tut mir leid«, begann er.

»Nein!« Seine Mutter funkelte ihn wütend an. »Alec, du wirst dieses Angebot nicht ablehnen. Wieso willst du dir nicht ein bisschen Anerkennung für dein schönes Haus abholen? Und den Schatz sollte wirklich jeder zu sehen bekommen. Aber es ist ja nicht so, als hätte ich von dir oder Margot davon erfahren. Nein, ich musste es vom Kardinal hören, dem ich zufällig begegnet bin. Und der hat es mir auch nur erzählt, weil ich ihn gefragt habe, was er hier macht.«

Alec zog eine Grimasse. »Wenn du sagst, du bist ihm zufällig begegnet, meinst du …«

»Herrgott noch mal, ich habe direkt neben ihm geparkt, ich habe ihn schon nicht gefoltert. Du bist heute noch anstrengender als sonst. Du hast ein schönes Haus, und du hast ein paar wunderbare Artefakte gefunden, die du nun der Kirche zurückgibst – und da willst du nicht einen einzigen, mickrigen Journalisten hier reinlassen, der ein bisschen mit dir darüber redet und ein paar Fotos macht?«

»Mutter, das hier ist mein Haus und das Ganze meine Privatsache.«

»Dann schlägst du dich also auf Margots Seite statt auf meine? Ich bin verdammt enttäuscht von dir.«

»Ich schlage mich auf niemandes Seite. Ich sage dir nur, was ich will, und das sollte dich eigentlich nicht überraschen. Du weißt genau, wie wichtig mir meine Privatsphäre ist.«

Sie schniefte. »Ich dachte immer, ich könnte auf dich zählen. Ich dachte, wir wären ein Team. Doch ich hätte wissen müssen, dass eine Frau uns eines Tages auseinanderreißen wird, alles zerstören wird, was zwischen uns war.«

Später würde er dem schönen Gedanken freien Lauf lassen, dass Margot ihn bereits so gut kannte und ihn vor seiner Mutter verteidigt hatte. Aber jetzt gerade musste er mit der äußerst verärgerten, möglicherweise gekränkten Frau umgehen, die er vor sich stehen hatte. Er ging ein Dutzend möglicher Antworten durch, verwarf jedoch jede einzelne wieder. Es war unmöglich, Bianca davon zu überzeugen, dass er sie nicht absichtlich hatte enttäuschen wollen. Und ihr zu sagen, dass ihre Reaktion völlig überzogen war, würde auch nicht helfen. Seit wann waren sie überhaupt ein …

Er ging Biancas Worte im Kopf durch, dann verbarg er ein Lächeln und wiederholte: »Doch ich hätte wissen müssen, dass eine Frau uns eines Tages auseinanderreißen wird, alles zerstören wird, was zwischen uns war?« Er zog eine Augenbraue hoch. »Aus welchem Film ist das? Es klingt vertraut, aber ich kann es gerade nicht zuordnen.«

Sie wandte den Blick ab. »Ich habe keine Ahnung, wovon du redest.«

»*Schneegärten.* Das ist es, oder?«

Biancas Auswahl an Filmrollen war nie konventionell oder vorhersehbar gewesen. Es war schon Jahrzehnte her, dass sie eine lesbische Figur in *Schneegärten* gespielt hatte, lange bevor gleichgeschlechtliche Liebe weithin akzeptiert gewesen war.

»Das war der Satz, den du zu deiner Partnerin gesagt hast, als du rausfandst, dass sie dich betrogen hat.«

Sie funkelte ihn erneut böse an. »Dein herausragendes Gedächtnis ist nervtötend und äußerst lästig.«

»So ein Pech aber auch.« Er legte ihr die Hände auf die Schultern und drückte ihr einen Kuss auf die Stirn. »Ich hab dich sehr lieb, doch es wird kein Fotoshooting geben.«

»Nie lässt du mich mal auch nur ein kleines bisschen Spaß haben.«

»Daran solltest du dich doch inzwischen gewöhnt haben.«

23. Kapitel

Sunshine machte sich fertig für ihren Mädelsabend mit Phoebe. Obwohl ihr der Gedanke gefiel, mehr Freunde in ihrem Leben zu haben, hätte sie es vorgezogen, zu Hause zu bleiben. Ihre Tutorensitzungen mit Ann brachten sie langsam weiter, und sie wollte noch einmal ihre Hausaufgaben durchgehen. Außerdem trug sie nach wie vor einen dicken Verband um die Hand. Doch sie hatte versprochen zu kommen, als Phoebe ihr schrieb und sie daran erinnerte, sich »was Hübsches anzuziehen, damit wir uns beide wie etwas ganz Besonderes fühlen können«.

Auf die Minute pünktlich betrat Sunshine das italienische Bistro in der Innenstadt Pasadenas. Phoebe hatte gesagt, dass sie an der Bar auf sie warten würde. Sunshine blickte sich um und entdeckte sie schließlich, erstarrte jedoch, als sie sah, dass sie zusammen mit zwei Männern an einem Tisch saß.

Was zum Teufel war da los? Wieso war Phoebe mit zwei Typen da? Sunshine war davon ausgegangen, dass es sich bei diesem gemeinsamen Abend nur um eine List handelte, damit Phoebe herausfinden konnte, was mit Declan los war. Sie hatte erwartet, von ihr ausgefragt zu werden und sich womöglich mit Tränen konfrontiert zu sehen.

Als Phoebe sie erblickte, stand sie auf und eilte auf sie zu.

»Sei mir nicht böse«, sagte sie anstelle einer Begrüßung. »Ich weiß, dass ich was von Mädelsabend gesagt habe. Aber ein Abend zu viert ist viel lustiger. Du hast doch auch keinen Freund.«

»Hat Declan dir nicht erzählt, dass ich in einer festen Beziehung lebe?« Zumindest hatte sie ihm das geraten.

»Kann sein, ich weiß es nicht mehr. Es kam mir nur einfach nicht so vor, als hättest du jemanden.«

»Und ich dachte, du wolltest dich nur mit mir treffen, damit du mich über Declan ausfragen kannst.«

Phoebe tat den Gedanken mit einer Handbewegung ab. »Wir hatten eine gemeinsame Nacht, es war toll, aber das war's dann auch schon. Keine große Sache.« Sie führte sie in Richtung ihres Tisches. »Der Typ rechts ist Marcus. Ist er nicht zum Anbeißen? Der gehört mir. Für dich habe ich Steven dabei. Er ist geschieden, Filmproduzent oder so und supernett.« Sie hakte sich bei ihr unter. »Komm, wir gehen ihnen Hallo sagen.«

Sunshine hielt sie zurück. »Du bist also nicht an Declan interessiert?«

»Nein. Glaubt er das etwa? Echt anstrengend, wenn Männer so anhänglich sind. Na ja, heute wird's jedenfalls lustig. Zwei Typen, ein paar Drinks und jede Menge Spaß. Was kann's Besseres geben?«

Sunshine sah zum Tisch hinüber. Marcus war ein großgewachsener Mann mit breiten Schultern und Muskelpaketen. Er hatte dunkle Haut und wunderschöne Augen. Steven hatte einen olivfarbenen Teint und kurzes dunkles Haar. Sie hatte keine Ahnung, was sie tun sollte. Das Sinnvollste wäre, einfach zu gehen, doch das kam ihr so dramatisch vor.

»Na schön, auf ein Getränk«, sagte sie.

»Perfekt.«

Phoebe zog sie mit zum Tisch. Beide Männer standen auf, als sie näher kamen.

»Marcus, Steven, das ist meine Freundin Sunshine.«

Sie setzten sich.

Die Kellnerin kam und nahm ihre Getränkebestellungen auf. Sunshine entschied sich für ein Glas Weißwein, das sie nicht trinken würde, und gab sich selbst das Versprechen, auf dem Weg nach Hause bei ihrem Mexikaner vorbeizufahren. Nachdem sie in Phoebes Falle getappt war, würde sie später ein wenig Futter für die Seele brauchen. Dann schob sie den Gedanken an Tacos und Burritos erst einmal beiseite und lächelte Steven an. »Phoebe hat erwähnt, dass du in der Filmbranche arbeitest. Was machst du da genau?«

Steven schenkte ihr ein selbstzufriedenes Lächeln. »Das wüsstest du wohl gern.«

»Ähm, ja. Deshalb habe ich gefragt.«

Er sah plötzlich ernst aus. »Darüber spreche ich nicht gern.«

»Na gut. Kommst du hier aus der Gegend?«

»Du meinst, aus Pasadena? Nein, um Gottes willen.«

»Dann aus Los Angeles?«

»Ja, ich bin vor einer Weile hierher zurückgezogen.«

»Und wo hast du davor gewohnt?«

Er runzelte die Stirn. »Was soll denn die ganze Fragerei?«

Sunshine hielt entschuldigend die Hände hoch. »Sorry, ich wollte nur höfliche Konversation betreiben. Aber nun werde ich schweigen und dich reden lassen.«

»Der Verkehr auf dem Weg hierher war furchtbar. Normalerweise meide ich alle Orte östlich des Highways. Da ist doch sowieso nur Einöde.«

»Mal abgesehen von den zahlreichen Wohnvierteln«, murmelte sie.

»Wie? Du meinst, da draußen leben Menschen? Sicher, aber wer sind die? Was ist denen wichtig?« Er beugte sich zu ihr herüber. »Eine Sache, die ich am Filmemachen mag, ist, dass man eine Geschichte erzählen kann. So macht man erfolgreich Filme, weißt du? Man muss eine Geschichte zu erzählen haben.«

»Ah, gut zu wissen.«

Die Kellnerin kehrte mit ihrem Wein zurück. Irgendwann im Verlauf dieses geistreichen Gesprächs mit Steven fingen Phoebe und Marcus an, miteinander rumzumachen. Und zwar so richtig, mit Zunge und allem Drum und Dran. Der Tisch war nicht sehr groß, daher bestand nicht viel Abstand zwischen ihr und dem draufgängerischen Paar. Sunshine kam sich fast vor wie in einem Swingerclub und fand das Ganze leicht abstoßend.

Sie wandte sich Steven zu, stellte jedoch fest, dass ihr nichts einfiel, was sie hätte sagen können. Zum Glück verfügte er über eine ausgeprägte Beobachtungsgabe.

»Was ist mit deiner Hand passiert?«, fragte er.

»Ich habe mich geschnitten.«

»Und wie lange bist du schon Schauspielerin?«

»Ich bin gar keine Schauspielerin.«

Steven runzelte die Stirn. »Das solltest du aber werden. Du bist im richtigen Alter und hast den perfekten Körper dafür. Ich könnte dir vielleicht mal eine Rolle besorgen, wenn du Interesse hast.«

Jetzt war es an ihr, die Stirn zu runzeln. »Du möchtest mir eine Rolle als Schauspielerin besorgen, willst aber nicht über deinen Job in der Filmbranche reden?«

»Ich gebe mich halt gerne mysteriös.«

Endlich lösten Phoebe und Marcus sich voneinander. Phoebe griff nach ihrer Handtasche. »Wir gehen. Elijah ist zum Glück heute Nacht bei meinem Ex, allerdings nur bis acht, wir haben also nicht viel Zeit. Bis dann.«

Mit diesen Worten verschwanden die beiden und ließen sie mit Steven allein.

»Sind die etwa …« Sie verstummte, als ihr klar wurde, dass es wohl keine höfliche Art gab, zu fragen: Sind die etwa losgezogen, um es miteinander zu treiben?

»Und?«, fragte Steven, lehnte sich unangenehm nah zu ihr herüber und lächelte. »Hast du auch Lust?«

»Worauf?«

»Mit zu mir zu kommen. Wir könnten uns weiter über deine Karriere unterhalten.«

Ihr war klar, dass er auf etwas völlig anderes als ein Gespräch über ihre Karriere aus war. Außerdem hatte sie keinerlei Ambitionen, Schauspielerin zu werden – ein Glück, denn sie hätte wetten können, dass Steven bedeutend weniger Beziehungen in der Branche hatte, als er sie glauben lassen wollte.

Erschöpfung überkam sie. Das Mann-Frau-Ding war früher nie ein Problem für sie gewesen, doch in letzter Zeit folgte ein Desaster auf das nächste. Sie sah ihn an und wusste, dass sie nicht die Kraft hatte, ihn abzuwehren. In ihren Augen gab es nur eine todsichere Methode, ihn auf Abstand zu halten.

Sie schenkte ihm ein bedauerndes Lächeln und berührte ihn leicht am Arm. »Das würde ich so gerne, nur bin ich noch ein bisschen ansteckend ...« Sie vollführte eine wedelnde Handbewegung in Richtung ihres Schritts. »Also, da unten – falls du weißt, was ich meine. Es ist nicht richtig schlimm, aber der Ausschlag brennt schon ziemlich.«

Steven wich so schnell zurück, dass er beinahe das Gleichgewicht verloren hätte und vom Stuhl gefallen wäre.

»Na gut«, sagte er und stand auf. »Dann sollten wir wohl besser einfach schlafen gehen.«

»Das halte ich für eine ausgezeichnete Idee.«

Genau in dem Moment erschien die Kellnerin mit der Rechnung. Sunshine überließ es Steven, sie zu begleichen, und machte sich auf den Weg zu ihrem Auto. Zwanzig Minuten später saß sie bei ihrem Stamm-Mexikaner und hatte ein Tablett mit ihrem Abendessen vor sich. Als sie gerade ihren knusprigen Taco in die Hand nehmen wollte, kam ein Jugendlicher auf sie zu.

»Hey, Schönheit«, sagte er und schenkte ihr ein verführerisches Lächeln.

»Ich bin verheiratet. Mit einem Elitesoldaten.«

Seine Augen weiteten sich. »Wirklich?«

»Ja. Der würde dich einhändig zerquetschen wie einen Käfer.«

Der Junge seufzte und zog von dannen. Sunshine aß ihren Taco auf, nahm ihre Limo und fuhr nach Hause. Dort angekommen, ging sie geradewegs in Declans Büro.

Der starrte konzentriert auf seinen Computer und bemerkte sie erst gar nicht. Er sieht so gut aus wie immer, dachte sie sehnsuchtsvoll. Es gefiel ihr, wie sein ausgewaschenes T-Shirt leicht an den Schultern spannte. Sie hörte den Fernseher im Wohnzimmer laufen und vermutete, dass Connor sich einen Film ansah.

Wenn sie gewollt hätte, hätte sie die Tür hinter sich schließen, zu ihm gehen können und ... Und was? Ihn küssen? Ihm Sex anbieten? Hatte sie von alldem nicht schon genug gehabt für einen einzigen Abend?

Wenn sie ehrlich war, wollte sie gar keinen Sex. Na schön, sie wollte gerne Sex, aber nicht *nur*. Sie wollte mehr. Sie wünschte sich Liebe, eine feste Beziehung und die Aussicht auf viele gemeinsame Jahre mit einem Mann. Sie wollte für immer mit jemandem zusammen sein, nicht nur für eine Nacht, und auch wenn Declan Potential hatte, kam es ihr so vor, als würde er in ihr genau das sehen, was Steven in ihr gesehen hatte: Brüste, ein Hintern und sonst nichts.

»Hey«, sagte sie.

Declan sah auf. »Hey. Wieso bist du schon zurück? Ich dachte, du und Phoebe wolltet richtig schön ausgehen?«

Sie hielt ihren Limo-Becher hoch. »Nicht wirklich, sie hat mich angelogen. Es war ein Doppel-Date.«

»Machst du Witze?«

»Nein.«

Sie versuchte, seine Gedanken zu lesen, es gelang ihr jedoch nicht. Er schien seinen Gesichtsausdruck bewusst neutral zu halten. *Verdammt.*

»Und der andere Typ hat dir nicht gefallen?«, fragte er.

»Mir hat es nicht gefallen, angelogen zu werden, und nein, Steven hat mir auch nicht gefallen. Phoebe hingegen ist mit ihrem Gentleman nach Hause gegangen. Ich würde sagen, sie ist so was von über dich hinweg. Die Geschichte kannst du also abhaken.«

»Danke für die Info.«

»Bitte sag mir, dass du ein Kondom benutzt hast.«

Er wurde rot. »Was? Wieso …« Dann grinste er. »Ah, verstehe. Du meinst, weil Phoebe sich, äh, sagen wir, mit vielen Männern gut zu verstehen scheint.«

»Genau. Allein in den letzten zwei Wochen war sie mit dir und Marcus im Bett. Wenn man das mal hochrechnet, kommt man auf ziemlich viele Typen.«

»Ich habe ein Kondom benutzt, zum ersten Mal seit Jahren. Es war komplizierter, als ich es in Erinnerung hatte.«

»Mit siebzehn ist alles einfacher«, neckte sie ihn. »Jedenfalls wollte ich dich wissen lassen, dass sie die Sache mit dir verwunden hat.«

»Danke, das weiß ich sehr zu schätzen.«

Sie sahen einander an. Erneut überlegte sie, die Tür abzuschließen. Doch auch wenn ihr dieser Schritt glasklar vor Augen stand, sah es mit dem danach anders aus. Sie hatte sich versprochen, diese Art von Frau nicht mehr zu sein. Sie hatte sich vorgenommen, sich weiterzuentwickeln und sich zu verändern. Jetzt ihrem Impuls nachzugeben, würde bedeuten, dass sie sich die ganze Zeit über selbst belogen hatte. Noch schlimmer, es würde bedeuten, dass sie unfähig war, sich zu ändern.

»Ich gehe Mathe lernen«, sagte sie. »Es besteht die winzige Chance, dass ich langsam durch Algebra durchsteige, und die will ich nicht ungenutzt lassen.«

»Viel Glück.«

»Danke.«

Sie schenkte ihm ein kurzes Lächeln, dann floh sie, ehe sie irgendetwas sagen konnte, das im Moment vielleicht großartig ankäme, langfristig jedoch ins Verderben führen würde.

Alec sah die Regale des exklusiven Weingeschäfts durch. Er hatte zwar jede Menge Wein zu Hause, doch Margot kochte Coq au Vin zum Abendessen, und er wollte etwas Besonderes dazu beisteuern. Normalerweise zog er Weine aus Kalifornien und Washington vor, ein französisches Gericht verdiente jedoch vielleicht mal einen französischen Wein. Zum Beispiel einen schönen roten Bordeaux.

Während er die Weinprobenkommentare der Angestellten studierte, dachte er darüber nach, wie sehr er Margots Gesellschaft genoss. Mit ihr zusammen zu sein war so einfach – etwas, das er nie für möglich gehalten hätte. Davor waren alle seine

Beziehungen schwierig und irgendwie schräg. Sobald der Sex vorbei war, war nicht mehr viel Gesprächsstoff vorhanden gewesen. Am Ende eines mit einer Frau verbrachten Abends hatte er es immer kaum abwarten können, wieder allein zu sein. Doch mit Margot war es anders. Er stellte fest, dass er sie vermisste, wenn sie nicht da war. Wenn sie sich morgens für die Arbeit fertig machte, wollte er währenddessen neben ihr stehen und sich noch ein wenig mit ihr unterhalten. Und er freute sich immer darauf, Zeit mit ihr zu verbringen, egal wie viele Stunden des Tages sie bereits miteinander verbracht hatten.

»Äußerst merkwürdig«, murmelte er lächelnd und entschied sich für einen Wein.

Der Bordeaux, den er ausgewählt hatte – ein alter Wein, der noch traditionell hergestellt wurde und die Region berühmt gemacht hatte –, würde sicher gut zu Margots Gericht passen.

Er war schon beinahe an seinem Wagen angelangt, als er jemanden seinen Namen rufen hörte. Er wandte sich um und sah, wie der Geschäftsführer ihm nachgerannt kam.

»Mr. Mcnicol, Mr. Mcnicol, bitte warten Sie!«

Alec blieb stehen und starrte den Mann an. Er fragte sich, weshalb er so aufgeregt war.

»Hallo, Nathan. Wie kann ich Ihnen helfen?«

Der Mann deutete auf die Flasche in Alecs Hand. »Mr. Mcnicol, Sie haben vergessen, den Wein zu bezahlen. Könnten Sie das bitte noch erledigen, ehe Sie fahren?«

Alec starrte ihn an, Ungläubigkeit mischte sich mit Scham. Er stellte gedanklich seine Schritte nach und stellte fest, dass er so in seine Überlegungen um Margot vertieft gewesen war, dass er das Geschäft tatsächlich einfach verlassen hatte, ohne zu bezahlen.

»Es tut mir leid«, sagte er schnell, drehte sich um und ging den Weg zurück, den er gekommen war. »Ich habe nicht aufgepasst. Keinesfalls wollte ich …«

Nathan hielt mit ihm Schritt. »Natürlich nicht. Ich verstehe vollkommen, das kann schon mal passieren. Sie sind ein brillanter Mann, der viel im Kopf hat. Zudem sind Sie ein sehr guter Kunde. Ich wäre nie auf die Idee gekommen, dass es sich bei Ihnen um irgendetwas anderes als einen kleinen Moment der Vergesslichkeit handeln könnte.«

Alec betrat den Laden und ging geradewegs zur Kasse. Niemand sagte etwas, doch er spürte alle Blicke auf sich. Um ein Haar hätte er eine Flasche Wein gestohlen. Es war unbegreiflich.

Er zahlte, fuhr nach Hause und versuchte herauszufinden, wie das hatte passieren können. Ja, er hatte an Margot gedacht, aber er dachte ständig an sie, und es war nie etwas Schlimmes passiert. Was war heute anders gewesen?

Zu Hause angekommen, legte er den Wein ins Küchenregal. Im selben Moment kam seine Mutter hereingerauscht.

»Da bist du ja, mein Schatz. Ich wollte dich fragen, ob …« Sie runzelte die Stirn. »Was um Himmels willen ist passiert? Du siehst aus, als wärst du der indischen Göttin Kali begegnet. Oder vielleicht meine ich auch Vishnu. Die beiden verwechsle ich immer.«

»Was? Das sind doch zwei völlig verschiedene Gottheiten.«

Sie lächelte. »Schon klar, ich will dich nur ärgern. Also, was ist los?«

Er erzählte ihr vom Zwischenfall mit dem Wein. »Ich weiß einfach nicht, wie das passieren konnte.«

Seine Mutter lachte. »Du warst abgelenkt. So was passiert jedem mal, Alec, zumindest denen unter uns, die nicht so streng sind und ständig alles unter Kontrolle haben müssen. Einmal, in Italien, bin ich mit einer Zehntausend-Dollar-Handtasche aus einem Prada-Shop spaziert. Das fand damals niemand witzig, das kannst du mir glauben. Ich war halt in Gedanken.«

»Aber dir passieren solche Sachen dauernd, mir nicht.«

Jedenfalls bisher nicht, berichtigte er sich. Seit Kurzem war das anders. Da war das unschätzbar wertvolle, empfindliche Schriftstück, das Schaden genommen hatte, weil er nicht daran gedacht hatte, es rechtzeitig in Sicherheit zu bringen, ehe er mit Margot Sex hatte. Und heute hätte er beinahe einen Ladendiebstahl begangen. Was kam als Nächstes?

Obwohl das eine rhetorische Frage war, spürte er, wie sich ein kalter Knoten in seinem Bauch bildete.

»Das wird schon wieder«, sagte seine Mutter. »Entspann dich einfach und akzeptiere, dass auch du nur ein Mensch bist.«

Er nickte und entschuldigte sich, spürte jedoch, wie das Gefühl von Kälte stärker wurde. Obwohl er es nie offen zugegeben hätte, bestand seine größte Angst darin, eines Tages so zu werden wie seine Mutter, die Konventionen und Regeln nicht befolgte und sich nicht um die Meinung anderer scherte. Er war immer stolz darauf gewesen, die volle Kontrolle über sein Leben zu haben. Wenn er die nun verlöre ...

Das habe ich nicht, sagte er sich. Das war nur ein momentaner Aussetzer, mehr nicht. In Zukunft würde er wachsamer sein. Er würde die Kontrolle behalten. Unter keinen Umständen würde er auch nur irgendetwas annähernd Bianca-mäßiges tun, egal was passieren mochte.

Declan kam es langsam so vor, als gäbe es schlicht keine Lösung für das Problem. Er hatte unmögliche Kunden und sollte diese Tatsache einfach akzeptieren. Jessica und James wünschten sich eine Möglichkeit, die Gärten durch irgendein einzigartiges Element gestalterisch mit dem Hotel zu verbinden. Er hatte sich sogar schon Proben von einem Künstler besorgt, der mit Steinen arbeitete, in der Hoffnung, dass ein individuelles Muster oder Design ihnen gefallen würde, doch auch das hatte sie nicht »inspiriert« – so lautete das Lieblingswort der beiden.

Er versuchte normalerweise, am Wochenende nicht zu Hause zu arbeiten, aber an diesem Sonntagmorgen hatte er sich ein Stündchen Zeit genommen, um zu sehen, ob ihm nicht etwas einfiel, dass er ihnen beim nächsten Treffen präsentieren konnte. Bisher jedoch ohne Ergebnis.

Vielleicht probieren wir's mal mit ein bisschen Zen, dachte er und grinste. Er wollte gerade eine Google-Suche über Zen-Gärten starten, als Connor in sein Arbeitszimmer gelaufen kam. Statt sich auf das Sofa zu setzen, umrundete sein Sohn den Schreibtisch und schmiegte sich an ihn.

»Was ist los, Kleiner?«, fragte er und legte einen Arm um ihn. »Fühlst du dich einsam, weil letztes Wochenende die große Party war?«

»Nein.« Connor schob seine Brille auf der Nase hoch und sah ihn an. »Ich will zu Mom.«

Declan fuhr den Computer herunter, stand auf und hielt Connor seine Hand hin. »Na klar. Ich hole nur die Autoschlüssel, und dann fahren wir los.«

In den ersten Wochen nach Iris' Tod hatten sie jeden Sonntagmorgen ihr Grab besucht. Irgendwann hatte er es Connor überlassen, ihm Bescheid zu sagen, wann immer er das Bedürfnis danach verspürte. Dies würde der erste Besuch sein, seit Sunshine bei ihnen angefangen hatte.

Der Forest Lawn Memorial Park war ein weitläufiger Friedhof mit gepflegten Rasenflächen und vielen Bäumen. Declan war mehr der Typ »Verbrennt mich und verstreut die Asche im Wind«, aber Iris hatte sich gewünscht, hier begraben zu werden. Sie hatte detaillierte Instruktionen dazu hinterlassen und vor ihrem Tod sogar die Grabstätte selbst ausgesucht.

Declan machte kurz an einem Blumenladen halt und ließ Connor einen Strauß aussuchen, der ihm gefiel, dann fuhren sie auf den Friedhof und parkten den Wagen.

Gemeinsam folgten sie dem Pfad zu Iris' kleinem Grabstein. Connor legte die Blumen vor dem Stein ab und ließ sich im Schneidersitz im Gras nieder.

»Hallo, Mom«, begann er. »Letzte Woche war mein Geburtstag, ich bin jetzt neun. Wir haben eine Party gefeiert, das hat total Spaß gemacht. Hab ich dir erzählt, dass ich eine Ameisenfarm bekommen habe? Die ist echt cool und Sunshine hat mir schon eine zweite bestellt, die ist noch größer und soll diese Woche ankommen.«

Declan wurde klar, dass es diesmal ein längerer Besuch werden würde. Manchmal wollte Connor nur Blumen auf das Grab legen, und manchmal wollte er reden. Er ließ sich an einem Baumstamm in der Nähe nieder, bereit, so lange zu warten, wie es eben dauern würde.

»Sunshine ist mein Kindermädchen«, fuhr Connor fort, während er an einem Grashalm zupfte. »Sie ist wirklich nett. Sie kann gut kochen und Sachen für Partys basteln, und wir lachen viel zusammen. Ich wünsche mir, dass sie für immer bei uns bleibt. Du würdest sie bestimmt auch mögen.«

Declan zeigte äußerlich keine Reaktion auf die Bemerkung seines Sohnes, doch er war sich nicht sicher, wie er sie interpretieren sollte. Hing Connor bereits zu sehr an Sunshine? Nicht, dass das zu verhindern gewesen wäre, schließlich drehte sich ihr gesamter Arbeitstag um den Jungen. Es war unvermeidlich, dass sie eine enge Beziehung zueinander entwickelten.

Das Leben ist kompliziert, dachte er. Und unlogisch. Er warf einen Blick auf den Grabstein. Als Iris gestorben war, war er so unglaublich wütend gewesen. Über ihre Affäre, darüber, dass sie einen anderen Mann ihm vorgezogen hatte, dass sie so lange damit gewartet hatte, ihm zu sagen, dass sie krank war, und dass sie sich schließlich einfach aus dem Staub gemacht hatte. Es hatten sich so viele Gefühle bei ihm aufgestaut, und er hatte niemanden gehabt, bei dem er sie hätte abladen können. Doch an dem Klischee war etwas dran: Die Zeit heilte tatsächlich alle Wunden.

Rückblickend war ihm klar, dass schon lange keiner von ihnen mehr glücklich in ihrer Ehe war. Und auch wenn ihre Art, mit den Problemen umzugehen oder eben nicht umzugehen, für sie beide nicht gut gewesen war, war er ihr deswegen nicht mehr böse. Er erkannte nun, dass sie schlicht auseinandergedriftet waren und der Versuch, sich wieder zusammenzuraufen, ab einem gewissen Punkt mehr von ihnen verlangt hätte, als sie bereit waren, noch in die Ehe zu investieren.

Er verstand, dass auch er, statt sie mit der Affäre zu konfrontieren oder etwas dagegen zu unternehmen, den Dingen einfach ihren Lauf gelassen hatte. Was ebenfalls nicht gerade gesund für sie beide gewesen war. Er hätte darauf bestehen sollen, dass sie auszog, während er bei Connor geblieben wäre und das Sorgerecht für ihn beantragt hätte. Er hätte sich von ihr scheiden lassen sollen. Nur …

Er hörte zu, wie ihr Sohn von der Schule und seinen Freunden erzählte, und davon, dass er diesen Sommer lernen würde, wie man Baseball spielte. Eine Scheidung hätte Connor hart getroffen. Sein Leben wäre in tausend Stücke zerbrochen, und ein paar Monate später wäre Iris dennoch an Krebs gestorben. Die Ironie dahinter entging ihm nicht. Seine Unfähigkeit, zu akzeptieren, was Iris getan hatte, hatte ihn unentschlossen verharren lassen, was ihm persönlich geschadet hatte. Doch für Connor war es so das Beste gewesen.

»Ich vermisse dich, Mom«, sagte Connor und erhob sich. Er wandte sich Declan zu. »Wir können los, Dad.«

»Okay.« Declan stand auf und warf noch einen letzten Blick auf den Grabstein. Nach einem kurzen Moment trat er an ihn heran und berührte ihn leicht. »Mach's gut, Iris.«

Er nahm Connor an der Hand, und gemeinsam gingen sie davon.

»Ich hätte gerne die Nachos mit Huhn, bitte«, sagte Margot und reichte dem Kellner die Speisekarte. Sie hätte besser einen Salat bestellen sollen, doch der heutige Abend verlangte eindeutig nach Nachos.

»Zweimal, bitte.« Sunshine sah dem Kellner hinterher, dann deutete ihre Schwester mit dem Finger auf sie. »Okay, erzähl. Was ist los?«

»Ich hab keine Ahnung, was du meinst.«

»Du warst an der Reihe, ein Restaurant auszusuchen und hast dich für einen Mexikaner entschieden, was du sonst nie machst. Und dann hast du auch noch Nachos bestellt, was du nur tust, wenn dich irgendwas beunruhigt.«

»Das stimmt gar nicht.«

Sunshine zog die Augenbrauen hoch.

Das mexikanische Restaurant war mit seinen grellen Farben und dem ausgetretenen Fliesenboden etwas geschmacklos eingerichtet, jedoch gemütlich. Es existierte schon seit vierzig Jahren am selben Ort und Margot hoffte, dass es noch weitere hundert so bleiben würde. Sie rührte mit dem Strohhalm in ihrer Margarita und seufzte schließlich.

»Na schön, vielleicht. Aber ich bin nicht wirklich beunruhigt, eher verwirrt.«

»Ich wusste es!« Sunshine rutschte ungeduldig auf ihrem Stuhl hin und her. »Job oder Mann?«

»Beides.«

»Wow, das ist mal was Neues. Du hast doch nie Probleme mit der Arbeit.«

»Es ist auch nicht wirklich ein Problem. Bianca macht gute Fortschritte. Ich sage ihr immer wieder, dass es an der Zeit ist, mich wegzuschicken, aber sie findet, sie sei noch nicht bereit.«

»Und was sagt dein Chef dazu?«

»Dass ich ihr zwei weitere Wochen geben und dann darauf bestehen soll, dass wir fertig sind.«

»Und?«

»Das ist genau das, was ich tun werde.«

Sunshine nippte an ihrer Margarita. »Was ist dann das Problem?«

»Ich weiß es nicht. Wahrscheinlich ist es gar nichts.« Sie setzte ein gekünsteltes Lächeln auf. »Es war ein toller Auftrag. Bianca wird super mit Wesley klarkommen und ich werde als Nächstes wohl mit einer Gruppe von Frauen zusammenzuarbeiten, die aus Chile anreisen und hier Stoffe verkaufen. Der Kurs soll vier

Wochen dauern, und ich würde nicht bei ihnen wohnen müssen oder so. Ich könnte wieder in meine eigene Wohnung ziehen. Und wie läuft's bei dir?«

»Moment mal, meine Liebe. Das war ein netter Versuch, nur hast du Alec dabei völlig ausgelassen. Was ist denn mit ihm?«

Eine einfache Frage, auf die Margot jedoch absolut keine Antwort wusste.

»Ich weiß es nicht.«

»Was heißt das?«

Margot unterdrückte ein Stöhnen und wünschte sich, die Nachos würden endlich kommen. Sie brauchte irgendwas Knuspriges mit Käse und einen fetten Klecks Guacamole dazu.

»Ich bin verwirrt«, gab sie zu.

»Dann lass mich dir eine Reihe von Fragen stellen, um dich auf die richtige Fährte zu bringen. Wie ist der Sex?«

Sie musste grinsen. »Großartig.«

»Hat er irgendwelche seltsamen Angewohnheiten, die dich nerven?«

»Nicht wirklich. Er ist lustig, intelligent und sehr aufmerksam. Letztens habe ich Coq au Vin gekocht, und er hat einen französischen Bordeaux dazu mitgebracht.« Sie runzelte die Stirn. »Einen Bordeaux französisch zu nennen ist redundant, oder? Kommt ein Bordeaux nicht immer aus Frankreich? Das ist ja eine Landesregion, daher …«

Sunshine schlug mit den flachen Händen auf den Tisch. »Stopp. Hör auf, mich vom Thema ablenken zu wollen.«

»Es gibt gar kein Thema.«

»Natürlich gibt es das.« Ihre Schwester beugte sich zu ihr vor. »Süße, du bist bis über beide Ohren in ihn verliebt und deshalb jetzt in Panik und musst Nachos in dich reinstopfen.«

Margot schüttelte den Kopf. *Nein, auf keinen Fall.* Sie war in niemanden verliebt. »So ist es nicht, wirklich. Wir stehen uns irgendwie nahe und, na ja, wohnen wohl praktisch zusammen, aber das ist alles nur, weil ich für seine Mutter arbeite und es total bequem ist. Okay, das ist nicht der einzige Grund. Wir verstehen uns außerdem richtig gut. Alec hat ein paar spezielle Eigenschaften, die andere Leute abschreckend finden mögen, ich dagegen mag sie. Er ist sehr verlässlich und solide – das ist nett mal so zur Abwechslung. Und er leistet herausragende Arbeit in seinem Fachgebiet. Aber das ist doch noch keine Liebe.«

Der Kellner erschien mit einem Riesentablett voller Nacho-Chips. Sobald sie auf dem Tisch standen, griff Margot nach einem. »Wie läuft dein Mathekurs? Du hast gesagt, es geht schon besser?«

Sunshine musterte sie. »Du bist in ihn verliebt.«

Margot funkelte ihre Schwester wütend an. »Ja! Na schön, ich bin verliebt in ihn.«

Sie schloss die Augen, als ihr klar wurde, dass das stimmte. Vermutlich war sie das bereits eine ganze Weile. Sie hatte gar nicht bemerkt, wie es passierte, weil alles so anders war als damals mit Dietrich. Ihr Leben war nicht aus der Bahn geraten; sie kam sich nicht blöd vor oder hatte das Gefühl, dass er ihr nicht guttat. Wenn sie mit Alec zusammen war, fühlte sie sich großartig. Einfach glücklich.

Sie öffnete die Augen. »Oh Gott. Und was jetzt?«

Sunshines Lächeln wirkte selbstzufrieden. »Ich habe gerne recht, vor allem wenn es dich betrifft. Du bist doch eigentlich die Schlauere von uns beiden, aber selbst du hast es nicht gemerkt.«

»Das hilft mir nicht weiter. Ich gerate hier gerade in Panik. Was mache ich denn jetzt?«

»Was würdest du denn gerne machen?«

»Die Frage zu wiederholen, hilft mir nicht.«

»Ich habe die Frage nicht wiederholt. Ich habe mindestens zwei Wörter verändert. Beruhige dich und iss einen Nacho-Chip. Du musst gar nichts machen.«

»Aber irgendwas muss ich doch tun. In zwei Wochen werde ich nicht mehr dort wohnen. Und dann? Sind wir weiter zusammen, oder ist es dann vorbei? Soll ich es ansprechen oder hoffen, dass er von selbst etwas sagt? Wahrscheinlich sollte ich ihn darauf ansprechen, das wäre allerdings echt schräg. Wie leite ich so ein Gespräch ein? ›Hey, schönes Wetter heute. Übrigens, ich bin total in dich verknallt. Können wir uns deshalb bitte weiter treffen?‹ Er mag kein Chaos, und Liebe ist oft chaotisch. Was, wenn er meine Liebe nicht erwidert? Und was, wenn er es tut, es aber nicht zugeben will? Was, wenn er lauthals anfängt zu lachen?«

Sunshine nahm sich einen Chip.

Margot funkelte sie wütend an. »Das ist die Stelle, an der du mir einen Rat geben solltest.«

»Hey, ich bin einfach nicht gut in diesem Beziehungskram. Ich meine, ich stehe voll auf deiner Seite, und ich wünsche dir nur das Beste. Aber es ist nicht so, als hätte ich Erfahrung darin, wie Beziehungen funktionieren. Normalerweise lerne ich einen Typen kennen, schlafe mit ihm, und wenn er mich dann einlädt, mit ihm um die Welt zu fliegen, unterbreche ich mein Leben für die nächsten sechs bis acht Wochen, bis ich von ihm verlassen werde oder selbst gehe und ganz von vorne anfange. Möchtest du ernsthaft einen Rat von mir in Bezug auf dein Liebesleben hören?«

»Vermutlich nicht.« Margot seufzte. »Die Schuld daran gebe ich unserer Mutter.«

»Ich auch. Aber da sie tot ist und sie keine von uns seit dem Kleinkindalter mehr gesehen hat, bringt das nicht so viel. Allerdings solltest du Alec wohl sagen, dass du ihn liebst.«

»Wieso?«

»Weil es für dich ein Riesenfortschritt ist, dass du dich in einen anderen Mann als Dietrich verliebt hast und du eine wichtige Botschaft an das Universum aussendest, wenn du deine Gefühle anerkennst.«

»Ich würde lieber einfach sein Herz erobern«, murmelte sie und legte den Kopf schief. »Moment mal: Sollte ich sein Herz erobern, oder sollte er mir sein Herz zu Füßen legen? Gibt es irgendwelche Regeln dafür?«

»Wie gesagt, da fragst du die Falsche.«

»Wir sind eben beide hoffnungslose Fälle.« Margot seufzte.

»Ja, aber wir sehen gut aus. Und mal im Ernst – was gibt es Wichtigeres?«

24. Kapitel

Am folgenden Samstagmorgen fuhr Sunshine nach Santa Monica. Es war früh – erst kurz nach sieben. Morgendlicher Nebel hing in der Luft, daher wusste sie, dass der Strand menschenleer sein würde, ebenso wie die Straßen. Niemand ging freiwillig an einem nebligen Morgen an den Strand – außer ihr.

Sie hatte einen Plan: Sie würde in dem süßen, kleinen Café, das sie immer gemocht hatte, frühstücken, die Zeitung lesen und danach einen Strandspaziergang machen. Heute würde es darum gehen, zu entspannen und die Batterien aufzuladen. Nicht dass ihr Terminplan so übervoll war, aber ein bisschen Zeit für sich selbst tat gut. Außerdem fuhr Declan bald auf Geschäftsreise und blieb dann ungefähr zehn Tage weg, währenddessen sie rund um die Uhr Connor-Dienst leisten würde.

Sie verließ den Highway und fand schnell einen Parkplatz. Als sie das Café betrat, wurde ihr ein kleiner Tisch am Fenster zugewiesen. Sie warf einen Blick auf die Karte, um zu sehen, ob sie noch so war, wie sie sie in Erinnerung hatte, und stellte freudig fest, dass sich nichts geändert hatte. Kalifornisches Rührei stand nach wie vor an oberster Stelle. Die Kindergerichte waren auch noch dieselben.

Ihr Blick fiel auf die lächelnden Comic-Zootiere am Rand und blieb am vorletzten Gericht hängen: Pancake-Schlacht. Die Zwillinge hatten dieses Frühstück immer geliebt – ein Pancake mit Blaubeeren und einer mit Bananen. Wie oft war sie sonntagmorgens mit den beiden hier frühstücken gegangen, während deren Eltern ausschliefen? Die zwei hatten ein intensives Arbeitsleben, wenig Zeit und interessierten sich nicht besonders für ihre Töchter.

Sunshine hatte sich viel Mühe mit den Mädchen gegeben, bis sie einen Typen auf einem Motorrad kennenlernte, der ihr anbot, sie nach Texas mitzunehmen und ihr beizubringen, wie man junge Rinder zähmte. Ein paar Drinks, ein paar nette Stunden im Bett und ehe sie so richtig darüber nachgedacht hatte, gab sie bereits ihren Job auf und verschwand.

Sie war praktisch ohne Ankündigung abgehauen, hatte einfach nur Elle, der Mutter der Zwillinge, die zu der Zeit geschäftlich in Paris unterwegs gewesen war – oder war es Rom? – eine Nachricht geschickt. Daraufhin hatte der Vater der beiden sie angerufen und ins Telefon gebrüllt, dass er unmöglich sein Meeting verlassen könne, um seine Töchter abzuholen, und dass er am Abend schon verplant sei. Schließlich hatte er damit gedroht, sie zu verklagen. Auch die Mädchen hatten ihr Nachrichten geschrieben und sie gefragt, wo sie war. Als die Schuldgefühle sie zu überwältigen drohten, warf sie das Handy einfach in irgendeinen Mülleimer in Arizona und blickte nie wieder zurück.

Sunshine hatte nicht damit gerechnet, dass diese Erinnerungen sie beim Frühstück einholen würden. Das hätte sie womöglich bedenken sollen, ehe sie hierherfuhr. Vielleicht war es ihr aber unbewusst klar gewesen, und sie hatte akzeptiert, dass sie sich mit ihrer Vergangenheit würde auseinandersetzen müssen – mit den hässlichen Momenten, für die sie nie würde sühnen können. Es war falsch von ihr gewesen, die Kinder auf diese Art und Weise zu verlassen. Nicht nur die Zwillinge, sondern auch alle anderen Kinder, um die sie sich gekümmert hatte. Ungefähr ein Jahr nachdem sie Santa Monica gegen Texas eingetauscht hatte, war sie nach London weitergezogen. All dies mochte nun hinter ihr liegen, doch die verletzten Kinderseelen wiesen sicher Narben auf.

Sie begriff, dass sie hier nicht frühstücken konnte. Nicht heute. Dafür empfand sie zu viel Scham. Sie hätte sich einen anderen Strand, ein anderes Café aussuchen sollen. Als sie ihre Tasche nahm und aufstand, blickte sie geradewegs in das wutverzerrte Gesicht einer Frau draußen vor dem Fenster.

»Du bist es wirklich!«, schrie Elle. »Ich fasse es nicht!«

Sie wollte die Tür des Cafés aufreißen, doch Sunshine kam ihr zuvor und eilte hinaus, sodass ihr Gespräch wenigstens die anderen Gäste nicht beim Frühstück stören würde.

»Wie kannst du es wagen, hier aufzutauchen?«, wollte Elle wissen, als Sunshine auf sie zuging. »Du widerwärtige Hure. Du hast meine Töchter im Stich gelassen – einfach so, ohne Vorwarnung. Und dann hast du noch nicht mal den Anstand besessen, es ihnen selbst zu sagen, hast auf keine ihrer Nachrichten geantwortet oder es ihnen sonst wie erklärt. Sie waren völlig fertig, haben wochenlang nur geweint. Ich musste sie in Therapie stecken, um ihnen zu helfen, über ihr verfluchtes Kindermädchen hinwegzukommen.«

Elles Blick war fuchsteufelswild, bei jedem ihrer Worte flog Speichel aus ihrem Mund. Sie war klein, wirkte aber dennoch bedrohlich.

»Ich musste meine Geschäftsreise abbrechen und nach Hause fliegen, und ihr Vater hat wegen dir ein wichtiges Meeting verpasst. Ich werde dich für alle Zeiten hassen. Du bist eine grausame, egoistische Person, und ich hoffe, dass du mutterseelenalleine sterben wirst. Mir das Leben schwer zu machen ist eine Sache, aber du hast meinen Kindern wehgetan, und dafür hast du es verdient zu leiden.«

Ehe Sunshine entscheiden konnte, was sie sagen sollte oder ob es schlauer wäre, einfach abzuhauen, verpasste Elle ihr eine schallende Ohrfeige. Dann stakste sie davon.

Sunshine blieb alleine auf dem Bürgersteig zurück. Ihr war klar, dass sämtliche Cafébesucher die Szene mitbekommen hatten. So gerne sie sich eingeredet hätte, dass alles nicht so schlimm gewesen war – jedes einzelne Wort von Elle entsprach der Wahrheit. Sie hatte die Mädchen ohne Vorwarnung verlassen und sich danach nie wieder bei ihnen gemeldet. Es war nicht das erste Mal gewesen, dass sie Kinder sitzen gelassen hatte, aber nie zuvor hatte sie es auf eine derart grausame Art und Weise getan.

Sie ging zu ihrem Auto und stieg ein. Dann ließ sie den Kopf auf das Lenkrad sinken und begann bitterlich zu weinen.

Um halb zehn abends fing Declan langsam an, sich Sorgen zu machen. Er hatte Sunshine den ganzen Tag über nicht gesehen. Natürlich durfte sie an ihren freien Tagen tun und lassen, was sie wollte, doch ließ sie sich normalerweise irgendwann mal blicken.

Er sagte sich, dass sie womöglich den Abend mit ihrer Schwester verbrachte oder ein Date hatte, eventuell sogar in dieser Sekunde im Bett irgendeines Mannes lag und den besten Sex ihres Lebens hatte. Das ging ihn alles nichts an. Nur wollte er sich nicht vorstellen, wie sie sich mit einem anderen Mann traf, und ganz sicher nicht, wie sie mit irgendeinem Fremden schlief. Allerdings auch nicht mit jemandem, den sie kannte, es sei denn dieser Jemand wäre er, was aber nicht sein durfte, denn … Verdammt, war die Sache verkorkst.

Connor lag schon im Bett, im Haus war es still und Declan wusste nicht, was er mit sich anfangen sollte. Er lief mehrmals den langen Flur zu seinem Schlafzimmer auf und ab und beschloss dann, noch einmal in der Garage nachzusehen. Vielleicht war sie ja nach Hause gekommen, während er Connor ins Bett brachte.

Als er die Tür zur Garage öffnete, sah er, dass ihr Auto neben seinem geparkt war. Das Knacken und Plingen des sich abkühlenden Metalls verriet ihm, dass sie noch nicht lange zurück war. Die Erleichterung darüber schluckte einen Teil seiner Besorgnis. Sie war zu Hause, und somit musste es ihr gut gehen. Na schön. Er würde ein bisschen lesen und dann schlafen gehen.

Nur gelang es ihm einfach nicht, in sein Schlafzimmer zu gehen. Sein Bauchgefühl sagte ihm, dass es irgendein Problem gab, auch wenn er keine Ahnung hatte, weshalb. Er war ein Mann – normalerweise verfügte er nicht über weibliche Intuition.

Dennoch fand er sich plötzlich auf dem Weg in die Küche wieder. Sunshine war weder dort noch im Wohnzimmer zu finden. Blieb nur ihr Schlafzimmer, das für ihn jedoch absolut tabu war. Er betrat es nie und würde auch jetzt nichts daran ändern.

Er wandte sich entschlossen um und wollte in sein Zimmer gehen, doch als er am Fenster vorbeikam, erblickte er sie im Garten. Sie lag auf einem der Liegestühle auf der Terrasse. Es war dunkel, es war kalt, und sie hatte so etwas noch nie getan. Im klaren Bewusstsein, dass er sich eigentlich aus der Sache heraushalten sollte – worum auch immer es sich handelte –, öffnete er die Hintertür und trat hinaus.

»Hey«, sagte er, als er sich ihr näherte. »Bist du gerade erst zurückgekommen?«

»Ja.«

Ihre Stimme klang leise und sanft – sie verriet ihm rein gar nichts über ihren Zustand.

Er zögerte einen Moment, dann setzte er sich auf den Liegestuhl neben ihrem und wandte sich ihr zu. Es war so dunkel, dass er kaum etwas von ihrem Gesicht sah und nicht von ihm ablesen konnte, was sie dachte.

»Hattest du einen schönen freien Tag?«, fragte er. Er wollte unbedingt sichergehen, dass bei ihr alles in Ordnung war, damit er sich beruhigt in sein Zimmer zurückziehen und sich verbotenen Fantasien über all das hingeben konnte, was nie sein durfte.

»Einen ganz prächtigen Tag.«

Sie wandte sich ihm leicht zu, während sie sprach, sodass ihr Profil im Licht zu erkennen war. Sie weinte.

Seine Sorge trieb ihn beinahe dazu, sie in den Arm zu nehmen, doch er ermahnte sich, zu bleiben, wo er war, und seine Gefühle in Worte zu verpacken.

»Was ist los? Was ist passiert?«

»Ach, das Übliche. Mich hat nur meine Vergangenheit eingeholt und mir eine fette Ohrfeige verpasst.« Sie berührte ihre Wange. »Im wahrsten Sinne des Wortes.«

Er begriff erst gar nicht, was sie da sagte. »Jemand hat dich geschlagen?«

Sie wandte den Blick ab. »Mir geht's gut, Declan. Oder zumindest wird es das schon wieder.«

Jetzt konnte er die Tränen in ihrer Stimme hören – die ganze Wucht ihres Schmerzes, woher auch immer er rührte.

»Was ist passiert? Erzähl's mir. Oder sag mir, dass ich gehen soll, dann lasse ich dich in Ruhe. Sunshine, ich will dir so gerne helfen, aber ich weiß nicht wie.«

Sie holte tief Luft. »Das willst du lieber gar nicht wissen, glaub mir. Ich bin nicht die, für die du mich hältst. Ich bin ein furchtbarer Mensch, und du solltest mich auf der Stelle feuern. Ich weiß, das klingt dramatisch, doch es ist wahr. Man sollte mir keine Kinder anvertrauen.«

»Jetzt redest du aber dummes Zeug.«

Sie sah ihn an. »Erinnerst du dich an mein Bewerbungsgespräch? Wie du mich nach meinen Referenzen gefragt hast und alle angegeben haben, ich sei das beste Kindermädchen der Welt, wenn man mich nur dazu bringen könnte, dazubleiben?«

Er nickte, auch wenn ihm nicht klar war, was das mit ihrem aktuellen Problem zu tun hatte.

»Das beschreibt noch nicht mal annähernd das, was ich getan habe.« Sie setzte sich auf und drehte sich zu ihm, ihre Knie berührten sich beinahe.

»Ich bin gut mit Kindern.« Sie hielt den Blick auf ihren Schoß gerichtet, sodass ihr Haar ihr Gesicht verdeckte. »Richtig gut. Wahrscheinlich weil ich so gerne mit ihnen zusammen bin. Ich genieße ihre Gesellschaft und nehme gerne an ihrem Leben teil. Als Kindermädchen gehört es ja auch dazu, sich einzubringen. Die meisten Arbeitsverträge laufen allerdings nur ein Jahr, und jeder weiß das. Nur, wenn du einem Kind sagst, dass du in einem Jahr wieder weg bist, sagt dem das gar nichts. Mit fünf, acht oder zehn ist ein Jahr eine halbe Ewigkeit. Es ist nicht heute, sondern ganz weit weg, daher zählt es nicht.«

Sie wischte sich die Tränen ab. »Es gibt aber Möglichkeiten, sie auf den Abschied vorzubereiten. Etwa einen Monat vorher fängt man an, mit ihnen darüber zu reden. Und dann muss man mit dem Theater, das sie machen, dem Weinen und Betteln irgendwie umgehen. So wurde es mir jedenfalls gesagt, denn ich habe das nie so gemacht. Ich habe mich von einer Familie nie so verabschiedet, wie man es sollte.«

Sie sah ihn an, ihr Gesichtsausdruck war vollkommen starr.

»Ich haue einfach ab, Declan. Das habe ich immer getan. Ich lerne irgendeinen Typen kennen, beschließe, dass der jetzt der Richtige für mich ist, und verschwinde mit ihm. Üblicherweise hinterlasse ich nur kurz eine Nachricht oder rufe schnell an. Meine Großmutter hat meine Mutter verlassen, meine Mutter hat uns verlassen, und ich verlasse eben meine Schützlinge.«

Sie wandte sich ab. »Das ist meine dunkle, hässliche Seite. Normalerweise hält man die im Verborgenen, aber bei mir ist sie für alle offen sichtbar. Ich meine, das steht verdammt noch mal alles in meiner Personalakte.«

Er versuchte, sich einen Reim auf all das zu machen. Er vernahm ihre Worte, konnte sie jedoch nicht mit der Frau in Einklang bringen, die er kannte. »Was ist heute passiert?«

»Ich bin nach Santa Monica gefahren. Dort gibt es ein Frühstückscafé, das ich von früher kenne – nur irgendein kleiner Coffeeshop, aber ich habe ihn immer geliebt. Damals habe ich bei einer Familie in der Nähe gewohnt, die Zwillingsmädchen hatte. Die zwei waren erst sieben und unglaublich süß. Elle, ihre Mutter, hatte als Anwältin viele internationale Aufträge. Ihr Vater ist Banker. Die beiden waren so ein Karrierepärchen, das nie zu Hause war und wenig oder gar nichts mit seinen Kindern zu tun hatte.«

Sie sah ihn an. »Das macht es noch schlimmer, verstehst du? Wenn die Eltern sich nicht kümmern, meine ich, denn in dem Fall bin ich alles, was die Kinder haben. Ich hatte das vorher noch nie so erlebt, bis ich in der Familie mit den Zwillingen anfing. Sie waren so einsam und traurig und haben sich sofort an mich gehängt. Ich blieb fast acht Monate, bis ich einen Typen kennenlernte.«

Sie rang die Hände und schüttelte den Kopf. »Dann passierte genau das Gleiche wie immer – er war toll, und ich verliebte mich in ihn. Nach ein paar gemeinsamen Nächten lud er mich ein, mit ihm nach Texas zu kommen. Er wollte mir beibringen, wie man Rinder zähmt. Ich dachte, es wäre Liebe – warum also nicht? Ich schrieb den Mädels einen Zettel und haute ab.«

Erneut rannen ihr Tränen über die Wangen. »Einfach so. Ich habe sie sitzen gelassen und ihnen das Herz gebrochen. Und heute lief ich Elle in die Arme, die mir erzählte, sie seien so traumatisiert gewesen, dass sie eine Therapie brauchten. Sie hat mich aufs Übelste beschimpft, und sie hat recht damit. Ich war so was von grausam und gedankenlos.«

Sie wischte sich das Gesicht ab. »Das ist der Grund, weshalb ich mich so sehr bemühe, ein anderer Mensch zu werden. Ich will so nicht mehr sein. Es ist falsch, das weiß ich jetzt, und ich versuche, mich zu ändern. Aber wie kann ich wiedergutmachen, was schon passiert ist?«

»Möchtest du mit den Zwillingen reden?«, fragte er.

»Nein. Ich meine, natürlich würde ich das gerne, doch das wäre wohl zu egoistisch. Mir würde es vielleicht besser gehen, aber ich glaube, sie würden sich nur noch schrecklicher fühlen. Und das will ich nicht.«

Er wusste nicht, was er mit alldem anfangen sollte, was sie ihm da erzählte. Auch wenn ihm klar war, dass sie die Wahrheit sagte, konnte er diese Geschichte nicht mit ihrer Person zusammenbringen.

»Würdest du Connor einfach so sitzen lassen?«, fragte er.

»Was? Nein! Natürlich nicht, ich liebe ihn.«

Ihre Tränen flossen noch schneller.

»Aber eines Tages wirst du gehen müssen.«

Eine Tatsache, über die er lieber nicht nachdenken wollte, doch so war es nun mal. Sie würde nicht bis in alle Ewigkeit für ihn arbeiten können.

»Dann werde ich es auf die richtige Art und Weise tun.« Sie nahm seine Hände in ihre und sah ihm in die Augen. »Declan, ich schwöre es dir – ich werde ihm niemals wehtun. Egal, was passiert.«

»Ich glaube dir.«

Er umfasste ihre Taille, ohne nachzudenken. Womöglich hatte er sie zunächst nur umarmen wollen oder etwas in der Art, doch stattdessen zog er sie auf seinen Schoß. Sie gab bereitwillig nach, kuschelte sich an ihn und schmiegte den Kopf in seine Halsbeuge. Dann weinte sie so heftig, dass ihr ganzer Körper bebte. Er umfing mit einer Hand ihre Hüfte und rieb ihr mit der anderen den Rücken. Dabei ignorierte er die Hitze, die ihr Körper ausstrahlte, ihre Rundungen, ihren Duft und dachte nur an ihren Schmerz.

»Ich will ein besserer Mensch werden«, sagte sie, hob den Kopf und schniefte. »Ich möchte stolz auf mich sein können.«

»Und wie läuft es damit so?«

»Ich weiß es nicht. Bis heute dachte ich, ich würde Fortschritte machen. Ich versuche, mich zu bessern, indem ich aufs College gehe, mich nicht mit den falschen Männern treffe und daran arbeite, das bestmögliche Kindermädchen zu sein.«

»Ja, das tust du.«

»Aber das, was früher war, kann ich nicht wiedergutmachen.«

»Wir haben alle Dinge getan, für die wir uns schämen. Es geht darum, es besser zu machen, wenn man es dann besser weiß.«

»Ich glaube, den meisten Leuten geht es eher darum, es gar nicht erst zu versauen.«

»Diesen Luxus genießen nur wenige.«

Sie seufzte. Ihr Atem fühlte sich warm an seinem Hals an. Ihr emotionaler Schmerz rückte nun etwas in die Ferne, stattdessen war er sich der Tatsache sehr bewusst, dass er sie im Arm hielt. Es wäre ein Leichtes, sie hochzuheben und sie rittlings auf sich zu setzen. Das war es, was er sich wünschte – ihr heißer Schritt an seinem, ihre Arme um sich zu spüren, ihren Mund auf seinem.

Er wollte sie nackt, in seinem Bett. Er wollte sie berühren und schmecken, ihr Lust bereiten und sie ausfüllen, bis sie kam, und dann alles noch einmal von vorne. Ja, er war ein Arschloch. Sie entblößte sich seelisch vor ihm, und alles, woran er denken konnte, war, mit ihr zu schlafen. Das männliche Geschlecht war wirklich zum Kotzen, und er war der Schlimmste von allen.

Sunshine richtete sich auf und glitt von seinem Schoß. Eine Sekunde lang blieb ihm beinahe das Herz stehen bei der Vorstellung, dass sie die Hand nach ihm ausstrecken und ihn in sein Bett einladen könnte.

Sie schenkte ihm ein zitteriges Lächeln. »Danke, dass du mir zugehört hast, ohne mich zu verurteilen.«

Er blieb wohlweislich, wo er war. Die Dunkelheit kam ihm gelegen, so ließen sich die körperlichen Auswirkungen seiner Gedanken leichter verbergen. »Ich würde dich niemals verurteilen.«

»Ich weiß, und das schätze ich sehr an dir. Gute Nacht, Declan.«

»Gute Nacht.«

Er wartete noch gut zwei Minuten, nachdem sie hineingegangen war. Sie sollte sich in ihrem Zimmer hinter sicher verschlossenen Türen befinden, ehe er sich bewegte. Seine Erektion pochte heftig, sein Verlangen war übermächtig. Er versuchte sich einzureden, dass er über seinen niederen Trieben stand, doch er wusste, dass er sich belog. Wieder einmal würde er sich in sein Bad begeben, duschen und es sich dabei selbst besorgen. Wenn er Sunshine schon nicht haben konnte, musste er eine andere Frau finden, eine, in die er sich verlieben durfte. Eine Frau, die wirklich Teil seines Lebens werden würde. Er war eben der Typ Mann, der sich eine Partnerin wünschte, keine endlose Party. Inzwischen war genügend Zeit vergangen, und er war bereit, in ein neues Leben zu starten. Das musste er einfach – ab sofort.

»Ich habe nie darüber nachgedacht, noch mehr Sprachen zu lernen«, sagte Bianca und klang dabei neugierig und ängstlich zugleich. »Mein Spanisch ist ganz passabel und mein Japanisch auch.«

Margot sah ihre Klientin an. »Sie sprechen japanisch?«

»Ein bisschen. Es reicht für ein einfaches Gespräch.«

»Sie sprechen japanisch, und es ist Ihnen nie eingefallen, das mir gegenüber zu erwähnen?«

»Weshalb sollten Sie das wissen wollen?«

»Ich weiß nicht – das ist doch eine interessante Information.«

»Wenn Sie das sagen. Ich habe es halt so aufgeschnappt, als ich ein paar Monate lang in Japan gedreht habe – Werbeclips. Alec habe ich natürlich mitgenommen. Wir hatten eine tolle Zeit dort zusammen.«

Nach all den Wochen gelingt es Bianca immer noch, mich zu überraschen, dachte Margot beeindruckt und verwirrt zugleich. Sie saßen auf dem Sofa in der Gästelounge, und ihr Laptop stand auf dem Couchtisch, sodass sie beide den Bildschirm sehen konnten.

»Noch irgendeine Sprache?«, fragte sie lachend. »Oder andere ungewöhnliche Fähigkeiten, von denen ich wissen sollte?«

Bianca lachte ebenfalls. »Ich glaube nicht.« Sie deutete auf den Computerbildschirm. »Sie meinen also, ich sollte Deutsch und Französisch lernen.«

»Das wären die Sprachen, die Ihnen am meisten nützen würden, angesichts dessen, wo in Europa Sie leben werden. Mit Ihrem schauspielerischen Talent und Ihrem guten Ohr für Akzente werden Sie sie sich vermutlich sehr schnell aneignen. Sie können auch alle Welt beeindrucken, indem Sie Russisch lernen, aber nur, wenn Sie Lust dazu haben. Ich glaube nicht, dass Ihnen das wirklich etwas bringen würde.«

»Wie wär's mit Italienisch?«, sagte Bianca. »Italien ist so romantisch.«

Sie hatten den Vormittag damit zugebracht, die kulturellen Normen verschiedener europäischer Länder zu besprechen. Bianca hatte sich eingeprägt, wie man es in den einzelnen Ländern mit der Pünktlichkeit hielt, wie förmlich die Begrüßung auszufallen hatte, und weitere wichtige Informationen erhalten.

»Bianca«, begann Margot. »Langsam gehen uns wirklich die Themen aus, über die wir reden können.«

Bianca hob abwehrend eine Hand. »Pst. Wir haben abgemacht, dass wir vor nächster Woche nicht darüber sprechen.«

»Ich bin nicht billig. Sie bezahlen viel Geld dafür, dass ich hierbleibe, dabei ist das gar nicht mehr nötig.«

»Für mich schon. Und nun will ich bis nächste Woche nichts davon hören. Ist das klar?«

Margot überlegte, stärkeren Druck auf sie auszuüben, doch sie hatte gelernt, dass man Bianca zu nichts drängen konnte. Daher sagte sie seufzend: »Klar.«

»Gut. Jetzt helfen Sie mir bitte dabei zu entscheiden, welches Sprachlernprogramm ich benutzen sollte.«

»Laden Sie doch Probeversionen einiger Programme auf Ihr Tablet herunter und absolvieren Sie die jeweiligen Übungen. So sehen Sie, welche Ihnen am besten gefallen.«

»Lassen Sie uns das jetzt gleich machen.« Bianca sprang auf. »Ich gehe mein Tablet holen, dann können Sie mir zeigen, wie ich sie downloade.«

Doch ehe Bianca in ihr Schlafzimmer verschwinden konnte, erschien Edna in der Lounge.

»Ein Herr ist an der Tür und fragt nach Ihnen«, sagte sie. Sie wirkte nervös.

»Sie meinen Wesley?«, erkundigte Bianca sich. »Ich dachte, er hätte heute einige Arbeitstreffen.«

»Es ist nicht Wesley.« Edna wandte sich an Margot. »Der Herr will zu Ihnen.«

Wer zum Teufel kann das sein, dachte sie, dann vollführte sie plötzlich eine gedankliche Vollbremsung. *Nein. Nein! Das konnte einfach nicht sein!*

»Hat er seinen Namen genannt?«, fragte sie in der Hoffnung, gelassener zu klingen, als sie sich fühlte.

»Dietrich. Seinen Nachnamen hat er nicht genannt. Er hat gesagt, Sie wüssten schon, wer er sei.«

Und ob sie das wusste. Aber wie hatte er sie nur gefunden? Die Antwort auf die Frage kam ihr, sobald sie sie zu Ende gedacht hatte: Eine ihrer Freundinnen hatte klein beigegeben.

»Dietrich? Oh, der Exliebhaber.« Biancas Ton war schelmisch, aus ihrem Blick sprach Neugierde. »Das wird spannend, oder? Ich liebe unerwartete Dramen.«

Margot wusste nicht, was sie darauf erwidern sollte, daher ignorierte sie die Bemerkung. Sie erhob sich und ging zur Treppe. Ihr war klar, dass die beiden anderen Frauen ihr folgten. Wie schön – ein Publikum.

Dietrich stand am unteren Ende der Treppe im Foyer. Er sah aus wie immer – groß, dünn, blond. Sein Äußeres wirkte gewollt verlottert, so als hätte er Wichtigeres zu tun, als sich um seine Klamotten und sein Aussehen zu kümmern. Er war eben ein Filmemacher, ein Künstler. Die Konventionen normaler Menschen waren nicht sein Problem.

Er lächelte, als er sie sah. »Margot, endlich! Ich versuche schon ewig, dich zu erreichen, aber du bist nicht leicht zu finden dieser Tage.« Er legte ihr die Hände auf die Oberarme, dann beugte er sich vor und küsste sie auf beide Wangen, ehe er seine Lippen auf ihre presste.

Sie ließ es zu, da sie herausfinden wollte, was sie dabei empfand. Reue? Sehnsucht? Die verzweifelte Hoffnung, dass es diesmal anders sein, endlich für den Rest ihres Lebens halten würde? Sie hielt den Atem an und wappnete sich gegen jeglichen Gefühlsansturm.

Seine Lippen lagen noch immer auf ihren. Sie reagierte jedoch nicht auf sie – hauptsächlich da sie ihn wirklich nicht küssen wollte. Denn als sie ihr Herz und ihre urweiblichen Körperteile befragte, wurde ihr bewusst, dass sie rein gar nichts empfand. Keine freudige Erwartung, keine Leidenschaft, nicht das geringste Interesse. Wenn sie irgendeine Emotion hätte definieren müssen, so war da vielleicht ein Gefühl der Unausweichlichkeit angesichts des ermüdenden Spiels, das nun folgen würde. Dietrich loszuwerden, ehe er selbst bereit war zu gehen, war noch nie leicht gewesen.

Er trat zurück und lächelte sie an. »Oh, ich weiß, was du da tust. Du spielst die Unerreichbare, damit ich dir umso mehr hinterherrenne. Tja, hat funktioniert, meine Liebe. Ich habe dich unglaublich vermisst, uns vermisst. Außerdem habe ich so viele Ideen für Filme, aber dafür brauche ich dich. Ich dachte, wir könnten diesmal auf Bali anfangen. Eine Woche im St. Regis Resort, was meinst du? Und dann ran an die Arbeit.« Er lächelte. »Möchtest du schon mal packen gehen?«

Sie brauchte sich nicht umzudrehen, um zu wissen, dass Bianca und Edna gleich hinter ihr standen und jedes einzelne Wort aufsaugten.

»Einfach so, ja?«, fragte sie. »Du tauchst hier ohne Einladung auf und erwartest, dass ich alles stehen und liegen lasse, um mit dir zusammen zu sein?«

Er runzelte die Stirn. »Ja klar. Das hast du doch immer so gemacht.«

Sie verkniff sich die Frage, wie er darauf kam, denn sie kannte die Antwort: Sie hatte tatsächlich immer alles für ihn stehen und liegen gelassen.

Sie berührte ihre Lippen mit den Fingern. Sie hatte rein gar nichts gefühlt, als er sie küsste. Und als sie ihn nun ansah, empfand sie nichts für ihn. Es war aus zwischen ihnen. Aus und vorbei. Dabei hatte er ihr irgendwann einmal die Welt bedeutet – war das nicht traurig?

»Nein«, sagte sie. »Ganz sicher nicht. Um meine gute Freundin Taylor Swift zu zitieren: Wir werden nie, nie, nie wieder zusammen sein.«

»Margot, bitte.« Er hob entschuldigend die Hände in die Luft. »Ich hätte nie so abhauen sollen, wie ich es getan habe. Du bist immer noch wütend, ja? Das verstehe ich. Aber komm schon, du weißt doch, dass wir zusammengehören.«

»Tun wir nicht. Ich habe nichts dagegen, dass du abhaust, ich habe was dagegen, dass du zurückkommst. Damit musst du endlich aufhören. Ich will nicht mehr mit dir zusammen sein, Dietrich, es ist vorbei.« Sie deutete auf die Tür. »Und jetzt ist es an der Zeit für dich, zu gehen.«

Er lächelte sie an. »Nicht ohne dich. Du willst, dass ich um dich kämpfe, das verstehe ich – ich war bloß zu lange weg.« Er zwinkerte ihr zu. »Du möchtest mich bestrafen, aber genau das wünsche ich mir.«

Sie spürte, wie ihr Röte ins Gesicht stieg, und wünschte sich, sie könnte einfach davonrennen, erst musste sie jedoch noch den Müll rausbringen.

»Margot«, sagte er mit schwindendem Lächeln. »Ich brauche dich, du bist doch meine Muse.«

»Sie haben die Dame gehört, Dietrich. Zeit zu gehen.«

Die Stimme kam von irgendwo hinter ihr. Margot unterdrückte ein Stöhnen. Sie hatte gehofft, das Gespräch über die Bühne zu bringen, ohne dass Alec etwas davon mitbekam, doch dieses Glück war ihr nicht vergönnt. Sie warf einen Blick über die Schulter und sah, wie er Dietrich wütend anfunkelte.

»Ist schon okay«, sagte sie eilig in dem Wunsch, eine Eskalation zu verhindern.

»Gar nichts ist okay.« Alec kam näher und stellte sich neben sie. »Der Herr will nicht hören.«

»Wer ist das?«, wollte Dietrich wissen.

»Ich bin der Besitzer dieses Hauses, und ich teile Ihnen mit, dass Sie jetzt gehen müssen.«

Dietrich warf ihr einen bösen Blick zu. »Du lebst mit einem anderen Mann zusammen? Wie konntest du nur? Das mit uns war doch für die Ewigkeit.«

Margot verspürte einen Anflug von Kopfschmerzen. »Ganz offensichtlich nicht.« Sie ging zur Tür und hielt sie auf. »Mach's gut, Dietrich.«

»Nein.«

Er klang bockig wie ein Kleinkind, und eine Sekunde lang dachte sie, er würde gleich mit dem Fuß aufstampfen.

»Das ist einfach nicht richtig. Ich liebe dich doch.«

»Du liebst nur dich selbst. Das hätte ich schon vor langer Zeit erkennen sollen.«

»Ich wiederhole mich ungern, aber Sie haben die Dame gehört«, sagte Alec.

Dietrich blickte zwischen ihnen hin und her. Margot hatte keine Ahnung, was in dem Moment in ihm vorging, daher rechnete sie nicht damit, dass er sich plötzlich auf sie stürzen würde. Doch ehe er ihr zu nahe kommen konnte, packte Alec ihn am T-Shirt und drückte ihn mit dem Gesicht nach vorne gegen die Wand. Und zwar mit voller Wucht. Dann drehte er ihm den Arm auf den Rücken.

»Gehen Sie jetzt, oder wollen Sie die Situation noch schwieriger für sich machen?«, fragte er.

»Ich geh schon, ich geh schon!« Dietrichs Stimme war nur ein Piepsen. »Aufhören, Sie tun mir weh.«

Alec hielt ihn noch einen Moment fest, ehe er losließ. Dietrich hastete nach draußen. Als er an ihr vorbeikam, warf er ihr einen bösen Blick zu.

»Du hättest auch einfach sagen können, dass du kein Interesse hast«, blaffte er, lief zu seinem Mietwagen und war eine Sekunde später verschwunden.

»Bravo.« Bianca klatschte in die Hände. »Oh, Alec, du warst großartig. So stark und entschlossen. Ich bekomme Herzflattern, wenn ich nur daran denke.«

Statt seiner Mutter zu antworten, sah er sie an. »Geht's dir gut, Margot?«

Sie nickte.

Woraufhin er sich umwandte und davonging. Als er außer Sicht war, schloss sie die Eingangstür und lehnte sich von innen dagegen. Bianca und Edna gingen gemeinsam davon. Sie diskutierten über das, was passiert war.

Margot verharrte, wo sie war.

Auch wenn sie dankbar war, dass Alec sie aus der Situation gerettet hatte, blieb ein schlechtes Gefühl zurück. Nicht wegen Dietrich – er spielte keine Rolle mehr. Es war Alecs heftige Reaktion, die sie beschäftigte. In dem Moment war sie wundervoll gewesen, jedoch passte sie so gar nicht zu ihm. Und irgendetwas sagte ihr, dass das Ganze Konsequenzen haben würde – für sie alle.

25. Kapitel

Sunshines furchtbare Laune hielt bis zum Ende der Seminarstunde an, genau gesagt bis zu dem Moment, als die Professorin ihnen den letzten Test zurückgab. Sie starrte ungläubig auf die hellrote Zwei plus und hätte beinahe laut losgejubelt. Professorin Rejefski lächelte sie an.

»Eine tolle Verbesserung, Ms. Baxter. Machen Sie weiter so.«

»Das werde ich.«

Sunshine nahm ihren Rucksack und verließ rennend das Gebäude in Richtung Mathelabor. Dort angekommen, hüpfte sie ungeduldig von einem Fuß auf den anderen, während sie auf den Beginn ihres wöchentlichen Treffens mit Ann wartete. Endlich trat die ältere Frau aus ihrem Büro, um sie hereinzuholen.

»Sehen Sie mal!« Sie wedelte mit ihrem Test durch die Luft. »Ich habe eine Zwei plus! Können Sie das glauben? Ist Ihnen klar, wie nahe das an einer Eins dran ist? Oh Mann, ich bin so glücklich.«

Ann lächelte sie an. »Sie haben hart gearbeitet, und nun ernten Sie die Früchte. Kommen Sie rein, dann sehen wir uns Ihre Hausaufgaben an.«

»Ich wusste, dass ich diesmal besser abschneiden würde, aber mit so einem guten Ergebnis hätte ich nicht gerechnet«, erklärte Sunshine. »In meinem Leben ist in letzter Zeit so viel Mist passiert. Nein, das stimmt eigentlich gar nicht. Es ist alles nur meine eigene Schuld, und ich habe …«

Ann wandte sich zu ihr um. »Stopp. Wenn Sie ein Problem haben, sprechen Sie mit einer Freundin darüber. Wenn Sie professionelle Hilfe brauchen, suchen Sie sich einen Therapeuten. Ich kümmere mich nur um Mathe, das ist mein Ding.«

Das sind harsche Worte, dachte Sunshine und spürte, wie entsprechende Gefühle in ihr hochkamen.

Als sie den kleinen Übungsraum betraten, in dem sie ihre Sitzungen abhielten, musste sie gegen ihre Tränen ankämpfen. Sie wollte sich gerade beschweren, als ihr klar wurde, dass Ann recht hatte. Dies hier war das Mathelabor, keine Gruppentherapie. Und Ann war ihre Tutorin, keine Freundin oder jemand aus ihrer Selbsthilfegruppe. Für ihren emotionalen Zustand war Ann nicht zuständig.

»Gibt es da Ansprechpersonen auf dem Campus, an die man sich wenden kann?«, fragte sie.

»Sie meinen so was wie Therapeuten? Ich weiß es nicht. Googeln sie es doch einfach. Und jetzt zeigen Sie mir mal Ihre Hausaufgaben.«

Hilfe zur Selbsthilfe, dachte Sunshine. Wenn sie Antworten auf die Frage finden wollte, wie sie mit ihrer Vergangenheit umgehen sollte, musste sie das wohl alleine tun. Und falls das bedeutete, professionelle Hilfe in Anspruch zu nehmen, dann sollte sie das tun. Schmollen und sich mies fühlen führte da zu gar nichts. Harte Arbeit jedoch brachte Ergebnisse – ihr Testergebnis war der beste Beweis!

Declan musste sich eingestehen, dass er im tiefsten Inneren eher ein Großstadtmensch war. Es musste nicht unbedingt eine Stadt wie New York sein, die voll von Hochhäusern war und in der es in jeder Straße ein Museum gab. Er war wohl mehr der Typ für Orte wie L. A. oder San Diego, deren Vorstädte sich kilometerweit erstreckten, deren Einkaufsstraßen erstklassig waren und in denen in den richtigen Vierteln an jeder Ecke ein Taco-Stand auf einen wartete.

Er vermisste diese Tacos ebenso wie Sunshine, seinen Sohn und sein Bett und … ach, zum Teufel, was machte es schon aus. Niemand würde ihn denken hören, dass er Sunshine am allermeisten vermisste.

Er war inzwischen seit vier Tagen unterwegs, was sich wie eine halbe Ewigkeit anfühlte. Heath und er suchten nach einer

Möglichkeit, die Motive der Hotelgärten miteinander zu verbinden. Immer noch. Für das Projekt, das wohl niemals enden wird, dachte er grimmig. Bisher hatten sie zwei Tage in Nappa verbracht, wo sie recherchierten, ob womöglich Weinberge als vereinendes Element eingesetzt werden könnten, und dann zwei Tage in Seattle. Lachse, stellte sich jedoch heraus, waren nicht die richtige Antwort. Die Fische brauchten mehr Raum zum Schwimmen, als das Hotel ihnen bieten konnte. Dies hatte wiederum zu einer langen Diskussion über Koi-Karpfen geführt, welche Jessica zu gewöhnlich fand.

Ihre nächste Etappe war eine Miniaturpferdefarm in Idaho – wieso auch nicht? Er hatte versucht, seinen Kunden klarzumachen, dass die kleinen Pferde, genau wie Lachse, mehr Platz benötigen würden, als vorhanden war – von spezieller Pflege und einer neuen Einteilung des Terrains mal ganz abgesehen –, doch die zwei waren nicht davon abzubringen.

Er goss sich eine Tasse Kaffee in dem Besprechungsraum ein, den Heath und er für ihr Treffen mit Jessica und James gemietet hatten. Später wollten sie alle gemeinsam zum Flughafen fahren und eine Maschine nach Idaho besteigen. Wenn die Idee mit den Pferden nicht funktionierte – was sie ganz sicher nicht würde –, wäre ihre nächste Station auf dieser endlosen Reise ein Steinbruch an irgendeinem Ort, an dessen Namen er sich partout nicht erinnerte.

Er ging zum Fenster hinüber und sah hinaus in den grauen Himmel und den nassen Garten. Seiner Wahrnehmung nach hatte es buchstäblich durchgeregnet, seit sie sich in Seattle aufhielten. Die Stadt war schön, aber der Regen machte ihn fertig. Er hatte keine Ahnung, wie die Leute hier den Winter durchstanden.

Er wollte so gern nach Hause, wollte mit seinem Sohn abhängen, mit Sunshine reden. Nun ja, eigentlich wollte er sehr viel mehr als nur mit ihr reden. Doch allein sich irgendetwas anderes auszumalen, brachte ihn in ein Dilemma, das er schlicht nicht zu lösen wusste.

»Wo ist dieser Steinbruch noch mal?«, fragte Heath, der den Konferenzraum betrat.

»Habe ich auch gerade überlegt. Das müsste auf unseren Tickets stehen.«

»Ich glaube, ich lass mich einfach überraschen.« Sein Geschäftspartner stellte seine Aktentasche ab und goss sich einen Kaffee ein. »Die Idee mit den Pferden ist ein Schuss in den Ofen.«

»Ich weiß.«

»Was auch immer es am Ende wird, es sollte klein und vorzugsweise nicht lebendig sein.«

»Also doch Steine.«

Heath fluchte und stellte sich zu ihm ans Fenster. »Was ist los?«

Declan runzelte die Stirn. »Was meinst du?«

»Dich beschäftigt doch die ganze Zeit schon etwas, und damit meine ich jetzt nicht die hirnverbrannten Gespräche mit unseren Kunden. Ist bei dir zu Hause alles gut?«

Declan öffnete den Mund, um zu bestätigen, dass alles in Ordnung war, aber was herauskam, war: »Ich kann einfach nicht aufhören, an Sunshine zu denken.«

»An dein Kindermädchen?«

»Ganz genau.«

»Du willst dein Kindermädchen knallen?«

»Hey.« Declan funkelte ihn böse an. »So ist das nicht zwischen uns.«

Heath blieb unbeeindruckt von Declans strafendem Blick.

»Wirklich nicht? Noch nicht mal ein kleines bisschen?«

Declan sah wieder hinaus in den Hotelgarten. »Ich will sie nicht knallen. Das wäre irgendwie falsch.«

»Aber du hättest gerne Sex mit ihr.«

»Ja, doch es ist mehr als das. Es ist … Ich weiß auch nicht, ich mag sie eben.«

»Oh Mann, dann bist du echt gelinkt.« Heath gab ihm einen freundschaftlichen Klaps auf den Rücken. »Du kannst nicht mit ihr ausgehen, weil sie das Kindermädchen ist, und du kannst auch nicht wirklich versuchen, sie einfach so besser kennenzulernen, ohne dass es heikel wird. Ich meine, wie willst du bitte dieses Gespräch führen? Und schlafen darfst du auf keinen Fall mit ihr. Die leichteste Lösung, um herauszufinden, wie deine Chancen bei ihr stehen, wäre es, sie zu feuern, denn dann dürftest du offiziell eine Beziehung mit ihr eingehen. Nur wird die Tatsache, dass du sie gefeuert hast, deine Chancen bei ihr eher verringern. Außerdem ist sie dann weg, und wer weiß, wohin ihre nächste Stelle sie führt. Und jegliches Gespräch mit ihr über all das würde ganz schnell auf verbotenes Terrain führen. Allein die Erwähnung von Sex würde aus dir nicht nur einen total schmierigen Typen machen, sie könnte dich womöglich sogar vor Gericht bringen. Wie ich schon sagte, du bist gelinkt, so oder so.«

»Vielen Dank für die Klarstellung«, sagte Declan voller Sarkasmus.

»Ich habe nichts gesagt, was du nicht bereits wüsstest.«

»Stimmt, hast du nicht.«

In diesem Moment kamen ihre Kunden in den Konferenzraum gerauscht. Jessica lächelte sie an.

»Was für ein wunderbares Hotel. Mit so vielen veganen Gerichten zum Frühstück. Das findet man selten.«

Sie ließen sich am großen Tisch in der Mitte des Raums nieder. Heath und er setzten sich dazu.

»Zu schade, dass das mit den Lachsen nicht funktioniert«, sagte James bedauernd.

»Miniaturpferde würden uns vor dasselbe Problem stellen.« Declan zuckte mit einer Schulter. »Wenn Sie trotzdem wollen, dass wir sie uns anschauen fahren, dann werden wir das, aber ich denke nicht, dass sie unsere Lösung sind.«

»Wir haben heute beim Frühstück schon darüber gesprochen.« Jessica seufzte. »Wir sollten die Reise nach Idaho absagen. Ich denke, der Steinbruch hat mehr Potenzial.«

»Ja, womöglich. Doch dann bräuchten wir wirklich ganz besondere Steine«, sinnierte James. »Vielleicht mit unterschiedlichen Maserungen oder Farben. Oder Gesteinsbrocken aus verschiedenen Teilen des Landes. Mit denen könnten wir die Geschichte unseres Kontinents erzählen, wie er war, ehe der erste Mensch ihn betreten hat.«

Declan sah einen Muskel in Heaths Kiefer zucken und hätte beinahe laut aufgelacht. Er wusste genau, was sein Partner dachte – irgendeine Variante von: Bring mich bitte auf der Stelle um. Gesteinsbrocken, die eine Geschichte erzählten? Im botanischen Garten vielleicht, aber doch nicht in einem Hotel.

»Ich habe überlegt, ob wir irgendwas mit Fossilien machen könnten«, sagte James. »Das wäre interessant.«

»Aber auch nichts Besonderes.« Jessica zog einen Schmollmund. »Fossilien und Steingärten gibt es doch überall. Ich will etwas Einzigartiges. Etwas, das man vorher so noch nie gesehen hat.«

Und ich will einfach nur weg von hier, dachte Declan. Er wünschte sich in sein schönes Haus oder auch seinen Garten, wo er Connor gerne stundenlang dabei zuhören würde, wie er von seiner neuen Ameisenfarm erzählte. Die Farm, die …

»Ameisen«, sagte er plötzlich und stellte geräuschvoll seine Kaffeetasse ab.

Alle drei hatten denselben verständnislosen Gesichtsausdruck und starrten ihn an.

»Ameisen«, wiederholte er und nahm sein Tablet aus der Aktentasche. »Die gibt es seit Millionen von Jahren. Das Gewicht aller Ameisen dieser Welt entspricht dem der gesamten menschlichen Bevölkerung, wussten Sie das? Und es gibt Superkolonien, die sich über Tausende von Kilometern, ja über ganze Kontinente erstrecken.« Mein Sohn wäre so stolz auf mich, dachte er glücklich.

Er tippte eine Suchanfrage in sein Tablet ein und wartete, bis das Foto einer Ameisenfarm auf dem Bildschirm erschien. Dann drehte er das Tablet um, sodass die anderen das Bild vor sich sahen.

»Ameisen«, sagte er erneut. »Sie arbeiten hart, sind uns allen vertraut und richtig klein. Sie brauchen nicht viel Pflege, und es gibt sicher noch kein Hotel, das mit der weltweit größten Ameisenfarm aufwarten kann.«

Er deutete auf die Laufröhren im Bild. »Wir könnten sie wunderschön gestalten und für Abendspaziergänge beleuchten. Außerdem könnten wir verschiedene Arten ansiedeln und Informationstafeln dazu aufstellen.« Er war sich nicht sicher, ob er gerade das Problem gelöst hatte oder im nächsten Moment den Auftrag entzogen bekommen würde. Egal – wenn man ihn feuerte, konnte er wenigstens nach Hause fahren.

Jessica und James sahen einander an.

»Die Idee gefällt mir, Jess«, sagte James. »Ameisen sind allgegenwärtig, und das ist perfekt. Wir müssten ein gutes Design finden, aber wie Declan gesagt hat, sind Ameisen klein und handlich. Überleg mal, wir könnten ihnen alle möglichen Windungen und Biegungen einbauen.«

»Und niemand sonst hat welche«, sagte Jessicas voller Eifer. »Das ist eine großartige Idee.« Sie lachte. »Ja, Ameisen, das ist es. Was ist jetzt der nächste Schritt?«

Heath räusperte sich. »Ich denke, wir sollten uns einen Experten suchen und uns mal in Ruhe mit ihm unterhalten.«

»Oder eine Expertin«, korrigierte Jessica ihn.

»Ja, oder eine Expertin.« Heath tippte etwas in sein Tablet, dann wandte er sich Declan zu. »Sieht so aus, als würden wir nach Texas fliegen.«

Alec war sich nicht sicher, ob er jemals zuvor in der Glendale Galleria gewesen war, einem recht nett gestalteten Einkaufszentrum mit vielen Geschäften und Menschen. Es war angenehm beleuchtet, offen und freundlich – das genaue Gegenteil seines Innenlebens.

Während er – die Geschäfte und Einkaufenden ignorierend – durch die Gänge schritt, versuchte er, die Person, als die er sich immer gesehen hatte, mit der in Einklang zu bringen, zu der er offensichtlich geworden war. Er hatte so hart dafür gearbeitet, sich ein geordnetes und zweckmäßiges Leben aufzubauen. Auch wenn es Leute gab, die keinen Sinn darin sahen, die fanden, dass es sich nicht lohnte, alte Papyrusfetzen zu entziffern. Doch deren Meinung zählte nicht. Er hielt sich lieber an Gelehrte, Professoren und Forscher – eben an seinesgleichen. Unter ihnen war er hoch geachtet, wurde teils sogar bewundert. Er hatte sich ein perfektes Dasein in einem wundervollen Haus geschaffen. Nur ging das jetzt irgendwie alles den Bach runter.

Nachdem er sein ganzes Leben damit zugebracht hatte, seine Gefühle in Schach zu halten, sich jahrelang zu Ordnung und Verantwortung erzogen und jede seiner Handlungen sorgfältig abgewogen hatte, war er nun plötzlich impulsiv und unberechenbar. Er hatte einen anderen Mann tätlich angegriffen – hätte ihn beinahe geschlagen. Der Drang, sich zwischen Margot und ihren Exfreund zu stellen, war immer stärker geworden, bis er schließlich gehandelt hatte, ohne nachzudenken. Es war wie der Zwischenfall mit dem Wein, nur hoch zehn. Er hätte gerne behauptet, dass sein Leben außer Kontrolle geraten sei, aber es war nicht sein Leben – er selbst war es. *Er* war das Problem.

Er kannte den Grund – er begriff, dass eine kleine Reaktion zur nächsten geführt hatte, bis er die Kontrolle verlor. Und obwohl er nur sich selbst dafür verantwortlich machen konnte, war der Auslöser doch eine schöne Frau, mit ihrem warmen, faszinierenden Lachen und einer Intelligenz, die sich mit einer einzigartigen Weltanschauung paarte. Er hatte sie gesehen, sie gewollt, eine Beziehung zu ihr aufgebaut und zugelassen, dass ihre Leben sich verflochten. Er war eine tiefe Verbindung eingegangen und hatte damit seine sorgsam errichteten Schutzwälle zum Einstürzen gebracht, sodass die Gefühle nun kamen und gingen, wuchsen und schwanden, wie es ihnen beliebte. Er hatte dieser Seite in sich – seinen gefährlicheren, impulsiven Anteilen, die er fürchtete und zu kontrollieren versuchte – erlaubt, Amok zu laufen, und musste nun den Preis dafür zahlen.

Alec ging in Richtung Tiefgarage. Die Entscheidung war gefallen – im Grunde schon lange, ehe er das Haus verließ. Doch er hatte sich seiner Bereitschaft versichern müssen, wirklich zu tun, was nötig war, um die Ordnung in seiner Welt wiederherzustellen. Alles hatte seinen Preis – daran hatte seine Beziehung mit Margot ihn erinnert. Und jetzt wurde die Rechnung fällig.

Sunshine war überrascht, als abends um halb zehn ihr Handy klingelte und sie Declans Namen auf dem Display sah. Er hatte tagsüber schon einmal angerufen, um mit Connor zu sprechen und zu hören, wie es so lief. Törichterweise empfand sie diese kurzen Gespräche stets als das Highlight des Tages. Der Mann war auf Geschäftsreise – natürlich erkundigte er sich da, ob zu Hause alles in Ordnung war. Er rief ganz sicher nicht an, weil er sie vermisste.

»Hallo«, sagte sie und legte das Magazin beiseite, in dem sie las. »Wie läuft's?«

»Gut. Ich bin in Texas.«

»Ja, das hast du schon erzählt. Connor kriegt sich gar nicht mehr ein, so sehr freut er sich, dass seine Ameisen euer Projekt gerettet haben. Er kann es kaum abwarten, die fertige Farm im Hotel zu sehen.«

»Wir haben jede Menge Infos vom Insektenmann bekommen.« Declan stöhnte. »Es gibt eine spezielle Bezeichnung für so jemanden, aber die fällt mir nicht mehr ein.«

Irgendetwas an seiner Stimme war seltsam – womöglich die Tonlage, oder vielleicht war es auch ein leichtes Lallen …

»Du bist betrunken!« Sie rechnete nach, stellte fest, dass es in Texas schon halb zwölf war, und lachte. »Ihr wart einen trinken!«

»Was? Nein. Na schön, ich bin vielleicht ein bisschen angeheitert, aber nicht betrunken. Ich habe nur ein paar Shots intus. Heath und ich brauchten mal eine Auszeit von unseren Kunden.«

»Wenigstens seid ihr jetzt nicht in einem Steinbruch und müsst euch Fossilien anschauen.«

»Ja, das wäre grauenvoll. Ich vermisse dich.«

Die Bemerkung traf sie völlig unvorbereitet. Sie schwieg einen Moment, in der Erwartung, dass er sie womöglich zurücknehmen würde. Doch als er das nicht tat, sagte sie: »Ich vermisse dich auch.«

»Nein. Du bist sicher vollauf mit deinem Alltag beschäftigt. Wie läuft's am College?«

Am College? Er wollte über ihren Mathekurs reden? Konnten sie sich nicht noch ein wenig darüber austauschen, dass sie einander vermissten?

»Gut. Die Treffen mit der Tutorin helfen mir sehr. Außerdem habe ich mich zu einem Sommerkurs angemeldet. Das wird brutal – vier Tage die Woche, drei Stunden am Tag, dazu noch die Hausaufgaben. Es ist ein Grundlagenkurs in Soziologie, das heißt also jede Menge lesen. Ich freu mich drauf und bin gleichzeitig total nervös.«

»Super. Es ist so angenehm, mit dir zusammen zu sein, weißt du das? Und du bist so schön.« Declan fluchte. »Tut mir leid, ich bin wohl doch angeheiterter, als ich dachte.«

So schön? »Ist schon okay.«

»Bist du sicher? Denn ich glaube, wir begeben uns hier gerade auf gefährliches Terrain.«

Sunshine rutschte ein Stück nach unten, sodass sie mehr auf dem Bett lag als saß, und lächelte. »Was heißt das genau?«

»Dass du schön bist? Ich bin mir ziemlich sicher, dass das selbsterklärend ist. Aber es geht mir nicht nur darum, wie du aussiehst, das will ich unbedingt klarstellen – obwohl ich zugeben muss, dass mich so manches Detail an deinem Körper echt verrückt macht. Es geht mir auch um alles andere. Um dich eben. Dich als ganzen Menschen vermisse ich. Oh Mann, tut mir leid, ich rede wahrscheinlich total wirres Zeug.«

Das war mehr Information, als ihr Gehirn verarbeiten konnte. Doch was hauptsächlich ihre Aufmerksamkeit auf sich zog, war der Teil, in dem es um sie »als ganzen Menschen« ging. Um ihrer selbst willen vermisst zu werden und nicht nur wegen ihres Hinterns, war eine große Sache für sie.

»Du redest gar kein wirres Zeug«, sagte sie sanft.

»Ich hoffe es. Ich mag es so sehr, wenn du lächelst, wenn du lachst. Genau wie deine Art, mit Connor umzugehen. Du tust ihm wirklich gut.«

»Er ist einfach ein tolles Kind.«

»Ja, ich habe ein Riesenglück mit ihm. Jedenfalls wollte ich klarstellen, dass es mir um mehr geht als nur darum, mit dir zu schlafen.«

Ehe sie reagieren oder auch nur erspüren konnte, was seine Worte bei ihr auslösten, begann er bereits zurückzurudern.

»Oh nein, es tut mir leid. Verdammt, Sunshine, ich muss mich bei dir entschuldigen. Es war falsch von mir, das zu sagen, und eigentlich wollte ich gar nicht so weit gehen. Das muss sehr unangenehm für dich sein. Ich wollte wirklich nicht …«

»Ist okay«, flüsterte sie. »Declan, das ist schon in Ordnung.«

Er stöhnte. »Es ist sehr lieb, dass du das sagst, aber ich habe da jetzt doch eine Grenze überschritten. Daran ist der Tequila schuld.«

Ja, er hatte eine Grenze überschritten, und sie hatte es zugelassen. Sie hatte ihn zu einem Gespräch ermutigt, das in eine gefährliche Richtung lief. Die angebrachte Reaktion wäre nun, einfach wieder zum Tagesgeschäft überzugehen, so zu tun, als wäre das hier nie passiert, und dann aufzuhängen. Danach würde er sich mindestens drei Tage lang total beschissen fühlen – was wiederum Schuldgefühle bei ihr auslösen würde –, aber zumindest wäre die Ordnung wiederhergestellt.

»Ich stelle mir das auch manchmal vor.« Ihre Worte waren leise, kaum hörbar und der erste Schritt auf dem aalglatten Weg in die Hölle. Dennoch wollte sie sie nicht zurücknehmen.

»Wirklich?«

»Ja.«

»Wann? Wie?«

Sie lachte. »Ich bin auch nicht immun gegen völlig natürliche menschliche Gefühle.«

»Ich weiß, aber du bist … eben du. Du könntest jeden haben. Und ich bin, na ja, einfach nur ich.«

Hitze breitete sich in ihr aus, was sie ganz unruhig und leidend werden ließ. Mein letztes Mal ist schon so verdammt lange her, dachte sie sehnsuchtsvoll. Monate, um genau zu sein. Sie vermisste die Berührung eines Mannes, die Erregung und die Spannung, die sich zwischen zwei Menschen aufbaute ebenso wie die darauf folgende Erlösung. Nur wollte sie nicht einfach nur irgendeinen Mann, der sie zum Höhepunkt brachte. Sie wollte Declan, hier bei sich, der sie überall am Körper berührte. Sie wünschte ihn sich nackt und hart, wollte das Gewicht seines Körpers auf ihrem spüren.

Als sie sich vorstellte, wie er in sie eindrang, spreizte sie instinktiv die Beine. Nur war da kein Mann. Nichts war da, abgesehen von pulsierender Lust und dem brennenden Verlangen, von ihm zum Höhepunkt gebracht zu werden. Doch er war mehr als zweitausend Kilometer von ihr entfernt, sie waren beide allein.

»Sunshine?«

»Liegst du im Bett?«, fragte sie, während sie ihre Jeans öffnete und sie abstreifte.

»Ja, es ist schon spät hier und …« Ihm stockte hörbar der Atem. »Fragst du mich etwa gerade, was ich denke, dass du mich fragst?«

Sie zog die Hose aus und nahm das Handy in die linke Hand.

»Geht dir das zu schnell?«, fragte sie und schloss die Augen.

»Nicht schnell genug.«

Sie lächelte und drang mit zwei Fingern in sich ein, um sie feucht und geschmeidig zu machen, dann umkreiste sie damit ihr Lustzentrum. »Bist du nackt?«

»Jetzt ja.«

»Gut. Und bist du hart?«

»So ziemlich jedes Mal, wenn ich mit dir rede. Von daher, ja.«

»Ich bin auch ganz feucht und heiß. Meinen Slip habe ich ausgezogen, aber mein T-Shirt habe ich noch an. Es gefällt mir, wenn ein Mann meine Brüste anfasst, doch ich tu es nicht so gerne selbst – was seltsam ist, denn wenn ich in der richtigen Stimmung bin und er fest an meinen Brustwarzen saugt, kann ich allein dadurch kommen. Er muss sich allerdings viel Zeit dabei lassen, und die meisten Typen haben dafür keine Geduld.«

Declan fluchte. »Du bringst mich um.«

»Ich bin nervös. Und wenn ich nervös bin, rede ich zu viel. Aber ich streichle mich die ganze Zeit selbst, und … gleich bin ich so weit.«

»Du kommst gleich?«

»Ja. Und du?«

»Ich bin ein Mann, Sunshine. Mein Orgasmus ist schlicht das Ergebnis von Reibung und Fantasie.«

»Und bin ich deine Fantasie?«

»Du hast ja keine Ahnung, wie sehr.«

»Gut. Du bist nämlich auch meine.«

Er atmete scharf ein. »Sag mir, was du tust. Beschreib's mir.«

»Ich streichle mich mit zwei Fingern.« Sie schloss die Augen, um sich in das hineinzudenken, was sie gerade tat. »Im Uhrzeigersinn. Interessant, das ist mir noch nie aufgefallen.«

»Berührst du dich hart oder sanft?«

»Hart. Fester, als du es würdest, weil du Angst hättest, mir wehzutun. Aber ich mag es hart.«

»Daran könnte ich sicher arbeiten«, sagte er mit leicht erstickter Stimme. »Bist du schon so weit?«

»Ja, gleich.«

Und wie sie das war. Die Hitze und das Verlangen hatten sich so sehr gesteigert, dass der Orgasmus unausweichlich war. Noch konnte sie sich zurückhalten, den Kurs ändern, doch alles lief auf einen fulminanten Höhepunkt zu.

»Willst du mit mir zusammen kommen?«, fragte er.

Wir bitten uns hier gerade gegenseitig, einander zu vertrauen, dachte sie, wobei sie die Finger noch einmal tief in sich stieß, um sie dann wieder einen festen, kreisenden Rhythmus einnehmen zu lassen. Es hätte jederzeit einer von ihnen aufhören und den anderen somit verwundbar machen können. Gemeinsam sprangen sie ins Bodenlose und hofften, vom anderen aufgefangen zu werden.

»Ja, das will ich«, murmelte sie. »Bist du bereit?«

»Ja.«

Sie rieb härter und fester, bis sie vor Lust stöhnte.

»Jetzt«, flüsterte sie und sprang von der Klippe. Ihr Körper schmolz dahin, während sie seinen Namen herausschrie. Sie wünschte sich so sehr, Declan wäre hier bei ihr, könnte sie festhalten und am eigenen Leib spüren, was er mit ihr angestellt hatte.

Sie kam gerade rechtzeitig wieder zu sich, um zu hören, wie er auf dem Höhepunkt seiner Lust aufstöhnte. Sie musste lächeln. Wir haben uns also tatsächlich gegenseitig aufgefangen, dachte sie glücklich.

»Moment mal kurz«, sagte er.

Als er sein Handy wieder ans Ohr hielt, lachte sie. »Hat da etwa jemand kein Taschentuch bereitliegen gehabt?«

»Du hast es erfasst.«

»Der weibliche Orgasmus ist wesentlich reinlicher.«

»Dein Geschlecht birgt viele Vorteile. Geht's dir gut?«

»Ja. Und dir?«

»Mir geht's wunderbar.« Er lachte leise. »Die Wahrheit ist, das war der beste Sex, den ich je hatte, und du warst noch nicht mal bei mir. Was sagt das über uns aus?«

Sie lächelte. »Ich weiß es nicht genau. Darüber sollten wir reden, wenn du nach Hause kommst.«

»Ich freue mich darauf.« Er gähnte. »Oh, entschuldige.«

»Kein Problem. Es ist ja auch schon spät bei dir, und morgen früh musst du weiter über Ameisen reden. Geh schlafen. Wir sehen uns in ein paar Tagen.«

»Okay. Danke, Sunshine. Das war unglaublich.«

»Ja, das war's. Gute Nacht.«

»Nacht.«

Sie legten beide auf. Als Sunshine einschlief, lag noch immer ein Lächeln auf ihren Lippen.

26. Kapitel

Margot versuchte sich einzureden, es bedeute rein gar nichts, dass sie Alec schon seit zwei Tagen nicht gesehen hatte. Er war beschäftigt, sie war beschäftigt ... Dennoch machte sie sich Gedanken. Kein einziges Mal hatte er an ihre Tür geklopft und sie eingeladen, sich zu ihm zu gesellen. Weder auf einen Drink noch auf ein Gespräch noch auf Sex. Soweit sie es mitbekam, war er kaum zu Hause. Ihr war zwar klar, dass er vermutlich mit all dem zu kämpfen hatte, was vor ein paar Tagen mit Dietrich passiert war, aber je länger sie nicht darüber sprachen, desto beunruhigter war sie.

Sie mussten endlich miteinander reden. Was er für sie getan hatte, war so großartig, das sollte ihm doch klar sein. Schließlich war die Art, wie er sie verteidigt hatte, der Stoff aller Mädchenträume. Wäre sie nicht bereits verliebt in ihn – eine Tatsache, die sie bisher vor niemandem als sich selbst und ihrer Schwester zugab –, hätte sein Verhalten in der Situation ihr sicher den Rest gegeben. Allerdings hatte sie eine Riesenangst, dass er das nicht so sah. In Anbetracht seines Charakters, seiner Vergangenheit, seiner Mutter und so ziemlich aller anderen Aspekte in seinem Leben hatte sie Sorge, dass er einen Grund finden würde, seine Heldentat in etwas Negatives umzumünzen.

Heute früh reden wir, versprach sie sich, als sie die Treppe hinabstieg. Falls er nicht beim Frühstück war, würde sie nach ihm suchen und auf einer Aussprache bestehen. Was sie miteinander hatten, war so gut wie perfekt, und sie wollte ihn nicht verlieren. Nicht, nachdem sie sich gerade erst gefunden hatten.

Entschlossen betrat sie das Esszimmer. Sie hatte fast damit gerechnet, nur seinen leeren Stuhl zu erblicken und ihn in seinem Arbeitszimmer, im Bad oder wo er sich sonst versteckte, konfrontieren zu müssen. Doch Alec saß genau da, wo er bis vor zwei Tagen um diese Zeit stets gesessen hatte – auf seinem Platz, vertieft in seine Zeitung. Alles ist genauso wie immer, dachte sie erleichtert. Erst dann erkannte sie, dass dem überhaupt nicht so war.

Für sie war nicht eingedeckt. Da war nichts – keine Serviette, kein Messer und keine Gabel, keine Kaffeetasse und kein Saftglas. Stattdessen stand dort ein Tablett – so als würde von ihr erwartet, dass sie ihre Mahlzeiten wieder in ihrem Zimmer einnahm. So als hätte es die gemeinsam verbrachten Wochen nie gegeben.

Alec legte die Zeitung beiseite und räusperte sich. Sie blickte ihn an, sah den leeren Ausdruck in seinem Gesicht, die Art, wie er die Zähne zusammenbiss, und wusste sofort, was immer sie miteinander gehabt hatten, es war vorbei. Er war fertig mit ihr. Blieb nur noch der schreckliche, unangenehme, herzzerreißende Abschied.

»Ich hoffe, du verstehst, dass das alles ein Fehler war«, sagte er. »Oberflächlich gesehen haben wir gut zusammengepasst, doch in Wahrheit habe ich für eine Frau wie dich keinen Platz in meinem Leben.« Er runzelte die Stirn. »Ich meine, nicht für dich speziell als Person, sondern für eine Beziehung im Allgemeinen.«

Auch wenn ihr Herz in tausend Stücke zerbrach, die Scherben sich in ihr Fleisch bohrten und es bluten ließen, wusste sie genau, was er zu sagen versuchte. Das war das Schlimmste daran, dass sie ihn so gut kannte und daher verstand, dass alles, was sie miteinander geteilt hatten, zwar wunderschön und unglaublich lebensbejahend gewesen war, er jedoch dafür einen Preis zu zahlen hatte. Um mit ihr zusammen zu sein, musste er sich auf seine Gefühle einlassen, und das bedeutete, dass die Mauer durchlässig wurde, die er um sich herum errichtet hatte. So brachte ihn nun ausgerechnet die Tat, die ihre Liebe zu ihm noch größer hatte werden lassen, dazu, sich von ihr abzuwenden.

»Es tut mir leid«, sagte er.

Das glaubte sie ihm sogar. Es tat ihm bestimmt leid, jedoch nicht aus denselben Gründen wie ihr. Ihr tat leid, dass sie niemals eine Chance bekommen würden. Dass sie endlich den Mann gefunden hatte, der ihre speziellen Eigenarten zu schätzen wusste, der sie in ihren Gesprächen ebenso wie im Bett beglückte, der ihr die beste Version ihrer selbst gezeigt hatte – und dass sie ihn nun wieder verlor. Jahrelang hatte sie ihr Herz einem Mann vor die Füße gelegt, der es nicht wert war, und als sie endlich einen gefunden hatte, der ihre Liebe verdiente, wurde dem das Ganze zu anstrengend.

Denn darauf lief es hinaus: Gefühle waren ihm zu kompliziert, die Liebe verlangte ihm zu viel ab. In Anbetracht all dessen zog er es vor, allein zu bleiben – wie sollte sie dagegen ankommen?

Sie suchte nach Wut in sich, doch da war keine. Da war nichts als ein klaffendes Loch und das Wissen, dass er sie dennoch für alle Zeiten und auf tausendfache Weise verändert hatte.

Margot hatte keine Ahnung, was sie sagen sollte, also nickte sie nur und ging den Weg zurück, den sie gekommen war. Kaum war sie in ihrem Zimmer angekommen, begann sie ihre Sachen zu packen, musste jedoch nach ein paar Minuten innehalten, da sie wegen ihrer Tränen nichts sah. Sie ließ sich auf die Bettkante fallen, bedeckte ihr Gesicht mit den Händen und ließ ihrem Schmerz freien Lauf.

Irgendwann nahm sie wahr, wie jemand den Raum betrat, sich neben sie setzte und sie fest an sich drückte. Traurigerweise war es nicht Alec. Sie atmete Biancas leichtes Parfüm ein und versuchte, sich zusammenzureißen.

Nachdem sie sich die Augen abgewischt hatte, wandte sie sich ihrer Klientin zu. »Es tut mir leid, das ist sehr unprofessionell.«

Bianca umarmte sie. »Ach, scheiß auf Professionalität … Ich hatte bereits befürchtet, dass Alec durchdrehen würde. Es ist wegen der Sache mit Dietrich, oder? So ein dummer, dummer Mann. Ist ihm nicht klar, wie viele Frauenfantasien er in nur einem einzigen Moment bedient hat? Ist mir total egal, ob das politisch korrekt ist oder nicht – jede Frau wünscht sich doch, dass ihr Mann um sie kämpft.«

Bianca ließ sie los. »Na schön, dann lass uns mal nachdenken. Du musst natürlich schnell weg von hier, das verstehe ich. Komm, ich helfe dir packen.«

»Danke.« Margot presste sich eine Hand auf die Brust. »Aber wo setzen wir unseren Unterricht fort?« Hier konnte sie nicht wieder herkommen – es würde zu sehr wehtun. Vielleicht wäre ein Hotel die Lösung.

Bianca schüttelte den Kopf. »Du versuchst jetzt schon seit Wochen, mich loszuwerden. Wir wissen beide, dass ich endlich selbst mit meinem Leben klarkommen muss. Ich hatte Angst davor, dich nicht mehr dazuhaben und von dir gesagt zu bekommen, was ich tun soll, aber nun ist der Moment für mich gekommen, mutig zu sein.«

»Bist du sicher?«

»Wenn ich nicht weiß, welche die richtige Gabel ist, warte ich einfach ab, bis jemand anders seine in die Hand nimmt. Wenn ich mich unter Druck oder nervös fühle, entschuldige ich mich höflich und gehe.« Sie schenkte ihr ein schiefes Lächeln. »Und wenn ein Mann meinen Hintern anfassen will, sage ich definitiv Nein. Ich bin bereit, auf eigenen Füßen zu stehen, und selbst wenn nicht – Wesley liebt mich. Du wolltest es mir zwar nicht glauben, aber auch ich liebe ihn von ganzem Herzen.«

»Ich weiß.« Margot nahm Biancas Hände und drückte sie. »Du hast ein großes, warmes Herz. Du wirst das alles wunderbar machen.«

»Genau wie du. Es tut mir leid, dass mein Sohn sich so aufführt. Er hatte immer schon Probleme mit großen Gefühlen. Er glaubt, sie machen ihn schwach.« Sie zog eine Grimasse. »Vielleicht denkt er, dass sie ihn so werden lassen, wie ich bin. Egal, das alles ist sehr schwierig für ihn. Aber er braucht nur ein bisschen Zeit – dann wird er schon erkennen, dass du das Beste bist, was ihm jemals passiert ist.«

Margot nickte, da es von ihr erwartet wurde. Doch eigentlich wusste sie, dass das nicht stimmte – er würde es nicht erkennen. Und das war das Einzige, was für sie zählte.

»Sag mir bitte, dass wir Freundinnen bleiben«, bat Bianca.

»Natürlich. Das würde mich sehr freuen.«

»Schön, mich auch.«

Margot suchte ihre Sachen zusammen, während Bianca sie in den Koffer packte. Wesentlich schneller, als sie gedacht hätte, war alles für ihre Abreise bereit.

Als sie ihre Koffer zum Auto trugen, hoffte sie, Alec käme aus seinem Arbeitszimmer gerannt und bäte sie, nicht zu gehen. Sie wünschte sich, dass er sie in die Arme nahm, dass er sie liebte, ihr schwor, dass sie für alle Zeiten zusammengehörten. Doch das tat er nicht.

Nachdem Bianca zurück ins Haus gegangen war, blieb ihr also nur noch, in ihr Auto zu steigen und wegzufahren.

Zu Beginn des Mathekurses 131 war Sunshine nicht sicher gewesen, ob sie ihn eine einzige Woche durchstehen würde, geschweige denn ein ganzes Semester. Doch hier saß sie nun in der Wiederholungsstunde, die sie auf die große Prüfung vorbereiten sollte, und verstand alles. Den gesamten Stoff.

Ann und sie hatten ein paar zusätzliche Übungsstunden vereinbart, die den Ausschlag gaben. Und nun, da die Professorin ihnen ins Gedächtnis rief, was sie alles gemeinsam durchgenommen hatten, kam sie problemlos mit.

Ich schaffe es wirklich, dachte sie glücklich. Sie würde den Kurs bestehen und sogar mit einer guten Note. Ihre Anmeldung für den Sommerkurs war bereits bestätigt, und sie hatte sich zu einer Lerngruppe angemeldet. Ja, es lag noch ein langer Weg vor ihr, ehe sie einen Uni-Abschluss in Händen halten würde, doch sie hatte die ersten Schritte in die richtige Richtung getan und war stolz auf sich.

Als sie über den hübschen Campus zu ihrem Auto ging, gestand sie sich ein, dass sie anderen Ereignissen in ihrem Leben weniger zuversichtlich entgegenblickte. In ein paar Tagen würde Declan nach Hause kommen, und sie hatte nicht die geringste Ahnung, was sie ihm sagen sollte. Sie konnte nicht ungeschehen machen, was zwischen ihnen passiert war, und hatte auch nicht den Eindruck, es einfach ignorieren zu können. Zwar hatte der Telefonsex ihr Spaß gemacht und ihr das Gefühl gegeben, Declan nähergekommen zu sein, doch gleichzeitig wusste sie, dass sich alles verändert hatte – und zwar nicht unbedingt zum Besseren. Ihre kurze Nachricht am Morgen danach: »Das war großartig, aber wir sollten es wohl besser nicht wiederholen«, war von ihm mit einem knappen »Finde ich auch« beantwortet worden. Was sie eher mit noch mehr offenen Fragen zurückließ.

Bei ihrem Auto angekommen, schmiss sie ihren Rucksack auf den Rücksitz und setzte sich hinter das Steuer. Doch statt loszufahren, saß sie einfach nur da und spürte ihrer Verwirrung und ihrer Angst nach.

Sie hatte eindeutig eine Grenze überschritten. In nur einem einzigen Telefongespräch war sie vom professionellen Kindermädchen wieder zu der Frau geworden, die sie immer gewesen war: ein flatterhaftes Wesen, das ständig nur auf Spaß aus war und allzeit bereit, jegliches Verantwortungsgefühl abzustreifen und mit irgendeinem Typen abzuhauen.

Declan verlangte nicht von ihr, dass sie auf sein Motorrad stieg und mit ihm in den Sonnenuntergang raste, doch das änderte nichts. Sie hatte sich selbst ein Versprechen gegeben und es gebrochen. Das Problem war nicht sein Verhalten, sondern ihr eigenes.

Aber was, wenn sie sich gar nicht ändern konnte? Was, wenn sie für immer diese Frau bleiben würde? Wie gerne hätte sie sich eingeredet, dass es diesmal anders war, einfach aus dem Grund, weil ihre Gefühle andere waren. Denn sie glaubte nicht nur, dass sie mit Declan Spaß im Bett haben würde – er bedeutete ihr wirklich etwas. Wahrscheinlich war sie sogar in ihn verliebt.

Sunshine ließ den Gedanken sacken, bereit, ihn zu drehen und zu wenden, um zu sehen, ob er Bestand hatte. Doch das war nicht nötig. Bereits als er sich formte, hatte sie gewusst, dass es die Wahrheit war. Sie war verliebt in Declan, und das vermutlich schon eine ganze Weile. Weshalb auch nicht? Ihm gebührte alle Liebe dieser Welt. Und was Connor betraf, so war sie ihm vom ersten Tag an verfallen gewesen.

Na toll, nun war sie also in alle beide verknallt. Und jetzt? Wenn sie ein anderer, besserer Mensch sein wollte, was würde dieser andere, bessere Mensch ihr raten zu tun? Gehen oder dableiben? Und wenn sie blieb, wie ging es dann weiter? Würde sie eine heiße Affäre mit Declan haben? Den Dingen einfach ihren natürlichen Lauf lassen und wenn es vorbei war, wieder an den Punkt zurückkehren, an dem sie vorher standen?

Unwahrscheinlich. Sie konnten versuchen, so zu tun, als hätte ihr Telefongespräch nie stattgefunden, doch auch das würde nicht funktionieren. Es bräuchte nur einen Blick oder eine Berührung, und schon würden sie übereinander herfallen. Er fand sie ganz offensichtlich attraktiv und wünschte sie sich in sein Bett, und sie war sich nicht sicher, wie lange sie würde Nein sagen können. Was machte das aus ihr? Das nuttige Kindermädchen, das mit dem Boss schlief?

Und wenn Dableiben keine Option war, blieb ihr dann nicht nur noch zu gehen? Sie ließ den Kopf gegen die Lehne fallen und schloss die Augen. Nein, sie wollte nicht gehen. Sie wollte Connor weiter sehen, wollte Teil seines Lebens sein. Er brauchte sie, und sie brauchte ihn. Auch wenn sie vor Declan weglaufen konnte, war sie sich nicht sicher, ob es ihr gelingen würde, einfach so aus Connors Leben zu verschwinden.

Selbst sich auf die richtige Art und Weise zu verabschieden, schien ihr unmöglich. Sollte sie ihm etwa erzählen, dass er in ein paar Tagen ein neues Kindermädchen haben würde? Oder sollte sie Bewerbungsgespräche mit anderen Frauen führen, in dem Wissen, dass sie in ihrem Zimmer wohnen, für ihre Familie kochen, Connor von der Schule abholen und ihm mit seiner Ameisenfarm helfen würden?

Sunshine öffnete die Augen und starrte durch die Windschutzscheibe. Auf diese Fragen gab es keine gute Antwort. Das Schlimmste war, dass sie sich das Problem selbst eingebrockt hatte. Es gab niemand anderen, den sie dafür verantwortlich machen konnte. Die beste – wenn auch temporäre – Lösung wäre es vermutlich, so weiterzumachen wie zuvor und zu sehen, ob es ihnen gelang, sich durch die ersten peinlichen Tage zu lavieren. Womöglich würde es gar nicht so schrecklich werden. Vielleicht konnten sie einfach so tun, als wäre dieses eine Telefongespräch aus ihrer Erinnerung gestrichen, und nichts würde sich ändern.

Sie wusste, dass sie sich Unmögliches wünschte, hatte jedoch keine Ahnung, was sie sonst tun sollte. Die Situation war aussichtslos. Wenn sie sich doch nur in jemand anders verliebt hätte, jemanden, mit dem sie ausgehen und mit dem sie eine echte Beziehung haben konnte. Das hatte sie nun mal aber nicht, und so saß sie jetzt nicht nur mit Zukunftsängsten da, sondern auch noch mit ihren Sorgen in Bezug auf Declan. Denn sie hatte keine Ahnung, wie er über sie dachte und was er erwartete, wenn er nach Hause kam.

Sie konnte so viele Pläne schmieden, wie sie wollte, doch abgesehen von der Option, einfach abzuhauen, ließ sich keiner davon ganz für sich alleine umsetzen. Womöglich hatte Declan sie auch nur benutzt, um sich aufzugeilen, und empfand nicht mehr für sie als für ein Stück Fleisch. Sollte das zutreffen, stünde ihr wohl der größte Herzschmerz bevor, den sie je erlebt hatte.

Alec sagte sich, dass ihm die Ruhe gefiel. Seit Margot weg war, gab es keinen täglichen Unterricht mehr, kein weiteres Paar

Füße, dessen Schritte auf den Treppen zu hören waren, keine Gespräche am Abend, schlicht keinerlei Unterbrechungen. Sobald seine Mutter ausgezogen wäre, würde sein Leben wieder so werden, wie es immer gewesen war, und er wäre vollends zufrieden.

Eigentlich hatte er damit gerechnet, dass Bianca ihn aufsuchen würde. Er war sich ganz sicher gewesen, sie würde mit ihm über Margot reden wollen, doch in den vergangenen zwei Tagen hatte er auch sie nicht mehr gesehen. Ihr Auto stand immer noch draußen, daher musste sie irgendwo im Haus sein, aber sie blieb für sich. Umso besser – so war es ihm am liebsten.

Alec trat ans Fenster und sah in den Garten hinaus. Na schön, er musste zugeben, dass er sich etwas … rastlos fühlte. Er hatte sich bereits daran gewöhnt, dass Margot Teil seines Lebens war. Und womöglich vermisste er sie mehr, als er gedacht hatte. Inzwischen war sie schon fast drei Tage weg, und er hatte immer noch nicht geschlafen. Sein Bett erinnerte ihn zu sehr an sie, und das Sofa in seinem Arbeitszimmer war nicht gerade bequem. Außerdem fiel ihm jedes Mal, wenn er sich umdrehte, eine andere Stelle ins Auge, an der sie Sex gehabt hatten: sein Schreibtisch, die Küchentheke, sein Bett, sein Badezimmer, ihr Bett, das Wohnzimmer, der Garten.

Dennoch, die Ruhe war angenehm, und irgendwann würde er sich wieder auf die Arbeit konzentrieren können. Und etwas essen. Dann würde sicher auch der dumpfe Schmerz in seiner Brust nachlassen. Schließlich war er nicht in sie verliebt. Er hatte ihre Gesellschaft genossen – das war alles. Mit ihrem Scharfsinn und ihrer wohlwollenden Natur war sie so ganz anders gewesen als die Frauen, die er vorher gekannt hatte. Da war es durchaus nachvollziehbar, dass er sie als Gefährtin vermisste, ebenso wie ihm auf körperlicher Ebene die großartigen Orgasmen fehlen würden. Alles, was er empfand, war völlig normal.

Unwillkürlich griff er in seine Jeanstasche und zog sein Handy hervor. Es wäre so leicht, sie jetzt gleich anzurufen und ihr zu sagen, dass er einen Fehler begangen hatte, dass er sie zurückhaben wollte.

Er überlegte, wie es wäre, ihre Stimme zu hören, und wünschte sich plötzlich, sie wäre bei ihm – zum Teufel mit der Ruhe. Nur war das nicht möglich, es durfte nicht sein. Der Preis war zu hoch. Sie hatte ihn bereits verändert. Oder vielleicht hatte er sich auch selbst verändert. Egal, er war jetzt ein anderer, und das gefiel ihm nicht. Was würde als Nächstes kommen? Würde er aufhören, seine Rechnungen pünktlich zu zahlen? Würde er sich zum Affen machen, wo immer er hinkäme?

Er kehrte an seinen Schreibtisch zurück und klappte seinen Laptop auf. Er würde einfach in seine Arbeit abtauchen, wie er es stets getan hatte. Irgendwann würde die Erinnerung an sie schon nachlassen, und er würde weitermachen können wie zuvor. Schließlich war sein Leben so viel besser, wenn es ruhig war.

Declan gestand sich ein, dass er die Sache mit Sunshine versaut hatte. Diese eine Nacht hatte alles zwischen ihnen verändert, und jetzt hatte er Sorge, dass es kein Zurück mehr gab.

Das war mein eigener verdammter Fehler, dachte er grimmig, als er vor der Grundschule darauf wartete, dass Connor herauskam. Er kannte Sunshine, wusste, was sie wollte, wusste, wovor sie Angst hatte. Sie wollte ernst genommen werden, respektiert werden. Sie wollte eine ganz normale Beziehung, und was hatte er ihr gegeben? Telefonsex.

Als er an den Abend zurückdachte, zuckte er unwillkürlich zusammen. Was zum Teufel hatte er sich nur dabei gedacht? Schließlich waren sie kein Paar. Unter den richtigen Umständen konnte Telefonsex großen Spaß machen, aber in einer derartigen Beziehung standen sie nicht zueinander. Er hatte sie behandelt wie irgendeine Sexhotline, und das würde Konsequenzen haben.

Sie hatte ihm vertraut, ihm persönliche Details aus ihrem Leben erzählt. Sie hatte ihre Hoffnungen und Träume mit ihm geteilt, und er hatte dieses Vertrauen missbraucht. Er kannte sie gut genug, um zu wissen, dass sie sich nun ebenso verloren und verwirrt fühlte wie er. Ihre zuvor so entspannten Telefongespräche waren immer angestrengter geworden, und während der letzten zwei Tage seiner Reise hatten sie sich nur noch über SMS verständigt.

Die ersten Kinder kamen aus der Schule. Declan hielt nach Connor Ausschau und lachte freudig, als sein Sohn ihn entdeckte und auf ihn zugerannt kam.

»Du bist zurück!«, rief Connor und warf sich in seine Arme. »Du bist wieder da!«

»Hey, Kleiner. Wie geht's dir?«

Sie umarmten sich, dann führte Declan ihn zum Auto.

»Wann bist du nach Hause gekommen?«, fragte Connor, schmiss seinen Rucksack in den Kofferraum und stieg in den Wagen.

»Gerade erst. Ich bin gleich vom Flughafen hergekommen. Ich hab dich vermisst.«

»Ich hab dich auch vermisst, Dad. Hast du Sunshine gesagt, dass du mich abholst? Sie macht sich sonst bestimmt Sorgen.«

Er betrachtete seinen Sohn, sein junges Gesicht, den ernsten Ausdruck darin. »Hab ich.«

»Gut.«

Connor wird größer, überlegte er und war glücklich und traurig zugleich bei der Vorstellung, dass sein Junge zum Mann heranwuchs. Glücklich, weil er sich genau so entwickelte, wie er sollte, und traurig, weil er den kleinen Connor nicht ewig festhalten konnte.

Er startete den Wagen. »Ich dachte, wir könnten noch ein Eis essen gehen, ehe wir nach Hause fahren.«

Connor grinste. »Das verdirbt uns aber vielleicht den Appetit aufs Abendessen, Dad.«

»Ich weiß. Trotzdem, wir riskieren es einfach.«

Connor strahlte. »Erzähl mir von Texas und den Ameisen. Baust du wirklich eine riesige Ameisenfarm?«

»Ja, und deshalb brauche ich deine Hilfe. Ich muss alles über Ameisen wissen. Wir arbeiten immer noch an den Details, aber ich habe schon ein paar Skizzen, die ich dir zeigen kann. Und wenn wir mit dem Bau anfangen, sollst du unbedingt dabei sein.«

»Au ja! Sunshine hat gesagt, dass ich euch das Projekt gerettet habe. Stimmt das?«

»Das stimmt.«

Connor redete während der ganzen Fahrt in die Innenstadt. In jedem dritten oder vierten Satz kam Sunshine vor. Sie war für sie beide ein wichtiger Teil ihres Lebens geworden.

Sie betraten die Eisdiele und bestellten sich jeweils ein Eis in der Waffel. Als sie an einem der kleinen Bistrotische am Fenster saßen, sagte Connor: »Wir sollten Sunshine auch ein Eis mitbringen.«

»Das ist sehr fürsorglich von dir, und du hast recht, das sollten wir.«

»Es ist wichtig, den Menschen zu zeigen, dass wir sie liebhaben, Dad. Das hast du mir immer wegen Mom gesagt.«

Connor leckte an seinem Eis und sprach davon, dass er am kommenden Wochenende bei Elijah übernachten wollte. Während Declan seinem Sohn lauschte, dachte er über das nach, was Connor gesagt hatte: Es war wichtig, Menschen zu zeigen, dass man sie liebte. Etwas, das er seit Langem nicht mehr getan hatte – hauptsächlich da er, abgesehen von seiner Familie, schon lange niemanden mehr geliebt hatte.

Doch jetzt war da jemand.

Er liebte Sunshine. Dabei ging es ihm nicht nur um Sex oder darum, wie schön sie war. Es ging ihm um den gesamten Menschen, der sie war – mit all seinen Hoffnungen und Träumen und Ängsten. Es ging ihm darum, wie sie sich um Connor kümmerte und Geburtstagspartys plante. Es ging ihm einfach um sie. Die ganze Zeit über war er so sehr damit beschäftigt gewesen, zu verstehen, was zwischen Iris und ihm passiert war, dass er nicht darauf geachtet hatte, was genau vor seiner Nase geschah. Er liebte Sunshine. Nur, was sollte er jetzt mit diesem Wissen anfangen?

»Dad, kann ich mitfahren, wenn du das nächste Mal nach Texas fährst?«

»Das war eine Geschäftsreise, die hätte dir nicht viel Spaß gemacht. Aber weißt du was? Wir sollten für diesen Sommer mal einen richtigen Familienurlaub planen.«

Connors Augen weiteten sich hinter den Brillengläsern. »Wirklich?«

»Ja.«

Im vergangenen Jahr waren sie nicht weggefahren, da Iris und er so sehr mit ihrer Affäre beschäftigt gewesen waren. Und im Jahr davor? Declan konnte sich schon nicht mehr erinnern, ob sie da Urlaub gemacht hatten.

»Wenn wir nach Hause kommen, gehen wir mal ins Internet und suchen uns ein paar schöne Orte, an die wir fahren könnten.«

»Darf ich mitgucken?«

»Na klar. Es ist ja auch dein Urlaub.«

»Ich will zum Grand Canyon. Oder nach Legoland. Können wir auch nach Florida in den Universal-Studios-Park? Oder nach Disney World?«

Declan lachte. »Wir machen eine Liste und entscheiden dann.«

»Wir müssen Sunshine fragen, wo sie hinwill, weil ohne sie wäre es kein richtiger Urlaub.«

Declan dachte an alles, was er mit ihr zu besprechen hatte, und hoffte, dass ein gemeinsamer Urlaub der nächste logische Schritt sein würde.

»Lass mich mal zuerst allein mit ihr reden, Connor, ja? Danach können wir dann über unseren Urlaub sprechen.«

»Okay.« Connor aß sein Eis auf und grinste. »Dad, wenn wir von der Reise zurückkommen, sollten wir auch darüber nachdenken, uns einen Hund anzuschaffen.«

»Ach ja, sollten wir das?«

»Ja. Das gehört einfach dazu.«

Declan lachte. »Na gut. Wir werden darüber nachdenken.«

Ein Hund? Warum nicht? Schließlich hatten sie einen Garten und jede Menge Platz im Haus. Er fragte sich, ob Sunshine wohl Hunde mochte. Kinder mochte sie definitiv. Jetzt musste er nur noch herausfinden, was sie für ihn empfand.

27. Kapitel

Sunshine war fest entschlossen, Declan mitzuteilen, dass sie kündigen würde. Es war das einzig Logische. Diesmal würde sie jedoch alles richtig machen, es von langer Hand planen und Connor genügend Zeit geben, sich an den Gedanken zu gewöhnen. Sie würde wie eine verantwortungsvolle Erwachsene handeln, und dann würde sie dieses Haus so schnell wie möglich verlassen, um herauszufinden, wie und wo sie mit ihrem gebrochenen Herzen weiterleben konnte.

Dabei wollte sie eigentlich bleiben. Sie gehörte hierher, zu den beiden Menschen, die sie liebte. Wenn sie bliebe, wäre sie aber wieder nur dieselbe Person, die sie immer gewesen war und hätte sich kein Stück weiterentwickelt. Das würde sie beschämen und traurig machen, sie letzten Endes zerstören.

Ihr Plan war daher, Declan zu erklären, dass sie ihrer Meinung nach etwas ganz Besonderes miteinander hatten, und ihm zu sagen, sie hoffe, dass er sie besser kennenlernen wolle, um zu sehen, wohin das Ganze führte. Was die feige Art war, herauszufinden, ob er sie ebenfalls liebte, denn das war ihr ultimatives Ziel.

Sie war auf der Suche nach einem normalen Leben. Sie wollte einen Mann und Kinder und einen Abschluss, sie wollte so sein wie alle anderen auch. Zum ersten Mal in ihrem Leben würde sie das Richtige tun.

Ihre Entschlossenheit reichte genau bis zu dem Moment, in dem er zur Tür hereinkam, gefolgt von Connor, der den großen Koffer seines Dads hinter sich herzog. In der Sekunde, in der sie ihn erblickte, hüpfte ihr Herz vor Sehnsucht, ihre Entschlusskraft bröckelte, und sie wollte nichts anderes, als sich ihm an den Hals zu werfen und ihn anzuflehen, sich doch bitte, bitte ebenfalls in sie zu verlieben.

Er sah sie lächelnd an. »Hallo. Es ist so schön, dich zu sehen.«

Seine lieben Worte verunsicherten sie nur noch mehr. Sie verschränkte die Arme vor der Brust, ließ sie wieder sinken und schob die Hände in die Gesäßtaschen ihrer Jeans, fragte sich jedoch sofort, ob das so wirkte, als würde sie ihm ihre Brüste präsentieren wollen, woraufhin sie die Schultern nach vorne zog und …

Oh Gott, dieser Moment war so viel schlimmer, als sie erwartet hatte.

»Es ist, ähm, auch schön, dich zu sehen.«

Sie starrten sich an. Sunshine hatte keine Ahnung, was er dachte – was vermutlich okay war, da ihr genauso wenig klar war, was sie selbst gerade dachte.

Declan sah gut aus. Etwas müde, aber gut. Connor schleifte den Koffer den Flur hinunter und ließ sie allein.

Sie blieb stehen, wo sie war, dabei wünschte sie sich nichts sehnlicher, als zu ihm zu gehen und ihn zu umarmen. Sie wollte seinen Körper ganz nah an ihrem spüren und ihn küssen, bis sie beide taube Lippen hatten.

Lächerlich. Sie musste sich unbedingt ins Gedächtnis rufen, was jetzt wirklich wichtig war.

»Wir müssen miteinander reden«, sagte er leise. »Dies ist allerdings kein so guter Moment.«

»Stimmt. Lieber später.«

»Wenn Connor im Bett ist?« Er reichte ihr einen kleinen Behälter. »Wir haben dir Eis mitgebracht.«

Sie nickte und nahm die Kühlbox entgegen. »Ich komme in dein Arbeitszimmer.«

Sunshine ging in die Küche, um das Eis ins Gefrierfach zu stellen und das Abendessen vorzubereiten. Nur noch ein paar Stunden, sagte sie sich. Bis dahin würde sie den Abend genießen und Declan dann erklären, dass sie auf keinen Fall zu dem Punkt zurückkonnten, an dem sie vorher gewesen waren, sie aber keine Ahnung hatte, wie sie weitermachen sollten.

Sunshine schaffte es irgendwie durch den Abend. Sie bereitete ein einfaches Essen mit Putenburgern und Salat zu, und als Nachtisch gab es einen Willkommen-zu-Hause-Kuchen, den sie mit dem Zuckerstreuselmix geschmückt hatte, den Connor so mochte. Nachdem sie gemeinsam die Küche aufgeräumt hatten, sagte sie Connor Gute Nacht und entschuldigte sich, um sich bis zu dem Gespräch mit Declan in ihr Zimmer zurückzuziehen.

Sie machte sich ein paar Notizen, lief im Raum auf und ab, versuchte fernzusehen und gab es dann schließlich auf, so zu tun, als ginge es ihr gut. Die letzte halbe Stunde verbrachte sie zusammengerollt auf ihrem Bett und wünschte sich einfach nur, die Zeit um eine Woche zurückdrehen und ungeschehen machen zu können, was passiert war.

Um kurz nach neun summte ihr Handy.

Er liegt im Bett und schläft.

Sie war Declan dankbar für die unpersönliche Kontaktaufnahme. Ihn vor ihrer Schlafzimmertür stehen zu haben, wäre in diesem Moment mehr als schräg gewesen. Vollkommen unsicher in Bezug auf das, was nun passieren würde und was, realistisch gesehen, das beste zu erwartende Ergebnis sein könnte, durchquerte sie die Küche und den Flur und betrat sein Büro. Dort angekommen, schloss sie sorgsam die Tür hinter sich, nur für den Fall, dass Connor aufwachte und zu seinem Dad wollte.

Declan bedeutete ihr, auf dem Sofa Platz zu nehmen, während er sich auf einem Sessel ihr gegenüber niederließ. Sobald sie saßen, sahen sie sich an und dann gleich wieder weg.

»Ich glaube, wir sollten …«

»Wenn du nichts dagegen hast …«

Sie verstummten beide.

»Ich spreche gern zuerst, wenn das in Ordnung für dich ist«, sagte er.

Dankbar für den Aufschub und zugleich voll ängstlicher Erwartung angesichts dessen, was er nun sagen würde, nickte sie.

Declan musterte sie ein paar Sekunden lang, dann atmete er einmal tief durch.

»Sunshine, was passiert ist, während ich verreist war, ist allein meine Schuld. Ich hatte zu viel getrunken und habe mich gehen lassen. Das war falsch. Ich hätte es besser wissen müssen und habe es trotzdem getan.«

Er zuckte die Achseln. »Ich glaube, uns ist beiden klar, dass ich, ähm, eine gewisse Bewunderung für dich hege, doch das ist mein Problem, nicht deins. Ich entschuldige mich dafür, dich und deine Stellung hier im Haus nicht ausreichend respektiert zu haben. Denn dies ist eigentlich ein Ort, an dem du dich sicher fühlen solltest. Es tut mir unendlich leid.«

»Aber es ist genauso meine Schuld«, sagte sie. »Ich habe eindeutig damit angefangen und wollte es ebenso sehr wie du.«

Er sah sie unverwandt an, und sie zwang sich, seinem Blick standzuhalten, auch wenn sie sich eigentlich nichts anderes wünschte, als sich zusammenzurollen und in ein Kissen zu schreien. Hitze brannte ihr auf den Wangen, doch sie ignorierte sie.

»In dem Moment vielleicht«, korrigierte er sie mit sanfter Stimme. »Was du dir tatsächlich wünschst, hast du sehr deutlich gemacht.« Er schenkte ihr ein kleines Lächeln. »Du bist diese Art von Frau nicht mehr.«

Sunshine senkte den Blick auf ihre verschränkten Finger. »Scheinbar doch.«

»Nein, das bist du nicht. Ich als dein Arbeitgeber und Freund habe mich vollkommen falsch verhalten. Noch einmal, es tut mir leid. Ich hoffe, du kannst darüber hinwegsehen und den Menschen dahinter erkennen, der zu sein ich anstrebe.«

»Du musst dich nicht immer wieder entschuldigen. Mir ist schon klar, dass du dich schlecht fühlst, genau wie ich. Plötzlich ist alles anders, und ich habe keine Ahnung, wie wir die Ordnung wiederherstellen können. Ich weiß nicht, was du willst. Und wenn wir nicht mehr dahin zurückkönnen, wie es vorher war, hat es dann noch Sinn, weiterzumachen?« Sie sah ihn an. »Ich weiß einfach nicht, wie wir das hinkriegen sollen.«

»Ich auch nicht genau, aber ich hätte da ein paar Ideen. Obwohl ich unsicher bin, wie ich es ausdrücken soll.« Er zögerte.

In der Sekunde wurde ihr klar, dass er sie rausschmeißen würde. Auf die nette Art natürlich, mit einer großzügigen Abfindung. Er würde ihr sagen, dass sie eine Grenze überschritten hätten und es zwar toll mit ihr gewesen sei, es jetzt jedoch vorbei sei und sie besser getrennter Wege gehen sollten.

Ihr Brustkorb schnürte sich zu, sie konnte weder atmen noch sprechen. *Nein. Nein!* Sie liebte ihn doch, liebte Connor. Sie wollte nicht gehen, sie waren fantastisch zusammen. Weshalb sah er das nicht?

»Ich habe mich in dich verliebt.«

Sie vernahm seine Worte, erfasste ihre Bedeutung jedoch nicht gleich. »Entschuldige, was hast du gerade gesagt?«

Declan hob leicht eine Schulter an und ließ sie wieder fallen. »Ich habe mich in dich verliebt. Ich finde es großartig, wie du mit meinem Sohn umgehst, und auch, dass du studieren willst und so hart dafür arbeitest. Du bist ein ehrenwerter Mensch und total witzig. Außerdem habe ich noch nie jemanden kennengelernt, der so ein großes Herz hat wie du. Tja, da wären wir also. Ich weiß, dass die Situation kompliziert ist. Glaub mir, in den letzten Tagen habe ich kaum über etwas anderes nachgedacht. Kündigst du, damit wir eine private Beziehung eingehen können? Oder schmeiße ich dich raus, damit wir das können? Ich weiß, dass du nicht für mich arbeiten kannst, wenn wir was miteinander haben, das ist ein Problem. Aber Sunshine, ich liebe dich, und ich will dich nicht verlieren, deshalb sag du mir einfach, was du willst, und das machen wir.«

Er sah so hoffnungsvoll und zugleich unglaublich nervös aus, während er sprach.

»Oh, und falls es noch zu früh ist, dann soll das nur ein Vorschlag sein, aber falls nicht … willst du mich heiraten?«

Er war verliebt in sie? Liebte sie sogar? Moment mal! Er wollte sie heiraten?

Ihr Kopf fühlte sich erst völlig leer an, doch schließlich setzten sich die einzelnen Teile langsam zusammen. Declan hatte ihr erklärt, weshalb er sie liebte, und dabei nicht ein einziges Mal ihr Aussehen erwähnt.

Sunshine stand auf, er ebenfalls. Einen Moment lang sahen sie einander an, dann stürmte sie auf ihn zu und schlang die Arme um ihn. Er zog sie an sich und drückte sanft die Lippen auf ihre.

Ihr Kuss, ihr erster Kuss war süß und zärtlich, erfüllt von Liebe und Versprechungen und allem, was sie sich nur wünschen konnte. Sie legte den Kopf schief und öffnete leicht den Mund, woraufhin Declan den Kuss vertiefte und Leidenschaft in jedem Teil ihres Körpers entfachte.

Sie schmiegte sich eng an ihn, wollte seinen Körper ganz nah an ihrem spüren. Er war genauso stark, wie sie sich ihn vorgestellt hatte, und sie hatte genau die richtige Größe für ihn. Hier, dachte sie glücklich, hier gehöre ich hin.

»Ich liebe dich auch«, sagte sie und wich so weit zurück, dass sie ihm in die Augen sehen konnte. »Das hat alles so schwierig gemacht. Ich wollte nicht weg von euch, doch es war plötzlich alles so anders, und ich hatte Angst, dass du in mir nicht mehr gesehen hast als eine reine Annehmlichkeit.«

Er lachte leise. »Du bist vieles, Sunshine, aber ein leichtes Mädchen bist du nicht.«

»Ein leichtes Mädchen ist auch nicht dasselbe wie eine Annehmlichkeit.«

»Stimmt, aber so etwas Ähnliches. Also, was machen wir jetzt? Sag mir, was dich glücklich macht, und ich tue alles in meiner Macht Stehende, es wahr werden zu lassen.«

»Weshalb glaubst du, ich könnte nicht hierbleiben und Connors Kindermädchen sein, während wir zusammen sind? Weil ich mich dann benutzt fühlen würde?«

»Ja.«

Sie lächelte. »Na klar.«

Sie sah ihm in die Augen und dachte, was für ein Wunder es war, dass er – nach allem, was er mit Iris durchgemacht hatte – offen für sie war und sogar bereit, wieder zu heiraten. Dass er ihre Wünsche respektierte und tun wollte, was immer nötig war, damit sie sich als ganzer Mensch wahrgenommen fühlte. Tag für Tag hatte er ihr bewiesen, was für ein toller Mann er war. Er liebte sie und legte ihr die Welt zu Füßen; sie liebte ihn und konnte sich ohne Weiteres vorstellen, den Rest ihres Lebens mit ihm zu verbringen. Auf was genau wartete sie eigentlich noch?

»Heirate mich«, sagte sie und legte ihm zärtlich die Hände in den Nacken. »Heirate mich, Declan. Lass mich dir mit Connor helfen, mach mir Kinder, werde alt mit mir.«

Declan jauchzte, packte sie an der Taille und hob sie in die Luft. Nachdem er sie wieder abgestellt hatte, schmiegte sie sich an ihn und küsste ihn.

Er erwiderte den Kuss zärtlich und lachte. »Dann sieht es wohl so aus, als würden wir heiraten. Ich sollte dich vermutlich vorwarnen – ich habe Connor für diesen Sommer einen Urlaub versprochen. Und er wünscht sich einen Hund.«

»Das klingt toll.«

»Willst du wirklich Kinder mit mir haben? Das fände ich nämlich großartig.«

»Ja, ich wünsche mir Kinder. Mit dir.« Sie nahm seine Hände in ihre. »Haben wir jetzt genug geredet?«

»Von mir aus können wir gerne damit aufhören.«

Sie lächelte. »Hervorragend. Zu dir oder zu mir?«

»Zu mir ist es näher.«

»Deine praktische Veranlagung gefällt mir.«

Die Zeit heilte rein gar nichts, und Alec war wütend darüber. Margot war schon über eine Woche weg, und er vermisste sie genauso sehr wie am ersten Tag. Vielleicht sogar noch mehr. Die ganze Situation war albern und frustrierend, und er hatte keine Ahnung, was er dagegen unternehmen sollte.

Er betrat den Frühstücksraum – wild entschlossen, heute wirklich mal etwas zu essen, und zwar ohne dass es ihm wie ein Stein im Magen lag –, nur um festzustellen, dass seine Mutter bereits am Tisch saß. Sie hatte eine Tasse Kaffee vor sich stehen und sah müde aus. Anders als üblich trug sie kein Make-up, wodurch sie älter wirkte als sonst.

»Guten Morgen, Mutter. Geht es dir gut?«

Sie lächelte. »Ich bin jedenfalls nicht krank, falls das deine Frage ist.« Sie deutete auf die Kaffeekanne. »Gieß dir eine Tasse ein, wir müssen reden.«

Die Vorstellung gefiel ihm nicht, doch er wusste, dass jeder Versuch, dem Gespräch auszuweichen, sinnlos wäre. Sie würde ihn einfach verfolgen, bis sie ihn in die Ecke getrieben hätte. Da war es besser, es schnell hinter sich zu bringen, um dann zum Tagesgeschäft übergehen zu können.

Als er ihr gegenübersaß, sah sie ihn an.

»Ich muss sagen, dass ich es zunächst wundervoll fand, was mit dir geschah. Du hast dich in Margot verliebt und kamst wirklich mal aus dir heraus. Diese Seite an dir zu sehen, hat mir sehr gefallen. Und ich dachte, es wäre eine dauerhafte Veränderung. Aber je wichtiger sie dir wurde, desto mehr hat dir dein neues Verhalten Angst gemacht. Du hast Sorge, dich in mich zu verwandeln.«

Alec hätte sich keinen Millimeter vom Fleck rühren können, selbst wenn das Haus Feuer gefangen hätte. Er hatte sich stets als unabhängig, intelligent und relativ undurchschaubar empfunden. Und nun hatte seine Mutter ihn im Nu splitternackt ausgezogen und seine tiefsten, dunkelsten Geheimnisse laut ausgesprochen, so als hätte sie sie immer schon gekannt. Was ganz offensichtlich auch der Fall war.

»Ehe du mir jetzt weiszumachen versuchst, dass ich falschliege – du bist in sie verliebt«, fuhr sie fort. »Und das ist das Problem. Oder willst du das etwa abstreiten?«

In Margot verliebt? Er konnte doch nicht … Er war doch nicht … Verdammt, sie hatte recht. Er nahm seine Kaffeetasse in die Hand. »Sprich weiter.«

»Alec, du warst immer meine erste und größte Liebe. Als ich erfuhr, dass ich mit dir schwanger war, war ich so froh. Heiraten wollte ich nie wirklich, aber die Vorstellung, Mutter zu werden, gefiel mir sehr. Ich wollte ein tolles Team mit dir bilden, und ich habe mir so viel gewünscht für dich – vor allem, dass du glücklich bist.«

»Aber ich war glücklich, und wir waren ein gutes Team.« Bianca hatte ihre Schwächen als Mutter gehabt, doch als er klein war, hatte sie ihn stets wunderbar umsorgt. An Regeln in der Erziehung mochte sie nicht so sehr geglaubt haben, dafür umso mehr an Liebe. Später dann waren die Dinge zwischen ihnen kompliziert geworden, jedoch nicht, als er noch ein Kind war.

»Alec, hab keine Angst, du wirst nie so werden wie ich.« Sie sah ihn unverwandt an. »Das kannst du gar nicht. Margot hat recht – es gibt da ein Geheimnis aus meiner Vergangenheit, eins, das ich dir eigentlich nie verraten wollte. Aber ich habe darüber nachgedacht und glaube jetzt, der einzige Weg, dich zu überzeugen, ist, dir zu erzählen, weshalb ich so beschädigt bin und du das nicht bist.«

Furcht ballte sich in seinem Magen zu einem Klumpen zusammen. Was auch immer sie sagen würde, er wollte es nicht hören. Seine Intuition – an die er eigentlich nicht glaubte – sagte ihm, dass ihr Geheimnis schrecklich war. Schlimmer als alles, was er sich vorstellen konnte.

»Du musst mir nichts erzählen.«

»Doch.« Ihr Lächeln zitterte ein wenig. »Ich habe sehr hart daran gearbeitet, dich unversehrt zu halten. Dir Selbstvertrauen einzuflößen und dir klarzumachen, dass du geliebt wirst, egal was du tust.«

»Das habe ich immer gewusst.«

»Da bin ich froh.« Sie atmete tief durch. »Meine Mutter, deine Großmutter, war eine sehr strenge Frau und extrem religiös. Aber sie glaubte nicht so an Gott, wie andere Leute das taten. Ihr Weltbild war geprägt von Rachegelüsten und Ritualen, ihre Überzeugungen waren grausam und absolut. Ich weiß nicht, ob sie mich von Anfang an nicht gewollt hat oder erst anfing, mich zu hassen, nachdem ich geboren war. Jedenfalls war mir schon mit vier Jahren klar, dass sie mich mit jedem Atemzug, den sie tat, mehr verabscheute.«

Am liebsten wäre er weggerannt, nur gab es keinen Ort, an dem er sich vor der Wahrheit hätte verstecken können. »Das tut mir leid«, sagte er automatisch und war zugleich von der Banalität seiner Worte angewidert.

Sie zuckte mit den Achseln. »Ich habe versucht, sie zufriedenzustellen, aber das konnte ich nicht. Irgendwann erkannte ich, dass sie schlicht die Tatsache nicht ertrug, dass ich hübsch war. Als ich dann etwas größer wurde, glitt sie regelrecht in den Wahnsinn ab. Sie war überzeugt, dass ich vom Teufel besessen sei. Ich war damals neun. Nur der Teufel könne ein so hübsches Kind hervorbringen, sagte sie. Sie sperrte mich in einen Schrank ein, schlug mich und ließ mich hungern. Die einzige Möglichkeit, mir den Teufel auszutreiben, schrie sie, bestünde darin, mich zu töten, und genau das werde sie tun, sobald Gott ihr sage, dass es an der Zeit sei.«

Er konnte sich das alles nicht vorstellen. Auch wenn ihre Worte ein lebendiges Bild zeichneten, war es nicht real für ihn. Kein Kind sollte so etwas durchmachen müssen.

»Ich erzählte ein paar Erwachsenen davon, doch niemand glaubte mir. Bis ich zwölf war und sie versuchte, mich zu erwürgen. Danach kam ich dann in eine Pflegefamilie.« Sie seufzte. »Meine Pflegeeltern waren hauptsächlich auf das Geld aus, aber sie waren so viel netter als meine Mutter, dass mir das egal war. Den Rest kennst du. Als ich vierzehn war, wurde ich für den Film entdeckt und mit fünfzehn vorzeitig für mündig erklärt.«

»Das tut mir leid«, wiederholte er, zu bestürzt, um sich irgendeinen anderen Kommentar einfallen zu lassen.

»Ich weiß, aber das ist alles vorbei. Meine Mutter habe ich nie wieder gesehen. Irgendwann erfuhr ich, dass sie in die Psychiatrie eingewiesen wurde und sich kurz danach umgebracht hat.«

Sie nahm ihre Kaffeetasse in die Hand, stellte sie jedoch sofort ab. »Ich habe es dir nie erzählt, weil ich nicht wollte, dass du es weißt. Zum Teil, weil ich mich geschämt habe, und zum Teil, weil ich nicht wollte, dass ihr böser Geist dir etwas anhaben konnte. Ich wollte dich vor ihr schützen.«

Er schob seinen Stuhl zurück, ging um den Tisch herum, zog sie zu sich hoch und nahm sie in den Arm. Sie erwiderte seine Umarmung und drückte ihn fest an sich.

»Du hast mich richtig gut beschützt«, flüsterte er. »Ich habe von alldem nie etwas geahnt.«

Bianca löste sich von ihm und trat einen Schritt zurück. »Ich versuche, das alles zu vergessen, aber es gelingt mir nicht immer. Manchmal habe ich Angst, dass sie recht hatte. Vielleicht bin ich wirklich vom Teufel besessen. Wenn ich verängstigt oder nervös bin, rückt die Vergangenheit wieder näher und ich gerate außer Kontrolle. Doch wenn ich mich so furchtbar aufführe, merke ich wenigstens, dass ich mir selbst gehöre, und dann habe ich gewonnen. Aber das hat natürlich seinen Preis.« Sie streichelte ihm über die Wange. »Es tut mir so leid, dass ich mit deinem Mitbewohner geschlafen habe, als du im Internat warst. Ich war einfach so erschrocken darüber, wie erwachsen du warst, und dachte, ich würde dich verlieren. Na ja, und was dann passiert ist, weißt du ja.«

»Mom, ist schon in Ordnung. Das spielt keine Rolle mehr.«

»Doch, das tut es. Ich habe dir damals wehgetan. Noch schlimmer, ich habe dich verraten. Ich will mich gar nicht entschuldigen, Alec, ich möchte es nur erklären. Ich hoffe, du kannst das alles jetzt sehen. Du bist nicht so wie ich und wirst es auch nie sein. Diese Sorge kannst du dir endgültig aus dem Kopf schlagen.«

Er umarmte sie noch einmal, unfähig, alles zu erfassen, was sie ihm sagte. »Ich hab dich sehr lieb. Du bist die stärkste Frau, die ich kenne.« Er trat zurück, um sie ansehen zu können. »Wesley kann sich verdammt glücklich schätzen, dich zu haben. Und wenn er dich nicht genau so liebt, wie du bist, dann hat er dich nicht verdient. Ändere dich nicht, Mom, niemals. Du bist so, wie du sein sollst, und wenn er das nicht erkennt, verpass ihm einen Arschtritt.«

Zum ersten Mal, seit sie angefangen hatten, miteinander zu reden, füllten Biancas Augen sich mit Tränen. Sie wischte sie weg und lachte.

»Wesley wollte nie, dass ich mich ändere, Alec. Ich selbst wollte es, aus vielerlei Gründen, aber er war von Anfang an glücklich mit mir, wie ich bin.« Sie nahm seine Hände in ihre. »Du hast mich sonst nie Mom genannt, immer nur Bianca oder Mutter. Es gefällt mir, das zu hören.«

Ehe er antworten konnte – nicht, dass ihm dazu etwas eingefallen wäre –, sagte sie: »Jetzt noch mal zu Margot. Es ist wirklich absolut sicher für dich, wenn du sie liebst. Was auch immer du fühlst, ist nicht schlecht. Und auf keinen Fall wirst du dir plötzlich in aller Öffentlichkeit die Kleider vom Leib reißen oder sonst irgendetwas Peinliches tun.«

»Ich hätte beinahe eine Flasche Wein gestohlen, das ist nicht ohne. Und ich habe Dietrich tätlich angegriffen.«

»Das mit dem Wein war ein Versehen, und Dietrich hatte es mehr als verdient. Du hast nur deine Familie beschützt. Darauf kannst du stolz sein.« Sie drückte ihm die Hand. »Sie ist gut für dich, das weißt du. Und, was noch wichtiger ist – du bist gut für sie.«

Mit diesen Worten ließ sie ihn los und verließ das Esszimmer.

Alec sackte auf einen Stuhl. Es würde lange Zeit brauchen, all das zu verarbeiten, was seine Mutter ihm erzählt hatte. Ihre Vergangenheit war ein einziger Albtraum, und er hatte nichts davon geahnt. Doch jetzt, da er es wusste, ergab so vieles einen Sinn.

Sie war stärker, als er es sich je hatte vorstellen können. Und wenn die Tatsache, dass er Margot liebte, ihn so werden ließ wie seine Mutter, dann konnte er sich sehr glücklich schätzen.

28. Kapitel

Margots neue Klientinnen – drei Schwestern aus Chile, die der hiesigen Modeindustrie wunderschöne Stoffe anzubieten hatten – waren genau das, was sie jetzt gebraucht hatte. Als Teil eines Teams half sie den Frauen, sich einen Weg durch den Dschungel aus Risikokapitalanlegern, Branchenmeetings und dem Verkehr in L. A. zu bahnen. Der Kurzzeitauftrag war mehr Spaß als Herausforderung und erlaubte es ihr, sich von allem zu erholen, was sie gerade durchgemacht hatte.

Jetzt freute sie sich auf einen ruhigen Abend zu Hause. Irgendein aufgewärmtes Tiefkühlgericht, ein paar Stunden vor dem Fernseher, dann ab ins Bett – wo sie hoffentlich ein wenig Schlaf finden würde, statt die ganze Nacht wach zu liegen, Alec zu vermissen und darüber nachzudenken, was sie hätte anders machen können.

Sie parkte ihren Wagen auf ihrem Stellplatz, trat in die Eingangshalle, wo sie ihre Post einsammelte und den Aufzug zu ihrer Wohnung im dritten Stock nahm.

Sie wusste, was mit Alec schiefgelaufen war – dieser Teil war ihr absolut klar. Es war die Frage, wie es wiedergutzumachen war, die ihr den Schlaf raubte. Vielleicht vermisste sie ihn auch einfach nur. Anfangs war er nicht viel mehr als der Sohn einer Klientin. Dann wurden sie Freunde und schließlich Liebhaber, und irgendwann, als sie einen Moment unachtsam war, verliebte sie sich in ihn.

Es war ihr gar nicht bewusst gewesen, dass sie sich in Gefahr begab, daher hatte sie sich auch nicht geschützt. Sie hatte nicht erwartet, dass er so sehr zu einem Teil von ihr werden würde, dass die Tatsache, nun ohne ihn zu sein, sich anfühlte, als hätte sie eine Hälfte von sich selbst verloren.

Sie sehnte sich schmerzlich nach ihm, nach dem, was zwischen ihnen gewesen war, und wünschte sich nichts sehnlicher als eine zweite Chance. Tausend Mal schon hatte sie überlegt, ihn anzurufen, es dann aber doch gelassen. Es hatte keinen Sinn, denn sie war nicht das Problem. Ehe Alec seine Persönlichkeit nicht vollständig annahm, ehe er nicht verstand, dass das Leben unberechenbar war und die Menschen manchmal auch, gab es keine Hoffnung. Sie konnte nicht mit jemandem zusammen sein, der ihr nicht sein ganzes Herz schenken wollte, aus der Angst heraus, dass er dann etwas tun könnte, was ihm unangenehm war. Leider machte das Wissen, worin die Schwierigkeit bestand, den Umgang damit kein Stück leichter.

Sie steckte den Schlüssel ins Schloss ihrer Wohnungstür, und als sie sie öffnete, war das Erste, was sie bemerkte, der köstliche und vertraute Duft von Coq au Vin, das auf dem Herd köchelte – worüber sie unter anderen Umständen hocherfreut gewesen wäre, doch in Anbetracht der Tatsache, dass sie alleine wohnte, war das eher beunruhigend.

»Sunshine?«, rief sie in der Erwartung, ihre Schwester war unangekündigt vorbeigekommen. Eigentlich hatte sie nicht damit gerechnet, sie so bald zu Gesicht zu bekommen. Declan und sie hatten einander ihre Gefühle gestanden, steckten gerade mitten in der ersten Verliebtheitsphase und planten ihre Hochzeit für Ende August im Universal-Studios-Park in Florida. Angesichts der hohen Temperaturen und der Feuchtigkeit zu dieser Jahreszeit hoffte Sunshine, einen geschlossenen Veranstaltungsort zu finden.

In diesem Moment trat jemand aus ihrer Küche. Jemand, der groß war und gut aussah, dessen Anblick ihr Herz schneller schlagen und ihren Mund vor Aufregung trocken werden ließ.

»Ich bin nicht Sunshine«, sagte Alec. »Tut mir leid, dich zu enttäuschen.«

»Was machst du denn hier?«

»Auf dich warten.«

»In meiner Wohnung?«

»Sieht ganz danach aus.«

»Du bist also bei mir eingebrochen?«

Es fiel ihr schwer, zu begreifen, dass er tatsächlich hier war und für sie kochte.

Das große Küchenfenster lag hinter ihm, daher erkannte sie nicht viel mehr als seine Silhouette und hatte keine Ahnung, was er gerade dachte, befand jedoch, dass es nichts allzu Schlechtes sein konnte. Er würde ja wohl kaum in ihre Wohnung einbrechen und Essen aufwärmen, nur um ihr noch einmal so richtig wehtun zu können.

Alec lehnte sich an den Türrahmen und zuckte die Achseln. »Einer der vielen Freunde meiner Mutter war Fassadenkletterer, der hat mir ein paar Grundlagen beigebracht. Ich hätte nie gedacht, dass ich sie mal zum Einsatz bringen würde, aber es stellt sich heraus, dass so was ganz schön praktisch sein kann.«

»Du bist wirklich in meine Wohnung eingebrochen?«, wiederholte sie ungläubig, dann schüttelte sie den Kopf. »Moment mal. Das sieht dir überhaupt nicht ähnlich.«

»Stimmt, tut es nicht, aber meine Mutter würde es tun.«

Nun war Margot vollends verwirrt, voll leiser Hoffnung, jedoch verwirrt. »Das verstehe ich nicht. Ist Bianca auch hier?«

»Nein, nur ich.«

Er kam in raubtierhaftem Gang auf sie zu. So als würde er sie gleich ... Ja, was? Sie packen und hier und jetzt nehmen wollen? Nein, das war nicht sein Stil. Andererseits war ein frühabendlicher Einbruch das genauso wenig.

Alec blieb direkt vor ihr stehen, sodass sie endlich sein Gesicht sah. Sein Ausdruck war liebevoll, und aus seinen Augen sprach große Zuneigung, als er sie anlächelte.

»Ich habe es vermasselt«, sagte er. »Es war falsch von mir, mich so von dir zu trennen, wie ich es getan habe. Das heißt, es war falsch, mich überhaupt von dir zu trennen. Meine Gefühle für dich haben mir einfach eine Riesenangst eingejagt.«

»Du wolltest eben nicht so werden wie deine Mutter.«

Er zog erstaunt die Augenbrauen hoch. »Das wusstest du?«

»Jeder weiß das, bis hin zu den Gärtnern. Weshalb sonst müsstest du dich und deine ganze Welt so sehr unter Kontrolle halten?«

»Und ich dachte immer, ich wäre ein Mann voller Geheimnisse.«

»Tut mir leid.«

Er streichelte ihr die Wange. »Ich liebe dich, Margot. Und zwar schon seit du das erste Mal mein Arbeitszimmer betreten hast, auch wenn ich eine ganze Weile gebraucht habe, um das zu begreifen.«

Sie zwang sich, still zu sein. Sie wollte alles hören, was er ihr zu sagen hatte, und nicht nur die Highlights.

»Es fällt mir generell nicht leicht, anderen Menschen zu vertrauen«, sagte er. »Du kennst einige der Gründe. Bianca kann wundervoll sein, aber auch sehr schwierig, und es gab Zeiten, da hat sie mir regelrecht Angst eingejagt. Ich war fest entschlossen, völlig anders zu werden als sie. Auf der Grundlage dieses Credos habe ich mir mein Leben eingerichtet und hohe Mauern um mich herum errichtet.«

»Sprichwörtliche ebenso wie reale«, murmelte sie.

Er lächelte. »Genau. Aber was mir bei alldem entging, ist, dass meine Mutter unglaublich stark, leidenschaftlich und mutig ist. Wir haben alle unsere Schwächen, doch nur wenige von uns verfügen über ihren Mut. Ich hatte ihn bis jetzt jedenfalls nicht.«

Er sah ihr in die Augen. »Du bist alles für mich, Margot. Meine eine, wahre Liebe. Ich hoffe, du kannst mir verzeihen, dass ich so erbärmlich mit meinen Ängsten umgegangen bin. Wir sind toll zusammen, und ich wünsche mir so sehr, dir das für den Rest meines Lebens beweisen zu dürfen.«

»Das wünsche ich mir auch.«

Sein Lächeln kehrte zurück. »Wirklich? Und weshalb?«

»Weil ich dich liebe.«

Er legte die Hände an ihre Wangen und küsste sie. »Danke, dass du mir noch eine Chance gibst.«

»Ich kann gar nicht anders. Ich war vollkommen verloren ohne dich.«

»Und ich war so ein Idiot, dich von mir zu stoßen.«

Sie nickte. »Ja, das warst du. Das heißt, du schuldest mir jetzt was.«

»Genau deshalb habe ich dir ein Abendessen gekocht.«

»Du hast Essen aufgewärmt, das ich bereits gekocht habe.«

»Aber ich habe ein Baguette und eine gute Flasche Wein mitgebracht.«

»Ah, na dann ist ja alles gut.« Sie schlang die Arme um seinen Nacken. »Ich fasse es nicht, dass du tatsächlich in meine Wohnung eingebrochen bist.«

»Das bin ich.«

»Was hast du denn noch so für verborgene Fähigkeiten, von denen ich nichts weiß?«

Er grinste. In dem winzigen Augenblick, ehe er sie küsste, sagte er: »Lass es uns rausfinden.«

Anmerkung der Autorin

Während der Arbeit an diesem Buch stieß ich zufällig auf einen Artikel, in dem ich als eine der Lieblingsautorinnen einer Frau genannt wurde, die gerade ihren hundertsten Geburtstag feierte. Diese Frau hieß Bunny Rejefski, und Prof. Rejefski im Roman ist nach ihr benannt. Die Aussprüche »Immer schön ruhig« und »Genug ist genug« benutzte sie häufig ihren Kindern gegenüber, wenn die zu ungestüm wurden. Danke, dass Sie mein Fan sind, Bunny, und danke, dass ich Ihren Nachnamen benutzen durfte.

Margots abgekürztes Coq au Vin

»Coq au Vin« lässt sich mit »Hähnchen in Wein« übersetzen. Kocht man das Gericht auf traditionelle Art und Weise, kann das mehrere Stunden dauern, aber wenn Sie sich so viel Arbeit für Ihren Buchclubabend machen wollen, sind Sie ein besserer Mensch als ich. Dieses Rezept sieht ein paar Abkürzungen vor, sodass sich die Zubereitungszeit auf weniger als eine Stunde reduziert, und das mit dem vollen Geschmackserlebnis!

1 Flasche Cabernet Sauvignon oder ein anderer trockener Rotwein
2 Gläser Hühnerfond zu je 400 Gramm
4 Scheiben Speck, in Stücke von 2,5 Zentimetern Länge geschnitten
1 große Möhre, in grobe Stücke geschnitten
225 g Champignons, geviertelt (oder 225 g vorgeschnittene Champignons)
225 g Perlzwiebeln, im Ganzen (oder eine grob zerteilte große Zwiebel)
4 Tassen gekochtes Hühnchen oder 1 Brathähnchen, ohne Haut und Knochen
1 Esslöffel Kräuter der Provence (oder eine andere Kräutermischung mit getrocknetem Basilikum, Thymian, Oregano und Rosmarin)
Salz und Pfeffer nach Belieben

Wein und Hühnerfond in einen Topf geben. Das Ganze zum Kochen bringen, dann die Hitze reduzieren und unbedeckt köcheln lassen, bis die Mischung etwa zur Hälfte eingekocht ist, ungefähr 15 Minuten lang. Währenddessen den Speck in einer großen Sautierpfanne anbraten. Die Speckstücke auf Küchenpapier abtropfen lassen. Das Fett aus der Pfanne bis auf 2 Esslöffel wegschütten. In dem einbehaltenen Fett das Gemüse anbraten, bis Möhren und Champignons leicht gebräunt sind. Das Huhn in grobe Stücke zerteilen und zusammen mit den Kräutern zum Gemüse geben, dann die reduzierte Weinmischung dazugeben. Alles weitere 10 Minuten köcheln lassen. Mit Kartoffeln servieren.

Lesen Sie auch:

Susan Mallery

Glücksfreundinnen

Aus dem amerikanischen Englisch von
Sophie Schweitzer

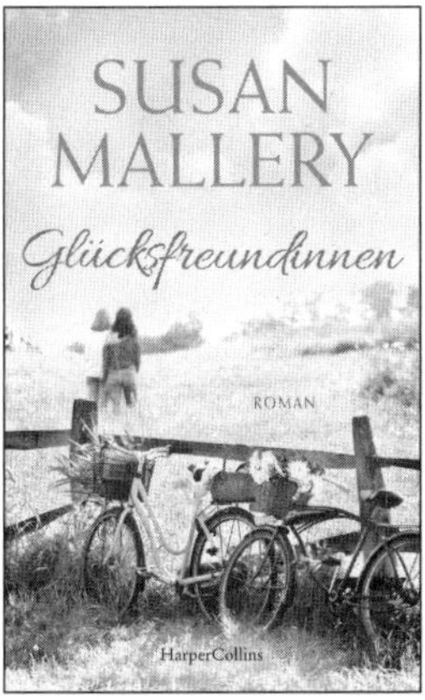

15,00 € (D)

ISBN: 978-3-7499-0226-2

Die Originalausgabe erschien 2020 unter dem Titel
The Friendship List bei HQN Books, Toronto.

Deutsche Erstausgabe

1. Kapitel

»Ich hätte einen reichen Mann heiraten sollen«, sagte Ellen Fox deprimiert. »Das hätte all meine Probleme gelöst.«

Unity Leandre, praktisch von Geburt an ihre beste Freundin, zog die Augenbrauen hoch. »Weil du auch so oft die Möglichkeit dazu gehabt hättest und immer Nein gesagt hast?«

»Das hätte durchaus passieren können. Wenn ich jemals einen reichen Mann getroffen und so sehr gemocht hätte, dass ich ihn hätte heiraten wollen.«

»Wäre nicht die Tatsache, dass er dich auch hätte heiraten wollen, eine weitere wichtige Voraussetzung gewesen?«

Ellen stöhnte. »Das ist gerade kein guter Moment für Logik, sondern für Mitgefühl. Oder dafür, mir einen Lottoschein zu schenken, mit dem ich nur gewinnen kann. Wir sind schon so viele Jahre befreundet, und noch nie hast du mir einen Lotteriegewinn beschert.«

Unity nahm ihre Kaffeetasse in die Hand und lächelte. »Stimmt, aber dafür habe ich dir auf der Party zu unserem achten Geburtstag meinen Ponyritt geschenkt.«

In dem Punkt muss ich ihr wohl recht geben, dachte Ellen. Da ihre Geburtstage so kurz hintereinander lagen, hatten sie oft zusammen gefeiert. In dem Sommer, in dem sie beide acht wurden, hatte Unitys Mom ihnen ein Ponyreiten auf einem nahegelegenen Bauernhof organisiert. Unity hatte ihren Spaß gehabt, aber Ellen hatte sich regelrecht in den zotteligen Mr. Peepers verknallt, das mürrisch dreinblickende alte Pony, das sie auf der Koppel herumgetragen hatte. Als Ellen ihre Zuneigung zu dem Pony kundtat, reichte Unity ihr kurzerhand ihre restlichen Reitgutscheine und gab sich damit zufrieden, Ellen dabei zuzusehen, wie sie auf Mr. Peepers' breitem Rücken umhertrabte.

»Das mit dem Ponyreiten war wirklich wundervoll von dir«,

sagte Ellen inbrünstig. »Ich bin dir sehr dankbar für deine Großzügigkeit. Aber jetzt gerade brauche ich unbedingt ein kleines Vermögen. Nichts Übertriebenes, nur ein hübsches Milliönchen oder so. Dafür würde ich dir sogar die Reitstunden auf Mr. Peepers zurückgeben.«

Unity schob die Hand über den Küchentisch und legte sie Ellen auf den Arm. »Will er wirklich auf die Uni von L. A.?«

Ellen nickte nur, aus Angst, zu wimmern, sobald sie den Mund auftat. Nachdem sie einmal tief durchgeatmet hatte, gelang es ihr, zu sagen: »Ja. Selbst mit einem Teilstipendium würden die Kosten mich auffressen.« Sie wappnete sich innerlich, ehe sie die hässliche Wahrheit aussprach: »Ein Studium in einem anderen Bundesstaat inklusive Unterkunft und Verpflegung kostet vierundsechzigtausend Dollar.« Ellen fühlte, wie ihr Herz für einen Schlag aussetzte, und das nicht vor Freude. »Pro Jahr! So viel verdiene ich ja nicht mal. Wer hat bloß so viel Geld übrig? Genauso gut könnten es eine Million Dollar sein.«

Unity nickte. »Okay, jetzt ergibt das mit dem reichen Mann einen Sinn.«

»Mir bleiben nicht gerade viele Optionen.« Ellen presste sich die Hand auf die Brust und sagte sich, dass es schon kein Herzinfarkt war. »Du weißt, ich würde alles für Coop tun, und ich finde eine Lösung, aber diese Zahlen sind der blanke Horror. Ich muss anfangen, Rubbellose zu kaufen, und mir einen zweiten Job zulegen.« Sie sah Unity an. »Was meinst du, wie viel man bei Starbucks verdient? Vielleicht könnte ich dort die Abendschicht übernehmen.«

Unity, die zwölf Zentimeter größer war als sie und lange blonde Haare hatte, griff nach Ellens Händen. »Letzten Monat war es die University of Oklahoma, und im Monat davor wollte er auf die Notre Dame gehen. Cooper hat seine Meinung schon ein Dutzend Mal geändert. Warte, bis ihr euch diesen Sommer Unis angucken fahrt und er weiß, was er wirklich will, und dann finde erst mal raus, wer die beste finanzielle Unterstützung anzubieten hat, ehe du panisch wirst.« Sie verzog den Mund zu einem Lächeln. »Nichts für ungut, Ellen, aber ich habe deinen Kaffee probiert. Du solltest noch nicht mal in der Nähe eines Starbucks arbeiten.«

»Sehr witzig.« Ellen drückte Unitys Hände. »Aber du hast recht. Er ist gerade mal siebzehn geworden. Sein letztes Highschooljahr beginnt erst im September, ich habe noch etwas Zeit. Und ich lege jeden Monat Geld beiseite.«

Denn so wurde ich erzogen, dachte sie. Dazu, praktisch zu denken und verantwortungsbewusst zu handeln. Hätten ihre Eltern doch nur erwähnt, dass frau einen reichen Mann heiraten sollte.

»Nach unserem Roadtrip beschließt er womöglich, dass er doch auf die University of Washington will, das würde all meine Probleme lösen.«

Nicht nur die Geldprobleme, sondern auch das mit der Einsamkeit, dachte sie wehmütig. Denn nachdem sie fast achtzehn Jahre lang ein Team gewesen waren, würde ihr beinahe erwachsener kleiner Junge sie nun bald verlassen.

»Stopp«, mahnte Unity. »Jetzt wirst du traurig. Ich seh's kommen.«

»Ich hasse dich dafür, dass du mich so gut kennst.«

»Nein, das tust du nicht.«

Ellen seufzte. »Nein, tu ich nicht, aber es nervt.«

»Du nervst noch viel mehr.«

Sie lächelten sich an.

Schließlich stand Unity auf und reckte ihre gesamten Einmeterneunundsiebzig. »Ich muss los. Du hast junge Gemüter zu formen, und ich muss mich um einen verstopften Küchenabfluss kümmern, gefolgt von einem kaputten Gartentor und irgendwas mit einem Staubsauger. Die Nachricht war etwas kryptisch.« Sie sah Ellen an. »Kommst du klar?«

Ellen nickte. »Mir geht's gut. Du hast recht. Coop wird sich noch fünfzehn Mal umentscheiden. Ich warte einfach, bis die

Sache feststeht, und gönne mir erst dann einen Nervenzusammenbruch.«

»Siehst du? Du hast immer einen guten Plan.«

Auf dem Weg zur Haustür musste Ellen erneut an die unsäglichen Studienkosten denken.

»Hat nicht jemand von den alten Männern, denen du hilfst, ein bisschen Geld übrig?«, fragte sie. »Wenn mir einer genug zahlt, spiele ich gern die Vorzeigefrau für ihn.«

Unity schüttelte den Kopf. »Du bist vierunddreißig. Der durchschnittliche Bewohner von Silver Pines ist siebzig plus.«

»Einen reichen Mann zu heiraten würde aber immer noch all meine Probleme lösen.«

Unity umarmte sie ein wenig länger als sonst. »Du bist ein Freak.«

»Nein, eine Bärenmutter mit ihrem Jungtier.«

»Dein Jungtier ist ein Hüne von eins zweiundneunzig. Du solltest langsam damit aufhören, dich um ihn zu sorgen.«

»Das wird niemals passieren.«

»Und dafür liebe ich dich. Wir hören uns später.«

Ellen lächelte. »Hab einen schönen Tag. Und hüte dich vor den Spinnen.«

»Immer.«

Nachdem Unity weggefahren war, ging Ellen zurück in die Küche, wo sie eilig die Spülmaschine einräumte und ihr Mittagessen einpackte. Cooper hatte bereits vor sechs das Haus verlassen. Er machte bei irgendeiner Fitness-Challenge zum Schuljahrsende mit. Irgendwas mit Laufen – Ellen wusste nicht genau, was. Ehrlich gesagt fiel es ihr schwer, nicht auf Durchzug zu stellen, wenn er stundenlang über seinen Sport redete. Vor allem wenn sie sich gerade Sorgen über Studiengebühren machte.

»Aber heute nicht mehr«, sagte sie laut. Darüber konnte sie sich am nächsten Morgen wieder Gedanken machen. Unity hatte recht – Cooper würde noch ein paar Mal seine Meinung ändern. Ihr gemeinsamer Roadtrip, auf dem sie sich verschiedene Unis ansehen würden, war schon in ein paar Wochen. Danach würde sich die Liste der Favoriten dezimieren, und er würde anfangen, sich zu bewerben. Erst dann würde sie die genaue Summe kennen und sich überlegen müssen, wie sie die aufbringen sollte.

Bis dahin gab es genug Dinge, die sie beschäftigt halten würden. Sie hatte unangekündigte Arbeiten für die vierte und sechste Stunde geplant und wollte den Endjahrestest für ihre zwei Algebra-Kurse aktualisieren. Außerdem musste sie noch einkaufen, tanken und in die Bibliothek, um sich für ihre gesamte Sommerlektüre vormerken zu lassen.

Als sie ihre Morgenroutine beendet hatte und zu der Highschool fuhr, an der sie unterrichtete, dachte Ellen weiter über Cooper und das Uniproblem nach. Auch wenn sie Angst hatte, ihm das Studium nicht finanzieren zu können, musste sie zugeben, dass das ein großartiges Problem war. Vor siebzehn Jahren war sie noch eine völlig verängstigte Jugendliche gewesen, die kurz davor stand, alleinerziehende Mutter zu werden. Zwischen ihr und einem Leben auf der Straße hatte es nur ihre unglaublich enttäuschten und wütenden Eltern gegeben, die sie unbedingt spüren lassen wollten, was für einen riesigen Fehler sie begangen hatte.

Harte Arbeit und ihre Entschlossenheit hatten ihr dabei geholfen, wieder auf die Beine zu kommen – Cooper großzuziehen, ein Studium zu absolvieren, sich eine gute Stelle zu besorgen, ein Haus zu kaufen und Geld für die Ausbildung ihres Sohnes beiseitezulegen. Juhu.

Doch das wäre alles sehr viel leichter gewesen, wenn sie einfach jemanden mit viel Geld geheiratet hätte.

»Wie schafft man es nur, eine Drei minus in Spanisch zu bekommen?«, fragte Coach Keith Kinne, ohne sich die Mühe zu machen, leise zu sprechen. »Die halbe Stadt spricht Spanisch. Verdammt, sogar der Mann deiner Schwester ist Hispano.« Er funkelte den kräftigen Footballspieler, der vor ihm stand, wütend an. »Luka, du bist echt ein Idiot.«

Betreten senkte Luka den Blick. »Ja, Coach.«

»Sag nicht ›Ja, Coach‹ zu mir. Du wusstest, dass das passieren würde – schon seit Wochen. Und hast du jemanden um Hilfe gebeten? Hast du es mir vielleicht mal erzählt?«

»Nein, Coach.«

Keith spielte mit dem Gedanken, den Jungen zu erwürgen, doch er war sich nicht sicher, ob er den kräftigen Hals des Teenagers überhaupt mit den Händen umfassen könnte. Innerlich fluchte er, da ihm klar war, dass die Situation nun einmal so war, wie sie war, und er die Sache in Ordnung bringen musste – wie er es bei seinen Schülern immer tat.

»Du kennst die Regeln«, sagte er. »Um in einer Schulmannschaft zu spielen, musst du in jedem Fach mindestens eine Drei plus haben. Dachtest du, für dich gilt das nicht?«

Luka, der fast einen Meter achtundneunzig groß war und hundert Kilo wog, sackte noch mehr in sich zusammen. »Ich dachte, ich würde schon irgendwie durchkommen.«

»Tatsächlich? In deinen anderen Tests hattest du also bessere Noten?«

»Nicht wirklich.« Er hob den Blick und sah ihn unglücklich an. »Ich dachte, ich könnte meine Note im letzten Moment noch verbessern.«

»Und wie gut hat dieser Plan funktioniert?«

»Nicht gerade *bueno.*«

Keith funkelte ihn an. »Du findest das also witzig?«

»Nein, Coach.«

»Du weißt, dass es hier für Spanisch keinen Sommerkurs gibt. Das bedeutet, dass wir eine Alternative finden müssen«, meinte Keith kopfschüttelnd.

Luka wurde blass unter seiner dunklen Haut. »Coach, bitte schicken Sie mich nicht weg von hier.«

»Niemand wird weggeschickt.« Es kam vor, dass Athleten

Sommerkurse in anderen Bezirken besuchten. Dann wohnten sie bei fremden Familien und konzentrierten sich voll auf das Lernen.

»Ich muss bei meiner Familie bleiben. Meine Mom versteht mich.«

»Es wäre besser für uns alle, wenn sie Spanisch verstehen würde.« Keith sah den Jungen böse an. »Ich werde mich um einen Onlinekurs kümmern. Du wirst einen Tutor bekommen. Und du wirst mir zweimal in der Woche Bericht erstatten und mich detailliert auf dem Laufenden halten, bis du den Kurs bestanden hast.« Er verengte die Augen zu Schlitzen. »Und zwar mit einer Eins.«

Luka wich einen Schritt zurück. »Coach, nein! Eine Eins? Das schaffe ich nicht.«

»Mit der Einstellung sicher nicht.«

»Aber Coach …«

»Du kanntest die Regeln und hast sie gebrochen. Du hättest mich schon frühzeitig um Hilfe bitten können. Du weißt, dass ich immer da bin für meine Schüler, aber hast du daran gedacht oder einfach beschlossen, dass du allein klarkommst?«

»Ich habe beschlossen, dass ich allein klarkomme«, murmelte Luka.

»Genau. Und solche Dinge allein zu beschließen entspricht nicht dem Teamgeist. Wenn du allein losziehst, scheiterst du.«

Lukas Augen füllten sich mit Tränen. »Ja, Coach.«

Keith deutete auf die Tür, und Luka schlurfte hinaus. Stöhnend ließ Keith sich auf seinen Stuhl sinken. Er war hart zu dem Jungen gewesen, doch er musste sicherstellen, dass die Botschaft ankam. Noten waren wichtig. Er half gern, wann immer er konnte, doch dafür musste man ihm auch sagen, was los war. Luka glaubte wohl, als Sportstar würde er eine Sonderbehandlung bekommen. Woanders vielleicht, aber nicht hier. Luka zu zwingen, sich eine Eins zu erarbeiten, war zugleich ein Appell an alle, die im Schulteam spielen wollten.

Er hatte sich gerade erst wieder seinem Computer zugewandt, als einer der Siebtklässler den Kopf in sein Büro streckte. »Coach Kinne! Coach Kinne! Im Kraftraum sitzt ein Mädchen und weint.«

Keith stöhnte leise, als er aufstand und zum Kraftraum lief, in der Hoffnung, dass er es mit etwas Unkompliziertem wie einem gebrochenen Arm oder einer Gehirnerschütterung zu tun bekommen würde. In diesen Fällen wusste er, was zu tun war. Alles, was irgendwie emotionaler war, versetzte ihn – ganz ehrlich – in Panik.

Als er den Kraftraum betrat, fand er dort eine Gruppe von Jungs vor, die nahe beieinanderstanden. Auf einer Bank am anderen Ende des Raums saß ein dünnes, dunkelhaariges Mädchen, das er nicht kannte. Es hielt sich die Hände vor das Gesicht, seine Schluchzer waren in der betretenen Stille laut zu hören.

Schnell warf er den Jungs einen Blick zu. »Ist sie verletzt?«

Die traten mit sichtlichem Unbehagen von einem Fuß auf den anderen und schüttelten die Köpfe. Verdammt. Es war also nichts Körperliches. Warum liefen die Dinge nie so, wie er es wollte?

»Ist einer von euch dafür verantwortlich – was auch immer es ist?«, fragte er.

Noch mehr Kopfschütteln, ein paar Jungs machten sich aus dem Staub.

Keith deutete auf die Tür, woraufhin der Rest auch verschwand, dann wandte er seine Aufmerksamkeit wieder dem weinenden Mädchen zu. Sie war klein und sah noch jung aus, mochte etwa fünfzehn sein. Keine Freundin seiner Tochter und keine Schulsportlerin – die kannte er alle.

Langsam näherte er sich der Jugendlichen, wobei er sich Mühe gab, freundlich statt bedrohlich auszusehen, und setzte sich auf eine Bank in ihrer Nähe.

»Hey«, sagte er sanft. »Ich bin Coach Kinne.«

Sie schniefte. Ihre Augen waren gerötet, ihre Haut war blass. »Ich weiß, wer Sie sind.«

»Was ist los mit dir?« *Bitte nicht schwanger sein, bitte nicht schwanger sein*, wiederholte er ein lautloses Mantra.

Weitere Tränen quollen ihr aus den Augen. »Ich bin schwanger. Der Vater ist Dylan, der streitet es aber ab, und ich kann es meiner Mo...Mom nicht erzählen, weil sie dann total wütend wird, dabei hat er gesagt, dass e...er mich liebt.«

So also ging Keith' Montag vor die Hunde.

Punkt Viertel nach drei verließ Keith seinen Arbeitsplatz. Er würde später noch einmal in sein Büro zurückkehren, um ein bisschen Papierkram zu erledigen, ein paar Gerätetrainingseinheiten zu überwachen und einen genaueren Blick auf die Abschlussnoten von den Sportlern zu werfen, die kurz davor standen, Probleme auf der Schule zu bekommen. Doch erst einmal hatte er eine dringende persönliche Angelegenheit zu erledigen.

Er fuhr die gut drei Kilometer zu seinem Haus, ging hinein und steuerte geradewegs das Zimmer seiner siebzehnjährigen Tochter an.

Lissa sah von ihrem Laptop auf, als er eintrat, bemerkte seine offensichtlich schlechte Laune, und ihr Lächeln erstarb. Doch auch so war sie eine Schönheit. Langes dunkles Haar, große braune Augen. Verdammt noch mal – weshalb konnte er keine hässliche Tochter haben, die kein Junge je eines zweiten Blickes würdigen würde?

»Hi, Dad«, sagte sie argwöhnisch. »Was geht?«

»Stichprobenkontrolle.«

Sie verdrehte die Augen. »Ernsthaft? Mit dir stimmt doch was nicht. Ich hab gehört, was heute in der Schule los war. Aber ich bin doch nicht so doof und lass mich mit einem Typen wie Dylan ein, der selbst einem Baumstumpf sagen würde, dass er ihn liebt, wenn er dann Sex mit ihm haben könnte. Ich schlafe mit niemandem, und ich bin nicht schwanger. Ich hab's dir doch gesagt – ich bin noch nicht bereit für Sex, im Sinne von ›Ich bin noch Jungfrau‹. Mann, du bist echt besessen. Würdest du dich besser fühlen, wenn ich einen Keuschheitsgürtel tragen würde?«

»Ja, aber das willst du ja nicht. Ich habe dich gefragt.«

»Da–ad. Wieso bist du so? Eine Schwangerschaft ist doch nicht das Schlimmste, was passieren könnte. Ich könnte krank werden und sterben. Wäre das nicht viel schrecklicher?«

»Diese Diskussion kannst du nicht mit Logik gewinnen. Ich benehme mich irrational, das sehe ich ein. Aber ich bin außerdem für dich verantwortlich, weshalb du schlicht damit klarkommen musst, dass ich irrational bin.«

Er deutete auf ihr Badezimmer. Sie stieß den leidgeprüften Seufzer derer aus, die mit unmöglichen Vätern geschlagen sind, und stand auf. Er folgte ihr zur Badtür und sah zu, wie sie die kleine Plastikdose aus einer Schublade holte und sie öffnete.

Erleichterung durchflutete seinen angespannten Körper. Es fehlten Pillen, genauer gesagt die richtige Anzahl von Pillen.

»Du bist ein Albtraum von einem Vater«, sagte seine Tochter, während sie die Pillen genervt zurück in die Schublade packte. »Ich kann es nicht erwarten, endlich achtzehn zu werden und mir eine Spritze abholen zu können, statt die Antibabypille nehmen zu müssen. Dann würdest du mich nur noch alle paar Monate nerven.«

»Das kann ich auch kaum erwarten.«

»Ich hab ja noch nicht mal einen Freund.«

»Du könntest Kontakt zu jemandem im Internet haben.«

Ihr verärgerter Ausdruck schwand, und sie lächelte ihn an. »Dad, es gibt nur eine Person in diesem Haus, die online flirtet, und das bin nicht ich.«

»Ich flirte nicht online.«

»Richtig. Du gabelst Frauen im Internet auf und hast dann ein Wochenende lang irgendwo Sex mit ihnen. Das ist widerlich. Du solltest dich in eine Frau verlieben, bei der du dich nicht schämst, sie mit nach Hause zu bringen und sie mir vorzustellen.«

»Ich schäme mich nicht. Ich will nur keine Komplikationen.«

»Aber du willst Sex. Das ist ekelhaft.«

»Weshalb reden wir dann darüber?« Er zog sie an sich und umarmte sie, dann küsste er sie auf den Scheitel. »Tut mir leid, Lissa. Ich kann einfach nicht anders, als mir Sorgen um dich zu machen.«

Sie sah zu ihm auf. »Dad, ich nehme jeden Tag die Pille – nicht, dass das irgendeine Rolle spielen würde, da ich keinen Sex habe. *Habe ich wirklich nicht*. Ich hab ja kaum jemals mit einem Typen geknutscht. Dich zum Vater zu haben macht es echt schwer, mich mit Jungs zu treffen. Die wollen alle keinen Stress mit dir und Gefahr laufen, von dir zusammengeschlagen zu werden.«

»Gut.«

Lächelnd boxte sie ihm gegen den Arm. »Du unterdrückst meinen emotionalen Reifeprozess.«

»Werd einfach nicht schwanger.«

»Denk dir mal einen positiveren Spruch aus. Wie wär's mit: ›Lebe stets dein höchstes und bestes Selbst‹?«

»Ja, das auch. Ich muss los.«

»Ich esse heute Abend bei Jessie. Hast du das auf dem Schirm?«

»Kein Problem. Sei einfach um zehn zu Hause.«

Er stieg wieder in seinen Jeep, doch ehe er den Motor startete, tippte er schnell eine Nachricht an Ellen. Ich brauche ein paar Bier und ein offenes Ohr. Bist du heute Abend zu Hause?

Die Antwort kam schnell. Nur wenn du Brathuhn mitbringst. Ich habe Bier und Eiscreme.

Abgemacht. Wir sehen uns um sechs.

Ellen war nicht klar, weshalb ein ein Meter achtundneunzig großer Siebzehnjähriger, der weinte, ihr näher ging als so ziemlich jedes heulende Teenagermädchen. War das umgekehrte Diskriminierung? Waren die Tränen von Jungs mehr wert, weil sie seltener weinten? Oder war es die Kombination aus Lukas riesenhafter Statur und der Verletzlichkeit, die seine Tränen offenbarten? Da es unwahrscheinlich war, darauf eine Antwort zu finden, beschloss sie, die Frage beiseitezuschieben.

»Luka, das wird schon«, sagte sie und reckte den Arm, um dem Jungen auf die Schulter zu klopfen, während Cooper sich in der Nähe herumdrückte. »Du machst diesen Online-Spanischkurs, und dann schaffst du das ganz leicht. Du bist doch ein schlauer Kerl. Nur ein bisschen selbstzufrieden bist du vielleicht geworden.«

»Weil er so eine Granate auf dem Spielfeld ist, hat er geglaubt, seine Scheiße würde nicht stinken«, sagte Coop, nur um gleich danach aufzustöhnen. »'tschuldigung, Mom. Ich wollte, ähm, *Kacke* sagen.«

Sie wandte sich ihrem Sohn zu und zog die Augenbrauen hoch. Erfreut stellte sie fest, dass er trotz seines Alters und seiner Größe schlucken musste und einen Schritt zurückwich.

»Tut mir wirklich leid«, fügte er hinzu.

»Das sollte es auch. Luka, der Coach schmeißt dich nicht raus.«

»Sie hätten ihn mal sehen sollen. Er war richtig wütend. Einen Idioten hat er mich genannt.«

Das war nicht das Wort, das sie gewählt hätte, aber sie verbrachte auch nicht viel Zeit in der Welt der Sportstars.

»Du bist ein Anführer, deshalb erwartet er mehr von dir.«

Lukas Augen füllten sich mit noch mehr Tränen. Coop zuckte nervös zusammen.

»Was, wenn ich keine Eins kriegen kann?«

»Mit der Einstellung wirst du das sicher nicht.«

Luka schniefte. »Genau das hat der Coach auch gesagt.«

Cooper beugte sich zu ihm vor. »Das ist so ein Lehrerding. Die denken alle gleich. Willkommen in meiner Welt.«

Sie gab sich Mühe, nicht zu lächeln. Meine Jungs, dachte sie voller Zuneigung. Cooper und seine Freunde waren Teil ihrer

Welt, seit er alt genug war, Kinder zum Spielen zu sich nach Hause einzuladen. Seit beinahe zehn Jahren war Luka eine Konstante in ihrem Leben. Er und seine Familie waren von Yap (einer winzigen Insel in Mikronesien – sie hatte sie nachschlagen müssen) hierhergezogen. Luka und Coop hatten sich am ersten Tag der zweiten Klasse kennengelernt und waren seitdem beste Freunde.

»Luka, ich verbiete dir, heute noch mehr darüber nachzudenken. Deine Mom wartet auf dich. Geh nach Hause, iss was Schönes, und entspann dich heute Abend. Und morgen kriegst du deinen Hintern hoch und machst dich ans Spanischlernen.« Sie zögerte. »Ich spreche mit dem Coach und stelle sicher, dass du weiter auf der Zielgeraden Richtung Uni bist.«

Seine dunklen Augen leuchteten auf. »Wirklich? Danke, Ms. F. Das wäre großartig.«

Ehe sie zurückweichen konnte, packte Luka sie und hob sie in die Luft. Es war kein angenehmes Gefühl, aber so machten es alle Freunde von Coop. Er schwang sie zweimal herum, ehe er sie absetzte. Beide Teenager gingen zur Tür.

»Ich bin um zehn zurück«, rief Coop noch über die Schulter.

»Amüsiert euch.«

Ellen schüttelte sich kurz, um sicherzugehen, dass er ihr nichts gebrochen hatte, dann trat sie auf ihre kleine Terrasse, um festzustellen, wie heiß es noch war. Die Vorderseite des Hauses ging nach Süden, wodurch die Rückseite am frühen Abend im Schatten lag. Die Temperatur lag noch bei fast 27 Grad, doch es war auszuhalten.

Hinter der Terrasse lag ein kleines eingezäuntes Rasenstück. Nichts Großes, aber es war ihr Garten, und sie liebte ihn. Schnell wischte sie den Metalltisch ab und entstaubte die Stühle, ehe sie Sets, jede Menge Papierservietten und eine aufgeschnittene Limette darauf verteilte. Sie hatte bereits einen grünen Salat zubereitet, um die Kalorien des Brathühnchens auszugleichen. Um kurz nach sechs hörte sie ein Klopfen an der Eingangstür, gefolgt von einer vertrauten Stimme: »Ich bin's.«

»In der Küche«, rief sie, während sie den Kühlschrank öffnete und zwei Flaschen Bier herausholte. Dos Equis für ihn und ein Corona für sich selbst. Als sie den zweiten Essensbehälter in seiner Hand sah, funkelte sie ihn böse an.

»Was ist?«, wollte er wissen. »Wir haben doch gesagt, ich kaufe Hühnchen.«

Er hielt den großen Kentucky-Fried-Chicken-Becher in die Höhe. »Ich habe Hühnchen gekauft. Das Original, weil du das am liebsten magst.«

»Lenk nicht ab. Ist das was mit Kartoffeln? Die kann ich nicht essen.«

»Doch, das kannst du. Ich habe dich beobachtet. Du hast kein Problem damit, eine Gabel zu benutzen.«

Sie stellte sein Bier auf den Tisch. »Weißt du, wie viele Kalorien dieser Kartoffelbrei hat? Ich bin kein Machosportler.«

Keith lächelte sie ungerührt an. »Selbst wenn, ich wäre immer noch mit dir befreundet.« Er stellte das Essen ab. »Hör auf, dir darüber Gedanken zu machen. Du siehst gut aus.« Er sah sie an. »Jedenfalls soweit man das von außen feststellen kann.«

Sie ignorierte die Bemerkung und weigerte sich, einen Blick hinab auf ihre übergroße Tunika und ihre Schlabberhose zu werfen. »Ich habe es eben gern bequem. In lockerer Kleidung kann ich mich bei der Arbeit freier bewegen.« Sie lief zurück ins Haus, um den Salat zu holen, dann setzte sie sich zu ihm an den Tisch.